U0687841

KUWEI
酷威文化
图书 影视

四川文艺出版社

目录

第1章

退役·庙塌了

XT，中国电竞第一门户网站。

往日首页让人眼花缭乱，最上方的横幅广告栏下总是一串圆点。除了赛事推送，就是砸了重金的金主爸爸们在滚动条里争奇斗艳。但今天，首页横幅已经持续 6 小时，岿然不动。

只有一页，黑底，白字，触目惊心——LIAR 退役。

无数个电脑屏幕背后的人们经历了长久的呆滞之后，将颤抖的光标慢慢移上去。

一个黑色的资料卡弹出来。

资料卡最上面是一张侧身照。

照片里的人头戴鸭舌帽，左耳单耳一颗标志性的“L”形黑钻耳钉。面上是中国赛区里所有玩家和观众所熟知的——那个男人在镜头前终年不摘的黑色口罩。

上印纯白字母：LIAR。

鸭舌帽和口罩将人遮得严实，露在外面的，只一双漆黑冷峻的眼。

照片下密密麻麻的小字，记录着 Liar 的职业生平。

Liar，世界级打野，LPL（《英雄联盟》职业联赛）赛区传奇第一人。

16 岁被选入 ZXN 战队，入队后无缝磨合，盘活三路，兼顾全局，助力 ZXN 一举拿下当年包括 S 赛在内的数个世界级冠军奖杯。出道即登顶。

因在野区神出鬼没、收割人头无数，被誉为“野区第一修罗”。

入队一年，Liar 凭借超神意识和顶尖手速成为队内核心，接过战队指挥大旗，进速恐怖。

第二年，Liar 率领全队再斩敌首，成功卫冕 S 赛冠军，至此保持着正式比赛中 100%MVP 的绝对王者神话，国际赛区内一时风头无两，获封“世界第一打野”。

第三年，Liar 手部意外受伤。同年 S 赛八强赛中，Liar 虽被评为 SMVP，但无奈 ZXN 战队折戟四强。全年冠军颗粒无收。

8 月 1 日，Liar 与战队三年合约结束，宣布退役。

到“退役”两字，资料卡戛然而止。

屏幕前，映出一张苍白的脸。

一个早上，全网被这条石破天惊的新闻刷了屏。

各大门户网站、社交平台和游戏专区里哀鸿四野，大有泪淹召唤师峡谷的架势。

Liar 所属的 ZXN 战队官博更是第一时间被群情激奋的粉丝“爆破”。评论区里有人号哭，有人痛骂，也有人咬牙切齿地拍手叫好。

这不是真的。我不信。

什么意思？别吓我，以后……我们没机会看到 Liar 打比赛了？

ZXN 出来解释！为什么要 Liar 退役？！双冠最大功臣，LPL 赛区第一人！意识指挥操作都堪称传奇打野之神！他今年还不到 20 岁，就算手受伤了也大有可期！连这样的人都放弃，你们疯了吗？

说好的三冠呢？！

L 神不复出我跳江了，我说真的啊……

只是一次失败而已。有伤可以养，有错可以改，L 神我们陪你从头再来，求你了，别放弃好不好？

这就是你们口中的神？LPL 赛区的希望？可笑死了，还是回家吃奶去吧！

楼上哪位，有本事报上战队选手 ID（账号）？我倒要看看 LPL 赛区哪家战队这么牛，都敢嘲赛区第一人了？

无数怨愤、不甘、怒骂的评论里，突然有一条新评论快速上升，出现在众人视野里。

梨子开直播了。

这条评论下，回复热度高涨。

梨子当初给 Liar 的那个外号真没说错，“电竞渣男”，当之无愧！

梨子？又是哪个 36 线网红？

梨哥你都不知道，看来你是没在国服排位里被下路血虐过啊。

嘀，科普卡——梨子，XT 平台签约女主播，国服 ADC（游戏中指普通攻击持续输出核心）路人王。人间尤物，恃靓行凶。同时也是 L 神直播间第一女粉 + 土豪粉，刷 2000 块的火箭像放两毛五一个的小烟花。

呵呵，继续吹。

就知道蹭 Liar 热度。

谁知道那个花瓶是不是代打？天天在 L 神直播间刷存在感，Liar 看过她一眼吗？

这条热评的升空顿时帮 ZXN 战队分担了相当一部分火力。

网友们满腔怨气，正苦于无处发作，此时都像打了鸡血一样，抹干眼泪口水，愤愤拥入 XT 平台梨子直播间。

刚进去，迎面就是一张美人脸暴击。

美是真美。

和网红女主播间最流行的标配五官不同，屏幕里的女孩长着一张十足洋气的混血脸。五官立体，一双饱满的杏仁眼，眼角很自然地向上勾起一点，瞳仁乌黑。她鼻梁很高，鼻尖还有点翘，浅红唇，没抹口红，唇珠却格外勾人。

人间尤物，名不虚传，但恃靓行凶更不虚传。

直播间里清晰可见，她过肩长卷发染成了大胆的乳白色，在脑后扎起高傲的长马尾。

面上妆容夸张，不过不是直播镜头里常见的雪肤红唇，而更像是个被调皮孩子作弄过的染色盘，从白嫩的鼻尖到脸颊上，拿两抹亮眼影似的色彩打横抹过，扎眼得很。

一般的美人坯子，真经不起这样“糟蹋”。

刚冲进直播间准备“爆破”的新人还愣在这美色里，直播镜头前的女孩已经一边排位，一边和弹幕互动了。

“‘电竞渣男’？”

直播间里女声清亮，听起来漫不经心，但悦耳动听。

谈梨随手补了个炮车。舌尖顶着薄荷味的压片糖，滚了半圈。

“对啊，是我给 Liar 取的外号。”

“为什么？还能为什么？”

一声轻佻的笑，顺着收声质量顶级的设备钻进直播间观众的耳朵里，那笑里像藏了小羽毛，挠得人心尖发痒。而镜头前的谈梨炸了手速收掉对面 ADC 人头，仰脸一笑里俏皮而艳丽，没心没肺。

“游戏玩得那么帅，还不谈恋爱，伤了多少少女心？他不是电竞头号‘渣男’，那谁是？”

弹幕又是一片密密麻麻。有哭有笑有骂，谈梨自己房间的粉丝已经被慕名而来的大军淹没在人潮里，房管忙得不可开交。

难为谈梨还能心平气和地开玩笑，偶尔在里面挑一句可以回答的。

“我和 Liar 有私人恩怨吗？当然有啊。”

> 又来了，她又来蹭 L 神热度了。
>
> L 神退役她笑得比花都灿烂，就这样还说自己是 Liar 粉丝！
>
> 算我以前瞎了眼！

那些封不过来的谩骂，谈梨视若未见。

舌尖上的压片糖已经快化完了，只剩薄薄的一片，被她抵在唇齿间轻舔，一笑又潋滟。

“别开车，还能是什么恩怨？”

“Liar 入队周年纪念日，我蹲在直播间给他刷了一周火箭，手指都要报废了，按平台说的可以换他一句话。我让他随便来一句告白，再敷衍都行。结果如何，你们记得吧？”

直播间弹幕停了一秒，然后是刷屏的“哈哈哈”，含泪的、解气的、嘲讽的，应有尽有。

没人不记得，毕竟是闹上热搜尾巴的事情。一周痴心换来 Liar 一句面都没露的房管转达：“让她去玩‘梦魇’，梦里什么都有。”

听见这句话，他们都能想象出那个“电竞渣男”是以怎样一副不以为意的冷嗤语气说出来的。

直播间里，推爆了对面水晶，谈梨慢慢揉着手指倚进电竞椅里。

乳白色的卷发垂下来一绺，掠过乌黑的眸、浅色的唇，莫名色气。她却全不在意，咬着唇肉笑。

“他叫我做梦哎，这仇结大了。”

弹幕里仍旧密密麻麻，直到一条土豪特效弹幕明晃晃地炸开在最上面。

平台首页的 Liar 退役，梨子看见了吗？

谈梨揉捏的细白手指停在空中。

过去悄无声息的数秒，她弯眼一笑：“看见了啊，把 Liar 职业生平写得跟悼词似的。”

死寂。

回过神，房管头皮炸了，弹幕也彻底炸了。

梨子，你没有心！

枉我给你刷过礼物！

就你这样还装什么 L 神粉丝！就缺那一口流量吗？活该 Liar 看都没看过你一眼！

谩骂声里，谈梨开 QQ 敲了一个企鹅头像的小号。

“陪我排几局。”

“几局？”对面很快回过来。

“不知道。”

对面沉默几秒，提醒：“恶意屠服小心被举报封号。”

谈梨扯了扯嘴角，鼻尖旁那两抹亮色翘了翘，像哭又像笑。

她慢慢敲键盘：“随便。”

屠服？我没看错吧，哪个世纪了还有人开这种大言不惭的玩笑？

呵呵，就算职业选手赛程期不怎么排位，没辅助的 ADC 也是个孤儿。随便叫个辅助双排就想屠服，你以为你朋友是世界级辅助呢？

当初就是以这么不要脸的气势蹭 Liar 热度吧！

火上浇油。

不堪入目的辱骂刷满了直播间，房管都快急哭了的时候，直播间镜头里，谈梨切进排位。

她面上仍是散漫无谓的。

“房管不用封。让他们骂。”

弹幕里一寂，然后掀起滔天的浪。

最后一点压片糖在唇间化了，再无踪影，舌尖空落落的。

谈梨舔了舔嘴角，唇镀上薄薄一层糖色。

她想，神庙塌了，总该有叫他的信民发泄绝望的地方。

这一骂从早到晚。

窗外太阳打东边起了，在中间悬了，又从西边落了山。房间里没开灯，直播镜头前都渐渐暗下来。

直播弹幕上已经只剩零星几条弹幕，惨淡得像外边被屠了一天的国服排位。

说屠服就是屠服——杀人盈野。

直播间在线人数还有几万，房间里却安静得如同朝圣。

谈梨播了一天，从早到晚滴水未进，鼻尖到脸颊两抹亮色褪去一半，像洇了水的华美画布，美得惊心动魄。

最后一颗水晶炸得粉碎，排位登顶。

谈梨坐了不知道多久，然后回神。

她的电竞椅往后滑了一段，已经僵掉的手指慢慢捏紧，指节压出苍弱的白。

弹幕纷纷回神，讥嘲怒骂被淹没在刷了屏的“牛”里，谈梨没看。

一天滴水未进，她扶着桌边站起来。

最后的镜头里，乳白色的长马尾晃过半空，女孩颊边两抹油彩托起鲜亮恣肆的笑，夸张却艳丽。

“停播。以后不会再上了。”

镜头黑了下去。

晚上 11 点 54 分。

身为国内第一高等学府，F 大虽然还没正式开学，但校园里已经有不少学生了，不过仅限于白天。将近午夜，没开学的校园主干道上空空荡荡的。校内超市关了门，食堂更不必说。

胃里高歌空城计。

谈梨晃了晃手里的压片糖金属盒，没动静——空了。

饭可以不吃，糖不能没有。

谈梨打定主意，盒子揣回小夹克的口袋里，她转身往校门口走。

学校西门出去 300 米，有个 24 小时便利店。

店门上挂着的铃铛“叮铃”作响时，对面钟表上的分针已经过 0 点又四分之一圈了。

谈梨踏进店内。

0 点 15 分，算是深夜。便利店里没什么人，柜台后有个直打哈欠的店员，食品区还有个看不出性别的小个子。

谈梨走去柜台前。

在货架上点兵点将地挑了个蓝莓味的压片糖，她回头递向收银台时，哈欠打到一半的收银员还在看着她发呆。也不知道是震惊她的发色、妆容，还是脸蛋。

谈梨不在乎，她粲然一笑：“我长得好看能当钱花吗，小哥哥？”

风铃声缠紧她的话音。

余光里，一道修长身影踏进店内，在她尾声处停住。

一两秒后，那人似乎望来。

谈梨没回头，她乖张惯了，才不在意别人怎么看。等店员小哥涨红了脸扫码收钱，谈梨满意地拿回金属盒，揣回口袋时无意抬眼。

柜台后是香烟柜。柜外玻璃面的反光里，穿着黑色无帽薄夹克的男人在她身后走过。

谈梨恍惚了下。

Liar 在镜头前从没摘过那只标志性的黑色口罩，但她对着他无数照片研究过他的侧颜。

如果摘了，尽管模糊，但应该就像这人高挺的鼻梁和凌厉的面部线条一样，冷淡而全无表情吧……

谈梨没想完，耳边，一道紧张到尖锐的嗓音撕破了她的恍惚：“抢、抢劫！”

谈梨回神。

之前在食品区的小个子不知道什么时候出现在她旁边，连衣帽扣在头上，拉链拉到鼻梁前。他手里攥着一把像削铅笔用的美工刀，还颤颤巍巍的。

被美工刀指着的店员呆住了，脸上涨红的血色一下子褪得煞白。

他想到什么，惊恐地看向谈梨。

谈梨停顿两秒，无辜摊手：“虽然我看着像不良少女，但我可不会选胆小鬼当同伙。”

柜台里外两人都没反应过来，谈梨已经从压片糖盒子里倒出一片，勾到舌尖，然后卷回唇齿间。

她歪过头，乳白色的长马尾在空中划过弧线。艳丽的笑跃上脸颊，两抹油彩在白炽灯下晶亮。

攥着美工刀的小个子只来得及看见那张艳极的美人脸和那个潋滟勾人的笑，手肘一紧，然后天旋地转。

“砰。”小个子被一记过肩摔重重地掼在雪白的瓷砖上，来不及呻吟就蜷成一团。

店员傻眼。

那绺不听话的乳白色卷发又从眼前垂下来，谈梨下唇一翘，一口气把它吹开，就懒散地撩起眼帘。

她拍着巴掌起身，然后对上一双漆黑的眼。

站在几米外的保鲜柜旁，男人侧着身，黑色碎发下露了一角冷白的额，凌厉的眉在发间半隐半现。

而那双眼，也像极了 Liar。

“嘶。”谈梨胳膊突然一疼。

地上蜷缩的小个子不知道什么时候爬起来，手上的美工刀往前划在了她手肘旁边。雪白娇嫩的皮肤，一瞬间就多了一条血痕。

艳红的血滴渗出来，啪嗒、啪嗒。两滴血迹打湿了雪白的地瓷砖。

一切不过几秒工夫。

看到血，那个被摔狠了而本能逞凶的小个子反应过来，怪叫一声转身跑出店门。

而柜台后的店员终于回过神来，惊魂未定地颤着声：“小姐，我，我要打电话给你报、报警吗？”

谈梨没回答，甚至没管流血的胳膊。

她抬头，固执地看向那个站在几米外的男人——她的视线直直定格在他的左耳上，像带着血海深仇。

没有。

没有那颗标志性的黑钻耳钉，更甚至，耳垂光滑，白得透冷，一点瘢痕都没有，更不必说耳洞。

他不是他。

谈梨咬碎了舌尖前的压片糖，甜得发苦。

她直起身，油彩洇在鼻尖。谈梨朝向店员，勾起个玩忽的笑：“给我报警？那要顺便再给我叫个 120 吗？”

店员蒙着，没反应。

谈梨抬了抬手，因血迹流过而留下的淡淡血痕蔓延到指尖。她随意地扫过一眼：“创可贴在哪边？”

店员木然地指了个方向。

谈梨走过去，背影干净利落，没有一点留恋。等她拿着创可贴回来结账时，店里那个男人已经不在了。

店员手足无措地跟她道谢，又诚惶诚恐地把她送出了门，像送走一尊瘟神。

夜风有点凉，树叶子掩映下的路灯很暗。

谈梨出了店门几步，想起自己忘记买点吃的，但又懒得折回。伤口在麻木之后慢慢泛起疼痛感。她把受伤的手弯起，咬着撕开创可贴，低头往血痕上贴。

单手贴一个创可贴总是会有点困难的，国服路人王的操作也拯救不了。

谈梨心底死压着的那个盖子下面，一丝烦躁冒了尖。

血迹在她的视野里扩大，像水里洇开的墨，然后慢慢汇合，成形，它变成一片漆黑的底色，上面刻着惨白的字。

Liar 退役。

谈梨眼前一黑，脚步虚浮了下。作为饿了一整天的代价，低血糖的眩晕感很适时地找上了她。

“砰。”谈梨撞进一个陌生的怀里。

反作用力把头晕眼花的谈梨撞得退了半步。腿上软得无力，一流的意识也拯救不了她跌向地面的身体。但在身体亲吻大地以前，有人单手及时撑住她的肩。

谈梨恍惚看清了，是便利店里见到的那个人。

站在路边的树影下，秦隐皱了下眉，收回视线："我到校外了，你过来再说。"左手扣着的手机里，通话被他挂断。然后秦隐压下漆黑的眸，望向被自己扶在右肩的女孩。

她低着头，一动没动。乳白色卷发绕过女孩白嫩的脖颈垂下来，抵在他锁骨前，在路灯下描摹出旖旎暧昧的光影。

但秦隐的心情并不好，把人接住纯属他的下意识预判，接完以后，他更想直接甩手松开。

秦隐忍了忍："你有事吗？"

谈梨听见头顶有个声音像从天边飘来。低沉，磁性，又冷淡。缱绻上一丝夜风的凉，很轻易就成勾人深陷的沼泽。

拔不出来的那种沼泽，她已经跳过一个。

谈梨慢慢稳住身，退开一步。那绺乳白色的卷发垂到她颊边，贴在失了色的唇前。

她张了张口，但没说话。

扶在她肩侧的单手毫不犹豫地抽走，她甚至感觉得到那丝比夜风都凉得入骨的冷淡。

那人转身离开。

——让她去玩"梦魇"，梦里什么都有。

Liar。

骗子。

人如其名。

梦里没你。以后，视线里也再不会有了。

神庙倾圮，信民终将无处可归。

……

心底的盖子被撞得粉碎。

谈梨压抑了一整天的情绪，终于在这一刻溃不成堤。

长街空荡，女孩崩溃地蹲下身去，声嘶力竭，哭腔难抑——

"Liar，你这个'渣男'！"

几米远外，刚要离开的秦隐一僵。过了几秒，他撩起眼，慢慢回过头去。

“？”

夜空很低，几颗星子寂寥地挂在树梢。

街角的网吧走出两个流里流气的小青年，溜达到路旁。停了会儿，一个戳戳另一个的腰。

“哥，你看。”

“看什么？”

“看那边，有对小情侣哎。”

“情侣有什么好看的？”

被戳的那个不耐烦，扭回头，瞧见几米远外站着的两人。准确说，是一站一蹲。

站着的那个面冷如玉，五官在夜里有些模糊。从两人角度看去是侧影，凌厉挺拔，将暑夏的夜色也割出几分清冷味道。此时那人微低着头，视线落在自己脚旁。

他脚旁蹲着的是个女孩，脸全埋在臂弯间，长卷发散乱地堆在纤细的颈旁。似乎在哭，还哭得挺忘我。

能够判断出是个女孩，除了那扎眼的乳白色卷发，全凭牛仔热裤下那双莹润匀停的美腿。即便憋憋屈屈蜷在那儿，也是十分具有攻击性的美感。

“哥，这什么情况？”

被戳的那个醒回神，不自在地清嗓：“咳，都这个点了，还能什么情况？明显渣男分手现场。”

“嗯？”

“要么偷吃忘擦嘴，要么睡了不负责。”

另一个咂摸两秒，恍然点头：“有道理啊。”

这番安静夜色下的渣男探讨，成功把谈梨带回现实。

她多蹲了会儿，没急着起来，而是侧着歪过头看向路旁。那哭花的漂亮脸蛋就枕在胳膊上。鼻尖旁两抹油彩被泪水晕开了，在脸颊上描出半朵碎花。

狼狈是真的，惊艳也是真的。

两个小青年大概是头一回见到哭成这样还叫人觉得漂亮的姑娘，被盯着傻在那儿。

直到那张还染着泪的脸上突然绽开明艳的笑："好看吗？"

两个小青年没反应过来，然后他们看见趴在胳膊上的女孩直了点身，仍蹲在那儿。她的姿势改作托腮，晕开的花在她脸颊上亮晶晶的。最显眼的是被露出的白皙胳膊上，一道血迹鲜红的刀伤。

"再看我就报警了。"

对着那条被泪水染开而有些吓人的血痕，两个小青年犹豫三秒不到，立刻转身开溜。从背影看，求生欲十分强烈。

解决完小麻烦，谈梨平稳了会儿情绪，才慢悠悠仰起头。便利店见过的那个男人，此时就站在她面前不远处的路旁。

这次，她终于看清他的长相。

黑发是有点不修边幅的凌乱美感，冷白额角下眉峰凌厉。眼形偏桃花，但眼尾要更细长些，所以让他看起来不太好惹。除此之外，鼻梁挺拔，薄唇性感，从颧骨到下颌的面部线条更完美得挑不出一点瑕疵。

一个字，绝。

更绝的是，长了这样一张能惹人前仆后继的脸，那双黢黑的眸子里却寡凉而冷淡，不通情欲。

人类有种劣性，越得不到的越想要——对着这样一个人，谈梨觉得没人不想看看他动情动欲是什么模样。

啧，真是想想都替他未来女朋友愁得慌。

谈梨心生同情。

沉默持续十秒，谈梨终于把盖子下跑出来的最后一点情绪也收拾了回去。她蹲在那儿托着腮，朝那人明艳地笑："小哥哥，你不是走了吗，怎么又回来了？"

秦隐垂着眼，望了这个仿佛喜怒无常的女孩片刻。

"等人。"

不同于轻易被她撼动的店员和路边小青年，他的声音像眼神一样冷漠。

谈梨笑起来。她终于知道自己为什么会认错了——这人眉宇间那股子冷淡得遗世独立不可侵犯的劲儿，太像 Liar。不过 Liar 要是长这样，大概就不会戴口罩了。

谈梨深吸了口气，夜色的凉意和草叶的清香涌入身体。

她张开双手，抹掉眼角的泪，然后笑声从指缝里逸出："那怎么不站远点，是我刚刚哭得不够吓人吗？"

秦隐低下眼。

女孩蹲在他脚边，正仰着头，两只巴掌按着那张艳丽的脸，表情动作都古灵精怪。乌黑的瞳藏在指缝间，一眨不眨地仰视着他。在鼻梁上交扣的小指下，鼻尖点着晕开的彩，唇色浅淡轻翘。

他不说话，她就耐心地等，好像多久都没关系，固执而坚定。

秦隐难得仁慈一回，问："你哭什么？"

谈梨指尖在脸颊上跳了跳："嗯……你认识 Liar 吗？"

空气停了两秒："不认识。"

"啊，那就好。"

秦隐撩起眼："好什么？"

谈梨放下右胳膊，只左手托着脸歪过头，视线从那双大长腿挪上去。她看着那双漆黑的眸——真像啊！

定定地看过很久，谈梨倏忽笑了，明媚潋滟："他是个大'渣男'，不认识就最好。"

秦隐垂眸，睨她两秒："渣你了？"

"对啊。不然我干吗哭这么惨？"

"怎么渣的？"

"咦，你没听刚刚那两个人说吗？"谈梨扬起恣意的笑，调子拖得慵懒又无赖，"他睡了我不负责啊。"

黑眸一冽，眼底冷淡和无谓被撕破，一点情绪冒出个尖。然后，男人轻眯起眼。

谈梨却错过了对方这一瞬的神情变化。她低下头，奇怪地揉了揉手臂——怎么突然有点冷呢？

安静间，街角网吧里又出来几个年轻人。

这边一站一蹲的场面依然非常吸睛。尽管没有前面那两人八卦，但秦隐仍旧能从那些投来的目光里觉察到无声的“渣男”指控。

他眼底情绪起伏几次，归于平静。

“你不起来吗？”

谈梨不知道自己刚刚逃过一劫。她摸了摸热裤裤袋，空的。谈梨叹气：“不能起。”

“？”

“我今天没吃东西，糖盒又掉了，现在完全没力气。”谈梨托着腮，回头看便利店的方向，鼻尖上晕染开的油彩跟着翘了翘，“难道是刚刚摔人的时候丢的？”

听起来有点郁闷，但不足一秒。那双眸子转回来，重新盯到秦隐身上：“我看你要等的人还没来……”

秦隐不言语，等她的后话。

路灯下女孩蹲在他腿旁，仰起的脸上，油彩在她颊侧熠熠。

“为了不让一个花季女孩因为饥饿无力横死街头，哥哥，你能帮我买盒糖吗？”

空无一人的街道上，这声“哥哥”比“爸爸”都来得恳切。

“当啷。”

糖片在金属盒子里敲出利落的声响，荡得夜色格外空旷。

抱着膝盖的谈梨仰起脸，先看见一双黑裤裹着的修长清瘦的腿，然后才看到垂在眼前那只冷白手掌和被捏着的压片糖。

她怔了下，然后晃出明艳一笑：“我还以为你走了呢。”

头顶没声音，谈梨也不在乎，金属糖盒被她拿走，指尖无意蹭了下那人掌心——很凉。

谈梨熟练地撕去塑料薄膜，打开盒盖，在手心里倒出一粒，她想了想，又倒了一粒。

“吃吗？”女孩蹲在那儿，仰着脸笑，没干的泪熠熠着鼻尖的油彩。

秦隐垂了垂眼，视线落到那只举起的白净手上。

“我不吃糖。”冷淡声线被浸进深重的夜色里。

谈梨一点都不意外，她很干脆地收回手，把两粒压片糖放进嘴里。舌尖卷住，等第一丝甜味渗入味蕾。

活过来了。谈梨抱着膝盖垫着胳膊在心里舒畅地想。

糖就是她情绪的开关。吃不到的时候会有点暴躁，也可能非常地丧，不受控制，甚至变成个恣肆妄为的小疯子。所以明知道不好，谈梨还是忍不住把这个安慰剂带在身旁，然后就上了瘾似的，持续很多年，无可取代。

无可取代，直到第一次看见 Liar。

那时候，Liar 还在职业圈外，只是登顶国服的路人王。谈梨被哥哥是职业选手的闺密盛喃拉去网吧看排位赛，那是谈梨第一次接触这个游戏。

第一次，第一场，第一眼就惊艳。

那简直不像一场排位，更不像一场十个人的游戏。

谈梨看不懂那人在当时堪称独辟蹊径的刷野路线，更不明白那随机应变的攻守切换，背后代表的是怎样可怕的心理预判和大局意识。她只看见整场游戏的节奏在那一个人的指尖把玩跳跃，随心所欲，像推拨命运轮盘的神之手。

当游戏结束，只有震撼。

然后那个夏天，谈梨和无数人一起记住了那个 ID——Liar。

再后来，他成了她的神庙、她的信仰，也是唯一可以替代她安慰剂的泥沼。因为，他远比那个小小的金属盒子更让她上瘾。

像中了慢性的毒，一场场比赛、一次次集锦，每一个镜头、每一次惊艳、每一场震撼，经年累月无数次复盘后早已深入骨髓，无法自拔。

谈梨想，电竞圈里所有人都像她一样，每一个人心里都有自己的那座神庙。只是她和她的同路者们更不幸些——那个男人转身离开前，甚至连一点仁慈的预兆都没有留下。

压片糖被谈梨抵在舌尖，又卷到唇齿下，然后用力咬碎。

她含混不清地咕哝了句：“‘渣男’。”

站在旁边的秦隐再次一僵，然后他轻眯起眼，回眸看向腿旁那坨鼓鼓的影儿。

“你说什么？”

谈梨左右看看，没人。她这才确定，真的是旁边那人在主动发问。

谈梨意外地仰起头。夜风撩起她不知何时散开的长发，乳白色的发丝纠缠在风里，拂过的面颊上染着浅粉淡红的油彩，温柔缱绻。但那大约只是幻觉。

过了一会儿，谈梨回过神来，明艳的笑回到她的面颊上，乌黑的瞳被染得潋滟：“没什么。”

她晃了晃糖盒，当啷当啷。那个声音让女孩荡起更恣肆的笑：“我该怎么谢你呢？”

“不用谢。”

“以身相许好不好？”

从交谈至今，谈梨第一次在这个男人脸上看到明显的情绪——秦隐皱了下眉。

谈梨反而笑得更开心了。

除了 Liar 以外，她从来不在乎自己是被喜欢还是被讨厌，而面前这个人唯一的特殊在于他像 Liar 的那点冷淡劲儿。她喜欢看他被勾出更多的情绪。

不过适可而止的分寸，在有糖或者有 Liar 的时候，谈梨总是知道的。

她晃了晃身，乳白长卷发被夜风温柔梳理，路灯和星子的光在她眼底跃跳，潋滟如春景。

她笑得俏皮而恣意：“开玩笑的，别怕，我从不恩将仇报。”

谈梨歪过头想了想：“不过我能答谢的事情不多……啊，有了，你玩游戏吗？”

“什么游戏。”

“LOL（《英雄联盟》）那种？”

“玩过。”

“那就简单了——改天我带你双排上分。”

沉默里，被谈梨品出那么一点嫌弃。她也不恼，只笑：“他们喊‘爸爸’我都不带的，你还怀疑我？”

秦隐无声瞥她。

谈梨莫名有点心虚，只是立刻就被她无视掉了。

体力回归一点，她扶着膝盖慢慢起身，舔着唇角糖色轻笑：“以身相许和带你双排，二选一吧。”

秦隐在夜色里沉默，许久后……

“双排。”

谈梨这次是真气笑了：“小哥哥，你挺忍辱负重的啊。”

那人声淡，嘲弄也显得轻薄：“你知道就好。”

谈梨一怔，不等她想通这一瞬语气的熟悉感是什么，深夜空旷的长街尽头，奔驰而来的跑车拉出一声轰鸣的长调。十几秒后，一辆骚包的明黄色跑车停在道旁。

扑面的跑车尾气里，道旁寂静。

谈梨转头：“你朋友？”

秦隐：“嗯。”

谈梨对着那辣眼睛的明黄色审视：“好品味。”

秦隐：“……”

车窗降下。

“秦隐你知道我多辛苦才逃脱经理监视来接……”降到一半的车窗带着主人的紧迫，“嗖”的一下又升了回去。

刚抬手准备打招呼的谈梨眨了眨眼。

跑车的玻璃纸私密性极好，只隐约能听到里面窸窣了片刻，然后车窗重新降下来。

一个用车上毛毯之类的物品裹住脑袋只露出一只眼睛的奇怪生物坐

在驾驶座里，尴尬地扶着车门，声音还刻意压得低沉：“咳咳，上……上车。”

谈梨捶了捶蹲到麻掉的小腿，笑：“你朋友是沙特阿拉伯回来的吧？”

未等秦隐回答，谈梨的身影已经一瘸一拐一蹦一跳地绕过跑车，朝马路对面走去了。

女孩的背影浸进夜色里。她背对着他们，挥了挥胳膊，白皙中那一抹干涸的血痕十分扎眼，而她全不在意，风带回来的笑声依旧恣意动听。

“改天带你双排啊，大明星。”

秦隐没解释这个误会。反正他们都当不会再见，所以保持默契，喊着让他二选一的人也没要他任何联系方式。

片刻后，一声油门声响，车身驶入长街尽头的光影里。

车内，秦隐单手搭在降下车窗后的车门上，侧颜清冷。

驾驶座里，肖一炀惊魂甫定：“你也不跟我说你旁边有陌生人啊？这可是赛程期，我瞒着我们战队经理偷偷跑出来接你，要是被人认出来传上网，那我们经理非得弄死我不可。”

秦隐靠在真皮座椅里没抬眼，淡声道：“你都包成猪头了，你亲生父亲也认不出来，干爹更不行。”

肖一炀自豪：“那还不是多亏我反应快？去去去！谁是我干爹？再说了，我这么英俊潇洒的就算再伪装，怎么可能跟猪头有联系？”

秦隐冷淡轻嗤。

肖一炀还想追究，却突然想起来：“哎，等等，差点忘了，刚刚车外边那个小妹妹是谁？”

“不认识。”

“不认识也就是今天刚认识，可以啊 Liar 神，你这刚退役第一天，就准备让你那九亿少女粉梦碎召唤师峡谷，太残忍了吧？”肖一炀幸灾乐祸。

秦隐合上眼，懒得理他。

肖一炀和秦隐从小认识，对秦隐脾性习以为常。说起来 LOL 这个坑当初也是肖一炀把秦隐带进来的。为此，他已经三年没敢迈秦家的三进大门了。

车里安静了会儿，肖一炀慢慢回过味来："我刚刚第一面看得匆忙，后来又挡了眼睛没瞄清，不过刚刚那小妹妹怎么给我感觉那么像你一个女粉呢？"

秦隐一动未动："我有女粉吗？"

肖一炀咬牙切齿地笑："中国赛区里还有比你女粉更多的吗？早知道我也跟官方申请特殊保密了，那说不定我女粉也能多涨点。"

"你没女粉不能怪丑，怪菜。"

"滚滚滚！"

秦隐合着眼，嗤笑了声。

从后视镜里瞥见这一笑，肖一炀噎了下，半晌才悻悻道："算了，你这张脸能自觉戴口罩就挺好，要不然国内赛区的女粉还不得被你包圆儿了。"

秦隐没回应，肖一炀习以为常。

玩电竞的少年们多数都在二十岁左右血气方刚的年纪，正是谈起异性就兴奋的躁动期，犯起幼稚来没少比较一下谁的女粉多谁的女粉少。

偏他身旁坐着的这个人不同。

作为中国赛区第一人，Liar 在这方面无论是实力或者长相都有绝对话语权，但他从来对女粉话题不感冒。他在 ZXN 战队当核心指挥那段时间，私下里也没人敢跟他开这种玩笑。久而久之，Liar 这"电竞圈第一冰山"的名号就不胫而走，直到"电竞渣男"的称号横空出世，取而代之。

想到这，肖一炀憋住笑，清了清嗓子，主动转开话题："你今晚怎么回事，不是你家里派车来接你吗？干吗又折腾我？"

秦隐皱了下眉："我妈记仇。"

肖一炀心有余悸地缩了缩脖子："这我当然知道啊。怎么，车没来？"

"来了，行李物品全部搬空。秦家我能联系到的人，一起把我拉黑了。"

肖一炀："噗，这还真像是她的手笔。"

忍着幸灾乐祸的本能，肖一炀把秦隐送到P市郊区的一处别墅。

秦隐推开车门，长腿已经迈到车外。然后他单手扶着车门，停住了。

肖一炀愣了下，回过神来十分感动："很长时间没见我舍不得了是吗？没关系，我不嫌你肉麻，抱……"

秦隐扣着车门，冷淡回眸："你之前说，她像哪个女粉？"

空气凝滞数秒。

肖一炀慢吞吞抬起手，转回头去一边掏耳朵，一边自言自语："我这两天是不是熬夜熬得太厉害了，怎么还幻听了呢？"

"你没幻听。"

秦隐扶着车门，沉默后，他轻嗤了声："算了，当我没问。"

秦隐侧身下车。

肖一炀急了："哎，别啊！哥，我错了哥，你快跟我说说，今天那小妹妹真跟你熟啊？"

秦隐不搭理他，合上车门就要转身。

"我告诉你，我告诉你还不行吗？"

"没兴趣了。"

"你活该单身！"肖一炀没好气道，"你那九亿少女粉我又不可能都记得，有印象的只有闹出圈那个。"

秦隐停住，侧回身："出什么圈？"

"你又有兴趣了啊？"怕惹毛这个狗男人，肖一炀快速回了句嘴就立刻接茬，"还能出什么圈，就当时你们战队那个入队周年纪念日活动，周土豪榜第一名能提个要求——人家在你直播间给你刷了一周的火箭，点名要你告白，结果你一句'让她去玩"梦魇"，梦里什么都有'就给人打发了啊。"

短暂的沉默之后，秦隐撩起眼，实话实说："没印象。"

肖一炀冷笑了声："你当时一句话把人送上热搜尾巴，小姑娘被玩梗玩了两年呢，你这个丧良心的竟然忘了？"

秦隐眼前又晃过那幅画面。

在深夜长街，孤零零的路灯下，那个便利店里张扬得肆无忌惮的女孩突然崩溃，抱着膝盖蹲到地上，哭得声哑绝望。

“不过那女孩也挺厉害的，”肖一炀突然的笑，拉回秦隐的神思，“毕竟是自带粉丝的女主播，人家转头就回赠了你一波狠的。”

秦隐抬眼：“主播？”

肖一炀幸灾乐祸：“对。这你也不知道啊？你那个都已经名扬海外了的‘电竞渣男’的外号，就是那件事后，她在自己直播间里给你取的啊！”

——“渣男”。

耳边回响。

秦隐轻眯了下眼，几秒前心底罕见地生出的一点负罪感，在这一刻已经消散得无影无踪。

“怎么样，你对她有印象没，那小妹妹到底是不是她啊？”肖一炀停下笑，问。

“不知道。”秦隐淡漠地答。

“我也只是看着有点像，毕竟那样的发色，还能撑得起来的，恐怕真没几个小姑娘。”

“嗯。”

“咦？你这是承认她好看了？”

秦隐瞥过去，一个“你无不无聊”的冷淡眼神。

肖一炀憋住笑：“行了，不跟你扯了，你这种‘冰山’，谁还指望你动心吗？问你正事。”

“你会有什么正事？”

“少小瞧我，怎么说我也是 WWW 的当家选手。”

秦隐淡声问：“当哪个家，饮水机旁边那个？”

“滚滚滚。”肖一炀气得想拿眼神刀他，“我就替我们经理问一句，你……真不回去了啊？”

空气一寂。

肖一炀在这沉默里憋了会儿，又道：“我们经理前几天就跟我打听，问你是不是在 ZXN 受什么委屈了，还表示要热烈欢迎你来我们队呢。”

秦隐眼皮抬了抬：“去你们队做什么？”

肖一炀被那眼神刺激到，炸毛："干吗，看不起我们队啊？我们虽然还没拿过 S 赛冠军，但怎么说也是赛区里的一流强队了吧。LPL 赛区第一辅助 Sheng 可还在我们队呢。"

"别敏感。"秦隐唇角轻挑了下。

肖一炀斜他一眼："那你什么意思？"

"我去了，你们队打野怎么办？"

肖一炀磨了磨牙："你还有脸提，跟你们战队打了几回友谊赛后，我们打野小哥哥都快被你吓得野区 PTSD（创伤后应激障碍）了！"

秦隐垂眸，神色淡淡的，似笑而非："从路人局里拔起来的新人想要跟上职业节奏，本来就需要练习。"

"你那是练习吗？你那叫炼狱。"

"随便。"秦隐似乎没了再聊的兴致。

肖一炀追问："真不回去啊？我们经理知道情况，可都舍得为你豁出一个替补席了。"

"不回。"那人的声音低沉懒散，在夜色里慢慢荡回来。

肖一炀从座位上站起来，扶着车门，不死心地喊："为什么啊？"

"不为什么。"

肖一炀张口，还想说话。

那人最后一句话音传回来，缱绻着夜风里的凉意："答应过的，原则而已。"

等那人影进了别墅，肖一炀才带着遗憾坐回去。

他发动起车，不甘心地嘀咕："原则原则原则，就知道原则……也不知道秦家是拿多少清规戒律，才养出这么一位活祖宗的。"

再遗憾不满，肖一炀也只能压回去。他认识秦隐十几年，深知一点——秦隐决定好的事情，就没谁能动摇过。

那晚回学校后，谈梨自闭了将近一周。网络信号全断，手机关机，每天规整得很，严格保持着早上 7 点走晚上 9 点回的规律，把自己浸泡在 F 大图书馆那知识的海洋里。

一周过去，谈梨感觉自己的思想境界都得到了升华。

除了那头扎成马尾的长卷发还是乳白色的，使得她在校园里回头率 100% 外，谈梨第一次觉得自己跟这第一学府的气质如此浑然一体。所以等谈梨再次回归网络，登录上 XT 平台的账号时，她后台的私信箱里早就快被挤爆了。

多数都是粉丝来信，质疑或者询问，关于她那天宣布停播的事情。个别几份，直接来自 XT 平台官方。

毕竟是签约主播，梨子这个 ID 无论在国服排位还是在 XT 平台上都不是无名之辈，“停播”豪言放得轻松，想贯彻到底却不容易。再加上因为圈里玩梗的 Liar 第一女粉身份，她被直接挂钩 Liar 退役事件。这场风波一日不消，她那“冲冠一怒为蓝颜”的事迹就一日不会平息。

迅速划过一片私信，谈梨没看见什么想搭理的，她刚准备退出时，光标却停在了其中一条上。

谈梨左手慢慢托起脸腮，鼠标左键被轻轻一敲，她点进去。

梨子，那天陪你排位登顶的辅助操作好可怕哦。然后我刚好认识 WWW 战队那边的工作人员，听他们内部说，那是 Sheng 神的私人小号，真的假的啊？

看完私信，谈梨指尖在额角轻敲了下。她放弃了先和 XT 平台谈解约的想法，拿出手机。刚开机，通话和信息之类的程序上，已经无数个红色的数字提醒冒出来。

谈梨没理。她打开通讯录，快速拨出一个号码。

几秒后，电话接通。

“梨子？”电话那端传来一个温和的声音。

谈梨：“笙哥，我看平台私信里有人问起，你们战队知道你小号的事情了？”

“嗯。”

谈梨皱了下眉，她无意识地伸手，摸到桌上的压片糖盒子。

金属盒凉冰冰的，让谈梨意识一醒，她轻吁了口气："对不起，是我那天太冲动，没有考虑好后果，拖累你了。"

"没关系。"盛笙玩笑道，"我是为了上分。"

"那你们队里有什么反应吗？"

"本来是该有的。"

"本来？"谈梨意外于盛笙的这个用词。

现实显然是没有。这件事发生在赛程期，虽说可大可小，但战队里毫无反应似乎也不太科学。

谈梨正想问，就听电话里那个温柔的声音笑起来，似乎在对旁边的人说话："还差 372 组就完成了，加油。"

一个陌生又仿佛有点熟悉的惨叫声隐约响起："我死了，我死了，我要死了，这种训练做 500 组还不如让我跪死在基地门口！"

"谁让你在赛程期偷偷跑出去？"

"我那是、是……"

"是什么？"

"是不能说的秘密啊，说了会被人灭口的。"

"嗯，那你就不能怪经理罚你了。"盛笙又笑。

"盛哥你不能这么残忍，我可是替你顶雷了，怎么连你也嘲笑我！"

"那，谢谢？"

另一个人大约是被气死在电话那头了。

谈梨听完，已经大概了解全过程，她扬起毫无同理心的灿烂笑容："赛程期偷偷溜出基地，难怪被抓典型，是你们战队那个新人打野吗？"

"不是。"盛笙的电话里，惨叫声淡出背景音，"是中单，Yiy。"

"Yiy？"谈梨搜寻记忆后，自然脱口，"啊，就是联盟里唯一和 Liar 关系不错的那个——"

话声戛然一停。

一两秒后，谈梨遗憾地叹了声气："知识的汪洋大海竟然都洗涤不去这个狗男人在我心中的一席之地啊。"

盛笙的声音里笑意淡去，带上几分兄长的严肃："梨子，我之前就和你说过，Liar 只是一个符号。那个人寡绝到可以把自己的选手身份和私生活完全割裂，他总有一天会消失得无影无踪。你不该陷得太深。”

谈梨面上笑意轻淡了些。她手指勾起额前垂下的那一绺乳白色的微卷长发，慢慢在纤细的指节上缠绕，收紧。

“嗯，事实证明，你一语中的。”

盛笙：“你不相信我的话？”

“不是不信，只是，”谈梨笑起来，她看见桌角镜子里，女孩眼底情绪里掺着水色熠熠，“我只是没想到，那天会来得这么快，这么猝不及防而已。”

盛笙沉默。

谈梨声音轻快，像是愉悦：“笙哥，你说，我以后还会有机会见到他吗？”

盛笙皱眉，沉默很久后，他残忍地开口：“你其实从来没见过他。真正的 Liar，没人见过。”

那绺微卷的长发轻颤了下，然后桌前的女孩笑起来，微微仰合，像雨丝里摇曳的花枝，是明艳而动人的：“嗯，你说得对。”

盛笙叹气：“所以别再放任自己往下陷了。”

“好。我会忘的。”

盛笙听她保证，这才稍放下心。闲言几句后，他提起另一件事：“XT 平台之前找我，说他们联系不上你。”

谈梨打了个哈欠，一本正经的欠欠的语气：“对，我关机了。图书馆里泡了一周，接受古今中外的思想洗涤。”

盛笙无奈：“他们找到我这儿来了，那份直播合同你准备怎么办？”

“付违约金？”谈梨不在意地说。

“他们不缺钱。”

“所以？”

“他们希望你继续直播，至少到合同期满。”

“不可能。”谈梨想都没想，“我已经决定好好学习，一心向善了。今天开始绝不杀生，哪怕是峡谷里的一个小兵都不行。”

盛笙难得也有被噎得说不上话来的时候。组织了好一会儿的言辞，他才小心提醒："你还记得，你当初签直播合同的时候，差半年才能成年吧？"

"嗯。"谈梨随口应了，托住脸颊，"所以呢，他们想搞鬼？"

盛笙："如果你不肯履约，那他们可能会去联系你父亲。"

谈梨一僵。须臾后，谈梨掀起眼帘。她握着金属盒，单手打开，倒出颗蓝莓味的压片糖，卷进唇齿间。

谈梨慢慢咬住糖片，然后一笑潋滟："我会履约的。"

通话结束，谈梨面上笑意一点点松垮懒散下去。她的身体也跟着放松，没骨头似的慢慢滑进电竞椅里。

谈梨望着雪白的天花板，眼神空空。

差点忘了啊。

她开始依赖压片糖做安慰剂，是在妈妈去世一个月后，从她的……父亲，把一个陌生女人领进家门的那天起。

怎么会忘呢？

谈梨咬着唇肉笑了笑，她抬手，食指和拇指之间捏着的长条金属盒被她竖起，然后慢慢地晃。

当啷当啷。这个声音里，谈梨想起一双漆黑的眼，还有……

"叮咚。"

开机后的手机不甘平静。

谈梨眼底荡起一点波纹。意识被迫回归现实。她放下金属盒，百无聊赖地拿起手机，划开屏幕。

来消息的是 QQ 群——F 大信息工程专业 12 级（1）班，准大一新生群，30 个学生和 1 个新生指导老师都在群里。

新消息只有两条：

指导老师：咱专业有位休学几年的同学，今年刚回来，分到（1）班了。

指导老师：开学以后就是 31 人的新生集体，大家互相帮助。

紧跟着，群内弹出提醒：

指导老师同意 Y 加入群聊。

一秒后，带着入群的验证消息框，新同学 Y 以一枚纯黑色无字头像的形象，出现在谈梨的视野里。

Y：。

这扑面而来的敷衍淡漠的气息。

新世界已经被冰山群给占领了吗？

第2章

双排·因为帅

F 大新生报到那天，校园每一个角落都被人影塞得满满当当。上床下桌配置的四人女生寝室里，原本的空荡也逐渐被填上。谈梨作为全寝最早到的——提前了一整个月，所有东西早就收拾归位。

为了不耽误寝室里另外三个女生和家长们的“基建”大业，她自觉去阳台上待着了。

9 月日光正盛，晒得太阳底下的人懒洋洋的。

谈梨穿着白 T 热裤，靠阳台的侧墙站着，留下一条淡淡血痂的白净胳膊被抱在身前。她咬着压片糖，轻仰着头，眯着眼看窗外杨树叶子间的反光。

玻璃推拉门被拉开，带出一声摩擦后的细微声响。

谈梨回过头，一位衣着朴素的女家长，第一脚跨进阳台就停住了。

她尴尬地和谈梨对视两秒，不自在地示意了下手里的脸盆：“同学，我进来放、放一下盆。”

谈梨接收到一种“敬而远之”的目光。她舌尖顶了顶脸腮，然后一展笑容：“您自便。”

话虽这么说，但这位家长还是很拘谨，她进了阳台恨不得贴着墙角走，放下脸盆后更是第一时间出去了。

推拉门合上的最后一秒，已经转开脸的谈梨听见门缝间被挤成丝的声音。

“F 大也会有这样的学生啊。”

“真是……”

舌尖抵着压片糖转过半圈，谈梨不在意地翘起唇角。

窗外阳光晃眼。

手机振动。

谈梨从牛仔热裤口袋里拿出，屏幕上跳跃着“盛喃”的字样。

谈梨指尖一划，圆圈被抛向绿色。

手机放到耳边，她低下头去。盯着脚上那双象牙色帆布运动鞋上的三角橡胶徽标，谈梨露出散漫的笑：“喂？”

“你在哪儿呢？”不等她说第二个字，盛喃的雀跃声音已经传过来，“我到你们学校了，速来接驾！”

糖片在舌尖一停：“怎么突然来我们学校了？”

“干吗，就算我考不进来，还不准人参观啦？”

谈梨笑着从墙面前支起身：“报个坐标，我去接你。”

交叠的白皙光滑的长腿站直了，谈梨收起手机，走出阳台。

她这边一拉开门，寝室里静下来，站在另外三个床桌旁边的未来室友和家长们不约而同地望过来。

气氛霎时微妙。

大家有点尴尬，唯独谈梨全然不在意的模样。她走到自己桌旁，脚尖一踮，取下挂在床头的粉色棒球帽。左手拆了发绳，右手反手将棒球帽往头顶一扣。

谈梨转身，脚步轻快地往外走。柔软的长卷发垂在女孩身后，随着她身影一荡一荡的，像起伏的波浪。

风里散开淡淡的花香。

盛喃很会挑时间来，正赶上新生正式报到日，满校园人头攒动，脚都难落地。尽管这样，人群里谈梨还是最亮的那颗星——一路从校门口进来，回头率始终100%。

“啧啧，梨哥，您这是不是有点太嚣张了啊？”盛喃问。

谈梨不以为意，歪过头笑得明艳：“不好看吗？”

“怎么会？”盛喃故意做出夸张表情，“梨哥头发染成彩虹色都好看。”

谈梨手指弯起比个“ok”：“听你的。下回就染彩虹色。”

盛喃乐了："真染啊？"

"当然。"

临近中午，暑热稍重，两人叭叭几句就飞快地钻到教学楼旁的林荫道上。

这边不通往任何一栋寝室楼或者校门，明显清静许多。

"说吧，"谈梨一步一跳地踩路边被夜雨打下的叶子，专注得头都不抬，"你今天到底为什么来的？"

盛喃顿了顿："还能为什么？想你了啊，顺便来看看这辈子都不配拥有我的第一学府长什么样。"

"是吗？"谈梨在前面停下来，转过身，背着手笑眯眯地看她。

盛喃被盯得心虚，没坚持几秒她就举手投降："好吧好吧，我坦白从宽，就是我哥跟我说你失恋了呗。Liar 这坑是我当初带你跳进去的，怎么我也得负点责任，这不就来找你慰问了吗？"

谈梨笑着仰起脸，头顶树叶子间漏下的阳光刺得人眼睛睁不开："你才失恋，我这明明是神庙塌了。"

盛喃不信地看她。

谈梨："真的。"

"鬼才信。"

"你不信我也没办法。"

"那我问你，哭了吗？"

谈梨笑容一顿。

"没有彻夜难眠，想起来就撕心裂肺无法忘怀吗？"

"……"

"没有偶尔发呆就无意识地想起过去吗？没有潜意识里想尽一切可能只要挽回吗？"

"……"

盛喃撇了撇嘴："你这不就是失恋了吗？"

"……"

片刻后，谈梨回过神来，伸手摸向裤袋，她面上不在乎地笑："你这是诡辩，按你这个逻辑，所有不如意都能归为失恋。”

“哦，”盛喃冷漠，斜瞥她伸进裤兜的手，“那有本事你现在别吃糖。”

谈梨动作一僵。

盛喃上前，嫌弃地挽住她：“要是让我给自己评一个人生最后悔榜单，那榜首一定是三年前逃课带你去网吧，看见 Liar 那场排位赛直播的那天。”

谈梨拿出金属糖盒，打开：“不是你的原因。”

盛喃盯着她手里：“你怎么还没戒掉？”

“看来没有。”

“之前不是好多了？”

“嗯，那可能就是我最近两周泡图书馆，用脑过度？”谈梨随口答道。

最近两周。

盛喃自然听懂了真正的原因，她慢慢叹出口气：“你小心老了以后得糖尿病吧。”

谈梨含了一颗，晃着糖盒，笑：“假如我能活到老。”

盛喃沉默数秒，抬头：“不行，今天我既然来了，就必须带你走出这个状态。你知道失恋最好的解决办法是什么吗？”

“我没失恋。”谈梨提醒。

盛喃置若罔闻：“那就是展开一段新的恋情！”

“可是旧的不存在。”

“我们才 18 岁啊，少女！恋爱啊，造作啊，不养十个八个备胎，对得起你这张一进直播间就被骂狐狸精的脸吗？”

谈梨抿着糖，放弃鸡同鸭讲。

盛喃行动力极强，当即拖着谈梨满校园开始搜寻目标。谈梨就随她闹。

最后她们停在人流量最大的校内广场前。

盛喃叹气：“你们学校里别的没毛病，但这大一新生里男生的整体外观质量真的太朴素了，不如我还是带你去……天啊！”

舔着糖走神的谈梨被这一声叫回神，抬头：“怎么了？”

盛喃没回答她，视线呆呆地盯着某个方向。

谈梨回眸。她很轻易就确定了盛喃的目标。毕竟但凡是注意到那人存在的，没一个不往那儿汇聚目光。

黑色条纹薄外套和黑色条纹长裤，白 T 白鞋，碎发上扣一顶弯檐帽，再拖一杆黑白撞色行李箱……靠那双长腿和模特似的身材比例撑着，只看侧影背影也是全校园最酷的 guy（男人、小伙子），更别说那张脸的加成了。

世界真小啊。

怔过两秒的谈梨回神，望着那张写满高冷的侧颜，她忍不住一笑。

“绝了绝了。”盛喃目不转睛地盯着那道走过去的身影，“我到底是在 F 大广场，还是在什么国际电影节红毯上？这种神仙长相竟然是你们 F 大能拥有的学生？”

她扭回头，把谈梨的手腕攥得紧紧的，激动不已：“就他了！四学年内把他拿下，睡一晚回本，睡两晚大赚，睡一个月……”

谈梨视线里，那人突然停住。他微皱起眉，抬眼看过来。

目光隔空交错。

第一秒，谈梨就品出点冷冰冰的情绪。

谈梨笑：“他听见了。”

盛喃噎了下：“怎么可能？隔那么远，这得多变态才能听得见。”

“我就能啊。”谈梨慵懒一笑，收回视线。

盛喃：“你以为人人都有你这种国服路人王级别的听力和动态视力呢。”

“说不定啊。”

盛喃刚想说什么，突然狐疑地把视线落到谈梨脸上。

谈梨：“看我干什么？”

“你怎么突然兴奋起来了？”

“我没有，别胡说。”

“你还笑。”

“我见你后不是一直在笑？”

“不对，不一样。”

盛喃迅速回忆一遍自己刚刚看见的那张侧颜，思索之后她明白了什么，顿时警觉：“算了。这种 level（水平、标准）的不适合我们凡人，还是换个目标。”

盛喃试图把人拉走，然而失败。

她回头，视线里谈梨笑得潋滟，摩拳擦掌：“我喜欢挑战性大的事情。”

盛喃严肃：“我不能再让你进第二个坑了。”

“不会的。”

“放你在第一个坑里越陷越深，更不行。”

“也不会的。”

盛喃换了个角度，试图做最后挣扎：“虽然我对梨哥你的长相非常有信心，但你得知道这种男人最不缺的就是美人环伺。碰一鼻子灰多没意思？所以我们还是换个轻松点的目标吧。”

谈梨笑：“怕我碰壁？”

盛喃见有希望，连忙点头：“信我，这种撩不动的。”

“嗯，确实撩不动。”

“那我们……”

“好在我没打算撩。”

盛喃一愣。

谈梨已经笑着从她面前走过去。乳白色的长卷发垂在身后，熠熠张扬。

广场上人声熙攘。秦隐单手抬停了拉杆，黑白撞色的真皮箱被他立在原地。视野里那个女孩穿过人群，越走越近。

秦隐眼底冷淡褪去。

尽管那一头被日光釉成灿金的长发叫人难忘，但自己能第一眼认出这个没抹夸张油彩的女孩，他还是有些意外。显然半个月前的那个晚上，某人给他留下的印象或者说“阴影”……不浅。

所以，她也是 F 大的学生？

秦隐没有做过多判断。谈梨已经背着手停在他面前。

女孩微探身，笑容张扬灿烂。

“又见面了？”

冷白的指节搭着拉杆，秦隐审视她两秒：“嗯。”

质地低沉的声线即便是在燥热的暑夏中午，听来也有轻叩冰面的寒凉感。

人形自走制冷机啊，节能环保。

谈梨笑容不减，背在身后的手抬起来，蓝莓压片糖盒被她晃了晃：“那是不是该我答谢你那天晚上的救命之恩了？”

女孩肤色稚嫩，在阳光下白得晃眼。

秦隐的目光落向她把糖盒摇得当啷响的胳膊，然后看见那条结痂的血痕。

他眼神停住。

就在这一秒，谈梨突然往前迈出一步，几乎撞到秦隐眼皮子底下，一瞬间呼吸都可闻。

咫尺前的眸子黝黑深沉，谈梨半仰着脸，看见自己灿烂笑颜清晰地映在那人的瞳孔里。而他依旧低头望着她，眼神一动未动。

谈梨停了两秒，没得到预期反应也不遗憾。她眼神灵动，保持着那个距离，一笑潋滟：“小哥哥，大学都开学了，不谈一场甜甜的恋爱吗？”

秦隐闻得到女孩轻浅的呼吸，沁着淡淡的蓝莓甜香。是他买给她的那盒压片糖。

某一秒里，秦隐眼神里似乎起了点波澜，只是很快便消失。

他声线冷淡如旧：“那天晚上，我记得我选的是游戏。”

“啧。”谈梨跳回半步，退到安全距离。

舌尖的压片糖抿成薄薄的一片，她轻轻舔化了它。

然后女孩扬起恣意的笑，转身：“行啊，那走吧。”

“去哪儿？”

“网吧。”

看着那道在无数目光里也张扬自若的背影，秦隐垂眸。

他视线落在自己扶着拉杆箱的手上，停顿两秒。修长有力的指节在意识控制下，才慢慢松开了拉杆。

“正式报到第一天就领人去网吧开黑，梨哥，你绝对可以载入 F 大荣誉校友史册了。”

“过誉过誉。”

“谁誉你了，我这是反讽！”

“啊，这样吗？”

对着那张没心没肺的漂亮脸蛋，盛喃气结地扭回头。

两个挽着手臂的女孩这时正好从盛喃另一边过去。走出一段距离后，她们还回头往盛喃身后看，然后又互相推搡着走远了。

盛喃表情复杂地侧过头，余光瞥向身后。

如果说谈梨的回头率里多少有发色夺人眼球的水分，那她们身后那位就完全是靠那张神颜和气质 slay（秒杀）全场了。

从 F 大广场到校门这一路上，盛喃已经数不清有几拨女生围过去要电话或者微信号。不过他们三人的进度完全没被拖延过，因为……

“抱歉。”

又是一声冷淡至极的低音，盛喃余光里，秦隐淡漠绕过挡路的女生。

即便女生的表情让盛喃作为同性都心生怜惜，也半点无妨那人从始至终的目不斜视。

盛喃被这冷酷无情刺激得轻嘶一声，转回来：“你这朋友到底什么来路，之前怎么没听你提过？”

“朋友？”谈梨怔了下，莞尔，“谁说他是我朋友了？”

“少来。如果不是你朋友，那这种人怎么可能会乖乖跟你去网吧开黑？”

“就，心地善良？”

盛喃噎了下：“他都辣手摧花一路了，心地善良个鬼哟。”

“是吗？”

谈梨回头看了会儿，笑起来：“真的啊。被要过多少次联系方式，才能练出这样的走位？”

“他本职做什么的？明星？”

“不知道，因为他真不是我朋友。”谈梨一本正经地强调，“准确来说，算我债主。”

“你要说你是他债主，那我大概就信了。”盛喃撇嘴。

临近距离 F 大最近的网吧。

走过马路，谈梨看见那个门面熟悉的便利店，她眨了眨眼，突然反应过来——半个月前的那个晚上，她就是在这儿蹭了身后那人一盒压片糖的。

谈梨慨叹地拍了拍路灯杆：“辛苦了。”

走过去又停下的盛喃听见，回过头，看着谈梨和路灯杆哥俩好的场面，她嘴角微抽：“你什么毛病？”

“你不懂，它是我毕生最丢人场面的见证者。”

谈梨说完，歪了歪头，笑：“对吧？”

秦隐正走过她身旁，闻言停住。他瞥了一眼那杆黑漆漆的路灯杆底部，某人蹲在旁边抱着膝盖挂着泪，骂“渣男”的场面声音都还在脑海里栩栩如生。

“最？”

薄而轻抿的唇角抬起一点极淡的弧度，秦隐走过去。

“未必。”

谈梨意外地转过头，问盛喃：“我刚刚是被那人嘲讽了吗？”

“是，”盛喃收回视线，给她竖拇指，“不得不说，牛还是你牛。”

谈梨微眯起眼，看着那道清瘦挺拔的背影。盯了两秒，她下唇一翘，轻吹起垂到额前的一绺长发，懒洋洋跟了上去。

中午的网吧本来就没什么人，通宵的已经走了，备战的还没到，整个网吧里清闲得很。柜台后也只有老板蔡东一个人。

网吧开了这么多年，老蔡还是第一次见拖着行李箱来上网的。要不是看人长得帅，他都想打 110。

对着门口进来的秦隐打量很久，老蔡迟疑起身："上网？"

谈梨混迹网吧以来第一次听到这种问题，从秦隐身后冒出脑袋，灿烂地笑："来网吧不上网，还能做什么？"

"这行李箱拉得，我以为你们是想去隔壁开……"最后一个音及时收住，老蔡尴尬地从行李箱上挪开视线，"身份证件出示一下。"

谈梨却已经听见了，失笑："流程是差不多。"

秦隐一停，回眸瞥她。

谈梨反应过来，第一时间严肃表情，举起双手："天地可鉴，小哥哥，我对你没有任何非分之想。"

秦隐没说话。

那张俊颜不言不笑时，谁也别指望能看出他在想什么。

谈梨想了想，补充："那天晚上你不是听见了？我家有'渣男'了，我对他一心一意，所以绝对不会染指你。你别怕。"

秦隐："……"

行，又添新仇一笔。

秦隐垂回眼，从钱夹里抽出身份证，搁到柜台。旁边几乎同时，两根细白的手指把她的也推上前。

秦隐第一次见有人证件照上笑得这么绚烂。没了鼻尖抹到脸颊的油彩，还是一样潋滟动人，哭起来大概也一样。

谈梨也看见他的了。

"秦隐。"她咬字清晰舒缓，声线里藏一点轻俏的笑，"原来你叫这个名字。"

盛喃在旁震惊，看看这个又看看那个："你俩真不认识啊？"

谈梨："我都说了，你不信。"

"那他怎么会跟你来开黑的？"盛喃震惊得顾不上当事人在场。

谈梨一撩长发，朝盛喃眨了下右眼，撩得古灵精怪："可能，美色所惑？"

盛喃很想说你要点脸，但又不得不承认谈梨说的没什么错——确实美色，还是能让同性心跳加速的级别。

盛喃叹气，自觉抱拳："不打扰你们开黑。我去隔壁冷饮店，你结束再去找我。"

谈梨："我没关系。"

盛喃："我有。"

谈梨："哦。"

目送盛喃背影拐出去，谈梨转回身，潋滟地笑："多谢不拆穿之恩。"

秦隐正从老蔡那里接回身份证，问："拆穿什么？"

"美色所惑啊。"

"嗯，"秦隐垂着眼，侧颜冷淡而平静，"不是实话吗？"

谈梨怔住，对着已经淡定地转开视线的秦隐，她心头突然升起一点点浪大了要翻船的危机感——这个人，怎么好像，跟她以为的单纯高冷，有那么一点小小的偏差呢？

谈梨没来得及细思，放在柜台上的手机"嗡"地一振。她回过神来，把路上已经震动过几次的手机拿起来。微信消息亮着红点。

谈梨点开消息，XT 平台安排给她的负责人已经快要从屏幕里跳出来了。

XT- 杜悠悠：梨哥！梨爷爷！梨祖宗！

XT- 杜悠悠：咱们什么时候恢复开播啊？

XT- 杜悠悠：我上司还有你那帮粉丝都快把我吃了！求求你了，什么时候有时间好歹上一趟直播间，哪怕只露个面通知一声也行啊？

……

后面信息太多，谈梨懒得一一去看。她靠着柜台，托着脸腮想了想，转过头去轻叩桌面。

"老板，有双人间吗？"

"有，但没床。"

空气死寂。

老蔡缓缓抬头，尴尬地补："没床，只能坐椅子。"

谈梨："你家顾客都喜欢坐床打游戏？"

老蔡硬着头皮点头。

谈梨点赞："好癖好。"

改办到 VIP 双人间，谈梨和秦隐按着号码找到了小包厢门外，门前挂着小木牌：闻香。

有那味了……

包厢里摆着两台相邻的台式机和电竞椅。谈梨走进去检查基础设备。秦隐将拉杆箱放到门旁，松开了玻璃门。门自动旋合关上。

秦隐停在门旁。

"换包厢做什么？"

"为了我的主播副业，生计所迫。"谈梨趴在桌下检查主机，没抬头地说。

一两秒后，她动作停住，然后突然探出颗脑袋，笑容灿烂："小哥哥，你都不知道为什么就这样跟我进来了？男孩子一个人在外面要保护好自己才行，不然多容易遇到危险啊。"

"危险？"秦隐靠在门旁，听见这句，他似乎极轻地嗤了下，声线压得低低淡淡的，"你还是我？"

谈梨一怔。

包厢里没开灯，光从那人身后玻璃门透进来，勾勒出颀长挺拔的身影轮廓，而模糊了他的五官和神情。

谈梨从未亲眼见过 Liar，但在这光和影朦胧了时间和空间的一刹那，她又觉得她好像见到了。

靠在门旁那个，懒漠着语调的，冷淡而慵倦的，口吻轻嘲、声线低哑好听的看不清五官的人，这一刹那里，仿佛他就是 Liar。

"啪嗒。"包厢的灯被打开。

光一瞬间驱散了黑暗，也驱散了似醒非醒的梦。

谈梨蓦地回神。她转过头，无声而用力地深吸了一口气，仿佛沉入深海几近窒息时被拉回海面上的溺水者。然后肺里空气所至的每一个角落，都传回细密的针扎似的疼……魔怔了。

谈梨勾了勾唇，从桌下起身。她拿出热裤口袋里的金属糖盒，指尖微颤，打开，近乎狼狈地倒出一颗糖片含进嘴里。等那点甜意在舌尖化开，谈梨才慢慢定下心神。

她想起什么，抬眼。

视线里，门边那人在见面以来第二次微皱起眉，望着她，漆黑的眸子凝着清冷的光色。然后他的目光落到她手上。

“你吃的是糖，还是药？”

谈梨倏忽笑了，她朝秦隐眨了下眼：“我没病。”停了两秒，女孩乌黑的瞳孔里连笑意也黯下一点，“应该没有。”

这一瞬明艳褪去，白得苍弱易碎。只是那点情绪像幻觉一样，眨眼便不见了。

谈梨再仰起脸，依然情绪绚烂。

“吓到你了的话，你不用掩饰，我又不会强迫你接受报恩。那天本来就麻烦你了，还难为你二选一，好像是我太欺负人了。门就在你身后，你随时可以……”

电竞椅被拉开。

那人坐进椅子里，开机登入。键盘被敲击的声音清脆而流畅，节奏如行云流水，不带一丝烟火气。

直到 LOL 游戏界面在屏幕上展开。

秦隐听见身后没了声音，电竞椅转过一点角度，面向呆站着的谈梨。

他淡淡撩起眼：“你还上不上？”

在这个腿长逆天的男人面前，谈梨第一次体验到居高临下的俯视感。

眉、眼、鼻、唇……美人就是美人，无论何种角度。

被那漂亮的喉结勾了魂儿，谈梨听见自己循着动物本能，真诚地问：“什么？”

包厢里十分安静。

居高临下的谈梨缓慢地眨了眨眼睛，被漂亮喉结勾走的魂儿慢慢回到脑子里。一起回来的，还有她动物本能之上的人类智力。

对着恩人那双漆黑冷淡的眼，当事人谈梨表示：现在就是后悔，非常后悔。

谈梨此时唯一庆幸的，大概就是她面前坐着的是个“性冷淡”，刚刚应该没有接收到她的潜台词……

“还能是什么？”秦隐平静地问。

那人嗓音放低得冷淡懒散，在包厢里荡出绕梁似的回音。

谈梨受了不小的惊吓，但及时遏止了自己心虚回头的冲动。

“就，排位赛的段位，”谈梨颤抖着心扶着椅子坐下，她轻敲键盘，声线绷得轻松自若，“你什么段位？我带你上，上两段。”

又是安静的几秒，谈梨终于感觉那束能让她死亡的冷淡目光从她身上移开。

“是吗？”

谈梨不知道是不是她太心虚，不然怎么会从这么冷淡的声线里听出一点似笑而非的轻嘲。还，有点熟悉。

一定是错觉。

谈梨迅速给自己做好了心理建设，被遗忘的压片糖在舌尖转过两圈，安抚着情绪恢复如常。

她登录 XT 直播平台的后台，给负责人杜悠悠和她的房管都发去准备开直播的消息。发完消息的间歇，谈梨刚拧开柜台买到的矿泉水，杜悠悠已经秒回了。

谈梨不得不把打开的水放到旁边。

XT- 杜悠悠：梨哥，你可终于上来了！什么时候开直播，我去发预告！

XT- 梨子：现在。

XT- 杜悠悠：?

XT- 杜悠悠：不提前通知一下直播间的粉丝吗?

XT- 梨子：没必要。

XT- 杜悠悠：[握紧拳头].jpg

XT- 杜悠悠：行吧。那来不及找那几个专业房管了。前方惊涛骇浪，你自己保重吧。

去开直播的间隙，谈梨扫见杜悠悠的最后一句，她舔着糖轻笑了声，带着点漫不经心。

直播间开启十秒，粉丝们蜂拥而入，流量来得比以往哪一次都汹涌。

谈梨意外但不惊讶，她百无聊赖地托着下巴去戳看自己的粉丝数量和增幅。

望着那片大有指数函数走向的增幅曲线，镜头里的女孩眼角微扬，勾起个散漫的笑：“我才多久不开播，你们就这么想我？”

弹幕也汹涌起来。

老婆，我来了！

喊什么老婆，喊老公！老公，呜呜呜，我想你了！你都半个月没上了！

梨哥，你火了你知道吗？你那天排位录屏的视频也火了，日播热度连续两天第一！你在粉丝数量的主播排行榜上坐了火箭似的，嗖嗖往上蹿！

呵呵，我就来看看蹭Liar热度的人长什么样。

不是说停播了吗，还上来干吗？

就只会哗众取宠，怎么可能真的停播？

“啊，差点忘了。”谈梨舌尖推着压片糖在嘴巴里转过半圈，满不在乎，“重新开播的原因是违约金太高，贫穷少女赔不起，只能回来继续给XT当牛做马一段时间了。”

嗯？什么意思？合约结束就要走吗？

别啊，新粉全看录屏了，这才第一次赶上直播。

梨哥，别理他们，看看你可怜的水友们吧，你还没带过我们上分呢！

鸣鸣鸣，老公别走，Liar 退役以后你的直播间就是我唯一的精神食粮了啊！

别蹭 L 神退役热度，谢谢！

拥入直播间的人数还在增长，谩骂刷屏无数。房管忙得不可开交，屏幕前的谈梨却有点失神——满屏的“Liar”和“退役”。

XT 平台首页那个已经撤掉的黑底白字的广告框，又幻觉似的再一次浮现在她眼前。谈梨觉得胸口里盖子下的那些情绪又开始翻涌，她抬手去拿鼠标旁的矿泉水。

瓶身被撞得一晃，手背溅上几滴冰凉的水。

谈梨晃回神，落眼。没拧盖子的矿泉水倒下去，眼见就要洒在旁边的机械键盘上。

“砰。”

一只冷白修长的手突然出现，在最后一秒，它将矿泉水瓶子托住，扣回桌面。

“对不起！”谈梨猝然回神，抽出纸巾递给秦隐，“有没有溅到你身上？”

秦隐收回手，声音平静：“没关系。”

谈梨松了口气，玩笑道：“这个距离还接得到，你的反应简直可怕。”

话声刚落的这一秒，谈梨自己怔了下，有什么念头划过她的脑海。只是没来得及捕捉，谈梨听见耳旁声音淡淡：“他们听见了。”

“谁？听见什么？”谈梨抬头，下意识反问。

秦隐：“你粉丝。”

谈梨回神，看向屏幕——直播间的弹幕被刷了屏，成了密密麻麻层层叠叠的效果。

老公！谁在你旁边？！

我才发现，梨子你不是在你房间里开的直播！这是哪儿？老粉都是第一次见！

啊啊啊，刚刚我看见了半只出镜的手！绝美！手控当场昏厥！

别说了，我戴着耳机，声控正在反复去世！

梨子果然有男朋友了，直播我老公绿我，呜呜呜呜！

谈梨被弹幕逗得发笑：“别乱说话啊，不是男朋友，是路人小哥哥。今天直播就是带他双排上分。”

梨哥带人双排？

当初是谁说威武不能屈、贫贱不能移，绝不带小号的？梨子你背叛了我们！

就是，如果能带他，那凭什么不带我们？

谈梨咬着压片糖，没心没肺地乐：“因为他帅。”

呵，女人！

是吗？我不信。

是吗？我也不信。

除非你让我看看！

谈梨按着键盘想了想，歪过头去。她对着那张清冷侧颜欣赏两秒，等到秦隐回眸和她对视。

谈梨：“我说你帅，他们不信，你介意露一下脸吗？”

秦隐没说话，谈梨已经飞速转回头去，对着镜头十分真诚：“他说他介意。”

梨哥，你就欺负我们聋吧！

作为一个习惯性把外放声音开到最大的死忠粉，我宣布我要脱粉了，这个渣女她不值得！

不值得！

不给看小哥哥当场脱粉你信不信？信不信！

谈梨原本试图东拉西扯带开话题，但这次旷工半个月，粉丝们的逆反心理格外强烈。再加上还没被房管封掉的黑子们推波助澜，直播俨然到了“神秘嘉宾小哥哥”不露脸就进行不下去的地步。

来自直播间房管的求救私信也疯狂闪动起来。

直到一条土豪特效弹幕居中。

哈哈哈哈！梨哥你又火了，你猜XT平台现在的搜索热度第一是什么？

谈梨不用猜，她直接去搜了。

鼠标点一下，站内搜索引擎里热度第一旁边飘着小火苗。

Liar第一女粉梨子，直播爬墙。

谈梨：“？”

难得看一回谈梨吃瘪表情，粉丝们都快乐开花了，弹幕里一水的“幸灾乐祸”。

哈哈哈哈，我们之中出了内鬼！

梨哥现在是真XT流量，牛！

XT流量？求求你们别蹭了，明明是ZXN全队排位，新打野Living在补直播时间，有人跑去Living直播间刷“L神女粉梨子爬墙”。

终于有人说了，要不是Living是联盟新人不懂情况，还傻乎乎问了，谁会知道你们的18线主播啊？！

遮遮掩掩扭扭捏捏的，不就是想多炒作一下话题吗？谁知道到底有没有那么一个上分水友？

爱看看，不看走人！

梨子，就让小哥哥露下脸吧，两秒也行，叫这些人骂不出来。

弹幕里骂战一片，房管又忙不过来了。

谈梨却不在意：“你们真想看？”

必须的！

没商量！

要看！打他们的脸！

“那我请示一下试试。”谈梨转过头，朝向秦隐，笑得灿烂，“小哥哥？”

秦隐回眸。

谈梨在脸颊旁比出剪刀手的姿势，眨巴着眼：“可怜可怜孩子，就让他们看一眼吧。就一眼，行吗？”

明明是故意作态，谈梨自己毫不掩饰，但偏偏一颦一动都俏皮又艳丽，让人生不出半点恶感。

秦隐和她对视几秒：“你比的是‘2’。”

“啊，”谈梨看了看自己的手指，毫无悔意，转回来后她还咬着唇肉笑，“那就看两眼。”

还没得寸就敢进尺，第一人。

有一瞬间，秦隐竟有些想笑，不是恼怒也无关嘲弄，只是单纯觉着有趣，让他嘴角忍不住上扬。这样的感觉，对秦隐来说也是第一次。但Liar封神三年，冷淡无情不通人性的狗脾气也成名了三年，所以下一秒他就打算拒绝。

这意图被谈梨看穿，在听见拒绝出口之前，谈梨忙往前凑了凑。她躲过直播镜头捕捉，倾身到秦隐面前。

“小主播谋生不容易，生计所迫，哥哥帮帮忙吧？”

这声“哥哥”喊得更恳切了。

如果不是秦隐那天晚上回去查过肖一炀说的“刷火箭换告白玩‘梦

魇’”出圈事件，清楚记得面前小姑娘那一周砸在自己直播间里的钱，那他可能就真信了她的“生计所迫”。

秦隐撩起眼，眸里掠过点冷淡微谑的笑意。

不知道什么时候凑到他眼皮底下的谈梨正仰着脸，眼巴巴地看他。那绺俏皮的乳白色长发垂在她唇边，被呼吸拂着，发尾一翘一翘的，在浅色的唇前打着卷儿。瞳子清亮，像两汪水在他眼前晃啊晃。

鬼使神差地，“不”字在出口前 0.1 秒，被拧成了一句：“好。”

谈梨惊喜坐回身，没给秦隐后悔机会，她把摄像头朝秦隐的方向一歪。

“3，2，1——OK，露脸结束。”

确实最多两眼，但已经足够了。弹幕在死寂之后，骤然陷入空前的狂热。

我可以！让我上！让我来！

这是什么神仙颜值？！

好了，我又可以了！

就这张脸！别说带他上分了，命给他都行啊！

在一片震惊里，突然从某一秒开始，弹幕变得欢声笑语。

哈哈哈，笑死！

ZXN 战队怎么回事？白给啊，哈哈哈！

谈梨都注意到了，好奇地问：“笑什么？”

弹幕无数“哈哈哈”里刷过一条正经回复：

ZXN 战队的新打野 Living 不是在直播训练室排位嘛。不知道发生了什么，上中下三路突然集体掉线了。

谈梨：“？”

第3章

爬墙·你的人

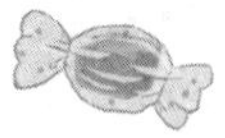

ZXN战队在昔日世界第一打野Liar的带领下，三年时间里早已成为中国赛区的豪门战队。论配置论选手论训练环境，绝对都是上上之选。这也使得“集体掉线”这种事情发生在他们身上，听起来格外天方夜谭。

圈里都乐开花了。

XT平台的站内热搜里，“ZXN战队集体掉线”飞快压过“Liar第一女粉梨子直播爬墙”，高居榜首。而站外热搜里，这条话题的热度同样迅速攀升。

各大直播间里都在聊这件事，谈梨的水友们也不例外。

我刚刚去看粉丝录屏了，你们听见最后Living直播间背景音里那一嗓子没？不知道是谁，声音都喊劈了。

能没听见吗？最尖那声肯定是中单Fengqi。

也不知道怎么那么大反应，ZXN基地里进耗子了？还一口把五个人的电源线都咬了？

他们那场对面有个主播也在直播，我去看了，是全员同时掉线，只可能是战队基地总闸跳了吧。

Living直播黑屏前他们小替补喊了句什么，然后端着平板从Living身后过去的。之后没几秒画外就炸了，我怀疑跟小替补拿的平板有关。

嗅到一丝不同寻常的味道！

行了，福尔摩斯们，ZXN战队官博已经破案，别乱猜了。抱走我们无辜小替补Bobby。

看到最后一条，屏幕前的谈梨也来了兴趣。她开新窗口切去 ZXN 官博，果然看到最新一条飘在上面。

ZXN 官博：

对 3 分钟前发生在战队基地的排位及直播事故向广大粉丝道歉。起因是选手的恒温杯短路导致保险丝熔断，全基地断电。现已抢修恢复。

评论区下面热闹极了。

恒温杯？那不是我去年买给我爷爷的养生东西吗？

哈哈哈，有那味了。

保温杯肯定是上单 Dida 的，队内最高龄没跑。

也不一定，说不定是 L 神留下的，毕竟心理年龄上他一直是公认的电竞老干部吧？

笑到一半突然挨刀。

手里的瓜突然不香了。

ZXN 还我 Liar 神！

万人血书要求 Liar 复出！

评论区延续自 Liar 退役后的一贯节奏，没多久就迅速转移火力到 Liar 复出的请愿声中。

谈梨关掉网页。中间扫了眼直播助手，她漫不经心地笑：“你们没看够？那也没得看了。我是游戏主播，又不是吃瓜主播。”

“怎么了？”身旁突然问。

虽然那人声音还是冷冷淡淡的，但毕竟是主动发问，谈梨眨眨眼，耐心解释：“电竞圈的一点小风波，国内赛区的豪门战队 ZXN 今天上午全队排位，新打野 Living 在补直播。刚刚基地里突然有人惊叫了声，然后 ZXN 就集体掉线了。”

秦隐握着鼠标的右手停住，几秒后他抬眸，若有深意地重复：“刚刚？”

“对。ZXN 发博，说是选手恒温杯短路导致基地跳闸。”谈梨失笑，“没点名选手，但是会用这个的应该只有 Dida 了。”

秦隐没说话。

谈梨想起什么：“你不接触电竞圈，应该也不知道 Dida？他是 ZXN 战队上单，比 Liar 进队还要早一年，战队老将了。之前 ZXN 还有个梗……”谈梨托着脸歪过头，忍不住笑，“说 ZXN 坐拥两位电竞老干部，一个生理上一个心理上。”

秦隐瞥她：“另一个谁，Liar？”

谈梨乐：“你悟了。我还给他们画过并肩坐着老人椅抱着保温杯的图呢——我打赌，他们保温杯里一定泡了枸杞。”

秦隐沉默，然后他薄唇抿起一点：“是吗？”

清冷弧度，眸子黑沉得迫人。

谈梨笑容滞住。这点突然从尾椎骨蹿上来的凉意，让她心尖都颤了两颤，之前在网吧柜台前的微妙阴影再次笼罩上来。

“嗡……”手机振动声分散了两人的注意力。

秦隐在身侧拿出手机，垂眼。来电显示里正是某位风评被害者：Dida。

秦隐指腹划过去，挂了电话。

某个罪魁祸首并无自觉，还在他身旁探出脑袋：“谁的电话，你不接？”

秦隐平静回眸：“卖枸杞的。”

谈梨认真思索许久，勉强得出一个答案：“推销电话？”

秦隐瞥她一眼，算是默认。

谈梨将信将疑地扭回头，然后她就看见直播间里再次活跃起来的弹幕。

梨哥竟然会这么耐心说话？

唉，她对 ZXN 都不关心了，她果然不爱 Liar 了。

快去个人举报给 L 神啊，他第一女粉真爬墙了！

梨哥带着双排，这个小哥哥不会还是个打野吧？

就那脸、那声音、那手！换我我也当场爬墙好吗？绝对一秒都不带犹豫的！那个“电竞渣男”有什么好！

完了完了，梨哥真的要养新狗了！

完了完了，Liar 真的要失去梨哥了！

谈梨被那满屏的 Liar 刺激得胃疼。她咬着唇发笑：“行了，别浪了。只是报恩，带小哥哥上两段分。”

她想起什么，侧脸：“你现在有账号吗？”

“有。”

“什么段位？”

一阵连成串的键盘敲击音后，秦隐看着那个私人号的段位。

“宗师。”

声音收入话筒。

谈梨手指停在键盘上：“？”

讲个笑话，带宗师上两段。

哈哈哈哈，梨哥翻车日记。

菜鸡求科普！

大师之前每个段位分五个小段，大师之后就不分了，看的是积分排名，而宗师再往上就只剩最强王者了。

有人听见小哥哥敲键盘的手速了吗，该说不愧宗师？

长相绝，声音绝，连打游戏都绝，我哭了，我怎么就遇不到这样的小哥哥呢？

直播间里幸灾乐祸的一堆，谈梨拨开垂下来的那绺卷发，满不在乎地跟着笑：“带宗师上两段？先掉到钻石，然后再爬两段呗。”

弹幕沉寂两秒，疯狂刷起问号。

谈梨没再和他们玩笑，确定了同区后问秦隐：“你 ID 是什么？”

“Masker。”

谈梨指尖轻跳：“好了，你同意一下好友申请，我拉你双排。”

“嗯。”

进排位前，谈梨习惯性地去游戏助手那边查了一下 Masker 的过往战绩。对着弹出的信息，她扫过一遍后惊讶问：“你好像最近赛季里每个位置都玩过，只玩游戏不关注电竞圈？”

“这个号之前给朋友了。”

“难怪。”谈梨点头，转回去，随即托着脸腮对着屏幕问，“你朋友是玩中单或者打野位的吧？”

空气安静须臾。

谈梨回过头，对上一双漆黑眸子。她指了指屏幕，笑：“我看上单、ADC 和辅助这三种玩得多，但成绩很相近，哪一个都不像主攻位置，所以猜你朋友是主中单或者打野的。”

“嗯。”秦隐应了，未置可否。

两人双排进队，几秒后，弹幕里突然热闹起来。

梨子，你今天走什么运？你们同队那个不是 WWW 战队的中单 Yiy 吗？

真的是肖一炀，联盟公认的 Liar 神唯一好基友哎。除了 Liar 神队友，他可是独享和 Liar 双排殊荣的！

梨哥，快问问他 Liar 最近半个月怎么样了！

在弹幕提醒下，谈梨看清那个 ID。鼠标光标移上去，几秒后又伴着女孩无谓的笑意跳开：“你们少诱惑我。”

秦隐也看见了。事实上在那之前，某人的企鹅头像已经在他屏幕右下角疯狂抖动。

秦隐点开，对话框在他面前弹出来。

肖：你不是退役不玩了吗，怎么还突然上小号排位了？

“你们诱惑我也没用，爸爸绝不在同一个狗男人身上跌倒两次！”身旁小姑娘咬着糖片，凶巴巴地杵着脸，然后她又一秒笑得破功，“‘身上’是指代，又不是实意……房管快把开车的封了。”

侧影里鼻尖挺翘，镀了糖色的唇瓣圆润，眼窝盛满笑意，如春景潋滟。漂亮，恣意，肆无忌惮。

秦隐垂回视线，然后他慢条斯理地轻敲键盘。

Y：有人说要带我双排。

肖：你不是从来不跟战队以外的人双排吗？当初我求爷爷告奶奶的，好不容易才让你屈尊降贵跟我双排，还被你那些女粉编排了好久的段子！

肖：怎么，退役以后良心发现，开始做慈善带人了？

肖：等等，你刚刚说谁带谁？

肖：你理我一下啊！

之后无论肖一炀怎么消息轰炸，对方再没理过他。

直到秦隐被骚扰到忍耐边缘，只见肖一炀好友栏里黑色头像旁，字母 Y 某一秒突然变成了灰色——秦隐下线了。

肖一炀：“渣男！”

肖一炀不气馁，关掉聊天窗口后，他切回队伍界面。肖一炀的目光在队友名字里惯性扫过，然后在其中一个 ID 前猛地拉了急刹。

僵住数秒，肖一炀扭过头，眼睛却还盯在屏幕上：“笙哥！”

“嗯？”盛笙停下。

肖一炀：“你看，这是不是之前和你双排那个女主播？”

盛笙俯身，有点意外：“你和梨子排到一队了。”

“真是她？”肖一炀震住，“难道这两个人真的……”

盛笙回头：“哪两人？”

对上眼镜后那双温润不掩锐利的眸子，肖一炀一个激灵，僵笑：“没事，没事。”

盛笙不语，沉默两秒，他微笑起身，拍了拍肖一炀肩膀：“之前的

500 组练习让你排位进度都落下了。眼看到月底，再不好好上分冲排名，你这个月的奖金可要扣光了。”

肖一炀目光落回屏幕，信心满满：“这局要是还能输，那我去替补席看饮水机得了！”

“队伍里有你认识的人？”

“啊？”肖一炀立刻解释，“哦，这不是梨子在吗？我听说过她，玩得很厉害啊。”

“你们以前排到过？”

“好像，没有吧。”

“那你对她很有信心啊。”

“哈哈，毕竟是笙哥你辅助过的 ADC，我是对你有信心。”

“该你选了。”

肖一炀连忙转回注意力，他这边 pick（挑选、选择）时间已经所剩无几。肖一炀快速锁了中单英雄“死歌”，然后才看队里情况。这一眼看完，肖一炀郁闷了，他在队内聊天框敲字：“一楼把打野选走了？”

肖一炀上的是挂着战队名的大号，王者局里自然没人不认识他。

一楼：一炀哥这局想玩打野吗？那咱俩换换？

WWW-Yiy：不是我。

三楼：一哥我不玩打野，我玩上单。

WWW-Yiy：也不是说你。

几秒后……

Masker：。

肖一炀心里一紧，立刻补救。

WWW-Yiy：我说的是那个，4 楼的梨子啊，国服路人王嘛。

WWW-Yiy：你们不会不认识吧？

肖一炀松了口气：就凭秦隐那记仇的脾气，要是刚刚把对方卖了，那他大概连 WWW 基地都别想活着出去。

肖一炀肩膀一沉。

“这次我相信，你绝对没和梨子排过了。”盛笙声音带笑。

肖一炀迷惑回头：“为什么？”

盛笙：“你知道梨子的打野在国服的外号吗？”

肖一炀摇头。

盛笙：“王者局鬼见愁。”

此时，谈梨还在盯着聊天框里秦隐的那个句号沉思，她越看越觉得这个句号有点眼熟——好像在哪见过的样子。

等她晃回神，发现弹幕里已经笑疯了。

这绝对是我今天听过的最损的建议。

一哥还是太年轻，没有体会过在王者局里被青铜打野梨哥支配的恐惧。

哈哈哈哈，给梨哥留点面子好不好？毕竟 ADC 位置上少有的路人王，打野位置玩得再菜，那怎么也是个白银水平。

别别别，白银局里一般也找不出 0 次击杀还送 15 个人头的打野。

梨哥一玩打野就 0-15，在联盟里偏偏还最喜欢第一打野 Liar，所以屡战屡败，屡败还屡战——这得是多伟大的精神？你们不夸她也就算了，还嘲笑她！

哈哈哈哈，你们够了，给梨哥留点里子吧！

谈梨看完也配合得很，忧郁托腮：“啊，打野被选走了啊，好遗憾。”

不遗憾，不遗憾。

看开点，梨子可能是在为敌方遗憾。

恭喜我方队友们逃过一劫。

谈梨没再跟弹幕掰扯。选了英雄点好天赋符文，看完对面情况，她侧过头提醒身旁那人："你可以选个肉一点的辅……"

话没说完。咔嗒，屏幕上选完了——冰晶凤凰。

直播间沉默数秒。

好家伙，王者局里选个冰鸟做辅助，今天是要给我们开开眼？

别瞎眼就行。

刚刚听小哥哥说玩的是朋友的号，还以为他谦虚，现在看，恐怕是真的。

菜不菜不知道，手速是真快。

哈哈哈，赞同，梨哥刚准备考前辅导，人家那边选完了。

谈梨很快回过神，不在意地笑笑："因为我不太玩这个英雄，所以给直播间里不玩游戏的水友们介绍一下。"

"冰晶凤凰也就是大家说的冰鸟、凤凰，消耗法力厉害，又贫血皮脆，上手很难，不建议新手玩家尝试。"

"四个英雄技能QWER。其中Q能冰冻和晕眩，R能减速，E技能可在敌方被Q或R减速的前提下，造成双倍伤害。所以这3个可以组合出高效连招。"

"最后，W技能是冰鸟的核心技能，它可以施放一道存在时间有限的冰墙，进行阻隔，消失前无法穿过——如果利用得当，那它就是阻隔敌人逃生、方便队友输出的利器。"

谈梨一顿，笑："当然，战局如果不利于我方，它也可以成为阻隔敌人追击、帮助我方队友逃生的保命技能。"

说起来简单，冰鸟的W技能容错率特别低，有几个能玩好的？

说不定，这小哥哥可以？

期待一下。

25分钟后，谈梨方全部黑白屏，躺尸泉水。

己方水晶只剩半血，回天乏术，败局已定。

直播间里死寂几秒后，炸了。

这……

凤凰简直了，菜得辣眼睛，空Q就算了，R也能空？技能乱放啊！

W放得“好”啊，最后团战那一下冰墙放得多准？稳稳拍在一哥面前，成功把他留在了敌窝里。

哈哈哈！兄弟们，把厉害打在公屏上！

心疼一炀哥。

梨子，你完了，你还没搭上Yiy这根线，你带的水友小哥哥就把人得罪狠了。

镜头前，谈梨从中途就已经乐不可支，此时勉力忍住笑，撑着交代。

“前期冰鸟是可以的，下路没崩过。不过一哥被敌方打野疯狂针对，我方打野又沉迷在野区观光，见死不救……后面上中齐崩，不全是哪一个人的锅。”

一哥要被你的偏心气哭了。

对，不全是冰鸟的锅，也就90%吧。

下路有你在，前期还能怎么崩？中后期冰鸟就没出过复活泉水！在自家水晶里快砌出个两室一厅了吧？

哈哈哈哈，夸张了老哥，就这冰鸟，二十来分钟结束比赛，哪有后期？

有一说一，做视野的思路确实很厉害。冰鸟意识不差，就是操作怎么跟断了手似的？

上野发挥确实不行。

他们是发挥不行，冰鸟是菜得出奇，他家老父亲就住泉水里是吧？好不容易复活出来一趟，就这么急着回去孝敬？

眼见弹幕越喷越凶，甚至逐渐出现屏蔽词，谈梨眼神凉了。

她敲了敲麦，懒洋洋地歪着头笑："排位而已，又不是打比赛，对路人宽容点，别那么输不起，而且输的也不是你们。"

主播这么护短？

打得菜还不让人说了？国服路人王就是牛啊！

不是，楼上你是花钱赞助排位赛了还是入股拳头公司了？又不是打比赛的职业选手，笑两声就得了，凭什么让你说，还说这么难听？

谈梨打开糖盒，慢慢晃出一片糖片咬进嘴里。糖片被嚼得咔嚓咔嚓的小声音，顺着耳麦收入直播间里。然后镜头里女孩仰起脸，灿烂的笑里透着凶："问我护短那个是今天刚来的？给你科普一下，你面前这个菜鸡主播的最大优点就是护短。爱看不看。"

大概头一回遇见这么视金钱粉丝为粪土的主播，弹幕蒙了两秒，空白一片。

谈梨轻吮糖片，慢慢压住心底那丝躁意。

她舔了舔发干的唇角，兴趣寥寥地垂了视线："说好了带人上分，没带起来就是我的锅，少连累无辜。要骂？好，骂我。"

弹幕依然蒙着。

"不骂了？"谈梨抬手去点直播助手窗口的叉，"那下播了。观众老爷们下回再见。"

谈梨关掉直播。

她停了两秒，想起什么，回过头："抱歉，连累你了。"

秦隐正活动手腕，闻言淡淡抬眸："不是我连累你吗？"

"我是主播，你不是，怎么会是你连累我？"谈梨眨眨眼，"而且说好带你上分，现在看……算是反向上了一波？"

谈梨笑，余光却瞥见了结算界面里的队伍频道。

WWW-Yiy：你演我？（游戏中指故意不合作，不配合团战，用手段让己方输掉。）

秦隐自然也看到了。

谈梨舌尖卷着的压片糖停了下，她轻啧声，细长手指放到键盘上：“我来，你不用管。”

秦隐本来也没打算理。但在谈梨直播那番话后又听见这句，秦隐那双平静幽深的眸子里像落了颗石子，敲出一湖波纹。

他侧过头。身旁女孩坐在半片光影里，手指跳跃地敲着键盘，她舔着糖片笑得不太正经，又懒懒散散的。几根不乖的发丝翘起来，攀过她耳梢轮廓，打着卷儿勾在细白的颈旁。

空气里有淡淡的蓝莓甜香。

随着韵律敲下的键盘声，聊天框里，一行文字蹦出来。

梨子：冰鸟是我带的人。这局崩了我的锅，实在不好意思，一哥见谅。

屏幕里沉默许久。

肖一炀仿佛在对面被噎到了，好半晌聊天框里才艰难蹦出几个字。

WWW-Yiy：你的人？

谈梨怔了下，糖片在舌尖停住。

她犯起纠结，思索着要不要纠正肖一炀落下的那个“带”字，却见聊天框突然弹出一行。

Maskor：嗯。

第 4 章

福利 · 理想型

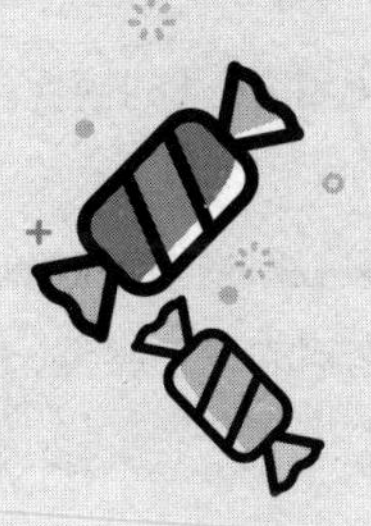

在老蔡的目送下，谈梨和秦隐前后走出网吧。

正午阳光方盛，网吧外是条石板路，路旁种着高大的悬铃木。夏天灼人的阳光被那郁郁葱葱的树冠遮住大半，只有零星一点能漏下来，碎金似的铺在石板路上。

谈梨一步踏进没有树荫的阳光地里。她眯着眼，舒舒服服地抬起手臂，伸了个懒腰。

被抻紧的白 T 热裤完美勾勒出女孩的身形曲线，每一道弧度都张扬恣肆，满溢着夺人的美感。

路人视线落来，谈梨没在意。

那头让日光釉得灿金的长发散在半空，然后被细白的手抓起。

她不知道打哪儿拿出根黑色发绳，随意绕过两圈，就扎成个浑没造型的长马尾，还有点歪歪斜斜的。

被家长推在婴儿车里的小孩新奇地盯着她看，小手还在空中扬了扬，好像想去抓女孩乳白色的长发。

谈梨扯起嘴角，趁那年轻家长没注意，她扶着膝盖弯下腰，朝小孩吐出舌头做了个鬼脸。

“略。”舌尖还贴着片被她舔得薄薄的糖片。

小孩咯咯笑起来。

等婴儿车推远了，谈梨慢悠悠地扶着膝盖站直身。

“咔嗒，咔嗒。”身后行李箱的轮子缓慢，在石板路上压出一段清长冷淡的韵律。

谈梨转回头。

女孩的鬼脸没来得及收起来，秦隐见她舌尖勾着糖片，卷进唇间，然后潋滟的笑意从她眸子里露出。

“抱歉了啊，小哥哥。耽误你新生报到，还没能带你上成分。”

尽管从这个没心没肺的笑里，实在看不出多少“抱歉”。

秦隐并不在意。他扶着身侧的行李箱走到女孩面前，停住时微微垂眼。

谈梨察觉这小哥哥难得有话要说，仰起脸。貌似乖巧，眼神毫不安分。

对视数秒，谈梨眼睛都有点酸。她退了半步，忍不住揉着眼笑起来：“我输了我输了。论定力，你们‘性冷淡’是不是都这么……”

话声戛然一停。

秦隐抬眸，望退到一米外去的女孩：“我们什么？”

谈梨眨了眨眼，垂下手，眼神俏皮无辜：“我什么都没说，小哥哥你幻听了吗？”

论耍无赖，谈梨从幼儿园开始就没输过。

秦隐深望她一眼，侧开视线。

他似乎轻嗤了下。情绪很淡，但唇角多勾起一点薄薄弧度。似笑未笑的模样出现在这张脸上时，就已经是最“杀”人的一帧。

谈梨不含糊地欣赏。

如果不是条件不允许，谈梨甚至想拿出手机给他“咔嚓”一张。

秦隐察觉，但没管她，随她看了：“你既然想见 Liar，在结算聊天里替我出头，不怕得罪肖一炀吗？”

谈梨歪过头：“咦，你怎么知道 Liar 和一哥的？”

“查过了。”

“哦。”谈梨没多想，“你说得太有道理了，我就这么错失了我偶像的好哥们儿，唉。”

秦隐无言地瞥她。

事实上那张漂亮脸蛋看起来确实沮丧，如果她的口吻不这么没心没肺，那他兴许还能生出点恻隐之心。

谈梨演完，仰起头和他对视。看出秦隐完全没信她的“遗憾”，她脸上那点沮丧褪了干净。

谈梨背着手上前一步，眉开眼笑。

“别多想。我真的、真的、真的已经不在乎那个‘人间渣男’了，所以没什么好怕的。”

空气沉寂片刻。

秦隐声线平静：“‘渣男’‘电竞渣男’‘人间渣男’。”秦隐撩起眼，语气淡淡，“你还想给 Liar 起几个外号？”

“啊。”谈梨无辜脸。

她笑起来，齿尖咬着糖片，眼睛快弯成月牙。但和别的小姑娘这样笑时乖乖的模样不同，她眼角眉梢都透着点恣意的坏劲儿，一看就是最不能招惹的那个……

谈梨语气真诚：“你说得对，是我不好，等以后有机会见了 Liar，我一定好好给他赔礼道歉，他怎么说我怎么办。”

虚心认错，坚决不改。

秦隐眼尾扬起，搭在拉杆上的指节微动。

“梨哥，你们这么快就结束啦？”石板路外，站在冷饮店门口的盛喃惊讶地出声。

谈梨被叫回头：“你这话怎么听起来这么怪？”

“我有吗？”

“有。”

“噫，是你思想奇怪吧？”盛喃嫌弃地看她。

谈梨想了想，煞有介事地点点头：“也有道理。”

盛喃乐了：“说你你还来劲了，要点脸。说吧，今天中午你准备安排朕在哪儿用膳？”

“那……”谈梨转向秦隐。

不等她问什么，秦隐手机再次振动起来。他在身侧抬手，垂眼看了手机屏幕两秒：“我回去了。”

谈梨不意外，眼里晃着笑：“好啊，小哥哥再见。”

“嗯。”

那道清瘦颀长的身影走出去，最后一点声音荡回来。像寒冬从枝头跌落，在手心或颈窝里融开的碎雪。

凉，冷淡，还藏几许错觉似的梅香，却会激起心底悸动的栗然。

盛喃收回视线，感慨：“你们学校的女生今后可惨了。”

“嗯？”

盛喃说：“这么一绝品就摆在眼皮子底下，却摸不到吃不着，只能干看着，多惨？”

谈梨莞尔一笑：“确实。”

盛喃：“也不知道什么样的仙女下凡才能收得走这种神仙？”

谈梨唇角翘翘。她拉着盛喃，没什么留恋地朝另一个方向离开。声音懒洋洋的，透着点不正经。

“什么样的仙女不知道，但是收了他？那恐怕得给全校女生每人发一封道歉函。”

盛喃一愣，反应过来乐得不行：“那按你这道理，要是谁收了Liar，是不是得给全电竞圈每人发一封道歉函？”

谈梨沉默。

盛喃心里一紧。

她暗自后悔不该提Liar，打着哈哈试图转移话题：“想想工程量也累得吓人，这谁消受得起，还是算……”

话没完。谈梨舔化了压片糖，望着艳阳轻眯起眼：“也行啊。”

盛喃：“嗯？”

谈梨回头看盛喃，没心没肺地笑：“我不怕累，让我来。”

盛喃：“……”

秦隐休学三年，回校进新生一届，这在F大也是多年不遇的情况。

等他办完返校手续时，寝室分配早已结束。所以到他这儿，就非常优越地拥有了一间单人间。

关上寝室门，秦隐松开拉杆，把聒噪一路的手机拿出来。电话一接通，ZXN 战队上单 Dida 的大嗓门就在手机里炸开了：“我的个乖乖哎，你可总算接电话了，我还以为你叫人绑架了呢！”

秦隐早有意料，手机根本没往耳边放。他打开免提，音量调到最低，然后随手把手机搁到桌上：“之前不方便。”

“之前？你干吗去了？”

秦隐一停，他半靠在墙上，语气似笑未笑的：“你们不是都见了？”

手机里死寂两秒，然后一声惊叫：“那真的是你啊？！”

话声刚落，手机对面的背景音里传来一声阴恻恻的低语：“战队基地不准喧哗，给他记上，Dida 这个月的奖金扣 1000。”

Dida：“经理我这不是故意的！”

“那也不行。”

Dida 在手机对面哀号，秦隐坐上椅子，很没人性地勾起唇角：“打个电话都要经理看着，你最近犯什么事了？”

“你还好意思问，排位时候咱队小替补抱着那直播过来给我们看，惊得我们差点当场给你老底掀喽！要不是关键时候经理拉下电闸，把 Living 直播间断了线，你今天就一死劫你知不知道？”

秦隐轻眯起眼：“排位还敢抽空看直播，教练没抽你们吗？”

“他今天不在，要不我们哪儿敢。”Dida 顺嘴溜完实话，才突然想起来电话对面就是他们前任队长，兼和教练关系最好配合最密切的 ZXN“队霸”。

这安静让秦隐意外，他回眸看了一眼桌上的手机，很快就想通什么。

秦隐淡淡嗤笑：“别后怕了。我还能回 ZXN 罚你们？”

电话对面却更安静。半晌，Dida 情绪复杂地开口：“是不能了，你自找的。”

秦隐垂眼，沉默后的声线压出两分低哑：“抱歉。”

Dida 愣了下，立刻心虚弥补：“别，我们也没有怪你的意思，三年合约届时退役是你入队前就说好的条件，他们来得晚不知道，我还能不知道吗？而且你跟我们这种初中毕业就出来混圈的不一样，你家里能放你来玩电竞已经是开恩了——你走了也好，你在队里我们还得天天提心吊胆，生怕哪天金主爸爸被你家里威胁着撤资呢。”

秦隐不说话，Dida 越等越有点慌的时候，突然听见电话里那人低哂。声音冷冷淡淡的，带点这人特有的薄凉劲儿：“抒完情了？”

Dida：“啊？”

秦隐：“别误会，我抱歉的是连累你和你的老年恒温杯一起上了热搜。”

Dida：“你听听你说的，这叫人话？”

在 Dida 愤怒的咆哮中，秦隐嗤声。他靠在椅子里，微仰起头。

寝室天花板雪白，不像 ZXN 基地，被 Fengqi 那小孩儿自费糊上了满眼的七龙珠贴画。大概是太辣眼睛，所以自费里除了海报的钱，还有经理那句阴恻恻的“你工资没了”。

惯来一惊一乍的 Fengqi 蔫了半个月。那时候 Living 还没接替打野位置，中单位置的 Fengqi 在队里年纪最小，经理刀子嘴豆腐心，最后还是没扣钱……

秦隐合了合眼，不再去想，无声地笑。

Dida 大约终于愤怒完，喘了两口气才在电话对面咬牙切齿地问：“说起恒温杯这件事，大哥你知道和你双排那小姑娘是谁吗，你就敢在她直播间露脸？”

秦隐回神，睁开眸：“我女粉。”

Dida：“你不知道你就敢——啊？你知道？”

“嗯。”

“那你还和她双排？你是被威胁了还是被绑架了？你说一声，兄弟们去救你啊！”

秦隐笑：“不至于。”

“咋不至于啊！我们——等等，你不会是……”

秦隐：“是什么？”

Dida 没理他，像发现了新大陆似的，又激动又暴躁：“两年前你还叫人做梦呢，刚退役就送上门了，那咱这不是真就白给了？”

“你想多了。”

“那你自己说，是什么？”

秦隐撩起眼。

窗外叶子葱绿，在光下熠熠地晃着，潋滟如水。他想起风里乳白色的长发，夜里抱膝的哭泣，还有昏暗灯光下恣肆的笑脸和难过的眼。

秦隐垂眸，声线轻得冷淡。

“最后一次，粉丝福利而已。”

轰！

礼炮打响，巨大的射灯下，无数金色丝带漫天飘扬，闪着令人眼花的光。

恍惚里，谈梨不知何时置身在万人中央。看不清面孔的主持人站在舞台中间，激动得声嘶力竭。

“让我们恭喜 ZXN 战队成功卫冕，获得他们第二个 S 赛冠军！”

“有请本场最佳选手、ZXN 战队打野、拥有‘野区第一修罗’之称的 Liar——接受采访！”

“Liar！ Liar！！ Liar！！！”

呼声掀起层叠涌来的浪潮。无数人呐喊着那个人的名字，或哭或笑，如同亲见神庙的信民，是癫狂也是最虔诚的信仰。

谈梨同样。

饱胀的情绪充满她的胸腔，涌起的热泪盈出眼眶。模糊的视线里，穿着 ZXN 黑色队服的男人走上舞台中央。

他停下，回身。尖叫声在这一刹那，蓦然登顶。

Liar。

印着白色字母的黑色口罩，光下熠熠的黑钻耳钉。

在最终团战里极限反杀一举奠定胜果后，他被欢呼的队友和 ZXN 工作人员抛上半空而变得凌乱的碎发，还有碎发下漆如星海的眼。

那双眸子里如今落进了炙白的光，是她黑暗里唯一的光。

谈梨无法呼喊，但心跳仿佛已经要挣脱胸膛——尽管面前这段画面曾被她无数遍回放。

那是 Liar 仅有的一次接受公开采访，谈梨因为看过太多遍，主持人的每一个问题和 Liar 的每一个回答她都熟练到能倒背如流……

“那么就到最后一个问题了。和前面几个不同，这是关于 Liar 的私人问题，也是你的粉丝们很关心的——Liar 愿意为我们解答一下吗？”

“嗯。”那人声线低低的，遥远而磁性。

还是来了。谈梨心底的小人不满地蹦了个高。

主持人笑意盈盈：“请问 Liar，你现在似乎还是单身，之后会找一个什么样的女朋友呢？”

台上安静。

那个从胜利愉悦里脱离的男人早已消弭了人性情绪，回到他冷淡得近乎倦懒的常态。但听见这个问题时，他不耐烦地支起了眼，声音低得发冷：“我是来打电竞的，不是来谈恋爱的。”

主持人笑容僵住。

谈梨同样记得这里。

主持人求助地看向 Liar 身旁 ZXN 战队的经理。对方在死角里对 Liar 低语两句，然后递还主持人一个眼神。

主持人松了口气，重新发问：“Liar，只给一个未来理想型女孩的简单描述，可以吗？”

那人沉默两秒，抬眼。

“文文静静……”话筒里嗤出一声冷淡的轻嘲，“不玩游戏的。”

全场一寂，然后炸开成片的笑声和哭号。

这场采访后来被戏称为“Liar 女粉梦碎之夜”。谈梨第一次看时开着自己的直播间，当时的弹幕刷得如同潮水。弹幕里笑着问直播间镜头前，那个染着乳白色长卷发、抹着古灵精怪的油彩、全身没一处和“文文静静”一词搭边的女孩。

梨哥，你怎么看？

谈梨没表情地嗑了颗糖，冷漠脸：“我不配。”

那时的弹幕里笑成一片……

“那么 Liar，你有什么最讨厌类型的女孩吗？”

“有。”谈梨惊愕，她在人群里蓦地抬头，看向舞台。

采访明明到此就结束了，不可能再有其他问题。

聚光灯下，那双漆黑的眸子正望着她。在鸭舌帽遮不住的碎发下，他的眼睛透着冷冰冰的嘲弄：“我最讨厌，那个 ID 叫梨子的。”

谈梨猛地睁开眼。

“吱……吱……”

暑夏的蝉鸣声从车窗外透进来，视网膜被日光灼得发红。

耳旁响起盛喃被吓到的声音：“梨哥，你这是干吗？”

“我在哪儿？”

盛喃：“你睡糊涂了？你不是要送我去机场吗，我们在路上啊！”

“啊，对，”谈梨恍然回神，她垂着眼，唇角翘了翘，“在路上。”

她伸手去摸搭在腿上的外套口袋，把那个金属盒拿出来。盒子很凉，像梦里最后那个眼神。

谈梨身影微僵。

盛喃奇怪地问：“你刚刚怎么了？突然弹起来，我还以为你要跳车呢，吓我一跳。难道……做噩梦了？”

谈梨倒出片糖，放在舌尖慢慢地吮，然后她轻眯起眼，要笑不笑的，一副不正经模样：“嗯，噩梦。特别可怕的那种。”

盛喃兴奋了：“你竟然还会有害怕的东西啊，快快，说说看，是什么？”

“你。”

“啊？”

“在梦里，你满世界追着要跟我告白。”

几秒后，计程车里蹦出一声气笑：“谈梨，你大爷！”

礼宾车最后把谈梨和盛喃送到了 P 市的国际机场。

VIP 安检通道前，盛喃正埋头在谈梨肩上：“我真的不想走啊梨子，呜呜呜。”

谈梨：“你起来说话。”

“我不，我回去以后大概率被我爸套头送去复读，你很可能一年都看不到我了！”

“不想复读，那你还拒绝出国？”

“我更不想出国！在国内好歹还有你陪着我呢，出国我不更是举目无亲了吗？呜呜呜，要不我还是住这儿吧，你养我！”

谈梨咬着糖片叹了口气：“你真不起？”

“不起。”

“VIP 安检通道刚刚轮班，进去个新的安检小哥哥，特别帅。”

盛喃前一秒还在谈梨肩头嘤嘤嘤，此刻已经目光如炬地绷直了腰板，把脑袋转得飞快：“哪儿？哪儿？新来的安检小帅哥在哪儿？”

谈梨似笑非笑地睨她：“虽然我早就看清你见色忘义的本质，但你这下限还是常令我震惊啊。”

盛喃没空搭谈梨的话，她已经看见安检口内的那个小帅哥了：“是真的帅。”

“擦擦口水，流下来了。”

盛喃不在乎地挥挥手，拖住行李箱：“我改主意了，我突然归心似箭，让我们就此作别，有缘再见！”

谈梨止不住笑：“滚。”

盛喃走出去几米，不放心地回头：“你也赶紧回学校吧——开学典礼都敢旷，我看你就是想名扬 F 大，还得玷污一下它的青史。”

谈梨舔着糖片，不在意地笑：“好的，我争取。”

手机响起时，谈梨刚到寝室楼下。

看见来电显示里的“谈文谦”三个字，女孩脸上漫不经心的笑意明显一淡。她垂眼对着手机，无声地看。

铃声像和她较上劲，丝毫没有主动停止的意思，响得不依不饶。进出寝室楼的学生都朝谈梨投来奇怪的目光。卡着最后几秒，谈梨淡去笑，接起电话。

“有事吗？”

“你现在在哪儿？”电话对面是个浑厚的中年男人的声音，听语气似乎隐忍着一丝怒意。

谈梨扯了扯嘴角，不在意地轻嗤：“您管我呢。”

“谈梨！”

“有事吗？”谈梨没听见似的，仍是满不在乎的散漫语气，“没事我挂电话了。”

“你到底想干什么？开学典礼都敢不参加，专业的第一次年级会你也到现在还不露面——你们辅导员电话已经打到我这儿来了！”

谈梨沉默几秒，无谓地弯了弯嘴角。她侧过身，懒洋洋地靠到寝室楼下的金属栏杆上。

“那抱歉，给您添麻烦了。建议您了解一下手机黑名单功能，保证您未来四年，生活无忧。”

对面大概是被这话气得不轻，好半天都没回过来话。背景音里，谈梨隐约听见一个温柔安慰的女声。

她低了低头，白皙胳膊上有细细的绒毛，不知道什么时候偷偷立起来了，于是笑也藏不住真实情绪。

在这片暑夏的艳阳天里，她正像跌进了冰窖似的，浑身发冷。

“没出息。”谈梨轻轻嗤声。

直到手机里再次响起声音：“从今天开始，你按时去参加所有集体活动，不许无故逃会旷课。”

谈梨语气一凉：“我已经成年了，不需要你假关心。”

“只要你做到这一点，”谈文谦咬重尾音，“其余我不管你。”

谈梨低嘲：“你本来就没资格管我啊，谈先生。还是说，您已经把我们的约定忘了？”

对面语塞。

谈梨捏着手机的指尖发白，楼外玻璃反光里，女孩勾起笑：“也对，你从来不是个会记得约定的人。”

谈文谦沉声："这个月 26 号，我可以回 P 市。"

谈梨一僵。

谈文谦："只要你老老实实把学上完，每年你母亲忌日那天，我依旧按你说的，不见你淑媛阿姨。"

沉默持续很久，谈梨笑起来，一字一句："你还真是忍辱负重啊。"

"谈梨……"

"没关系，很公平。"谈梨轻眯起眼，声音变得轻快，"你不愿意记得她而我不想看见你，所以她忌日那天活该我们谁都不好过，也谁都别想走。一言为定。

"26 号见，爸爸。"

谈梨挂断电话。她扫了一眼专业群里通知的年级会地点，没表情地转身，朝教学楼走去。

"笃笃笃。"

"请进。"

512 教室的前门被人推开，教室里新生们的声音稍歇，齐刷刷地望向门外。

讲台上的助教回头，愣住。过去几秒他才出声问："同学，这个教室我们这节课要用来开年级会，你……"

"我知道，"谈梨摘下粉色棒球帽，歪过头，笑容灿烂，"信工（1）班，新生谈梨。"

教室死寂。

被穿过教室的风吹拂着，女孩乳白色的长卷发飘起几丝，晃得教室里的学生们眼晕。

F 大广纳来自全国各地的尖子生。尖子生里不是没有特立独行的，但开学头一天就顶着这样一头长发来学校的……

年轻的助教咽了口唾沫，强撑起笑："你就是谈梨同学啊，那，你先找个位置坐吧。"

"好的，老师。"回答的声音轻快自在，似乎对落了满身的目光毫不在意。

512 教室略小，装下信工专业全部学生已经不剩几个位置。第一排旁边这两个还空着，谈梨坦坦荡荡地走过去，坐下了。

论瞩目，女王出行级别的待遇。

直到谈梨坐进位置，多数被挡住视野的新生们才慢慢回过神来，压得细微的议论溜进风的缝隙。

谈梨五感向来绝佳，此时也能清晰地捕捉到后排许多声音。

“我们这一届有这么漂亮的女生，之前竟然没听说过？”

“漂亮归漂亮，这打扮也太……妖了吧？”

“是，不像学生。我还是喜欢安安静静那款的女孩子。”

谈梨舌尖滚着的糖片一停。

Liar，只给一个未来理想型女孩的简单描述，可以吗？

文文静静，不玩游戏的。

谈梨轻咬唇肉，挑起个有点凶的笑。她正准备回头给说话的人一记眼神杀，就听台上助教问了。

“这下各班到齐了吧？”

“（2）班齐了。”

“（4）班齐了。”

“（3）班也齐了！”

“（1）班，好像还差一位。”

教室里安静下来。

谈梨都有点意外——F 大新生里，竟然还有和她一样不听话的。

助教：“还有谁没来？”

“休学的那个。”

谈梨恍然：哦，就那个冰山大哥……

教室里话声刚落，门口响起冷淡声音：“来了。”

谈梨一怔，抬头看向教室前门——条纹衬衫，黑裤黑鞋，眉目清隽，胸腰臀腿无一不绝，可惜像刚从冷藏室走出来的——秦隐。

谈梨用了整整十秒，才终于让呆滞的大脑想明白了“这冰山”就等于“那冰山”的哲学问题。

其间，秦隐已经走到讲台下，和助教核实起身份信息。那道侧影被光线裁剪得修长清俊，让教室里议论声更噪。

和谈梨来时大家都被发色震住的情况不同，秦隐在长相上，显然是能够统一不同层次审美标准、让任何人都挑不出毛病的那种绝。所以信工专业里，为数不多的女生迅速统一了口径。

“哇哦。”低低的夹杂惊喜的呼声在角落四起。

谈梨终于回过神来。一点兴致盎然的笑意掺着藏不住的坏劲儿，跳上女孩翘起的唇角，又顺着垂下来的一绺长发攀去她的鼻眼眉梢。

原本她还散漫得百无聊赖，这片刻里就活泛起来。

于是当秦隐回身，第一眼就看到在第一排最边上的位置，散开长发的女孩歪扣着棒球帽，单手撑住下巴——她正兴致勃勃地盯着他，像盯上玩具的猫科动物，眼睛里都满是好奇和探究的光。

秦隐一停。

教室里低声议论。

剩下的空位置实在不多，也就零星几个，多在男生女生们交界的位置，女生们或翘首或暗戳戳地期待着——等着看秦隐会选哪儿？

然后她们视线里突然就多出一只胳膊，直举在那人眼前。

秦隐回神。

又一周不见，女孩手臂上的结痂已经褪掉了，只留下一条淡粉色的疤痕，被白皙肤色衬得非常显眼。多数人应该是在意的，但坐在那儿的女孩完全不。她就张扬地龇牙，仰着脸朝他灿烂地笑。怪没形象，古灵精怪。

“我旁边有空位，一起坐吗，小哥哥？”

教室里一片轻“嘶”声。站在秦隐身旁的助教都惊愕抬头，左脸写着“不可置信”，右脸写着“简直大胆”。秦隐却垂了垂眼，眸底浮起一点极淡的笑意来。

空气死寂了几秒，教室里的新生们纷纷开始解读。

“她疯了吧？”

“看样子就不正常。”

“新校草应该会理都不理直接走开？好丢人啊，我都替她尴尬。”

“新校草？”

“对啊。长这么绝，还能评不上校草？”

“也是。”

秦隐和谈梨一样听力绝佳，过半议论声尽收入耳。两人不约而同抬眼，对视。

秦隐的视野里，小姑娘坐在他眼皮子底下，依旧执着地朝他举着手，像个等老师提问的乖学生。乖学生还笑得阳光灿烂，丝毫不被那些议论影响。

秦隐眼神一动。

他平生第一次生出一点从未有过的“恶劣”念头：他想知道，如果让她碰壁，让这个骄傲恣肆得像孔雀一样的女孩不被满足，那她会露出怎样的眼神和神情？是依旧满不在乎，还是，那双永远带笑的眸子里也会为他漾起失意？

被黑裤勾出利落线条的长腿迈开。学生们视线里的那人一言未发，似乎无视了女孩举着的胳膊，就要往教室后方走。

新生们露出“果然”的表情。

助教也回神。大概是不忍心这漂亮小姑娘下不来台，他主动下来打圆场：“谈梨同学，这个位置不如就留给……”

“好。”

一声平静，那道修长身影停住，就停在第一排旁的过道里。

女孩垂在身后的乳白色长发被风拂着，几丝几缕荡漾着，纠缠上他衬衫前的空气，距离近得能听见呼吸，还有那声压得低低的、舔着糖片发出的轻喷笑意。

谈梨歪过头，笑得眼睛弯弯地看秦隐：“小哥哥，你说什么？我没听清。”

助教缓缓抽了一口冷气。

秦隐侧过身看向谈梨，没说话。他半垂着眼，前排的学生甚至能看见那细密的睫毛在挺拔鼻梁旁拓下淡淡的荫翳。和他的人一样清冷隽淡，透着点不可侵犯的疏远劲儿。

新生们气愤不已。

这样一个人，竟然被这么调戏，那他肯定转身就走。

“好。”那人原句重复。

新生们：什么？

独谈梨不意外。她盯着秦隐，舌尖抵住糖片，慢慢舔过一圈。到某一秒她蓦地一笑，眼角弯弯地勾下来：“好啊，那你要坐里面还是外面？”

秦隐撩起眼。

和谈梨隔着张空位，里面的男生听见后神色慌乱，连忙从女孩桌下那双细白匀停的长腿上收回视线。

秦隐瞥过那人。

“里面。”

除了成绩，谈梨从小到大都是“坏学生”。

而身为坏学生的最优品质，是她坏也只坏自己的，绝不干扰别人或者扰乱课堂纪律。所以从秦隐落座到年级会结束，谈梨坐拥“近水楼台”的机会，却一个字都没和秦隐交流过。

女生们嫉妒又欣慰。

直到助教宣布年级会结束，第一排最边上位置的谈梨抬抬手，勾掉一边的白色耳机线。她吮着糖把耳机线卷起来，然后起身，塞进热裤口袋里。

就在女生们眼巴巴地等着她离开好上去跟准校草要联系方式的时候，走出小半步的谈梨突然停下。

“啊，差点忘了。”

她低着漂亮的眼，靠回桌沿上。热裤下雪白的长腿交叠，不偏不倚拦住了秦隐的去路。

第二次居高临下，谈梨朝秦隐笑得灿烂："答应过带你上两段分，原本想赖账的，看来不可以了。"

秦隐："两段？"

再次想起这人宗师段位，谈梨顿了顿，满不在乎："那就改成带你上到王者段。"

秦隐没说话。

谈梨呷着糖片，笑眼看他："你觉得可以吗，小哥哥？"

"有不可以的选项吗？"

"没有。"

秦隐半倚在座位里，眼帘撩起来，漆黑眸子望上去。

谈梨笑意盈盈，左眼朝他轻快一眨！

秦隐身影一停，须臾后，他垂了眸，终于还是未能忍住那声压到最低的笑。

谈梨怔住。

秦隐已经开口："只要我上了王者，你要还的恩情就算还清了？"

谈梨从再一次的错觉里回神，笑容重归生动的潋滟："当然了。"

"好，"秦隐起身，"那走吧。"

这次轮到谈梨意外："去哪儿？"

"网吧。"

和秦隐对视两秒，谈梨才确定对方是认真的。她失笑着跳下桌："好。"

谈梨拿出手机，想了想，直接拨出一个号码。把手机放到耳边的同时，她歪过头跟秦隐说明："我需要推迟一下今天的直播。"

"嗯。"电话接通。

不等谈梨开口，对面 XT 平台的杜悠悠已经慌张抢白："梨哥，你已经知道了吗？！"

谈梨一顿，须臾后她轻眯起眼："知道什么？"

"你没听说啊？"杜悠悠尴尬地说，"就，平台里那个女主播'佳期 dream'，今天上午她和她粉丝在自己直播间里带了一波你的节奏，还闹上站内热搜了。”

“什么节奏？”

“她们能有什么新意，无非那些，咳，你和 Liar 那‘梦魇’梗，还有别的之类的。”

秦隐就站在谈梨身旁，手机里的声音一字不落地传进他耳中。听到最后一句，秦隐撩起眼。

视线里，女孩侧颜上笑意已经变得很淡，一侧脸颊被舌尖顶得微微鼓着。她似乎在跟嘴里的糖较劲，好几秒都没有说话。

秦隐无意识地皱了下眉。

杜悠悠：“梨哥，你千万别置气啊。毕竟在 Liar 的事情上，不管怎么跟她掰扯，最后肯定还是你吃亏。”

“嗯，我懂。”谈梨靠坐在桌边，仰了仰脸，呼吸里带一丝淡淡甜香。

她轻扯唇角，笑意潋滟：“毕竟是大家公认的长在 Liar 审美上的女人嘛。”

空气一寂。几秒后，秦隐缓缓抬眼。

长在谁审美上？

谈梨挂断电话，就发现身旁的秦隐正以一种奇异的眼神望着她。

谈梨摸了摸脸蛋，一脸无辜：“我刚刚说脏话了吗？”

“没有，”秦隐敛了敛眸，“为什么这么问？”

“那你干吗要用这种眼神看我？”谈梨摸出糖盒，晃出一片扔进嘴巴。然后她撑着桌沿往秦隐眼皮子底下凑了凑，笑意灿烂恣肆，“就好像我说了什么侵犯你的话似的？”

秦隐淡定抬眼。

对视数秒，谈梨坐直身，遗憾叹气：“希望大学四年里，我有荣幸能在你脸上看到笑和不笑之外的第三种表情。”

她跳下桌，拎出抽屉里的牛仔瘦外套，穿到身上。谈梨把手往腰上方的口袋里一插，歪回头。

“走吧？”

去老蔡网吧有条捷径，需要穿过校外的一个老社区。社区里，人迹就比校内稀少多了。

谈梨一路上都低着头摆弄手机。到一个路口前，她才想起什么，拿着手机朝秦隐晃了晃："不好意思，处理点事情。"

对面红灯，秦隐停下，回眸看她："和 Liar 有关？"

"嗯，"谈梨随口应下，又顿了一秒，她抬头，"你听见了啊。"

秦隐问："另一方是谁？"

"和我同平台的一个女主播。"谈梨想了想，咬着压片糖笑，"Liar 的绯闻对象。"

秦隐一顿，空气沉寂几秒。

谈梨听见身旁那人开口，声音透着低气压："Liar 什么时候有过绯闻对象了？"

"嗯……去年拿了双冠后？"谈梨满不在乎的语气，"他不是在决赛后的采访里说了自己的理想型嘛，没多久就被粉丝扒出来——圈内为数不多的和他有过接触的女生里，最接近的就是这个'佳期 dream'了。"

谈梨等了半天没听见回应，回头，就见秦隐微沉着眼，似乎在……

谈梨好奇凑过去："喂，你想什么呢？"

秦隐："Liar 的理想型。"

"啊？"

"我在回忆，当时采访是怎……"

秦隐抬眼，视线里女孩手插在浅蓝色牛仔口袋，往前微微倾身，乳白色长卷发从她肩头滑落，垂在脸颊旁。她没顾得上，正歪着头看他。明眸如水，眼神专注得让秦隐话声一停。

谈梨听完，已经直回身，不爽地舔着糖片眯起眼："他说喜欢文文静静，不玩游戏的。"

秦隐薄唇一抿，凉飕飕的情绪在他眼底铺开，两三秒后……

"不是他说的。"

"嘀……"一辆摩托车摁着铃从两人面前的马路上飞快行过。

谈梨下意识拉住秦隐往后一躲："差点就撞到……咦，你刚刚说话了吗？”

秦隐垂眸，视线落在自己臂弯位置。

小姑娘的手细细白白的，把他的黑色条纹衬衫揪得发皱。

谈梨跟着落眼，然后一秒松开了爪儿：“啊，抱歉。”

“嗯。”

“你刚刚说什么了，我没听清。”

“没什么。”

“哦。”

红灯倒计时最后 10 秒钟。

秦隐问：“你刚刚说的‘佳期 dream’是谁？”

谈梨随口答：“XT 平台人气女主播之一，虽然不玩游戏，但是在电竞圈里很有名气。”

“Liar 和她认识？”

谈梨意外抬头：“你查过 Liar，没听说过她吗？她可是 Liar 难得有名号的绯闻对象了。”

秦隐冷漠：“没有。”

谈梨笑：“她长得很漂亮哦，你可以回去查查看。”

秦隐依旧眼神淡漠：“为什么说她和 Liar 认识？”

“她是 ZXN 二队选手卓梓期的女朋友，去过 ZXN 战队基地。还有一张和 Liar 的合照，虽然‘渣男’只是侧影。”

秦隐面无表情。

合照？怎么可能？

红灯跳绿灯，两人穿过马路。

到对面时，秦隐也在记忆里找出一点线索：“卓梓期，前年被我……被 ZXN 开除出队的那个？”

“对，他现在也在 XT 平台做游戏主播。”谈梨想到什么，“有传闻说他和 Liar 不和，还有人说他就是因为抢了 Liar 的理想型，所以才被踢出去的。”

秦隐眼底浮起一点冷淡的嘲弄：“你信吗？”

谈梨散漫地哼笑了声："傻子才信。"她一顿，"虽然傻子总是非常多。"

"为什么不信？"

谈梨晃了晃上衣口袋里的糖盒，沉默几秒才笑着回头："你别被我误导。虽然我总是开玩笑说 Liar 是'人间渣男'，但他的人品一定是电竞圈里选手中最好的那一部分。"

秦隐没作声，撩起眼看向女孩。

谈梨难得认真："他只是没表达，但我相信他最热爱的就是电竞。他专注它，更尊重它，所以他绝对绝对不会为了那种事，做出踢一个选手出队的决定。"

说完这句谈梨一顿，慢慢咬碎舌尖前的糖片，声音发凉："而且卓梓期还在直播里带过节奏，阴阳了 Liar 好久……这憨憨最好别犯我手里，不然爸爸一定教教他什么叫父慈子孝。"

秦隐唇角勾起一点弧度："你就这么相信 Liar？"

"当然，他可是我的电竞信仰。"

"那绯闻的事情上，你怎么不信他了？"

"绯闻？哦，你说'佳期 dream'啊。"

两人走到网吧对面。

又是红灯。

谈梨停住："她从 ZXN 基地回去后，晒过一张战队的签名海报，好像是 Liar 送给她的。"

秦隐："？"

谈梨等红灯等得无聊，她半仰起头，插在牛仔上衣口袋里的手抽出来，谈梨把手举过头顶，对着有点刺眼的阳光抓了抓。

什么都没抓住。

谈梨舔了舔发甜的唇齿，玩笑道："我要是有个 ZXN 战队的男朋友就好了，我也想要 Liar 送的礼物。"

秦隐皱了下眉，几秒后，他淡声问："你想要什么？"

谈梨举着手，歪过头，她被阳光晃得半眯着眼看他，还没心没肺地笑：“问了也没用，别人送的不算。”

“假如。”

秦隐说得简短，谈梨却听懂了。

“假如 Liar 送啊，”她转回头，贪心地坏笑，“那我想要……他那颗标志性的定制耳钉！”

秦隐一顿，几秒后，他转开视线，带点淡淡的嘲弄轻嗤：“你怎么不要他本人？”

谈梨低回头，语气正经眼神真诚：“也行。”

第5章

维护·单挑

老蔡网吧。

又是冷冷清清的中午，又是老蔡一个人值班。听见门响，他在半梦半醒里一个激灵，直接从柜台后起身。

“欢迎——哦，梨子来了啊！”

“老板好呀。”谈梨状似乖巧地搭话。

“唔，我看看几点了，2 点 53 分，嗯？你今天怎么来这么早？”

谈梨灿烂地笑：“打工还债。”

“打什么……”

秦隐跟在谈梨身后，迈进门时正听见这熟稔的交谈。

他抬眼看向吧台后。

四目相对，老蔡愣了下：“这不是上次那个……”他视线下意识落下去，到秦隐身旁，“今天没拉行李箱啊。”

谈梨走到吧台前，闻言笑起来：“你真把你这里当酒店啊？”

“明明是你天天报到，都快住我这网吧里了。”

“生计所迫，我也没办法。”

秦隐闻言一停，抬眼望向她。

谈梨察觉，胳膊肘拄在吧台上，她撑着脸颊回头，没个正经地笑：“怎么，小哥哥善心发作，同情我吗？”

秦隐：“我记得你给 Liar 刷过一周的火箭。”

“你查得还真具体。”谈梨惊讶，随即耷拉下那双弧度饱满的杏眼，漂亮的五官往一起皱，“那可是我在直播平台里两三个月的工资加提成，为此吃了两个月的泡面呢。”

秦隐皱眉。尽管知道面前女孩百分之九十九的概率在说谎，但他还是为那百分之一的可能性，心里一沉。

“好了。”老蔡直起身，把身份证推到两人面前。然后他就发现这两人之间气氛诡异。

秦隐在女孩那张身份证上一瞥而过，声线低得发凉：“既然已经成年，就不要做那种幼稚的事。”

谈梨意外，撑着脸好几秒都没反应过来。等回神，她垂手攥过身份证，回头看秦隐，笑得眸子里春水潋滟：“哇，哥哥好凶哦。”

秦隐没表情，也侧过视线。黑漆漆的眸子里情绪发冷，气压低沉。

老蔡在吧台里面看蒙了，站在那视线焦点里的谈梨却不怕。她舌尖把糖片抵在唇齿间，慢慢舔了一圈，然后眼角弯下。

女孩笑得无害，还抬手拍了拍秦隐肩膀：“你比我爸爸还关心我啊，那下辈子投胎，我就去赖你好了。”

老蔡木着脸听，听完再次表演了回“嘴比脑子快”：“俗话说女儿是父亲上辈子的小情人，你们这辈子能先当上情人才行，得努力啊。”

谈梨细白的手爪尴尬而缓慢地从那人肩上挪走，她难得心虚。

偷瞪了老蔡一眼后，她回过头，对上秦隐那双漆黑的眼：“我没这个意思，真的。”

秦隐取走身份证，转身往里走，声音冷淡微嘲：“你敢吗？”

谈梨发笑，她轻舔了下唇角，手插进口袋散漫地跟过去：“小哥哥，你可别激我，我这个人最禁不起激将法了。”

包厢还是闻香阁。进去以后，谈梨没急着开游戏：“平台那边要我先进直播间安抚一下粉丝，会尽快结束的。”

“嗯。”

谈梨通知房管，然后提前开了直播。直播间里很多粉丝似乎早就在蹲守了，谈梨这边一开播，立刻有粉丝迅速拥入。

梨子，你可终于来了。

就知道你今天会提前上来。

梨哥，你再不上来我就要被“佳期 dream”给气死了！你知道她怎么在直播间里带你节奏的吗？！

刚和卓梓期分手就这么作，她是生怕有人忘了她和 Liar 的传闻吧？

谈梨刚准备安抚一下再提今天要取消直播的事情，就在刷过去的弹幕中捕获重要讯息。

她调了麦，意外地问：“她和卓梓期分手了？”

对啊！

估计早就看不上卓梓期，想把他踹了吧。

梨子，你消息太迟钝了，现在知道了吗？“佳期 dream”单身了，你 L 神可危险了！

前面是哪家的憨憨，对面派来的卧底？

Liar 再是“电竞渣男”，也轮不到你家主子觊觎，有张合照再加张海报就天天秀，拿着鸡毛当令箭，丢不丢人？

路过观光，粉丝嫉妒的嘴脸真丑。

合照海报怎么了，你们家主播有吗？

呵呵，毕竟某些人追了 Liar 那么久就得个“做梦”的奚落，粉丝肯定心里不平衡，嫉妒呗！

Liar 都亲口承认喜欢佳期这种文文静静的类型了，某家主播自己照照镜子好吧？

L 神身边站的就该是佳期小仙女，梨子这种又凶又坏的狐狸精还是算了吧。

“佳期 dream”本来就是 XT 平台的人气女主播，拥趸众多，这波节奏显然又蓄谋已久。谈梨这边开播一两分钟，对方的粉丝就已经进入她直播间里带得满屏节奏了。

谈梨自己的粉丝气得不轻，双方在直播间里激情对线，还有搅浑水的，弹幕一时“热闹”极了。

换了别的主播早该头疼死了，可谈梨不。她不但不头疼，还咬着糖片直乐，对着弹幕看连续剧似的，津津有味，一副这事跟她无关的模样。

粉丝很快反应过来。

梨哥！你争气点！

哈哈哈哈哈哈，我都被梨子气乐了，你看你自己的热闹也就算了，能不能至少做到别笑出声，啊？

年度最心大主播。

年度最心累粉丝。

粉上这么一个要命的主儿，我上辈子到底造了什么孽哦？

梨哥，你清醒一下！我们是花钱来看你直播的，不是花钱让你看我们直播的！

随着粉丝醒悟，弹幕也骂不起来了。

谈梨遗憾地扶了扶耳麦：“啊，谁看谁不是差不多吗？”

差多了！！！

谈梨揉揉脸颊，还是笑：“我发现有些粉丝的骚话技能和节目效果比我好得多，只让你们做粉丝刷弹幕太屈才了，真的。”

揉脸也没用，别想“萌”混过关！

呜呜呜，老婆揉脸好可爱，老婆我可以！

梨哥，你真不管啊？

我们虽然人少，但我们嘴臭啊。梨哥你一声令下，我们立刻去爆破她，没得说！

对！实在看不下去了，她们也太过分了！拉着 Liar 炒旧事也就算了，还非得拉踩你！有病吧？！

眼见弹幕情绪又要激动起来，谈梨轻咳了声，难得正经。

“没必要，我们都是文明礼貌的淑女绅士，涵养极好，绝不动怒是我们对自己的基本要求……”

谈梨话未说完，弹幕里风向突然一转。

卓梓期是不是被“佳期 dream”甩了以后直接疯了？他脑子进水了？

卓梓期和“佳期 dream”这俩傻子给我锁了。

卓梓期以为自己什么玩意？

和 Liar 比？他也配？？

谈梨心底泛起点不好的预感：“怎么了？”

直播间里刷了条土豪弹幕：

梨子你去看卓梓期直播。

即便没人提，谈梨也已经要这样做了。她面上笑意一秒消失，手速飞快地切屏搜索进入卓梓期的直播间。刚进去的第一秒，她就在外放声音里，听见了那个让她厌恶的男生的笑声。

“L 神，Liar 哥，队里天天捧着他，叫他一声他就真把自己当神了？事实告诉我们，捧得越高，摔得越惨。”

“在摔死之前先退役，瞧人家 Liar 神多‘聪明’！”

“他的左手在我离队前就已经出问题了……还神呢，他现在废了只手，和废人有区别？恐怕连个路人大师局都打不赢，当然只能灰溜溜退役滚蛋！”

谈梨的直播间里，粉丝们亲眼看着镜头前那张漂亮得艳丽的脸蛋上一点点褪掉笑意，再剥离其他情绪。

等卓梓期说完最后一句，女孩看着屏幕的眼神已经是冰冷了。

Liar 手伤。Liar 退役。

这是谈梨的两个死穴，不能提，几乎听都不能听，偏有不知死活的在。

弹幕有点慌。

梨哥别生气，想想你刚刚说的话，我们是淑女，不跟这种人一般见识啊！

老公你收敛点，你这眼神吓人！

冷静，梨哥，冷静！

谈梨慢吞吞关掉卓梓期的直播间。她转过头，朝摄像头红唇一牵，弯下的眼角里笑意潋滟："我不气啊。"

不气就好。

对，没必要和这种人生气。

我们是文明人，别管他。

"嗯。"

谈梨淡声应了，伸手拿出金属糖盒，往掌心倒了一片。停顿一秒，她又倒出一片。两片糖往嘴里一抛，谈梨舔着唇角慢慢抬眼。

鼠标光标一划一闪，屏幕切成了XT平台的主播动态发布页面。

梨哥原来吃的是这种糖啊！

我老婆吃糖真可爱。

等等，梨哥你要做什么？

我有种不好的预感……

答案很快就有了。

谈梨细白的手指在键盘上飞速敲击，直播帧数跟不上，带起残影。

直播间里甚至没来得及看清她打字的内容，只听鼠标"咔嚓"一声，一条最新公开动态已经发了出去。

梨子 lizi：

@XT 主播 - 卓梓期

卓梓期，你就是个儿子。

不会说人话？行，来峡谷 1vs1，爸爸今天教你做人。

一石激起千层浪。

谈梨的直播间自不用说，电竞圈其他主播那里也很快传开了。

那条动态发出去没过多久，XT 平台的站内热搜里，梨子骂卓梓期的词条坐了火箭似的，迅速攀升到第一。站队的，看热闹不怕事大的吃瓜群众在最短时间内拥入谈梨的直播间。

就是你骂的卓梓期？骂得好。

卓梓期那嘴脸，我都想骂他。

太刚了，也太敢了。

虽然我烦你以前蹭 Liar 热度，但今天这事，干得够爷们，解气！

哈哈哈，前面大哥别走，我们梨哥虽然叫梨哥，但还是女孩子好吗！

一个小主播，还是女的，和人家前职业选手叫板，认真的？别又是来哗众取宠的吧？

卓梓期的粉果然和主子一样不会说人话。

梨子至少是路人王，你们那位前职业选手是个啥？蹭着 ZXN 的旗号就会背后阴阳人的烂嘴巴蛤蟆？

直播间里吵得厉害，谈梨的手机同样不得消停——到站内热搜登顶时，杜悠悠的夺命连环 call 已经来了 N 通。

谈梨见自己不接对方不停，便勾起耳麦：“平台金主打电话来了，我先去挨骂。直播间不关，那儿子什么时候答应了，你们就在弹幕里告诉我。”

哈哈哈，不愧是梨哥！

你是真的刚！

Liar 退役后直接销声匿迹，跟圈里半点关系都没了，反倒是卓梓期在圈里蝇营狗苟大有可混的，梨子你这样得罪他真没必要，而且 Liar 自己都未必在乎这种小人。

谈梨一顿，还是起身走到镜头外的包厢角落，接起电话。

杜悠悠在对面炸毛：“梨哥！祖宗！我是让你上去安抚粉丝情绪的，你瞧瞧你都干了啥？”

“佳期的事，我不是安抚了吗？”谈梨舌尖卷着糖片轻吮，她懒洋洋地靠到墙上，“至于卓梓期，他是自己跳出来找骂。”

“不是，梨哥，你自己的事情你都能不在乎，Liar 的事你怎么就这么看不开？”

谈梨慢吞吞地翻过身，背靠到墙上。她半仰起脸，看着包厢天花板上挂着的那个圆圆的丑灯，唇角漫不经心的笑淡了淡。

光晕慢慢晃着眼。

在昏暗里盯着一个光点看久了，就算那个光点消失，依然会有光的错觉残存在视网膜上。生物学上，这叫余晖效应。

现实里，Liar 就是她的那个光点。

他消失了。但在她身体里的某个角落，他又好像一直在那里，从未离开。

“我知道啊，”谈梨听见自己声音带着惯常的散漫，“以前他就在我背后那座神庙，谁都不敢妄言。现在他不在了，那座庙塌了，那杆旗帜倒了，仿佛谁都能来踩一脚……或许他不在意，但我在意。”

杜悠悠在电话对面沉默。很久后她无奈地问：“没得缓和？”

“没有。”谈梨情绪一点点冷下来，“是卓梓期先说错话。”

“我算是怕了你们这些祖宗了。你说吧，你想怎么办？”

谈梨："自选模式，1vs1的solo（游戏中指单挑）。谁输了谁自动解约，赔违约金滚蛋，一辈子都不再踏入LOL圈。"

"玩这么大？"杜悠悠窒息。

谈梨慢慢舔过齿尖，勾起个灿烂和善的笑："不死不休。"

谈梨回到桌前时，才突然想起包厢里还有个人。

她失笑回头："抱歉，我差点忘了你在。"

秦隐鼠标轻划，关掉XT站内热闹的热搜页面。电竞椅转过一点角度，他回眸望着她："为什么这么生气？"

谈梨一怔，笑："我没生气啊。"

秦隐不语，漆黑的眸子不为所动，像是要把她的情绪一层层剥开。

谈梨眼神颤了下，移开眼："啊，好吧，有一点……也可能很多点。"她慢慢吐出呼吸，没察觉自己尾音里那点战栗，"我就是，最难忍别人提他的手伤，还有退役。"

昏暗中女孩眸子里抹上的水色，声线里没藏住的难过，还有那种不甘的、被进犯死穴而激起的凶狠，在这一刻无比真实，真实得令人触动。

秦隐怔目。

"抱歉，今天应该没办法和你双排了。改天吧。"谈梨一顿，想起自己的赌约，她情绪恢复，慢慢咬紧糖片，"改天，只要我这场能撕碎了他。"

秦隐收回思绪，停了几秒，他起身："那我先回学校了。"

"好。"电脑前的女孩戴上耳机，没回头。

秦隐从她背后走过，看见弹幕上最显眼的一句话：

你看，树倒猢狲散啊！梨子，你一个人在意有什么用呢？

秦隐未停，木质地板被踩出平静而冷淡的步声韵律。

他走出去。包厢门合上，女孩活泼却决绝的话声在身后传出来："神庙塌了，我垒。旗子倒了，我扶。就算Liar这棵参天树下最后只剩我一个人，我也一定一个人站到最后。"

秦隐停在磨砂门前。

半晌，他抬起左手，慢慢攥了攥。然后秦隐淡淡一嗤，头也未回地走出去。

原来她真奉他如神明，且信仰最纯粹而虔诚，像万军之前，一人孤守。

如果早能看到今天，那入队周年那天她要的一句话告白……

他或许就答应了。

秦隐进学校后，到寝室楼的一路上，肖一炀给他打了三通电话。到第四遍秦隐忍无可忍，戴上蓝牙耳机，声音冷淡低沉："我在路上，不方便……"

"你女粉被人欺负了！"

秦隐一顿："哪个女粉？"

"少装蒜，还能哪个？当然就半个月前跟你双排过一次的那个啊。"

"哦，知道了。"

"你都不问问是怎么回事？她可是因为你才被波及的。"

"赌约是她自己提的。"秦隐淡声，"而且卓梓期的水平，我不觉得他能赢。"

肖一炀惊讶："噫，原来你知道赌约的事啊？你说的那是按常理，和梨子 solo 一局卓梓期确实输面很大，但卓梓期什么阴损德行你还不知道吗？要不是他当初在 ZXN 二队干的那些恶心事儿……你这种性子的怎么可能主动踢人？"

秦隐一停。

林荫道的树上，响起一声尖锐刺耳的蝉鸣。

秦隐回神，迈步向前："有变数？"

"卓梓期说接受赌约，但再加一条，输了的人除了自己解约滚蛋，还要买下 XT 平台滚动横幅，挂上给对方的道歉公告，为期半个月。"

秦隐皱眉："这场 solo 局里他提条件了？"

"不然他能这么大狗胆？"

"什么条件？"

“卓梓期要求，这场 1vs1 的 solo 局，双方要使用相同的固定英雄，盲僧。”

秦隐一顿：“打野英雄，她好像最不擅长。”

“岂止啊！”肖一炀气乐了，“我刚去查的，你知道你家女粉盲僧排位的胜率是多少吗？”

“多少？”

“百分之零——换句话说，上一次输一次，神都救不回来的那种。”

隔着手机都能感受到秦隐难得地被噎住，肖一炀又气又笑。

“说实话，要不是她今天这举动，就冲这盲僧胜率，我真的怀疑她是敌方派来你粉丝阵营里的卧底——就这打野水平，谁能信她粉的是第一打野选手？”

秦隐垂眼，不禁轻笑了声。

对面沉默几秒：“你刚刚难道是，笑了吗？”

秦隐已经敛眸，淡声否认：“你幻听。”

“哦，我也觉得不可能。”

秦隐：“她答应了？”

“只改了一条。梨子说她赢了，横幅广告要改成向你，嗯，改成向 Liar 道歉。”

秦隐眼神微晃了下。

踏着滑板的年轻人从秦隐身旁嗖地飞过去，带起一阵潮热的风。

肖一炀还在对面幸灾乐祸：“所以 Liar 神，这事你准备怎么办？再过半小时，4 点，他们的 solo 局可就要开始了。”

“办什么？”

“你别跟我说你不管啊，这赌约完全就是欺负你女粉呢，当然该你出面叫停——我看她也就能听你的了。”

“她自己的决定，自己负责。”

肖一炀呆了好半晌才反应过来：“明明就一句话的事，你见死不救？你这也太没有人性了吧？”

“你第一天知道？”秦隐轻嗤了声。

通话结束时，秦隐正走到寝室楼下。

楼旁杨树叶子被吹得哗哗作响，绿油油的叶面和银闪闪的叶背在风里起伏交替，翻涌起盛夏里海景似的天光。

他又想起女孩那头恣肆的长发，还有发间那双熠熠带笑的明眸。

——以前他就在我背后那座神庙，谁都不敢妄言。现在他不在了，那座庙塌了，那杆旗帜倒了，仿佛谁都能来踩一脚……

——他不在意，但我在意。

——神庙塌了，我垒。旗子倒了，我扶。就算 Liar 这棵参天树下最后只剩我一个人，我也一定一个人站到最后。

秦隐无声一叹。他落回视线，走进楼内。

20 分钟后，3 点 50 分。

距离谈梨和卓梓期的 solo 局只剩最后 10 分钟，两人直播间观看人数已经快到超载地步。

谈梨咬着压片糖，一个人在人机模式不紧不慢地练盲僧，弹幕里那些带得飞起的节奏被她全数无视。

直到她的 XT 平台后台主页，一条“特别关注”动态弹出。

谈梨下意识瞄了一眼，愣住。

随她鼠标移过去，点开，直播间的弹幕在死寂之后，几秒里就彻底炸了。

Liar：

@梨子 lizi，抱歉，截个和。

@XT 主播 - 卓梓期，来 solo。

逼仄的房间，屏幕前那张面孔十分狰狞，额头上满是汗水，眼睛死死盯着显示屏里的游戏界面，牙齿紧咬得颧骨抖动。

键盘和鼠标被按得噼里啪啦地作响，卓梓期把自己的手速逼到极限，手指已经传来发僵的痛感——然而没用。

他只能亲眼看着自己操纵的英雄血条耗尽最后一丝，然后归零，倒下，屏幕变成黑白。而顶着 Liar 那个噩梦一样的 ID，“杀”了他的人血条甚至还剩一半有余，像最无声而极致的嘲讽。

键盘鼠标的声音又响了几秒，才陡然停住。

卓梓期狠狠地握拳，额头上青筋绽起，他死死咬牙：“不可能！我只是失误了一下……再来！”

他不管不顾地再次创建战局，不问意见，直接发出邀请。

对面静默。

卓梓期露出有点扭曲的笑：“你就是侥幸赢了我，没错，你就是侥幸！所以你才不敢接。”

话声未落，Liar 进入自选对战局。

卓梓期表情蓦地僵滞。

他压下心头巨大的恐惧，已经有些神经质似的低声念叨：“不可能，对，不可能……他的手受伤了，他已经废了……他不可能再一直赢我了……”

然而这一局更快，卓梓期面前的屏幕再次灰了下来。

“不可能——重来！”

灰屏……

“我只是手抖了！重新来！”

灰屏……

“再、再来！！”

又是灰屏……

最后一次，卓梓期张了张嘴，声音已经嘶哑得说不出话来。

他已经无力再发出邀请，恐惧和昔日的阴影像噩梦一样紧紧缠住他的心，让他快要窒息。

那四个字母在幻觉里扭曲，扩大，像魔鬼一样追着他。

Liar。

这个人曾经创造出可怕得叫人绝望的不败神话，是 ZXN 战队、是中国赛区，甚至是整个 LOL 圈的神，也是这个男人亲手断了他的电竞路，把他从 ZXN 战队驱逐，让他成了一条丧家之犬，没人敢收留。

于是卓梓期藏起来了，藏在最阴暗的角落。他知道这个男人对比赛之外的任何事情都冷漠得近乎孤傲，知道对方不屑和自己计较。所以他随心所欲地在阴暗的角落里发泄自己的恶意，编排那个人的污点……

在每个被昔日噩梦惊醒的半夜，卓梓期都痛恨地咬着自己的拳头，扭曲而狰狞地期待着那个高高在上的神，像他一样跌进这肮脏的尘土里。

那一天终于来了。

神庙倾圮，信民四散流离。

所有人痛哭时，卓梓期一个人在电脑前笑得癫狂，笑得眼泪鼻涕都快流出来了。

他以为自己终于等到这一天，他以为终于轮到他踩在那座坍塌的神庙上，向世人昭示：他才是站到最后的那一个！

然而……

卓梓期的视线战栗着，重新落回屏幕上。

此刻那里面的仿佛不再是英雄角色，而是他们两个人站在峡谷中。他倒在地上，那个男人站在原地，手里长枪犹沾着他滚烫的血，而那人从头到尾不为所动，只冷漠睥睨地垂眼望着他，像俯瞰最肮脏可怜的蝼蚁。

这怎么可能呢？那座神庙明明已经塌了，神明明已经陨落，怎么可能还能……还能……

卓梓期僵住。

他突然想到什么，一种不正常的神经质似的潮红在他面上浮现，他紧紧抓住耳麦，声音嘶哑：“不对！一定不是 Liar——是别人！是 ZXN 战队的拿他的账号，是 Dida、Fengqi 或者 Youup……还有可能是、是肖一炀！”

卓梓期像抓住最后一根救命稻草，声音都亢奋起来：“没错，一定是肖一炀！ Liar 的左手受伤已经废了，他怎么可能还有这样的操作？这一定不是他！”

卓梓期的直播间里弹幕如流水。

呜呜呜，奶奶您看见了吗？神又回来了！

这节奏绝了，梦回巅峰！

让ZXN的来看看，这就是他们让退役的人！放弃这样的Liar，今年他们还想不想重回王座了？！

给“已故”主播卓梓期上香！

输不起的人也配？

神即不可战胜。

L神要取你狗命，耶稣也留不住，我说的。

虽然他输不起的样子很恶心，但我看他说的也有道理。Liar左手伤病严重，这是早就知道的事情，退役前状态不佳也有目共睹，这个还真不一定是他吧。

卓梓期顾不得弹幕如何骂他了，他打开自己的后台主页，压着颤抖的手发出动态。

XT主播－卓梓期：

一定有别人上了@Liar的账号！他的手早就受伤废了！

@梨子lizi你们联合作弊！我不承认这个结果！

这条发出去后，卓梓期的直播间里更热闹了。

直到一条消息突然炸出——Liar开直播了！

卓梓期的瞳孔猛地一缩。他僵硬数秒，颤抖着手在主页搜索，然后进入了Liar的直播间。

屏幕里的房间昏暗，背景只有一面空墙壁。而在镜头前，戴着黑色口罩的男人如昔日一样眉眼冷淡，那颗黑色的定制耳钉在他左耳上熠熠地闪。

声音收入麦中，键盘敲击的速度并不追求极快，反而带着一种从容的韵律感。鼠标咔嗒一声，卓梓期的屏幕里，游戏界面弹出一条最新对局邀请。

又是一局 solo。

又是那个噩梦一般的 ID——Liar。

卓梓期近乎麻木地点下确认。

3 分钟后，胜负已分。

卓梓期瘫软在椅子里，眼神空茫地看着屏幕。

Liar 开了直播，也开了全员禁言。在他那儿一条弹幕也发不出去，疯了的 LPL 粉丝们只能拥进卓梓期的直播间。

这是一场狂欢。

没人嘲讽卓梓期了，甚至根本没人有心思注意他，所有人的焦点全都在那一个人身上——神，回来了！

而直到这场对局结束，Liar 直播间里，那人终于第一次抬眸，瞥向镜头。

"别说受伤，就算我手断了……"

黑色口罩下一声嘲弄冷嗤。那人声音低沉，磁性，又压得隐约。

"虐你需要两只手吗？"

几秒后，屏幕黑下，Liar 直播间断开连接。

谈梨怔怔地坐在电脑前，很久都没有回神。

尽管那个直播间已经黯下去，那人离开像来时一样突然，悄无声息，没有问候也没有告别。

他从来如此，冷淡得不可接近。

谈梨慢慢眨了下眼睛，舌尖动了动，已经化在上面的糖片只留下一块麻痹味蕾的甜。

她一点点弯下眼角，明丽的眸子里漾开春水一般的波纹。谈梨想忍住的，但又忍不住，她笑得艳丽漂亮，像洋溢着让人挪不开眼的光。

"他回来了。"她笑着说。

直播间里人少了很多。

Liar 开直播和卓梓期 solo，几乎所有听到消息的电竞圈粉丝都在关注，也第一时间拥进那两人的直播间里。留在谈梨这边的，大多是她的死忠粉。

为什么柠檬它围绕着我?

我也酸，而且一时不知道该酸梨子，还是该酸Liar。

在老婆直播间看她看“渣男”直播，这就是被绿的感觉吗?

梨哥别傻乐了，赶紧趁Liar可能还没下线，去他动态下面告白啊！他都@你了！机不可失，时不再来的！

“别闹，告什么白。”

谈梨舔了舔发甜的齿尖。尽管这样说，她还是操作鼠标点去Liar的主页。谈梨盯着半小时前那人发的那条动态看了几秒。

细白的指尖放到键帽上。

[梨子lizi] 回复@Liar：谢谢你一直在。

发完之后，谈梨便托着脸等。

手指在桌面上敲啊敲，敲了两分钟，也没等到任何回信。

谈梨却不意外。

她笑着仰进电竞椅里，反扣着十指伸了个懒腰：“噫，没骗到，真遗憾。”

说完，她站起身。

Liar撩不动的。

没错，梨子还是放弃吧，他脚底下都前仆后继地“死”完半个电竞圈的女粉了。

等等，梨子你穿外套干吗?

“啊，”谈梨扶着桌边，弯下腰，镜头前的笑脸漂亮又可恶，“今天太开心了，后面的直播取消了。”

谈梨说完，已经毫不犹豫地利落关机，转身往外走，背影潇洒得像个“渣女”。

谈梨单手推开 F 大校内超市的门，另一只手拿着手机，手机里正传出盛喃的声音：“相信我啊梨哥，我真的觉得你男神是在为你出头呢！”

谈梨笑着关门，长发随着身体转了个圈：“你在想 peach（谐音梗，不要做白日梦的意思）。”

“真的，我还特意打电话跟我哥聊了聊呢。”

“笙哥叫醒你了吗？”

“切，我哥也部分同意我的看法好吗？”

“那就是你把笙哥传染了。放过 WWW 吧，今年他们想夺冠，还少不了你哥这神级辅助的脑子。”

“去去去！”

谈梨笑着拎起只购物篮，顺着货架往里溜达。路过那些或惊艳或惊奇的目光她全不在意，欢快恣意，我行我素。

盛喃还没放弃：“你可是他私人动态里第一个互动的人。你想想，这待遇！”

“单方面 @ 可不叫互动。”谈梨往篮子里放了一盒牛奶味的饼干棒。

盛喃置若罔闻：“而且你再想想，Liar 是那种会把卓梓期这种小人放在眼里的性格吗？卓梓期在他那儿连个小喽啰恐怕都算不上，以前卓梓期再怎么蹦跶，你见他在意过一次没有？”

谈梨伸向牛轧饼干的手停顿了下。过了几秒，她垂眼笑起来：“喂，盛喃同学，你到底是想拉我出坑，还是彻底把我推在 Liar 这坑里就地埋了？”

盛喃一噎，心虚道：“对哦。”

“呵。”

盛喃：“哎呀，我这不是也太意外了吗？如果不是我上午刚从你那儿走人，那肯定要怀疑一下了。”

“怀疑什么？”

“当然是怀疑你是不是利用关系把人找出来了。”

绕过酸奶保鲜柜，谈梨气得发笑：“在你心里，我就是这么一个形象？”

“不是你，这是人之常情。”

“啊？”

“那我问你，现在有一个 Liar 摆在你面前，你要不要？”

谈梨失笑，她挎着购物篮，手指在那一排不同口味的零食盒子上一个一个跳过去：“那大概……”

把选好的牛奶味零食扔进购物篮里，谈梨一边笑着一边抬眼，然后她顿住。

视线前方，长长两列货架之间的过道里，侧身站在那儿的男人身影挺拔清瘦。侧颜清隽，眉目冷淡。

秦隐。

在谈梨注意到他的同时，秦隐也捕捉到熟悉的声音。

他回过头。小姑娘站在几米外，单手拿着手机放在耳边讲电话，同时眼睛弯弯地笑看他。

她朝他歪了歪头，眸子亮晶晶的，狡黠勾人。

“当然要啊，不要白不要！”

第6章

父亲·男朋友

隔着三四米的距离，秦隐听见谈梨那句话的尾音。

他慢慢眯了下眼。

虽然不知道谈梨是在和谁讲电话，也没有听到她们之前的对话，但只从女孩灿烂的笑和最后这半句话，秦隐很难不联想到——Liar。

谈梨毫无所察，挎着小购物篮，脚步轻快得要蹦跳起来似的，她走到秦隐身边。

“好巧啊，小哥哥。”谈梨无声地给秦隐做口型。

“嗯。”秦隐垂回眼，难得仁慈地决定不和这个小疯子计较。

盛喃不知道这边的插曲，在谈梨的话里震惊几秒才惊叹回神：“不愧是你，我现在改替 Liar 庆幸了，还好他没落进你手里。”

谈梨笑起来。

盛喃：“啊，我水开了，你等等，我去泡一壶茶。”

“好。”

盛喃那边声音消掉，谈梨的注意力转回身旁。

某人引得路过的小姑娘偷偷回头看，自己却毫无知觉，就耷拉着眼站在那儿，安静地盯着手里。他的侧脸被光线修得棱角分明，五官透着一种能脱离性别审美的好看。

谈梨举着手机，欣赏了好几秒。

“好看吗？”直到那人开口，声线依旧清冷得没什么波澜。说话时他甚至没抬眼。

谈梨龇牙，灿烂地笑：“好看呀。”

秦隐抬眼。

对上他的眸子，谈梨笑得更灿烂了。她往前蹭了一点距离，问："你来买什么的？"

"护腕。"秦隐停了一秒，又补充，"和护膝。"

"平常好像用不到这个，你哪里受伤了吗？"

秦隐一顿。左手腕向内侧了一点，冷白肤色上微微发红的位置被他藏住："打篮球容易扭伤，所以提前做准备。"

"哦。"

除了防身术和散打外，运动类一直是谈梨的盲区，球类她就更不懂了。不过护腕她有过专门了解。

谈梨往前凑去一点，对着秦隐手里的两个盒子研究："你在选颜色吗？"

秦隐垂眸，眼皮子底下那颗乳白色的小脑袋凑近后，一点淡淡的香气就钻进他的呼吸里。

秦隐撩了撩眼，淡定地把其中一个放回货架："我在看护理功效。"

"超市里这些都不是专业运动产品，护理功效上的作用就更微乎其微了，"谈梨直回身，仰脸朝他笑，"最多预防老寒腿。"

"嗯，我买来临时用。"

"那你挑个颜色就好，比如……"

谈梨拿起货架上一个盒子，扶着它的上棱下棱，笑容明艳得像个不太合格的推销员，她把它举到锁骨前。

"这个护腕，我看最适合先生您了呢。"

粉色的。

秦隐垂眼看她，像看着个小傻子。

对视几秒，他黑眸里浮起一点轻淡笑意，身影往旁边走："我不喜欢粉色。"

"啊，那真遗憾。"

谈梨语气没心没肺，半点真和遗憾都没，她把粉色护腕放回货架，拎起自己的小购物篮。

在零食区和生活区的岔路前，两人分开。

盛喃的电话再次打进来："呜呜呜，梨哥，我刚刚接到了一个噩耗！"

谈梨停住："什么？"

盛喃："我爸他竟然真的要送我去复读了！"

谈梨不觉莞尔，轻声笑骂："活该。"

"呜呜呜，梨哥你太伤我的心了，枉我第一时间找你诉苦，你就这么对我！"

"已经定下来了？"

"学校好像还在联系，不过差不多了，"盛喃委屈，"刚走出地狱两个月又得回去，我太惨了。"

谈梨笑："别，别人的高三是地狱，你那高三过得，最多泡了个地狱级专业度的岩浆温泉。我对你生拖硬拽还想给你辅导作业，谁把我嫌弃地踹开说要去看小哥哥的？"

"噫呜呜噫……"

谈梨挑完最后的干果，脑内零食清单成功收尾。

她拎着小购物篮放到收银台上。台后是个年轻的小姑娘，看起来比她大不了几岁，正回头偷偷看身后。

谈梨歪了歪头，果然就见另一张收银台旁，秦隐半垂着眼，浑身透着一股子冷淡疏离劲儿，偏这气质只衬得他更勾人了。

盛喃："你为什么不说话了？你是不是看见帅哥了？呜呜呜，你这个见色忘义的家伙……"

谈梨："羡慕吗？"

盛喃："要是以前你肯定反驳我'你当我是你吗'这种话，你今天竟然没说，你是不是心虚，你是不是？"

"是。"谈梨把购物篮里的小零食一件件递给收银小姐姐，没心没肺地乐，"不过我不心虚，不用复读的大学生活就是这么快乐。"

"绝交！"

谈梨失笑，她把手机换了一边，从热裤口袋里拿出校园一卡通放到收银台卡槽前。然后她想起什么，回身在旁边小货架上挑拣了个青柠味的压片糖。

还没转回身，谈梨就听见收银小姐姐不好意思地说："抱歉，我们刷校园卡的机器坏掉了，现金或者手机支付都可以。"

谈梨意外回眸："那稍等，我停一下通话……"

"刷这个吧。"一只修长好看的手递过手机，屏幕里是支付二维码。

那个清冷声音一停，又起："还有她的糖。"

谈梨怔了下，顺着那截骨形漂亮的手腕望上去。

秦隐正撩起眼，眸子黢黑，仍是没什么情绪的冷淡五官。他抬了抬另一只手，在耳边朝她做了个接电话的动作。

清冷隽淡，不沾人气儿。但只从腕骨到修长指节的那一段凌厉得性感的弧线，就已经十足"杀"人了。

这一秒里，谈梨突然觉着有点口干舌燥。

收银小姐姐红着脸："好、好了，扫完了。"

"谢谢。"那人收回手机，拎起自己装着护腕护膝的小购物袋，往外走去。

"梨哥？梨哥？谈梨？！"

"别叫了，回魂了。"谈梨从仍红着脸的小姐姐那儿接走自己的一包零食，勾到手上。

盛喃："你怎么了？"

"没什么。"

"少来，没什么你会呆那么久吗？好几秒都没搭理我。"

谈梨走出超市门。视线里，那道修长挺拔的身影已经走远了。

她没追，还停了下来。

过了两秒，谈梨慢慢眯起眼，她晃了晃糖盒，轻笑起来："就是发现，自己有点失算。"

"什么失算？"

"本来想，挺好玩的一个小哥哥，他肯定被人撩习惯了，闹一闹没什么关系，反正也撩不动。"

"结果呢？他被你撩动了啊？"

"他是没动，"谈梨轻啧了声，似乎有点小不甘，"我好像差点把我自己撩动了。”

“嚯。”

这次轮到盛喃幸灾乐祸了，在电话对面笑得开怀：“难得，太难得了，你这恋爱杀手加恶人也有这么一天，我替中学时被你发过好人卡的那一个团编制的可怜人儿们发来贺电。”

谈梨也不在意，跟着笑。她低了低头，勾着购物袋空出手来，单手拿出口袋里的压片糖盒。盒子被她举到眼前，背着光拓下一块影子。

谈梨慢吞吞晃了晃，“当啷”！

盛喃：“什么声音？”

谈梨：“糖盒。如果有个小哥哥，给你买过两盒糖了，那你说该怎么办？”

盛喃：“简单。你以身相许呗！”

谈梨放下糖盒，一边气得发笑一边走出去：“两盒糖就以身相许，这笔账是不是不太划算？”

“你说得对。小哥哥破财又破身，是不划算。”

“盛喃同学，”谈梨轻叹一声，“你确实该回去复读，让古今中外的圣贤们好好洗涤一下你的肮脏思想。”

“呸！”

暑夏的热风里，林荫道上蝉鸣和树荫散了一地。

那两道隔着几十米的身影，一高一低，走在如川流的面孔模糊的人群间，一起走了很远。

秦隐回到寝室不久，就接到了 Dida 的电话。

电话接通，手机里先沉默了五秒。

秦隐扬了扬眉：“不说话我就挂电话了。”

Dida 终于憋不住：“你，老实交代，你和你那个女粉到底发展到哪一步了？粉丝福利，还最后一次？我就是信了你的鬼话！”

见秦隐不为所动，Dida 似乎和旁边人交流了下，又立刻换了一个突破方式，他转为苦口婆心地劝：“我可提醒你，虽然你退役了，但你、你和别人不一样你知道吧？你以前站得太高了，还一颗尘土粒都不沾似的。多少像卓梓期这种垃圾一样的人想把你拽下来啊，就算退役了，你可不能犯糊涂……”

秦隐打开免提，放下手机，慢慢按揉发麻隐痛的左手手腕。

等 Dida 叨叨完，换气的工夫，他才终于淡淡插了句话：“你到底想说什么？”

Dida 沉默两秒，一咬牙：“Liar，你可不要犯原则性错误，三思啊！”

秦隐按摩腕部的动作停住，声音浸上一丝冰凉的轻哂：“我没听清，你刚刚说什么？”

Dida 求生欲素来强悍，隔着电话感受到死亡威胁后，他立刻改口：“啊，这，没什么。”

沉默须臾。

秦隐轻嗤：“你跟我开玩笑没什么关系，少和第三个人胡说。一旦传出去，圈里的语言暴力你没体会过？出了事谁能负责？”

Dida 不满地哼哼了声：“还不是你做的事情太出格了？”

“一局游戏而已。”

“还一局？”Dida 声音高了个八度，“你自己手什么情况你没数啊，咱队医今儿个下午可在基地里一边骂骂咧咧一边看的你们直播 solo——这种强度的操作，你手还没断吗？”

秦隐还没说话，一个阴恻恻的声音进入背景音：“记上，Dida 说脏话，再扣 1000。”

Dida：“经理！”

“嗯？”一个阴森微妙的嘴角上扬。

“爸爸，我错了，给孩子留点奶粉钱吧！”

“那就别说脏话。”

“我忍不住啊！口疾！”

“那就闭嘴。”

秦隐不猜也知道，这沉默里，Dida 大概已经在心里“问候”经理万把块的脏话了。

他低笑了声："以后在基地就别没事给我打电话了，省点烟钱吧。"

Dida 苦巴巴地转回电话里："也不是没事，夏季赛不是结束了吗？我们月底前放假，队里商量好一起过去看你。"

秦隐意外抬眼："来 F 大？"

Dida："学校肯定是不敢进，我们就包严实点，在外面瞻仰瞻仰最高学府的光辉就行了。"

秦隐："教练批了？"

Dida："要是教练没批，借我一车胆你看我敢不敢挪出基地半步？"

最凶狠的语气说最㞞的话。

秦隐淡淡一哂："来吧。答应给 Fengqi 的限量款手办，我这次兑现给他。"

Dida 撇嘴："他又不是小孩……"

"我要！我要！"

"C——擦地板去！突然冒出来吓我一跳！"

又一阵老幼之争后，电话对面总算消停下来。

秦隐噙着淡笑，听完全程，此时才发问："你们准备哪天过来？我提前安排酒店。"

Dida 那边翻了翻基地的日历。

"25 号吧，9 月 25 号。"

XT 平台首页，卓梓期的道歉公告一直挂到了 9 月下旬。

9 月 25 号，周三，天气晴朗。

F 大在上周已经结束各类迎新活动，这周新生们完成选课后就要正常开始上课了。

周三早上 10 点，F 大将开放本学期校通识课和体育课的选课。

受有经验的学长学姐们点拨，新生们早已听说选课环节在大学的重要程度。绝大多数新生一早就爬起来，摩拳擦掌地准备"进场厮杀"。

但总有例外的！

谈梨的生物钟准时得不像个网瘾少女，早上 7 点 30 分她卡点睁眼，下床洗漱。回来后拿起桌上手机，点亮屏幕。

一通来自“谈文谦”的未接来电，一条来自盛喃的信息。

信息内容很简单，在锁屏界面上都能一眼读完：“梨子，你今年……准备怎么过呀？”

谈梨笑起来，她转了转身，靠坐到桌棱前，指尖跳动着给盛喃回消息：“你知道你这条消息发的，仿佛在大年初一诚邀我感悟人生吗？”

对面迅速回复六个点过来。

谈梨又笑：“不用担心。照旧。”

对面过了一会儿，才慢吞吞回复一条：“就是照旧才更担心。你这到底算是……折磨他还是折磨你自己啊？”

谈梨歪头想了想，回复：“一起。”

发完这条，谈梨笑得更灿烂了，绚丽的花像是要从她眼底开出来。

她转过身，拎起床头挂的棒球帽，随手歪歪斜斜地扣到头上。然后她弯下腰，勾出一双薄底的帆布鞋。无声跳着把鞋提上，谈梨刚落回脚尖，就撞上对面床上一双犹豫的眼。

谈梨有点意外。

对方显然不是无意和她对视，像是有话要说——谈梨很少待在寝室，严格算起来，开学以后这还是寝室里第一次有人想和她说什么。

谈梨想了想，压低声音问：“抱歉，是我吵到你了？”

“没、没有，”女生声音小小的，“你是要出门吗？”

“对。”

“今天有校选课，不在学校用校内网抢课的话，可能会选不到合适的……”

谈梨怔了下，随即莞尔：“好，谢谢提醒。”

女生似乎脸红了：“没关系。”

谈梨拿起桌角的手机，准备往外走，就听女生又开口：“我，我叫顾晓晓。”

谈梨停住，眨了眨眼，她翘起唇角，回过头问：“你是想和我做朋友吗？”

顾晓晓一蒙，没想到对方问得这么直白，她脸蛋迅速涨红。

谈梨背着手，往床边走了两步，声音压得很低：“建议不要哦。”

顾晓晓脸色涨得更红：“我没、没有别的意思。”

“我也没有别的意思，”谈梨的声音放得更轻，听起来难得温柔，“但和我做朋友，会被其他人孤立的。”

顾晓晓愣住。她看见床前那个酷酷的女孩笑着说完，亮晶晶的眼眸朝她眨了下。

“走啦，小仙女，周五见。”

那个晃着张扬长发的背影消失在门外，回过神来的顾晓晓缩回脑袋，埋在被子里热得脸通红。过了好一会儿，她才慢半拍地想起来：“周五？啊……那还能选到课吗……”

中午 11 点 36 分。

距离 F 大一千米左右，谈梨一个人坐在一家生态餐厅的大厅里。白色耳机线挂在两旁，她无聊地仰起头，靠到藤枕上。

头顶，拱形藤蔓交织在最上一点。被切成格子的更高处，特殊处理过的玻璃板把有点晃眼的阳光筛下来几分。空气微温，不算燥热。

谈梨拿舌尖顶了顶糖片。

这个用藤蔓绕出拜占庭穹顶风格的餐厅大厅，在她看来更像个没门的鸟笼。对面秋千上，那俩叽叽喳喳的熊孩子就让这种体验感更真实了。

不用说，这么品味高雅的餐厅自然是谈文谦选的。

谈梨仰着身子没动，只懒洋洋地抬起胳膊，把手表举到头顶。对着光，她轻眯起眼。

11 点 42 分。迟到 42 分钟。

在谈先生那辉煌漫长的迟到篇章里，这点时间自然不算什么。

从谈梨有记忆起，她和妈妈还有外婆每一年的生日，各种应当合家欢的纪念日、节假日……迟到或者忘了对谈先生来说都不稀奇，反而哪次他记得了，谈梨才会胆战心惊好几天，生怕自己要出什么大事。所以小时候很长一段时间里，谈梨都觉得谈文谦光辉伟大，不该有家。他就该跟他的公司还有公司员工们集体领证。

再后来，她妈妈走了，他非常符合她曾经的想法，从员工里选了一位贴心漂亮的阿姨，结婚了。结婚时间就在她妈妈去世后一个月，不偏不倚，30 天。

外婆家的小舅舅气得指着谈先生鼻子骂，骂他忘恩负义，骂他故意恶心他们家。

谈梨真心替谈文谦冤得慌，他应该不是故意的，他只是忘了。毕竟谈先生那么忙啊。

谈梨都懂，都知道，但这不妨碍她恨他。

她没哭没闹，倒不是不想，实在是谈先生太忙。新婚的婚礼都没办，匆忙领了证就飞出国了——公司有笔大单子出了问题。

于是一个新家里，就剩下谈梨和那个新来的漂亮阿姨。

谈梨听过白雪公主和恶毒后妈的故事，学校里有小男生做着鬼脸吓唬她，说她要被喂毒苹果了。可谈梨觉得自己不像白雪公主，更像那个恶毒后妈，所以那小男生当天就擦着鼻血哭着回去告老师了，哭得那叫一个惨……

“哇！”

耳机没挡住的声音把谈梨一下子拽回现实。她停了两秒，才勾掉耳机，坐起身看向对面。

俩孩子之一揪着老太太衣角，哭诉：“外婆，她抢我糖！”

“巧巧乖，不跟妹妹计较啊。”

谈梨晃了晃神。

谈文谦新婚后，她跑去外婆家，住了半年多时间，离开前是个暑假。

小舅舅家的弟弟回他的奶奶家，她刚学会骑自行车，载着他在外婆家楼下的大院里转圈。她技艺不精，摔了，两人一起。

她摔得膝盖上、手心里全都血糊糊的，很吓人。她吓蒙了，也忘了哭，就呆呆坐着。

她看见不远处的外婆脸色大变，连忙跑过来，抱起哇哇哭的弟弟，连声喊着他小名，问他摔到哪里了，问了好多、好多遍。

谈梨就站在一旁呆呆地看着，没人管她。

手上腿上的伤麻了很久很久，终于开始疼起来。铺天盖地的，叫一个小孩子觉得绝望的疼。

那天的后来，她和弟弟被赶来的小舅舅送去医院，医生一边给她清理伤口里硌进去的沙石，一边惊讶：“小姑娘，你不疼吗？怎么一点都不哭啊？”

“疼，”低着头的小谈梨仰起脸，笑得灿烂，“吃糖就不疼啦。”

吃糖就不疼了。那是谈梨教会自己的第一句话。

“对不起，谈梨，你等很久了吧？”餐厅来路上一道声音传来。西装革履的男人快步进来，面色匆匆，“今天公司里有份文件……”

“没关系。”

谈梨很慢地眨了下眼，起身。她朝愣住的谈文谦笑了笑，转身往里去。

“走吧。”

一辆黑色多座商务车停在路边。

四个年轻人戴着帽子口罩，眼神鬼鬼祟祟地前后下了车，快步溜达到便利店前。秦隐瞥见四人装扮，走下台阶。

四人也看见他了。

中间最矮的小个子眼睛一亮，当场就往前扑：“Liar 哥！我好想你！唔唔唔……”

出师未捷，他被最圆润的那个一把捂嘴拖回去，拎到一旁教训：“臭小子，跟你说了多少遍了，在外面不要喊他，你知不知道他多少粉丝，万一被发现了，你想被啃得只剩骨头回去吗？”

“对不起，达哥，我知道了。”

ZXN 发生在上单老将狄达（Dida）和中单新人冯启（Fengqi）间的老幼之争已经延续一年半，战队其他人早就见怪不怪了。秦隐也当没看见，和上前来的另外两个打招呼。

一个白净清瘦，ZXN 队内号称“稳重得像个辅助”的 ADC 位，

Youup，尤上。

另一个身形高大，号称“暴躁得像个 ADC”的辅助位，Treasure，王藏。

秦隐：“另外两个怎么没来？”

“Living 刚接你的位置，对比赛还不熟练，被教练摁在基地里做特训。小替补有事，回家了。”狄达教训完冯启，上前和秦隐对了下拳，“新学期过得怎么样啊，高才生？”

秦隐淡淡抬了唇角：“还行。”

狄达还想继续絮叨，被王藏拍了拍肩：“一边吃一边聊吧，我都快饿死了。”

“行。”狄达痛快点头，“我来的路上特意查了，F 大附近最有名的就是离这儿不远的一家生态餐厅——今天中午就去那儿破费我们秦大少爷一顿饭。”

狄达说完，扭头看秦隐，露出无耻的笑：“没问题吧？”

秦隐掀掀眼皮，似笑非笑的：“走吧。”

到了车前，冯启刚钻进车里。

“哎，等等。”狄达一把拉住秦隐，笑得十分“腼腆”，“好不容易出基地了，我们能不能来一根？”

秦隐没说话，轻眯起眼。

狄达心里正要犯怵，就见那人回过头，嘲笑：“还当我是队长，要跟我打申请吗？”

“对哈……习惯了，上年纪了就是习惯难改。”狄达转头招呼另外两人，朝便利店一甩头，得意扬扬的，“走吧？兄弟们，买烟去。”

冯启从车里冒头：“我也要去。”

“你又不抽烟，去什么去？”狄达给他摁回去。

冯启委屈：“队长都去！”

狄达冷笑：“你以为他不抽烟啊？”

冯启：“啥？”

狄达最热衷于碾碎少年人的幻想和美梦，他靠到车上，冷笑抱臂，朝秦隐示意了下：“是你进队前他戒了而已。”

“别废话。”秦隐听不下去，冷淡嗤他，“去不去了？”

“走走走。”

便利店内，收银员心惊胆战地看着面前这三个站了一排，裹得严严实实，只把一双鬼祟眼睛露在外面的可疑人员。唯一让她有安全感的，就是三人旁边那个帅得像个明星的男人。

狄达温柔地“安慰”她：“大姐，玩 LOL 吗？”

大姐一脸蒙：“玩、玩啥？”

“LOL，*League of Legends*，《英雄联盟》。”

狄达卖弄了一番他的土味英语，见大姐仍旧一脸蒙，他放心地把口罩拽下来了：“兄弟们，解除戒备。”

尤上和王藏摘了口罩。

王藏：“有点丢人。”

尤上点头。

几个人点好了东西，大姐扫完货品码，到秦隐这儿她停了停：“你要什么？”

秦隐视线扫过。

“压片糖。”他一顿，“蓝莓的。”

死寂一秒，三人同时回头。

“？”

直到走回商务车前，狄达三人表情还是空白的。

冯启拉开车门，好奇探头：“你们抽完啦？”

“不抽了，”狄达幽幽叹了一声，“怕手抖。”

三人上车，坐进后排三联座位里。秦隐落在最后，扶着车门弯腰进车。

同在中排的冯启注意到他手里的蓝紫色金属盒，“咦”了一声：“Liar 哥，你买的香烟看起来好高级，难道是水果味的？”

后排三人无语了。

独秦隐淡定。他两指夹起薄薄的糖盒，在冯启眼前晃了下。随着当啷的撞击轻响，秦隐平静答疑："压片糖。"

后排的狄达看不下去。待司机把车速拉到平稳，他往前俯身，啧啧慨叹："真是士别三日，刮目相待啊，Liar 神。"他目光在糖盒上停了两秒，"你怎么不干脆要大白兔奶糖呢？"

秦隐冷哂，没理他。

拿着糖盒把玩半路，秦隐还是把它打开，放了一片在嘴里。

偷盯一路的狄达往中排凑了凑，表情一言难尽："好吃吗？"

秦隐微皱起眉，瞥了糖盒一眼："一般。"

他果然不喜欢糖。

狄达感受到秦隐的嫌弃，幸灾乐祸地笑起来："让你装，买盒烟丢人是怎么的？还压片糖。"

秦隐没解释，似乎准备把糖盒揣进黑色夹克的口袋。

"哎，等等，"狄达从中排中间的空隙趴过来，"我也好奇，让我尝尝这玩意儿什么味道。"

秦隐停住。他似乎想到什么，冷酷拒绝："不给。"

回过神来，狄达咬牙控诉："当年兄弟们过命的交情，现在跟你要片糖都要不出来了，Liar 你没有心！"

秦隐拿起手机，低头拨弄几下。

两秒后，狄达手机一振，他看完抬头："你给我发红包干吗？"

秦隐把手机和蓝莓味的压片糖一起收起："自己买。"

狄达："渣男"。

谈文谦让助理预订的这间生态餐厅走的显然是高消费、低客流量的路线。

从那个鸟笼似的大厅出来，谈梨跟着迎宾小姐姐在假山竹林小桥流水间绕了一会儿，满目翠绿已经晃得她眼晕。

谈梨忍不住问："还有很远吗？"

"前面不远，很快就到了。"

"哦。"

谈梨落回足跟，就听见谈文谦的声音："这边环境不错，你觉得怎么样？"

"挺好，"谈梨敷衍，"花果山一样。"

迎宾小姐姐一僵。

三人前路，一面凹凸不平的云黑色石壁下方开了一个半圆形的月洞门。等走到近处，才能看见有潺潺的流水顺着石壁淌下，汇成溪流绕进竹林里。

谈梨没灵魂地夸："这就是水帘洞了吧，好设计，美猴王在哪儿？"

迎宾小姐姐僵笑："到了，两位。"

谈梨抬头。顺着迎宾小姐姐示意的方向，她看见了一个巨大的树桩。

跟着迎宾小姐姐又绕过九十度，谈梨终于看到这个被草丛灌木包围的巨大"树桩"后面敞开的门——门内桌椅俱全，灯火通明。

原来是个包厢。

谈文谦似乎看出谈梨的表情有点一言难尽，他竭力让自己的语气听起来足够和蔼："不喜欢这里？那就让他们换一间。"

谈梨回神，不在意地笑笑："没有，挺好的。"她走进去，绕着那张巨大的圆桌转了半圈，停在最里面，"至少隔得远。"

听懂谈梨的意思，谈文谦皱起眉。他最终没说什么，摆摆手让迎宾离开了。

包厢里安静下来。

谈梨拉开离谈文谦最远的那把藤椅："其实谈先生没必要提前这么久过来。就按以前，0 点能到就好。"

谈文谦皱眉看了她几秒："谈梨，爸爸知道你对我有意见，我不勉强你。今天叫你出来吃饭，也只是想关心一下你在 F 大的生活。"

谈梨唇角翘翘。

她胳膊撑到桌边，懒洋洋地笑："第一，'有意见'不是这样用的，不合适。第二，你明知道在她忌日前一天我不可能拒绝你的饭局，再说'不勉强'，会不会太虚伪了？第三……"谈梨靠回椅子，她嘲弄地笑，"你漠不关心那么久，现在想起关心，难道不觉得太晚了吗？"

谈文谦眉皱得很深，愧疚与自责还有更复杂的情绪深掩在他眼底。

他叹口气："以前我确实失职，但那时候我太忙了，公司也在发展期，我没有精力兼顾你们。"

"我这儿不是普陀寺，"谈梨笑意一淡，她撇开视线，"要忏悔您还是另寻宝地吧。"

谈文谦欲言又止，皱着眉跳过了"过去"这个话题。他简单问过谈梨几句开学后的事情，等谈梨也敷衍答了，气氛这才稍有缓和。

直到谈文谦的手机突然响起。

谈梨晃过视线去，似笑非笑："公司又有事？谈先生随时可以离开，0 点前记得回来就行。"

谈文谦："不是公事。"

谈梨笑意微停。

谈文谦已经接起电话："彦茗？你到了是吧……对，就是树厅……嗯，你直接过来就行。"

谈文谦放下手机，正对上谈梨冷下来的笑意。

谈梨停住被她轻摆的藤椅，眼神凉凉的："你还叫别人来了？"

谈文谦表情里有一秒的迟疑："谈梨……"

话声未落，拱形的木质门被人叩响，一两秒后，一个看起来二十出头的年轻男生推门进来，神情恭谨礼貌："谈叔叔，好久不见。"

谈文谦起身，露出笑容："进来吧，彦茗。"

"这位就是您家的谈梨妹妹了吧？"向彦茗望向房间最里面的谈梨。

谈文谦："对。谈梨，这是爸爸朋友的儿子，向彦茗，他也是你 F 大的学长。以后在学校里遇到什么问题，你可以去向他请教。"

向彦茗连忙说："叔叔您客气了，谈梨妹妹有事随时找我就好，我一定尽力。"

谈文谦等了两秒，皱眉回头："谈梨，快跟彦茗哥哥打声招呼。"

空气沉寂数秒，房间里响起声清凌凌的笑。

女孩手撑着下巴，靠在桌上歪了歪头，她朝那个向彦茗笑得灿烂："难怪……你会提前这么多来。"谈梨的视线慢慢横移，划到谈文谦脸上。

这一刻，她眼神变得嘲弄冰冷。

谈文谦有些尴尬，更多是恼怒："爸爸只是想让你在学校里有可以联系的朋友，你不要这么不懂事。"

"朋友？"谈梨故作恍然地笑，"原来如此，你如果不说，我还以为我被骗来的是相亲宴呢。"

谈文谦脸色微变，但没有否认："你彦茗哥哥成绩优秀能力杰出，而且自律懂事，爸爸希望你能以他为榜样向他学习，而不是交往一些不合适的朋友。"

"不合适？"

这一秒，谈梨似乎被提醒了什么。

她放下胳膊，灿烂地笑起来："哦对，谈先生，忘记告诉你——我最近新交了个男朋友。"

谈文谦一僵，向彦茗也意外地看向谈文谦。显然他来之前被告诉的情况不是这样。

谈文谦很快回神，皱眉："谈梨，你不要跟我闹小孩子脾气，更没必要撒谎。我不强迫你如何，只是介绍你和你彦茗哥哥认识一下。"

"你不信我说的？"谈梨起身，抓起桌上的手机，"那我刚好也叫他来咯。"

说着，她已经绕过圆桌，快步走向门口。临出这树桩子似的包厢前，她想起什么，回头朝那个向彦茗笑："向彦茗学长是吧？我这个人比较含蓄，不喜欢'哥哥''哥哥'地乱叫，抱歉了。"

"谈梨——"把谈文谦不悦的声音关在身后，谈梨快步走出包厢。

绕过树桩，到"水帘洞"前，谈梨停下来。见身后没人，她拿起手机给盛喃拨去电话。

盛喃接得很快："梨哥？你怎么了？"

"先别问那么多，之后再跟你解释，"谈梨语速飞快，"你在P市有认识的男生吗？快叫一个来××生态餐厅的树桩包厢里给我冒充男朋友。"

"哈？"盛喃茫然，"我又不在P市读大学，你干吗不自己找人？"

谈梨："我没朋友啊。"

盛喃扶额："很紧急吗？"

"十万火急。"

"那，我想想办法吧……你爸给你搞相亲了？"

谈梨一怔："你怎么猜到的？"

盛喃："我这么机智。不过建议你还是自己想办法，这么突然，我真的很难找到啊。"

谈梨叹气："你先找，成了给我发消息。"

"好。"

"水帘洞"旁边有个小亭子，谈梨站了会儿便跑到小亭子下趴着，她一边垫着胳膊，一边戳手机屏幕等盛喃给自己回信。

盛喃没等到，先把谈文谦等来了。

谈文谦走到亭前，皱眉看着谈梨："你的'男朋友'还能来吗？"

谈梨顿了顿："他在路上了啊。"

谈文谦："不会圆谎就不要撒谎，你会不会有男朋友我能不知道吗？不要胡闹了，跟我回包厢……"

谈梨坐起身，正要反驳，她却突然瞥见谈文谦身后方向——"水帘洞"下，一道修长挺拔的身影走进来，眸子黢黑，侧颜清冷。

谈梨眼睛嗖地亮了，她举起胳膊，声音一秒变得温柔可爱甜美动人。

"哥哥！"

"水帘洞"下，秦隐身影蓦地一停。一两秒后，他朝声音来处撩起眼。

就见那个披着一头乳白色长发，穿着白 T 热裤小白鞋的女孩笑容明艳灿烂地扑了过来。

秦隐未及反应，腰上一紧。

他僵住。

身前藏着坏劲儿的小姑娘装得无害，正仰起头甜甜地喊："哥哥，我都等你好久了，你怎么才来呀？"

秦隐缓缓低头："？"

第7章

救场·礼物

秦隐低头看着面前这个小傻子，薄唇微抿，他一语未发，但几乎把“你有什么毛病”刻进眼神里了。

谈梨心里松了口气。她原本最怕的就是自己扑上来被这人一把推开，还好最坏的结果没发生……

谈梨背对着谈文谦的方向，仰着头借方才“亲昵”的余地，朝秦隐努力使眼色。

“江湖救急，帮帮忙啊，哥哥……”

从认识以来，小姑娘的声音头一回压得这么轻软小心。

秦隐眼神动了动。他若有所感，撩起眼帘，对上谈梨跑来的方向——

一个西装革履的中年男人神色错愕，停在不远处的亭子前，似乎面前这一幕给他的冲击十分大。

秦隐垂回视线，落到谈梨脸上。沉默两秒，他终于提醒：“手。”

“哦哦。”谈梨小声应下，从秦隐身后抽回胳膊时，完全出于顺口地调戏了句，“好腰呀，哥哥。”

秦隐：“？”

感受到头顶压下来的死亡视线，谈梨一默，心底小人默默抽了自己一嘴巴，让你又占人便宜。

秦隐唇角勾了勾，似有若无的一声轻嗤，他侧过身，好像就打算见死不救直接走人。

谈梨慌了：“哥哥！”

她抬手扣住那人手腕，对着那双睥睨垂回的黑眸，她的眼神恳切真诚。

背对着谈文谦，谈梨左手平举到身前，右手细白的食指中指并着，在左手掌心竖起，然后指节一弯。

秦隐眼底一晃。

谈梨给他模仿了个小人儿原地跪下的动作，而正主可怜巴巴努力藏住蔫坏的狗狗眼，就在跪地的“小人儿”上面巴巴地看着自己。

秦隐未能忍住，那点情绪动摇终于晃碎成笑意，洒进眼底。

“随你。”

谈梨如蒙大赦，那点故作可怜连一秒的戏份都没多得，就被她掀去了爪哇国。

听见身后谈文谦的脚步声，谈梨低了低头。那人黑色衬衫的袖扣解了，随意卷起，露出冷白凌厉的手臂线条……

不挽不合适，挽上好像更不合适。

耳听着脚步声快过来了，谈梨虚握着手指，心一横就勾住秦隐臂弯，然后她捧起一脸灿烂花开似的笑，转身迎上谈文谦审视的目光。

谈梨声音清脆：“谈先生，他就是我男朋友。”

秦隐有所意料。

但在沉寂的空气里，身后那片云黑色石壁“水帘洞”遮着的地方，突然传回来几声隐约的抽气声。

谈梨心里奇怪，只是“大敌”当前，她没顾得往回看，就绷着灿烂明艳的笑脸，接受谈文谦的注目。

谈文谦拧眉打量着秦隐。他从最开始就不相信谈梨的说辞，他认为谈梨那刺猬一样的脾性，不可能在这么短的时间内交一个男朋友。但是看了眼前这个身量修长清瘦的年轻男人，尤其那张能惹得路过的女孩子频频回头的明星脸……

谈文谦不悦地扫向谈梨：“他叫什么？”

“秦隐，秦汉的秦，隐士的隐。”谈梨眼都不眨，“你要是不信，让他给你看看身份证？他证件照照得可帅了，对吧，哥哥？”

女孩璀璨笑脸晃回视线里，秦隐瞥她：“没带。”

“啊？”谈梨显得真实意外，“你没带身份证吗？那下午不就没办法一起去……”

谈文谦目光冷冽劈下。

谈梨微笑接上：“网吧了。”

秦隐：“……”

那一句“随你”，果然就把他送进了女贼窝里。

“这里人来人往，搂搂抱抱的像怎么回事？”谈文谦警告地瞥了眼谈梨挽着秦隐的胳膊，转身向树桩包厢走，“既然来了，一起坐下吃餐饭吧。”

等谈文谦走远几步，谈梨立刻松开并抽回自己“大不敬”的手。

她转过头，双手合十，虔诚地闭上眼朝秦隐拜了拜：“谢谢小哥哥救命之恩，没齿难忘……”

说完，闭着双眼的女孩睁开一只，有多感谢未必，狡狐似的俏皮灵动倒暴露无遗。

“送佛送到西，小哥哥你再替我圆完这个谎，好吗？”

秦隐回身：“我朋友……”

“水帘洞”里外，空空荡荡，一人不见。

谈梨趴在他胳膊旁冒出颗脑袋：“什么朋友，女朋友吗？”

“算了。”秦隐瞥过“水帘洞”对面竹林里，细叶子无风自动。

谈梨认真严肃：“我是个有原则的人，如果你有女朋友，我不能让她误——”

秦隐回身，插着兜瞥她，唇角微抬似笑非笑：“那我走了？”

谈梨毫不犹豫捏住他卷起的黑色衬衫袖口，真诚仰脸，笑容灿烂：“我不能让她误会，一定去找她三跪九叩拜谢她男朋友救命之恩——走吧，哥哥！”

直到树桩包厢的门合上。

“水帘洞”外的竹林子里，四道身影依次僵硬走出。

冯启进队最晚，对 Liar 也最不了解，此时只觉得反常。他挠了挠头：“Liar 哥家里还有妹妹吗？”

狄达幽幽地说：“妹妹个头，他是秦家三代单传的独苗，要不是这样，他家里能看他看得那么紧吗？”

尤上点头。

王藏：“我刚刚躲得急，没看清，那小姑娘是不是上来就袭 Liar 腰了？”

尤上又点头。

王藏：“Liar 还没躲？”

尤上一顿，再次点头。

王藏、狄达、冯启：“嘶……”

四人相对，沉默半晌。

狄达探头：“所以是我们撞鬼了，还是 Liar 被鬼上身了？你们谁看清那小姑娘模样没，长得像聂小倩吗？”

冯启：“她一出来就钻 Liar 哥怀里去了，只听见那声‘哥哥’喊得特别甜，模样没看到。”

狄达：“别让我想起那一幕，总感觉自己看见了什么不该看见的事情——将来要么被 Liar 灭口，要么被圈内 Liar 那数量大到可怕的女粉们迁怒致死。”

冯启和 Liar 同队只有一年半，但对 L 神粉丝战斗力已经很有认识了。闻言他眼神一抖，慎重点头：“达哥说得对。”

“我们先装不知道，等他回来再说。”

“嗯！”

进包厢后，谈梨第一时间把秦隐拉到自己身旁落座。

等秦隐坐下，谈梨对着两人座椅之间的空隙，托着下巴思索两秒，然后她眼睛一亮，绕到自己椅子的另一边。

“咯吱，咯吱。”那张巨大又笨重的藤椅被谈梨推着寸寸挪动。

秦隐闻声，侧过脸看她。

似乎早预料到秦隐的反应，谈梨拍着手站直身，奉上一枚灿烂笑容以及足够圆桌对面两人听得清清楚楚的话语声：“我想离哥哥近一点！”

秦隐按下那点险些没忍住的笑，难得仁慈而耐心地配合：“嗯。”

谈梨坐进藤椅里还不安分，“遗憾”地叹气：“可惜这个椅子太窄了，不然就可以和哥哥坐同一张了。”

对比另外两个僵住的人，秦隐显然已经对某人的小坏蛋脾性有所免疫，此时眼皮都未抬：“嗯。”

谈梨歪过头，就见那人侧颜平静，细长微卷的眼睫毛翘在眼睑上，在冷质的光下透着点凉淡的疏离劲儿。谈梨看得心痒痒，不合时宜的坏毛病和好胜心冒出来——她习惯性地顶了顶舌尖想压下去，嘴巴里却空落落的。

忘了吃糖。

谈梨心底那只小魔鬼就趁着她这一秒的恍惚钻出来了。

“那哥哥……”

秦隐尝过一口茶，执杯的手刚将茶杯托底放回，就觉察右手边一点微灼的气息攀缠着绕进毛孔里。

他眼神停了下，视线微侧。

女孩趴在他手边上，那绺乳白色的微卷长发正从她额旁垂落。见他垂眼望来，她红唇翘起，一笑恣意又潋滟，像只图谋祸世的妖精：“不然，我坐哥哥腿上吧？”

指腹蓦地停在杯壁。

秦隐瞳孔深处情绪一晃，如星光乍落。

谈文谦回神，第一次沉了脸色：“谈梨！你胡闹也要有个限度！”

谈梨也醒神。

她第一次发现，有什么事的乐趣竟然能超过、盖过她对谈文谦的恨意。就像，对比开学那天这人丝毫不为她戏弄所动，此刻他的情绪波澜，即便只有一丁点也让她觉得新奇好玩。

“啊，知道了，开个玩笑而已嘛。”

谈梨慢吞吞地，从趴在那人手边的姿势动了动，起来前她还“贴心”地帮秦隐吹了下他手里那碗清亮的茶汤。然后她托住下颌，弯着眼笑：“小心烫啊，哥哥。”

秦隐眼神慢慢平复。最后一点气息微拂的感觉仿佛犹在手背上残留，等那对奇怪的父女以谈话转开了彼此的注意力，他才抬起右手。

指腹在之前的失神里，被杯壁烫得隐隐发红，还有一点酥麻的余劲。

回归和平的包厢里，餐厅的服务生将一道道特色菜送上桌来。

生态餐厅走的自然是养生路线。谈梨原本就对着这些摆碟精致的餐品没什么胃口，还要接受谈文谦的询问，她声音听起来就更是散漫敷衍。

一餐过半，间歇几句的问题矛头，终于转到秦隐身上。

"你叫秦隐，对吧？"谈文谦问。

这名字对谈文谦莫名有些耳熟，好像在哪里听过似的，只是仔细思索又寻不到痕迹。

谈文谦只当是公事上遇过重名的，没再细想。他抬眼看向圆桌对面。视线里的年轻人在他开口后，已经搁下茶杯。

别的不好说，倒是挺识礼。

谈文谦面上不露："你应该也在读大学吧，在哪所学校？"

"他不上学。"谈梨随口替秦隐接了。

谈文谦眉头一跳。

秦隐侧眸，坐在他旁边的谈梨没看他，左手搁在桌下，右手则已经屈着手指——又给他"跪下"了。

谈文谦耐着性子："那就是已经工作了，是做什么职业？"

谈梨桌下㞞软，不妨碍她桌上硬气，闻言她把红唇一勾，抬起头笑得明朗艳丽："也没正经工作。就跟我一样，打打游戏做做直播。"

谈文谦拧眉。

始终安静的向彦茗憋了一餐饭，终于寻着点口子，他语气和善地劝："直播毕竟不是什么稳定职业。谈梨妹……学妹，我们在 F 大读书，毕业后怎么也能找到一份得体工作，但你男朋友的情况，还是趁年龄合适，先……"

"他找不到工作也没关系，"谈梨从圆桌转盘上的果盘里，拿小叉子叉起一块蜜瓜片，她咬进唇齿间，笑意明媚，"我养他啊。"

向彦茗噎住。

谈文谦忍无可忍，皱眉看向秦隐："你也这么觉着？作为一个男人，听女朋友这样说不觉得害臊吗？”

谈梨打算开口。

“我是在问他问题，不用你替他回答！”谈文谦没给谈梨开口的机会。

谈梨笑容消失。

秦隐被她带进包厢本来就是无妄之灾，默许她胡乱编排也就算了，怎么可能忍受谈文谦这种态度……

“我无所谓。”

秦隐的声音就在此时响起，未带一丝迟疑，冷静得叫人想起冬日里枝头簌簌跌落的碎雪。

化在手心，却是暖意。

“她喜欢就好。”秦隐话落时垂眸，正看见女孩惊讶又惊喜的眼。

谈梨很快回神，起身：“看来谈先生你不太喜欢我的男朋友，刚好我也不喜欢你对我男朋友说话的语气。既然你已经问完你想知道的，那我就送他离开好了。”

谈文谦：“你等等！”

“砰砰。”

包厢门突然被人从外面砸了两下。未等门内几人反应，外面的人已经推开门，一个打扮得流里流气、穿着破洞牛仔裤还打着唇钉的黄毛青年走进来。

他眼角一吊，声音很拽。

“我就是谈梨男朋友，听说有人要绿我？”

包厢一寂。

秦隐：“。”

谈文谦：“？”

向彦茗：“？”

谈梨：“……”

谈文谦即便有再好的脾气，此刻也快被谈梨气得脸色发青了。回过神来，他恼怒地扭回头：“谈梨，你这是出什么花样？他又是谁？”

谈梨最清楚缘由，所以也是最快回过神的。此时她听见谈文谦的质问，只表情无辜："啊？他不是说了吗？我男朋友啊。"

"那秦隐呢？"

"也是，咳，我男朋友啊。"谈梨努力绷住了没卡壳，心虚得不敢看某人。

谈文谦咬牙："你几个男朋友？"

谈梨："不多，就两个。每周秦隐一三五，他二四六。你没说叫哪一个，我就都叫来了。"

"你！"谈文谦差点被气出心脏病来。

向彦茗和门口那个小青年听完，一齐震撼地看向谈梨。

谈梨脸不红气不喘，拉起秦隐就往外走："谈先生您消消火，我不碍您眼了。我们 0 点前再见。"

最后一个字音落下来时，谈梨已经到门前，顺手给门口杵着的那个二百五推出包厢，她拉着秦隐就"跑"了。一直绕过"水帘洞"，看身后没人，谈梨这才长松下一口气。

灵敏的五感跟着回归身体，谈梨慢半拍地察觉，手里好像还攥着……

她预感不祥地低头。

一截线条凌厉有致的冷白手腕，正被她紧紧地攥握在手心。

谈梨越心虚越是故作镇定，她仰起脸，对上那双垂下望她的漆黑眸子。

谈梨缓慢地一根根松开手指，同时若无其事地讪笑："谢谢秦隐同学的救命之恩，以后我一定会好好报答你的。"

秦隐眼神停了停，似乎要说什么。不过在那之前，有人先开口了。

"你就是梨哥吧？我听喃姐提起过你，今天见了果然有魄力！哈哈哈，他一三五我二四六——这梨哥你也能想出来，你太厉害了！"

盛喃这到底从哪儿翻出来的稀世憨憨？

谈梨回头，对上黄毛青年那快咧到耳根的嘴角，沉默数秒。

在心里告诫自己两遍"不与憨憨论短长"，谈梨挤出微笑："今天的事情谢谢你了，辛苦你跑一趟。"

“没事，喃姐的朋友就是我的朋友，以后有事张罗一声就行！”

黄毛青年虽然憨，但是很讲义气。他拍了拍胸脯，以一种猩猩的方式和谈梨告别后，大摇大摆地走了。

于是，现场只剩谈梨和她的“一三五男友”。

谈梨心虚回眸：“小哥哥，你的朋友……是不是已经等急了？”

秦隐垂眸扫了一眼手机。ZXN 战队群里的消息早就炸到 99+，狄达那个憋不住的，第一时间就把消息通报给教练和经理，回老家的小替补 Bobby 都在群里震惊地跳脚，@ 他要听本人爆料的信息也刷了屏。

在秦隐一直没回复后，群里俨然当这位当事人不在似的，热火朝天地聊起八卦来。

Fengqi：你们说那个女孩真的会是 Liar 哥女朋友吗？

Bobby：Liar 退役才多久，速度再快也不至于，是不是家里介绍的世交家的妹妹？

Fengqi：有道理。

Dida：啧啧啧，亏我们之前还担心他那啥粉呢，现在看，现实和游戏到底不是一个世界的。就是可怜了我们圈里的女粉们哟，知道了还不得泪淹召唤师峡谷？

教练：只有你那样担心。

经理：不淹 ZXN 基地就行 [扶眼镜].jpg。

Dida：@Liar，你的女粉军团要是拿刀逼上基地的门，到时候冤有头债有主，可别怪兄弟们卖了你 [奸笑].jpg。

秦隐扣回手机，冷淡抬眼：“他们不急，饿不死就行。”

谈梨一怔，莞尔笑了：“小哥哥这么狠的吗？”

秦隐未答，视线淡淡掠过她一身白 T 短裤——看起来连个口袋都没。秦隐顿了顿眸，问：“你带回去的路费了？”

“有手机在，问题不大。”谈梨晃了晃自己的手机。

这次她握着的方向是手机屏幕朝手心，所以后壳上的定制手机套露出来了——一个戴着印白色字母黑色口罩的 Q 版小人，身穿 ZXN 战队黑色队服，小细胳膊酷酷地插着口袋，眼神略凶。

Q 版的 Liar。

大约是秦隐定睛的时间比平常多了那么一两秒，谈梨察觉，顺着他的视线看到自己手机壳上。

她眼角一弯，乐了："你也喜欢这个 Liar 吗？这是我之前专门找人设计定制的一整套里的一个，一周七天，每天都有不一样的姿势……"

谈梨一顿，这话好像哪里有点怪怪的。

不等谈梨补救，就听头顶那低沉冷淡的好听声音淡淡轻嗤："不是一三五二四六了？"

谈梨仰头，眼神真诚又无辜地装傻："什么一三五二四六？"

秦隐眼神微动。

最后他还是仁慈地没和这个装天真的小混蛋计较。手插回黑色夹克口袋，秦隐转身，准备去找狄达等人："不早了，你也回去吧。"

谈梨下意识开口："等等。"

那人停住，侧回身。

漆黑的眸子在被细竹叶子折射的光下，像点了露珠的黑琉璃那样，透着深邃又熠熠的漂亮。

谈梨手心里起了一点点潮意，面上笑靥如常："我掐指一算我们的缘分至少要过完这大学四年，要留个联系方式吗？"

竹林荫翳里，那双黑眸情绪难辨。

谈梨不在意地歪了歪头，勾起唇角："不合适就算……"

"好。"

2 分钟后，谈梨独自站在竹林前，看着手机消息栏里多出的那枚黑色头像，头像旁是一个字母：Y。

资料栏也是一片空白，神秘得跟某些人似的。

谈梨撇了撇嘴角，没来得及细思自己的念头，刚要收回的手机里就跳出一条新消息。

来自 Y。

谈梨意外地点进聊天框。普普通通的默认气泡里只有几个字：

Y：所以谁周日？

谈梨怔了下，然后突然想起什么，她扑哧一声轻笑出来。

由衷的，难以自禁的，就像有阳光在女孩乌黑的瞳眸里流淌出溪河。

手指尖在虚拟键盘上晃了很久，谈梨最后还是没回那条消息，她把手机揣回口袋，慢悠悠地沿着小路离开了。

她身后竹林角，潮湿的泥土堆旁，一只漂亮的小刺猬偎在松软的草丛间。它湿漉漉的黑色眼睛正不安分地盯着暴露在空土地里的一块圆石，似乎想把石头搬回自己的窝里。

许久后它才往前探了探身，在那颗凉冰冰的石头上轻嗅了嗅。黑溜溜的眼睛里露出一点欢喜。只是它的爪尖刚要碰到石面上时，恰巧一阵微风拂过，小刺猬又缩回草丛里去，不见了踪影。

9 月底，29 号，是个周日。

午后，谈梨拎着个精致的蓝色小纸袋走出寝室楼。

楼外的天空像块广袤无垠的画布，拿水彩刷了一层不均匀的浅蓝，又用软布抹开氤氲的白。火辣到模糊了边角的太阳当空高悬，轻飘飘的云都被釉上一层淡淡的金边。

谈梨戴着棒球帽，踩着地上云和树的影儿，晃到一栋寝室楼下。

站在楼门前，她拿手指戳了戳帽檐，让它抬起来了点。她自己则仰起头，看着这栋十几层高的寝室楼。

这是幢男女生混合寝。

按道理讲，新生刚上大学，还没适应从相对封闭的高中过渡到开放的大学环境，校方一般不会把他们分进这种寝室楼里……

但凡事总有例外。

比如某个据说是少年天才早早考入 F 大，却因病休学了好几年，到今年才开始就读然后直接分配到一间单人寝的校草大佬。

谈梨翘了翘唇。

她拿出手机，确认一遍班长那边发给自己的寝室门牌号，就拎着小纸袋走进楼内。

寝室楼里 1 到 7 层是男寝，8 到 14 层是女寝。虽说是混合寝，但 8 层以上基本是男生禁区，7 层及以下也基本不会见到女生的身影。

所以当热得打赤膊的男生们猝不及防瞧见电梯走廊里出来一个小姑娘，还是个腰细腿长一头乳白色长卷发的漫画里走出来似的小姑娘，他们回过神的第一反应就是嗷呜着窜回各自寝室。

对着突然就清空的走廊，谈梨拎着小纸袋，憋着坏劲儿“乖巧”地站了好几秒。

终于有一条门缝，在突然关闭后不甘寂寞地打开。

“真进来了女生啊？”

“对，特别特别漂亮，就头发颜色怪怪的，从来没见过，不知道是外校的还是这届新生……”

“是新生。”

突然的声音把门后吓了一跳，听起来就十分惨烈的撞击声后，谈梨守株待兔的门缝里终于露出半个脑袋。

“学、学妹？”

“学长好，”谈梨笑得灿烂无害，“请问一下 656 寝室在哪边？楼里布局太乱，我不方便一个一个找。”

“最、最东边。”

“谢谢学长。”

轻快的脚步声后，走廊里安静下来。

寝室内传出遗憾的声音：“哎，真的漂亮啊。这么好看的小姑娘，肯定是来找男朋友的吧？”

“她找 656 寝室？是不是就那个今年突然分进来的休学生？”

“就那个长得、长得……反正就是跟个大明星似的那个？”

“那就不奇怪了。”

“哎，老三，你从刚刚就不说话，怎么了，看掉魂了还是昨晚打 LOL

打傻了啊？”

门边的男生闻言终于转过头，涨红着脸：“我怎么觉得，我好像认识、不对，是知道她是谁呢？”

“哈？”

谈梨停在656寝室门前，她没急着敲门，而是低下头有点眼神复杂地看着自己手里的小纸袋：“你跟他有没有缘分，可就看他今天在不在了……不在就不怪我了，对吧？”

纸袋子自然无法回答她。

谈梨抬手，屈起食指，叩门。

“笃笃。”

大约过去十秒，房门被拉开：“谁？”

和门里日光一起洒下来，被晒得倦懒的声音低沉而冷淡。

谈梨最后半是遗憾半是释然地看了一眼纸袋子，然后她仰起灿烂的笑脸：“中午好啊，小哥哥。”

看清棒球帽下那张脸，秦隐意外，黑眸微微凝起：“你怎么在……”

“我来给你送报恩礼物，”谈梨提了提自己手里的纸袋，“感谢你那天的第二次救命之恩。”

秦隐视线扫过纸袋，落回谈梨身上：“不用客气。”

谈梨张口，刚想说话，就听秦隐身后，突然的喷洒水声从浴室里传了出来。

谈梨一怔：“你宿舍水管，炸了？”

侧身到一半的秦隐又转回来：“浴室里有人。”

“啊？你不是单人寝？”谈梨的思绪一飞，她露出明白了什么的微妙神情，“我是不是打扰你们了？”

秦隐一默。

和那双背着光的、看不分明的漆黑眸子对视两秒，谈梨见那人微侧开脸，嗤出一声冷淡又若有情绪的轻嘲。

“你们现在这些小孩儿……脑子里整天装的什么东西？”

谈梨笑意一滞。

那人声线压得低而微哑，透着点午睡初醒的懒散感。尤其是一句浸在似笑非笑里，带着错觉似的亲近感的“小孩儿”，仿佛压着那股子冷淡又勾人的劲儿，就撩拨在人耳边。

谈梨被拨得心尖都颤。她攥了攥手指，迫自己压回情绪，重展笑靥：“我是……”

却被打断。

一道粗犷豪迈又“妩媚”婉转的歌声，突然杀出浴室。

来啊～快活啊～反正有～大把时光～

来啊～造作啊～反正有～大把风光～

啊～痒～”

夏日当午，如寒风过堂。

秦隐：“……”

谈梨：“……”

秦隐回神：“你刚刚想说什么？”

谈梨惊吓过度，魂不守舍，下意识秃噜了实话。

“原来你们都喜欢这种吗？”

局面陷入僵滞。

为了缓解尴尬，谈梨又真诚地补了一句：“我不歧视，真的。”

于是，空气更安静了。

秦隐眼底最后一点倦意散尽，他似乎是被谈梨恼得微微发笑，午睡初醒的困意纠缠着的意识终于复苏。

秦隐退回几步，叩了叩浴室的门，声音清冷嘲弄：“别杀猪了。有人来了。”

越慌越想越慌～越痒越搔越——

浴室里的美妙歌声戛然而止，仿佛一只引吭高歌的公鸭被命运扼住了喉咙。

紧随其后，类似仓皇受惊而导致的脚滑摔倒后的嗷呜惨叫跟着又被当事人自己一把捂回去的动静纷至沓来。

门外被对比得格外安静。

谈梨看着侧颜冷漠无动于衷的秦隐，好心提醒：“小哥哥，你男朋友没事吧，你要不要进去看看？”

秦隐冷淡地瞥向她。

无声对视后，男人薄薄的唇角寡凉一勾：“谁男朋友？”

“反正应该不是……”谈梨藏着捉弄的笑突然停顿了下，她好像被什么画面噎到了似的，余声靠本能出口，“我的。”

停顿只因为门在一秒前被风敞成全开，谈梨到此时才看清秦隐模样——

他大约是午睡时被她的敲门声吵醒的，没收拾的黑色碎发凌乱得贴着冷白的额角，也给全身绕上些颓废懒散的味道，但无碍美观，只修饰得那张面孔更加清隽桀骜。

一看料子就很贵的黑色衬衫上攀着几条褶皱，领口扣子歪歪斜斜地解了三两颗。从脖颈到锁骨，线条像文艺复兴时期雕塑大家刻刀下的铜像那样透出一种冰冷隽永的性感。

这副模样，知道的说是午睡刚醒，不知道的大概要以为是……

谈梨回神，以最快速度清掉脑海里的浮想联翩，她重整笑脸，把自己手里的蓝色小礼袋提起来。

“报恩礼物。”不等秦隐开口，她又玩笑着补充，“虽然我只是个生计所迫的小主播，但这个礼物是我以前买的。当时想送人只是没送出去，我自己又用不了，所以收下你也不需要有心理负担，算是物尽其用了。”

“那就送给要送的人吧。”

谈梨一副遗憾语气：“我也想啊，可惜那个人说过，他不收粉丝任何礼物。”

秦隐一顿。

谈梨回过神来，眼底的笑意跳跃着，视线落到秦隐身上：“你不会是嫌弃它吧？”小纸袋又被不及格推销员一样的动作捧起来，“它可是无辜的。”

被这个动作勾起一点回忆，秦隐望到那只纸袋上。沉默数秒，他撩回视线：“里面是护腕？”

谈梨着实怔了两秒，回头看看袋子：“你怎么知道的？我包得明明挺严实的啊。”

秦隐未语。

神秘性已经没了，谈梨有点遗憾地从蓝色礼袋里，拿出装在棱角坚硬的半透明玻璃盒中的护腕。

“这个是我专门去国外买回来的专业理疗级产品，限量定制版，听说对有手腕伤痛的运动员的效果很好。”

谈梨停了停，仰起脸笑：“你大概用不到那些理疗功能，但是就算只作为防护，应该也比学校超市里的那些护腕更好一些。”

秦隐终于开口：“你原来是想送给 Liar？”

谈梨不意外他会猜到：“怎么，你真歧视它啊？”

“我记得他一开始就说过不收礼物。”

“这你也知道？”谈梨脚尖戳了戳地，笑，“这个理疗品牌很有名气的，当时看到这款新产品推出我就想，万一哪天 ZXN 可以代收礼物了，现在错过不是很遗憾？所以我就跑去买回来了。”

谈梨一敲手心：“啊，我想起来，为它我还翘掉了一场期末考试！”说完，女孩眼角弯下来，笑里透着点俏皮又恣意的坏劲儿，“看在这么惨烈的代价上，小哥哥你真的舍得让它白白浪费吗？”

秦隐垂眼看她。

那双漆黑的眸子里起起伏伏的，像是在酝酿什么更深的情绪，只是让谈梨看不分明。在沉默久到谈梨准备把护腕收回时，她掌心一轻。

“谢谢，我会用的。”秦隐转身，将护腕盒子送去桌上。

谈梨：“不客气。那我就不打扰你和你男……你朋友了。”

秦隐当作没听到她的调侃，侧回身，目光扫过谈梨：“你自己来的男寝？”

“混合寝。”谈梨纠正。

“这一层是男寝。”秦隐声线放低了些。

“我知道。”嘴巴里没糖，谈梨的舌尖顶得脸颊鼓了鼓，她表情无辜，“你要对我们F大在白天的治安以及混合寝存在的合理性有信心。”

秦隐冷淡：“我有信心，但我不喜欢考验人性。”

“嗯？什么叫考验？”

“像你这样的女孩，自己一个人走进不认识不熟悉的男寝楼层，”秦隐走向门口，声音淡而低沉，“就已经算考验了。”

谈梨怔了下，她看着那道走近的身影，轻笑出声：“你这难道算是在夸我——”

话声和笑意一并停住。

谈梨近乎慢动作地眨了下眼，然后缓缓抬头：“小哥哥，你走这么近，是要撩我的意思吗？如果是你直说，我可以做好准备的。”

秦隐没理她的骚话，只递给她一个“别多想”的冷淡眼神：“我送你下楼。”

谈梨回神，摆手：“不用麻烦。我自己原路返回就好了。”

“你……”秦隐蓦地抬眼，视线直盯上谈梨身后，隔着一条长廊的斜对门寝室。

门缝里那几双眼睛一僵，几秒后，门悄悄合上了。

秦隐微皱起眉。

谈梨听见声音，回过头就对上秦隐有点沉凝不善的眸子。她很识时务地眨了眨眼：“好的。”

秦隐将谈梨送到楼下。

女孩把手里拎着的棒球帽歪着扣回脑袋上，顺势朝秦隐摆了摆爪，那笑比阳光都灿烂几分：“谢谢小哥哥，周一见！”

秦隐没说话，然后几秒钟后，他看见刚跑出去几步的小姑娘又回来了。

“差点忘了，”谈梨把蓝色小纸袋拎着一边，手伸进去摸出一个东西，“还有第二件礼物的！”

她神秘兮兮地把东西拿出来，拉过秦隐的手，放上去。

秦隐低头，一个……手机壳。

黑色底色，背部似乎有什么凸起的感觉。

秦隐心里浮起点预感。他把手机壳一翻，果然就见上面雕着一个 Q 版小人。

和那天在生态餐厅，谈梨手机上见到的那个不太相同——这次的 Q 版 Liar 坐在一把晃晃悠悠的老人椅上，手里捧着冒气的热茶，同样的黑色队服和口罩，同样凶巴巴的眼。此外，头顶还有个圆形气泡。

气泡里的台词不忍直视。

谈梨歪着头，笑得灿烂："那天看你好像挺喜欢的，所以就请之前帮我定制的人按你的手机型号做了一款。他就是负责周日的那个了。"

秦隐缓抬了眼："我那天看起来，喜欢？"

谈梨疑惑："你不喜欢吗？那，我送别人好了。"

想到这么个东西会包着另一个人的手机招摇过市，秦隐感觉自己太阳穴都跳了跳。

他躲开女孩的手："不，我留着就好。"

谈梨疑惑地看他："你不会带回去，偷偷扔掉吧？"

秦隐没说话。

谈梨眼神一凶："不行，那我家'渣男'不能给你。"说着，小姑娘就扑上来要抢。

秦隐下意识一抬手，举过头顶，送到谈梨够不着的高度去了。

谈梨差点扑进他怀里，一点好闻的古龙水的味道撞进鼻尖，她却也没顾得上，一心系着不能被扔掉的"渣男"，连蹦了几次试图抢回来。

可惜她的弹跳力显然不足以弥补他们的身高差距。

失败数次后，谈梨气馁地停在原地，乌黑的眼瞳不甘心地盯着秦隐手里："你不能扔了我家'渣男'。"

大约是动作幅度大了些，女孩梳起来的长马尾散下来一点，雪白的额因为暑热里的蹦跳沁出亮晶晶的细汗。几根发丝顺着额角垂下来，发尾卷在她镀得艳红的唇上，不颦不笑也透着色气。

秦隐克己地移开视线。

“好，不扔。”

谈梨没察觉，还死死盯着他手里的手机壳：“不行，万一你回去就扔了怎么办？”

“你想怎么办？”

“嗯，”谈梨思索两秒，眼睛一亮，灿烂里透着坏的笑回到她脸上，“你不想还我那就换上吧，每次见到我都要检查的——什么时候不想要了都不要扔，再还给我。”

秦隐眼神复杂。

再次感觉到自家“渣男”安危存忧，谈梨收敛笑意，谨慎地说：“你不愿意换上就现在还我好了。”

“换。”“渣男”妥协。

1 分钟后，谈梨心满意足地看着手机壳上那个晃悠着老人椅的 Q 版小人，把手机递还给秦隐，然后她摇着爪儿跑了。

“周一见啊，小哥哥，记得善待我家‘渣男’！”

秦隐不语。

等女孩身影消失在视线里，他低下头，指节停在手机壳边缘。顿了片刻，他还是没有摘掉，将手机放回口袋里。

秦隐转身回了寝室楼。风里只留下一句低嗤。

“就这么喜欢……他吗？”

秦隐回到寝室里时，狄达已经换好衣服从浴室里出来了。

听见开门动静，站在桌前的狄达回头：“你去哪儿了？刚刚谁啊？吓我一跳啊，脚一滑差点摔马桶里。”

秦隐关上门：“同学。冯启他们已经到基地了，你还不准备回去？”

“不急，等我再在 P 市市区转两天。老将和年轻人不一样喽，年轻人需要训练，而我这样的老将需要放松和休息。”狄达半是认真半是玩笑，他瞥了眼秦隐的左手手腕，声音很轻，语气却又发沉，“你不是最清楚了。”

秦隐没听见似的，走近桌前。

狄达想起什么，指着桌上盒子疑惑地问："这不是去年教练和经理专门去给你订过的理疗护腕带吗？你又买了一个啊？"

秦隐动作一顿："别人送的。"

狄达一愣："你不是从来不收礼物？"

"没理由不收。"秦隐眼前浮起女孩当时的话和眼神。

他将裤袋里的手机拿出来，随手搁到桌旁，淡淡道："那种情况，不收太不近人情了。"

狄达不留情面地嘲讽："你连人性都没有，还知道人情呢？谁那么……"

话声戛然一停。

秦隐已经靠回椅子里合眼休息，只是耳边安静持续得有点诡异。

他撩起眼帘，狄达正站在桌旁，震惊地看着秦隐刚放到桌上的手机——

手机壳上 Q 版小人儿拽得二五八万，头上还顶着一行招摇的粗黑字体：我，电竞渣男，峡谷最帅！

空气中沉默良久。

狄达终于回过神来，敬佩地抬头："你这可太骚了，Liar 神。"

第8章

开课·社团

10 月 8 日，星期一，F 大新生正式开课。

信工专业的学生们排到的必修课课表比较惨，开课第一天的第一节就是 7 点 30 分的早课。

高考后松散了三四个月，不少学生早习惯了凌晨 2 点睡上午 10 点起的模式。突然冒出节早课，大家都不适应。

7 点多的时候，整个信工专业的寝室楼层里响彻匆忙杂乱的脚步声，还夹杂几声摔门或者哀号。

比起其他人，谈梨还要更惨一点。

昨晚她才突然发现课表已经下发到学生邮箱，并且大一上学期的必修课把课表框框里填得满满当当，一副不留半点空隙的冷酷架势。

谈梨不得不在 XT 平台个人主页里发公告，取消一周前定在今天上午的直播。而作为补偿，她昨晚打着哈欠进老蔡网吧“补的课”。

自然而然的，她今早 7 点 15 分的闹钟没能完成使命。

7 点 30 分，生物钟准时把谈梨叫醒。谈梨睁着眼看着雪白的天花板，木了足足十秒，她才慢吞吞从床上坐起身。

宿舍里已经没人了。

窗关得很紧，外面飘着绿油油的叶子和灿烂的光，屋里安静得一点风声都没透进来。空荡寂寥。有那么一秒，谈梨突然觉得可能是世界末日来了。

所有人都跑掉或者死掉了，世界上只剩下她一个人。

“所以为什么会只剩你一个？”盛喃听完谈梨的想法时，这样问她。

谈梨掬了一捧清水，扑掉鼻尖最后一点泡沫。她直起腰，拿抽纸擦干净脸上的水珠，然后对着镜子认真地想了想。想完几秒，镜子里的女孩粲然一笑：“还能为什么？按脸选的吧，我美啊。”

手机外放里，盛喃的声音无语了：“行行行，美美美。所以大哥，今天是你们正式第一节课吧，现在都 7 点 43 分了，你还不紧不慢地跟我聊天呢？你对得起 F 大的金字招牌吗？”

“就是为了对得起。”谈梨脚尖踮起来，托着身体一转，手里攥成球的湿纸巾被她抛进垃圾桶里。

她拿起手机，晃出了洗手间，同时无耻地笑：“我这是为了迎接伟大圣洁的第一堂课，沐手焚香。”

“呸。”盛喃气得笑骂。

谈梨往脸上拍了点润肤水，不知道从哪个犄角旮旯里翻出个戳着知名 logo（商标）的背包。

那市场价一串零的背包落进她手里，像是超市里三毛一个的塑料袋，谈梨单手拎着一根包带，敞着拉链口，视线在书架里来回跳。

跳到一半，谈梨打了个睡眠严重不足的哈欠，懒洋洋地问盛喃：“今天周几啊？”

盛喃想都没想：“周一吧。”

“哦。”

谈梨一秒回忆完昨天扫过一遍的课表，从崭新的、领回来那天起就一根手指头都没玷污过的书籍里，抽出一本来，扔进背包。

拉链一拉，再往肩上一勾，谈梨三根手指并列捏起桌上的压片糖盒和手机，耷拉着眼打着停不下的哈欠出门去了。

今年的夏天格外缠绵人间。

虽然已经到了 10 月初，早上 8 点多的太阳还是晃得人睁不开眼。谈梨半眯着眼，从背包夹层里摸出棒球帽，随手歪歪斜斜地扣到脑袋上。

刚醒的时候她不喜欢吃早餐，油腻腻的，一上午都会胃里难受，所以她只倒出两片压片糖咬住了，就单手勾着背包往分好的上课教室走。

大一的基础必修课一般都是大课，至少半个专业在一起上课。人多，教室自然也要大一些。大教室统一分配在 A 教学楼里。

F 大有钱有生源，校内基础建设耗资众多，校园占地面积堪称广袤——从 A 教学楼距离女生寝室楼要步行 10 分钟这点就可见一斑了。所以当谈梨懒洋洋地晃到上课教室外时，钟表已经指向 8 点 17 分。

第一节 45 分钟的小课刚好结束 2 分钟。

趁着进出的学生流，谈梨把勾在肩上的包放下来，坦然自若地走进后门。

说是后门，但按大教室布局，是在四五排长桌的前面。靠门的两个男生嘻嘻哈哈到一半，就被进来的小姑娘那张脸和那头嚣张的乳白色长发噎了一下。

“她就是（1）班那个……”

“名不虚传啊。”

燥热的风把话声吹到脑后，谈梨被困意搅得糨糊一样的脑袋里，用了 0.1 秒不到就自动把它们处理为垃圾信息，置之不理。

她视线扫过教室半圈，艰难地在正数第二排边上找到了两张没放书也没坐人的空位。

谈梨垂下眼，再次打了个哈欠。她压低帽檐，顺着阶梯教室矮得快不存在的台阶走下去，默不作声地缩进第二排那个靠墙的角落里。

背包搁在身旁，谈梨趴下身，选了个最舒服的角度。

只睡一个课间，上课就醒。她给自己心理暗示。

“一节课讲 50 页，疯了疯了。”

“是啊，我都傻了，完全跟不上老师的讲课速度。”

“我预习了一个暑假的内容呢，老师一节课就讲完了。”

“可怕……”

沉浸在这求学好进的圣贤氛围里，谈梨安然睡去。

真香。

秦隐从洗手间回来，没到座位就注意到他旁边有人了。

他并不意外。大学这种公用教室里的座位，有人算正常，不正常的应该是上节课——在整个教室几乎满员的情况下，他身旁两个位置却空了一整节课。

原因也简单。

一方面，秦隐住单人寝又是休学生，在学校里惯常独来独往，没人做伴；另一方面，陌生同学间拼桌常见，但落单的男生不肯挨着秦隐，怕“反差”太大；落单的女生，也同样因为各种小心思不好意思坐到他身旁。

至于谁破了先例，秦隐不太在乎。旁边坐着个人还是蹲着只猫，对他上课的影响没有差别。然后秦隐在余光里收进一绺乳白长发时，身影停顿了下。

是人是猫没差别……是谈梨就有了。

望着缩在那儿的一坨，秦隐轻眯了下眼。

小姑娘趴在他座位旁睡得正香。那头乳白色的长卷发柔软地铺在她胳膊上，然后滑到腿前，半遮着棒球帽下的脸——如果不是发色太有辨识度，挡成这样，大概还真没几个认得出她来的。

教室里有些吵嚷，对她的熟睡好像完全无碍。

秦隐坐下身，修长的腿有些憋屈地蜷在标配桌椅下。他拿出手机，习惯性地无视了那个抱着小茶杯冷着三角眼的 Q 版小人。

骨节分明而漂亮的手指在屏幕上无声律动。几秒后，秦隐看着 XT 搜索页里那个今早的直播录屏，微皱起眉。

他调成静音然后点开，进度条拉到最后。镜头里面女孩困得毫无形象，哈欠打得大大的，甚至能看见一寸殷红舌尖上薄薄的压片糖。妩媚又慵懒，她却毫无自觉，托着脸腮耷拉着眼，口型轻巧。

“下了下了，晚安。”

此时的屏幕右下角，时间定格在 3 点 25 分。

背景还是网吧包厢，秦隐粗估一下她回校和醒来的时间，昨晚最多睡了 4 个小时。

秦隐眉皱起来，回眸瞥向睡成一团的小姑娘。

——重新开播的原因是违约金太高，贫穷少女赔不起……

——生计所迫，我也没办法。

——那可是我在直播平台里两三个月的工资加提成，为此吃了两个月的泡面呢……

话声历历在耳，甚至连里面玩笑、散漫、一点都不正经的语气，秦隐都能一丝不差地回忆起来。

然后他又想起那天在生态餐厅，目睹的那对父女的奇奇怪怪的关系和态度……

秦隐合上手机，指节无意识地叩了下桌面。

所以她的“生计所迫”，是真的?

尖锐的预备铃声响起，拉回秦隐的注意力。

门窗被学生合上。屏蔽掉窗外的燥热，空调的冷风开得十足，斜前方的那个正朝着二三排这边直吹。

秦隐侧过视线。

趴在桌上的女孩很久没动，然后在冷风里慢慢缩了缩肩，但这点障碍显然不足以影响她的补觉大业。

谈梨眼都没睁开，白净的手爪在座位旁摸了摸，离着秦隐那双长腿只剩一点距离的时候，她摸到了自己的背包，扯过去“盖”在了腿上。然后谈梨往角落里缩了缩，继续睡。

秦隐眼底情绪跳了跳。几秒后，他转回没什么表情的侧脸。视线冷淡无谓地停在课本上，修长的手却抬起，捏住黑色夹克的拉链。

最轻而顺耳的声音后，黑色薄夹克被秦隐脱下，里面的白色衬衫露出来。衬衫齐整贴合，宽肩窄腰的线条被修饰在恰到好处的完美上。

教室第二排往后的部分学生不自觉地移过去目光，正欣赏着这画卷似的背影，就见那白衬衫一抬手，他脱下的黑色薄夹克，被盖在熟睡的女孩身上。

教室一寂。

“叮铃”上课铃里，掺入了一大片心碎的声音。

可惜，谈梨这一觉还是没能睡个完整。

实在是她位置靠前，那一头长发又格外打眼，站在讲台上的老师几次想无视她，但总能瞥见——第二节小课过去 40 分钟，她连个姿势都没换。

还剩3分钟，提前讲完这节课备课内容的年轻副教授忍无可忍，用合上的教案磕了磕讲桌。

“第二排那个睡了一节课的女生。”

这点动静自然叫不醒谈梨。

老师的目光落到离她最近的秦隐身上，试图给出一个叫醒她的示意。

秦隐察觉而抬头，眸子里漆黑平静，冷淡得毫无反应。

还是后排的女生犹豫了下，伸手戳了戳那个盖着黑夹克的细瘦薄窄的肩膀。

谈梨在梦里一栗。

惊醒。

用几秒时间快速从混沌里拽回意识，也顺便回溯了片刻前飘过耳朵的话音，谈梨慢吞吞坐直腰：“我？”

女孩声音带着没睡醒的喑哑，慵懒又柔软。

老师噎了下：“对，你起来。把我这节课最后讲的那个定义复述一下。”

看着女孩那副明显困出熊猫眼的样子，老师到底没狠下心，又补充了句：“可以看书，在75、76页。”

谈梨起身，肩上薄薄的黑夹克滑落，她未来得及注意，先从背包里抽出崭新的书本。

淡紫色封面的《线性代数》。

谈梨忍住哈欠翻到第75页，扫过一遍，又茫然地翻到第76页。

总算见到一行加粗黑字。

“定理4，n元齐次线性方程组Ax=0有非零解的充分必要条件是……”

谈梨的声音慢慢收住。

除了教室后排明显没压住的惊讶声，她自己也觉得不太对——前面第一排桌上翻开的那些书，怎么和她手里这本的厚度……不太一样？

“你拿的什么书？”老师声音阴沉。

"《线性代数》。"谈梨本能地回答。

善良的数学老师气得脸色发青，手里课本敲了敲双叠的黑板："你看看我这是什么课？！"

谈梨抬头。

哦豁，高等数学。

对着谈梨那张从睡意盎然到写满了恍然大悟的漂亮脸蛋，高数老师深感从心底升腾起一种无力感。

他消了火气，摆手："同学们以后来上我的课，如果头一天晚上实在没睡好，要睡也可以，但不要坐在第二排睡好不好？一节课下来连声呼都不打，睡这么香，这得多打击我的教学信心？"

教室里欢笑起来。

谈梨得了示意，压着哈欠准备坐回去。这一侧身，她才注意到刚刚随着自己起身动作而从自己肩上滑落的……黑色夹克？

谈梨茫然地把那件薄夹克拎起来。

就算是她半梦半醒的状态里从寝室带出来的，但是女生寝室怎么会带出一件男式薄夹克。而且，上面这种淡淡的古龙水味道，好像在哪儿闻过？

"接下来一个学年你们都会一起上我的高数课，我就把你们当一个班级。先出两个课代表，具体的课业问题我交给他们转达。课代表的人选，有意向的同学可以自荐一下。"

F大广纳全国各地的尖子生，习惯优秀和不落人后是这部分学生的最大共同点，所以听了老师这话，教室里陆续举起一片手。

高数老师欣慰又纠结："看来多数同学的态度还是很好的。不过我们只需要两位课代表就够了，这样……"

在和谐积极又向上的浓郁氛围里，台下某两人完全置身事外。

"我的。"

这个冷淡的调调让谈梨以为自己产生了幻听。她循着声音方向转头——隔着一张空位，谈梨看见侧过脸的秦隐。

谈梨以为自己没睡醒，下意识问："你是从我梦里出来的吗？"

秦隐接得淡然："我在你梦里做什么了。"

谈梨蓦地醒神。意识在这恍惚里彻底清醒，笑意一点点攀上她眼唇眉梢，她似乎忘了前一秒发生的，话题转得无辜："小哥哥，你坐到我旁边做什么？"

秦隐瞥这个倒打一耙的小混蛋："是你坐到我旁边。"

"咦，是吗？"谈梨没心没肺地笑，"那没事了，谢谢你的衣服。"

谈梨递过去。

讲台前，老师开口："我记得你们这一级的信工新生里，有两个高考数学满分的。是哪两位同学，站起来我认识一下？"

教室哗然——

这一届的高考数学卷是出了名的难度高，尤其最后一道大题的最后两问，折倒了无数英雄好汉。能在这一届拿满分，这样的学生竟然会没去理学院。

老师想起什么，回头去讲桌上拿起花名册："我记得其中一位还是三年前的往届生，是吧？那年的全卷难度可不比今年差，他还是提前两年参加高考，我们数学系都没捞到这个苗子，落你们系来了。"

这话一落，所有学生心知肚明的目光齐刷刷地落向同一个方向。

秦隐欲拿外套的手停住。

"秦隐同学，"老师从花名册前抬头，看教室，"秦隐同学在吗？"

秦隐转回视线，起身。

看清站起来的人，高数老师意外了下，随即玩笑："选他做课代表，你们以后不会无心听讲吧？"

教室里再次笑起来。

"还有一……"老师话没说完，捎带着看见了秦隐身旁隔一张空位站着的谈梨，他怔了下，"不用罚站，大学不兴这个，你坐下吧。"

"老师，是你叫我站起来的。"

高数老师顿了两秒，灵活的脑瓜已经发觉了问题所在。他僵着脖子低了低头，又抽着口凉气抬头："你就是另一个谈——"

谈梨谦虚微笑："谈梨。"

教室石化的众人间，谈梨淡定得像站在兵马俑坑里。她只小幅度地歪了歪头，手拦在唇前，气息眼神如丝如缕地飘去身旁，调戏毫不掩饰：“缘分啊，小哥哥。”

秦隐轻眯起眼。

他想起自己那天被肖一炀提醒而查过的 XT 平台梨子 lizi 的主播资料，里面有一连串玩笑似的标签——梨哥，糖是本体，第一 Liar 吹，人间尤物，恃靓行凶……以及，天才问题少女。

“天才”，“问题”。

秦隐落回眸，唇角淡淡一勾。不知道是谁总结出来的，但确实简短精辟。

讲台前，高数老师现在看表情就很后悔，但也只能认了，他有些好气还好笑：“行，那课代表就暂定这两位了。你们俩待会儿过来一下，其他同学下课吧。”

停在教室里模糊幢幢的身影间，两人隔着一张空位坐下，透着剥离到画外似的安静。

身边纷杂。安静到某一刻，秦隐听见女孩突然笑起来。

他回眸。

她正单手撑在中间的那张空位上，上身微微倾过来，眸子里清亮如水：“我才反应过来。”

秦隐平静如常：“什么？”

“你明明只比我大了一两岁，可那天在你寝室……”

“你们两个过来吧。”老师回头叫。

“好。”女孩轻快应下。

然后谈梨起身，呼吸从秦隐面前一掠而过，那丝糖香清甜、缱绻，笑意勾人。

“哥哥，你那会儿……是喊谁小孩儿呢？”

两位课代表新官上任，先被高数老师单独留了 10 分钟的堂。等他们出来，教室外学生早就散干净了。

只除了两根廊柱间，站着一个把日常服饰穿得跟高中校服似的乖巧文静的小姑娘。

应该也是信工专业的新生，谈梨对她的脸有点印象，是长得特别乖的那一挂，眉眼鼻尖都透着听话，适合穿棉质的小白裙站在阳光地里，管准叫男生都觉得小仙女下凡一样，手指尖都是透明的。

一定要总结的话，那就是从里到外，除了漂亮，和谈梨找不到一点共同点的那种。

谈梨先走出来，本来她没察觉这女孩意图，直到对方偷瞄了一眼她身后，眼神里羞赧又内敛，带着点不言自喻的少女心思。

谈梨回眸，正看见秦隐懒勾着外套，一条长腿跨出教室门，踏进门廊边上的阳光下。

长得好真好啊，头发丝都帅。

谈梨了然地看向女孩。

那小姑娘已经动作了，她径直走过去，经过谈梨时还犹豫了下，眼角带点紧绷的提防。

谈梨没在意，她咬了块新的压片糖，抱起白净的胳膊，远远站着看热闹。

那女生在秦隐面前停下来，怀里抱着两册书，手指在书脊上攥得紧紧的，明显透着紧张。

她说了一句什么听不清，谈梨就看见那个基本没停顿已经准备绕开的秦隐蓦地一顿，低回漆黑的眼去看那个干净的垂着头的女生。

“啧啧。”谈梨没心没肺地感慨。

果然，现实里男人这种生物，除了某个“渣男”，都是一样经受不住糖衣炮弹的。

如果受住了，那就说明糖衣不够甜，炮弹不够狠。瞧瞧人家，还不是一两句话就把人勾住了。

谈梨正琢磨要不要找机会跟那女生取取经，脚尖在地上打了个圈儿准备转身时，就见视线里，没经受住糖衣炮弹的男人一撩眼，漆黑眸子对上她的。

对视来得突然，谈梨差点被舌尖没卷住的糖片噎着。

而秦隐望着廊柱下，完全一副看热闹模样置身事外的谈梨，他眯了眯眼，视线落回去。

“是。”

谈梨也不知道他们到底做了什么哲学层面的交流，她只知道那人盯着她说完一个字，抱着书的小姑娘回头，委屈又伤心地看了谈梨一眼，然后她扭头跑了。

就……跑了。

谈梨吮住糖片，心里茫然又遗憾。

怎么就跑了？她还没来得及和对方取一取驯服“冰山”的经呢。

谈梨没来得及茫然太久，秦隐已经来到她面前。

“好看吗？”

“啊？”谈梨回头，“什么好看？”

“热闹。”

“啊……”谈梨心虚地刮了下鼻尖，“难道刚刚你没能抱得小美人归，是因为我这个灯泡的瓦数太高了？”

秦隐没说话，薄薄的唇角微抿起来。

好看的人太容易给人错觉，看不出这样的神情时他到底是生了淡恼还是似笑非笑。

也可能两种都有。

谈梨自觉反省：“下次再有小美人跟你告白，我一定站得再远点。”

谈梨说完时，感觉到身旁安静的廊下又有脚步声响起。

她回过头，看见一个秀气的男生，挂着和刚刚跑走那小姑娘告白前差不多的表情，欲语还休地看着他们。

哦豁。

谈梨回过头，敬佩地看向秦隐：“可以啊，小哥哥，男女通杀。”

秦隐皱了皱眉，侧过视线，一两秒后他开口：“找你的。”

谈梨扭头：“你找的，是我？”

“对，对。”

谈梨意外。她从中学刚拔出点美人模样起，就已经“凶”名在外，从小到大没遇见学校里哪个男生敢跟她告白。在路边被轻佻的小混混要联系方式倒是有过，她一般不理会，对于那种死缠烂打还想动手动脚的……

梨爸爸在线教做人课堂统一开课，无差别教学。

正儿八经的告白，这还是头一回——如果这是告白的话。

可惜，这不是。

在谈梨注意到这哥们后面的草丛边上还藏着几个加油打气的好兄弟时，就听见对方艰难开口了：“你、你是梨吗？”

谈梨：“啊？”

这是什么苹果苹果我是土豆的接头暗号吗？

所幸男生又艰难挤出第二句：“XT 平台的，主播梨子？”

谈梨恍然，沉浸在被粉丝认出的感动里，她摇头：“不是，你认错人了。”

秦隐瞥她。

谈梨毫不心虚，依旧笑得灿烂：“还有事吗，同学？没事我就走了。我们线代，不是，我们高数课代表都是很忙的。”

“学妹你、你别误会，我没有别的意思。”

男生慌忙拦住她，他不知道从哪里摸出一张妥帖保管但还是压皱了的传单，他把边角认真捋平，递到谈梨面前——

“我是 F 大电竞社团的，非、非常诚挚地邀请你加入我们！请给我们一个机会！”

谈梨意外地眨了眨眼。或许是捋平边角的那个动作戳到了她，本想拒绝的谈梨还是伸手接过那张传单。

这个反应立刻激励了躲在草丛后的那几个男生。他们只差手挽手地上前，七嘴八舌开始游说。

“梨哥，我看过你的直播，你意识和操作真的牛！没想到你竟然是 F 大今年的新学妹。”

“葛静那天说在男寝看见你了，我们还不信呢。”

“我跟你一样，我也是 Liar 粉丝！”

“滚滚滚，少套近乎，混 LPL 的还有几个不是 Liar 粉，这算啥！”

“梨哥，你来我们电竞社吧，社长位置让给你！”

“社长我同意了吗？”

“社长你不同意吗？那你和梨哥 solo 一局嘛。”

“你做梦，我不会自取其辱的！”

谈梨被这群之前还在自闭状态，现在就突然开花的电竞宅男们的热情扑了一脸。

“谢谢邀请，不过我实在，”谈梨的话音在最近的那张泫然欲泣的脸前卡了壳，她出口的话不自觉转了个弯，“你们为什么一定要让我加入？”

被推出来的社长想了想，认真道：“因为你就是我们 F 大电竞社团的希望之光、未来之火！”

似乎看出这话并没能打动谈梨的铁石心肠，社长低了低头，实话实说：“F 大学术氛围浓厚，对电竞社团不……不太重视。”

谈梨完全不意外。

以 F 大的学府地位和学术氛围，各行各业大牛遍校园都是，随便拎出一个专业都能上溯人类五千年发展史。电竞这种由他们玩剩下的互联网衍生出来的以娱乐发家的行当，说“不重视”已经是自夸级别了。

社长脸形偏长，随着回顾往昔苦纠在一起，拉得像条风得半干的苦瓜：“老师们不重视，学生自然也不算太认可。但我们 F 大名气又高，校外联赛经常会来邀请我们，赢了就对外宣称 F 大输给了他们……”

“憋屈！”后排有人忍不住握拳发言了。

“有什么办法？”第三人自嘲，“电子竞技，菜是原罪。”

社长此时坚定抬头：“所以我们才想邀请谈梨学妹，我知道你有很多选择，不少学生组织会争着抢着请你去，但也请你考虑考虑我们电竞社！”

谈梨没说话，低下头去。

她凝视着手里那张 20 世纪七八十年代宣传风格的传单，沉默很久后，女孩仰起脸。

在几人的瞩目里，谈梨舔着压片糖，露出个无所谓的散漫笑容："大学四年如果不做点什么能在以后都拿出来回忆的事情，那好像是会很无聊啊。"

几个男生眼睛一亮："你愿意考虑我们了？"

谈梨折好传单，妥帖收起："嗯，'百团纳新'的活动就在这周末了吧？到时候我会去捧场的。"

几个男生大约没想到事情会进展得这么顺利，顿时感动得大有热泪盈眶的架势。

谈梨很怕他们扑上来抱自己的手表演一场老乡见老乡两眼泪汪汪的情深义重场面，斟酌两秒，她收敛笑容，准备开溜："学长们如果没有其他事情的话，那我就先离开了？我下午还有课。"

"没有了没有了！"

"学妹慢走！"

"学妹保重！"

"梨哥加油！我会继续蹲你直播间的！"

学长们齐刷刷让开道路。

谈梨回眸，看向被她"连累"着而一起堵在原地寸步未进的秦隐。

那人从头到尾一语未发，退在一步外不急不躁地等着。到此时他们交涉结束，他这才迈开长腿上前。

"不走吗？"

谈梨这一秒突然想到什么，又回过头去看电竞社的人："只是问问，如果有意愿，那我能带一个人一起加入吗？"

两方声音戛然而止。

空地除了电竞社团这一波，再除了谈梨，显然就只剩一个人了，要带谁一目了然。

电竞社几个人脑袋凑在一起。

"帅是真帅，都能靠脸吃饭了。"

"这颜值岂止吃饭，满汉全席都有人喂。要是有他在，我们以后想办校外联赛就完全不用愁找观众的问题了吧。"

“可能得愁场地问题。”

“但是……”

讨论片刻后，电竞社长再次被推举出来。

他表情有点沉重：“谈梨学妹，不是我不愿意给你面子。只是一方面学校分给我们的纳新名额特别少；另一方面，我们社团建立之初就有明文规定。”

谈梨意外：“什么明文规定？”

社长看了一眼秦隐那张没什么表情的明星脸，语气沉痛，声音放低：“我们社，不招花瓶。”

蝉鸣一哑，几秒后，秦隐懒洋洋撩起了眼：“？”

第9章

纳新·杠上了

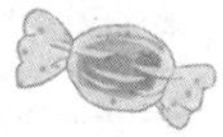

F 大给大一的课表，把这群野了好几个月的新生们安排得明明白白，一周下来有三顿午饭要赶着吃，不然就可能错过下午第一堂课的开课时间。

新生里一时民怨载道，这其中对高中老师们的怨念最重。

“说好的上了大学就是幸福生活、就是天堂，想怎么玩怎么玩呢？为什么我现在每周前五天还是一天 8 节课，午休时间都没保障？”

“果然高中老师说的天堂生活都是骗人的。”

“这就是坑害无知少男少女！”

再怨念生活也得继续，更何况 F 大里多数是各地拔尖上来的学生。嘴上喊着不要，自习室图书馆一趟一趟，身体跑得比谁都勤快。

相比之下，谈梨就有点不习惯了。

她在成绩以外的方面跟好学生从来不沾边。而事实上，除了满分的数学、物理和接近满分的化学，她的语外成绩和生物部分比起同校生都算是惨烈。所以谈梨大学前的学习模式再简单不过：理科靠天分，记忆靠脑子，其余随缘。

而到了大一课程里，高数和线代对她来说都算简单，大学物理从课本看也不难，但别的……

谈梨咬着根碳素笔，顺着课表一路比量下去。

大学生心理健康？叉。

军事理论？叉。

中国近代史纲要？叉。

思想道德修养与法律基础？再叉。

笔尖滑到最后一行，谈梨抬头看看。

噫，满江红啊。

谈梨有点后悔答应谈文谦“不逃会不旷课”了，谁知道大学的课会比高中还多呢？

谈梨理所当然地忘记了，她之所以觉得高中课少，是因为那时候的课被她翘得不剩几节罢了。

“赔大了啊。”谈梨忧愁地放过那根被她咬着当糖泄愤的笔，往电竞椅里一倚，然后她慢吞吞又惬意地伸了个懒腰。

椅子被她动作带着，自己往旁边转了半圈。谈梨一睁眼，不期然就对上对床的顾晓晓。

谈梨放下胳膊，瞄了一眼另外两张不知道什么时候空了的床：“她们不是约好上午出去玩，你怎么没一起？”

顾晓晓：“我、我高数没跟上进度，想趁着这个周末不安排校选课，再复习一下课本。”

谈梨点头。

“谈梨，今天上午9点后有‘百团纳新’，你有什么想参加的吗？”

“‘百团纳新’？对哦。”谈梨一怔，电竞椅被她转回去，声音从高高大大的椅子后面传回来，“差点把这件事忘了。我已经答应参加一个社团了。”

“已经定下了？什么社团？”

“电竞社团。”

“哎？”

“电子竞技，以游戏为职业目标的一种行业。”

“玩游戏……我们学校竟然还有这种社团吗？”

“嗯。”

谈梨应声的同时，手机当前界面上那条消息发了出去。她翘起唇角，手机扣回桌面：“好了。”

顾晓晓茫然：“什么好了？”

“鱼钩，下好了。”

数百米外，F 大混合寝，6 层，656 寝室。

顶级职业配备的显示屏右下角，随着“嘀嘀”的声音，跳动起一个戴棒球帽的女孩头像。

擦着湿漉漉的黑色碎发，秦隐裸着上身走出浴室。颗颗饱满的水珠从发梢跌落，摔碎在薄而凌厉的肌肉纹理间，最后抚过腹肌线条，没入系在腰下的浴巾里。

碎发间那双被水雾打湿了睫毛的眼半垂着，和他侧颜一样冷淡无谓，没什么情绪。在室内光无法折入的地方，眸里的黑不见焦点，透出一种冷冰冰的疏离感。

听见消息提示音，秦隐身影停都没停，他一边擦着头发一边从宽大的显示屏前走过去，余光淡淡地一扫屏幕。

2 分钟后，带着仍半湿着翘起几撮的黑色碎发，秦隐走回电脑桌前。他俯下身，在键盘上敲击几下，弹出对话框。

谈梨：小哥哥，今天上午 9 点“百团纳新”开始了，一起去给电竞少年们捧个场吗？

褐色的新毛巾搭下来，盖住男人棱角分明的侧颜。被一点淡湿修饰过的唇在荫翳里错觉似的淡淡一勾，键盘上修长的手指起伏律动。

Y：不去。

“啊，直钩不咬啊。”

窝在电竞椅里的谈梨挑了挑眉，下唇一翘，把额前垂下来的那绺乳白色长发吹开。

单手在桌面敲了敲，谈梨还是没忍住拿起旁边的压片糖盒子，倒出一粒后拿舌尖卷回唇内，轻眯起眼。

她抱着小腿想了想，下巴垫到膝盖上，双手捧着手机快速地戳屏幕。

谈梨：别呀，你看他们那天可怜巴巴的，都是一群有梦有理想的好少年。

Y：让他们去做梦，梦醒就好了。

谈梨舔着糖片的笑蓦地一停。让她去玩“梦魇”，梦里什么都有。

那几秒的失神里，手机再次伴着“叮咚”一声振动了下。

谈梨回神，定睛。

Y：花瓶不去。

谈梨不禁笑出声，抱着腿往后一跌，她倒进电竞椅里——

“这人怎么这么记仇？”

顾晓晓极少见谈梨这样笑，和平日里的恣肆不同，好像这样的笑是全然欢欣的，纯粹、干净，不掺一丝杂质。

她回想谈梨的话，好奇地问：“谁啊？”

“秦隐。”

“哎？”

“就是我们班那个帅帅的酷哥，往届生。”

“我知道他，”顾晓晓回神，连忙解释，“他是新校草嘛，全校都知道他。”

“校草，秦隐吗？”

谈梨在椅子里轻巧地翻了下身，趴到椅背上，长发散乱又柔顺地铺了她一身，没梳理，有点乱，又透出种活泼自然的灵动。

谈梨嘴巴里糖片停了好几秒，随后她歪了歪头，长发从肩头倾泻下来，眼角弯弯地挂着笑：“他那长相，也难怪。”

“谈梨你……好像和他关系很好？”

“嗯？”

“就是，那个秦隐好像很不好接近的样子，我有见过别的女生和他说话，他看起来都挺冷淡挺敷衍的。”

谈梨指尖跳跃。最后一条消息发出去，她起身，手机和压片糖金属盒被她收进黑色贴身薄款运动外衣的口袋。

一边拉上拉链，谈梨一边不在意地说："所以才说他高冷嘛。"

"但他好像，对你不一样。"

贴着三角形 logo 的白色小帆布鞋已经踏上另一块瓷砖，脚尖又收回来。谈梨舔着糖片回眸。

"他对我不一样吗？"

顾晓晓被谈梨看得有点紧张："好像挺明显吧？大家都这样说。从第一次年级会，他对你就不太一样的。"

"唔。"

女孩的身影在原地停了几秒不到，这个问题和思索状态就被她抛去九霄云外。谈梨手插回腰间的口袋。

她没正经地朝顾晓晓笑："那难道不是因为，我不一样？"

顾晓晓一怔。等她回过神来，女孩已经垂晃着那头嚣张却漂亮的长发，懒洋洋地溜达出去了。

细白的右胳膊被举过头顶，她背身朝顾晓晓摆了摆手，胡闹又亲昵地："下午见了，小仙女，好好学习吧。"

过去好几秒，顾晓晓才低下头。虽然她都觉得谈梨的话说得有点拉仇恨，但好像，事实如此。

谈梨，她见过的任何人，都不一样。

电竞社团在 F 大有多"边缘化"，除了在区域分配上就能从字面意义体现以外，从谈梨问路时大家迷茫的表情里也可见一斑了。

经过西天取经一般难度的问路，谈梨 8 点 55 分出门，20 分钟后，终于艰难与电竞社团的摊位会合

还有更让她惊讶的。

谈梨从意外里回神。她走去摊位旁的树荫下，背着手停在那人身后，然后谈梨向前一探身："早上好啊，小哥哥。"

谈梨故意的，笑里都憋着坏劲儿，大约是想吓秦隐一下。

可惜某人不负盛名，眸子一垂，眼底黢黑淡定：“嗯。”

谈梨：“不是花瓶不去吗，怎么来得比我都快？”

“被你迷弟拖出来的。”

谈梨正迷惑自己什么时候冒出个迷弟来了，就突然听见一个结结巴巴的声音响在斜前方：“梨、梨哥好！”

谈梨直回身，转了转脸：“你是？”

男生涨红着脸：“我叫葛静，上个月底在、在混合寝 6 层，你问路去 656 寝室，那时候就是我、我给你指的。”

谈梨恍然，随即眼角一弯：“原来是学长你啊。”

葛静兴奋道：“那天我还以为我认错了，没想到真的从新生里把你找出来了！我是你粉丝，关注你直播很久了！”

“谢谢，谢谢喜欢。”谈梨没有感情地营业。

葛静又滔滔不绝地表达了一番喜爱之情后，终于在谈梨逐渐游走的意识彻底飞去外太空前，抓回了重点：“我听社长说，你是想请这位秦隐同学一起加入我们社团，是吗？”

谈梨眨了眨眼，回眸看向身旁始终没再说过话的秦隐：“我是想，但还是要看当事人意愿的。”

“当事人没有意愿。”秦隐冷淡。

“当事人你再想想呗？”谈梨忍住笑。

秦隐眸子微动，垂眼看她：“为什么一定要我也加入？”

谈梨：“你要听实话吗？”

秦隐：“嗯。”

谈梨：“怕麻烦。”

谈梨举起两只白净细长的手，认真地掰着指头给秦隐数。

“你看，带你上分是第一件事，进社团打游戏是第二件事，做主播工作是第三件事。如果把你也拉进社团打游戏上分，那我不就能同时完成这三件事了？”

谈梨数完手指，放下胳膊，笑得还挺骄傲：“这叫一石三雕。”

“鸟。”

“啊？”

“一石三鸟。”他平静重复后，映着谈梨身影的黑眸里终于浸上一点淡淡笑意，“以你的语文成绩，是怎么考上F大的？”

谈梨一本正经地胡说八道：“考的全会，蒙的全对。眼睛一闭就进来了，唉。”

这边两人“和谐”得让葛静完全插不进话，他哀怨地在旁边看了会儿，终于决定不当这个只有自己一个人感受得到存在的电灯泡。这种电灯泡活得太没价值、太自取其辱了。

“梨哥，你们先聊，秦隐同学的报名表我放这儿了。他拿回去填好再给我就行。”

“那我的？”

“你不用，你是我们特招进来的！免试！”

带着一种“组织看好你”的恳切目光，葛静一步三回头，依依不舍地走了。

谈梨揉着笑得微僵的脸蛋，回眸：“我们刚刚说到哪儿了？”

秦隐没说话。谈梨倒也习惯他一贯的风格，并不觉得有什么。

只是没等她开口，秦隐主动开口了：“你那天说生计所迫，付不起违约金，所以一直在XT平台做主播？”

谈梨意外于这个话题：“啊，对啊，怎么了？”

“违约金很多？”

“嗯，至少不是我一个贫困吃土少女负担得起的，所以只能给万恶的资本家继续当牛做马了。”

谈梨应得有点心虚。

XT平台签约主播的违约金具体有多少她其实根本没了解过，没能解约也和这笔钱的数目没关系——即便抛开谈文谦不提，她成年后从外婆家和母亲那里直接继承的财产，也足够她填几个违约金的窟窿了。

心虚的最佳反应是反制于人。

谈梨最擅长这个，眨眨眼就朝秦隐笑得没心没肺：“不过，小哥哥，你为什么突然问我这个？”

秦隐没作声，事实上他现在也在问自己这个问题。

从这沉默里，谈梨嗅出一点不寻常的味道。她故意往前探身，从侧面歪着头打量秦隐神色，轻着声笑问："难道，你这是担心我？"

秦隐冷淡地瞥她。

头顶叶片修剪拓落的光影下，眸子漆黑，深如星河。

这一眼后，谈梨更意外了。

舌尖卷着糖片转过半圈，她回过神，惊讶又玩笑："不是吧，小哥哥，你想给我赔违约金吗？这么有钱的吗，小哥哥？缺暖床的吗，小哥哥？我什么都会的，小哥哥。"

轻薄又恣意，像个玩弄人好意的、没心肝的、彻头彻尾的小混蛋。

换了旁人大概要被她恼得生怒，秦隐却深望她。

"好。"

就一个字，谈梨怔住了。

那一点笑意凝住，想要躲起来的仓皇于是全暴露在阳光下。

小坏蛋第一次慌了。

谈梨被秦隐那一个字惊得恍惚。

她感觉自己好像站在放映电影的幕布前，老式投影机嘎吱嘎吱地响，影碟在她身后某个角落慢悠悠地转着，被投下的光柱里飘浮着微尘，每一颗都仿佛藏着另一个世界。而幕布上人影幢幢，像按下了快进键，全都模糊成灰白的映像。

只有这个人不一样。

他的衣角不知道什么时候开始染上颜色。黑的发，白的肤，褐的眸，红的唇，他从那灰白色的幢幢的幕布人影里走出来，眼神冷淡平静，而无比鲜活。

在她独自一个人观赏的这场电影里，有人"活"过来了。

谈梨眼神一栗，她几乎本能地向后退了半步。

"小心。"

秦隐眉一皱，抬手把谈梨从她身后骑来的自行车前拉开。

哗啦……

像一瓢滚烫的热水浇进了冰封的人间。蝉鸣、人声、嘈杂，在蒸腾的热气里一切都灌了回来。

幻觉褪去，谈梨的意识也清醒过来。

她低下头，看了看握在自己胳膊上那根根骨节分明修长有力的手指，然后又抬头，看了看那近得她一踮脚就能吻上的过于优秀的下颌线。

谈梨：哦豁。

自行车摇晃着没入人群。“过于优秀的下颌线”的主人慢慢垂回眼，眸子里透出一两分薄淡的凌厉。

“你？”

“虽然我不介意，”谈梨回神便抢得先机，在秦隐眼皮子底下，她捧起一张灿烂的笑脸，“但小哥哥，在我们这个自由平等公正法治的美好社会里，性交易它是犯法的。”

秦隐一停。

回过神，他撩了撩眼帘：“什么交易？”

谈梨无辜：“嗯……sex（性）？”

“我什么时候说过这个？”

“你不是要以给我赔违约金作为条件，要我给你暖床吗？”

秦隐眼底情绪跳动了下。他最终还是没表现出什么，手松开，插回裤袋。秦隐眼一垂，情绪便悉数收敛回去。

他退回原本的距离。

“‘好’的意思是，违约金我可以借给你。”

随着秦隐恢复熟悉的高冷状态，两人之间的天平也归位到谈梨熟悉掌控的节点。

她在心里偷偷松了口气。

然后谈梨嘴角一扬，不退反进：“可是借也没用，学生阶段不做直播，我就更还不起了。”

“那就等你毕业。”

“啧，”谈梨轻笑起来，“小哥……咳，你知道我们专业一年赚多少钱吗？小哥哥，按照违约金的数额，我可能半辈子都要给你打工了。”

秦隐皱眉。

谈梨抱起胳膊，歪了歪身，笑得没心没肺的：“而且最重要的是你听到的没错，XT 平台可黑了，和主播签的违约金数目都高得离谱。虽然小哥哥你是富二代，但是调动七八位数的存款，还是要经过叔叔阿姨的同意吧？”

谈梨权当他默认，继续自编自导地往下说：“就算你能编个理由，骗叔叔阿姨拿到钱，万一他们以后发现了，来学校找我，再甩给我七八位数的支票让我离开你，那我一定当场就答应了。”

谈梨轻啧，遗憾总结：“所以你人财两空啊，太不合适了。”

“合适。”

谈梨意外。

然后她看见那双漆黑眸子里蒙起点似笑而非的情绪，冷冷淡淡的，带着点轻嘲：“那样你只要把他们给你的支票再给我，债就还清了。”

谈梨一怔，莞尔：“商业鬼才啊，小哥哥，你学信工太屈才了。”

秦隐没理她这虚伪的夸奖，转身往一旁去。

谈梨心生不祥：“你做什么？”

“第一步，不是骗钱给你吗？”

秦隐停在树荫和阳光分割的交界，听见身后谈梨难得有一丝受惊：“我突然想起来我还有事先回去了，下周见啊，小哥哥。”

秦隐站定回眸，女孩的背影已经溜进人群里。风吹起的长发尾梢被光釉成灿金色，在他视野尽处一闪而过。

“秦先生？”手机对面响起意外的男声。

“嗯。”秦隐落回眼。

“真是您啊，我还以为我看错了呢。这以往都邮件联系，您今天怎么突然给我打电话了？”

“不方便接吗？”

“哪能啊，我们就是听您差遣给您服务的，跟谁不方便也不能跟您不方便。别说电话了，有什么事情您招呼一声，我们的人立刻赶过去也行！”

“不用。”秦隐不耐烦对方滔滔不绝的奉承，声线冷淡如常，“我最近需要一笔钱，你抛只股票，钱转进活期账户。”

“抛一只对吧，没问题。下周五前给您到账。”

“嗯。”

秦隐准备挂电话，又听对面犹豫了下：“秦先生，我多嘴问一句，您支这么一大笔钱是有什么投资项目吗？我消息灵通，有什么需要跑腿的事情，可以帮您——”

“不用，我借人。”

“哎？”

“钱要借给别人。”

对面噎了好一会儿，终于反应过来，颤着声讪笑：“原来您准备开拓一下高利贷事业？那这涉案金额有点大，您千万小心。”

秦隐：“……”

两人再次见面的时间，比谈梨料想中提前了那么一点点。

周日晚上，谈梨这边刚下播，电竞社团副社长葛静的电话就打进她手机里了，接起来就是热情扑面：“梨——哥！”

谈梨摘大耳机的手吓得一哆嗦，回过神来，她失笑：“葛静学长，你比我大好几岁，别这么客气。”

葛静傻乐：“没事，我不介意！”

“我介意。”

“啊？”

女孩笑得和善：“夭寿。”

葛静：不愧是梨。

离开包厢，谈梨跟老蔡摆手告别，然后她才跨出网吧大门。停在洒了暖灯光色的石阶前，谈梨仰了仰头。

秋天的叶子开始落了。天变得很高，几颗星子不规则地缀在夜空里，离得很远很远。

长街无人，路灯像排好队的孤单的长颈鹿，固执地蹲在原地等着。

不知道在等什么。

谈梨去天外溜了一圈的心神回来，就听见电话里葛静兴奋地问："可以吗？学妹，你方便吗？"

谈梨没听见他前面说什么，但她觉得问题不大，舌尖舔了舔糖片，她随意应："方便吧。"

"太好了，那你直接过来吧！面试教室的门牌号我发给你！"

"面试？"谈梨确定自己错过了重要信息。

"对啊，刚刚不是说了吗，社团今晚 8 点 30 分第一场纳新面试。"

"我过去参加面试？"

"你已经是我们特招进社团里的人了，过来当然是当评委啊！"

谈梨：这么不见外的吗？

方便的话已经出了口，再想找理由推脱显然晚了。谈梨只得改道去电竞社团的面试教室。

一进教室前门，葛静已经兴奋地迎上前，把一沓报名表复印版交到谈梨手里："学妹你看，今年我们社竟然这么多人报名，我看这里面有一半是你的功劳！"

谈梨接到手里，也对厚度惊讶："这么多？"她随手翻了翻，更意外了，"女生的比例比男生都高。"

"可不是吗？"有人幽幽飘过葛静身后，"静哥不遗余力地宣扬新校草报名我们社团，可是在'百团纳新'里让我们出了一次大名的。"

谈梨了然。

葛静怕谈梨不悦，连忙解释："学妹，你别生气，你朋友……"

"我为什么要生气？"谈梨手里资料小扇子似的一展一合，她仰起脸，笑容灿烂得没心没肺，"长得帅，是该物尽其用。所以他真报名了？"

葛静身后那个幽幽的声音又冒出来，趴到葛静肩头："他报了。梨哥好。"

"你好。"谈梨营业般微笑。

"静哥说得也没错，一半功劳在你。要不是你带来的，恐怕没人请得动这人，我们都在奇怪他竟然真的会交报名表呢。”

“嗯？”

对着谈梨茫然不似作假的表情，两人对视一眼，葛静问：“梨哥，你不知道吗？”

“知道什么？”

葛静：“额，听说新校草，就秦隐，他当初入学成绩优秀得令人发指，跟我们这种擦边进的完全不一样，是校方争取来的生源。他这次回来以后，学生组织都是踏平门槛去请他参加的。”

旁边人补充：“没错，校学生会都出动了——那可是F大有名的保送金色未来的入场券。”

谈梨：“他拒绝了？”

葛静：“对啊，那可是多少人抢破头的校学生会的名额，他竟然拒绝了。而我们电竞社团这么一个边缘小组织，他却看上了？”

谈梨翻着报名表的手僵了僵。

这一恍惚，她好像又听见昨天那人平静的单字。

——好。

谈梨从来不怕被拒绝被疏远被讨厌，她怕有人对她好。所以真正让她惊慌的不是暖床的玩笑，甚至不是那个好字本身。而是在说那个字时，他深望着她的不再淡漠不再疏离的眼神。

那个眼神让她有一瞬间产生错觉，错觉他会对她予取予求，错觉她可以无条件信任他，错觉她可以依赖他……这种错觉太可怕，因为它会成为她最可怕的“瘾”。

像糖，或者Liar。

在任何关系成瘾前疏远或者结束，是她学会的第二课。

“所以我们都有点好奇，梨哥你是怎么把他劝来的？难道真像他们传的？”搭着葛静的人转回头来问。

“大概是被我的诚意感动了。”谈梨随口敷衍完，抬头，“传的什么？”

“就是说你和新校草——”

葛静突然打断：“没什么，没什么。就快8点30了，学妹你去坐面试官席吧？”

谈梨听出隐瞒，也不在意：“我是新生，面试官席合适吗？”

“我们电竞社团是讲究实力的地方，不看那些虚的。再说，社长他们全都答应了，谁还能说什么？”

“好吧。”

虽然葛静和电竞社团其他人，包括社长马靖昊，一再让谈梨不要拘谨随便问，但她还是很有分寸：最少开口，开口也只问几个惯例问题。所以场面相当和谐友善融洽……融洽到最后一队面试新生进来前。

那门开的时候，坐在面试官席最边上的谈梨正撑着脸，懒洋洋地对着窗外打了个哈欠。

今天阴历正巧十五，月亮托在云里，像个白净无瑕的玉盘子。风不燥不潮，不冷不热，一切恰到好处，让谈梨格外困。

然后她眼皮耷拉下来，视线就瞥见窗上反光映出的模糊的影儿——

教室门打开，最后一队新生鱼贯而入。而这一队的最后一人，无论身高长相气质，全都拔尖得让人挪不开眼。

谈梨单手托着下巴，望着窗户红唇一勾，困意散了。

她弯翘着眼角，笑意盈盈地转过脸。然后隔空对上那人恰巧撩起的眼帘，眼帘下，眸子黑得像深海。

谈梨目光沉了沉，只是那点黯然就像一点顷刻就散的阴云。她没用一秒就恢复惯常恣肆散漫的模样。

“晚上好啊，小哥哥。”

谈梨无声给他做口型。

谈梨没察觉的是，面试官席上除了她，旁边那一排全都不自觉地绷直腰身收起笑脸。

翻资料表的动作都控制得严肃认真又正经，仿佛接受检阅的是他们。

之后的面试就更是，从头到尾紧锣密鼓不容一丝松懈。好几次面试者被问得发蒙，都想回头出去看看自己进的到底是电竞社团还是校学生会的面试。

只除了秦隐那儿，某人冷淡得不动如山的气质，总让面试官席除了谈梨之外的学长学姐们梦回当年自己进门的时候。

四五分钟后，这一队面试终于接近尾声。

C 位的社长马靖昊察觉谈梨好像这一整队都没问过问题，他往前探身，歪头看向最靠近窗边的人。

“梨子，你有什么问题要问吗？”

谈梨眼神动了动：“对其他人没什么问题，他们可以走了。那个，5 号留一下吧。”

最靠里面的小男生一蒙，慌张抬头：“我？”

谈梨一顿：“不是，那 1 号。”

站在中间的女生无辜而声怯：“我吗？”

谈梨：“……”

谈梨似乎瞥见某人眸子里一点淡淡笑意，只是定睛过去又不见了。

她磨了磨压片糖，和善微笑：“以后记得按号码排队进——秦隐留下。”

“好、好的，学姐。”

四个新生仓皇跑了，连解释机会都没给谈梨。

谈梨也不在意，她单手撑住脸颊，垂着眼翻了翻那薄薄的一张报名表，右上方把证件照拍出艺术照的效果格外捉人眼球。

谈梨不避讳，就舔着糖片认认真真欣赏了几秒，然后她才抬眼，一笑。

“秦隐同学，是吧？”

秦隐撩起眼看她。

之前就是这样清冷的眼神，面试官席几人单独承受的时候头皮舌头一起发麻，根本没法问他什么问题。谈梨却完全不受影响，她甚至还换了另一只胳膊撑住下颌，歪着头没什么正经地看他。

小姑娘咬着糖片，笑得明艳灿烂，一副要搞事的模样。

不负所望。

清凌凌带笑的声音响起，第一个问题就差点把其他面试官问到椅子下面去。

“有女朋友吗？”

“咳……”

电竞社团后排成员猝不及防地呛了口水，撕心裂肺地咳了两声后就立刻压下去，不敢出声了。

教室里相当安静。

面试官席这几个表情都震惊得扭曲了，还是十分敬业地自己给自己捂着嘴巴，愣是一声没吭。惊得差点集体去世的所有人里，只有两个淡定的。

一个是撑着脸笑得没心没肺的始作俑者，另一个则是独自站在讲台下，眉眼神色都冷淡如初的当事人。

秦隐好似一点都不意外谈梨会问出这样的问题，但淡定不代表配合：“现在还是面试吗？”

电竞社长心虚地干咳：“啊，这个，就是……”

“不算正式面试，”谈梨轻巧接茬，“只是考虑到你如果加入，那肯定会成为电竞社团的门面人物，我们做一下提前了解，有备无患。”

秦隐不知道信没信，但社长马靖昊似乎信了，他一边琢磨一边点头，小声道：“有道理啊。”

坐旁边的葛静看不下去，身子往他那边歪了歪，声音压成线：“社长，以我看一年直播的经验，你要是信梨哥的随口扯淡，那你很快就会被她忽悠瘸了。”

马靖昊：“……”

谈梨想到什么，轻捏了个响指。

接上秦隐落来的视线，她无害地笑：“忘了说，我对你们的去留没有任何发言权和投票权，所以你如果觉得我的问题冒犯到你了，那随时可以直接离开，不用给我留面子的。”

前一个问题加这一句话，终于让秦隐察觉出什么。他定睛望向谈梨，气氛在安静里逐渐变得诡异。

葛静和马靖昊的头再次凑到一起。

马靖昊：“按你那一年看直播的经验，校草和你梨哥这是干吗呢？”

葛静："玩游戏？"

马靖昊："什么游戏这么诡异？"

葛静："谁先眨眼谁就输？"

马靖昊："……"

"没有。"

教室里突然响起一截短暂而冷淡的声音。

马靖昊和葛静等人茫然抬头，过去几秒才反应过来。

——秦隐同学是吧，有女朋友吗？

——没有。

这么调戏人的话，他竟然还真回答了。

电竞社团众人交流目光。

谈梨同样意外，但这也无碍计划，她半垂着眼，依旧是那副满不在乎的笑和语气："那秦隐同学喜欢什么类型的小姑娘啊？"

余音略微失声。

谈梨怔着看那人拖起角落一张椅子，搁到她面前，然后就隔着面试官席的那条长桌，在她对面坐下来。

谈梨不自觉放下胳膊，往椅背上贴了贴，谨慎微笑："秦隐同学？"

秦隐手里外套往支起的长腿上一搭，然后他淡定抬眸："不是要问我问题吗？"

"？"

"问吧。"

面试席其他人对视，沉默数秒后，纷纷识趣地起身。尤其是离谈梨最近那两人，恨不得踩着另一头他们社长、副社长爬出去。

社长、副社长心情复杂。

马靖昊："这是玩游戏输了所以杠上了吗？"

葛静擦了擦汗："可能……是吧。"

"那咱俩走吗？"

"再等等。"

"等什么？"

“别打起来啊。”

“一男一女怎么还能打起来？”

“那是一般女生吗？那是梨哥啊。”

“你说得对，再等等。”

边角的议论没打扰这边对峙。

糖片在舌尖停留数秒，谈梨慢慢卷起它，然后她两只胳膊往桌上一搁，手腕内侧贴到一起捧成个花手。她趴向前，那张漂亮又灿烂的笑脸垫到掌心去。

“随便问？”

“嗯。”

“别后悔啊，小哥哥。”

“嗯。”

谈梨轻眯起眼。

这样拉近得不足一人的距离，她几乎能一根一根数清楚他的眼睫毛了，所以就更看得清，眼睫毛下那双漆黑的眸子里没起半点波澜。

这样都不恼，不符合“冰山学定理”啊。

自觉在这学科上造诣深厚，谈梨不服输的那点劲儿倔上来了。她捧着脸笑得更加灿烂：“身高。”

“186。”

“体重。”

“73。”

“男模的底子啊，”谈梨手指勾着资料表，声调拉得轻薄怠慢，“那三围呢？”

“嘶……”

伴着教室后排，不知道哪个角落还没来得及离开的人一声没能压住的抽气声，坐在椅子里的秦隐终于有了点反应。

他撩了撩眼帘，望向谈梨。

视线里，小姑娘捧着一张向日葵似的灿烂笑脸，眼神无辜又无害，翘起来的嘴角却藏不住那点坏劲儿。

秦隐垂回眸子："没量过。"

谈梨："咦，可我看小哥哥身上的衣服像是高级私定，不像没量过？"

"忘了。"

"啊，"谈梨点点头，蓦地一笑，"那我帮你回忆下？"

秦隐再次抬眼看她，黑眸平静："怎么帮？"

"好像没什么工具，"谈梨看过一圈，视线落回来。她笑得恣意又张扬，声音却放得轻浅，"那，手量？"

声音再轻，也足够旁边面试席还没走的听清楚了。

秦隐坐在椅子里，半垂着眼，薄唇勾起一声轻淡嗤弄。

"手量，你确定？"

被那似笑而非的语气一迫，谈梨哽住话声。

按计划按道理她都该确定，但再对上那双漾起情绪波澜的眸子，她突然就不太确定了。

万一，这个一整晚都在违背行动准则的秦隐，在她说"确定"以后来一句"那你来量……"

谈梨被自己的想象惊得心尖一颤，笑容立刻变得真诚而感人："不，怎么会？我在开玩笑呢，小哥哥。"

一晚上心脏大起大落，马社长受不住这刺激，决定必须在自己心脏病发前做点什么了。

他从座位里起身："梨子，时间也不早了，我看我们这场面试就到这儿吧，有什么问题，我们可以等到二面再问嘛。"

"好。"

今晚作战计划注定告负，谈梨也不恋战。她顺着马靖昊恰巧搭来的台阶，拎起背包就站起身。

"那我就先回去了。学长们，再见。"

葛静表情挣扎了下，也跟出去："社长，我去送梨子学妹！"

马靖昊一愣："社里都走了就剩咱俩，我一个人怎么收拾教室啊？桌子还没归位呢，你回——"

人已经没影了。

马靖昊：见色忘义的家伙。

他刚腹诽完，回头就见秦隐起身，将拉到桌前的椅子放回角落。

大约是察觉马靖昊怔住的视线，那人低着身调整椅子，声线平静冷淡：“我帮你收尾。”

马靖昊：“这，会不会，太麻烦你了？”

“不会。”

“好、好的，辛苦你了。”

“嗯。”

看见窗户上反光影子里那个卑微的自己，马靖昊已经泪流满面了——这到底谁是社长谁是被面试的社团新人啊？

两秒过去，马靖昊的视线焦点从窗户上定到窗外。他意外一顿：“下雨了啊？”

秦隐停住，几秒后他直起身，看着玻璃上细密斜拓的雨丝，微皱起眉。

葛静追进电梯间里。

他缓了口气，走到梯门前等电梯的谈梨身边：“学妹，你是不是和那位新校草吵架了？”

谈梨似乎在走神，过去两秒才仰了仰脸，笑：“没有啊，学长怎么这么问？”

“就是感觉，你今晚好像故意想惹恼他似的。”

“唔，这么明显吗？”

对着那没心没肺的笑，葛静无语凝噎几秒：“不是没吵架吗？”

“嗯，没吵架啊。”

“那你还……”

“首先呢，我们两个完全没到可以吵架的关系。”谈梨笑着转回去，“其次，也只是我单方面地想他能疏远我，和他无关。”

葛静一愣：“让他疏远你？”

“嗯。”

“为什么？你讨厌他吗？”

谈梨没说话，叹出一声很轻的呼吸。

轻得葛静以为那是他的错觉似的。因为女孩很快就笑起来，比之前还要灿烂明艳，漂亮得晃眼。然后葛静听见她说：“就是因为不讨厌，所以才危险。”

葛静完全没听懂这句话。

不等他问，电梯门“叮”的一声打开，谈梨走进去。葛静回过神来，连忙也跟进去了。

电梯里没有别人。谈梨按下一层，到梯门缓缓合上那一两秒里，电梯里始终安静得一点声音都没有。

谈梨站在电梯按钮盘前，葛静在她身后，看不清女孩的表情。他只听见在电梯下行了一层楼后，谈梨的声音突然响起：“我一个人看完这场电影就够了。随时可以喊停，不需要有第二个人。”

葛静再次愣了下：“什么？”

谈梨回眸，笑眼弯弯：“是我看过的一部电影里的台词，学长有没有觉得它很帅？”

葛静跟不上这话题速度，好几秒才反应过来：“额，是，好像确实挺帅的。”

“我也觉得。”

葛静回味两秒，不确定地问：“这是什么电影啊？”

谈梨想都没想：“忘了。”

葛静：“学妹你，不会是忽悠我的吧？”

“怎么会呢？”谈梨笑得很善良。

葛静更觉得会了。

电梯到了一层，谈梨走出梯门，葛静狐疑地追问：“那这电影还有什么别的台词吗？”

“有啊。”

“比如呢？”

“比如……关系是这个世界上最危险的羁绊，越靠近就越危险。如果答应让那条无形的线拴在你和另一个人之间，那就把自己押在了赌桌上。”

谈梨扣着背包，停在出楼的门前。背对着葛静，她面上笑意淡下来：“谁也没办法告诉你结局是什么，是盆满钵满，血本无归，或者，某一部分永远丢在上面，没办法找回来。”

葛静：“那主人公，最后找回来了吗？”

“主人公？”

“对，”葛静犹豫，“这个电影没有主人公吗？”

“有啊，我看到了。”谈梨慢慢握紧背包带，“女主人公快要死掉的那天，还是没等到那人回来看她。她拽了一下手腕上那根线，这才发现对面空荡荡的——对方早就把它解开，扔掉了。他没在乎过她……或者，只在很久很久以前，很少很少地在乎过那么一点。”

谈梨轻笑起来。

“她就为那一点，把全部的自己赌进去了，然后一个人孤零零地死掉了。”

葛静回神：“这电影的结局听起来也太悲伤了……哎，下雨了吗？”

“这是那场电影的开始，不是结局。”

“啊？”

谈梨没再继续这个话题，她回身时，笑意已经盈了满眼：“学长带伞了吗？”

“带了一把，我送你回去吧？”

“不用，我也带了。只是刚想起来落在楼上，我上去拿。学长先走吧，再见。”

葛静没什么拒绝余地，只得顺着点头：“好，那你回宿舍的时候小心啊。”

“嗯。”

一人往回，一人往外。

直到葛静撑着伞的身影走下台阶，又在雨幕里渐行渐远，谈梨的身影才从楼内的阴影里走出来。

她停在门廊下。

楼外远处，路灯熹微，雨滴在灯罩上汇成淅淅沥沥的水流，像焊碎的金色火花，成串落下，然后消泯在如幕的灯火里。

雨里，整个世界都变得很安静。

谈梨抱住冷得激起一片鸡皮疙瘩的胳膊，没什么表情地挂断手机里第不知道多少个电话。

她听见电梯运作的声音。谈梨想了想，又躲回昏暗的楼梯间里。

楼梯门卡着电梯开的时候合上。黑暗里隐约传来交谈，那个说话的是马靖昊，只应声的，大约是秦隐。听着两串脚步声离去，谈梨又等了1分钟，才从楼梯间里出来。

夹着雨丝的风从电梯间穿过，空荡无人。

谈梨停下来。

手机被她翻起，屏幕执着地亮着。

魏淑媛。

那三个字像被雨丝模糊，在谈梨的视网膜上战栗地晃动。那一瞬间女孩的脸上没什么表情，却又好像藏不住深埋的那点凶狠又悲伤的情绪。

屏幕亮了很久，谈梨最后还是把它接起。

身前的雨幕里，她的声音被吹得七零八落："我应该说过很多遍，请你不要联系我。"

"小梨，阿姨没有别的意思，今天是你爸爸的生日，阿姨是希望你能给他打一通电话……"

"那是我和他的事情，和你没关系。"

"小梨，我知道你不喜欢阿姨，没关系，我能理解。但他毕竟是你爸爸，而且他只有你这一个孩子啊。"

谈梨无意识地攥紧手指。她的声音低下去，比身前的门廊外的秋雨还要凉得入骨。

"那就算我求你，也求他，就按当初你那些家人说的那样——生一个你们自己的孩子，踢开我这颗碍眼的绊脚石吧。"

"小梨……"

“我说过别那样叫我！”谈梨忍到最后一丝的平静被楼外的惊雷撕碎。

她咬住牙，沉默几秒后声音变得发哑：“不要再给我打电话！不要再试图联系我！不要逼我拉黑你——”

谈梨深吸一口气，压住声线里的战栗：“那么晚安，阿姨。”

谈梨不再拖延，她从耳旁拿下手机，颤着指尖用力一划，结束通话。她在原地僵了好几秒，才慢慢把手机放回去。

变得急促的雨声里，谈梨试图调整呼吸的节奏。

但没用。

四周的墙面让她窒息，像是张牙舞爪的妖怪，扭曲变形，然后朝她挤压过来，连空气都无法进入肺里。

眼前的幻觉里，突然撞进一幕巨大的虚影——是那个女人死之前的晚上，一个人躺在月光清冷的床上，蜷在阴影里，麻木地、没有声音地哭。

浑浊的泪流过女人的脸，像流过干涸枯裂的河床。

而她缩在病床边冰凉的地板上，紧紧握着女人年轻却枯槁的手，仿佛握着一截落进泥土里的、没有生命的树枝。

谈梨什么都不信，但那天晚上她还是忍不住翻遍了家里所有角落，最后找到一块小小的不知道谁送她的玉菩萨。她把它攥在手心里，勒出血一样深的痕迹。她梦呓一样对着它说话、哀求。

但没用啊。

——小梨……

她记得那个已经在记忆里模糊了面容的女人疼惜地，用僵枯的手指，颤抖着想捋顺她的头发。那个女人的目光看着她，又像穿过了她，流不出的泪水在女人枯槁的眼眶里慢慢汇聚。

——答应妈妈……永远，永远不要强求……求不来的……

谈梨一辈子没法忘掉那个晚上。

将死的女人，月亮，风，风里的笑声，欢乐。

那年的 9 月 26 日是中秋节。万家灯火，那个女人一个人死在病床上。她目光穿过她幼小的女儿的身体而望着的那个人，到她死也没赶回来。

“呼！”风声将一扇楼门猛地拍合。

谈梨迈出最后一步，跨到门廊下。雨丝扑了她一身。

她停在被风吹进来的雨滴打湿的地面交界处，克制着微颤的手指去摸裤袋里压片糖的盒子。

她听见自己的呼吸声变得战栗、急促。金属盒子被她攥进手心，她晃了一下，眼底划过慌乱——空的。

谈梨心底压抑的情绪在这一瞬间崩盘，她用力闭上眼，将盒子狠狠地掷到地面上去。

“砰，啪啦。”金属盒子翻滚着摔下楼梯。

谈梨忍着胸口撕裂的窒息感，半蜷着身跨进冰冷的雨幕里，眼眶涨得酸涩。

她需要什么，无论是什么，一场暴雨冲刷都好，让她忘了……

“谈梨。”

在跪进雨里前，谈梨的胳膊一紧。她被人拉回门廊下，跌撞进一个陌生的但又有着熟悉气息的怀里。

谈梨抬头。

向光的视线模糊，她看不清那人的脸，只看见一双漆黑的、失了冷静的眼瞳，漂亮得像令人窒息的深海里唯一的光亮处。

谈梨一哽，像绝望的人抱住浮木，她伸出手攀上那人的肩颈，眼泪终于忍不住涌出眼眶。

“Liar，救救我……”

第 10 章

刺猬·少吃糖

P 市这场夜雨下得很大。雨滴砸得台阶和阶下的水泥板噼里啪啦地响，有的飞溅起来，打湿了阶上石板。

谈梨抱着胳膊蹲在门廊下，看着石板上浅色的干区被深色的潮湿一点点侵占。

沉默久得像割肉的钝刀，而谈梨觉着，她现在就是案板上那块鱼肉，正在雨里被这份尴尬无声地凌迟。

她几次张口想说什么，但那些雨滴的声音太大，轻易就盖过又浇灭她开口的勇气。平日里那个恣肆的伶牙俐齿的小姑娘好像被雨吓得躲起来了，不知道藏在哪个角落里，怎么也不肯出来帮忙。

谈梨尝试几次后终于放弃，她趴到胳膊上，耷拉着眼没精打采地想：随便吧。

然后眼皮子底下，一只修长的手拿着一个淡紫色的金属糖盒，出现在她视野里。

“吃吗？”

谈梨一怔。身体的反应比大脑要更快些，在她意识到之前，她已经伸手把那盒糖握进手里了。

她习惯性地晃了晃，“当啷当啷”，盒子里传回来沉甸甸的、叫人安心的、满盒的撞击声。

谈梨打开糖盒，倒出两片在掌心，然后她对着那两片花形的糖片犹豫起来。

没了平常情绪的遮掩，蹲在墙脚的小姑娘像只洗掉花里胡哨的彩妆的刺猬，谨慎小心。

谈梨还犹豫着，就听见头顶那人声音轻淡响起。仿佛被雨丝浸润过，情绪里收敛掉平素的凌厉和锋芒，听起来一点都不冷了，格外温柔——

“没下毒，吃不死。”

温柔个屁！谈梨木着脸想。但她放心地把那两片糖吃了。

这次的回甘来得很慢。意识变得清醒、理智的时候，谈梨已经不知道过去多久了。

楼外黑沉依旧，远处起伏的阴影里，好像藏着无数张牙舞爪的小怪兽。谈梨依旧用胳膊垫着下巴，但此时眼神已经清亮很多。

她靠了一会儿，枕在胳膊上无声地歪了歪头。谈梨看着那双大长腿，视线懒得往上再抬：“谢谢你啊，小哥哥。”

还是她惯常不正经的语调，只是听起来有气无力，像刚被撸秃了毛、威武不起来的小老虎。

秦隐垂着眼，不作声地望她。

谈梨也不觉得有什么。任沉默发酵了会儿，她没再压住那点良心不安，坦诚开口：“我刚刚是不是对着你喊别人的名字了？”

“对不起，刚刚淋雨淋傻了，没看清，认错了。”谈梨回忆两秒，又小心翼翼地问，“我还揩你油了吗？”

这次秦隐依旧没说话，只凉淡地看了她一眼，谈梨于是就悟了——揩了。

可能还没少揩。

一世英名毁于一旦。

谈梨撑起脸叹了口气：“虽然你可能不信，但我真不是故意的。”

“嗯。”

“我如果是故意——嗯？”谈梨意外地朝旁边仰了仰头，“你信了吗？”

那人依旧是那个冷淡的语气词：“嗯。”

门廊下的感应灯灭了。楼内的灯火辉映，楼外的云雨压城，光和影把他侧影修剪得完美，像一座雨中的雕像似的。

谈梨盯着他看了两秒，直到那人垂回清淡眸子也看她，谈梨却突然笑了。

“你笑什么？”秦隐问。

“没什么，就是觉得，我可能想太多了，完全是自寻烦恼。”

“什么烦恼？”

谈梨没回答他的问题，反而是伸出胳膊，掌心朝上，手指微微勾起。没几秒，她手心里就接起一片小水洼。

谈梨侧过手掌，看着雨水顺着掌纹流下去：“这雨看来要下很久，小哥哥，你带伞了吗？带了的话就先走吧。”

“没有。”

“哦。”

“你没回答我的问题。”

谈梨轻眯了眯眼，扭回头：“小哥哥，连我这么不尊重社交潜规则的人都知道，转移话题就表示不想回答。”

秦隐淡定：“那你刚才抱上来，问我想不想接了吗？”

谈梨深深怀疑他这一挂的，高冷寡言的时候就是在蓄力，专等着把对方一句话噎死。

谈梨叹气，理亏地趴回脑袋：“这可是你自己要问的，待会儿听完别后悔。”

“嗯。”

“你刚刚问我什么来着，我忘……哦，自寻什么烦恼是吧？”谈梨手指垂下，看着最后几滴水在指尖摇摇欲坠，“你可能也感觉到了，我今晚不是一直想惹恼你吗？”

这任谁说来都十分欠扁的话，从谈梨嘴里出来，却变得自然而然了。

秦隐神色不变：“讨厌我？”

“怎么会？”谈梨笑起来，“我最喜欢‘性冷淡’了。”

空气一寂。

谈梨回神，无辜仰脸：“别误会，不是说你。”

秦隐无声看着。他的眼底埋着一点细碎的光，不知道是远处的灯火还是什么，映得他这一眼里情绪复杂。

谈梨没察觉，她自顾自地埋回胳膊上，说："我这个人很和善的，跟任何陌生人都秉持井水不犯河水的原则，嗯，你可能没感觉到。因为我对你比较唐突。"

秦隐瞥下来。

谈梨接收到这个眼神，自动理解为"原来你也知道"。

谈梨虚心点头："我有数，我知道，所以我决定知错就改。改法有两种，要么我改，遇见你就和善、友爱、克己、守礼——显然这不可能；要么你改，让你主动疏远，永绝后患。"

谈梨一口气说完，自省了下。

很好，态度优良，犹如站在"坦白从宽抗拒从严"的大横幅前朗诵检讨。

秦隐："为什么突然要改？"

"对，所以我今晚才那样说——"谈梨顿住，扭头，"小哥哥，你为什么总不按套路来？"

秦隐没说话。

谈梨放弃转移话题："因为昨天。"

"昨天？"

谈梨："对，昨天，你说要给我还违约金，所以我害怕了。"

秦隐："怕什么？"

谈梨："怕你爱上我。"

死一般的沉默后。

秦隐表情终于出现一丝松动："你认真的？"

谈梨真诚点头。

秦隐在原地站了数秒。

吹进廊下的雨丝模糊掉谈梨的视野。她抬手去揉眼，见恍惚的影儿里，那人转开脸。

他大约恼极了，缓嗤出一声冷淡的笑，声线里掺上被夜雨冷浸过的低哑："谈梨。"

"啊？"

“你会不会担心得太多了？”

好好的大冰山都快被她气得一字一顿了，那可能是有点多。

谈梨诚恳认错：“我刚刚不也觉得我想太多，所以才说自己自寻烦恼嘛。”

“但是以防万一，是万一哦，”谈梨侧着仰起脸，“你确定你不会喜欢我的，对吧？不管我怎么唐突，你都不会动摇的？”

乌黑的眼瞳被雨丝和灯火映得熠熠，女孩专注地仰头看着他，等他一个莫名其妙的承诺。

秦隐早听见心底摇晃出一丝裂隙。

但秦隐无视了它。

“不会。”

那人声线冷淡，平静，一如既往。

谈梨和秦隐对视两秒，长松一口气。她撑着膝盖从墙脚处起身，眼睛弯成原本的弧度：“那我就放心了。对你们这样‘性冷淡’的人的原则性，我还是很有信心的。”

秦隐：“对你来说有区别吗？”

“当然有。”

“区别在哪儿？”

“只要你告诉我，到这里，有一块区域是极限，”谈梨比量了下两人之间的距离，笑，“不可能再近，那我就不会依赖你。”

秦隐眼神动了动：“依赖？”

“对啊，被我赖上很可怕的。”谈梨逐渐恢复，语气也变回散漫，她不在意地玩笑，“上一个就很惨。”

秦隐回眸：“上一个是谁？”

“Liar 啊。”谈梨笑，“不过那是我单方面的，反正我们也不会见面，所以算他逃过一劫——啊，雨停了。”

秦隐回神时，谈梨已经踩进石板上浅浅的水洼里，溅起的水滴里映着女孩的影。

她一步踩跳过一个水洼，惊醒的感应灯一盏一盏地在黑暗里亮起，像夜色中铺开灯火的长路。

然后她停在长廊灯火的尽头，背转回身，张扬地摇着胳膊，朝他灿烂地笑——

“可以回去了，小哥哥。”

半点不见绝望或难过。

——Liar，救救我……

连那一秒里像脱轨的列车一样猝不及防地狠撞上他心口的哀恸眼神，都仿佛只是他今晚的错觉。

惹上了一个可怕的……小疯子啊。

秦隐想着。

风拂开的月色里，他朝她走过去。

秦隐把谈梨送到女生寝室楼下。

已入深夜，寝室楼门上了门禁，再进去需要刷卡了。

楼外不见白天里人来人往，只剩一对小情侣。女生站在台阶上，男生站在台阶下，男生搂着女生的腰，亲得正热闹。可惜男孩子矮了点，站了一层台阶的女生比他还高出两三厘米，让这画面看起来多出一份诙谐。

谈梨十分心善，没过去打扰他们，她抱着胳膊等在楼旁拐角，小流氓似的欣赏了好几秒。

然后谈梨感慨地转回头：“小哥哥，你以后一定记得找个高点的女朋友。”

“多高？”

“唔，你 186，那女朋友 172 以上比较合适。至少也要 170 吧，不然就太矮了。”

“你多高？”

“我？ 166 啊。”

秦隐没说话，但“那你好意思说别人矮”的冷淡眼神已经到位了。

谈梨磨了磨压片糖：“我是说你女朋友的合理身高范围。不然像他们这个姿势，你女朋友得站三节台阶，这纵向距离还想接吻？那可太练下腰了。”

“不能换个姿势吗？”

“换什么姿势能……”谈梨话声一停。

沉默两秒，她回头，眼神真诚地发问：“小哥哥，把这种话题聊得像搞学术研究，你们‘性冷淡’在这方面都这么好学上进吗？”

这调戏称呼一放出去，谈梨就没准备收到回应，脸已经转开一半。

“对。”

谈梨茫然回头。

月色下，那人靠在墙根，半撩起眼，尾音带一点入夜的懒散，似笑而非——

“我们‘性冷淡’在这方面，都这么好学上进。”

“一炀，你电话来了。”

“没空没空，我跟人激情对线呢，笙哥你帮我挂了吧！”

“你确定？”

“嗯！”

“来电显示是‘最大债权人’，那我挂了。”

一堆乱七八糟的声音后，肖一炀连滚带爬地从训练区滚出来，表情惊恐：“别挂别挂！”

他一个百米冲刺，急刹到沙发前。

盛笙正微笑看他，似乎一点不意外，手里拿着他的手机。

肖一炀绝望：“已经挂了吗？”

“下次自己接。”

肖一炀没反应过来，就见手机被盛笙往他怀里一放，盛笙转身走了。

肖一炀手忙脚乱地接住，看着屏幕上还在待接状态的电话，他长松了口气。调整呼吸后，肖一炀把手机放到耳边。

“萧阿姨，晚上好？”

那谨小慎微的语气，看得房间另一边，方桌前 WWW 战队的其他人直憋笑。

"笙哥，谁的电话啊，把一炀吓成那样？"

"不知道，写着'最大债权人'。"盛笙走过去，听队里几个人凑头聊。

"债权人？"

"一炀还欠钱吗？不能啊，他家里那条件那背景，别人欠他还差不多吧。"

"那怎么吓成这样？"

"我知道了，肯定是 Liar 家里的长辈！"

"哈？"

"和 Liar 神什么关系？"

"我是听一炀哥说的。Liar 进圈前是个天才少年，年年跳级，一学期能往家里搬一箱奖杯奖状的那种，结果被他祸祸进坑——两家几代世交，关系特别好，就为这事，一炀哥都三年没敢迈 Liar 家大门了。所以他说从那以后，他就欠上他们家了。"

"哈哈，那还真是……"

盛笙一直没插话，就在旁边听。他手里捏着颗苹果和一把瑞士刀，指腹抵着反光的刀刃，果皮被削成又薄又长的一根，垂到地板上方。等一颗苹果削得光滑出炉，完美得随时能放进玻璃柜里当艺术品展览——而悬着的那根果皮还是一点没断。

盛笙刀尖一旋，剜掉果蒂，收尾。

"笙哥，我能尝尝你这保价千万的手削出来的苹果吗？"

"凭啥？我也想尝，笙哥给我！"

"我，我离得近！"

盛笙笑意温和，把手里苹果递出去，也不知道到底被谁抢了。他没在意，擦着手抬头看向一旁。

肖一炀正唯唯诺诺地给通话收尾，看模样小媳妇极了："是，萧阿姨，您放心，我一定联系到他问问……哎，没问题……好好，那您早点休息，晚安。"

挂断电话。

肖一炀就近往沙发里一瘫，嘴里咬牙切齿念念叨叨地对着手机屏幕戳了几下，似乎是拨出通电话去。过去三四十秒，大概没通，肖一炀挂断，再拨。又没通，又挂断，又拨。

这样反复几遍，对面终于接了。

肖一炀猛地从沙发上弹起来：“你要是再不接电话，我就要报警了！”

对面不知道说了什么，惹肖一炀一声冷笑：“还能为什么，您母上大人电话打到我这儿来了。到这个点不接电话，夜生活挺丰富啊？……社团面试？哟，您什么时候开始有这闲心了？……到我们这高龄，还去参加那种小屁孩的游戏，不合适吧？”

肖一炀说着，从沙发上起身。

转回来的时候他正巧对上盛笙的目光，肖一炀感恩地笑了笑，扭头往洗手间走去。

声音隐约荡回来：“再说，面试面到晚上 12 点？我看您这不像什么正经社团啊……”

F 大混合寝，656 室。

秦隐手指松开，黑色背包落到桌上。他侧过身，半仰进那把真皮质地的沙发椅里。

今晚陪小疯子折腾了半晚上，他也倦了，靠进椅子里就合上眼。

手机里肖一炀还在掰扯：“我没上过大学，快给我讲讲，这大学社团里都什么活动，还能玩到晚上 12 点？双人运动那种？”

秦隐眼没睁开，薄唇动了动，吐个懒得和他计较的“滚”。

肖一炀：“我这不是合理揣测吗？”

秦隐：“下雨，被困教学楼了。”

肖一炀：“这么无趣的原……不对，你那老干部包里不是从来都备着一把折叠黑伞吗，怎么会被困教学楼？”

秦隐闻言，终于懒洋洋地掀起眼。

他视线落在斜对面的桌子上，抛下的黑色背包拉链开了，露出一小块圆润的木质褐色伞柄来。

秦隐看了两秒，垂回眼：“嗯，带了。是我说没带。”

“哈？那你为什么不回去？”

“今晚看见一只小刺猬，一整晚焦躁不安地奓着刺。怕她出事，我就在楼外等了等。”

“刺猬？那等到了吗？”

“嗯。”

肖一炀同情地看一眼路过的窗外：“今晚 P 市这么大的雨，那小刺猬应该淋得挺惨的吧。”

“嗯。”不知道想起什么，秦隐黑眸微沉，“湿漉漉地缩在角落，之前耀武扬威的劲儿也没了。”

肖一炀笑出声：“之前？你和这刺猬还是旧相识啊。还有 Liar 神你这语气，小学语文的拟人修辞学得不错，我都能听出点疼惜来了——敢情这么多年，你攒的那点人性全用动物身上了？”

“谁说是真动物？”

“不然还能是什……”肖一炀的笑声戛然而止。

一阵诡异的沉默后，肖一炀表情僵硬，伸手扶住洗手间的盥洗台。

“你们这社团还真不是什么正经社团啊。而且，别人玩情趣都是扮兔子，怎么到你这儿成刺猬了？”

秦隐停住，几秒后他轻哂：“你们基地垃圾回收的时候，怎么没把你的脑子一起送走？”

“我怎么了？”肖一炀辩解，“你自己听听你刚刚说的，这能怪我想歪吗！”

“呵。”

“那你老实交代，如果不是社团，那你跟‘小刺猬’怎么认识的。”

“你也认识。”

“哈？我怎么可能认识？”肖一炀自己停住，“等等，你可千万别告诉我，是你那个女粉。”

“谈梨。”

“啊？”

“她不叫女粉，她叫谈梨。”

片刻后，WWW 战队基地里，围着方桌抢苹果的“小学鸡”们突然听见卫生间炸响一声咆哮。

“告诉她？你淋雨发热烧坏脑子了吧？！”

“小学鸡”们惊得发怔。

“什么情况？”

“一炀竟然会发火，世界末日啦？”

“难得难得，快快快，给他录下来！”

“这样不太好吧？”

“有什么不……数你手机掏出来最快！”

盛笙吃过夜宵，没等他们，一个人去训练区自定义练习。过了几分钟，他身旁的椅子被重重拉开，黑着脸的肖一炀坐下来。键盘敲得响亮。

盛笙：“轻点，别再伤着了。”

肖一炀顿了顿，感动：“谢谢笙哥，我手还好。”

盛笙：“我说键盘。”

肖一炀沉默几秒，气乐了。

见他顺着脸捋了一把头发，表情里凝重卸下来，盛笙收回嘴角淡淡笑意，似乎随口问：“什么事情，这么烦躁？”

“没什么。”

“哦。”

训练区安静了会儿，肖一炀有点牙疼地回头：“笙哥，你这好奇心低得简直不像人类。”

盛笙不在意，笑得依旧温润。

肖一炀憋了会儿，还是没忍住：“我记得你和那个梨子挺熟的是吗？”

“嗯，她和我妹妹从刚会爬的时候就在一起玩了。”盛笙淡定地在自定义练习里放着技能，问，“怎么了？”

“没怎么。就，觉得不可思议。”

“嗯？”

肖一炀却没再聊下去，只嘟嘟囔囔地转开了：“这个梨子，到底何方神圣啊……”

盛笙似乎没听到。只在显示屏的反光里，镜片后的温润眸子微微眯起来。

周一，早上 7 点 30 分，信工专业的线性代数课。

谈梨吃一堑长一智，提前几天就把起床的生物钟努力掰到了 7 点整。

对着手机日历和《线性代数》的淡紫色封皮确定过 3 遍，她把书往背包里一揣，去教室了。

F 大新生们上课的热情永远高涨，据班级群里报道，早上 6 点 30 分就已经有学生去教室占座位。

谈梨在路上无聊地刷完群消息，很是替校长感动了一会儿。但走到教室门口后，她就发现自己感动不起来了——

放眼望去，满教室人头攒动。按这架势，再多两个学生就得抱着书蹲门口听课了。

谈梨轻啧了声，走进去。

谈梨在上周二的高数课上一睡成名，加上颜值、发色和高考数学满分的加成，开课一周后，信工专业里对她早就无人不知了。尤其那头随意扭成花瓣的长马尾，乘着早上的日光镀上一层淡淡的灿金，一进教室门就先抓稳了半数人的眼球。

谈梨不在意，一边找位置一边溜达着往里走。

不等她拐进过道，耳朵捕捉到议论里一声怯弱的："谈梨！"

谈梨一停，回眸。

顾晓晓坐在教室中间第一排的第三张座位上，不好意思地朝她招手。往里还有两个位置，依次坐着她们寝室另外两个女生。

顾晓晓见谈梨回头："你来这里坐吧，我们这排有、有空位。"

谈梨舌尖轻扫过上颚："好啊。"她轻弯眼角，莞尔一笑，拎着背包走过去。

第一排空着的是最边上的两个位置，谈梨把背包放到椅背前，跟着就要坐下。

不等她落眼，教室前门又走进来一道修长身影。

谈梨听力敏锐，第一秒就察觉耳边的噪音突然提高了几个分贝，大约等同于不少安静期盼着什么的学生同时开麦。

谈梨抬眸看向前门。不意外地，某人迈着长腿，单肩拎着黑色背包走进来。

大概是匆忙洗了脸，他额前的黑色碎发还有点湿。清隽侧颜上薄唇微抿，从冷淡里透出点倦懒不耐烦。

这是……没睡好？

谈梨挑了挑眉，她完全忘记昨晚12点后还拖着人家不准路过打扰楼下亲密小情侣的事，没心没肺地就准备自己坐下。

顾晓晓侧了侧脸："谈梨，你可以叫，叫你男朋友一起过来坐的。"

谈梨仿佛被按下中止键，过去几秒她才慢吞吞转头："我的，男什么？"

"男朋友？"

"谁？"

"秦、秦隐啊。班里，还有专业里，大家都这么说的。"

谈梨一时噎住。她下意识抬头，正巧见那人停在教室门前，身旁站着个特别不好意思的女生，女生正指着后排说什么。

"不了，谢谢。"

谈梨清晰读出秦隐不耐的口型，然后见那人抬眸，径直走过来。

长腿停在她桌旁。秦隐微俯身，修长有力的手指撑到桌边，声音压得轻淡："我可以坐这里吗？"

谈梨回神，真诚仰头："不太方……"

"是给你们留的位置。"顾晓晓小声说。

"谢谢。"秦隐落座。

站在他和顾晓晓中间空隙，谈梨沉默了。

"你不坐吗？"秦隐把包搁到长腿上，拉开拉链，没抬眼地问。

"坐。"谈梨含恨压下座椅板，并在一秒后警觉扭头，"你刚刚笑了吗？"

"你错觉。"

谈梨狐疑地收回视线。她心思难安地坐了一会儿，想起重点，扭头对旁边的顾晓晓说:“他不是我男朋友。”

顾晓晓:“啊？可是群里都这么说哎。”

谈梨:“群里？”

谈梨拿出手机，点进信工（1）班的新生群，晦暗的背景表明群里开启了匿名状态，不知道是不是哪个管理员的神级误操。

而她没来得及看的消息里，拉到最上，果然有两个人顶着匿名大喇喇地八卦——

大白菜:我们班出名了。

娃娃菜:出什么名?

大白菜:学校里都在说，信工今年新生里出了新任的校草和校花。

大白菜:又说，全校眼巴巴等机会的时候，他俩内部消化了。

娃娃菜:真的假的?

大白菜:真的！确切消息！！！

谈梨对着消息列表那 3 个感叹号轻磨了下牙:“确切个头。”

顾晓晓:“啊？”

谈梨敲了敲手机，抬眸，和善地笑着问顾晓晓:“你知道这是谁传出来的谣言吗？”

顾晓晓茫然摇头:“我也不知道，群里大家好像也都是听别人这样说的。而且，其实从上周开始，就已经有这样的传闻了。”

谈梨勾着糖盒，“啪嗒”一声弹开盖子。同时她盯着群里的消息，咬着唇肉笑，眼神凉飕飕的:“等我找到在背后散布谣言的……”

“我。”

某人的声音懒散地插进来。

谈梨下意识回眸。

靠在她身侧椅边，那人低垂着眼翻动书页，眸里像落进琐碎的光影。

他动了动唇，冷淡和欲意便勾缠。

“我说的。”

谈梨眨了下眼。

第一秒里，她觉得要么是自己大脑语言中枢出了问题，要么是她耳神经给她制造了幻听。

第二秒，她听见身后顾晓晓惊讶又小声地说了句：“所以不是谣言啊？”

谈梨：所以不是幻听？

谈梨顾不得和顾晓晓解释这个问题。她朝秦隐那边贴了贴，严肃认真地问：“我们是哪个环节的交流出现错频了吗？”

秦隐没说话，撩了撩眼。

小姑娘没绑起来的几根头发丝从耳边掉下来，勾攀在他手腕上，撩拨起一点似有若无的痒。

秦隐又垂回视线：“太近了。”

他声音压得低，自带一点散漫的疏离感，谈梨没听清，“啊”了一声。

秦隐于是按下手里翻起一半的书页，朝她转过来，视线与呼吸交错而过。

对着呆住并本能往后缩了一点的谈梨，秦隐淡定重复：“我说，你靠得太近了。”

“后排会看到，影响不好。”

谈梨噎了好几秒，反应过来，她恼得咬着唇肉笑：“拜托，小哥哥，你都让这种谣言散播全校了，原来还介意影响吗？”

“我不介意。”转回去的秦隐翻过书页，一停一起不疾不徐，“介意的不是你吗？”

“我？我有什么好介意的。”

谈梨这样说着，手里却已经不自觉摸出被自己撬着盖子玩的糖盒，倒出一片。

秦隐听见熟悉的声音，抬眼。

谈梨察觉什么，也转过视线，对上那人淡淡审视的目光。

距离确实……太近了。

谈梨指尖抖了抖，弯眼笑："有事吗，小哥哥？"

秦隐："你心虚的时候也喜欢吃糖？"

谈梨笑意一停。

轻易发掘了盛喃待在谈梨身边十几年才发觉的真相，秦隐平静得近乎冷淡："少吃糖，对身体不好。"

谈梨握紧糖盒，弯着眼笑得更无害："你真当你是我男朋友啦，这都要管？"

"不是男朋友不能管吗？"

"不是男朋友为什么要让你管呢，小哥哥？"

秦隐深望她一眼。

"好。"

这个"好"字叫谈梨心里没来由地抖了下。

她慢吞吞舔过糖片，最后还是决定忍下那句"好什么好"。但还有忍不住的。

目光迎接线代老师走进教室，上了讲台，谈梨一本正经地双手握着课本，遮住下半张脸。

然后她上身朝秦隐那边歪了歪，声音压轻："你是什么时候说的？"

"说什么？"

"男女朋友的事情。"

"上周二，高数课后。"

谈梨在记忆里翻找了下，轻易就抓出最相符的一帧——

穿着小白裙的女生的告白，秦隐望着她说的那句"是"，还有女生跑走前最后抛来的哀怨一眼。

糖片从舌尖上掉进口腔。

谈梨转过头："她当时问你的难道是……"

"嗯。"

"我还没说完。"

"我猜到了。"

这一秒沉默里，秦隐垂眸，意识走了神。

——那个叫谈梨的女孩……

迈进教室外的日光下，熟悉到令他厌烦的模式里，女生一句话拉住他准备绕开的步伐。

——她是你的女朋友吗？

他在教室前停下来。

秦隐是要否认的。只是在开口前，他无意抬眼，然后就瞥见穿着白T热裤的女孩抱着胳膊靠在廊柱下，鼻尖挺翘，眼唇弯弯，一副热闹看得尽兴的模样。于是下一秒他敛眸，出口的话声一转。

——是。

当时出于怎样的心理给了肯定的答案，秦隐至今没有想通。

但似乎，并不后悔。

“我知道我当时看热闹不够义气，但你这一句承认，要付出代价的可不只是我。”

谈梨趴在他身旁，还试图晓之以理，动之以情。

“没关系，我不介意。”

惨遭降维打击。

谈梨不死心。她正准备换个角度撬动这“冰坨子”，就听见结束自我介绍环节的线代老师突然想起什么，笑着问：“我听我们院齐老师说，你们班上周高数课有个小姑娘，拿着线代课本睡了两节高数课？”

教室里归于安静。

几秒后，一个声音响起：“一节。”

“嗯？”线代老师低头，看向第一排声音传来的方向。

谈梨撑起没有感情的微笑：“老师，我睡了一节。”

“你就是那个满分的？”线代老师惊讶了下，但很快就把目光从谈梨头发上挪开了，显然是个见过大场面的老师，他笑，“那还行，知道先听一节再睡。”

“倒也没听。”

“嗯？”

“我第一节课没赶上。”

线代老师哑了，教室角落里有几个男生却忍不住笑出来了。

回过神，线代老师好气又好笑：“行，我看你挺诚实。那你就当我线代课代表吧——出勤名单上也记得保持诚实，给我抓好啊。”

谈梨没想到这个事情进展，试图挣扎：“老师，我已经是高数课代表了。”

“高数线代不分家嘛，一样搞，一样搞。”

谈梨：“……”

“那没什么问题了吧？”

谈梨想了想，眼底情绪动了动，冒出一点坏劲儿：“有。”

“嗯？”

“一个课代表不够的，老师。”

秦隐正垂着眼，置身事外，翻着手里的书一目十行地预习。这句入耳，他手指停在书侧。

等他再撩起眼，一根细白的手指从旁边指上他。小姑娘就站在他腿边，侧脸被光晕上一层柔软的弧色，那笑容真诚且无辜：“他也是高数课代表。”

佛说：我不入地狱谁入地狱。

谈梨说：我要入地狱，那怎么也得拖一个垫背的。是他就更好了。

小姑娘仰着脸，笑得越发灿烂。

秦隐停了片刻，没计较地垂回眼，一点轻淡纵容的笑意在他眼底掠了过去。

当课代表总是要付出代价的。

第二节课下课，年轻和蔼的线代老师伏到讲桌上，朝第一排的谈梨勾了勾手指。

然而谈梨还处于生物钟适应阶段。两节课下来早就讲得她昏昏欲睡，到此时，全凭一股“坐在第一排不能睡”的意志力才支撑着她没有倒下。

大脑罢工，不肯处理视觉信息，谈梨托着脸颊完全没反应。

线代老师脾气极好："谈课代表，你来一下。"

秦隐停下拿包的动作，看向身侧。小姑娘托着脸颊时不时小幅度地摇摆两下——睡过去就是眨个眼的事。

也可能已经睡过去了。

秦隐垂回眼，唇角撩了下，可惜那点弧度很快就随着他起身而抹平。秦隐把背包搁到桌前，走去讲台。

"老师，有事跟我说吧。"

线代老师笑容顿了顿，扶着讲桌直回腰。他带着点审视目光扫过秦隐："你叫秦……"

"秦隐。"

"哦，对，秦隐。我也听你们高数齐老师上周提过你。16岁考进F大，之后请了病假，休学三年，是吧？"

秦隐抬了抬眼，声淡道："事假。"

"嗯？"老师意外抬头，"事假休学三年，学校还批了？很少见啊。"

秦隐没有说话。

看出秦隐对这个话题不想深聊，线代老师也没有自讨无趣。他拿出一个金属U盘，从桌上推到秦隐面前。

"这里面是我个人整理的一些习题，你和谈梨去复印店打印一下，发给信工专业的学生。这个学期每周我都会对应进度，布置一些习题册上的作业。"

秦隐接过："好。"

"哦，对，印刷费用你们让各班班委征收吧。"

"嗯。"

"没有别的事情了，你回去吧。"

"老师，再见。"

"等等——"

秦隐停身。

对上那双漆黑的好像没什么情绪的眼睛，年轻的线代老师好笑地问："你和那个谈梨同学……"

他指了指第一排桌上，终于还是没能撑住、趴下去了的谈梨。

“她是你女朋友吗？”

秦隐既没承认也没否认，眼神都不见起什么波澜：“理学院有课代表间不能恋爱的规定？”

“哈哈，不至于。只要不影响学生学习，恋爱是你们的个人自由。”

“我知道了。谢谢老师。”

收到一枚止于礼的谢意卡和一个有点清冷疏离的颔首示意，线代老师目送着他的课代表回到座位去。

“口风真严。”线代老师笑着收回目光，把教本摞到一起，自言自语地掂了掂，“这样的男生，谈恋爱也会宠着小姑娘吗……”

谈梨这一觉睡得不安稳，但格外沉。

趴在酸麻的胳膊上睁开眼，又等了几秒，她脑海里那些已经分不清是梦还是记忆的碎片才慢慢散去阴影。

谈梨没有着急坐起来。她睡得头昏脑涨，全身上下没什么力气，连手指都不想动。所以她就无声睁着眼，盯着挡在自己面前的——“黑色怪物”。

等视线清晰，谈梨判断出这个东西的本质：是一只黑色背包。

还有点眼熟。

虽然记忆里没确切印象，但只看这接缝利落的线条和颜色，谈梨也能猜到它的主人了。

谈梨依旧没动，只把视线往背包后落了落。

在黑色背带和背包切割出来的空隙里，她预见的那人正靠在座椅前，半垂着眼，侧颜冷淡清隽，透着画中人似的疏离气质。他左手托着书脊，右手修长的手指搭在书页的边缘，微屈起一截凌厉的弧线。

这一秒里，突然有种疯劲儿从谈梨心底冒出来——

她想吻一吻他屈起的指节，不知道会不会是冰一样的凉度；还想看看他的反应，不知道会不会见别的情绪挣破他的漠然从容。

然后，理智回归。

反应过来自己刚刚幻想出怎样的画面，谈梨哽住。

她刚刚想什么了？

秦隐是在一次翻页后，不经意瞥见谈梨已经醒来的。手里书合上，秦隐直身："醒了？"

"我睡很久了吗？"谈梨也没好意思继续趴着，慢吞吞从桌上爬起来。

"半个小时。"

"唔。"谈梨闷闷地应了声，伸个懒腰，"你怎么没走？"

秦隐还未开口，谈梨放下胳膊，从包里摸出糖盒。

秦隐："刚醒就吃糖？"

谈梨的手指停顿了下："就因为刚醒，什么可怕的想法都敢往外冒了，所以更要吃颗糖给自己压压惊。"

秦隐自然不知道谈梨那个可怕的想法和他有关。他将书扣回桌上，声线里压出两分低沉："这种成瘾摄入，你不觉得像慢性自杀？"

谈梨眨了眨眼，没心没肺地笑："哦，那这可真是世界上最甜蜜的去世方法了。"

秦隐皱眉，没说话。

谈梨吃下糖，自觉那点疯劲儿应该压下去了，这才放心抬起眼正视秦隐，同时她从背包夹层里摸出一盒长条状物品，递过去。

"给。"谈梨龇牙笑。

"这是什么？"

"压片糖，不是欠了你一盒嘛。"谈梨又把它往秦隐那儿推了推，"百香果味道的，我还没试。你尝过以后记得给我用户反馈哦。"

"我不吃糖。"

"是吗？"谈梨晃了晃糖盒，眼神清亮透彻，"那你怎么会随身带一盒糖的？"

空气一静。

两人对视里，谈梨莫名有点想退。只是想到对方才是应该心虚的那个，她又绷住了，回以更加灿烂的笑。

秦隐垂回眼，拉着背包起身，声音平静："所以你认为，我是因为你才买的？"

这直球来得突然，谈梨险些没接住：“啊，我倒也没有这么笃定……”

“是。”

谈梨仰头。

秦隐站在桌前，居高临下地望着她，眸子里冷淡微熠：“我确实是因为你买的。”

秦隐似乎完全没注意谈梨的发怔，他将背带在手上一缠，拎到身旁。被立起的背包挡住的阳光重新落下，铺洒在谈梨原本趴着的地方。

“线代老师要我们去复印店打印信工专业的线代习题。”秦隐示意了下手指间闪着冷淡光泽的金属 U 盘。

谈梨还保持着之前的动作。

秦隐已经走到第一排前，隔着窄窄的长桌停身看她：“你不走吗？”

谈梨把糖片舔得翻了一圈，然后慢吞吞地顶了顶脸颊。她没说话，轻眯起眼审视秦隐。

他是怎么做到，在说完那样的话以后还好像什么事情都没有发生似的？而且他明明说过不会喜欢……

“你是不是误会了？”

一个冷淡声线插入，打断谈梨的思路。

谈梨无辜仰脸：“嗯？”

却见那人背光站定几秒，带点嘲弄地轻笑了声。然后他侧回身，修长指节按住桌沿，隔着长桌向她微微俯身，藏着星河似的黑眸停在近处。

“买一盒糖就是喜欢了？”

他声音压得低哑，掺两分似笑未笑。和着呼吸与衣角的木质浅香，谱成一段冷淡又懒散勾人的尾调。

“小孩儿……你谈过恋爱吗？”

第11章

谣言·坏小孩

去复印店的路上，谈梨深刻反省了自己关键时候被撩得卡壳宕机的原因，并得出关键结论：美色所惑。

在那种情境下，近距离面对那样一张脸，一个字说不出来实在是人之常情。

谈梨于是欣然原谅了自己。

但原谅归原谅，补救还是要做的。想通这个，谈梨就勾上自己那件贝壳形状的白色背包，快跟几步，晃到前面的秦隐身旁去了。

她今天穿着衬衫格裙，外面搭了一件黑色的薄款小西装外套。白贝壳包晃啊晃地荡在一旁，谈梨抄着小西装的两个口袋，在秦隐身旁探头。

某人那张好看得过分的脸上，已经半点不见方才嘲弄她那股子懒散撩人的劲儿了。

谈梨遗憾地眯了下眼，直回身："你应该多笑笑的，反正你也没女朋友。"

"为什么要笑？"

"那当然是造福社会了。好看的人不笑简直是一种资源浪费。"谈梨理直气壮地说。

秦隐没辩驳她的歪理："和女朋友又有什么关系？"

"这个啊，"藏不住的坏劲儿又从小姑娘俏皮的眼底跳出来，"因为无主的美是公共资源，有主的美是私人财产啊。"

一套更歪的歪理。

秦隐嘴角轻扯了下。

谈梨余光捕捉到，敏锐回头："你刚刚又笑了，对吧？"

“没有。”

“不可能，我打赌，”谈梨往他身旁凑了点，声音压低，“右前方那个站着的女生，一定把你笑的时候拍下来了。”

秦隐皱了下眉。

被他眼神触及，路旁的那个女生慌忙地收回手机，掩饰着转头和身旁人说起话来了。

“啧，又凶又冷淡。”谈梨幸灾乐祸地笑，“你以后的女朋友一定很辛苦。”

秦隐瞥向谈梨。

他没开口，但谈梨自动把他那个眼神约等为求知，欣然地掰着手指给他解释：“你看，除了要给全校女生寄道歉信，忍受你的冷淡，最重要的是，她还要时刻担心她的‘私人财产’被别的女人高度觊觎。”

谈梨停下，晃了晃只剩小指和无名指还翘着的左手，歪过头灿烂地笑：“是不是很惨？”

秦隐静默数秒，终于发问：“为什么要给全校女生寄道歉信？”

“当然是因为她把你……”

话声在最恐怖的地方，险而又险地停住了。

谈梨眨眨眼，无辜地转开头：“咳，那什么，复印店怎么还没到呢？”

秦隐微眯起眼。

对着女孩心虚到快步走过他的背影，秦隐最终仁慈地选择不计较。

那双长腿迈着的步幅不必再刻意压制，秦隐垂着眸子，跟上女孩身后一晃一晃的长马尾。

秦隐脱离校园生活已经有三年多的时间。而谈梨，她就没有过什么正经或者正常的校园生活。再加上某个角度来说两人都有点不耐麻烦的共同点，直接导致的结果就是他们在做课代表等学生工作方面，基本没有任何经验。

复印店里，谈梨懒洋洋地靠在墙边，对着那几堆被摞得越来越高的白花花的习题材料，她感觉很有些脑壳痛。

盯了几秒，见那机器没有要停的意思，谈梨扭回头看秦隐："你说我们让信工专业的学生排着队来领，可以吗？"

秦隐闻言抬眸："你觉得可以吗？"

"我觉得可以啊。"谈梨郑重且认真地点头。

秦隐没搭话，路过的复印店员工忍不住笑了："一个专业一届也至少得一两百人吧。小姑娘，你想带人把我们店给堵了啊？"

谈梨继续没心没肺地建议："那让他们划时间段来。你说以这个作为理由，我可以合理翘掉下午的课吗？"

秦隐冷淡一嗤："做梦。"

路过那员工已经停下来了，他被两人对话模式逗得不行，直笑着给主意："我看份数还好，最多四五个人也就搬完了。要不你们让你们室友或者朋友来帮忙搬一下？"

秦隐没抬眼："单人寝。"

谈梨散漫笑："没朋友。"

复印店的员工沉默了两秒，更乐了："那你俩真不愧是一对，应了那句话——长得太好看的人都没朋友，是吧？"

秦隐和谈梨同时一停。

谈梨回过神来，也笑了。她蹭蹭鼻尖，一时看不出是气是恼还是失笑："我和他看起来就那么像男女朋友吗？"

店员惊讶，脑袋拨浪鼓似的转两圈："你们不是一对？不应该呀。"

谈梨虚心好问："那您给说说，哪儿不应该？"

秦隐一顿，视线落到她身上了。

大约是感受到秦隐的无语，谈梨偏了偏脸，小声："我就问问。印这破习题还要排队，一印半个小时……闲着也是闲着，好不容易有人聊天，不然我要无聊死了。"

"无聊？"秦隐垂手按在背包上，冷漠得很，"高数和线代课本我都带了，你想看哪一本，课代表？"

谈梨很想拿眼白睖他，最后忍住了，无声回视以示抗议。

秦隐淡定垂眸睨着她。

店员在旁边乐得眼睛都快找不着了："我就没见过比你俩气场更合、更像一对的，都大学了，恋爱自由，这有什么不好意思承认的？"

谈梨正好仰得脖子酸，借机下坡转头："我们真不是……"

"哎，来了。"店员摆摆手，"你们继续，我先忙去了。"

没能解释，谈梨也不太有所谓，她转回来："所以这些习题怎么办呢，秦隐小哥哥？"

末尾那个被拖得语调懒散的称呼，听得秦隐眼底情绪一晃。

他视线又落回谈梨身上。

对视不到一秒，谈梨已经笑了："嗯？不喜欢新称呼吗？我们都认识这么久了，小哥哥小哥哥的多见外。不喜欢这个的话，那叫你什么？秦秦，隐隐，欧巴？"

秦隐眸里清晰映着小姑娘的影儿。

蔫了才多久，现在又是那只在他的高压线上反复横跳还耀武扬威的小刺猬了。

秦隐以为就算不气，他至少会有些恼。但都没有。

或者说他心底攀起的那丝"恼"，他真正想给谈梨的"教训"，和他以为的完全不一样。

秦隐撩起眼，余光里，刚刚那个打趣他们的店员正绕回来。

秦隐唇角不明显地勾了下。

谈梨看见这个笑了。

不太冷淡的某个"冷淡怪"的笑，让她心底瞬间拉响一声警报。她觉得自己最好躲一躲。

然而晚了。

没等谈梨动作，她头上就蓦地一沉。某人非常自然地在她头顶摸了摸，甚至那二十厘米的身高差距都被他俯身压近——

"既然是女朋友，怎么喊随你。"

谈梨僵住。

耳边一声错觉似的轻哂后，身周冷淡的木质清香被风吹散："我打电话叫人来搬，你联系信工专业的班长。"

那人转身离开，店员的声音正好促狭地经过她身旁："关系都这么亲近了，还说不是一对，小姑娘你也太容易害羞了。这样男朋友会难过的。"

他难过？他难过个头。

尽管已经很不服气地在心底盘算要怎么"报复"回来了，但谈梨还是蛮听话地拿出手机，准备联系信工专业的新生班长们。

她退坐到复印店角落的桌沿上。

信工 12 级（1）班的学生，除了秦隐，谈梨能叫上名字的屈指可数，更别说其他班的班长了。所以想联系上那些人，唯一方法就是通过（1）班班长。

谈梨之前为了套出秦隐寝室前去"报恩"，和（1）班班长聊过，但是是通过班级群的临时对话窗口，并没有单独加过好友。

这次谈梨准备如法炮制。

只是当她刚点进班级群，黑乎乎的小背景就让她指尖停住了。

——全群匿名状态。

——未读消息 99+。

想起某个因为是某人亲自传播所以格外实锤还未澄清的谣言，谈梨眼神跳了跳。

她点了一下右上角未读定位，看着小小的滚动条嗖嗖地在视野里划动。

他们这是聊了多少？目测两百条打底，新消息还在刷新，好不火热——

在新班级和谐氛围的建设上，谈梨和秦隐显然被动做出了不可磨灭的突出贡献。

她没耐心细读，就一目十行地往下翻，中间还找到了他们如此明目张胆的根本原因。

当面八卦啊，你们也不怕当事人不高兴？

大佬不看群的。

没错，我昨天特意翻了，两大佬共同点之一就是进群除了验证消息外，从来没在群里冒过泡。

估计直接关群消息了。

这就是大佬气质吗，爱了爱了。

谈梨凉飕飕地哼了声，划到最下。她很和善地决定顺了他们的意，就当没看到——毕竟点进来也确实是意外。

只是在谈梨的手指戳上群名单去找班长前，最新一条消息弹出。

昨天晚上 12 点后，我在女寝楼后撞见两大佬一起回来的。

群里一片问号追问后续，爆料的匿名又发了一句。

后面没看清楚，两人一直藏在楼侧的阴影里，好像是校草把校花按在墙上亲吧。

群里静默几秒，几个原本没参与的都炸出来了。

按在墙上亲？校草好 A，身高对比我都想象出来了，太刺激了。

这就是大学生活吗？真好。

谈梨舌尖舔过上颚，不爽地眯起眼。停过几秒，她敲完字，哼出一声轻蔑的笑，点了发送。

于是，班级群的无数匿名消息里，这条大喇喇带着本人真名备注 ID 的消息猛然出现——

谈梨：同学，你肯定看错人了。我们接吻不是那个姿势。我一般都先在墙上劈个一字马，壁咚亲他。

群里死寂，久久静默。

谈梨报复成功，垂弯着眼角，无声笑得像个快乐的小疯子。

可惜这快乐没能维持太久。

群里冒出了新消息——

Y：那真是辛苦你了。

谈梨曾经笃信一个“真理”：破除谣言的最好方法，就是用一个更离谱的谣言取代它。于是她身体力行，就是付出的代价有点大。

听谈梨讲完这段光荣事迹后，盛喃在电话里差点笑疯了。

“哈哈哈哈哈，梨哥你真的是个人才！哈哈哈哈，你怎么想到那么‘沙雕’的接吻方式的！而且背着人胡说八道还能撞到正主面前去，哈哈哈哈……”

谈梨最后一个走进电梯，按下电梯按钮。

然后她轻舔了下唇角，微眯起眼，有点不爽：“他出去打电话了，我怎么想得到他会刚好在那时候看群消息？”

“哈哈哈——”盛喃笑声收住，狐疑问，“为什么你会知道他那时候在干吗？用的还是出去这种听起来好像同处一室的词？”

“因为就是同处一室。”

“嗯？类似在顶楼落地窗总统套房里共度美好一夜……这样的同处一室吗？”

谈梨一顿，轻笑着哼了声：“复印室的室。”

“噫，没劲。”

电梯“叮”的一声，停在6楼。谈梨抬起右手腕，看了眼时间，然后在身后敬畏的目光里走出电梯。

“不跟你聊了，我待会儿有事。”

“今天不是周末吗？你一个大学生的周末，怎么比我这个准高四生还忙？”

“电竞社团上午9点有纳新二面，说一定让我过来看一……”

谈梨脚步停住。她退回半步，歪了歪头看那个挂在电梯间的指示牌。

谈梨："咦？"

"怎么了？"盛喃问。

"这层好像有机房？"谈梨落回视线，继续往前走，"机房楼层的普通教室应该不多，电竞社团借面试教室都这么难借了吗？"

盛喃犹豫了下，尝试揣测："也可能是，他们二面考上机？"

谈梨失笑。

按照葛静发给她的教室门牌号，谈梨顺着长廊一间间找过去，同时她漫不经心地开口："你以为这是计算机等级考试吗？考什么上……"

"机"字未来得及出口，谈梨停在敞着门的 617 号机房教室前，面对满教室的电脑……

谈梨叹了口气，一转身，靠到门后的墙上："你说得对。"

"啊？"

"我和正常学生社团思维果然无法共融，我还是回去慎重思考一下我是不是真的要把未来四年扔进这样一个黑洞里吧。"

"哈哈哈，所以果然是上机考试？不愧电竞社团。"

"梨哥，你已经到了呀！"一个兴奋的声音插入对话。

谈梨朝长廊一侧抬头，就见社团里一个她还没能记住名字的学长领着一队新生过来了。

"晚上聊。"谈梨和盛喃结语，挂断电话。她看了一眼那队新生："这是来二面的？"

"对，这是第一批。"

"梨子，你来这么早？"谈梨身旁的门里探出个脑袋。

谈梨回头："葛静学长。"

"哎呀，不要这么客气，你可是我偶像。"葛静示意了下领队的男生，"让他们进去吧，第一批可以开始了。"

"好。"

等这一拨进到门内，葛静把门一关："今天面试的时间估计会比较长，我特意把时间推了推，想说你晚点过来也行呢，没想到你提前来了。"

谈梨："今天的面试标准是？"

“电竞社团嘛，自然还是要看实践水平的。”葛静骄傲地挺了挺胸，“我们从社团里挑选了目前排位最高的五个人，由他们轮番上阵，和来面试的新生 solo。”

“赢了过关？”

“那不至于，真那样的话电竞社团招不到人怎么办？”葛静玩笑道，“只要能坚持 7 分钟不倒下就行。”

谈梨点头：“不过二面就实战，那三面怎么办？”

“三面？”

“嗯。”

片刻的沉默之后，谈梨抬头，对上葛静尴尬到游弋的眼神：“你们不会，没有三面吧？”

葛静：“啊，这个，社长说三轮面试耗时耗力，我们电竞社团不搞花架子，所以不用那么多……”

“实话？”

葛静放弃挣扎，丧气道：“实话是报名的人虽然有增加，但有一部分完全是因为秦隐才来凑热闹的。第一轮筛完以后，剩下有点基础的，人数根本不需要再来两轮了。”

谈梨轻啧了声：“真叫人心疼啊。”

葛静：这语气是真叫人听不出半点心疼啊。

葛静没丧多久，就突然想起什么，他神秘兮兮地四周看看，然后才拉着谈梨问：“梨子，学校里最近一直在传，说秦隐是你男朋友，真的假的？”

“假的。”谈梨想都没想。

葛静松了口气：“我就说嘛。上周周末一面后你明明还要疏远他，怎么会突然变成男女朋友关系？还好我没信。”

谈梨：“其实我们已经和好……”

葛静：“他确实有电竞理论基础，一面不方便刷掉他，所以我已经拜托二面和他对战的学长，一定在 7 分钟内解决他——你放心，他绝对进不来社团了！”

葛静兴奋地说完，疑惑抬头：“你刚刚说什么了吗？”

谈梨：“没事了。”

谈梨：“不过你们不要他自带的人气加成了？我看收效还是很明显，不要因为我影响以后的纳新。”

葛静严肃道：“这一点我们也郑重讨论过了。花瓶带来的流量不是我们想要的，实力才是第一位。”

谈梨下意识替秦隐说话：“他也不是花瓶……”

“梨子，我可是你忠实粉丝，一场直播都不落的。”葛静酸溜溜地开口，“你带他那场我也看过，就他那冰鸟的操作，还不花瓶呢！”

谈梨停住还想说的话。她仍是轻淡带笑的，但是这一秒里，眼神又好像凉下来了。

葛静心里咯噔了下：“我没别的意思，秦隐那场辅助做视野的意识很好，但是手速操作确实……”

“没关系，”谈梨弯眼笑笑，“我懂。你们选新人，想要实力好的，这很正常。”

葛静松了口气：“你要是想让他进，那我再去跟社长说说？”

“不用，正常就好。”

谈梨一顿，淡笑开口：“严苛些更好。进不去就是他实力不够，如果进得去，那至少不会被人说是靠关系进来的花瓶。那人虽然看起来不会在意，但也不该承受莫名指责。”

葛静脸上莫名有点烧似的，恰巧此时教室里有人出来喊他，他连忙应了：“里面应该缺人，我先进去了。”

“好，谢谢学长，学长待会见。”

“嗯……嗯。”

等葛静进去后，教室门关上，谈梨嘴角眉梢的笑意一淡。

她往墙上靠了靠，那绺卷发垂下来，被她有点烦躁地吹开。她伸手，下意识去摸口袋里的糖盒。

然后听见个突然的声音：“你不必那样说。”

这个声线冷淡而好听，在空寂的长廊里，那种辨识度极高的性感就更明显。

谈梨听过几遍，熟稔于心，但还是有点意外。她回过头去，看着隔壁的教室门拉开，一道清瘦身影淡定地走出来。

谈梨怔了一秒，眼角弯下去。

“我说什么了吗？”

“那些维护我的话。”

“咦，我什么时候维护过你，小哥哥你会不会太自作多情了一点？”

秦隐眼帘撩起，漆黑眸子淡淡睨她。他上前来，然后停在她身旁：“像你说的，我不在意，更大概率是根本不会听到，而他会在意。”

谈梨笑意浅了点。

秦隐：“如果遇见一个气量小的，那你已经把人得罪了。”

谈梨不在意地转回去，往墙上一靠，没感情地：“哦。”

秦隐：“何况，他本意是想讨好你。”

谈梨忍了几秒。

其实她耐性一直挺好的，至少她自己这么觉着。所以在从小到大遇到各种奇葩或者意见不合的人的时候，她总能教会自己微笑面对。但是对秦隐，没缘由地，这种耐性好像会差一点。

也可能是很多点。

所以她没能忍住。

谈梨就靠在那面墙上，懒洋洋地歪过头去，眼睛弯成了漂亮的月牙，但那弧度又仿佛是锋利的。

“小哥哥，你是想做我的人生导师吗？可惜我不是告诉过你了，我是最不懂也不尊重社交潜规则的那种人，不然我怎么会没朋友呢，对吧？”

秦隐没说话。有好几秒也可能是好几十秒的时间，他就那样看着她，用那双不说话时冷冷淡淡也能勾人似的黑漆漆的漂亮眸子。

谈梨承受不住，所以她歪了下头，没心没肺地笑：“你别这样看我，我坏小孩儿一个，没谈过恋爱的，可能又要以为你喜欢上我了呢。”

秦隐不在意她的反击，眼帘一垂。这样近的距离，那些细密又长翘的睫毛，谈梨好像能一根一根数清楚。

她正走神，听见他问：“为什么要维护我？”

谈梨一下子就醒了。

她转回去，脚尖着地，脚跟和着莫名的节拍轻叩墙根：“没有啊，只是护短。”

她又听见耳边一声轻嗤：“我是你的短吗？”

心里谴责一番怎么能有人嘲弄低笑都这么好听、刻意撩人似的，谈梨面上依旧淡定得很：“怎么说也是一起上过分的关系。”

她一顿，补充：“哦，反向上。”

秦隐安静片刻，大概是接受了这个结论：“下次别做这么吃力不讨好的事情了。”

“啊？”

“如果我没听到，那不是只落了责难吗？”

“我又不是为了……”

谈梨将出口的本能解释被压回去，她倾过上身，俯到那人侧旁，对着他勾唇：“你怎么知道，我不是发现你在才那么说的？”

“嗯？”

“说不定，我就是故意让你听见，想收服你呢？”

女孩笑意恣肆，眼都不眨的模样像个彻头彻尾没心没肺的小坏蛋。

长廊寂静，风过如拂。

谈梨听见那嗓音起于一声低哑的失笑。

“哪个收服，”那人一撩眼，冷淡却勾人，“坏小孩儿？”

那个冷淡散漫不经心的尾调，很轻易把谈梨戳中了。

谈梨有点后悔刚刚这样自称。

这人撩起来的功力她是见识过的，还不止一回。有那长相和一把好嗓子加成，他半垂着眼，似笑未笑开口时，能撑住五秒以上不腿软的都是好汉，无论男女。

授人以柄，大意了大意了。

谈梨心里不正经地反省着，面上却笑得愈发灿烂：“除了小跟班，难道还有别的哪种收服吗？”

装无辜第一名。

谈梨没等到秦隐的答复。

在那之前，她身旁的教室门被人拉开了。之前领人进去的社团学长走出来，看见谈梨他愣了下：“梨哥，你怎么没进去？”

谈梨眼睛不眨：“透气。”

“额，好的。”对方把目光移到秦隐身上。

他显然认得出这张脸，犹豫之后还是开口：“候选室在这层最西边的那个教室，一般都是按批次点名后列队带过来。”

谈梨听了从墙前慢慢支起身，明媚里带点懒散的笑意绽在她眼角眉梢：“那麻烦学长带他过去，我就先进去了。”

“好。秦隐同学你、你跟我过来吧。”男生被谈梨那一句学长叫红了脸，离开的脚步都有点慌乱，迷弟心态一眼到底。

谈梨没在意，右手从口袋里伸出，要去扶被风吹得将合上的教室门。

不等抵达，她指尖前一凉，然后掌心被压向上，手里一沉——一瓶矿泉水躺进她手心。

“少吃糖。”

那个冷淡声音被风吹散，萦着她绕了两圈，最后和光束里的微粒一起低下去，归于尘埃。

谈梨回头，那道背影已经在长廊里走得很远。

门被风吹得合上，一声闷响。

谈梨意识和视线一起被拽回来，她低了低头，手里那瓶形状奇怪的矿泉水被她晃了晃。瓶体里的透明大气泡从左边沉到右边，又弹回来。

来回几遍。三岁小孩都未必喜欢的“玩具”，却逗得谈梨笑起来。等终于玩够了，她右手握着水瓶垂回身旁，左手拉开门。

风吹着她衣角起伏了下。“当啷”，金属糖盒在右侧口袋里轻响。

半分钟后，候选教室里，随便挑了张座位落座的秦隐手机振动了下。

他翻过手机。

“秦隐同学。”前排斜侧，两个女生中的一个转回头，轻声开口。

秦隐停了两秒，撩起眼。

女生小声提醒："你面试前，手机最好调静音，不然学长学姐会说的。"

"谢谢。"秦隐没感情地道完谢，连一秒停顿都没有，眼皮就耷拉回去了。

两个女生失望对视，准备转身。其中一个突然僵住，拉了拉另一个："他……笑了？"

秦隐正低着眼，手机里两条新消息。来自好友——

小刺猬：少管我！

小刺猬：[略略略].jpg

秦隐看着最后那个小傻子似的表情包，过了几秒，最后还是未忍住。秦隐把手机扣回桌面，抬手慢慢撑住额角，也遮了碎发下那双垂而染笑的眼。

电竞社团的二面，不期然地出现了一点小偏差。

上午 11 点 27 分，倒数第二组面试刚结束，最后一批候选新生还没领过来的时候，社团里负责后勤的学姐匆忙跑进来："社长，我们借机房的时间不够了。"

马靖昊正和人讨论前几组的名单。闻言几人一齐抬头。

"啊？"

"还真是。只剩 3 分钟了，最后一组肯定来不及。"

"要不我们让最后一组下午再比？"

"你金鱼脑了？咱学校周六机房只开到上午 11 点 30 分，总不能让他们明天再来吧？那拖延一天，前面几组已经面完的新生肯定不乐意啊。"

"那怎么办，3 分钟比不完的。"

"不如，去网吧？"

"这可是周末，网吧里肯定人满为患。而且环境太嘈杂，对比赛不利，怎么让最后一组候选人服气？"

谈梨坐在窗边，半上午昏昏欲睡。直到被这群人的讨论驱散睡意，她垫着一只胳膊，慢吞吞举起另一只。

“我有个建议。”

女孩声线干净、慵懒，不合群。像乐章里第一个杂音，冒出来得突然，却清亮入耳。

围在前面的几人都停住，回头。

谈梨枕着胳膊，转过脸时没忍住打了个哈欠：“我和校外一家网咖的老板还挺熟的，那边一直有预留给我的包间，一对一对比的话，问题不大。”

马靖昊眼睛亮了：“太好了，就这么办！”

“梨哥靠谱！”

“谢谢梨子了。”

于是出发。电竞社团成员们先到了楼下，只等负责新生的学长把最后一组三个人带下楼。

“老林怎么还没把人带下来？”

“没通知错吧？”

“不应……下来了。”

“哎哟我去，新生里那个校草，叫秦隐的，他在最后一组啊，这谁分的？难怪前面几组小学妹都那么心不在焉的，祸害人嘛这不是？”

听见某个名字，杵着脚尖数蚂蚁的谈梨终于支了支眼，朝楼梯口看过去。

一个电竞社团的学长带着最后一组三个新生，大约组成个没规则的四边形，从那高高的露天楼梯上走下来。腿最长的人却懒洋洋又冷淡地垂着眼，落在最后。

前面三个就不一样了。

他们绷得腰板挺直，气度非凡，目不斜视，神色严肃，就是有点像……

“哈哈哈，老林和那两个新生怎么回事？明明走前面，姿势也挺拽，但怎么就跟给大佬开道似的？”

“像不像哪家少爷出门，带了三个保镖？”

“哈哈哈，你别说了，越说越有那味儿。”

“没眼看。”

某些人得天独厚，走哪儿哪儿就是一道风景线。谈梨临近中午那点困意都被冲得七七八八，眸子和笑意一起清亮起来。

“少爷和他家三个保镖”很快走到近前。

谈梨站在原地。到齐的电竞社团散着成群，从她面前流水似的淌过去。直到最后一人那儿。

谈梨往前跨出半步，把这流水拦“断”了。

秦隐身影一停，撩起眼望她。

“solo 赛，你真要参加啊？”谈梨揣着口袋，一边走在那人身旁，一边漫不经心地问他。

“嗯。”

“之前在楼上你也听见了，他们可能会给你增加一点难度，”谈梨说得毫不心虚，好像这点增加的难度完全不是因为她的缘故，她甚至扭过头，朝秦隐灿烂地笑，“万一遇见最厉害的学长，有信心坚持过 7 分钟吗，小哥哥？”

秦隐眼都没抬：“没有。”

这回答毫不犹豫，也太轻巧无谓，谈梨都怔了两秒才眯起眼：“这么铿锵有力的，还以为你要说有呢。”

谈梨话声刚落，她自己手机响起来。

来电显示上是一串座机号码。

谈梨只扫过一眼，眉眼间的情绪便淡了下去。她手指轻轻一掠，通话被她挂断。

手机揣回口袋，谈梨抬头，对上双漆黑的眸。

舌尖抵着上颚停顿两秒，谈梨勾唇一笑，解释：“骚扰电话。”

秦隐落回视线，似乎没怀疑：“嗯。”

谈梨：“既然你对 solo 赛没什么信心，原本也不想进电竞社团，那不勉强也可以。”

“现在想进了。”

“为什么改主意了？”谈梨意外回眸，随即要笑不笑地望着他，“别说又是因为我啊。你不能总是用一套说辞来撩我，那太敷衍人了，小哥哥。”

秦隐不受她骚话影响，声线自若：“你不是没朋友吗？”

谈梨：“所以？”

“所以，我陪你进。”

谈梨的笑停在眼底。

好几秒过去了。谈梨眨眨眼，失笑着转回去：“让你换一套撩法你还真的换了……不过，进社团还要陪，难道我这是在幼儿园里玩过家家吗？”

秦隐淡然接口：“你们小孩儿不都喜欢陪来陪去。”

谈梨哼出一声轻淡的笑：“有人说过你性格心态口吻都像个老干部吗？”

“有。”

谈梨意外：“谁这么慧眼识珠？”

秦隐插着裤袋，闻言侧回身，背光的漆黑眸子里情绪深深浅浅的。他望了她几秒，垂了眼，嘴角撇出一点冷淡笑意。

“不是你吗？”

等谈梨回神，那人已经转身往前走了。她追上去。

“我什么时候这样说过你？”

第12章

执念·逐星

周六的网吧里，人果然要比平常多出不少。

老蔡雇的网管在柜台后给客人安排上机下机，老蔡则一个人拿着他那个颇有年代感的搪瓷大茶缸，靠在柜台外面，目光巡视着网吧内他的“江山”。然后他就看见网吧门口，一群二十来岁的年轻人前后进门。粗略估计有十人左右，走在最前面的就是谈梨。

老蔡愣了一下，玩笑道：“大中午的，你怎么搞这么大阵仗，来砸我场子啊？”

谈梨走过来，闻言轻撇了下唇角：“我明明是来给你捧场的。”

“今天网吧可没这么多位置让你捧场。”

“我那包间留着吗？”

“在呢。”

“那我们还是开那个包间。”谈梨一顿，回眸，对马靖昊说，“那个包间不大，容不下这么多人。除了进去比赛的新生和老生，社团里最多再进 3 到 4 个人。”

“好，辛苦你了，梨子。那我安排一下。”

老蔡刚刚得了工夫，目光把社团里这将近十号人扫了一遍。没费什么力气，他就看见里面最捉人眼球、也将此时网吧里为数不多的几个小姑娘目光都兜过来的那道身影了。

老蔡促狭地回过头，打趣谈梨：“到哪儿都不忘带着啊，这么舍不得分不开的？”

谈梨刚挂断又一个电话，有点走神，闻言顺着老蔡视线看到了秦隐身上。

那人五感一贯敏锐，只是平常对人冷淡，不爱回应，但他似乎总察觉得到某种区别——每次谈梨看他不久，就会被那双黑漆漆的眸子“抓获”。

这次也不例外。

谈梨笑着转回去，撑着脸颊半趴到柜台上：“别胡说。我们今天过来是安排 solo 局作为社团纳新面试的，他是社团候选人之一。”

老蔡：“呦呦呦，还是公费恋爱？”

谈梨懒得再辩驳，轻笑了声。

这片刻，社团那边选完了。

马靖昊：“就秦隐和蒋林杉先比吧。我们几个进去裁判。梨子，你要一起进去吗？”

谈梨一顿，随即回头，没心没肺地笑起来：“我才不进去呢，多挤啊。”她说完，往柜台上一趴，叩了叩桌面。

“笃笃。”

柜台后低头工作的年轻男网管被她叫抬了头，脸上几颗青春痘格外醒目。

谈梨趴在外边，脚尖戳着地懒洋洋地晃，面上笑容也一样散漫：“小哥哥，麻烦帮我们这边两个人先过一遍身份证核验？”

柜台后这个网管小哥大概是第一次被这样称呼，脸一瞬间就红了，慌里慌张地应下声。谈梨顿时感觉在秦隐那儿损失的颜面都补回来了。

这才是正常人反应。

谈梨笑得愈发灿烂，漂亮的杏眼弯弯翘翘的，连那一绺乳白色的卷发拂在唇边，都被衬得明艳动人。

老蔡看不下去：“哎哎，别朝我们网管小哥下毒手。”

谈梨：“这是普通且友好地打招呼。”

老蔡：“在别人那儿是普通且友好，在你这儿可不行。”

谈梨：“你不能……”

话未说完，谈梨身旁，一只修长冷白的手叩到桌面上，压着一张身份证推了进去。

“上机。”

冷冰冰的声音就压在谈梨身后，咫尺之距。

舔着唇角笑容烂漫的小坏蛋，蓦地僵在那人和柜台中间的空隙里。

谈梨僵在柜台前，连戳地晃着的脚尖都停住——身后的声音太近了。近到让谈梨怀疑，她如果想转身，那很大概率会在九十度角时被柜台和身后那人的胸膛卡住。

老蔡就站在谈梨身旁不远的柜台外，眼神微妙地看着两人。

然后他收回视线，掂了掂自己的搪瓷大茶杯。老蔡一边吹开上面的茶叶，一边低着头乐。

“你看，就算我不管，也总有人要管。”

谈梨装没听见。她挨着柜台外边那条棱，在那方寸地方里，艰难地转了个身。

没被卡住，也没蹭着那人衣角。

距离比她想象里要远一些，谈梨判断是某人的声音太犯规，在身后低低压着说话时，怎么听怎么像趴她耳边开的口。

谈梨背靠柜台，撑住了，稍有底气，她没心没肺地勾个笑：“小哥哥，上机就上机，你站我后面做什么？”

“抱歉。”秦隐从善如流地侧过身，让开空间。

谈梨有点意外，但看在这认错态度足够快速诚恳的面子上，她善良大方地决定不计较了：“没关系，我不是那么小气的……”

“太低了。没往下看。”

“咳咳咳。”

旁边看戏的老蔡大约是呛到了茶叶，一边咳嗽一边忍着笑转身，往柜台里面拐。

电竞社团的其他人还在等秦隐和蒋林杉身份证检录，谈梨只得保持微笑，慢吞吞地向右横移一步：“差点绊着您，应该我道歉。”

秦隐垂着眼，唇角淡淡一抬。

谈梨把这笑容视为嘲讽，不爽地眯了眯眼。她在心底盘算起之后如何报复回来，然后转了身。

“老蔡，你们这里有压片糖吗？”她问已经进到柜台里面的蔡东。

“什么糖？”

“压片……算了。”谈梨趴下去，“当我没问。”

“哦。”

秦隐登记过身份证，转身退开。电竞社团里的蒋林杉上前，把自己的身份证递给网管小哥。

趁秦隐不在，蒋林杉犹豫着瞥了一眼看起来没精打采趴在柜台上的女孩。

乳白色的长马尾从她身后垂下来，贴合着脊骨弯曲而优美的曲线，最后懒洋洋地搭在腰窝位置。

蒋林杉轻咳了声：“梨子学妹。”

谈梨枕着胳膊，歪了歪脸。

“你和那个秦隐，关系很熟吗？”

“不熟，不认识，没关系。”谈梨冷笑着否认三连。

蒋林杉意外问：“那待会儿我和他 solo，不需要我放点水吗？”

“不用，尽情虐他，谢谢。”

蒋林杉莫名有点碰了一鼻子灰的感觉，他摸了摸鼻梁，尴尬地跟上马靖昊几人，往包厢走去了。

谈梨余光里看见那 4 个“裁判”和蒋林杉走过去，但没见秦隐。她正准备回头找人，就感觉自己趴着的柜台台面轻轻一震。

谈梨怔着支起身。

一瓶覆上一层薄薄水雾的矿泉水被放在她面前。修长的指节刚刚从瓶身上离开。

“这瓶水，结一下账。”回到她身侧的人对柜台里开口，声线清冷好听。

谈梨醒神：“你怎么还不进去？”

“不急。”

“你很傲气啊，小哥哥，待会儿出来可别输太难看噢。”

秦隐付钱：“先给你买‘糖’。”

谈梨轻哼，伸出一根手指敲了敲瓶子："这叫糖吗？"

秦隐合上钱夹，随手塞进上衣口袋："这个牌子水是甜的，不信你尝。"

从他毫无波澜的声线里听不出真假，谈梨十分怀疑地看了眼面前这瓶形状奇怪的矿泉水："我之前喝的时候怎么没觉出来？"

"走了。"秦隐转身。

"哦。"

谈梨转过一百八十度，靠在柜台前，看着这人从自己面前过去。有那么 0.01 秒她觉着心底有一点点后悔——刚刚蒋林杉问，她是不是应该默认的？

这 0.01 秒的后悔晃来晃去，叫谈梨心里生出点烦躁。她背靠在柜台前，从口袋里摸出糖盒。

盒子里糖片不多了，晃出来的声音格外空旷。

谈梨正走着神，之前负责接送新人的那个学长又走到她身旁："梨哥。"

"嗯？"玩着糖盒的手停下，谈梨回过头。

"秦隐这局，可能有点悬。"

"唔，你也觉得他冰鸟太菜了是吧？"

对方不察："啊，哦，那倒不是，是蒋林杉。"

"嗯？"

"他 solo 很厉害的，可以说是我们社团最牛的。想在他手底下坚持过 7 分钟，对于新人们来说太难了。"

谈梨视线在通往包厢的过道停了几秒，手指间把玩着的糖盒被她指尖撬开盒盖。抛了一粒糖片进嘴巴里，谈梨从柜台前直身。她惬意地伸了个懒腰，笑意散漫地往外走。

"那就是他和电竞社团无缘，没办法。"

"梨哥，你这是要去哪儿？"

"接个电话。"

"啊？"

男生转移视线，就见谈梨背对着他们走出去，左手拎着一瓶矿泉水，右手抬起手机晃了晃。手机屏幕上，亮着一串座机号码。

初秋正午，日暖风凉。

谈梨站在网吧外的招牌下，慢悠悠地接通电话，放到耳边。

“你好，请问是谈梨同学吗？”

“嗯。”

“谈梨同学，你好，我是 F 大心理咨询室的张老师，我们每年按照惯例要在新生里随机抽取学生进行心理咨询，今年的名额刚好抽到了你，所以……”

在电话里那个温柔声音的吹拂下，谈梨感觉自己突然有点困懒了。她握了握那瓶凉冰冰的水，慢慢倚到身后的墙上。

一个好像是跟爸爸一起走着的孩子从台阶下过去，好奇地盯着她看。

“爸爸，那个姐姐的头发是金白色的。”

“嘘。”

小孩被拽到了大人的另一边去。那个人警惕又嫌恶地看了谈梨一眼，就拉着孩子快步走了。

谈梨舔着糖片，歪过头轻笑了声。

电话里声音一停：“谈梨同学？”

“没事。”谈梨转回眼，慢慢屈起膝盖蹲下身。然后她弯起一只胳膊，下巴懒洋洋地垫上去，“您继续。”

“这边的大概情况就是这样，不知道谈梨同学你今天下午有时间过来一趟吗？”

“……”

“谈梨同学？”

“我在听。”

对面似乎顿了下，不知道在做什么情绪分析还是想应对话语。谈梨想了想，没想到，便按着自己的本能开口：“时间是有的，不过，我有个问题。”

“嗯？什么问题？”

"您刚刚说，随机抽取，是吧？"

对面有 1 秒钟的停顿，随后声音更温柔："是的，谈梨同学。"

谈梨笑起来。

她脸颊枕到胳膊上，手里抓着的矿泉水瓶被她轻轻地摇晃，折射出来的光影落在脸上。

"上上周，还有一个月前，另外两位咨询室老师打来的电话里，好像也是这样跟我说的。"

对面一哑。

谈梨并不在意，也并不停顿，她似乎笑得更欢愉："开学的时候，我记得每个人做了一份大学生心理健康调查问卷，是根据那个结果选的人吗？"

"谈梨同学，你不要误会，这个真的只是随机抽取——"

"啊，一个寝室四个女生，在三次随机抽取里只有同一个人一直被抽到的概率是六十四分之一，也就是 0.015625。"

谈梨把手里的水瓶倒置，看着最大的那个气泡咕咚一下跑到上面。

她弯下眼角："我运气是不是也太好了，张老师？"

"谈梨同学……"

"我没有要为难您的意思。只是，唔，我突然想起我今天下午还有别的安排，所以可能不方便过去了。"谈梨毫无诚意地撒了个谎，"老师，再见，祝您工作顺利。"

电话挂断。

谈梨原地没动，在胳膊上趴了一会儿，又玩了会儿瓶子里的气泡后，她终于捶了捶发麻的小腿，站起来。

她低着视线转过身，刚要往网吧里回，目光就落在几米外的那双长腿上。

顿了顿，谈梨视线上移。

意料中的某个人。

谈梨眨了眨眼："你这场 solo 已经结束了？"

"嗯。"

谈梨抬起手机："让我看看，才过去……10 分钟不到？"

放下手机，她对视上被挡住的那张冷淡的祸害脸，没心没肺地乐："去掉进出和登录时间，你这结束得也太迅速了吧，小哥哥？"

秦隐淡声道："还好。"

谈梨失笑："输这么快，你还挺谦虚？"

秦隐抬眸："谁说我输了？"

谈梨正怔着，就见蒋林杉从网吧里出来。

看见门口两人，他顿了下，对谈梨露出一个不太自在的笑："早知道秦隐实力这么牛……谈梨学妹你也太不厚道了，刚刚我去问你，你怎么也不给我提醒一下呢？"

谈梨一顿，慢慢转向秦隐："他实力牛？"

某人没表情。

蒋林杉似乎把谈梨这话当成了嘲讽，笑容没绷住："比起你这种接近职业级别的，可能是没那么厉害。但我们嘛，只是凡人，确实不行。"

说完，蒋林杉没给谈梨解释机会，直接下台阶走人了。

谈梨慢慢回神："啧。"

从那道背影上收回视线，谈梨叹气转向秦隐："小哥哥，你知道你让我本就不幸的社会关系雪上加霜了吗？"

秦隐依旧没说话。

谈梨也不在意，玩笑问："蒋林杉测试前几组新生的时候我看过一两场，他应该是宗师段和王者段之间的水平。既然有能拿下他的实力，你之前那冰鸟就是在演我呢？"

秦隐眼神一动："那时候很久不玩了，手生。"

"哈，那就是回去恶补了？"

"嗯。"

"不错嘛，勤能补拙啊，少年。"

谈梨本想拍拍他肩膀，手举到一半发现自己左手矿泉水右手手机，没一只闲着的，于是放弃。

她落回手，离开前想起什么。

谈梨停了停，似乎随口问："你刚刚是什么时候出来的，我都没听见声音？"

秦隐抬眼："你打电话的时候。"

谈梨笑容微顿，一秒后恢复如常："唔，是之前来过的那个电话。"

"骚扰电话？"

谈梨想说"是"，已经撒过谎，再续接不难。但是对上那双深邃的、满盛着她身影的眸子，谈梨突然觉得好像是第一次有人这样专注地望着她。不带任何负面情绪的，只望着她一个人。

谈梨忍不住，唇轻碰了碰。

"不是。是心理咨询室。"

她慢慢勾起嘴角，像最习惯的那样，咧开一个灿烂的笑——

"他们说我有病。"

秦隐眼底情绪一停。

他猝不及防地想起那个滂沱的雨夜，潮漉的眼，还有最后绝望而紧窒的拥抱。如后来梦里，无数次她哭湿了他的唇角。

——Liar，救救我……

谈梨说完话，很久都没等到秦隐的反应。

她往前走了一步，到那人眼皮子底下停住，然后她抬起手在他面前晃了晃："喂，小哥哥？"

秦隐眼神一动，垂眸看她。

谈梨笑得明艳："你这是被我吓到了吗？"

"没有，"意外地，秦隐回答了她的问题，"是谁说你有病的？"

"干吗，你要替我找人算账啊？"谈梨玩笑。

那人不答，眸子黢黑冷淡，俨然一副事实如此的架势。

谈梨意外地咧了咧嘴角，笑："够仗义啊，小哥哥，那以后在电竞社团，就我罩着你了。不过心理咨询室的老师是无辜的，嗯，他们没说我有病。"

秦隐："他们为什么要打电话给你？"

"说是随机抽人去做心理咨询。"谈梨把手机塞回口袋，揣着手不在意地笑笑。

“那你去吗？”

“当然不去。”谈梨眨眨眼，“只要我不进医院，那我就没病。”

秦隐皱眉。

谈梨从秦隐身旁走下台阶，突然没什么征兆地停住了，然后她又转回来：“我突然发现了一个问题。”

“什么？”

谈梨故意眯起眼，猫似的审视着秦隐：“小哥哥，作为一个‘性冷淡’，你对我会不会有点太关心了？”

秦隐：“就这个问题吗？”

“对啊，”谈梨神情一松，又恢复那副懒洋洋的神态，“你可答应过我不会动摇的。”

秦隐低眼，望着台阶下仰起脸来看他的女孩。

“不是你要我救你的吗？”

谈梨莫名：“我什么时候说过这种……”

——Liar，救救我……

谈梨怔住。

一两秒后，女孩眼角弯下去：“我发现了，论自恋，你也不比我差嘛。”

秦隐垂眸看她。

谈梨轻耸了下肩，眼角藏着的坏劲儿十足，笑也没心没肺的：“我那时候喊的是 Liar，不是你。”

“只能是 Liar？”

“嗯，其他任何人都不可以。就算你比他帅一万倍，那也不行。”

秦隐眼底情绪一晃：“为什么？”

谈梨歪过头，认真想了想。

“可能，是一种执念吧。他是在我最迷茫的时间里出现的，那种感觉就像……你一个人走在黑夜里，什么都看不见，没有人陪在你身边，也没有前路和方向，然后你看见了远处唯一的一束光。你不知道朝他走去对不对，不知道那里是不是你想去的地方，但你就是忍不住。反正我也没有别的地方可去，那就走过去吧——你这样想。然后你就朝他走过去了。然后你发现自己被骗了。"

秦隐自沉默里抬眸："被骗？"

"对啊。"

谈梨站在阶下，慢吞吞地伸了个懒腰，然后她好像满不在乎地笑起来。

"走了很久很久以后，你才突然发现，那束光就像一颗星星一样——就算你这一辈子都只追着那颗星星走，你以为你们会越来越近，但事实是你永远不可能企及他。他是一颗星星，挂在天上，凡人碰不到。"

秦隐不赞同地开口："他只是普通人。"

谈梨一怔，笑："对他自己来说可能是，但对我们这些追着星星走的人来说完全不是。"

"既然追不到，你为什么不放弃？"

"因为，没办法啊。别人的世界里或许有风景很好的白天，或许有高高的路灯，或许路上有人陪，或许有很多颗星星……我不一样。我什么都没有。"

秦隐一僵。他撩起眼，眸色深沉地看她。

谈梨没有察觉，她好像陷进很深的情绪里去，笑也变得很轻："我只见过那一颗星星。"

"那如果让你见到他呢？"

"什么？"谈梨一下子被拽回现实，她扭过头，看向秦隐。

秦隐沉着漆黑的眸，里面情绪也黑压压的，好像在克制什么："如果让你见到 Liar，你会怎么做？"

谈梨停了两秒，笑靥一展，潋滟灿烂不正经："那当然是睡了他。"

"我说认真的。"

"多认真？"谈梨故意踩踏他的高压线。

秦隐深望她。

不知道本能从那里面觉察到什么情绪，但谈梨的预感跟她说，差不多了，再逗要出事了。

于是谈梨很乖巧地笑：“跑。”

“？”

谈梨仍带着笑，但眼神无比认真：“为了他，我会跑得越远越好。”

秦隐无意识地皱了下眉：“为什么？”

“因为我不可以。”谈梨眨眨眼，“摘了口罩的 Liar 也许会变成一个普通人，也许会遇到一个普通女孩，他们会像正常人一样恋爱、结婚、生子……想想还叫人有点嫉妒。但那也好。”

谈梨停顿了下，仰起脸，笑：“只要别遇到我，再普通的女孩都没关系。”

秦隐眉皱得更深：“你就是这样看自己的？”

从这话里听出一点薄怒，谈梨意外，然后没心没肺地失笑：“别误会啊，小哥哥，我没有自贬的意思。”

“那为什么这样说？”

“因为他是 Liar。”

谈梨笑笑，没急着解释。

她突然踮起脚尖往前上了一个台阶，几乎凑到秦隐面前才停下。他没躲，所以她能清楚看见他眼底自己的影儿，笑得像个小混蛋。

谈梨：“我们认识好久了，你觉得你已经看到全部的我了？”

秦隐沉默。

谈梨也不在意，仍是笑着：“那你想多了。只有对 Liar 那样的喜欢，才会有全部的我。那个我，连我自己都没见过呢。”

秦隐闻到女孩呼吸里清甜的糖香，停了须臾，他垂眼问：“对 Liar 的喜欢，是什么样？”

“对 Liar 的喜欢啊，”谈梨往天上看着想，然后她落回眸子，咬着唇肉轻笑，“应该是偏执又无望的吧，像上瘾一样。”

秦隐眼底最深处，某种情绪被触动得彻底。

“咦，隐哥，你还没走啊？”一个声音突然从秦隐身后的网吧里传出来。

门外两人同时一僵。

谈梨退下那级台阶，安分回场。

马靖昊跨出门，这才尴尬地发现台阶下，之前被秦隐身影完全挡住的谈梨的存在："额，梨子学妹，你也在啊。"

"社长，"谈梨慢慢回过神来，"你刚刚喊的是，隐哥？"

不等马靖昊解释，谈梨已经转向秦隐，语气轻快得和方才判若两人："可以啊，小哥哥，才一场 solo 赛，我们社长都管你叫'哥'了？"

秦隐半垂着眼，情绪不明。

马靖昊禁不住这揶揄，他头疼道："这不主要是年龄、年龄问题嘛。真论实力，如果你俩 solo 一局，那肯定是你……"

马靖昊突然卡了壳。

谈梨这下是真有点意外了。显然马靖昊不是给秦隐面子，而是确实觉得两人 solo 胜负难说。只因为她错过的那场 solo 赛?

谈梨正要开口，就听台阶上秦隐动了动薄唇："不用 solo，我赢不了她。"

马靖昊：想都不想，这么谦虚的吗?

秦隐没给马靖昊质疑的机会，插着裤袋走下台阶。

谈梨未能看清他离开时的眉眼情绪，她只嗅到风里，他衬衫衣襟带起一角冷淡得薄荷似的清香。

谈梨回眸去看。那人清隽的侧颜上，唇抿得凌厉薄凉。

这是，生气了？谈梨好奇又不解地想。

她身后，马靖昊扬起声提醒："隐哥，别忘了下周聚餐！"

他没回头，左手一抬，算是应了。

谈梨奇怪问："什么聚餐？"

马靖昊落回脚跟，说："这不是二面结束了嘛，等下周名单定好，社团第一次聚餐活动嘛，到时候还可以找兄弟社团联联谊什么的。"

"聚餐、联谊？"谈梨意外地指向某人背影，"那'性冷淡'答应参加了？"

"'性冷淡'？"

"我给秦隐的，爱称。"谈梨毫不心虚，"他答应聚餐的事情了？"

"额，应该答应了吧。这不刚刚也没拒绝。"

谈梨回眸，远望那身影。

"啧，这是要转型了吗？"

肖一炀难得放假，趁周末两天回家尽孝。

和秦隐那边三代独苗的情况不同，肖家家大业大，人员也多，肖一炀父亲是兄弟三人，各自子女双全。肖一炀上面还有一个哥哥一个姐姐。所以比起秦隐，肖家在肖一炀的职业选择上，对他的态度也要宽容许多。

至少在回家这件事上没什么障碍。

秦隐从小就是他们这一辈里的佼佼者，谁家提起他都要夸赞两句作为开场语才好往下进行的那种。而自从肖一炀把人带进"坑"里，在外有秦家自己藏着，在肖家却人人都知，所以肖一炀每次回家，势必得先被自己母亲盘问一番。

这次也没能幸免——

"算起来，秦隐回学校已经两个月了吧。小炀，你跟他联系了吗？"

"联系过了。"

"他近况怎么样，在学校还适应吗？隔了三四年才回去，是不是会和同级的学生沟通不便？"

"还行吧。"

"你这孩子，怎么这么敷衍呢？"

"我这还敷衍？"

肖一炀站在别墅院里，把浇花的瓷壶一搁，他转回头："要不下回我别回家伺候您二老了，叫秦隐替我回来得了。我看我不像姓肖的，他才像呢。"

肖母皱眉："当初你带人进圈，到现在我愧见你萧阿姨。不过关心两句，你这是怪罪我了？"

肖母身体不好，生气也温温柔柔的，只消她把脸色一沉，肖一炀就自觉服软："我也没那意思，啊，实在是您这对秦隐关心得都快赶上对儿媳妇了，我，我吃味儿呢。"

见肖母不理他了，肖一炀只得回到小楼前，靠着那木质栏杆主动搭话：“您关心得对，秦隐他最近正在犯浑。您有时间和萧阿姨联络联络感情，也好提醒她两句。”

肖母却不信，只低着眼觑他：“秦隐那孩子，长这么大只出格过一次，就是被你祸祸的。”

“我说真的，这回不一样！您别不信啊！”

“怎么不一样？”

肖一炀冷哼了声：“他让只小狐狸迷得着道了。”

“小狐狸？”

肖一炀：“嗯，就他在电竞圈里一进一出这事，秦家捂得多紧？他自己也最拎得清。结果就上周，他竟然跟我说要把这身份跟一个小姑娘说破了！您说，这是不是被小狐狸迷着了？”

肖母迟疑：“那女孩，也是你们圈里的人？”

“基本算是，不然我也犯不着操这个心。”肖一炀皱着眉，“据我所知，那还不是个消停的主儿。秦隐真把身份捅给她，万一传开了……我看萧阿姨得跟秦隐断绝关系。”

肖母思忖起来，没说话。

肖一炀偷眼回头，就见肖母神情里露出一点忧心，大概已经把生他的气忘了，一心系着秦隐那边。肖一炀心虚又庆幸地转回来。

不等他找个切口换话题，他放在一旁大理石墩上的手机嗡嗡地振动起来。

肖一炀过去，拿起一看：“啧，真有禁不起念叨的——妈，我去接一下秦隐电话。”

“好，你劝劝他。”

“那也得劝得动啊……”

肖一炀嘀咕着走到一旁院子的花树下。肖母爱摆弄花草，这棵不知道是肖父从哪找来的品种，肖一炀不认识，也懒得费心记。

他往树干上一靠，手机抬到耳边：“哟，秦少爷，怎么又想起给我打电话了？”

“少什么少，”电话里声线清冷，“你吃错药了？”

肖一炀冷笑：“我能有你吃错的药多吗？说吧，干吗？”

肖一炀原本以为，秦隐就算不挂电话也得用那毒舌回他两句的，没想到只等了一两秒，就听对方压着情绪开口了。

“我记得，你好像有一位叔叔的岳丈是临床心理学的泰斗。”

这正经严肃的谈话把肖一炀唬住了，他不自觉绷直了腰：“是啊，我小叔他岳父家里……干吗，你别跟我说你英年早退，退出心理问题来了？”

“不是我。”

肖一炀松了口气，再次开启嘲讽模式：“也对，你只会让别人出心理问题，可怜我们队小打野，到现在这野区恐惧还没好利索呢。”

秦隐忍他几句了，冷嘲：“那估计废了，直接换了吧。”

肖一炀气得磨牙：“就知道你不可能有人性！”

“嗯，我没有。”秦隐应得淡定，“你那边帮我和你小叔知会一声，改天我去拜访他。”

“哦。不过这谁啊，看个心理问题竟然还得劳我们秦少爷亲自走关系，上门拜访？好大的面子啊。”

“没谁。”

“切，不说拉倒，早晚我也能知道。”肖一炀撇嘴，话题转开了，“你和你那女粉怎么样？ Liar 的事情，你告诉她没？”

手机里静默片刻：“没有。”

“嗯？”肖一炀来精神了，“怎么，难道是你反悔，不对，你幡然醒悟了？”

“不是。”

“那怎么回事啊？你之前给我打电话那会儿，不都一副笃定要告诉她的架势了？”

“出了点意外情况。”

“什么意外？”

远在 F 大，混合寝室楼 6 层的一间阳台里，秦隐侧倚着墙，微眯起眼。

“她对 Liar 的感情，太特殊了。”

肖一炀炸毛：“嘿，你别吊我胃口啊，我什么场面没看过——我就不信了，你说，她能特殊到哪儿去？”

“你可以理解为……”秦隐停顿几秒，才慢慢吐出个冷淡的词，“叶公好龙。”

肖一炀气乐了：“不是，你们上过 F 大的人，追个星谈个恋爱都这么文绉绉的吗？还叶公好龙？”

秦隐不语。

肖一炀耐不住性子：“你别跟我说这些云山雾罩的东西，说点人话，到底是怎么回事？”

略去谈梨那句“上瘾一样”的原因，秦隐简略说了一遍两人的交谈。

肖一炀听得直咋舌：“听起来有点惨。我要是你，面对这样的女粉我可能已经感动得以身相许了。”

秦隐神情一滞，须臾后他撩起眼，眸子冷冷淡淡地透着点凉意，好像把面前那块玻璃当成不知死活的肖一炀了。盯了两秒，他嘲讽地轻嗤：“你这辈子没女粉，别做梦了。”

肖一炀：“……”

秦隐：“就算有，粉上你这么菜的，她们也太惨了。”

噎了几秒，肖一炀不甘示弱地回嘴：“当你 Liar 的女粉能好到哪儿去？这梨子可比那‘叶公’惨多了。”

秦隐：“哪里惨了？”

肖一炀嘲笑：“至少那条龙，它可没打算睡粉啊。”

秦隐：“？”

第 13 章

团建·酒酿梨

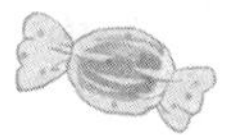

电竞社团第一次团体聚会的地方，选的就比谈梨和谈文谦会面的生态餐厅接地气多了。

按照后勤部学姐发来的地址，谈梨从计程车上下来，一脸怀疑地走进面前这条夹在商业街铺面中间的巷子。巷子不算窄，但很深，走进去二三十米后才终于见着拐弯，还前后无人，怎么看怎么像绑架案件多发地。

谈梨又拐过一个九十度，面前视野终于开阔了些——一片三面环墙的空地前，正对她进来的入口，赫然挂着“蓝色妖姬 KTV”的大招牌。

这名字起得，还挺文艺复兴。

谈梨记得后勤部学姐发来的信息里，说的就是个 KTV，所以她抬脚往那大招牌下走，但还没到跟前，迎面出来两位大哥。

秋风萧瑟里，光膀，花臂文身，左青龙右白虎，非常气派，就是不怎么像正经人。

谈梨舌尖舔着压片糖，淡定地往前走。

她今天穿得很好学生，浅色线衣加长牛仔再加一件薄款风衣，长马尾安顺地扎起来垂在身后。可惜发色证明她也不是什么规规矩矩的好学生。

两位大哥大概是谨遵 P 市凡有屋顶的地方不能吸烟的规矩，出来抽烟透气的。拐出门以后，一个刚把自己气派的防风打火机拿出来，另一个就抬胳膊拐了拐他：“喏，漂亮妞儿。”

那声音不算大，但耐不住地方清静，谈梨听见后顿了顿，脚步没停。她打了个哈欠，依旧耷拉着眼往前走。

“妹妹，一个人过来玩啊？”防风打火机“咔嗒”一声合起来，拿打火机的人转过身，半是调戏地拦住了谈梨的去路。

谈梨停住，和对方对视两秒，谈梨没什么表情的脸上笑容一展：“我说一个人，你信吗？”

对视这个愣了下。

另一个站在旁边，没见谈梨眼神，跟着笑：“信啊，哥哥们最相信缘分了，既然这么有缘分，进去一块跟哥哥们唱首歌？”

糖片在谈梨舌尖上翻了个身。

她轻眯了眯眼，垂在身旁的手腕抬起来，指尖微微活动：“好啊。”小姑娘漂亮脸蛋上笑意明媚极了。

后过来这个没想到谈梨这么轻易答应，怔了一秒就乐了：“哎，哥哥就喜欢你这样懂事的小姑娘，那我们——”

他手臂抬起来就想往谈梨身上搭，谈梨也将动手的时候，KTV 的门被推开，大招牌“吱哟”一声。气质清隽的男人从门后出来，他停在石台上，缓一抬眼。

“怎么才来？”

那声音轻平也干净得很，像随意又不经心，透着点和身后那地方、头顶那招牌格格不入的冷淡感。更别说他长相，像哪个剧组里走错地方的主演。

两个花臂大哥被问得一愣，然后其中一个才反应过来，讪讪地让开位置：“哎，这，有伴了啊？”

另一个好似不信，不老实的手落回去，眼神却怀疑地盯着石台上的男人：“你们是一起的？”

谈梨舔了舔唇角，化开一丝糖味余韵。也不怪这大哥不信，站阶上那人冷冷淡淡清风霁月似的，怎么看和她都不像同路人。

秦隐既出现，谈梨也不想多费手脚了。她松了手上的蓄力，咬着糖片侧过脸，笑：“我男朋友啊，帅吗？”

大哥不想回答这个问题。他不信任地扭过头，看向台阶上的男人：“这小姑娘，真是你女朋友？”

秦隐没说话。他视线始终在谈梨身上，到此时也只是沉默两秒，然后迈开腿走下来，在离他们只剩一两米位置停住。

“不是我的，难道是你的吗？”冷冰冰的眼神声音一起，近距离戳到大哥身上。

大哥被看得发毛。

不等他提起气势，秦隐视线又平移到他身旁，目光里温和了凌厉感，但凉意还在：“梨子。”

他唇动了动。适应一个亲昵的称呼对他来说显然是有挑战的。

“过来。”

谈梨从意外里回神，她步伐轻快，几步就到了秦隐面前。背对着那两人，她朝秦隐飞快地眨了眨眼。那双黑眸如常，也不知道收没收到她的暗示信号。

谈梨才不管那么多。她自己暗示完了，便伸手勾住秦隐的手臂，半靠着他亲密又得意地侧过身。

“就是我男朋友，羡慕吗，大哥？”

大哥噎住。

趁两位大哥没反应过来，谈梨嘚瑟完就走，绝不恋战。

不过为了做足戏，进到 KTV 玻璃门里面，顺着台阶往下走的时候，谈梨还一边挽着秦隐，一边侧头用余光窥着身后动静。

等地平线高过视线，谈梨放心松开手：“谢谢了，男朋友。”

秦隐垂眸瞥她。

谈梨毫不害羞，仰着脸继续朝他笑，牙齿雪白，笑容灿烂又坏。

到楼梯底前她想起什么：“啊，你刚刚出来干吗的？不会还有事就被我拖进来了吧？”

“你现在问有点晚了。”

“亡羊补牢嘛，总比不问好。”谈梨小螃蟹似的横着走，靠过去，促狭地笑，“难道是好学生来 KTV 要给家里汇报，结果下面没信号？”

“成年人不需要汇报，”声音里带着淡淡嘲弄，“小孩儿才需要。”

谈梨没来得及反驳，两人下到楼梯底。面前又开阔些，镏金柜台横亘在大堂的中后位置。到了这儿，专业隔音设施挡不住某些房间的鬼哭狼嚎，声音和那些五光十色的彩灯灯光顺着玻璃门缝溜出来。

迎上前的服务生认出刚出去的秦隐，点了点头就退回去。

谈梨在几条岔路前转转头："往哪儿走啊，男朋友？"

服务生意外地偷偷看两人。

谈梨灿笑，旁边某人却没什么反应。秦隐刚要开口指路，就见身旁小姑娘瞅准了往右手边走过去了。

秦隐本能抬手，勾住谈梨那只小挎包。

"咳——"

差点被命运锁了喉的谈梨揉着肩颈，拉回挎包，凶巴巴地回头。

秦隐淡定垂回手："这边。"

谈梨勾下挎包，跟上去："你下次可以用说的，这样直接动手，容易出刑事案件。"

进了过道，谈梨看手机确认一遍："1167 包厢，对吧？"

"嗯。"

"那我应该找得到了，"谈梨抬头，"你不是还有事吗，不用回去吗？"

"没事了。"秦隐说。

谈梨狐疑看他："你不会是，专程去接我的吧？"

秦隐没说话，回眸瞥她，大概是"你可以更自恋点"的意思。

谈梨无辜脸："那你上去干吗的？"

秦隐到底熬不过她那执拗劲儿，插在口袋里的手抽出来，一盒深蓝底色镏金边的硬质香烟盒躺在他掌心。

他张张口："抽烟。"

谈梨惊住了。

秦隐走出一步去，觉察到身旁女孩没跟上来。他停下身，回眸："你……"

"你竟然抽烟？"

小姑娘像只奓了毛的猫似的，带着残影扑上——没上来，在他面前停下了。

那颗白毛小脑袋就凑在他眼皮子底下，对着他掌心里的香烟盒像是在研究什么活化石。

秦隐垂眼看着，眸子里掠过一丝笑意，还有一点他自己都说不分明的遗憾。

确认过那真是盒香烟，不是唬人的玩具，谈梨狐疑抬头，非常不相信地打量秦隐：“你也会抽烟吗？”

秦隐随她性子玩笑，语气也平静：“我就不能抽烟吗？”

“倒也没有什么《统一条令须知》……”谈梨又好奇地低头研究那个还怪漂亮的烟盒，“但好像想不出你抽烟会是什么样子，你能抽一支我看看吗？”

“不能。”

“哼。”谈梨低回头，看起来还是好奇，“这盒香烟上写的是，什么是么王？”

“芙蓉王。”

“这就是芙蓉王啊，我好像看到过。”谈梨回忆了下，“但我见过的那盒不长这个样子——你这里面装的不会是香烟糖吧？”

对上小姑娘跃跃欲试的乌黑眼瞳，秦隐沉默数秒，好气又好笑地轻哂了声：“这是钻石芙蓉王。”

谈梨显然没听懂。

“同一个名字也会有不同分类，你看到的可能是别的。”

“有区别吗？”

“嗯。”

沉默维持了数秒。

谈梨也不指望这人给自己科普不同种类什么区别了，她落回脚跟，最后不甘心地小声问了一句：“我能拿一根吗？就一根。”

“不能。”秦隐毫不犹豫。

谈梨撇嘴：“你好小气啊，男朋友。”

秦隐不为所动。烟盒收回大衣口袋，他转身往里走：“小孩儿不能碰这种东西。”

谈梨插着兜，晃晃悠悠地跟上去："我不是坏小孩儿嘛。"

"坏小孩儿也不行。"

"噫。"

谈梨跟着秦隐弯弯绕绕，终于找到 1167 包厢前。

鬼哭狼嚎从门里传出来。听声音，最慷慨激昂那个像社长马靖昊的。

谈梨刚准备推门进去，面前一只手拦过来。

她顿了顿，顺着那漂亮的手看到那张冷淡的美人脸上，语气散漫敷衍地调戏："怎么了，男朋友？"

秦隐垂眼望着她，未作声。

这样过去三四秒的时间，他眼底那点细微的挣扎终于有了结果。

秦隐淡声："它会让你的肺烂掉。"

谈梨："你这是在恐吓我吗，男朋友？"

"是怕你不听话，"秦隐垂下手，凉冰冰的指腹无意从她掌心划过去，"找我可以，不要去找那些乱七八糟的人，再碰到脏东西。"

谈梨怔神，而那人已经推开玻璃门，跨入轰鸣的噪声里。

进了包厢以后谈梨才知道，电竞社团之所以选在这样一个地方聚会，是因为这儿的老板和社长马靖昊有一点八竿子才打得到的亲戚关系。对着 F 大周围寸土寸金的门店，马社长思虑再三，就拿着六六折的超级 VIP 卡，带社员们来了这家 KTV。

这是谈梨第一次参加这种活动。

今天以前，她从来不知道时间可以这么漫长，漫长到让她在心底第 387 次后悔：她当初在高数教室外，怎么就轻易答应了进这么一个群魔乱舞的社团？

整整半下午，满包厢鬼叫飘摇。

等麦霸们终于撕心裂肺地唱完了，嗓子全哑了，包厢里这才得片刻消停。马社长早就面红耳赤，他搂着立式麦克风，站在酷炫的颇有 20 世纪风格的彩灯灯光下，哑着嗓子拍话筒："果盘、啤酒应有尽有！大家尽情玩！"

“好噢！社长万岁！！”

谈梨靠在沙发角落里，半死不活地拿起手机看了一眼屏幕：17 点 37 分。她没表情地把手机扣回去，摇头。

这就是地狱啊，地狱！

果盘和啤酒很快被服务生们一份接一份地送进来，太过亢奋未喝先醉的男生回归原始本能——兴奋得像黑猩猩一样满包厢蹿。

谈梨拿着果汁有一口没一口地嘬，眼神空懒地看着他们。然后她看见大包厢的斜对角，某人今天不知道第多少次被社团里的学姐围住，有人拿着调色好看的鸡尾酒，看模样是在温声细语地劝。

可惜……

谈梨幸灾乐祸地耷拉回眼，正要窝回沙发里继续自己的装死大业，就被路过的“猩猩”之一望见。

“梨哥，来一杯吗？”不知名学长示意了下自己从服务生那里接过来的鸡尾酒盘。

谈梨瞥一眼那些花花绿绿的液体，兴致寥寥，但面上仍灿烂笑着：“我不喝酒。”

“嗯？梨哥你竟然没喝过酒吗？”第二只路过的“猩猩”也好奇地贴上来。

“嗯。”

“为什么啊？”

“因为，今年刚成年？”

这个无法拒绝的理由让两位学长把剩下的话都噎回去了。

谈梨很满意。

包厢里这会儿比方才安静太多，大家都不习惯了，很快有人端着果盘提议：“社长，我看这里能投影哎，我们要不要看一些经典比赛啊？”

“要——”

“我想看去年 S 赛的！”

“滚滚滚！去年是老子梦碎之年，谁、谁提的，是不是 ZXN 的黑粉？！我要杀了他！”

“那就放双连冠！我要看 Liar 捧杯那里！”

“对对！看双连冠！”

“尤其前年决赛，最后那波极限开团，我能看三千遍！”

“Liar 神每一场我都可以看三千遍！”

包厢里越说越亢奋的时候，不知道哪一秒，某个安静的角落里有人小声叨叨了一句：“别看了，曾是惊鸿照影来……看也看不回来了。”

包厢里，欢声笑语戛然而止。

半晌，有人低骂了句：“谁又捅刀子？”

“这谁说的？非得让我们全社跟着哭两声才行是吧？”

“唉，Liar 神，我心里永远的痛。”

“过几天就是今年全球总决赛的入围赛了吧？也不知道 ZXN 的新打野 Living 和队里磨合得怎么样了。”

“Liar 在都赢不了的队伍，他走了就能赢了？”

“听说 ZXN 准备调整核心战术了，也算积极应变吧。”

“应变个屁，我看说不定就是因为调整战术，所以 Liar 才被挤走的。以后成绩不好就说是调整期，成绩好就能直接甩锅给离队的 Liar，简直稳赚啊。”

“你们新生不知道，咱社里本来也没这么人丁稀少。今年 Liar 一退役，社里好几个学长学姐伤心退社了。”

“到头来还是错付了啊！”

说最后一句的人话声刚落，就被旁边的人踹了一脚，笑骂：“得了吧，梨哥还在呢，你哪来的资格说这话？”

这话一落，包厢里众人目光一阵乱扫，最后集中在角落的谈梨身上。

走神的谈梨被拽回灯光陆离的现实。她一歪头，笑问：“都看我做什么？”

“梨哥，你怎么看不出伤心了啊？当初 Liar 退役那天，你可是差点把国服都给屠了。”

谈梨正经严肃：“别乱说，那是直播上分。”

“哈哈哈，要是直播上分都这么个上法，那王者局的排位体验可太要命了。”

嘻嘻哈哈里，气氛重回。

谈梨眨了下眼，面上笑色好像就被剥掉一层似的，变得轻淡易碎。她垂着眼安静好久，然后支起身。

谈梨敲了敲桌面：“学长，麻烦递个杯子给我。”

桌前那学长一愣：“梨哥，你不是不喝酒吗？”

谈梨撑起一个灿烂而敷衍的笑：“人生就是贵在尝试嘛。”

“有道理，那你要哪杯？”

谈梨视线落点跳了跳。

她虽然不喝酒，但也知道啤酒度数很低，常见的酒精度都在 2% 到 5%。所以依据这个“常识”，她目光落在一杯看起来最像啤酒颜色的酒上。

“就那杯吧。”

“哦，好。”

谈梨接过，拿在手里晃了晃。大小不一的气泡从杯壁上升腾起来，最后破碎在液面上。

她凑上去，轻嗅了下。

噫。

女孩露出一点嫌弃的眼神。

和那透明的浅色液体僵持数秒，谈梨最后还是松下眼神。她手指收紧，一根根搭在杯壁外，手腕慢慢用力，抬起。谈梨皱着眉心，把那杯酒喝下去。

与此同时，马靖昊站在包厢中间，茫然乱转——

“我刚刚点的那杯深水炸弹呢，谁给我端走了？”

深水炸弹，那是什么中二的酒名？

谈梨慢慢抬平酒杯，将最后一口好像变得好喝了的液体倒进口中。隔着薄薄的玻璃杯壁，她恍惚瞧着那光怪陆离的画面里，对面沙发上有人用一双好看的黑眸望着她。

冷漠，又，有点担心。好像 Liar 的眼睛啊！

谈梨想着，手里放下的杯子慢慢搁到桌上。她眼前的灯开始重影，然后转起来，眼皮也慢慢沉下去。仅存的念头划过脑海：原来人生不是贵在尝试，是“跪”在尝试啊……

谈梨倒进沙发里。她眼前画面合上的最后一线，是对面沙发上的那个“Liar”起身，朝她大步走了过来。

“Liar……”

谈梨轻声喃喃着，合上了眼。

最后一名麦霸唱哑嗓子后，包厢里基本安静下来。

闹腾几个小时，大家的体力精力都耗得七七八八，此时多是三五个聚成堆，一边果盘酒饮地吃着喝着，一边遥忆当年畅想未来。

秦隐独坐在角落。

一下午他就没换过位置，铁打的沙发流水的搭讪学姐，直到全员碰壁，秦隐身旁终于消停了。

抱着“老娘得不到的东西你们也别肖想”的念头，那些碰过壁的学姐们仍旧三不五时往那角落瞥一眼。而学姐们的爱慕者们注意到了，也会跟着投去羡慕嫉妒恨的目光。

所以当秦隐突然起身，几秒时间，半个包厢的目光都移过去了。

那道身影的目标方向非常明确，他们只需要顺着秦隐冷淡得浸上点冰意的视线，就能成功看到——

“嗯？梨哥怎么倒下了？”

“好像喝高了。”

“不是吧？这喝什么了能直接喝倒？”

“等等，梨哥面前那个杯子，你们看像不像社长点的深水炸弹？”

“好像真是。”

“深水炸弹一口闷？厉害啊，不愧是梨哥。”

“难怪会喝醉，脸都红透——”

最后一人话没说完，视野里那张白里透红的漂亮脸蛋就被一道长腿背影遮得严严实实。他下意识往上抬视线，对上一双冷冰冰的黑眸。这人一僵，连忙低头。

被挡了视线的显然不只他一个。反应过来，几人讪讪收回目光后，尴尬地对视着。

一眼扫干净那些多余视线，秦隐这才转回来。他低垂着细长的眼睫毛，清隽的侧颜藏在碎发和背光的荫翳里，神情看不分明。

不知道他在想什么，满包厢偷眼看过来的社员只看得见那双长腿原地不动地杵了很久，然后秦隐弯下了身。

谈梨就倒在这个拐角的沙发里，她身体柔韧性很好——把自己腰腹蜷起个锐角，都不妨碍她带着醉意睡得踏实。

额前那绺长发大概是随了它主人性子里的乖张，一点都不听话地垂下来，斜斜搭在她挺翘的鼻尖上。随着她呼吸，细细的发丝被吹得起伏。

秦隐终于俯到最低。他的手在女孩额头上方停了两秒，还是落下去。隔着那松散的长发，秦隐勾住谈梨纤细的颈。

和她平常张牙舞爪的锋利不同，睡过去的女孩轻且柔软，稍用些力秦隐都怕把她弄醒了。他最慢也最轻柔地把人扶起，让她靠在仿真皮质地的沙发靠背里。靠背滑溜得很，小姑娘醉了睡觉又不老实，刚扶上去2秒钟，出溜一下又往旁边倒。

秦隐脱下外套，把人盖住了，再耐心地扶回去。

包厢各个角落里看得目瞪口呆。

“梨哥直播间里那时候说好的只是路人水友小哥哥呢？”

“梨子说的话你也信？”

“最近学校里总在传我都没信，今天算是被正主当面实锤了。新校草对梨哥和对其他人的区别待遇也太明显了点。”

“对，人家压根儿没想掩饰。”

那些震惊的议论窸窸窣窣地响着，秦隐好像没听见似的，拿出手机便坐到谈梨身旁的沙发里。他单手给手机解锁，划去信息界面。

身后沙发靠背一软，睡梦里的谈梨又不老实地往另一旁滑下去。秦隐没抬眼，伸手把人扶回。这样来回几次，偷瞟的社员感觉自己眼睛都看酸了，秦隐那张冷淡的侧脸上却看不出半点不耐烦的情绪。

直到某一下，不知是秦隐的力度没控制好，还是梦里的谈梨不老实，秦隐扶在她肩侧的掌心一空——谈梨的脑袋搭到了秦隐肩上。

秦隐身影一僵。须臾后，他眼撩起又落回，被女孩压在沙发间的右手仍虚扶着，左手指腹在手机上来回跃动。

屏幕上是一个聊天窗。

Y：帮我叫辆车，来 ×××× 地址。

肖：你当我是你家保姆啊！

肖：秦家那么多车，你叫人安排过去一辆不就得了？

Y：不方便。

肖：？

肖：你说这我就来兴趣了，快说说怎么个不方便法？

Y：[定位].jpg

秦隐随手抛出一张地图截屏，地图上，他的当前定位显示在“蓝色妖姬 KTV”。

肖：我还以为什么呢？不就是 KTV 吗，这有什么不方便的？

Y：。

肖：等等，想起来了。不好意思，忘记你们秦家门风森严，从小就恨不得给你立 108 条清规戒律了。

肖：在那样的环境下长大你最后竟然没选出家，神奇。

肖：不过都这个点了你还在 KTV，我圈老干部 Liar 退役以后的夜生活竟然出乎意料地丰富，啧啧啧，说出去这得惊掉多少人的眼镜？

Y：。

虽然是同一个句号，但肖一炀和秦隐自小相识，被这人的死脾气浸淫多年，立刻就能感觉出第二个句号里的不耐烦了。

肖：行行行，这就给你叫。

肖：对车有什么座数要求吗？

Y：没有。

秦隐发完，顿了顿，他低头往肩侧望去。靠在他肩上的女孩呼吸时浅时深，但是眼睛闭得很安逸，没有半点要醒的模样。

秦隐垂回眸子。

Y：司机嘴严就好。

聊天框里停顿两秒。

肖：？

电竞社团的第一场聚会一直热闹到了晚上 11 点 30 分，众人才陆续开始散场。

老生在学生活动里浸淫已久，都是老油条了，新生不懂，没少被灌倒。社团里几个负责人指挥着，把那些喝大了的往回送。

等到身边清静了，马靖昊回头扫视包厢里。除了葛静和另一个副社长还有后勤部的男部长外，就只剩西南角落沙发上的两位了。

马靖昊定睛看了几秒，哭笑不得地走过去。

“隐哥。”

秦隐抬眸。

11 点 30 分已经超过某位电竞圈老干部常规作息里的睡眠时间半小时有余——在本应入梦的时间里被吵了一晚，秦隐此时的情绪绝对算不上好。所幸，肩上有个“镇”着他的。

马靖昊示意了下谈梨：“还没醒？”

秦隐眼底凉意淡下来，语气里带点轻嘲又像纵容：“一次都没醒过。”

马靖昊挠头：“睡这么久，这喝的是酒还是安眠药啊？”

秦隐没说话，侧垂下视线看去。

葛静也走过来："社长，女生那边还没走完，让她们送谈梨学妹回去？"

马靖昊："睡得沉，女生恐怕没法送。"

"那……"

"我送她就好。"冷淡声线插入两人的对话中。

马靖昊不意外，葛静却皱眉看过去。对上两人亲密相依的姿势，他微微咬牙："这不合适吧。"

秦隐到此时才抬眼，眼神冷淡："哪儿不合适？"

明明那人是坐着，是仰视他的，但葛静心里莫名就有种被俯瞰甚至被轻视的感觉。

他拧着眉微握起拳："时间也不早了，你一个男生送谈梨一个女生回去，发生什么怎么办？当然不合适。"

这话一出，包厢里冷了场。

原本置身事外的马靖昊和后勤部长同时愣了下，马靖昊伸手拉了葛静一把，压低声："你胡说什么呢？"

葛静反应过来，知道自己刚刚那话就算是实话也说得太直白太撕破脸，他不由僵住。

这几秒寂静里，沙发角落，男人半垂着眼低哂，声音清冷微嘲："和你有关系吗？"

一听这话，本来就还没冷静下来的葛静急了，他头猛扭回来："你什么意思！"

"我送我女朋友回去，和你有什么关系？"

"女朋……"葛静愣住，本能反驳，"谈梨明明说了她不是你女朋友！"

秦隐冷了眼。他似乎懒得再与葛静多言，从身侧拿起手机，修长指节在屏幕上轻划几下，调到某个页面。

截图，进社团群，私聊"葛静"，图片发送。

葛静手机"叮咚"一声，他点开消息，皱眉问："你给我发了什么？"

"自己看。"

连马靖昊都好奇了，不过碍于秦隐还坐在那儿，他忍住了没凑过去。

葛静点开图片。那是一张群聊截图，最上面标写“12级信工（1）班班级群”。

> 昨天晚上12点后，我在女寝楼后撞见两大佬一起回来的。
>
> 后面没看清楚，两人一直藏在楼侧的阴影里，好像是校草把校花按在墙上亲吧。

比起前面大片的匿名消息，最下面的正主回话，用着谈梨头像，顶着“小孩儿”备注的气泡，醒目到刺眼——

> 同学，你肯定看错人了。我们接吻不是那个姿势。我一般都先在墙上劈个一字马，壁咚亲他。

葛静僵住。

不等他抬头，就听沙发上秦隐冷冷淡淡地开口：“图片就给你留作纪念。不用客气。”

秦隐单手扶住谈梨，稍稍用力，然后他起身，将披着他长大衣的女孩一并抱进怀里。

“如果没什么事，那我就送她回去了。”

这话是对马靖昊说的。从放完最后一句致命嘲讽以后，某人的视线就再懒得往葛静那里落。

马靖昊立刻点头：“用不用我给你们叫辆车？”

“不用，我叫过了。”

“好……哦，对，还有梨子的挎包，别给她忘了。”

马靖昊转身去取，没注意包没扣紧，他一拉包带，没盖上的包扣间掉下件东西来。马靖昊捡进手里，愣住了。

一盒香烟。深蓝色打底，滚一圈金边，硬质包装，芙蓉王。

马靖昊又蒙又尴尬地抬头，把香烟和包一起拿起来，他干笑：“不愧是梨子啊，还抽……”

“那是我的，她不碰烟。”秦隐淡声接了。他眼帘一撩，漆黑眸子里映出三人不相信的表情。

沉默持续了数秒。

秦隐唇角一勾，今晚积郁的不快压抑到某个危险的边界，他眼神薄凉又冷：“盒里还有 7 支，你们想检查一下？”

“哪、哪能啊。”

马靖昊一下子回过神，他连忙把香烟盒放回谈梨的挎包，然后把合好的挎包放进被横抱着的女孩怀里。等两方礼节性告别，马靖昊看见包厢门关掉那道离开的身影，他表情一垮，搓着胳膊回头。

“校草大佬简直就是移动制冷机，他明明比我还小两个月呢，怎么在他面前我像个孙子似的？”

后勤部长嘲笑：“确实像。”

马靖昊：“滚滚滚。哦，对，还有你，葛静，你今晚怎么回事，人家小两口的事情你掺和什么啊？”

葛静正对着那截图咬牙，闻言抬头：“谁说他们一定是男女朋友？”

“那流传这么久，也没见人两位大佬公开澄清啊。”马靖昊说，“而且就算他们不是，那关系至少比和我们亲近多了——秦隐不送，难道要你送？”

葛静脸色难看：“可如果不是男女朋友，万一出事怎么办？”

“出事？什么事？”

“深更半夜孤男寡女，还能什么事？”

马靖昊气笑了：“这就是我最放心秦隐送的原因了。”

“？”

马靖昊没直接给葛静解释，而是扭过头去问后勤部长：“最坏的结果，一个把另一个睡了，你觉得他俩是谁睡谁？”

后勤部长想都没想：“那肯定梨哥睡了校草大佬啊。”

马靖昊捧起无辜笑脸，耸肩转头：“你看。”

后勤部长大约也看出什么了，他叹着气走到葛静身旁，拍了拍对方肩膀：“老葛啊，我看你也别想太多。谈梨说不是男女朋友，可能就只是男女朋友之间闹别扭呢。”

“不是，她明明还说过她想让秦隐疏远。”

后勤部长：“你注意到秦隐的手机了吗？”

葛静不情愿地停住：“没，怎么了？”

“手机套是定制的Q版Liar，”马靖昊插话进来，“和谈梨的好像是情侣手机套，对吧？”

后勤部长猛点头：“更何况，人家都给秦隐装烟了，就算不是男女朋友，这得多亲密？”

葛静的脸色灰败下去。

马靖昊突然想起什么，咬牙切齿：“啊。”

后勤部长一愣：“社长，你又怎么了？”

“我刚刚才反应过来，秦隐从谈梨包里掉出来的那盒烟，是钻石芙蓉王吧？”

“啊？”

“长得帅成绩好游戏牛，这都不够，他竟然还是个富二代？简直没天理！”

即便是P市，接近午夜12点的街道上也冷清下来。

路灯高悬，衬得夜幕里星子黯淡躲藏，长灯下的路边，一辆锃光瓦亮的黑色轿车大喇喇地停着。被盖章“富二代”的某人，此时刚把怀里的小姑娘抱进车内。

秦隐自己也坐进车里。

司机是个生脸儿，没见过，正透过后视镜看秦隐：“您是秦隐先生吧？”

“嗯。”秦隐抬眸，“去F大。”

“好的。”

秦隐垂眸，慢慢揉按着左手手腕。

司机在后视镜里瞥见了，玩笑道：“您女朋友看着有一六五往上的身高了，抱起来不太轻松哈？”

“不怪她，”秦隐眼都没抬，“是我手废。”

司机无言以对。

许是从 KTV 出来这一路夜风太凉，或者是在秦隐怀里颠簸着了，原本熟睡的谈梨在上车前后明显有些躁动。

秦隐注意到，提醒司机：“后座灯光调到最暗吧。”

“好。”

秦隐的视线落到窗外。

左手手腕还有些麻木的余痛，大约是在抗议他今晚对它的过度使用。这疼痛在普通人承受起来可能困难，但秦隐早习以为常。

窗外长灯与夜色勾勒出的光影，交错着在他身上晃过去。那双清冷得近乎薄凉的眉眼间，甚至连一丝情绪都找不到。

直到轿车转过一个十字路口，秦隐习惯性地往车里落了落目光。然后在昏暗里，他对上一双眼睛。

秦隐一滞。回神，他垂眸，低声问：“你什么时候醒的，头疼吗？”

女孩不说话。

秦隐皱了皱眉。

如果不是那双乌黑的眼瞳时不时会折起一点窗外落进来的碎光，亮盈盈的，像水一样，而且还专注得过分地盯着他，那他都要以为昏暗里的女孩还是睡着的。毕竟平常清醒的时候，她可从来没这么听话又安静过。

等等……清醒？

秦隐直起身，往女孩那里俯近，试图辨明她此时的状态：“谈梨？”

黑暗里，他的声音低低的，透着点哑，格外好听。而就在这一秒，女孩突然动了。

她抬起手，一把按在俯近男人的下颌上，捂住了他的声音。

这一动猝不及防，毫不手软，直接将秦隐压回他的真皮座椅里。等秦隐定了眸，女孩已经在有些狭窄的轿车后座里一翻身，直接跨坐在他腿上。

昏暗里，坐着他腿的女孩俯低，表情很凶：“你是谁？为什么绑架我？”

秦隐回神，索性顺着她的压制，倚在柔软的座前。

他撩起眼。昏暗中对视，在靠近他的女孩眸子里果然看不到什么固定的焦点。

秦隐略微头疼。

捂住他嘴唇的谈梨却不许他低头，她非常强硬地压着他的下颌，温热的手指在他脸侧贴得紧紧的。

“你说不说？再不说我就要撕票了！”

秦隐这受害人和行凶者的身份，她还真是无缝切换啊。

秦隐开始考虑，如何让此时大约身在梦里的谈梨知道，人被捂着嘴巴，尤其像被她捂得这样紧，是没办法说出话的。

而谈梨，从方才她就努力要看清楚这个大胆的“绑架犯”的长相，到此时近到能听见对方的呼吸声，她终于看清了。

她看清了从她手指盖住的唇向上，到高挺的鼻梁再往上的……那双眼睛。

凶巴巴的小姑娘突然就怔住了。

她怔了好几秒，才有些不可置信地、轻声地张了张口：“Liar？”

秦隐蓦地抬眸。

黑暗里，没有等到答案的谈梨很快就丧失了自己的耐心，她一边咕哝着“怎么又梦见你了”，一边迷蒙着眼眸慢慢压腰。

她捂在他下颌上的指尖传开一点敏感的轻栗，但仍是用力，像是要防止他动作或者逃走。然后女孩温软的气息一点点贴上来，像细密的小钩子一样缠住他的呼吸。

秦隐微皱起眉。

他的手就垂在身旁，即便腕部再不适，想制服一个醉得迷迷糊糊的女孩，或者拽下她胡闹的手把人推开，还是轻而易举。于是修长的手指在真皮座椅上轻动了下，似乎就要抬起。

但最终，秦隐只垂了眸。

他什么也没做。任她把他压在座前，亲狎地慢慢靠近。

车内气氛逐渐胶着。

司机师傅从开始便对后座的动静有所察觉，但他很有职业操守，所以在心里一边感慨年轻人的热情澎湃，一边默念“非礼勿视”。

这样持续数秒，目不斜视的司机师傅梗得脖子都发酸，攥着方向盘的手都汗湿了，后座依然安静着。

司机师傅心里很疑惑。

在他和良心斗争许久，几乎忍不住要抬头去看后视镜的时候，他终于听见安静的后座里传来女孩梦呓一样的轻声：“不、不行。”

谈梨停在距离自己捂着那人嘴唇的手只剩两三厘米的位置。

她表情严肃，眼神认真，语气板得像在做学术研讨报告：“我不能这样做。”

秦隐拿讲不了道理的醉鬼梨没办法，撩起一双清冷眸子来看她。

谈梨还在那儿低着头，一本正经地对着自己的手背做演讲：“做人不，不能这样。我要坚守……坚守自己做人的底线。”

这番自我劝导的过程中，她手心退开了点，但还是遮在秦隐下颌前，充当“口罩”。

秦隐得了空隙，一双眸子已被情绪染得黢黑，他声音有点哑地问她：“什么底线？”

谈梨绷起脸，抬起另一只手，指着自己手背认真地教训：“就算是在、在梦里，你也不能做一个女、女流氓。”

前排的司机师傅终于没忍住，一不小心笑出了声。

秦隐冷淡抬眼，在后视镜里和司机对视。司机咳了两声，努力憋回笑：“秦先生，你女朋友，戏不错。”

秦隐落回眼。

他看着坐在腿上，还在半梦半醒的状态里自言自语地不知道给自己上什么课的谈梨，慢慢勾了下嘴角。

“是不错，”他声音低低哑哑的，眼眸望着女孩，“跑来读信工……可真是委屈你了。”

“不委屈，”难为谈梨都醉得迷迷糊糊了，还成功接住话茬，她停下自我批评，改成握拳，“我是社会主义接、接班人。5G时代，不怕艰险，我……我要担负起建设祖国未来的责任来。”

秦隐失笑，垂眼：“在哪儿背的演讲稿？”

谈梨皱眉低头：“这是肺腑之言，你不要乱……咦，你是谁？”

酒后的余劲儿搅着后座里的昏黑，一番慷慨发言后，她似乎看不太清楚面前人的长相了。

谈梨又努力往前凑了凑，手也再次合到秦隐唇前，只是这一次的动作轻得多。

“啊，是Liar……你怎么会在这儿？”

秦隐无奈。喝醉不但乱扑人，“醒”来还变成个金鱼脑了。

谈梨捂着“受害人”的唇，自然等不到答案，冥想苦思没有结果后，酒醉状态的她完全没有为难自己的意思。

“不管了，原因不……不重要，”她豪迈地摆了摆一直自由的那只手，然后指到她自己捂着秦隐的手背上，“这、这就是你那只口罩吧？”

秦隐对她没脾气也没办法，他索性倚进座椅里，懒撩起眼看这个小傻子的独角戏。

“不说话就是默认了，我今天要，要看看你到底长什么样子！”

谈梨学着巫婆嘿嘿嘿地笑了两三声，可惜醉意让她的笑拖得轻慢模糊。她慢吞吞挪开手，露出一张不被遮挡的面庞。

在车窗外落进来的灯火映照下，那张脸上本就清隽立体的五官更被釉过一层淡淡光晕似的，令人赞叹。

对着这张帅脸，谈梨沉默三秒，面无表情，把手捂回去——

“不可能这么帅，重来。”

秦隐终于忍不住了，他抬手握住女孩的手腕，把那只没安分过的手压回腿侧。那冷淡声音压低了些，像威胁似的：“小孩儿，你当你在开盲盒吗？”

谈梨没挣动，也没反抗。她的情绪好像突然就低落了。

近乎罕见的乖巧，她就垂手坐在那人腿上，眼睫毛也一点点耷拉下去。

“你不能、不能长这样……”

秦隐听见她的呢喃。

他从靠背前微微坐起，上身和女孩的距离拉近，平常冷淡的声音在夜色的醉意里被浸得仿佛温柔。

“你说什么？”

“你不能长这样……”

“为什么不能？”

“因为……如果你长这样，那你就不是 Liar 了。”她的声音一点点低下去，像失望也沮丧到极致，甚至带上一点隐约的发闷的哭腔，“我想梦见的是 Liar，不是你，我想梦见他，我好、好想他了。”

明明最清楚，Liar 只是他的另一个身份，但在这一刻，秦隐还是无法克制地嫉妒起女孩嘴里的那个名字。

他在这种对他来说最陌生的情绪里，慢慢低叹了声。

然后秦隐抬手，女孩的手腕被握着，她的掌心轻轻覆到他唇前。

低哑的嗓音被压得模糊而磁性。

“我是。”

女孩茫然地抬起视线。

秦隐平静，声低而缓：“你看，我就是 Liar。”

一直到 F 大校门外，秦隐依旧能感觉到司机师傅落在他身上的同情目光。

那种同情，就仿佛他今天出门戴了顶帽子：绿色的，还得是荧光的，在夜里都能闪闪发亮。

秦隐懒得解释。

此时虽然已过 12 点，F 大校门外依旧活跃。对许多精力充沛的年轻人来说，夜只能算是刚刚开始。比如图书馆和实验楼里，每晚都有几层灯光彻夜不灭，直至天亮。

在人迹还算不得稀疏的校园里，公主抱一个小姑娘进校门显然太夸张了。秦隐虽然不在意旁人看法，但也并不想像博物馆展览物那样任人观赏。所以他便扶着再次昏睡的谈梨，在车里耐心地等了片刻。

到校门内外人迹稀了，秦隐才向司机道谢，然后背起半梦半醒的小姑娘，往校内走去……

第 14 章

代价·谁教谁

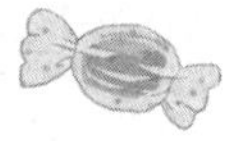

宿醉的代价是惨痛的。

谈梨一边头痛欲裂，一边面无表情地看着天花板想。

比如现在，她就感觉自己的脑海里仿佛被黑板擦结结实实清理过一遍，完完全全想不起昨晚发生了什么。更记不得，她是怎么做到闭眼前还在 KTV、睁开眼就是宿舍天花板的了。

她严重怀疑自己昨晚喝了假酒。

谈梨扶着床边的金属栏杆，慢慢起身。一件丝滑的长大衣随着她动作从她身上滑落，堆叠到腰下。谈梨停了停，垂眼提起这件沾染着陌生的、一点淡淡烟草气息的外套。

目测，男式。

谈梨顿时头更疼了。

“啊，谈梨，你醒了啊？”就在这时，寝室卫生间门口的方向，突然响起声音。

坐在床上的谈梨低头，看见顾晓晓端着脸盆从卫生间门口出来。从上次帮忙占位的友谊以来，顾晓晓在谈梨面前已经放松很多。

此时宿舍里没有其他人，她对谈梨说话就更亲近了：“我还以为你要睡到下午呢，没想到你竟然醒得这么早。”

“嗯，早上好。”谈梨垂回视线，头疼地揉了揉太阳穴。

“其实也不早了，”顾晓晓笑，“已经 9 点 30 分了。还好今天上午没课，不然你昨晚那个状态回来，今天可能就要惨了。”

谈梨抬了抬头：“昨晚我回来，你知道？”

“啊？”顾晓晓往阳台的脸盆架上放脸盆，闻言惊讶回头，“你不会忘了吧。”

“忘、什么？”

“就昨晚，还是我帮秦隐送你回来的。”

谈梨一僵：“秦隐？”

“是啊，多亏了他呢。”

从阳台回来，顾晓晓看着谈梨难得迷糊又茫然的表情，忍不住笑：“你实在忘记了，可以翻一翻班级群里的聊天记录，里面应该有‘证据’。”

谈梨压下心底那种不祥的预感。她拎起挂在床头的挎包，打开，第一个露出来的是深蓝色的香烟盒。谈梨犹豫了下，心虚地把它扒拉到一旁。

手机被她拿出来。

手机壳是周二款，还没来得及换今天的，背面 Q 版的 Liar 戴着黑色口罩，穿着一套黑白相间的兔子装，两只长耳朵一竖一折，怀里抱着一只有他过半高的大胡萝卜。没表情，但很可爱。

谈梨忍着暴躁阴郁的心情像是见了乌云后掀起一角的太阳，一点少但明媚的阳光驱散掉她眼底的阴霾。

谈梨打开手机，进班级群。上划几下，谈梨的手指停在一张照片前——

模糊的路灯下，空荡的校园主路上，身影修长的男生穿着单薄的白色衬衫，背上背着熟睡的女孩。女孩金白色的长发藏在身上裹着的男式大衣下，衣襟间睡颜安逸。他们走在树影间，亲密相依，影子也在灯下纠缠着。

做旧风格的滤镜，将这一帧拍得像尘封而美感蕴藏的画卷一样。

看了几秒，谈梨的视线就像被烫了下似的，立刻向下挪走，然后她看见后面议论。

这是我第一次嗑到真的。

没错，真好嗑。

都这样了，贴吧里竟然还总有人替代“辟谣”说两位大佬不是一对。

我看他们才是谣。

但是两位大佬确实从来没承认过吧？上次那玩笑，感觉连默认都不算啊。

没错，当时看校草大佬的回复，怎么看都觉得是玩笑。

那这照片怎么解释？

只是张背景照，从发色看被背的确实是校花大佬，但是背人的男生不一定吧，拍得挺模糊的，侧脸都没看到。

眼见之后都要为这个背影到底是不是秦隐吵起来，谈梨好奇地往下长拉。

直到在无数匿名中，一条无匿名、真ID真头像的信息赫然进入视野——

Y：谈梨寝室有人在吗？我不方便一个人送她上楼。

谈梨心平气和地看完，把手机扣回床上。床板被手机温柔安抚，发出“咚”的一声闷响，床下桌上的水杯都感动地晃了两晃。

顾晓晓听见动静，不安回头：“谈梨，你怎么了？”

“没事。”低垂着头的谈梨抬脸，扬起一个灿烂的笑，“所以，他就这样把我送上来了吗？”

“对，我那时候还没睡，就去楼下接你们了。”

谈梨揉了揉太阳穴。

虽然她不记得昨晚KTV里到底发生了什么，但至少从校门外到寝室楼下再到把她送上楼，显然都是秦隐一人包办，甚至更大可能，从KTV到学校的一路上也都是。

旧恩未还，又添新恩。再这样下去，谈梨怀疑自己要给这人无偿打一辈子工才够还。

谈梨想着，拿起手机，去消息栏里翻到那个黑色头像的Y，她点开了消息聊天框，发出两条去。

梨子：小哥哥，昨天晚上是你送我回来的吗？辛苦你了。改天我请你吃饭。

梨子：[小人儿鞠躬].jpg

发完消息，谈梨木着脸下床。那件男式长大衣被她随手搭在床头，准备之后送去干洗。

脚刚沾地，谈梨就感觉小腿传回来一种“这不是你的腿，这是棉花糖”的抗议。

她扶着床腿，伴着声叹息自嘲：“我昨晚喝的不是酒，是安眠药混着肌肉松弛剂吧。”

谈梨说完，转身，正对上顾晓晓一双欲言又止的眼。

“你好像有话要说？”谈梨一边问，一边走向洗手间。

顾晓晓犹豫着：“谈梨，你还记得昨晚在寝室楼下发生过什么吗？”

谈梨的身影停下，在原地僵了两秒，谈梨慢慢回身：“昨晚，寝室楼下？”

“对。”

“我难道不是一直昏睡的状态？”

顾晓晓：“额，其实你醒的时间，不对，半清醒的时间，还是挺长的。”

谈梨：“啊？”

顾晓晓观察着她的神情，小心翼翼开口：“我下到楼下的时候，你就是醒着的，而且……”顾晓晓的声音越来越低。

“而且什么？”

“而且，你那时候抱着秦隐，哭得特别伤心。”

谈梨：“我——抱着——秦隐——哭？”

开什么玩笑？！

或许是读懂了谈梨麻木表情里满眼的不愿相信，顾晓晓又很认真地补充了细节：“就在寝室楼前的楼梯下面，你不知道为什么坐在栏杆旁边，不肯上楼。我下去的时候，你正一只手抱着栏杆，另一只手抱着……”

话没说完，顾晓晓脸先红了。

谈梨:“什么？”

说话就好好说话，为什么要脸红？

然后顾晓晓声细如蚊地给她答了疑:“另一只手，抱着，秦隐的腿，而且无论我怎么劝你，你都不肯松开。”

从窒息到绝望，从绝望到麻木，再从麻木到释然，谈梨脸上连环变换过无数情绪以后，终于归为一种看开了的佛性。

她没再强撑着发软的腿，放任自己靠到床边:“我还哭了？”

“嗯。”

“哭得惨吗？”

“嗯，挺惨的。”

“那我有没有说什么？”

“啊？”顾晓晓愣了下，然后努力回忆几秒，“好像是喊过一个词来着，而且听起来是英文……”

“Liar。”

“啊，对，就是这个！”

找到正确答案的兴奋劲儿过去了，顾晓晓才想起什么，好奇回头:“谈梨，Liar 是什么，人名吗？”

“嗯。”

“啊，怎么会有人起这个名字？这不是骗子的意思吗？”

“是，Liar，所以是‘渣男’。”谈梨慢慢抬眼，眼底笑意潋滟，“电竞圈的第一渣男——我给他起的外号。”

顾晓晓陷入茫然。

谈梨没再说什么，走去洗手间洗漱，顺便用凉水给自己冷静一下，平复情绪。

等大脑终于清醒些了，谈梨一边拿毛巾擦着脸，从洗手间里出来，一边问出自己刚刚想到的最好奇的问题。

“既然我一直抱着栏杆不肯上楼，那你们是怎么让我上来的？”

“不是我，是秦隐一个人。”

顾晓晓的脸又红了：“我站在楼梯上面几阶，就只看见他朝你弯下腰，问了一句，‘选我还是选栏杆’。”

谈梨心生不祥预感：“然后？”

顾晓晓：“然后，你就攥着他大衣衣角，跟着他进楼了。”

“那件大衣也是，你怎么都不肯松手，秦隐就脱下来盖到你身上，然后才走了。”

谈梨：善。

不用说了，放朕入土为安吧！

谈梨心情麻木地回到桌旁，并十分恶毒地诅咒了一下自己的救命恩人——希望他今早洗漱的时候不小心脚滑摔倒，然后磕到了脑袋，把昨晚的事情全都忘光。别造成其他伤害，只忘了这一晚上就好。

怀着这“虔诚而美好”的愿望，谈梨慢吞吞捏住自己的手机，然后小心翼翼地掀起一条边，她眯着单眼往亮起的屏幕上看。

来自 Y 的消息聊天框——

Y：。

Y：你断片了？

Y：不用请我吃饭，省钱买核桃吧。

Y：多补补脑。

感受着这扑面而来的嘲讽，谈梨沉默了。

再给她一次机会，打死她都不会碰那杯酒一根手指头了。

11 月的第一天是个周五，最后一节课在下午 3 点结束。

没有中学时期的班内成绩作为教学指标，多数大学老师都保有同一个优良习惯：绝不拖堂。3 点钟的下课铃声响起，老师当即宣布下课。

虽说这周末就要开始上校选通识课了，但毕竟不比工作日这些还要期中期末考试的必修课，学生们都把周五的最后一节课当成周内课程的结尾。

铃声一响，他们已经欢乐地要冲出去了。

谈梨在的这个寝室属于典型的学霸寝，每节课占位必然抢占前排，再加上顾晓晓那边盛意难却，谈梨也只得跟着跑去老师眼皮子底下“添堵”。

此时的第一排，顾晓晓一边收拾着背包，一边问谈梨：“你今晚有安排吗？”

“可能会做一会儿直播，”谈梨视线定在手机屏幕上，没抬起来，“怎么了？”

顾晓晓：“校外新开了一家餐厅，我们想去尝试一下，你要不要一起？”

“我就不了，你们去吧。”谈梨抬头的同时也站起身，她朝顾晓晓晃了晃手机，“我先去接个电话，回见。”

“啊，好……”

谈梨一撩包带，轻松勾上肩，转身便离开了座位。

那道背影纤细，又潇洒利落，乳白色长马尾在身后甩起漂亮的弧线，引得前排有人下意识去看。

顾晓晓身旁，同寝的另外两个女生中的一个轻哼了下：“晓晓，说你几次了，她这种性格什么人都不在乎，才不会把我们放在眼里呢。也就你，总上赶着讨好她，值得吗？”

顾晓晓收回视线：“于悦，你别这样说啦。”

“你就犯傻吧。”

B 教学楼后有一片满是绿植的林子，谈梨顺着鹅卵石小路走进去，在被林叶遮蔽掉视野的地方，她接起振动的手机。同一秒，她面上的笑意像浸入水里的画布上的颜料那样，氤氲着淡开散去——

“您有事吗，谈先生？”

“谈梨，”电话对面的谈文谦声音压抑着情绪，“你为什么总不接向彦茗的电话？”

“向彦茗？”

谈梨靠在一棵粗粝的老树前，脚尖在地上划过半圈，才想起这“向彦茗”何许人也。

她唇角一勾，笑声里不掩嘲讽。

“哦，您那位朋友的儿子是吗？我没不接他电话，接到过一次，然后我就把他拉黑名单了啊。”

谈文谦噎了两秒，大约想发火，但还是忍了下去：“谈梨，你不要意气用事。大学是你人生里非常重要的一个阶段，你不能在这个阶段里犯傻。尤其是在 F 大这样的学校里，你能结交到的朋友都是很优秀的，你要多和他们接触，而不是和那些不三不四的小混混们交朋友。”

“小混混？”谈梨咬着唇肉清凌凌地笑了声，她仰起头看了看树叶间的缝隙，像被摔碎了的蓝天，“怎么，玩游戏、染头发就是不三不四的小混混了吗？那我就该和他们一起，我正和他们一样啊。”

谈文谦继续忍：“好，我不管你和那些人的交集，但彦茗是个好孩子，你和他多接触——”

谈梨被消磨掉本就不多的耐性，直言道：“既然您觉得他好，那您就认他当干儿子吧，我看他也挺想多你这么一个爸爸的。你们相亲相爱，就别再来烦我了，好吗？”

“谈梨！”谈文谦终于还是像个被点着了的火药包，“你在交友上这样自甘堕落，难道你母亲看到了就会高兴吗？”

谈梨一僵。

像石子落入湖中，她面上的神色被轻易敲碎，镜花水月一样散尽。她拎着包的另一只手慢慢收紧，电话里外皆陷入死寂似的静谧中。

然后谈梨听见自己冷冰冰地笑了一声。

“就算她还活着，她也不会怪我。毕竟她谁都没看上，到最后也只选了你——就凭这一点，她哪有资格批判我交友的眼光？”

对面一阒。

谈文谦半晌才气恼至极地问：“你铁了心和那个只会打游戏的小子在一起，是吗？！”

谈梨顿了下，她几乎本能地想否认。

但这种关键时候，气势绝不能丢，所以谈梨回得坚决而果断："没错啊，我认定他了，就算他只有小学毕业我也喜欢。"

"好，谈梨，你别后悔。"

最正常模式的不欢而散，谈梨再熟悉不过。

除了谈文谦提到他不配提到的人，这点小插曲甚至都没怎么太影响谈梨的心情。她从盒子里晃出来一块糖，抛进嘴巴里，便踩着鹅卵石路上拓下的树叶和碎影，沿着原路返回。

谈梨哼着不知名的小调，穿过 B 教学楼的露天长廊，也路过方才上课的教室门。只是走出去几步，她又拽着包倒着退回来了。

谈梨停在门旁，视线落进教室里。

她离开的这片刻，教室里早就走得没什么学生了，只剩后排一对小情侣卿卿我我，以及……

"哈喽呀，小哥哥。"

听见这活泼又熟悉的声音时，半倚坐在第一排桌前的秦隐撩了撩眼。他拿着手机放在耳边的胳膊跟着转了下，完整露出那张脸。

映在黢黑的眸子里，出声的小姑娘正靠在教室前门门框上，朝他笑得阳光灿烂，像个小疯子似的。

谁又惹她不高兴了？

秦隐难得走了神。

"所以你今晚就……"手机里女声敏锐察觉，"秦隐？你在听我说话吗？"

秦隐落回眸："嗯。"

女声停顿一两秒，问："你今晚能过来吗？"

"可以。"

"好，那我晚餐前把地址发给你……"

站在门旁的谈梨意外地眨了下眼。

刚刚她是被无视了？

那人好像就看了她一眼，然后就很没有礼貌地连招呼都没打、手都没抬一下地……把头低回去了？

换个正常点的小姑娘大概又恼又委屈，转头就走了。谈梨显然和“正常点的小姑娘”这个词完全不挂钩，所以她怔了一秒后，笑得更加灿烂恣意。

她拉稳包，身影扭着角度一晃，踏进教室内。

那人靠坐在第一排，优势逆天的长腿就懒洋洋地搭在第一排前的那片空地上。谈梨没走几步，就到了他腿旁。

秦隐察觉，抬眸。

他倚坐着，面前的小姑娘站着，抹掉那 20 厘米的差距，两人此时的“身高”基本就在同一条水平线上了。

这个正视的角度，秦隐能最清楚地看见谈梨的表情——几乎就把“我要使坏了，你快跑吧”几个字刻在脸上。

谈梨虽然是个小坏蛋，但也是个体贴、知心的“好”小坏蛋。所以她给秦隐留了充分的反应时间或者警告时间——他但凡给她一个眼神或者口型的示意，那她就不捣蛋了。

但都没有。

秦隐就那样坐在那儿，懒洋洋地半撩起眼，他看她的眼神冷淡又绵长，不知道为什么，让谈梨想起那种凌厉而勾人的薄刃唐刀，只是这刀此时是收着鞘的。

如果碰一下，再跑得快点，应该不会被伤到。

心底那点小小的蛊惑的声音从盖子下掀起一条缝，钻了出来，然后它跑得身体里每一个角落都是，藏不住又抓不着。

谈梨入了蛊，她慢慢倾身，靠过去。

她扶住秦隐坐着的长桌，调皮的几绺长发从她肩头滑落，勾拂过他卷起衬衫的、线条凌厉的手臂。

快到最近处，她几乎要吻上他指节微凸、漂亮分明的手指。

秦隐未动。

谈梨一笑。

隔着修长冷白的指背，隔着薄薄的一个手机，女孩一笑艳丽又恣肆，坏劲儿十足的。

“小哥哥，困觉吗？”

手机里，女声戛然一停。

秦隐撩起眼帘。他就那样看着谈梨，然后对手机里开口：“我还有事，先挂了……妈。”

谈梨身影顿住。

谁！

秦隐平静地挂断电话，手机放回大衣口袋，然后他撩起眼，看向谈梨。

“困什么？”

对上那双凉凉淡淡似笑非笑的漆黑眸子，谈梨㞞得极快，她巴掌一拍十指一合，食指指尖在额头上抵住，做叩首状。

“对不起，我错了。”

这个姿势保持了三秒，她抬了一点点头，睁开一只眼睛，认错都古灵精怪得气人——

“我真不知道是阿姨，如果她误会了，我可以打电话给她解释。”

秦隐就那样望了她几秒，眼帘一扫，眼睫毛垂了回去。他随手拿起搁在一旁的包，长腿收回从桌前起身。

“不用了。”

垂下的眼睫毛晃碎掉那一点清冷的笑意，直身和谈梨擦肩而过时，那人又恢复惯常的冷淡模样。

“我会和她解释的。”

谈梨松了口气。提着挎包，她转身跟上去。

“秦隐小哥哥，你今天下午和晚上有什么安排吗？”

“问这个做什么？”

“没什么，就是，如果你还没有安排，那我就帮你安排安排。”

秦隐闻言停身。

谈梨掰着手指从他身旁过去，语调散漫：“毕竟我还欠着你一段排位赛、一顿饭、一盒香烟……我不是喜欢拖欠债务的人，总得给我个机会还清了吧？”

说完，谈梨停下，原地转身，背扣着手无辜地看向秦隐。

秦隐问："你想怎么还？"

"唔，比如现在……"谈梨抬起手腕，看了一眼手表，"下午 3 点 30 分，还剩 3 个小时到晚餐时间，我可以先带你去老蔡那里打排位，然后请你吃饭。"

谈梨说完仰起脸，讨表扬似的灿烂一笑："怎么样，我的计划是不是很完美？"

秦隐有些意动，更多的则是遗憾："我今晚有约。"

谈梨怔了下："是上次我在生态餐厅没能碰面的，你的朋友？"下意识脱口，谈梨又觉得唐突，眼睛一弯，"我随口一问，不说也没关系。"

"不是，"秦隐眼神微动，似乎想说什么，但最后他只回答，"是我父母。"

"啊。"想起自己几分钟前作的大死，谈梨不知道该做个什么表情。

沉默在微凉的秋意里发酵了片刻。

谈梨回神，灿烂笑起："那祝你和叔叔阿姨吃一餐快乐和睦的团圆饭。"

一餐晚饭用上"祝"，听起来有种别扭的隆重。

但秦隐想起半个多月前那个深夜，他在教学楼前滂沱的大雨里无意听见的谈梨的电话……那也是他第一次见这个小疯子失态。

对有些孩子来说，快乐和睦这个词或许从来与家庭无缘。

秦隐垂眸，认真应下："好。"

谈梨并未察觉，她准备转身时，又想起什么："对了，那个叫向彦茗的，没有骚扰过你吧？"

秦隐一顿。

谈梨以为他忘了："就是上上个月底，生态餐厅里那个——"

秦隐："我知道。"

"咦，"谈梨意外抬眸，"那你记性真好，我就忘了。"

秦隐眼底原本凉凉的情绪里，掠过一点笑意。他走下台阶，经过谈梨时声音犹冷静淡然："后来遇到过一次。"

谈梨警觉，扭头跟上去："他有骚扰过你吗？"

"没有，只是求证了一下。"

"嗯？求证什么？男女朋友关系？"

谈梨没等到那人回答，只等到他瞥过来的一眼，意味不明："不是你告诉他们，我不上学、没职业？"

"啊，是吗？我已经忘了。"谈梨非常坦诚，"他问你为什么出现在F大了？"

"嗯。"

"那你怎么说的？"

"陪读，"秦隐声线平稳淡定，"家属。"

谈梨："噗。"

她扭过身去，憋了两秒还是没忍住，小姑娘哈哈哈地乐起来。等终于停住，谈梨转回来，眼角眉梢还有笑意余留："你真这么跟他说的啊？"

"嗯。"

"你这张脸在F大这么有名，等他之后发现真相还不得气死，不对，应该已经发现了……"谈梨停了笑，轻眯起眼，"看来他是没告诉谈文谦啊。"

秦隐听见谈梨后半句自言自语，微微顿眸。"谈文谦"这个名字有点耳熟，他似乎在哪个长辈那里听到过。不过秦隐对长辈们口中那些事情从来不太上心，当初他的高考志愿填报没选金融方向，还曾惹得秦家、萧家两边的长辈出动，照样没拧过他的意愿。所以即便想回忆，那些没上心过只偶尔听到的琐碎信息也找不着来源。

秦隐没强求。他想起之前看见教室门外，那个无缘无故就小疯子似的灿烂笑容，她深藏的不快现在看来也有迹可循了——

"你父亲为向彦茗的事情，给你打电话了？"

谈梨一怔。

她转过头，也把思绪拽回来，惊讶地看着秦隐："哇哦，小哥哥，你是福尔摩斯转世吗，怎么连这都猜得到？"

秦隐不答。

谈梨点了点头："他还以为你是个玩游戏没职业不上学的，让我好好交正经朋友呢。"

"你怎么说？"

"我还会怎么说？"谈梨笑得没心没肺，"当然是撑得他哑口无言，最后跟我撂狠话挂电话了。"

秦隐收回视线："他毕竟是你父亲。"

谈梨眼底笑意一冷，面上不变："干吗？你也要什么都不知道就拿父女情深血浓于水那一套灌我鸡汤了？"

秦隐不疾不徐地接了后半句："一旦有能力的父母下了狠心整治子女，你会吃亏的。"

谈梨愣了下。这个"毕竟"后面的转折倒是她没想到的。

回过神，谈梨满不在乎地摆了摆手，嘲笑："他能拿我怎么样？我又没有什么需要他。"

话声未竟，谈梨的手机振动起来。她摸出电话。

然后秦隐就看见，前一秒还笑得恣意散漫的小混蛋，这一刻就直接停在了原地。

他微皱起眉，跟着停下。

谈梨从僵滞里回神，接起电话。

女孩的声音是秦隐第一次听到的、完完全全收敛了爪牙的乖巧——

"外婆？"

"梨子，我听谈家那边打来电话，你父亲说你，交到男朋友了？"

谈梨："……"

20 分钟后，谈梨挂断电话，也不说话，眼巴巴地瞅着秦隐。

要不是秦隐见惯了她张牙舞爪、恣意憋坏的劲儿，那大概真就要被这水汪汪的眼神骗过去了。

可怜攻势持续十秒，秦隐不为所动："去不了。"

谈梨竖起一根手指："就去露一面，露完面我立刻把您送回家。"

"几点结束？"

"这个……"谈梨迟疑。

秦隐不意外，轻嗤了声："结束时间你都不确定，还敢跟我打包票？"

谈梨想了想，遗憾叹气："也对，那算了。"

谈梨不想为难秦隐，放弃得很快。

两人并肩，无声地走出去几米，秦隐突然问："你要怎么办？"

"啊？"谈梨回眸。

"既然你外婆要见你男朋友，那你今晚怎么办，找你的二四六吗？"

过去两秒，谈梨才终于反应过来二四六指的是谁，她弯眼失笑："不敢不敢，那位比我还莽，我还是自己一个人去吧。"

身旁突然没了动静。

谈梨走出去两步，才察觉秦隐没跟上来。她停住，茫然转身，就见那人站在原地，半撩起眼看她，眼神好像有点……

不等谈梨读懂，那人眼帘一垂，眸子里情绪全都遮了。

"走吧。"

"啊？"

"我陪你去。"

肖一炀若是在场，一定免不了扼腕叹息。

家风森严的秦家不知道拿多少清规戒律养出来的活祖宗，到底就这么把他的第一次妥协拱手送出去了。

在F大校区周围，最拿得出手的餐厅自然还是那家把自己的身价抬得很高的生态餐厅。所以毫无意外地，谈梨外婆和谈文谦选定的晚餐地点依然是那里。

秦隐答应陪谈梨同去后，两人到F大校门外搭上计程车，直奔餐厅。

车里，秦隐拿出手机。

谈梨十分感动他的临危相助，对他关心慰问一路了，此时自然也不会放过："你要打电话吗，小哥哥？手酸不酸呀，小哥哥？需要我给你举着手机吗，小哥哥？"

出租车司机从后视镜里，意味深长地看了两人一眼，大概以为这对颜值过高的小情侣在玩什么游戏。

秦隐撩起眼："给我父母打电话，推掉今晚晚餐的约定——你来？"

再次想起那句"小哥哥，困觉吗"，谈梨立刻带上恭谨谦让有分寸的微笑："不了不了，还是您亲自来。"

秦隐唇角不明显地抬了下。电话拨出去，他转向窗外。

对面接得异常快。不过电话里不是让肖一炀闻风丧胆的"萧阿姨"，而是个压得低低的中年男声："宝贝儿子？"

秦隐眼神一跳："怎么是你接的我妈电话？"

"你萧姐去洗手间了，不在。"

计程车里本来就安静，谈梨和秦隐又都坐在后排，谈梨几乎能把电话里的声音听得一字不落，所以她此时的表情也就格外迷惑。

宝贝儿子的妈是他萧姐？这什么奇奇怪怪的家庭伦理构造？

"宝贝儿子啊，我听萧姐说你可能交女朋友了？真的假的？"

"假的。"

"咦，她之前明明说听到你旁边有一个很亲近的女孩子的声音。"

秦隐眼皮撩了撩，视野里罪魁祸首无辜地扭头看向窗外，只差再心虚地哼一段小调了。

秦隐垂回眼，唇角淡勾："她听错了。"

"嗯？萧姐怎么可能出错，你不要……啊，她回来了。萧姐，是我们宝贝儿子的电话！"

一个有点冷淡的女声隐约传回："说了在外面不要这样喊我。"

"对不起，老婆，我忘了。"

"也别贴我这么近。"

"可是老婆你身上香香的，我喜欢这个味道……"

"滚远点。"

"那开免提让我也听听我们宝贝儿子的声音吧，呜呜……"

计程车内，秦隐手肘撑在车窗旁，忍耐地按了按额角："你们要肉麻能等回家以后没有第三个人在的时候吗？"

"等等。"

"萧姐我——嗷……"

“好了。”乱七八糟的声音结束后，冷淡的女声回到电话里，“解决了。有什么事情，说吧。”

谈梨：哇哦。是她理解的那个“解决了”吗？

秦隐显然习以为常，声线都冷淡如旧：“你们已经选好餐厅了？”

“嗯，他犹豫太久，我随便选了一家。”

“我可能会晚到。”

“嗯？”

“我这边，”秦隐停了下，搭在膝上的指节轻敲了敲，“学校里临时有事，我要晚一些过去。”

对面沉默下来。

谈梨置身事外地旁听都莫名有点不安，她回过头去看身旁，却见某人依旧是一副淡然自若岿然不动的模样。

不愧是他！撒谎天赋上，都比其他人多了不知道多少个技能点。

女声终于再次开口：“是学校里有事，还是你个人私事？”

“学校。”

“你真没交女朋友？”

“没有。”

“那之前的声音怎么回事？”

“路过的女生，认错人了。”

这对答如流让旁边的谈梨很有点刮目相看的意思。

而在这番质询后，电话里的女生似乎也打消了疑虑：“好，那待会儿我发你位置，你来之前做回复。”

“嗯，我记得了。”

通话结束，秦隐放回手机，侧眸对上谈梨没来得及转走的视线：“怎么了？”

“没事。”谈梨笑着转开，几秒后，她又认命转回来，“好吧，我实在有点好奇。”

秦隐撩起眼帘，静等她开口。

谈梨：“刚刚是你家的叔叔阿姨？”

“嗯。”

“这样啊，”谈梨点点头，“叔叔性格……真好。”

秦隐淡淡一哂：“你是想说他神经兮兮的吧。”

“没有，真的很好。对阿姨的称呼虽然有点奇怪，但是很可爱。”谈梨认真道。

秦隐深望她一眼，垂转目光：“他们是姐弟恋，我妈姓萧，从年轻时候他就那样称呼她了。”

“叔叔一定很爱阿姨。”

秦隐冷淡勾唇，带点嘲弄：“他一直很妻奴。”

身旁突然没了声音。秦隐回眸，就见小姑娘洋溢着笑，托着脸看他。

秦隐：“看我做什么？”

谈梨：“刚听见叔叔和你说话的时候，我就在想，什么性格遗传果然都是唬人的。”

秦隐抬眸：“但是？”

谈梨笑着接了：“但是，等阿姨的声音一出现，我就想，它可能还是有点道理的。”

“……”

“所以你别担心，依我看你完全没继承到叔叔的半点可爱，妻奴属性也不会的。”

“……”

计程车把两人送到生态餐厅外。

这一次订的包厢依然是上次的树洞厅，谈梨轻车熟路地踏上圆拱桥，走过“水帘洞”，和秦隐一起到了那个大树桩子外面。

谈梨回头，给秦隐吃定心丸：“你放心吧，小哥哥，这次一结束，我一定找个机会表明我和你分手了，绝对不会再麻烦到你了。”

秦隐没说话，只瞥了她一眼。看眼神，应该是不太信任她这句话。

谈梨心虚地摸了摸鼻尖：“咳，那我们进去吧。”

踏上几级木纹质地的石头台阶，到达树桩门前。

在侍者朝他们做迎宾礼并躬身去拉开房门时，谈梨想起来回头嘱咐秦隐："我舅舅现在人在国外，应该只有我外婆和谈文谦两个人过来，进去以后见到老太太，你就跟我一样喊外婆吧。"

"嗯。"

拉开门的侍者直回身，闻言犹豫了下，还是提醒："谈小姐。"

"嗯？"谈梨停住。

侍者："您父亲好像在古船厅那边遇见朋友，请了他们一起过来的。所以里面现在不止两位客人。"

谈梨怔了两秒，冷笑了下。

"上次是朋友儿子，这次干脆是朋友一家了，还拉上外婆……他是以为人多就能赢了？"

谈梨眼底嘲弄被冷浸透，但最后还是慢慢按捺下去。

她转回头，亲昵地挽起秦隐的胳膊，一边往里走一边小声打气："小哥哥别怕，我保护你。"

秦隐撇出一声低而清冷的笑："谢谢你？"

"客气客气。"

踩着最后一声客气的尾音，谈梨和秦隐姿态亲昵地踏进包厢里。

谈梨果然见到一对陌生的夫妇坐在桌旁，似乎在与她家里那位老太太攀谈。听见门口响动，连带谈文谦，四人目光一齐落过来。

谈梨挽着秦隐，停住。

她不看旁人，只朝老太太乖巧又甜甜地笑："外婆，晚上好。"

她停住，等秦隐接一句。等了两秒，身旁安静，谈梨搭在他臂弯间的手偷戳了戳他。

"外婆好。"

身旁声音低而清越，尾音压出一丝叹意。

"爸，妈，晚上好。"

谈梨猛然转头："？"

谈梨几乎怀疑自己幻听了。

但这时候已经顾不得别的，她拉着秦隐背过身，声音压到最轻："谈文谦旁边那对夫妇朋友，难道就是你家的叔叔阿姨？"

秦隐语气平稳："嗯。"

谈梨运了口气，压下心底的惊涛骇浪，唏嘘："我以为今晚这餐晚饭会是部斗智片，万万没想到是部恐怖片。"

秦隐被她语气逗到，淡笑了声。

谈梨捕捉到那一点声音，歪过头看他，压着声敬佩地说："这种时候你还笑得出来，小哥哥，你这心理素质不做谍报工作打入敌方后部，那真是太可惜了。"

秦隐平静回道："这时候还有心情玩笑，你也不差。"

"我不一样。"谈梨龇牙，没心没肺，"我刚刚突然想到，你家叔叔阿姨就是谈文谦的朋友这件事，其实对你假扮我男朋友没有什么影响。但对你就不行了。"

秦隐垂眼望她。

谈梨拿手遮着嘴巴想开口，她贴他极近，但这 20 厘米的垂直高度差实在难以逾越。

谈梨没多想，就着手搭在秦隐臂弯间的姿势，踮起脚攀在那人肩侧低语："你可是撒谎骗了叔叔阿姨，说你今晚在学校有正事要办的。"

谈梨说完就落回脚，弯弯的眼角里漾着笑，衬得一双乌黑瞳子里水光转啊转啊，俏皮又憋坏，满是幸灾乐祸的劲儿。

秦隐垂下眼，淡淡瞥她："是因为谁？"

谈梨做无辜状："啊，我也没想到会这么巧不是？不过小哥哥你放心，我不是忘恩负义的那种人，之后有什么需要，我一定帮你兜着。"

秦隐未答。借着身高优势，他微撩起眼，视线眺过身侧那颗乳白色的小脑袋，落到包厢里侧去，然后便接上他的母亲萧筱女士深浅难辨的目光。

方才的包厢里不只谈梨蒙了，那边两位老父亲也蒙得不轻。尤其是谈文谦。

前一秒他还在皱眉打量这个没有正经职业却敢惦记他女儿的小子，下一刻他就听见秦隐那句让他愣住的话。

这片刻死寂过去，秦亦生吃惊地回头，问妻子："老婆，门口那个长得特别像我们宝贝儿子的帅哥，刚刚是不是叫我‘爸’了？”

“你说呢？”

“可我们那个从来不撒谎的宝贝儿子现在应该在学校，怎么可能出现在老谈的包厢里？还挽着——”秦亦生停了停，侧了侧身问谈文谦，“老谈，那个漂漂亮亮的小姑娘是你闺女吗？”

谈文谦心情复杂：“是。”

秦亦生于是转回去，自己接自己的话头：“还挽着人家老谈的宝贝闺女。”

萧筱抽走目光：“那你就得问他自己了。”

包厢里原本尴尬沉默的气氛，在秦父的插科打诨下变得轻快了点。秦隐和谈梨被长辈们叫着落座。

有外婆和秦家父母在，谈梨这次比上回安分多了，她老老实实地等服务生拉开椅子，和秦隐并肩坐下来。

谈梨的外婆一辈子都是家庭主妇，对商场上的事情、谈家和秦家的交情这些不了解，也不关心。她只在意自己今晚过来的原本目的。

所以在把谈梨身旁那个相貌极为出众的年轻人打量过片刻后，老太太慈眉善目地问谈梨：“梨子，他就是你爸提起的，你一直在交往的那个男朋友吧？”

不等谈梨抬头，秦亦生和萧筱夫妻两人的目光先一步戳过来了。

谈梨没吃什么，但还是有种噎住的感觉。

恰好此时服务生上来布菜。第一道是虫草鲍鱼盅，每客一把小巧的紫砂壶，再配一只小巧的紫砂茶碗，拿木质的托盘盛了，送到每位客人面前去。

趁着服务生布菜到自己面前，倾身时挡住了几位长辈目光的工夫，谈梨放在桌下的手飞快地攥住了秦隐的衣角，轻拽了拽。

秦隐回眸。

怎么办？谈梨给他做了个无声的口型。

可惜服务生动作娴熟，没给谈梨问第二句的机会就放好茶壶茶盅，让开身去。那边四位长辈的目光再次加身。

谈梨在心底叹了口气。

她当然记得在计程车里，秦隐是如何向他父母否认恋爱状况、解释她之前的恶作剧的。已经有“学校有事”的谎言被拆穿，如果秦家父母发现他们从不撒谎的儿子在恋爱状况的问题上也说了谎……

承认了他“死”，否认，她应该罪不至“死”。

“梨子？”外婆不解这沉默，追问了声。

谈梨心里有了权衡，她抬头，面上笑容灿烂：“外婆，其实是我……”

“小心，烫。”清冷声音提醒了一句。

谈梨本能中止话声，回眸看向身侧——秦隐正微倾过身，拿木质托盘上隔热的手绢托起她面前的茶壶。修长的手指勾过温润的壶身，将油光透亮的茶汤倒进谈梨面前的茶碗里。

给谈梨斟好一碗后，秦隐才淡定放回茶壶。

洁白的绢巾擦过冷白修长的手指，同时秦隐抬眸，眼神清冷自若：“抱歉，刚刚忘记跟您自我介绍了。我叫秦隐，今年 20 岁，是谈梨正在交往的男朋友。”

谈梨怔住。

老太太点点头：“比我们梨子大两岁啊，不过，我先前听梨子的爸爸说起，你目前是既不上学，也没有固定的工作？”

秦隐垂眸：“上次是我没能跟叔叔解释清楚。我现在就读于 F 大，和……梨子是同班同学。之所以有那样的说法，是因为我之前休学了几年，这学期刚刚返校。”

谈文谦眉头一跳：“你也是 F 大的学生？”

“是。”

谈文谦没说什么，目光转到谈梨身上。

这几句话间，秦家父母和谈梨外婆或许没明白，但凭他对自己这个女儿的了解，已经足够他把真实情况猜得八九不离十了。显然什么不上学打游戏没工作的说辞，都是谈梨故意糊弄来恼他的。至于秦隐……

谈文谦眼神微微闪烁。秦家的背景家风他再了解不过，从秦家走出来的儿子，也难怪有那样的从容气度……

“他们家的虫草鲍鱼盅是招牌菜品，每天仅限20例。妈，您尝尝看，合不合您口味。”谈文谦随和地转开话题。之后再与秦亦生夫妻交谈时，他也神态自然，没为难过秦隐一句话，仿佛已经完全忘记这场饭局的原本目的了。

就这样，这场成员诡异的晚餐在诡异的和谐里结束了。

秦家父母和秦隐的全程交流约等于零，谈文谦看出端倪，谈梨作为罪魁祸首深知根由，但他们谁都没提，直到饭局尾声。

谈梨的外婆一把年纪，身子骨年轻时便差，早早就乏了，谈文谦让人提前送她离开。

随后萧筱也起身：“谈总，我们归程远些，时间也不早了，就不打扰你们父女了。”

“好。”谈文谦起身，“我们两家原本就关系近，现在晚辈又有这样的缘分，以后说不定就该我去叨扰你们了。”

萧筱微笑：“理应这样，谈总别见外。”

“当然不会。”

那边客套完，萧筱转过头，眼里笑色冷下几分：“秦隐，你是跟我们一道回去，还是陪你女朋友？”

一听要和谈文谦独处，谈梨奓了奓毛。她本能地抬头看了秦隐一眼。只是本能过后，想到今晚已经把人折腾得不像话，谈梨又立刻把目光压着收回去了。

但小姑娘那难得发自内心的可怜巴巴的一眼，还是把秦隐原本到了嘴边的话戳得一颤。

他垂了垂眸：“我先送谈梨回学校。”

“好。”萧筱应得利落，转头对秦亦生说，“打电话给廖姨，让她把给他准备的生日蛋糕扔了吧。”

“生日？”谈梨一惊，下意识重复了一遍，仰脸看向秦隐。

“你今天生日？你们今晚是给你过生日的家庭聚餐？那你怎么还答应跟我……”

“祝我生日快乐。”他突然开口，轻声打断她。

谈梨那个平常转得比谁都快的小脑瓜现在已经宕机了，听见这个祈使句，她下意识循着他的话："祝你生日……快乐？"

秦隐第一次见这个总憋着坏劲儿的小坏蛋这么乖，乖得有点傻了。一点禁不住的笑意在那张清隽得有点冷淡的面庞上浮起。他也没掩饰，随心地勾起唇角，轻笑了声。

这声好听得过分的笑勾回谈梨的意识，她刚要仰头，脑袋上就被轻轻揉了一把。

"谢谢。"

长这么大从来也不知道害羞为何物的梨哥，这一秒僵在那儿，突然觉得脸颊上有点发烫。她想了想，一定是因为在三位各自年龄比她两倍都多的长辈面前被"摸头杀"，所以才激发了她埋没十八年的羞耻心。

对，就是这样，不可能有别的原因！

这一口无形狗粮，喂得三位爹妈一噎。

萧筱怀疑地轻眯了眯眼，开口："既然已经是交往几个月的男女朋友了，怎么连生日都没相互通过气？"

秦隐顿了顿，侧过身。不知道是有意还是无意的，他的身影把女孩半遮在身后。

"她是第一次谈恋爱，没经验。"

谈梨：这是当众侮辱她的大好声誉！

谈梨还没来得及反驳或者做出点别的什么回应，就听见身前看不到神情的那人低头淡淡笑了声。

和以往哪一次都不同，这声笑带着股这人特有的骚气。

"以后，我会好好教她的。"

谈梨：谁教谁？

第 15 章

贪念·赌你我

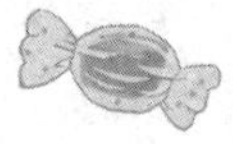

夜凉如水。

谈梨站在生态餐厅正门的门廊下，半低着头，穿着小白鞋的脚尖无聊地戳着地上的方砖缝儿。缝儿里有细细的草叶长出来，在不合适的季节，被秋风吹得摇摆，又被谈梨的脚尖调戏得一会儿往左，一会儿往右。

“这位小姐，您有什么需要吗？”

“嗯？”谈梨顺着声音抬头，看见一个穿着保安制服的小哥走过来，在距离她只剩一两米的位置停住。

清亮的月色，还有不远处的长楼灯火，把站在门廊台阶前的小姑娘的模样描上一层柔软的晕开的光影儿。

保安看清女孩的长相，面上笑容更加诚挚了。

“我是看你站在这里已经有几分钟了，需要我帮你叫一辆礼宾车吗？”

“不用。”

“那你……”

“我在等人。喏。”

谈梨转过身，踮着脚尖往后眺了眺，她伸手指向门廊下那辆流线绝美的轿车。

车的后排开了单侧的车门，一道清瘦挺拔的身影扶在门旁，低垂着眼，似乎在和车里的人说些什么。

保安的目光在那辆车上僵了许久：保时捷 Panamera Turbo 系列，目测还是加长版。他讪讪地落回视线，语气也拘谨了点：“原来您是和那边的贵客一起过来的。打扰您了。”

转回来的谈梨眨眨眼，似乎看穿什么：“告诉你一个秘密。”

“嗯？”

“其实车门旁边那个是我男朋友，车里的是他妈妈。但我和他们不一样，我家里可穷了。”

“啊，这……”保安的目光不太信任地落到谈梨的小白鞋上。上面有个三角 logo 非常显眼。

谈梨不在意地收回脚尖，龇牙一笑：“这是我男朋友给我买的。”

“那您运气真好，”保安由衷感慨，“怎么能认识这么有……优秀的男朋友？”

谈梨认真想了想：“可能因为我美吧。”

保安：“？”

她朝保安一笑，眸子里像盛了两汪潋滟的月色：“怎么，你不信啊？”

月色荡得人心湖一晃，保安白净的面皮发红：“信，信的。”

谈梨笑容一顿。

好像撩过了……和他待久了，习惯性以为所有人的防御力等级都是他那个级别的了。

谈梨轻咳了声，克制地收住笑：“嗯，我男朋友被我美色所惑，所以对我百依百顺予取予求。可惜啊，我还是不能和他在一起。”

保安小哥茫然抬头：“为什么？”

他的话声对着视线抬起，戛然一停。

谈梨没注意，顺着自己的剧本往下扯，语气悲伤且入戏：“因为他妈妈不同意我们在一起，要拆散我们。最晚下周，她一定会带着一张 1000 万的支票来找我，让我离开她的儿子，而我的父亲急需一笔钱渡过公司难关，我肯定忍不住要收下的。”

谈梨声情并茂地说完，等了两秒，发现保安小哥没接她的台词。谈梨正要疑惑抬头，听见身后夜色里响起个凉凉淡淡的声音：

“那不如，我给你爸补上那一千万的亏空？”

谈梨一噎。这个懒洋洋的调调，化成灰她都能听出来。

扯淡被正主当场抓获，谈梨也就尴尬了那么几秒的时间。然后她轻叹口气，双手插着小兜转回去，抱怨：“你走路都跟鬼似的吗？”

"有你鬼吗？"

秦隐踩碎两人之间最后一点距离，停到小姑娘身旁。

谈梨似乎有点冷，微缩着肩。她在他身前原本就矮，此时更显得小小一只，额头还没到他肩膀位置。

秦隐微皱起眉，抬手。凉白修长的指节微微屈起，去解大衣前刻着暗纹的双排长扣。

谈梨还在挂念着自己剧本的被探听程度："你什么时候过来的，听到哪儿了？"

"美色所惑。"秦隐用他那张祸害脸和冷淡语气说这句话时，简直是自带嘲讽，但尾调却错觉似的多压着一段轻和，"百依百顺，予取予求？"

"噫，都听到了啊……"

谈梨的笑刚起了一点，被蓦地盖到肩上的大衣压停。大衣里侧尚带着一款好闻的男香尾调，以及有点陌生又熟悉的温度。

谈梨怔了两秒，侧回眸："干吗突然给我衣服？"

"你不是冷吗？"

秦隐再自然不过地给她掩好最后一点衣角。看自己的长外套完全把小姑娘裹在里面，他薄薄的唇角轻翘了下，很快抹平。

"我不冷啊。"谈梨对着那双漆黑眸子撒谎到底有点心虚，她又补充，"而且我们只是假扮男女朋友，我还不至于丧良心到让你牺牲自己温暖我的地步。"

谈梨说着，就抬手要脱下身上的男式长大衣，却被按住。

那人白得透凉的指节就一寸寸按在她的手背上，卸掉她手上的力道，然后把大衣拢好。他微微俯身，借着调整衣领的角度贴近她，声音在夜色里浸上冷淡却性感的低哑。

"我爸妈的车还没离开。我花了一晚上才帮你维系住的谎，你想让它功亏一篑吗？"

谈梨回神，视线顺着那人漂亮的手部线条移上去，掠过黑色衬衫在手肘位置屈起的弧度，最后落上那张堪称完美的脸。

她好像第一次这么近且认真地观察他，冰凉黢黑的眸子，挺直的鼻梁，勾人欲吻的唇……连那两扇眼睫毛卷起的弧度，她都想拿微型刻度尺给他量出来。

“好看？”秦隐没抬眼，声线平淡地问。

“嗯，”谈梨认真应，“好看。”

“……”

“喂。”她好似没礼貌地喊他。

秦隐没抬眼，也没应答。但不知道为什么，谈梨就是知道，他在等她说话呢。

她看着这个比她高二十厘米的男生慢慢俯身，帮她一颗一颗地系上外套扣子。身后的光从他只穿着单薄衬衫的肩侧，和夜色一道拓下来，给他从高挺的鼻梁线分成光和影两半。光里的侧颜清冷漠然，找不见半点情绪，没人味儿的，像神祇一样。

但神祇，怎么会弯下腰给人系扣子？

“喂。”她就那样懒着调儿，不厌其烦地、耍无赖似的，再次喊了他一声。好像一定要等他回应才肯开口。

秦隐手指停了停，依旧没抬眼：“听到了。”

谈梨手指动了动：“你还记得上个月，你在教学楼外面答应我的话吧？”

“嗯。”

“那你还在守诺吧？”

秦隐的沉默里，谈梨慢慢散去笑，皱起眉。那双乌黑的瞳子里情绪复杂起来，似乎有些着恼又无措。

“你答应过我，说你不会动摇的。”

“嗯，我说过。”

“那你……”

“你想问，我是不是喜欢上你了？”

谈梨停声。她低头看着秦隐。

他蹲下身去给她系好大衣外套上的最后一颗扣子，然后抬眼。

那双眸子像夏夜的天空，漆黑，又藏着清亮的星子。

星子说话了。

他问她:“如果是，那你要怎么办？”

谈梨怔住。

她知道这人身量有多清瘦修长，为了迁就她的位置，他此时蹲身的姿势只要稍一压左膝，随时都能像求婚似的。

谈梨以前对小说影视那些求婚片段里感动的女主角们从来无法共情，不过就是举着一颗和铅笔芯本质同元素的亮晶晶的东西，许下一段跪着的人自己都未必相信的鬼话……有什么值得热泪盈眶的呢？

可今天晚上，现在，她突然好像有点懂了。

一个比她高出那么多的人，愿意折膝在她面前，他仰起头看她的时候，好像那双漂亮眼睛内的那个世界里只会有她一个人的身影。满满的，全部占据。

谈梨心底藏在最深处最阴暗角落里的那根弦，被无形的手轻轻一拨，然后颤了起来。

谈梨眼神一栗，她蓦地向后退了半步。

“不行。”

秦隐身前一空，冰凉的夜风灌进他们之间的空隙里。

他不意外，也不逼她，他甚至一动未动，仍然就着方才给她系上最后一颗大衣纽扣的姿势，半蹲在那儿。

秦隐微仰起头，声音里带着一种低沉的平静:“为什么不行？”

谈梨瞳子微栗，她的声音也在风里轻颤，无意识地加快:“我那天说过了，只有那段距离在我才不会赖上你，我不能依赖任何人。”

“为什么不能？”

“因为……因为我有病，因为我永远不会被满足。”

风里吹得颤摇的声线，仿佛下一秒就要哽咽，但秦隐的视线里只有女孩苍弱的笑。

“我生病的时候，你给我一寸我就会想再进一尺，你分我一半我就想得到全部……我只会索取、占有，贪得无厌没有止境，我会想要全部的你，一丝一毫都不想被任何人分去！”

“好。”

她无意识加快的语速突然停住。过去好几秒，谈梨才像是醒过神来，她眨了眨眼，低头看向秦隐。眼底的情绪是爆发之后的支离破碎。

“什么？”

“你不是想要全部的我吗？”秦隐起身，“我说，好。”

谈梨回神。

她不知道想到什么，杏眼眼角一点点漫染上淡红，她微微咬牙，笑：“就算答应过一样可以反悔，总有一天你们会厌烦，会被吓退，然后头也不回地离开。”

“我不会。”

“骗子！”

“你试过吗？”

“试什么？”

在女孩眼底那样张牙舞爪得有些凶戾的情绪前，秦隐却低沉又好似无奈地笑了声。他走到她面前，扶着女孩身上带着他气息和夜色凉意的大衣，秦隐微微俯身下去，没给她再后退的余地。

“你都没有试过，就这样给我判了‘死刑’，会不会不太公平？”

谈梨噎着了。她有点手足无措，只是看起来很凶，所以不容易被察觉。

以前她这个模样的时候没有人敢靠近她，连盛喃都会给她留下一个人的空隙，所以她从来不知道，如果有人像现在这样不退反进，那她应该怎么做。

“赌一次吧。”

谈梨恍惚着，被身前的声音拉回现实。

“接下来的两个月，你可以告诉自己不要依赖我，然后放任自己随便向我索取。”

这个无比诱人的条件让谈梨几乎脱口而出地拒绝停住。她慢慢冷静下来，抬眸：“赌什么？”

秦隐淡声垂眸：“就赌，我能不能把全部的自己给你。”

“……”

秦隐：“如果我输了，刚好我不再纠缠你，回到你想要的距离。”

“那如果我输了呢？”谈梨下意识问。

秦隐没说话，回答她的是一声低低的笑，随那双冷淡勾人的眸子一起压下来。

“你输了，我就归你。”

谈梨在那句诱人的低语里失神了很久。直到一点夹着秋意味道的雨丝，乘着夜风扑面。

谈梨蓦地醒来。易碎的苍弱从女孩那双乌黑的眼瞳里褪去，雨丝唤回她的清醒，一起回来的还有熟悉的恣肆笑脸。

“听起来好像，怎么都是我赢？”

秦隐凝视着她，眼神淡然，黢黑下又好像藏着无数的汹涌：“嗯，所以要不要赌赌看？”

“可我最不相信天上会掉馅饼了。看着越诱人的，越可能是陷阱。”谈梨抬了抬下巴，艳红的唇几乎吻上男人的下颌线，她懒着眸子，笑得散漫，“你看起来就很诱人。”

秦隐眸子里深了深，然后他垂下眼帘，声音里似笑未笑：“这算赌约已经开始了，是吗？”

谈梨语气无辜：“我还没答应呢。不过……”

余音未竟，勾得秦隐撩起眼，等她半合上的唇间吐出后半句话。然后那红唇一点点戏弄似的翘起唇角。

“这个陷阱上面的饵还不够我上钩，连说服我都做不到的话，那我要怎么相信接下来的两个月，你能满足我的所有要求？”

这话里的逻辑显然是个谬论，但秦隐没有反驳，他只平静地问：“那我要怎么做？”

谈梨：“咦，你现在是在跟考官要答案吗？”

“不可以吗？”

“当然不可以。”谈梨笑，“但考官可以给你提示——你只要再想一个让我难以拒绝的条件，那就可以咯。”

这为难来得坦坦荡荡，毫不遮掩。

谈梨自信心如磐石，除了那个赌约本身的诱人外，她不觉得还有什么条件能让她再“难以拒绝”。她就是想让他知难而退，这样对他们两个人来说都是最好的结果。

变得细密了几分的雨丝里，秦隐沉默许久，慢慢退开一步。他招来了门廊下等候的礼宾车。

谈梨得逞地笑：“这样就放弃了啊，小哥哥？”

秦隐看礼宾车驶来，他侧回身：“今天是我生日。”

“什么？”谈梨被这突然转折的话题弄得一怔。

“现在是，晚上 10 点 37 分。”秦隐看过腕表，垂手，那双漆黑的眸子淡然平静地望着她，“等送你回校、我再回到家里时，应该已经过 12 点了。”

谈梨心里隐隐预感到什么：“所以？”

“家里的蛋糕已经被阿姨扔掉了，没人会等我回去，”秦隐声线平静，好像在说和自己无关的事情，“我的 20 岁生日，应该会是一个人坐在计程车的后排，驶过空旷的街道，然后看着路灯结束。”

空气沉寂，直至黑色礼宾车缓缓停在两人面前。

谈梨回神，笑：“小哥哥，你不会以为这么一点小小的苦肉计就能打动我吧？”

秦隐侧身拉开车门，然后他扶着车门撩起眼，并不回答：“看来不会，那上车吧。”

谈梨笑容停住，几秒后，她微微咬牙，看着在车旁等她的秦隐：“白天在学校，你又没有告诉我今天是你生日。如果我知道，那我不会叫你来的。”

“嗯，”秦隐重复，“上车吧。”

谈梨气结。此情此景，这话说得跟“上钩吧”还有什么区别？

谈梨慢吞吞地钻进车里。礼宾车内部空间宽敞，座椅也柔软舒适，空调调在合适的温度，吹拂掉谈梨从秋夜里带进来的一身凉意。

坐好以后，她下意识抬眼看向车门——身量修长的男人俯身进来。车内打起的暖灯下，他身上单薄的白衬衫露出被雨丝打得半湿半透的暖昧色泽。视线向上，黑色的碎发也湿了几绺，贴在他冷白的额角。

谈梨想起来，刚刚在门廊前，他就是一直把她护在怀里，遮拦着那些秋凉的夜风雨丝，还若无其事地陪着她说话的。直到雨变得细密，拦不住，他才退开身招来了车。

谈梨落回眼，无意识地咬了咬唇。车窗上映着的侧影里，小姑娘眼底露出被逼到角落的一点凶狠劲儿来。

秦隐和司机说完地址，倚回身时，正瞧见这个模样的谈梨。

他垂眸轻哂："我还什么都没说。"

谈梨磨了磨牙："除了最后一句条件，你明明什么都说完了。"

秦隐："那赌约你答应了？"

谈梨木着脸："把这样一个怎么看对你都没益处的赌约作为生日礼物，你不觉得亏吗？"

"不亏。"秦隐想都未想。

这回答果决得让谈梨有点失神。车里随着她的沉默而安静下去，这安静一直持续了很久很久。眼见着车已经开上 F 大旁边的辅路了，谈梨挣扎在泥沼里的思绪突然蹦了出来。

她眼睛一亮，视线扫过安静了一路的称职的礼宾车司机，谈梨转过头去。她胳膊往中间的扶手箱上一拄，托着下巴朝秦隐露出个明晃晃的笑："喂，小哥哥？"

一听就是要搞事的语气。

秦隐淡定撩起眼，配合地抬眸看她。

谈梨："你真想要我答应这个赌约，作为给你的生日礼物吗？"

秦隐没说话。

司机已经忍不住抬头，从后视镜里偷偷瞄了他们一眼了。

谈梨托着脸，神态更加灿烂："我认真想了想，也不是不行。让我答应其实很简单，你就做一件事就够了。"

秦隐眸子微动："什么事？"

谈梨笑了。隔着扶手箱，她往秦隐那里压了压身。

她的声音轻低，带着捉弄的、恶劣的、好似满不在乎的玩笑意味——

“你求我啊。你求我，我就答应。”

车内一寂。称职的司机噤若寒蝉，握着方向盘自我催眠目不斜视。

后排里，秦隐在第一秒的怔滞后，没作声，慢慢垂了眼。

谈梨就懒洋洋地靠在扶手箱上，看着车内暖灯的柔和光线落拓下来，却半点不损那人侧颜的清隽凌厉。

不愧是秦隐，垂着眼一点情绪没有的时候，唇线薄薄抿起似笑似怒的时候，哪一帧都好看得让人不想挪开眼。

因为太好看了，也太好了，所以今晚一直有个小小的声音在她心底闹着、蛊惑着，那个声音说：快答应啊，答应了他就是你的了，他说随便你做什么都可以呢。

谈梨被它吵得心烦，在心底一脚把它踢开。

吵死了……

车在死寂里停到 F 大的校门外。刚过 11 点，大约因为下起了细雨，往常还会热闹的校门外，此时几乎见不到什么人影。

司机转回身，语气小心：“两位，到了。”

谈梨弯了弯眼。

她也不想开这么过分的玩笑，她也不想把事情推到没有挽回的余地，她也不想好不容易有一个亲近有趣的关系，才没多久又要回到永远一个人孤零零的时候。

但是没办法。她听见那个被她一脚踢开的声音躲在心底幽暗的角落里，声音嘲笑又尖锐。

因为你有病，所以你活该，谈梨。活该你一个人，像那个女人一样，到死都是一个人孤零零地死去。这世上不会有人真的愿意陪你。

谈梨面上的笑陡然就淡下去。她突然觉得特别困，特别无聊，特别烦躁。她想回宿舍睡觉了，最好一觉睡去，永远都不需要再睁开眼。

“你付车费吧。谢谢了，小哥哥。”

谈梨没情绪地说完，托着的脸转开，撑在扶手箱上的胳膊放下，然后要收回来。就在离开扶手箱的前一秒，她的手腕突然被攥住。

谈梨一僵。回过神，她微恼地转回头："你——"

话未出口，她被秦隐拉到扶手箱前。那人不知道什么时候倾身过来，一双眸子被情绪压得黑沉，他却勾了下唇。

"只要我说了，你就答应？"

在这个眼神前，谈梨有点想反悔，但没出息地噎住了。

"好。"

秦隐握着她的手腕，不给她丝毫退后的余地。

他字字低沉，清晰。

"求你，谈梨。"

周日清晨，7点。

谈梨打着哈欠站到长长的洗手台前，随手扎起被睡得凌乱的长发，往身后一甩。然后她拧开洗手台右边的温水开关，掬了一把清凉的水扑到脸上，又揉洗几把后，她支起身，手扶到洗手台两边。

台面是一种白底黄纹的大理石，打磨光滑，在壁灯镜灯和干区灯带下，反射着略微晃眼的光。谈梨对着镜子里那个满面水珠的没什么表情的女孩子凝视许久，意识总算清醒了些。

她拿起镜子旁挂着的毛巾，随手抹干净脸。

不等谈梨把毛巾丢进脚旁的竹编圆篓，她放在洗手台最角落置物台上的手机阵动起来。

谈梨停顿两秒，意兴阑珊地走过去，拿起手机。

视频通话，来电人是盛喃。

谈梨一顿，眼神里总算有点光彩了。她抬手拍拍脸颊，努力让自己在镜子里显出几分苍白的脸颊红润了点。

视频通话接起。

谈梨靠到洗手台上，浴袍下半遮半露的长腿一叠，她懒洋洋地笑起来："不容易啊，我们高才生总算有时间给我打电话了？"

手机里，盛喃躺在床上哀号："别提了，我今早才从学校里放出来！

整整一周不让碰手机，这复读生活简直不是人过的日子！”

谈梨：“啧，黑眼圈都重了。那你不抓紧时间补觉，给我打电话做什么？”

“你还说！你前天晚上发的消息我刚刚才看到，到底怎么回事啊？你真把那个小哥哥拿下了？！”

说到亢奋话题，盛喃一骨碌从床上翻起来，激动地劈了个青蛙坐：“你到底怎么做到的，啊？”

谈梨眼神晃了下，然后不在意地笑笑，开始嘲讽：“是我那一段语音没说清楚，还是你阅读理解能力又下了一个新的台阶？”

“嗯？”

“我不是说了，只是一个绝对不会超过两个月的赌约。”

“你就别谦虚了，人家都愿意给你试用两个月了。那可是人间绝品啊，姐姐，机不可失，时不再来！如果我是你，那我绝对当天晚上就拖他进酒店先睡——哇！”

盛喃一副见了鬼的模样，盯着谈梨身后。

谈梨被她弄得发毛，回头看看自己身后空荡的洗手台和镜子，确认再三后，她没好气地转回来：“你干吗，大早上闹我？”

“你现在在哪儿？”

“酒店啊。”

“嘶。”盛喃抽了口凉气，开启表情一秒三变的特技，然后她神秘兮兮又鬼鬼祟祟地凑近手机，压低声音，“好睡吗？”

两秒后，谈梨反应过来：“大早上的就飙车超速？不怕交警叔叔抓你去蹲小黑屋？”

盛喃：“我就问问。”

谈梨：“把你脑子里少儿不宜的东西倒一倒，我是昨晚做直播太晚，门禁了回去不方便，所以直接来的酒店。”

盛喃：“哦。”

谈梨轻眯起眼：“你看起来还挺失望？”

盛喃：“我这不是以为你把人睡了，结果白兴奋一场。”

谈梨淡嘲："把人睡了有什么好兴奋的？"

"当然有！"盛喃理直气壮得像做学术研究，很快她变了个表情，声音也放低得像蛊惑，"你想象一下，越冷淡的男人越隐忍，可你要是能把他撩动了情，看他皱着眉靠在床头，衬衫被你扯得松垮，眼神又欲又隐忍地垂下来看着你……"

不知道被什么样的画面惊到，谈梨蓦地回神，差点把手机抖进洗手池里。

视频里的盛喃难得能捉弄谈梨一回，笑得快要岔气了："哈哈哈哈，你刚刚是不是真的想了！哎，不要害羞啊，梨哥，人之常情，人之常情，更何况你身边还是那么一位人间绝品，不想才有问题……"

盛喃在手机里笑得天花乱坠。

手机外，谈梨定回心神，好气又好笑："两个月前F大刚开学那会儿，你可是跟我说，这种level不是我们凡人能肖想的。"

盛喃装傻："我说过吗？"

谈梨："嗯，你那时候死拉着我，说绝对不能看我进第二个坑的气势去哪了？"

盛喃："我这不是根本没想到他能栽你手里，而且你竟然这么短时间就把人拿下了——梨哥，你干脆办班开课吧。"

"什么课？"

"就开课教教我们，怎么才能收服这种级别的高岭之花呗。"

谈梨的笑终于淡下来："两个月内就会结束的关系，你就不要想得能天长地久那么美好了。"

盛喃沉默了下："你就笃定他坚持不完，所以才答应的，是吧？"

"对。"

"万一他……"

"不会有万一，"谈梨笑了下，但那又好像不能成为一个笑，只是她习惯性地勾起唇，"我妈发病的时候你见过的，谁真的愿意和一个疯子在一起？"

"可你未必真有阿姨那个病，就算有，也该是程度最轻——"

“她也不是一开始就是个疯子。”谈梨轻飘飘地打断。

盛喃的话却像被什么掐住似的，戛然而止。

谈梨垂下眼，冰凉又嘲讽地笑起来：“给她一个虚妄的依赖，然后抛弃她，头也不回地离开——他就是这样轻易就把她毁了的。她拿自己一辈子犯的错，我不会再犯。”

长久的安静后，盛喃认命地叹气：“所以呢，这赌约你打算怎么办？”

“简单。”

谈梨从洗手台前起身，懒洋洋地向外走。她的语气也在抬眼后重新变得轻快，好像几秒前还阴沉的人根本不是她。

“让他知难而退，不就好了？”

第 16 章

恋爱·试用期

谈梨迈进校门时，7 点刚过一刻。

靠近校门的主干道上有一段四季常青的松林路。昨晚刚下过一场秋雨，泥土潮湿，泛染的青草气息混着淡淡的松木香，缠绵在晨起的薄雾里。

昨晚的积雨云大约还没散尽，朝阳总是时有时无的，偶尔从松林间漏下来零碎的一点淡金，很快又躲个没影。

谈梨百无聊赖地走在路旁。

周日早晨还要上的课，自然只有校选通识课。当初选课那天正好在 9 月 25 日，她赴谈文谦的约不在学校。等 26 号母亲忌日过去，27 号她返校后，顾晓晓同情了她好久。

好像是因为，还剩下没选完的那几门，都是学长学姐们口中的魔鬼课程。

26 号后那两三天，往往是谈梨一年中心情最低落的时候，所以她根本没在意，只敷衍地随手选了一门。到昨天想起看了看临时课表，她才知道那门课叫绘画欣赏与实践。

谈梨一边想着有的没的，一边溜达到阶梯教室外的露天长廊后。

教室门没开，老师也还没来。

十几个提前到了的学生或单或双地散在长廊前。离谈梨最近的是一对小情侣，靠在长廊尽头的金属围栏上。

谈梨突然想起什么，立刻拿出手机——7 点 23 分。

提前一秒就多一秒的希望。

谈梨毫不犹豫地跳去通讯录，找到前天晚上刚存进去的还热乎着的联系人“性冷淡”，拨号。铃声响了十秒左右，被接起。

谈梨满怀期待：“喂？”

“……”

“小哥哥，醒了吗？”

“……”

就在谈梨的期待已经逐渐转向愉悦时，手机里一个声音低哂：“你就这么希望能扰我清梦？”

谈梨噎了下。

不只是希望落空，更是某人晨起后还没怎么开嗓的声音实在哑得低而性感，混着他惯有的冷淡，勾人指数爆棚。

谈梨本能开始发散，想此时电话那端的某人应该是如何衬衫半解地靠在墙边，似笑非笑地接起她的电话。睡得凌乱慵懒的碎发下，那双黑眸或许正湿潮……

停。

谈梨受惊似的眼神一醒，然后她晃了晃头。

一定是昨晚直播太晚了没睡好，今早一起来就被盛喃的“有色思想”污染了心智，所以才会在这么书香圣洁的校园里想这么少儿不宜的场景。

谈梨自我修复完毕，心虚地咳了声，才重新开口：“你已经醒了？”

“嗯，”秦隐说完，又补充，“我每天 5 点 30 到 6 点醒。想吵醒我的话，要在那之前才行。”

谈梨：这什么 21 世纪稀缺的老干部作息？

但认输是不可能的。

谈梨：“你 5 点 30 起而我习惯 7 点 30 起，我们果然不合适。”

秦隐：“这有什么不合适？”

谈梨唇角一翘，露出点看鱼咬钩的坏劲儿。她欣欣然开口，声音吊儿郎当的：“万一以后我把你睡了，那早上醒来，你一个人多寂寞？”

秦隐沉默了。

谈梨意图得逞，那点憋坏劲儿在她眼底亮灿灿的，透着她自己没看到的光彩。她嘴角快扬到天上去了。

就在她感觉自己要忍不住笑出声音来的时候，沉默已久的手机里，响起一声冷淡的低哂："这样，就能让你开心些了？"

谈梨一僵："？"

秦隐淡声："那就好。"

谈梨："你……"

他声线低低的，勾起一点似有若无的笑："至于我会不会寂寞，等你把我睡了再说。"

谈梨："……"

她竟然连一个冰山都骚不过了？

骚话上略输一筹，谈梨并不气馁。很快她就重整旗鼓，勾回灿烂的笑："我昨天想了想，怎么说你现在也是我的试用期男朋友了，实质性的生日礼物还是应该给你补一个。"

秦隐没接她的话。

他比谁都清楚，这会儿某个小混蛋全心全意想着的应该只有怎么"甩脱"他这一件事。至于准备生日礼物，没有别的目的那才奇怪了。

听见电话里只有沉默，谈梨从耳旁拿下手机，懒着声调没心没肺地笑："这是什么反应，你就不期待我的生日礼物吗，男朋友？"

秦隐在沉默之后，似乎是笑了下，谈梨没能听清。等到秦隐再开口，声音里依旧是他那种特质的冷淡感："不，我特别期待。"

"真的期待？"

"嗯。"

"既然这么期待的话，那你干脆亲自来取好了。"谈梨终于露出藏在绒毛下的"爪尖"，她歪过头，看着身后打开的阶梯教室门，笑得灿烂，"限你中午之前找到我，过期不候哦。"

"……"

对面的沉默让谈梨心情大好，骚兮兮地侧过手机，她对着收声筒补了一句："就这么说定了，么么哒。"

挂断电话，谈梨愉快地踏上台阶，进教室去了。

从教室后门进去以后，谈梨就发现自己此时的情绪状态，和教室里来上通识课的同学们简直天差地别——她进门目光所见，就没一个人是有笑模样的。

顾晓晓好像是念叨过这课难过，真有这么难的吗？

谈梨心里嘀咕着，也并不在意，她随便找了个靠近后门的空排，坐到空排中间的一张位置上去。

校选通识课是面向全校所有专业和全部年级，所以安排的一般都是 200 人的大教室。然而对比其他课的人满为患，绘画欣赏与实践这一堂算得上门可罗雀了。

7 点 28 分，距离上课只剩下两分钟，教室里的学生数量依旧少得可怜。

有两个踩点来的女生似乎是结伴的朋友，她们从教室后门进来后看了一圈，目光锁定在谈梨身后。

"听说这老师可变态了，上课还爱跟高中似的，点学生起来互动，我们就去那边的最后两排坐吧，比较安全。"

"可前面那个女生……会不会有点显眼？"

"应该没事，灯下黑嘛。"

"好。"

莫名其妙成了一盏"明灯"，谈梨唇角翘了翘，也只装没听见。

她背包里半点和学习有关的东西都没带，就懒得装样子了。想了想，谈梨便拿出手机，在空落落的桌面上趴下去。前几天跳脱的兴奋劲儿又过去了，这两天她心情底色总是暗的，不管怎么找开心，好像都维持不了多久。

这可不是什么好症状。

谈梨枕着胳膊歪着头，朝教室里面，但她什么也不看，只盯着被自己用手指尖斜着立在桌面上的手机。

昨晚没回寝室，所以手机壳没来得及"更新"，此时抱着她手机的依旧是周六版的小人儿——Q 版的 Liar 这次穿着一件灰色连帽卫衣，在荡秋千。他兜头戴着帽子，标志性的口罩把剩下的大半张脸遮得严实，只有凶巴巴的小三角眼露在刘海下。还有两只小短腿，在简陋的秋千板下咿呀咿呀地晃。

谈梨被枕着的胳膊动了动，食指尖抬起来，戳了戳那双小短腿。

刚戳完，她听见教室里突然一静，大概是老师终于来了。

谈梨这样想着，也没爬起来。她对那位传闻里的魔鬼老师长什么模样不感兴趣，对这门课是过是挂同样也不在意。肯来教室，不过是和谈文谦做的那笔“交易”里她说好要付的代价。所以谈梨就一动不动地趴在那儿，戳着手机壳。

直到几秒后，带着一点秋里的凉意，身边掀起阵轻风，风里缠着淡淡的、熟悉的木质清香。

有人拉开她旁边的椅子，无声坐下。

谈梨身影一僵。但她还是挺住了，没动。

手指尖下斜立着的手机停住，慢吞吞搁回桌面，飘去天边的灵魂回到肉体，谈梨明显能察觉到，教室里那些为数不多的学生，正齐整整地将目光偷偷落来她这里。而原因，她也差不多猜到了……

谈梨还在装死和继续装死中间纠结，身旁一阵窸窣后，一件带着温度的大衣盖到她肩上。

很温暖，也很有重量。

谈梨被压得手指尖一抖，她叹了口气，在胳膊上抬了抬头，脸转向外。

那人身后就是教室里的长窗，还算温柔的阳光落下来，让谈梨像只猫似的眯了眯眼。然后她轻咕哝了声：“你怎么那么喜欢给我盖衣服啊？”

他坐在她身旁，眼半垂着，模样和声音都清隽干净：“那你怎么那么喜欢在冷的地方睡觉？”

谈梨被说服了。

秦隐的意外出现总算让她稍微有了点精神，她撑着脸慢吞吞起身，观察了那人好几秒，才开口：“男朋友。”

“嗯。”他应得很平静。

谈梨往前凑了凑：“你不会是在我身上装了什么奇奇怪怪的定位吧？”

秦隐终于有点反应，他撩了撩眼，看向谈梨。

谈梨："不然你怎么会这么快找到我，而且时间这么短，你是飞过来的吗？"

"你猜。"

"我才不猜。"

谈梨嘴硬完，脑袋已经转出了一个最可能的答案，她偷眼看了看秦隐。他的表情显然不会提供任何信息。

谈梨忍不住说出自己的答案："你是早就知道我课表，而且原本就打算今天早上来陪我上课的？"

秦隐没说话，大约是默认。

谈梨疑惑："为什么？"

秦隐："你叫我什么？"

谈梨："'性冷淡'？"

秦隐撩起眼，淡淡睨她。

谈梨识相地改口："男朋友。"

一点轻淡笑意流过眸里，秦隐视线垂回身前，他从背包里取出书本，同时回答："嗯。男朋友过来陪你上课。"

谈梨一怔。说不感动那是骗单身狗的，但小混蛋之所以是小混蛋，就因为她的思维总是跟普通女孩子不一样。

谈梨右手虚握成拳往左胳膊肘上一搁，然后她干脆凑过去，下巴垫到上面——这样就能最近距离观察他那张俊脸，还能防止因为着力点失衡而不小心亲上去。

做完准备工作，谈梨似笑非笑地问："你以前难道真的谈过恋爱？"

这个问题转得突然。秦隐手里掀开的书页合回去，他撩起眼，对上手边趴在胳膊肘位置，从下往上仰着头看他的小姑娘。那双瞳仁乌黑、晶亮，在烂漫又不经心的笑的掩饰下，埋着更深的东西。

谈梨自己大概都不知道，她这认真的一眼里，暴露出多少藏在她心底那个阴暗角落的情绪。

你给我一寸我就会想再进一尺，你分我一半我就想得到全部……我只会索取、占有，贪得无厌没有止境，我会想要全部的你，一丝一毫都不想被任何人分去。

想起谈梨在餐厅门廊下的话，秦隐懂了什么。

原来是这样吗？这就是那些让她努力克制的、让她对 Liar 喜欢却唯恐避之不及的本因。

秦隐就像什么都没察觉，开口："为什么这样问？"

"因为你看起来很有经验的样子。"谈梨轻眯着眼，"说吧，在我之前，你交过几个女朋友？"

秦隐垂眸，淡定地翻开书页："别脑补了，你是第一个。"

"三岁小孩才信。"

"那要怎么样能让你相信？"秦隐眼都没抬，声音也平静，"以后随你拆封检查，够吗？"

谈梨噎住。过去好几秒，谈梨不可置信地扭过脸去看他。

人还是那个人。

他云淡风轻，这工夫甚至还解完了半道高数题。

谈梨："……"

0 比 2，惨败。

魔鬼老师来不了了。

按照迟到 10 分钟的代课女老师的说法，那位老师今早在家门口遛弯的时候出了点小小的车祸，导致右臂打上石膏，预计未来三个月内都没法正常授课。所以这学期的绘画欣赏与实践就由这位看起来就温柔和婉的女老师代课。

尽管很不仁义，但听到这个消息后，教室里紧张得提心吊胆的学生们纷纷吁出劫后余生的一口气，并努力压住了自己笑出声的冲动。

温柔女老师带来两个做苦力的助教，每人搬了一摞教材，分发给教室里数量少得可怜的学生。

"这些都是往届用过的旧书，大家注意保护，尽量不要在书上做笔记……"女老师温柔的声音在讲台上传开。

谈梨双手捧着自己手里拿到的这本，端详几秒，做了判断："这可能是个年纪比我都大的大爷。"

秦隐写题的笔尖停住。他瞥过来一眼。对着"绘画欣赏与实践"这几个字沉默片刻，秦隐问："你有美术功底？"

谈梨理直气壮："你见过哪个玩游戏的还握画笔吗？"

秦隐："见过。"

谈梨："？"

秦隐却没有给谈梨答疑解惑的意思，继续去写高数作业题了。

谈梨随意瞄了一眼，又疑惑地落回去："我怎么觉得，你这题刚刚写过一遍了？"

"嗯。"

"这，数学题还流行誊抄？"

秦隐回眸，再次拿出他看小傻子的眼神。然后黢黑的眸子里压下一点冷淡笑意，秦隐淡定地低回头，一边写一边说："现在这份是你的。"

谈梨："我的？"

秦隐："嗯。"

谈梨："你干吗要给我写——"

秦隐："你写了吗？"

谈梨："没有……"

心虚的沉默过后，谈梨小声叨叨了句："我中学时候从来不写作业。"

秦隐淡声："然后蒙进 F 大？"

谈梨受惊："你怎么知道我要说什么？"

秦隐没回答她的问题，只垂着眼一边誊写一边解释："作为高数课代表，如果你不想名扬 F 大理学院，那我建议你按时交作业。"

谈梨难得被训得发蔫。不过蔫了 2 秒都不到，她又喝饱水似的抖擞起来了。

秦隐写着写着，就感觉手背上慢慢趴近一个柔软而温热的呼吸，吹拂的气息从毛孔一直灼进身体里。

呼吸的主人是没自觉的。秦隐停笔，被打扰也不恼，眼皮一撩去看谈梨。

"怎么了？"

"你字真好看。"谈梨说完，抬了抬眼，"要是被老师认出来，比不交还惨吧？"

"不会认出来。"

"嗯？"

秦隐拉过高数书，找了块空白地，落笔写了"秦隐"。笔尖一顿，他又在上面写了一个"谈梨"。写完以后，秦隐把书递给谈梨看："我会写不同笔迹。"

谈梨认真端详几秒，眼睛一亮："真的看不出来，你可以啊，小哥哥！有这技能，只代写作业太屈才了。"

谈梨由衷夸完才反应过来：她是拆台的，怎么还捧起场了？

而拿回课本的秦隐看着雪白的没有任何痕迹的课本上那两个显得扎眼又意外和谐的名字，他也走了一下神。

他还是第一次在自己身上，看到这样能让肖一炀这些熟悉他的人被吓一跳的耐心。什么时候起，只看她被纵容得眉眼弯弯，都能让他觉得愉悦了？

再次趴过来的谈梨打断秦隐的念头："万一错成一样的答案，好像还是容易被发现哦？"

秦隐："你是看不起我还是看不起你自己？"

谈梨想了想，有道理。

自觉努力拆台了只是没成功，谈梨心安理得转回去。

有秦隐这样一人在身旁写作业，无论画面还是声音或者气息，都是享受。谈梨原本底色晦暗的心情像天边拨开了云，阳光洒得恣意。

最后一节小课，刚上课，温柔的女老师就布置了个课堂作业——

"给你心中最美的事物画一幅画。哪怕只是一支笔、一朵云、一片树叶……只要你能画出你心里它的美，那就可以了。下课前交给我。"

大约是怕学生们敷衍了事，女老师又笑着强调："这个学期本门课需要交的实质作业只会有两幅画，这就是其中之一。也就是说，它是决定你们成绩的重要评分项。”

谈梨随着学生们一起上去领了白纸。回到座位后，秦隐在左边写双份作业，谈梨在右边画画，场面一度美好而和谐。

直到……

秦隐放下笔，不明显地轻揉过左手手腕后，他整理好书本，随意地瞥向右手边的谈梨。然后他的视线就僵住了。

几秒后，谈梨正聚精会神地作画，就听见身旁响起某人的声音：“这是你心目中最美的事物？”

“对啊！”

画作即将完成，谈梨兴奋地抬头，把画纸掀起来抖了抖：“怎么样，像不像？”

秦隐看着这幅不知道到底是野兽派还是抽象派的画作，不知道该说什么。

秦隐：“像。”

谈梨兴奋：“是吧，我也觉得很像 Liar——”

秦隐：“山顶洞人。”

谈梨：“？”

秦隐：“？”

死寂数秒。

秦隐眸子幽深：“像谁？”

谈梨木着脸：“像你家的山顶洞人！我这是画的 Liar！”

两人视线交锋，僵持不下。

就在谈梨放下画，准备为自己男神的名誉与自己画技的尊严和秦隐做殊死决斗时，她听见耳边一声低哑的失笑。

谈梨一怔，回头。

撑着碎发下冷白的额角，某人半垂着眼，笑得懒散而撩人：“在你心里，Liar 就长成这样？”

谈梨听懂这话，一秒从美色中醒神，绷起脸：“你可以侮辱我的画，但不可以侮辱 Liar 的长相。他虽然不帅，但也不是山顶洞人啊。”

秦隐忍着情绪，撩起眼望她，声音被方才的笑调和得低哑勾人：“到底是你侮辱他，还是我侮辱他？”

谈梨：“……”

秦隐抬手，修长的指节轻敲纸张，嘲弄都像纵容：“以你的绘画水平，这辈子别想过这门课了。”

谈梨微恼，把纸笔一推：“你行你上。”

秦隐抬起手腕，看了眼到下课剩的时间，然后他拿起白纸：“如果我行，那你要怎么感谢我？”

谈梨抱胳膊，骄傲地一仰下巴：“随便你提。”

秦隐顿了下，声音压出极低的一声轻嗤：“你还真敢说。”

谈梨没听清：“什么？”

秦隐把白纸铺到面前，修长的手指间铅笔一转，然后他垂手勾形：“如果我赢了。”

谈梨：“嗯？”

秦隐：“下次画我，别画他。”

谈梨：“……”

20分钟后，谈梨眼神复杂地看看画，又抬头看看秦隐：“所以你之前说的，那个既会玩游戏又能拿画笔的，就是你自己吧？”

秦隐不答，拿起画纸来：“好看吗？”

谈梨扫了一眼，难得有点不自在：“你是让我夸画还是夸我自己？”

秦隐唇角淡淡一勾。

下课铃打响，谈梨起身准备去交画，离开之前她还是忍不住，单手撑着桌面，半靠下去调戏：“喂，男朋友。”

秦隐抬眸，看向站在桌旁的女孩。

对着他那张恢复常态的没什么表情的脸，谈梨咬着唇肉轻笑了下：“这世上，除了生孩子以外，还有什么事情是你不会的吗？”

秦隐被调戏得很淡定，用她的话堵回去：“不会生孩子。”

“哦？”

见美人“鱼”咬了钩，谈梨笑得更恣意，又藏着坏。她压着桌边，朝坐在椅前的男人慢慢俯身，像是要吻上去似的。

“那，姐姐教你？”

秦隐眸子微深，几秒后，他半垂下眼，淡淡一笑：“你想怎么教……姐姐？”

来自秦隐的这一句“姐姐”，撩得谈梨撑着桌面的胳膊都有点发软。

她努力撑住了。然后和那双像深海一样幽暗的眸子对视几秒，谈梨识相地直回身，表情转为正经。

“打扰了。我去交作业。”

“……”

小坏蛋溜得飞快。

谈梨从阶梯教室的石阶走下去。中途还走神了好几秒，最后她只得心虚地从口袋里摸出压片糖盒，倒出一片含了给自己压惊。

有她和秦隐这一来一往，教室里零星的学生们已经把作业交得差不多了。

等谈梨走到讲桌前，低着头的女老师正在弯腰锁多媒体设备，她没抬眼，温和地说：“放在这里就好。”

谈梨一边想着老师如果发现这画上是谈梨自己，要以为她有多自恋，一边将画纸放到那一摞学生作业上方。然后她吮着糖片，不经意地一抬眼，就近距离看清了这个女老师的长相。

谈梨停顿了下。

讲台后的女老师盘了一个简单的发髻，即便看起来已经是四十余岁的年纪，也仍旧能从五官间分辨出年轻时的姣好美丽。而谈梨之所以犹豫，就是对这张脸感觉到一点熟悉，好像在什么地方见过似的。

在谈梨失神的几秒里，女老师锁好多媒体设备，站起身后她下意识地看向那堆画纸，然后视线就停在最上面的那张。

那是一张铅笔速写，尽管作画者似乎收着笔触，但画面的构图和层次感都非常饱满，明显是有不浅的功底。

女老师惊讶地抬起头：“这张画是你画的……”

余音消止在她视线触上谈梨的面孔时。和别人第一次见到谈梨，而总是被她那一头乳白色长发吸引掉多数注意力不同，女老师的目光紧紧地盯在谈梨的脸上。这短暂的几秒，她表情里变换过惊讶、犹疑、怅惘，然后失落，不一而足。

谈梨已经回神，她敏感地察觉到什么。糖片在她舌尖翻了一圈，然后谈梨仰着脸露出一个灿烂的笑："老师，您认识我？"

女老师回神："你，应该就是谈梨吧？"

谈梨眨了眨眼，装作茫然的样子："咦，我在学校里已经这么有名了吗？"

女老师掩饰地笑笑："我见过你的照片，也听说过你……我和你父亲是老朋友了，很多年前就认识。只是没想到，原来你成了F大的学生。"

这一句话里满满的情绪和信息量，让谈梨轻眯起眼睛，然后她一笑："是吗？可惜我从来没听他说过有一位朋友在F大教书，不然我一定早点去拜访您呢。"

女老师的神情有一点明显的不自在，但她沉默许久后只问了一句："你父亲他，现在还好吗？"

谈梨没说话。看着对方只差把"我和他有一段往事"写在脸上，谈梨从心底涌起一种反胃感。

并不针对面前的女老师，只是她不期然地想起十几年前那个晚上，死寂的房间，冰冷的月光，还有床上油尽灯枯的女人。

那天晚上，谈文谦到最后都没有出现，或许就是在这个人声鼎沸的世界里的某一个角落，在灯红酒绿里，拥着这样一个红颜知己，说笑度过？

谈梨低下眼，嘴巴里停住太久的糖片，在味蕾上化开腻人的甜。她把它卷到齿间，慢慢咬碎。

"他挺好的，"谈梨听见自己清凌凌的笑，透着刺骨的凉，"至少还活着。"

女老师脸色一变。

如果方才只是隐隐有些感觉，那此刻谈梨对谈文谦的恶意已经不加掩饰了。女老师有点慌乱而不解地看过去，这才察觉低着头的女孩的情绪状态似乎不太……

在谈梨几乎压抑到微微战栗时，她的肩头蓦地一沉。

谈梨一下子被从那种负面的精神状态里拽了出来，她有些失神地循着本能回头，看向自己身后。

“你把外套忘了。”

那个清冷隽淡的声音在她头顶响起，自然而平静。

女老师惊愕：“你是……”

秦隐站在谈梨身体侧后方，没什么表情地垂着眼，给她调整贴合外套的肩线。做完后，他冷淡抬眸：“我是谈梨的男朋友。”

不等女老师反应，他又开口：“谈梨今天身体不舒服，如果您没什么事情，那我们先回去了。”

“这样啊，好，你快带她回去休息吧。”女老师说。

秦隐朝对方淡淡颔首后，微微俯身到女孩耳旁停住：“我们走吧。”

谈梨没反应也没反抗，顺着秦隐隔着外套扶在她肩侧的手，慢吞吞转身，向教室门口走去。

女老师在他们身后，无声地松了口气。就在她准备低回头去时，那两道身影突然一顿。

“等等。”

秦隐听见身旁女孩的声音，似乎找回了一点平常的精气神。他依言停下。

谈梨从他臂弯里脱身，她回过头去，朝向几米外讲台上的女老师。那样深深看了几秒，谈梨仿佛要把对方的模样刻进脑海里。

女老师被她看得几乎发毛了。

谈梨慢慢弯下眼角：“忘记请教了，老师您怎么称呼？”

女老师犹豫了下：“我姓应，应雪容。”

“好的，我记住了。”

谈梨展开一个灿烂的笑。

“应雪容老师，再见。”

第 17 章

喜欢·可能性

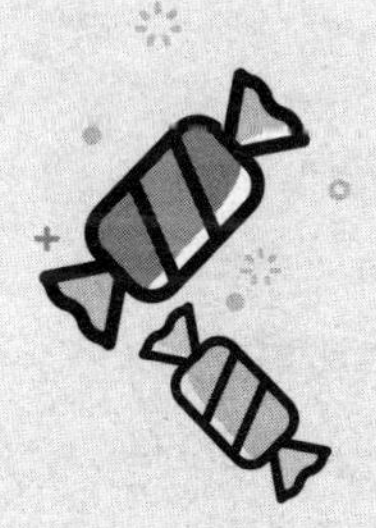

F 大阶梯教室楼的楼后有一条林荫道，在整个校园的西南角，附近除了小路通过去的阶梯教室楼外，只有一栋旧楼。按照学长学姐们的说法，这里是 F 大 20 世纪就有的第一栋实验楼，后来校区扩建，新楼一座座拔地而起，这栋楼虽然没拆，但也改成了档案存放地，慢慢荒废下来。平常这边也没有学生活动，所以就成了 F 大校园里人迹最稀少的地方。

从阶梯教室楼出来以后，谈梨始终没说过话，她没什么方向地转了一圈后，最后就停在这栋旧楼前，插着上衣口袋，似乎在望着这栋矮楼发呆。

不知道过去多久，她含化了嘴巴里的糖片，终于对着面前的空地懒洋洋地开口："我都一个人站这么久了，作为一名合格的试用期男朋友，你应该问问我在想什么。"

风在叶子间停留。

谈梨身后，一直陪她等着的人又停了几秒，依她的话："你在想什么？"

"噫，问得一点感情都没有，"谈梨撇嘴，"我当然是在感悟人生。"

谈梨回过头，笑得灿烂："开玩笑的。我一直在回忆，我总觉得这个应老师哪里有点眼熟。"

秦隐："那你想起来了吗？"

谈梨遗憾地耸耸肩："没有。"

大约是因为临近正午，学校里的师生都去吃午餐了，原本就寂静的林荫道，此时除了他们更是一个人都没有。

谈梨插着上衣口袋，慢悠悠地溜达到秦隐面前。只剩下几十厘米的距离时，她停住，看着两人脚尖，然后蓦地仰起脸：“你怎么一直没走啊，男朋友？”

秦隐垂眸。他认真审视过女孩的眉眼，在沉默里找出个不错的借口：“你不是要给我生日礼物吗？”

“啊，”谈梨着实意外，“差点忘了。”

她拉开自己的背包，认真翻找后，从背包里拿出一个白色不透明的袋子。她没有立刻给秦隐，而是晃了晃：“你猜，这是什么礼物？”

秦隐一眼便看到袋子上的某国际知名高端运动品牌的 logo，再判断了下内容物的大小，他了然：“护腕？”

谈梨眨了眨眼：“现在我相信你是第一次谈恋爱了。”

秦隐沉默须臾，轻易领悟了谈梨的意思，他从善如流地改口：“猜不到。”

谈梨气笑：“晚了。”

她伸手去袋子里取护腕盒子，然后想起什么。谈梨的手停住，同时笑意里的微恼变成了憋坏的俏皮。

谈梨无辜地仰起脸：“你那次在学校超市里，是不是说过，你不喜欢粉色？”

秦隐垂下眼。不出他所料，谈梨从袋子里伸出来的手上抓了 3 只护腕盒子——全是浅粉色。

嫩得快反光了。

盒子后面，小姑娘笑得十分嚣张：“好看吗？男式的粉色护腕太难买了，我可是跑了好几家门店才买到 3 只的。”

秦隐接过“生日礼物”，把 3 只辣眼睛的护腕往里装，同时没感情地应：“好看。”

谈梨得了便宜还卖乖：“你的语气一点都不真诚。”

秦隐：“为什么要买 3 只？”

“你的生日不是 11 月 1 日吗？”谈梨低下头，在秦隐手里一只一只点过去，“你看，111，刚好 3 只。”

秦隐：“……”

说完以后，谈梨想起什么："啊，对了。"谈梨展开无害的笑，"这可是女朋友送给你的第一件生日礼物，肯定也是最后一件。等选个良辰吉日，你戴出来让我看看？"

秦隐垂眸看她。

谈梨笑容一点都不变，就那样仰着脸和他的目光对视。然后她见他微侧开脸，轻淡一嗤："伸手。"

谈梨十分期待地摊开手。

秦隐把礼物袋子放回她手上。

谈梨眼睛一亮，语气却很努力装出遗憾："啊呀，才第三天就放弃。"

话没说完，她看见秦隐拿出来一只护腕盒子，三两下撕开包装，取出了里面浅粉色的护腕。几秒后，颜色浅嫩嫩的粉护腕，戴到男人那截凌厉冷白的手腕上。

谈梨：失策了。

竟然还挺好看。

戴着粉色护腕的手抬起，摸了摸懊恼的女孩的头顶，像给一只大型猫科动物顺了顺毛。

那人似乎极轻地笑了下。

"死心吧，小孩儿。"

谈梨觉得不行。

这样下去，不用两个月，也不用秦隐放弃，她揣在左胸口里面的那颗坏东西就要先叛变了。

谈梨脚底一滑，从秦隐手掌心下溜出去，转过头，她还摆出无辜的表情："死心？死什么心？"

秦隐垂回手，直身看她。那只戴在手腕上的粉色护腕十分扎眼。

谈梨被那双黢黑的眸子盯得有点心虚，但还是凭借着自己精湛的演技撑住了。她目光若无其事地躲开，四处转转，最后定格在面前沉浸在正午的阳光里的旧楼上。

不知道想到什么，谈梨眼底亮起点狡黠的光。她转回头去，眯着眼笑。

“我突然想起我还有点事情，就不陪你去吃午饭了，男朋友。”

“什么事？”

“古楼探险。”

顺着谈梨的手指，看见阳光下矗立的老楼，秦隐着实沉默了好几秒。

即便对谈梨的脾性很了解了，他也总有几次不禁好奇——小坏蛋变成小傻子的时候，大脑里都是些什么奇奇怪怪的构造。

秦隐无奈上前：“不介意的话，我陪你一起。”

谈梨眨了眨眼，慢半拍接话：“介意……倒是不介意，但你确定，要陪我一起？”

秦隐：“怎么了？”

谈梨脱口而出：“我以为你对这么小学生的事情不感兴趣。”说完她就后悔了。

而不出她所料，某人也没有放过这个机会。那人薄唇微微掀起个不明显的弧度：“原来你也知道？”

谈梨保持住微笑：“那你还跟我去干吗，男朋友？”

秦隐淡淡收了笑，在她前面走向旧楼：“男朋友怕你的古楼探险变成古楼遇险，跟你一起去，方便保护。”

谈梨：现在的冰山都这么会撩了吗？

正午的阳光下，一点错觉似的红晕浮现在女孩脸颊，只是很快又被风吹散了。

谈梨迈开步子跟上去，语气很不服气：“真遇到危险，谁保护谁还不一定呢。”

档案楼里人迹确实少得可怜，但也不至于到古楼鬼屋的级别。每层楼偶尔还是能遇见一两个老师或者学生模样的人。凡是注意到两人的，无一例外被秦隐手腕上那只粉色护腕抢走过视线。

谈梨起初没在意，直到两人快上到最高一层时，两个挽着胳膊从他们身旁下楼的小姑娘凑在一起，嘀咕了几句什么，隐隐有“护腕”“粉色”伴着笑声传回来。

谈梨身影蓦地一停。

落了她两三级台阶在下，秦隐跟着停下来："怎么了？"

"你没听见吗？"谈梨转回身，木着脸指指Z形楼梯的扶手缝隙，那两个小姑娘的身影还没完全离开他们的视野。

秦隐眸子一扫，没情绪地落回来："听到了。"

对着那张完全不在意的脸，谈梨揉了揉头发："你在某种意义上来说还真是无与伦比的脾气好。"

秦隐淡淡一哂："对你吗？"

谈梨噎住。

秦隐停在了低她两三级的台阶上，所以此时，两人少有地、在都站着的情况下，以谈梨稍稍俯视秦隐的姿态对峙着。

但这海拔优势没能削减谈梨心里的心虚，她皱了皱眉，这句咕哝的声音轻轻的："我哪知道你真会戴了。"

"……"

"虽然还挺好看的，但颜色确实有点奇怪，"谈梨走下两人之间那两级台阶，在秦隐上方一级停住，她弯腰去勾那人手腕，"还是摘了吧。"

在谈梨的手指尖几乎要碰到秦隐手腕时，那截线条凌厉而漂亮的腕骨突然往后一抬。他避开了她的手。

谈梨茫然抬头："？"

她撞进一双眸子里，在室内背光的楼梯上，那双眸子格外漆黑而幽沉，像是光都无法落入。

然后谈梨看见一点冷淡的笑意在里面微微浮起，可惜没等她欣赏多一会儿，那人眼皮一垂，就将眸子里的光景半遮掩回去。

"不用摘。"

谈梨回神："你确定？"

"确定。"

"为什么？"谈梨狐疑地眯起眼，"难道你之前说自己不喜欢粉色其实是口是心非，我送你粉色护腕刚好遂了你的心意？"

这话自然是捉弄加玩笑，但谈梨没想到，站在她下面一级台阶的男人还真淡淡应了一声:“嗯。”

谈梨:“？”

秦隐嘴角勾了下，插着裤袋从她身侧绕上去:“现在喜欢了。”

谈梨一顿。

等秦隐踏上最高层，回过神的谈梨已经从他身后追上来:“袋子给我吧。”

秦隐回眸，不知道她要做什么，但还是把手里的礼物袋子递过去。然后他就见身旁的女孩低下头去捣鼓了会儿，右手一抬，晃到他面前——和她惯常给人的张牙舞爪的感觉不同，女孩有一双瓷白纤细的手腕，此时右手手腕上，戴着亮晃晃的嫩粉色。

“反正你又不能同时戴 3 只，我回收 1 只吧。”

“你喜欢粉色？”

“怎么会？”谈梨撇嘴，“两个人一起丢人总比一个人丢人好，何况本来就是我的主意。”

谈梨说完，把右胳膊靠到秦隐插着裤袋的左手手腕旁，端详两秒，她没心没肺地一笑:“别说，还挺像情侣款，不过得是老年仿残组的。”

秦隐眼神一动。但谈梨显然没察觉自己无意识说了什么，转头就继续她的小学生探险去了。

最高这层的房间全都上了锁，谈梨转过一圈，一无所获地回到楼梯口。

她揣着口袋:“看来今天的古楼冒险活动就要这么结……咦？”

秦隐抬眸，然后顺着谈梨的视线移动目光，他看到通往上层的最后半截楼梯。

谈梨:“这是，上天台的？”

秦隐打量了眼楼梯尽头老旧的金属门，上面的油漆已经剥落一大片，门锁位置虚虚地扣着，透出一条半隐半现的光线。后面到底是天台还是别的地方，难以判断。

谈梨没等秦隐回答，眼睛里闪出兴奋的情绪:“怎么看怎么像恐怖片的开头场景。”

秦隐皱了下眉，侧过头去。谈梨已经摩拳擦掌地往上冲了。

可惜出师未捷。

她被“命运”残忍拎住了后颈皮。

谈梨微恼地转回头，瞳子睖得乌黑：“你抓我外套干吗？”

秦隐淡淡垂眸：“别乱跑。”

谈梨本能地缩了缩脖子。他不言不笑的时候，还真有点不怒自威的大家长的气场。

但梨哥毕竟是梨哥，很快她就回过神，然后不甘示弱地盯回去：“你管我。”

小姑娘只差和他吐舌头做鬼脸示威了。

秦隐不动声色，和谈梨僵持了大约五秒，他垂了垂眼：“一定要上去？”

“嗯！”

秦隐把她拎到身后：“那我先上。”

谈梨一怔。

这次，直到那身影上了半截楼梯，谈梨才蓦地反应过来。那道油漆斑驳的旧门前很黑很暗，像是一张张开口吞人的嘴，连那道挺拔清瘦的身影都被模糊了棱角。谈梨心里没来由地一慌。

“算了！”

那道身影停在门前，微微侧回身。

谈梨攥紧手指，这几秒里她脑海中晃过许多她最讨厌的场景和碎片，全都和失去有关。

明明只是学校里的一道门，几乎不可能有什么危险，她知道是她那些奇怪的心理问题在作祟，但她就是不安。可能，会失去或者伤害到秦隐这件事，让她不安。

谈梨掌心里微微起了汗：“我说，算了。我突然不想看了——我们回去吧。”

“没关系。”

谈梨没来得及阻止，就见那人将身前的铁门一推。

谈梨的脸色蓦地一变。

但什么都没发生。除了她脑海里那些妖魔鬼怪一样晃过去的场景碎片，她仰视着的楼梯尽头只有一片光亮。

秦隐站在天光骤泄的门前，回过身："我看了，是天台。"他声音依旧冷冷淡淡的，只是在尾音处停顿了下，有点意外，"你吓到了？"

谈梨回神，她满不在乎地笑了笑，把掌心汗湿的手插回上衣口袋："怎么可能？我可是初中起就把《恐怖游轮》当睡前故事看的。"

秦隐不疑有他。

谈梨站在光线昏暗的地方，他也只当那一秒是自己没看清的错觉："这半层楼梯太暗了，你小心点。"

"嗯。"

通往天台的这层楼梯确实很黑很暗，尽头是唯一的光。

犹豫之后，谈梨朝他走去。

旧楼的天台也是 20 世纪的风格，边缘砌起过腰高度的矮墙作为遮挡。

尽管被远处的几座新楼衬得低矮，连楼后的树都能比高，但风从楼顶吹过去时，还是让人有种四野空旷的舒适感。

天台上一个人都没有，从那铁门都不挂锁的情况来看，显然很少有学生发现这个地方。

谈 · 小学生 · 梨在天台上快乐地转过一圈，就跑到临着楼后高树的西南边角。她趴在脏兮兮的水泥围栏上往外眺望，还嫌不够，又一撑胳膊——背对着身后吹过空旷蓝天的长风，女孩晃着腿坐到了水泥围栏上方，身后就是几层楼高的空气。

秦隐在几米外看见，没来得及出声阻拦，眼皮重重地一跳。

等谈梨单手撑着身旁的水泥台边，看够了这边的风景想要回头去另一边时，她就先对上了他黑得幽沉的眸子。

谈梨怔了下，晃着的腿停住："你怎么了？"

虽然还是那张写满了冷淡的没表情的脸，但那眼神，总给她一种凶巴巴的要吃人似的感觉。

谈梨思索几秒，不确定地问:“难道是因为，我上来以后只顾自己玩，冷落你了？”

秦隐眼底情绪压了压，他垂回眼:“没有。”

“哦。”

谈梨刚想转回去，就察觉什么，她犹豫地把自己晃着的腿往旁边挪了挪，不等动作完，对上秦隐又落过来的目光，她解释:“我们是不是离得，稍微有点太近了？”

那都不是近。她的脚尖差一点点就能踢到他的长腿上了。

按照 Liar 的习惯来看，“冰山”一般都洁癖严重，万一给这人裤线笔直的黑色长裤蹭上一块脚印，那岂不是要跳过“被放弃”环节，直接进入“被灭口”了吗?

谈梨在心底吐了吐舌，自觉又往后挪了挪。可惜这次没得逞——她的胳膊被人一把攥住了，力道大得让她有点疼。

谈梨没恼，只意外地抬起头，她的视线顺着那只修长有力的手，看到秦隐的脸上去。他微抿着唇，下颌到颈部绷起凌厉的线条，眉皱起来。

这次谈梨确定不是自己的错觉:这人是真的生气了。

头一回见秦隐动怒，谈梨心里除了难得有点犯怵，还有种想摸手机给他拍下来的蠢蠢欲动——恼怒让那双黑眸更加幽深，一眼望不见底似的;收紧的下颌到颈线，那颗形状漂亮的喉结因情绪上的克制而微微滚动。

生气的某人，好像更性感了。

等谈梨魂游天外回来，秦隐已经垂敛眼眸。他似乎恢复了平素的冷静淡漠，但声音里仍透出一丝情绪大动后的低哑。

“别乱动，太危险了。”

谈梨慢吞吞地眨了下眼睛，然后又眨了一下。她终于后知后觉地反应过来，然后忍不住笑:“啊，你是怕我掉下去吗？”

秦隐没说话，沉目看她。

谈梨拍拍秦隐攥着自己的手臂，像是安抚又像是玩笑:“不会，我有分寸的，掉不下去。”

轻飘飘一句话，秦隐就感觉自己心底刚压下去的那点火气，再一次被撩拨起来了。谈梨像长在了他的情绪开关上。

见秦隐不肯松手，谈梨索性随他便了。转开头一两秒她又转回来，好奇地问："你一定要跟我进楼，难道也是因为担心我一个人会想不开？"

秦隐："不是。"

谈梨不信，笑得眼睛弯下来："你也太心地善良了吧，小哥哥？"

最后一个称呼里似有若无的疏离，像是在提醒什么。秦隐慢慢压下情绪，松开手指。沉默后，秦隐才问："你就没有怕的东西？"

谈梨眯起眼想了想，灿烂地笑着回头："没有啊。"

"……"

"你没听说过那句话吗？"谈梨歪过头去，不正经地玩笑着，"海纳百川，无欲则刚。"

"……"

冷静下来的秦隐眼帘挑起："'海纳百川'后面是接'无欲则刚'？"

谈梨无辜回头："不是吗？"

秦隐："那壁立千仞后面接什么？"

谈梨："有容乃大？"

秦隐："你是想气死你的语文老师。"

尽管这样说，秦隐转开脸后，眼底一点淡淡的笑还是冲散了方才的凝重。直到秦隐再次打破沉默："无欲则刚。"

"嗯？"谈梨转回来。

秦隐正望向她："在这个世界上，你就没有任何想要的东西？"

这次谈梨不假思索："嗯。没有。"

"Liar 呢？"

谈梨怔住。

她显然完全没想到秦隐会突然主动提起 Liar，被动失神了几秒，她回过神来，莞尔："Liar 不一样。别的是不想要，他是不能想。"

秦隐搁在女孩腿旁的手指轻动了下。

安静不知道持续了多久。

谈梨坐在风里，半闭上眼享受这种好像会飞起来的感觉时，她突然听见身旁的人问："你的生日在哪一天？"

"干吗？"谈梨警觉睁眼，"你也要送我粉色护腕绿色棒球帽之类的吗？"

秦隐一顿："绿色……棒球帽？"

谈梨顿了下，心虚小声："只是想过，没付诸行动。"

秦隐冷淡地轻嗤了下："没买到还是没行动？"

谈梨心虚地哼了声小调，扭开头。

但他难得坚持："生日。"

谈梨犹豫了下，掰着手指数了数："好像还有一个多月呢，而且，你问了也没用。"

"为什么没用？"

"第一，我们的关系不会存续到那时候的，在那之前你会放弃的，"谈梨比了两根白生生的手指，笑得眸子潋滟，又转回来，"第二，我没有想要的礼物，所以你送我什么都没用。"

秦隐微眯起眼。

——你想要什么？

——问了也没用，别人送的不算。

——假如。

——假如 Liar 送啊，那我想要……他那颗标志性的定制耳钉！

——你怎么不要他本人？

——也行。

谈梨听见秦隐似乎低笑了声，冷淡又懒洋洋的，他的声线本就好听，尾音里像拖着几把小钩子，挠得人心尖微痒。

谈梨忍不住轻眯起眼，坐在水泥台边缘低头看那人："你笑什么？"

秦隐目光落在她竖着的两根手指上。

他抬手，先弯起她的中指。

"第一，我不会放弃你。"

然后是食指。

“第二，等你生日那天，我会给你你想要的……全部礼物。”

秦隐生日那晚的家庭会餐过去一周后，谈梨再次收到了外婆打来的电话。

彼时正值电竞社团在周一傍晚开例会——P 市市内有一场多校联合举办的电竞比赛临近，最近一个月电竞社团活动都是以这场比赛的相关准备为重点，社内忙得如火如荼。

今天的例会上，以社长马靖昊为代表，全社刚进行完一场慷慨激昂的励志宣讲。

谈梨作为实力方面的主心骨人物，因为上周日的直播补时，全程只给了几个强忍的哈欠作为伴奏。电话打进来的时候，例会已经基本结束，进入到会后闲聊阶段。所以谈梨也就没避讳，跟众人打了声招呼便起身：“你们聊着，我先接一通电话。”

“好的。”

“梨哥快去吧！”

“我们等你回来啊。”

迷弟们目送谈梨的背影走出教室，然后才纷纷转回脸。他们对视几秒，有人打破沉默。

“我们是不是……有点太谄媚了？”

“社长，明明数你笑得最猥琐。”

“你滚，我这是猥琐吗？我是为了让我们梨哥有一个绝佳的社团体验而出卖色相。”

“长得好看才叫出卖色相，比如隐哥那种。社长你看看人家再看看自己，你觉得你配吗？”

“你最近又皮痒了是吧？再说了，隐哥需要出卖色相吗，人家是拿实力说话的！”

马靖昊说完，笑容更加盛放地扭头：“隐哥，我说得对吧？”

不知道谁小声嘀咕了句：“噫，更没眼看了。”

马靖昊回头瞪了一眼。

秦隐的目光从关合的教室门上收回来，脑海里把方才错过的话音拽回，秦隐淡定开口："没关系，我也可以出卖色相。"

围成一圈的电竞社团成员唰唰摆头，震惊地看向秦隐。

秦隐眼都没抬，声音依旧平稳："对谈梨。"

众人：好一口皇家狗粮。

而此时，教室门外，原本懒洋洋靠在墙根前的谈梨一秒支起身："我舅舅要来？"

"是啊。他明天回国，飞机就落在P市你们那个区的机场，我叫他顺路去你那边看看。"

谈梨头大，撑着笑想拒绝："舅舅飞这么远回来，一路上够辛苦了，让他还来我学校这边多不合适……"

"这有什么不合适的？"外婆不高兴地说，"他们一家搬去国外这么些年，偶尔回来一趟就是探访亲朋，你又是他唯一的外甥女，他去学校看看你不是理所应当？"

谈梨那些巧舌如簧的小浑招，是一点没办法在外婆面前使的，只有哑口无言的份。

"怎么不说话了，你不想见他？"外婆问。

"那我哪敢？"谈梨在墙根前翻了个身。

她倒不是避讳和舅舅见面，实际上她还有点问题想跟对方了解。只是在这个关口，由家里老太太安排的见面，怎么想怎么有些危险……

不等谈梨思绪结束，外婆在电话里面开口了，语气很随意很若无其事，仿佛只是无心提起："你和秦家的那个孩子最近怎么样了？"

谈梨：怕什么来什么。

谈梨头疼地靠在墙根："啊，还行吧。"

"什么叫还行？"老太太显然对这个说法不是很满意。

谈梨心虚地小声："距离上次吃饭还没过两周时间呢，来不及有什么变化，而且我们课排得多，也没什么个人时间。"

"嗯，那也好。你们年纪还小，学业不能扔下。"

"是，您说得太对了。"

“不过谈恋爱也不是什么非得抽时间才能做的事。上次外婆看了，那个男孩还是蛮稳重的，在你们这个年纪尤其难得。你能和他这样的好孩子多相处，外婆以后也就放心多了。”

谈梨：好孩子？就那个最近一骚起来就让她屡战屡败的那位？

谈梨忍住拆穿的冲动，语调尽力温曒听话：“外婆，俗话说知人知面不知心，我觉得恋爱是人生大事，还是慎重考量。”

“嗯，你舅舅也是这么说的。”

谈梨一噎：“我舅舅说什么？”

“哦，外婆忘记跟你说了，上年纪了就是记性不好，”老太太笑得很和善，“你舅舅回国前给我打过电话，我当时就提了一下你的事情。他人脉通些，也方便了解，我刚好叫他打听这个男孩的情况。”

谈梨一口气差点没上来：“外婆，我和他真没到——”

外婆好似没听见：“你舅舅也找朋友了解过了。这个男孩出身还是很不错的，父母两边往上数几辈也都是知书达理的大门户。而且他是独子，将来不会有什么糟心事，这点很不错……”

“外婆！”谈梨越听越没谱，终于忍不住叫停了老太太的话声。

电话对面停了两秒，问：“怎么，梨子现在嫌外婆唠叨了？”

谈梨秒怂：“我哪敢啊……不过您扯得太远了点，听着好像要给他祖宗八代查一遍户口似的。”

“你以为只有我们查他，人家就没有来了解过你？”

谈梨屏息：“您是说？”

“你也不用管这些。我对那孩子挺满意的，但你舅舅嫌秦家把这孩子藏得太深，不熟悉脾性，他自己说要亲自看看。所以等明天他到你们学校了，你记得带那个秦隐一起过去。”

“外婆这不合适，我们只是——”

“外婆这里进来电话了，改天再跟你聊啊。”

“啊？”

“嘟嘟嘟。”

谈梨没来得及挣扎，手机里就只剩下电话挂断后的忙音了。

谈梨：报应啊……

谈梨正对着手机追悔莫及的时候，她面前一两米位置，教室的门突然打开了。一道挺拔身影走出来，停住。

四目相对。

谈梨面上的苦恼淡下去，慢慢变成一个正经又不太正经的表情："男朋友，要不我们还是分手吧？"

秦隐撩起眼帘。

谈梨："我就是突然感觉到我们这段关系是不被祝福的，以后太可能遭受很多不必要的劫难，为了我们两人和我们身后两个家庭的幸福安定——"

"嘘。"秦隐不想听她跟自己瞎掰。他上前一步，两人间距拉得半近不远，迫停了谈梨的话。

然后秦隐垂眼，薄薄的唇角勾起点弧度："想违约，输不起了？梨哥。"

谈梨：这人这样喊她的时候，怎么就那么嘲讽？

谈梨忍了忍，苦口婆心道："我是为了你好。"

秦隐："谢谢，不必。"

和善无用，小混蛋轻眯起眼，佯装威胁，声音压得凶巴巴的："你不要不识抬举。"

秦隐眼底笑意深了些："不识会怎样？"

谈梨噎住。对着他的那张美人脸，谈梨酝酿来酝酿去，愣是一句狠话都没憋出来。

她眼神一垮："不识就不识吧，我再想想办法。里面的例会结束了吗？"

"嗯。"

"那我去老蔡网吧了，今晚还有一段直播要补。"

"我和你一起。"

"你去干吗？"谈梨警觉回眸。

秦隐："你欠我的救命之恩，忘了吗？"

谈梨:“？”

秦隐:“排位带我上王者。”

谈梨:“……”

直到两人迈进老蔡网吧的大门，谈梨才终于想起一个被她忽略的关键问题——

“虽然我那天错过了，但按照社长他们的说法，你的 solo 水平不比我差，上王者还需要我带吗？”

秦隐走在前面，没回头:“那局是碰运气。”

谈梨撇嘴：“碰运气的局，可不会让社长对你那么死心塌地，你当我是小孩儿吗，那么好骗？”

“本来就是。”

“嗯？”

秦隐已经停到柜台前，钱夹里抽出的身份证推出去，然后他才侧回身，在刚好停下的小姑娘头顶摸了一把。语气冷冷淡淡，似笑而非的:“你不就是个小孩儿吗？”

谈梨:“……”

柜台里面弯腰的老蔡直起身时，恰巧就看见台了外，侧颜清隽昳丽的青年眼里纵容带笑，给比他矮了一大截的凶着脸不服气的女孩摸头的场景。

老蔡感觉一阵莫名的牙疼:“你俩……”

刚想回击的谈梨停住:“嗯？”

老蔡:“是体谅我今晚没工夫吃晚饭，特意来给我送狗粮的？”

谈梨一噎。几秒后，她面不改色地拍开自己头顶的手，然后灿烂一笑:“别胡说，我们今晚是来开父子局的。”

说完，谈梨侧过头，冲秦隐挑衅地一抬下巴:“谁输了谁叫‘爸爸’。”

秦隐不为所动:“不开。”

谈梨往柜台桌面上一杵胳膊，侧托着脸颊笑眯眯地看秦隐：“怎么，现在变成你输不起了？隐哥。”

秦隐垂下眼，淡淡睨着她。

这一眼莫名叫谈梨背后发凉。不等她做出反应，秦隐又把眼皮耷拉回去了："我经不起诱惑。"

谈梨愣了下："诱惑，什么诱惑？"

秦隐却不说话了。

谈梨想了想，还是没想明白。不过这不妨碍她开嘲讽——

小姑娘笑得更灿烂两分，甚至还托着脸往他眼皮子底下趴了趴："还能有什么诱惑，让你都经不起吗？"

"有。"

秦隐拿回身份证，修长的手指将卡片慢慢推回钱夹，一声低哑，似笑而非。

"让你喊一晚上'爸爸'的诱惑。"

谈梨："？"

秦隐刷过身份证，就先去了谈梨专用的那个包厢。

他身后的柜台前，谈梨撑着脸颊，对着那道背影慢慢眯起眼，直到对方拐进走廊里，谈梨才懒洋洋地收回视线。

她把自己的身份证递给老蔡，老蔡接过，一边在验证机上刷一边打趣："你们确定恋爱关系啦？"

谈梨一噎，心虚反驳："别胡说。"

"谁胡说，当我瞎呢？"老蔡朝谈梨右手手腕示意了下，"情侣护腕都戴上了，别说，这情侣配件的选择还真挺有你的个人风格。"

谈梨低眼看了看习惯性戴出来的粉色护腕，有点莫名地心烦意乱。铁证如山，她也就懒得再狡辩了。

老蔡示意梨子到验证机摄像头前刷脸，然后玩笑道："不过你确实可以啊梨子，这才多久不见，这小帅哥就被你骗到手了？"

谈梨撑着下巴，闻言不爽："我才没骗，明明是他——"

"是他什么？"老蔡停了动作，好奇抬头。

说是秦隐硬要贴上来这种话，怎么想都对他不好……谈梨把话咽回去，鼓了鼓嘴巴："没什么。"

“哎，有话不直说，这可不像梨子你的性格啊，哈哈哈。”

谈梨微眯着眼，像是惫懒的猫科动物似的趴在柜台上：“那你也四十不惑的年纪了，还这么八卦的性格合适吗？”

“我这不是八卦，是关心你。”

“哦豁。”谈梨木着脸，给他一个“那我好惊讶哦”的冷漠眼神。

老蔡笑着把身份证递还给谈梨：“嫌我耽误你们小情侣独处了吧？我懂我懂。要不这样，过两天，我让他们在你那个包厢里加张单人床？”

谈梨手一顿，拽回身份证，撑住灿烂的笑：“加单人床？我想睡他还需要那么尿吗？街角那座大酒店里我有会员，行政套房开一周多好？”

老蔡大约是被这豪言震住了，没能第一时间开口。谈梨正满意扛过一关，就听耳后响起个冷淡淡的声音：“什么行政套房？”

“……”谈梨僵着脖子慢慢转过去，“你怎么又回来了？”

停在不远处的秦隐迈开长腿，重新走回她身旁：“忘记买水了。”

谈梨心虚地慢慢站直：“啊，哈哈，那你下次跟我说一声，我帮你带进去多好。”

“好。”

“那，我先进去了？”

“嗯。”

谈梨松了口气。

经历过长达两周的“作战”，她非常确定自己在骚话这方面是骚不过这个人的。她要是敢原话复述，她保证这人下一秒就能当着老蔡的面，笑得冷淡又勾人地对她说“现在就去，我不介意”。

谈梨想得心里一抖……那场面真是太可怕了。

把身份证收回来，谈梨就准备脚底抹油。可惜她走出去还不到两米，就听见身后柜台外的方向，老蔡奸笑的声音传回来：“她刚刚说的行政套房我知道，秦小哥你要听吗？”

谈梨：“！”

谈梨一个急刹停住，直接转身气势汹汹地杀了回去。

那边刚抬眼的秦隐听见动静，回眸：“你也要买水？”

谈梨不知道是不是自己的错觉，对面这双漆黑深邃的眸子里，仿佛藏着一点细碎的笑意。但是等她定睛去看，又不见了。

谈梨只得扬起一个灿烂的笑脸："我不买，我看你买。"

秦隐："？"

谈梨回过头，正看见网管小哥把两瓶矿泉水放到柜台上。她眼睛一亮，上去抱起一瓶，回眸："我怕两瓶水太沉，你拿不动，我帮你拿一瓶。"

秦隐微垂下眼，忍了忍笑："谢谢？"

"不客气。"谈梨还是不放心，偷偷白了老蔡一眼后，她犹豫了下，伸手虚虚挽住秦隐的臂弯，"那我们进去吧？"

秦隐最后还是决定放过她。他朝老蔡淡淡颔首，然后便拿起另一瓶水，放任小姑娘拉着他快步往包厢区走去了。

两人身后，柜台里面，老蔡看得一脸笑容，还一边笑一边摇头："啧啧，年轻真好啊，总有无穷无尽的可能性。"

网管小哥好奇探头："可能性？老板，什么可能性啊？"

"比如……"

老蔡靠在柜台后的椅子里，慢悠悠地回想两个多月前，那两人踩着盛夏的暑热迈进店里的模样。他晃了晃躺椅，舒服地合上眼笑起来。

"第一次见的时候谁会想到，像他那样清冷疏离的人，将来有一天会心甘情愿地被一个永远不安分、恣意又出格的小姑娘牵着走？"

神庙塌了，我垒。旗子倒了，我扶。
就算 Liar 这棵参天树下最后只剩我一个人，
我也一定一个人站到最后。

图书 影视

下

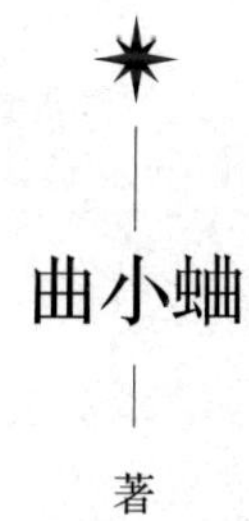

曲小蛐

著

四川文艺出版社

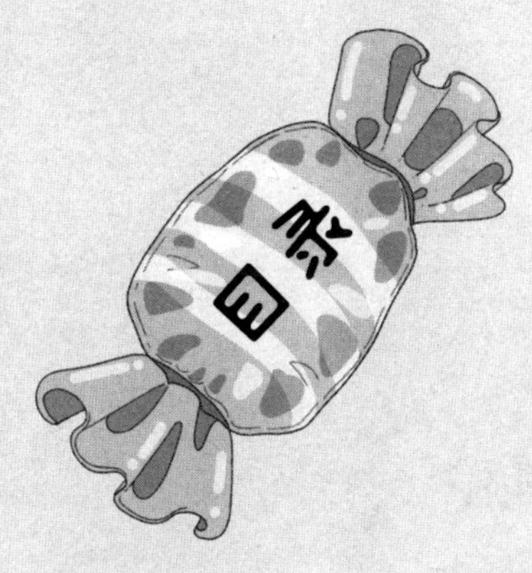
目录

第 18 章

合照 · 别哭

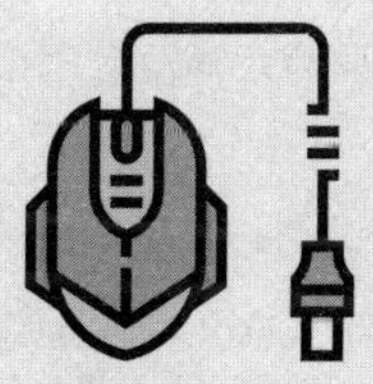

吸取之前排位时，秦隐那一手冰鸟辅助惹得直播间全员开喷的教训，谈梨这次双排根本没开直播。事实证明，秦隐也确实没辜负她的“期望”。

三局结束后，谈梨看着自己两败一险胜的最新战绩，幽幽地叹了口气：“我现在怀疑，你是和社长进行了什么不可告人的秘密交易，所以才被放进社团的。”

秦隐不着痕迹地活动了下左手手指，淡定回眸：“继续吗？”

“不了，”谈梨揉了揉手，“等我改天状态更好点吧，而且今晚的直播再不上，估计杜悠悠就要报警了。”

谈梨挂断手机上的第 N 通来电，登去 XT 平台后台，给杜悠悠发了一条信息。然后她想起什么，对秦隐解释：“杜悠悠是我在 XT 平台的负责人。”

秦隐：“嗯，我知道。”

谈梨有点意外，回头：“你怎么会知道？”

“之前听到过你们通话。”

“哦。”

谈梨想起来是对杠卓梓期那天的事情，这段回忆的关键词轻易触发了她心里的自我保护机制，没给大脑发散思维的时间，她就自觉转开了注意力。

“我要开播了哦。不想再被逼着露脸的话，那你就不要出声了。”

谈梨提醒完，感觉有个什么念头飞快地划过脑海。不等她细思，确定开播后的直播间里，她蹲点的粉丝已经迅速拥入了直播间。

梨哥你这个鸽子，天天就知道鸽我们！我还以为你今天不来了呢！

睡前还能看到老婆，幸福。

没见过这么不守信的主播，硌硬！

这种主播还能红，靠脸？

梨哥又没固定直播时间，只说今晚会上来，现在也确实上了，怎么就不守信了？

我寻思着你们也没给主播交过五险一金，有没有打赏过都难说，怎么还想要求主播打卡上班？

哇，粉丝好可怕。

可怕 +1，说一句都不行了？

可能就是一群小学生粉丝吧？连话语权是什么都不知道？

眼见弹幕里越吵越凶，本想当没看见的谈梨忍不住了。

她支了支眼皮，伸手勾过小麦克风，视线在弹幕里一停，然后谈梨清凌凌地笑了声："提话语权的这几位大哥别走，让小学生主播跟你掰扯掰扯。"

怎么，粉丝耍横，主播还有脸了？

谈梨不在意地翘着唇角："我其实真不在意你们说什么，别说说一句了，说多少句都没关系——不与'傻瓜'论短长，这是我信奉的人生哲理。"

弹幕炸了窝。

谈梨不紧不慢地接着说："但'话语权'这种词都被拉出来扯大旗，那我还是想聊聊的。这位大哥，自己说话喷人的时候要话语权，自己喷完了却转过头不许别人喷你——这会儿您又不管话语权了？"

谈梨弯眼，明艳艳地笑起来："你撑我可以，其他人反驳你就是小学生——双标玩得这么溜，大哥您那贵脸占地几十平啊？"

几句骂骂咧咧被淹没进满屏的“哈哈哈”里，大约是见大势已去，那些黑子喷子很快也没了踪影。

许久未见的嘴炮梨哥终于又回来了，爱了爱了。

其实做主播的，什么大风大浪没见过？就吃这碗饭，真 1vs1 开麦，他们怕谁啊？

不过多数都担心被人搞或者带节奏吧，都谨言慎行的，毕竟同行间这种龃龉可太多了。

所以梨哥才是我偶像啊，什么都敢说什么都敢做。

这大概就是名校生的气魄？

名校生？你们还真信那种谣言啊，明显有人故意带节奏想黑梨哥吧？

谈梨的目光在弹幕里停留了下。

迟疑几秒，她还是半玩笑地开口问了：“带什么节奏？‘爸爸’才离开江湖一天，江湖里又有‘爸爸’的传说了？”

咦？梨子你不知道吗？今天有人在平台里发了一条带照片的动态，说是去 F 大参观，撞见一个和你很像的学生。

照片蛮糊的，除了发色相似什么都看不出来。

对，然后大家就很兴奋地在讨论。

本来也是调侃嘛，结果刚过中午，就有些知名主播开始带你节奏了。

谈梨笑意淡了下去：“别跟我说又是那位。”

除了“佳期 dream”还能有谁这么不想放过你？

大概是只要梨哥你在 XT 一天，她那第一美女主播的位置就坐得心虚吧？

那可真是个大阴阳师，我看过录屏，就有人在弹幕里说了一句她傻乎乎的可爱，她就上赶着来了一句“对呀，因为太傻了所以怎么也不敢说自己是F大的”。

对对，然后就在直播里一顿带你节奏，脑残粉跟着说你立名校人设。

梨子实冤。

祸从天降啊！

谈梨一目十行地扫过弹幕：“没提……那就算了，别在意那些。”说完这句，她神态也变回懒洋洋的。

没提什么？

还能是谁？

“电竞渣男”退役的第4个月，想他。

呜呜呜呜，我又被我老婆当面绿了。

老公看看我，别想那个“渣男”了。

性别这块不要卡那么死嘛。

我没有性别问题！老婆看我！

眼见弹幕刷起一片告白狂潮，好不容易带开话题的谈梨敲了敲麦克风：“行了行了，都别浪了。以后也别‘老公’‘老婆’地叫了——‘爸爸’我已经是有家室的人了，这影响不好。”

你再说一遍你有啥了？

谈梨因为某个碍眼存在而心情略阴，之前那句算是没经大脑地脱口而出，当着直播间所有观众，再想反悔也晚了。她下意识地歪过头，往身旁看去。

冰山不愧是冰山。他好像完全没听见她这一句话似的，清冷着侧颜，淡定而不疾不徐地敲着键盘，修长好看的手指起伏律动。敲键盘的画面美得像弹钢琴，也就这个人能做到了吧。

谈梨忍不住翘了下唇角。而就在她要转回去的那一秒，之前那个划过她脑海的念头突然被拽了回来，并且变得无比清晰、具有诱惑。

“稍等。”

谈梨从来对心里的小魔鬼们抵抗力为零，她在直播间里开口后，就抬起右手，摘下自己的耳麦，然后握住那个收音的小麦克风，慢慢收紧手指。

弹幕里乱了。

绿我的一直就坐在我老婆身旁?

为什么不让我听？我要听!

这个位置，怎么让我想起了……

谈梨却已经没在看直播间了。她握住了麦克风，然后慢吞吞地挪着电竞椅，朝秦隐的位置滑动了一小段距离。

“喂，男朋友。”她托起灿烂的笑脸。

秦隐敲下最后一个键，回眸看她。

谈梨龇牙：“我再给你最后一次机会。”

“什么机会？”

谈梨：“就我之前在社团例会后给你的建议啊——我们分手吧，嗯？”

秦隐和女孩明显憋坏的笑对视几秒，有所意料地问：“不然呢？”

“不然？”谈梨示意了下手里的麦克风，笑得像是要绑架小白兔的大灰狼，“不然你就得作为 XT 平台半过气主播梨子的男朋友，频繁在我的直播间里亮相了！”

秦隐眸子垂下，目光落在女孩细白的手指上。

谈梨笑得胜券在握。

作为 Liar 的死忠粉，她太熟悉他们这种人的脾性了——就像那个戴着口罩直到退役也没露过脸的男人，别人想要的名利、荣耀、千万追捧，在他看来大概只是最没必要的负累。曝光、高调、一举一动都备受关注——这种被很多人渴望的东西，只会叫他觉得厌烦。所以想让秦隐陪她曝光、在直播里露脸，那还不如去召唤师峡谷玩“梦魇”，就像某“渣男”说的，还是梦里来得快……

“好。”

谈梨笑容停住。她甚至没来得及问出一句话来，就亲眼见着秦隐倾身，慢慢打开被她手指攥得紧紧的耳麦。

冷淡动听的声线微微振动过空气，然后传回直播间，以一声撩人欲念的低懒淡笑为始——

“如果这是你想要的，那我求之不得。”

直播间死寂一秒后，弹幕里彻底炸翻了。

啊啊啊，是真的！我刚刚听见了一个野男人的声音！

别说，声音有点好听。

难道也是主播？

别了吧，我梨独美不好吗？

光棍节直播脱单，呜呜呜，梨子老婆你怎么能对我们这么残忍！

唉，Liar 退役四个月，他的第一女粉到底还是跟野男人跑了。

活该，“电竞渣男”不配！

哎，难道只有我一个人觉得这个声音有一点点熟悉吗？

是有“亿”点点。

啊，说起来……几个月前在梨子直播间惊鸿一现的那个路人小哥哥！

谈梨终于从震惊里回神。

她手指把收音的微型麦克风握回掌心，笑：“要不要这么破釜沉舟啊，男朋友？”

“是你让我做选择的，”秦隐直身靠进电竞椅，薄唇抬起一点淡淡笑意，“现在我做完了。”

谈梨叹气，这就是自作孽啊！

运气三秒，谈梨戴上耳麦，回到直播间的镜头前："嗯，你们没听错，刚刚那个野男人就是几个月前的路人小哥哥，也是我现在的男朋友。"

弹幕群惊——

啊啊啊，果然！那时候我就知道！他俩绝对有奸情！！

"嗯？"谈梨停了两秒后，懒洋洋地笑起来，"别误会，我没骗你们，那会儿确实只是路人小哥哥，不过……"

谈梨歪过头，看了一眼身侧，某人似乎完全不在意他刚刚公布了什么，已经淡定如常地继续敲键盘了。

谈梨轻咬了下唇，眼里带笑地转回来，从没心没肺的语气开腔："嗯……不过'爸爸'我人美心善，所以没用多久就把他拿下了。"

我好酸！

原来游戏打得好就能拿下那么好看的小哥哥了吗？我也想。

女主播宣布脱单什么的，好没职业道德，走了走了。

不是单身女主播谁还看你啊。

我一直以为我梨哥靠实力，原来还有这么多滥竽充数只想看脸的颜狗？

弹幕里逐渐吵了起来，谈梨没在意，也没回应。就和平常一样打了两局排位后，谈梨淡定下播。

"男朋友，你闯祸了。"谈梨一边收耳麦，一边似笑非笑地说。

秦隐关上桌面的聊天框："没关系，我负责。"

谈梨闻言回头，露出个灿烂的笑："你肯配合就太好了。"

秦隐抬眼，他只来得及看到她背着光的身影像是被什么绊倒了似的"扑"上来。秦隐未加思索，本能伸手一拦。

"我们就合拍一张……"

欢快的话声随着重心歪倒。兵荒马乱的几秒钟后，谈梨终于坐稳在……秦隐腿上。

而慌乱里，她的胳膊很努力地绕过那人颈后，亲密地攀着他另一侧的肩，呼吸都和他的纠缠。

就，很突然。

在前所未有的近距离下，谈梨和秦隐对视几秒，她慢吞吞地眨了下眼："你们都这么主动的吗？"

秦隐难得没骚回去。

眼底起伏的情绪被克制地压回，他垂了垂眸，声音似低哑似无奈："我以为你要摔倒了。"

谈梨原本都准备起身了，但从秦隐的反应和态度里，她敏锐地察觉到扳回一城的希望。

谈梨视线一点点摩挲过极近的距离前秦隐那好看得像雕琢的眉眼。某一秒她微眯起眼，灿烂一笑。然后，她不但没有起身，反而勾着那人的肩，往那双可以数得清细密睫毛的眼眸更凑近了点——

"呼！"

细长的睫毛像被吹得一颤，然后掀起，露出里面漆黑如星海的眸子，眸子里映着女孩无辜的脸。

"啊，我不是故意的。"

"……"

"可能是你眼睛太好看了，睫毛也漂亮得像假的一样，嗯，所以我就没忍住。"

"……"

对着那双眸子，谈梨第一次发现黑色也是可以分深度的。比如现在秦隐眼里这种，就是快把人勾进去的那种程度。

谈梨把自己脸上灿烂的笑容收敛了一点点："你不能生气，因为刚刚是你先把我抱下来的。"

小坏蛋的语气里难得带上点小心。或许就是这小心翼翼戳到了秦隐，他眼神一醒，扶着跌坐进他怀里的女孩起身："我没有生气。"

还没远离的杏眼一亮。

秦隐有所预料，果然下一秒，灿烂恣意的笑容就重新回到这个最会得寸进尺的小坏蛋脸上："没有生气那你为什么不说话，是害羞了吗？"

秦隐无奈和她对视。猜到谈梨大约是憋坏了想在他这儿找回一局，秦隐便压回要出口的话，任由她调戏了。

谈梨没放过看他"吃瘪"的机会，缠着那人闹了他好一会儿，她才想起正事："啊，差点把合照忘了。"

"合照？"

"嗯。"

"做什么用？"

"发到我平台个人主页上，让那些进来只想看单身女主播的人有多远滚多远。"

说完以后，谈梨弯眼，有温度的笑意回到眼睛里："好可惜啊，刚刚有人在旁边抓拍就好了。"

调戏归调戏，谈梨拉着秦隐入镜的合照拍得很随意。除了那对有点显眼的粉色护腕，两人手都不拉的小间距更像是一对快乐游戏的好队友。

拍完以后，谈梨满意地抱着手机起身，顺口问："要给你马赛克遮一下脸吗？"

秦隐敛眸未语。

谈梨等了几秒不见回音，好奇地歪过头，然后她笑了下："算了，不用为难，我懂。你们都不喜欢露脸嘛。"

秦隐知道谈梨误会了他沉默的意思："不需要马赛克。我只是在考虑……以后可能出现的后果。"

"后果？"谈梨茫然，"你是指以后你再有女朋友对方会翻到然后吃醋这种事吗？"

秦隐皱了下眉。

谈梨已经笑了，她摆摆手："那别怕，过段时间后我就会删了的。"

2 分钟后，XT 平台，谈梨的主页多了一条最新动态。

梨子 lizi：

[照片].jpg

上来给男朋友名分，分手前你们就不要老公老婆地喊了。

打个预防针：骂我可以，骂他不行；取关随意，去留自便。

周二。

秦隐一早醒来，洗漱回到桌旁，发现手机上全是爆满的未接来电。

ZXN 战队从教练到经理再到狄达等人，轮番上阵，队外则是肖一炀，12 通未接来电，一人撑起半边天，消息界面也同样狼藉。

秦隐带着晨起的倦懒靠在墙前，指腹一划，眼前快速掠过肖一炀那一堆参毛的文字和图片。他懒得一一去看，敲了三个字作为回复：“是真的。”

然后返回，进入 ZXN 战队私聊群。单 @ 他一个人的消息就有十好几条，秦隐粗略扫过，也简单回了一条：“没被绑架。本人。”

秦隐回复完，就准备把手机放回桌上。而就在这时，屏幕亮起来。

来电，狄达。

秦隐意外地瞥了一眼时间，5 点 37 分。

他接起电话：“你……”

“你上回和上上回怎么说的？！这是叫一局游戏而已还是叫粉丝福利？谁家送粉丝福利有直接把自己送出去的？这才多久没联系，你就直接给我们搞这种大新闻大惊喜！”

“……”

狄达暴躁完，换了口气：“你刚刚要说啥？”

秦隐淡声：“我不急，等你骂完。”

狄达的气立刻短了半截。反省一下自己刚才口气是有点冲，狄达弱了弱声：“啊，那啥，我这不是太着急了吗？昨天半夜听说这件事，惊得我觉都睡不着。”

秦隐：“我谈恋爱就这么惊人？”

狄达本能回答：“哪只是惊人，明明是惊悚！”

秦隐："哦？"

这冷冰冰似笑非笑的一挑尾音，让两百斤的猛男狄达心里和手里同时哆嗦了下。显然队长余威犹重。

还好秦隐似乎心情不错，没就这个问题深究，还给狄达解释了句："粉丝福利和一局游戏而已不假。"

狄达急性子憋不住："那你俩——"

秦隐淡定接回："男女朋友的事情也是真的。"

狄达："哈？"

秦隐："月初刚交往。"

狄达幽幽叹了口气："小组赛就要开始，我们是没时间关心你了。经理说他今天中午可以过去看看，你要不要和他聊聊？"

"聊什么？"

"还能聊什么？"狄达没忍住，凉飕飕哼了声，"聊我们对各路粉丝严防死堵了三年多的 Liar 神怎么被人搞到手了，之后身份万一曝光了又该怎么公关呗。"

秦隐唇角淡淡勾了下："这事和你们没什么关系，别瞎操心。还是说，你们还嫌惹的骂少？"

"我又不是受虐症。你进队一年我们战队被开次数跟坐了火箭似的直线往上蹿，谁有病谁嫌少。"

"那就别管，到那时候我会自己处理。"

"可是……"

"别可是了。抛开杂念，专注比赛。"

临挂电话时，狄达还是不放心："经理这边现在也没什么事，还是让他过去和你商量商量吧。"

"不用，"秦隐索性抛了撒手锏，"而且我今天有约，没时间。"

"很重要？"

"陪女朋友见家长，你说重要吗？"

死寂数秒，狄达一改之前的担心："月初才交往，这周见家长，那再过两个月，我是不是就得吃你俩喜糖了？"

秦隐轻嗤："我争取。"

猛男狄达气愤地挂断了电话。

谈梨和舅舅乔意钧的见面约在校外一间咖啡厅里，时间定在下午 2 点 30 分。

谈梨已经过世的外公是正经的书香门第出身，即便中途投笔从商，骨子里那点区别于铜臭气的书香也没磨干净，还在他唯一的儿子身上得到了极好的传承和体现。所以围着一张桌子坐下来，一边儒雅西装金丝眼镜，一边金白长发灵动随性，任谁看也不会猜到这是舅甥关系，何况女孩旁边还坐着位冷淡清隽的青年。

服务生来回几趟，总忍不住把目光往那桌落——这么古怪的三人组，竟然异常和谐地在那边坐了将近半小时了。看情况，多数时候是那个儒雅男人问，对面两个年轻人答。

难道是公司面试？那这企业文化绝对是跨度极广、很有包容性的了。

服务生腹诽着，再次从三人那桌旁走过去。

桌旁，谈梨懒洋洋地靠在木质扶手上，察觉什么似的掀了掀眼皮，瞥了那服务生背影一眼。

她落回目光时，对面的乔意钧正把咖啡杯放回桌上："病假休学了三年？那时间确实不短，不过身体无碍就好，旁的都是小事。"

这次不等秦隐接话，谈梨往前坐了坐，朝乔意钧眨眼："舅舅，您下午没别的事情啦？"

乔意钧一停，温和笑问："你是嫌舅舅打扰你们了？"

"我哪儿敢，"谈梨笑得灿烂，"我是怕耽误您的事情。"

"那好，这次我在国内留的时间会久些，也不急今天。"乔意钧起身，"这家店音乐不错，你们多坐会儿吧。不用送我。"

"那怎么可以？"

谈梨毫不犹豫，起身就离开了沙发长椅："我要是不送您出门，就显得太不懂事了。"她不忘回头，拿话把秦隐按住，"你等我回来。"

谈梨直把乔意钧送到门外，司机已经将车停到面前。谈梨面上笑容淡了一点，眼神里似乎在犹豫什么。

乔意钧突然开口：“有什么问题你就问吧，还是说太久不见，你和舅舅已经生疏了？”

谈梨意外：“您看出来了？”

乔意钧笑：“你像你妈妈似的，平常聪明，却总爱钻牛角尖，一到这种时候情绪就全写在脸上了——我看不透你那个小男朋友的情绪，还能看不穿你的吗？”

谈梨被拆穿，也不再犹豫：“其实我就是想问问您，您认识一个叫应雪容的女人吗？”

“应雪容？”乔意钧的笑容突然僵了下，他声音不自觉冷下来，“你怎么会知道她的？”

谈梨一怔。

乔意钧向来温文尔雅，说话声调都维持在半格升降里，很少见什么大的情绪变化。而她记忆里小舅舅唯一一次发火甚至责骂旁人，就是当初为母亲去世不久谈文谦就新娶的事情。

而现在……

乔意钧似乎也察觉自己情绪不妥了。但他并没有太过掩饰，只是松了皱起的眉：“是你父亲又开始和她来往了？”

“谈文谦自己的事情我没关心过，不知道，”谈梨说，“只是她在我们学校当老师，之前第一次遇见，她主动和我提起的。”

乔意钧冷眼：“她主动和你提起？”

“对，怎么了？”

乔意钧没说话，但向来温和的五官间已经渐渐凸显出一种出离愤怒而无法完全掩饰的情绪。

谈梨心中的那种预感更明显了些，她无意识地攥紧手指：“我听外婆说过，在我很小很小的时候，他们的关系没有那么差……”

“你猜得没错。”

谈梨悚然一惊，杏眼睁得微圆。

乔意钧冷声道：“我出国早，对你父母的具体情况和他们之间的关系并不清楚。但我可以确定的一点是，'应雪容'这个名字所代表的女人就是你母亲的心病，也是让你父母关系决裂的开始——当年她走得悄无痕迹，但你母亲的死，她这辈子别想脱了干系！"

沉默发酵了许久。

乔意钧从自己情绪里回神，声音温和下来："这件事交给舅舅处理，你不要插手，就当什么都不知道，安安心心过好你自己的生活，知道吗？"

谈梨唇瓣动了下："我……"

"谈梨，"乔意钧轻轻叹了声，安抚过女孩的肩，"如果意芸在天上看得到，她一定不希望你一直活在她的阴影里。你还年轻，你要有自己的人生，我和你外婆都是这样希望，我相信意芸也一定是。"

"我知道，"谈梨抬了抬眼，撑起个笑，"我会努力的。"

"好，别让你的小男朋友等久了。那舅舅先回去看你外婆了？"

"嗯，舅舅再见。"

谈梨看着那道车影没入车流里，脚下像生了根，挪一分一寸都艰难，难得叫人心里发涩发疼。她面上的笑镜花水月似的，轻易就碎散了。谈梨心底那个盖子里，久抑的疲累感慢慢流出来，涌进她四肢百骸里。

谈梨蹲下身去。

前天周日，绘画通识课上，她又见了那个叫应雪容的女人。她得承认，那个女人是美的，即便在四十多岁的年纪，依旧能叫教室里那些二十左右的小男生们脸红动心的美。

那个女人年轻时一定更美吧？和她后来记忆里永远病恹恹的、二三十岁死去时就像个老人一样枯槁的母亲不一样，那个女人年轻时的美，应该是充满鲜活与魅力的吧。

原来，美也是能杀人的。

谈梨放任自己的思绪漫无目的地游荡。灵魂都好像跟着它一起出了窍，在空中飘啊飘的，浮萍一样，无着无落。等再来一阵风，大概就能把她吹散了。

谈梨没等到风。她等到了模糊视线里慢慢停住的一双长腿。

谈梨紧紧抱着膝盖，盯着那双长腿，不说话。

那人耐性极好，或许只对她，总是天下第一的好耐性。她不说话，他就等着，安安静静的，好像没在一样。

太安静了，谈梨忍不住张了张口："喂。"她听见自己的声音传回来，喑哑的，满浸着情绪。

那人没应她。

谈梨知道自己现在一定很傻，大白天的，蹲在路边，一声不吭。换了她是他，可能也不想表现出认识自己这样一个傻瓜。

谈梨刚想完，就看见视线里那双长腿屈膝——那人蹲到了她面前。

猝不及防的，谈梨还挂着泪的脸就撞进他深得海一样的眸子里。谈梨慌了下，本能地低头想躲。

但是没成功，她被那人伸手过来抵住了下巴，在这个人身上，谈梨第一次感受到他的压迫感。但是那个动作很轻，声音也从未有过的轻和："不准叫'喂'。"

谈梨躲不了了，红着眼兔子似的看他："那叫什么？"

"叫男朋友。"

秦隐用手指一点点蹭掉她的眼泪，轻柔得像碰最易碎的瓷器。然后他抬起视线，对上她湿了水色的眸子。在她的瞳孔里，秦隐看见自己沉沦的身影。

Liar 的人生里赢过无数人、无数次。这是他第一次输给一个人，明明输得这样彻底，还甘之如饴。

秦隐倾身向前，单膝抵到地面上，这样就可以抱住把她自己缩成小小一团的女孩。他轻吻她的额角，声音里不再有一丝冷淡，只有入骨的温柔。

"恭喜你啊，小刺猬，你有男朋友了。男朋友说，他不怕你的刺，也不怕疼，以后他会抱你抱得紧紧的……再也不会让你一个人哭。"

WWW 战队基地，下午 2 点 45 分。

基地 2 楼长廊的最尽头，刻着花纹的浅色木质房门被推开，盛笙穿着休闲服，从房间里走出来。保洁阿姨尽职地打开了长廊两侧的窗户，带一点秋凉的风从长廊中间吹过去，盛笙轻轻战栗了下。

他回头看一眼已经合上的房门，想了想还是懒得进去拿外套。于是盛笙转回身，往长廊中间的楼梯口走去。

WWW 战队基地这栋主楼有 4 层，一楼以训练区为主，二楼多是队员个人寝室套间。楼内都是现代极简风格，无论走廊两边挂着的壁画，还是廊灯和门窗的设计，处处透着干净利落的线条感。要说唯一和整栋楼格格不入的地方……

盛笙停在楼梯口前，望着脚下铺满整条楼梯的大红色地毯，无声叹了口气。

楼梯原本是光可鉴人的云纹大理石铺就，但现在已经被铺上有几厘米厚度的红毯。

这还要归功于肖一炀——在他们刚搬进新基地不久时，盛笙不小心在一楼最后两级台阶上崴了下脚，小腿胫骨前磕出了一点瘀青。本来一点云南白药就能解决的问题，肖一炀却跑去经理那里告了楼梯一状。于是第二天，这条活像是从哪个婚礼现场掀来的红毯就铺满了整整 4 层楼梯。

两三年前其他队友的哀号犹在耳畔，盛笙好笑地摇了摇头，踩着柔软的地毯走下楼去。

到一楼，盛笙先走向基地厨房。

厨房里，负责照顾他们饮食的阿姨正在准备早餐。见盛笙出来，这位已经在基地待了几年的阿姨熟悉地和他打招呼："起来了？"

"嗯，丁姨下午好。"盛笙温和地笑了笑，伸手拉开那面四开冰箱的其中一扇门。他弯下腰，轻车熟路地拿出一盒冰牛奶，拧开盖子。

阿姨的目光扫过这里，无奈地说："明明经常闹胃病，还总喜欢起来空腹喝冰牛奶——你这个坏习惯啊，真不知道什么时候才能改过来。"

盛笙喝了一口，笑笑："刚起总是不清醒，要靠它提神。"

"还是不吃早餐？"

"嗯，不吃了。丁姨，你给其他人准备就好。"盛笙说完，就拿着已经在外壳敷上一层水雾的牛奶盒准备离开。

他刚迈出厨房，丁姨的声音在身后追到他耳边："你要去训练区，就喊一炀过来吃早餐吧。"

盛笙一愣，抬到半空的牛奶盒落回原本位置，他回头："一炀已经起了？"

阿姨没回头，一边煎面包片，一边絮絮叨叨地说："对，他今天不知道怎么了，刚过中午就起来了。一个人在训练区待了好一会儿了吧。也不知道过来吃早餐，我又不敢去打扰他训练。你们这些孩子啊，就是拿自己身体不当回事，这样赚钱再多，家里父母也要担心的……"

盛笙已经走回来，从备菜桌上拿起一只方形的白瓷碟："这是给他准备的吧，我帮他拿过去好了。"

"哎，你们那手哪能拿东西呀？我来我来。"丁姨说着就要关火。

盛笙笑着往外走："您忙您的就好。再伤病，也不至于连个盘子都没法端。"

"那你小心着点啊。"

"好。"

盛笙端着那方碟走进训练区，隔着几米就见肖一炀聚精会神地趴在他自己电脑前，完全没察觉他进来。

盛笙脚下放缓，视线淡淡扫过——键盘没动，鼠标在旁边，没在训练，电脑界面上好像也是网页状态。

盛笙习惯性地在心里做了个粗略判断，有结论时他已经停到肖一炀身旁："你的早餐。"

餐盘被盛笙放在桌边。

肖一炀吓得叫了声，惊愕扭头看到盛笙后，他的第一反应却是去挡显示屏上的内容。等手拦上去了，他大概想明白自己这行为有多欲盖弥彰，又尴尬地把手垂回来："笙、笙哥，你怎么起这么早？"

"快下午 3 点了，不早了。"盛笙说完，放下餐盘的手轻拍了拍肖一炀的肩，"倒是你，怎么这个点就起来了？听我过来还吓一跳，一个人在看什么见不得人的东西吗？"

“我是那种人吗？”

盛笙随手，力道极轻地拍了他后脑勺一下，带着点温和的玩笑意味：“眼看就要小组赛了，专心点，让教练抓到你在训练区不务正业，小心挨训。”

“哎……”肖一炀理亏，蔫蔫地捂着脑袋，嘟囔了句，“我也就比笙哥你小一年多，你别总拿我当个小孩儿似的，我在联盟里也算老将了好不好……”

“你？老将？”

盛笙原本都要走了，迈出去那步又收回来。他在他们面前脾气惯来温和，戏谑也春风拂面似的。他微微俯身，玩笑着抬了下眼镜：“老将早起不训练，浏览……”

话声戛然而止。

肖一炀心里咯噔一下，连忙抬头。然而已经晚了——盛笙显然把方才没看的显示屏页面看得一清二楚了。

盯了几秒，盛笙撑着肖一炀单肩，慢悠悠地回头对上他心虚的视线：“你一早起来，就为了盯着梨子的动态？”

事情败露，肖一炀自暴自弃地端过早餐盘：“嗯。”他塞了两口煎得金黄的蛋黄碎，回头，“笙哥，你不是和梨子很熟吗，你知道她昨天公布恋情的事情吗？”

“不知道。”盛笙淡定地把视线转回去，对着那条动态里的照片端详几秒，“我还是第一次见这个男的。”

“啊，是、是吗？”肖一炀心虚地挪开眼。

所幸盛笙这会儿注意力只在照片上，没察觉肖一炀这片刻里的不自然。

那张图片似乎做了刻意的虚化处理，再加上拍摄房间的灯光也比较昏暗，两位主人公的五官不是非常清晰，只能看出大致的骨相轮廓。更显眼的，还是两人靠在一起的手腕上，颜色粉嫩的护腕。

“他又开始了……”肖一炀嚼着饭，盯着那张照片含糊不清地说。

盛笙回头：“什么？”

“哎？啊，没、没事。”肖一炀对着镜片后那双温和笑眼，脑子转得飞快，“我是说那个护腕颜色，哈哈，骚粉色，这颜色都敢戴，这个梨子真的很大胆啊，哈哈。”

“是吗？”盛笙扶着肖一炀肩膀，慢慢起身。

肖一炀只觉得自己单肩犹如负重千斤。

直到盛笙的手离开，似乎转过身就准备回自己位置了，肖一炀心底松了口气，心虚地再扒一口炒饭。

就在此时，已经走出去几步的盛笙突然回头：“你认识图片里的男人？”

“噗……咳咳咳……”一阵撕心裂肺的咳嗽，在几十秒后才慢慢平息下来。

肖一炀咳得面色涨红，心有余悸地抬起头。中途给他递水的盛笙面带微笑，淡定地斜着长腿倚坐在他的桌棱前。

肖一炀觉得自己很仗义，刚刚咳得半死不活的时候，竟然还顾得调动大脑拼命给秦隐找理由：“笙哥，你太会开玩笑了，梨子我都没见过，她男朋友我怎么可能认识啊？”

盛笙笑得很温柔：“我只是问问，你不用那么激动。”

“没激动，丁姨今天做的炒饭有点滑口，你突然说话，我吓了一跳，一不小心呛了下。”肖一炀兜得很稳。

“你既然不认识梨子，也不认识她男朋友，一早起来看她照片动态做什么？”

肖一炀牙一咬，心一横：“笙哥，实不相瞒，我上次看见她直播后，就对她一见钟情了！”

盛笙着实没想到这个答复。他愣了两秒，弯腰笑起来：“你喜欢梨子？”

肖一炀小心翼翼地：“难道，笙哥你也？”

“我把梨子当妹妹，你别多想。”盛笙说完，从肖一炀桌前起身，“我看她也有男朋友了，你就收收心吧。”

见盛笙似乎信了，肖一炀连忙点头：“一定，我绝不犯原则性错误。”

"嗯，那你吃饭吧。"

盛笙没再往自己电脑桌走，而是掉了个头，直接出了训练区。

等离开肖一炀视线，他低了低眼，看着手里牛奶盒子上汇聚成滴的水珠。盛笙轻笑了声："说出这种骗人的鬼话，还敢当自己长大了呢。"

看着水珠一颗颗流下牛奶盒的外壁，盛笙也在记忆里一点点捋起信息。

第一次古怪是肖一炀那天排位，和梨子撞到了一起，当时他前后矛盾的话，和明显心虚的状态。

第二次古怪是那个最大债权人的电话，按照队友的说法和肖一炀之后的通话，不难猜出他最大可能是联系了 Liar，而之后回到训练区，肖一炀第二次提起谈梨。

第三次就是今天……

记忆里重新回溯那张光影模糊的照片，盛笙慢慢眯起眼。

几秒后，他垂手将牛奶盒放到客厅的桌上。然后盛笙拿出手机，走向基地一楼大平层最南侧尽头的落地窗。停在那大片倾泻到地板上的阳光里时，他手机里已经响起女孩漫不经心的声音："笙哥？"

"嗯，是我。"

"唔，你们不该忙小组赛了吗，怎么还有时间给我打电话？"

"我看到你发的动态了。"

"啊，那个……"女孩的声音难得有点底气不足。

盛笙温和地笑起来："你能找到男朋友我很高兴，不用跟我说什么。我打电话来是想问你，要不要带男朋友一起来看今年的小组赛？"

对面沉默几秒："笙哥，我不去比赛现场，你知道的。"

"我知道，因为你怕见到 Liar。"盛笙语气轻松，"但今年不一样了，他不会出现在赛场上了，对你来说也是个好事，不是吗？"

"……"

听出迟疑，盛笙眯了下眼，然后抛了撒手锏："我是不是有点唐突了？其实只是因为年纪，今年说不定就是我最后一次正选参加全球总决赛，我怕之后没机会让你再看到，所以才这样说的。你既然为难，那就算了。”

“怎么会？以你的状态，至少可以打两年正选位置！”谈梨声音着急了点，然后她松下口，“好吧，那等具体的赛程安排出来，我一定去看。”

盛笙：“记得带你的新男友哦。虽然不会插手，但我还是想看看什么样的男人能把我们梨子都俘获了。”

“啊……好吧，我尽量。”

“就这么说定了？”

“嗯。”

挂断电话，盛笙扶了扶眼镜。镜片上仿佛掠过一点凌厉的反光。等他再转身，面上笑容已经温和如常了。回到客厅空落落的桌前，盛笙一贯从容的眼睛里难得掠过点茫然。

他刚刚放在这儿的牛奶呢？

“笙哥，你在找牛奶吗？”声音从厨房方向传来。

盛笙回头。

肖一炀从厨房里走出来，晃着手里的牛奶盒子：“在我这儿呢，给。”

“谢……”盛笙一顿，垂眼。

牛奶盒子上一点水雾也没了，是温热的。

盛笙抬头，就见肖一炀对着他龇着雪白整齐的牙，得意扬扬地朝他笑：“动不动就胃疼得战损状态就不要喝冰牛奶了嘛。还说我小孩呢，我看笙哥你要任性的时候也像没长大。”

肖一炀说完，转过身，抱着后脑勺回训练区，临进去前不忘二傻子哄小孩似的扒着门边来一句：“要喝完哦，不然待会儿我让经理检查。”

盛笙怔了几秒，垂眸。看着手里的热牛奶，他无奈地笑了声。

丁姨正巧在厨房门口看到这一幕，笑着对盛笙说：“一炀平常看起来大大咧咧的，其实最细心了。每次吃完饭的餐盘总要送回厨房来。”

盛笙笑了笑：“确实。”

丁姨转到一半又停住，她想起什么：“当初楼梯上加地毯也是他的主意，一起来就窜去餐厅，缠着你们经理非得要加毯子。你们经理说又不是孩子，总不会老摔跤，你知道一炀怎么说的吗？”

盛笙抬眼。

丁姨笑呵呵地道："他说，别人没问题，笙哥不行啊。笙哥一摘眼镜肯定就跟眼前打了马赛克一样，万一从楼梯上摔下来，楼梯那么硬，摔成傻子怎么办？粉丝肯定说你们虐待队员！你们经理被他气得不行，第二天就给全换上厚毯子了。"

丁姨离开后，盛笙又在客厅里多站了会儿。他看着训练室方便教练监督的半透明玻璃，笑着叹了口气。

"这么欺负一个傻子，真有点理亏。"

秋天下午三四点的阳光，正慷慨地洒进 F 大东门旁的林子里。

铺着落叶和碎金色阳光的林间小路上，谈梨结束了和盛笙的通话，正往 F 大的主干道走。

秦隐一直等在她进来的地方。

听见她的脚步声，那人抬眸投来一眼，带着点担忧。

谈梨心里轻动了下，面上已经展开灿烂的笑："好了，我们回去吧。"

秦隐问："朋友的电话？"

"嗯，"谈梨点头，"就 WWW 战队那个第一辅助，Sheng 神。"

秦隐一顿："你和他很熟？"

谈梨歪回头笑了下："当然了，盛喃是他亲妹妹，而我和盛喃刚会爬的时候就认识了，我们两家关系一直不错。"

过去几秒没听见声音，谈梨意外地回头，然后她怔了下："你笑什么？"

虽然不明显，但某人此时低垂着眼笑起来的模样，还是很动人的。

秦隐："笑是因为高兴。"

"高兴什么？"

"你。"

对着谈梨茫然的眼神，秦隐淡定地走到她身侧，停下："我发现，你开始接受我了。按之前，你是不会给我讲你以前的朋友和身边关系的。"

谈梨一僵。她自己还真没发现……

“别往回缩啊，刺猬。”秦隐低了低身，在她眼前温和又认真地说，“我努力了这么久，只是小小地炫耀了下，别被我吓回去了。”

谈梨眼神一醒：“你才刺猬。”

秦隐还想说什么，但谈梨已经快速地转开话题了：“说起来，今天我舅舅问起来之前我都忽略了，你竟然是请了三年的病假哦？”

秦隐没说话，似乎是默认了。

谈梨揣着上衣口袋，一边走一边侧过头来打量秦隐：“但是看起来好像挺正常的，不像有病的模样。”

秦隐无奈地望她。

“啊。”谈梨突然想到什么，然后几秒里，她面上的笑意就变得促狭，“难道是……”

尾音拖得意味深长。

秦隐停顿了下，轻眯起眼：“是什么？”

“没什么，没什么。”谈梨乐得没心没肺。

等走出去几步，她还是没忍住，靠过去举高了手拍拍秦隐的肩。

秦隐回眸，就看见小姑娘坏笑又可恶的漂亮脸蛋。

“没关系，我不歧视你。真的。”

秦隐：“？”

第 19 章

吻·沉沦

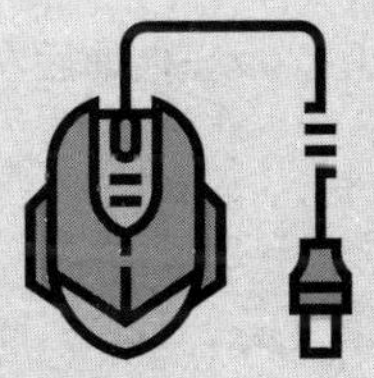

进入 11 月中旬，秋的味道越来越重，天凉下来的速度也变得肉眼可见——早上 7 点多的 F 大校园里，走在路上的学生们大都穿起有厚度的外套，手也避开凉意刺人的秋风，藏进各自的大衣口袋里。

今天是排课最少的周日，现在又刚过 7 点 15 分，天边懒洋洋爬起来的太阳不知道藏在哪朵云后，始终不肯露脸。

这阴沉的天气更叫学生们藏在寝室里不想出来，所以今早的校园里看起来人迹格外少些。唯独阶梯教室楼一楼的 108 号教室，应该算例外中的例外。

教室里上的是校选通识课绘画欣赏与实践。新换上来的女老师温柔又负责，到今天是她的第三大课，都是很早就过来开了教室门。

7 点 20 分的时候，相较于当初上第一大课还空空荡荡寥无几人的教室，此时却已经有将近一半的上座率了。几秒后，刚从教室后门进来的三个女生停住脚，左边和中间那个四处张望着。

“噫，怎么已经这么多人了，不是说选这课的人很少吗？”

“估计不少都是和我们一个目的，来蹭课的……我看见他了！”

“嘘嘘，你小点声啊，姐姐。”

“我们过去他后面那排坐吧，反正他前后左右都没人。”

“这不太好吧？”

“来都来了，怕什么！”

“要过去你俩过去，反正我不去，我要去图书馆自习。”

一直没说话的第三个女生刚开口，就被另外两人拖回去。

“仗义不仗义？！”

“在哪儿上自习不能上？这屋里可有校草，看一眼赚一眼！”

“他不是都有女朋友了？不懂你们俩兴奋个什么劲儿……”

“我去，老三你这就太不解风情了。帅成秦隐那样的，那是人间宝藏，他就算英年早婚儿女双全那也绝不耽误我们花痴他！”

“对，而且他女朋友和他根本不合适，恢复单身就是迟早的事情，学校贴吧里上周还发布给他们投票帖呢。”

“投什么票？”一个笑嘻嘻的女声插话问。

“还能什么票？就投秦校草和他那个问题少女似的女朋友什么时候分手呗。而且一共就三个选项，一周内、一个月内、一学期内，大家都选的一个月。”中间那个女生的声音戛然而止。

在身旁室友拼命挤眉弄眼的示意里，她突然反应过来：刚刚那个向她提问的声音，似乎并不来自身旁的两个室友，而是从身后……

不等女生僵着脖子回头去看，她们三人的身旁，一道纤细灵动的身影已经冒出来。

曳着外面深秋的一丝凉意，那头松散的金白色长发也跟着晃过她们手边。发尾像是拨过天边云里漏下几线的阳光，微卷起一点晃眼的灿烂。

随意把长发扎了个马尾的女孩笑眯眯地顶着漂亮的瓜子脸，倾着上身背着手看她们：“我真的很像问题少女吗？”

女生：像不像你自己心里没点数吗？

但和眼前这个恣意灿烂的女孩不同，她们显然没办法坦然说出，所以只能尴尬地沉默着。

谈梨好像完全不在意，咬着糖片笑得眼睛都弯下来：“你选了第几个呢？”

“什、什么？”中间的女生蒙着。

“那个投票啊，”谈梨脚下一画圈，跳了个小舞步似的，转到女生面前，她舔着糖片往前倾身，眼底笑意盈盈得像荡起波纹的水面，“你选的哪个？”

这猝不及防的近距离让女生蒙住，她脸一红，下意识回答：“一个月……”

说出口后她陡然回神，惊慌地捂住嘴：“对不起，我没有恶意。”

“没关系，没关系。”谈梨踮起的脚尖落回去，她抬起干净的十指晃了晃，弯成月牙的眼睛依旧漂亮，“我不介意，而且……”

她的声音压低下去。女生茫然又无声地等着她说话，尽管知道面前的谈梨处处都透着古怪，但是被她那样笑望着的时候，女生感觉自己的注意力都忍不住一直跟着她。

然后女生就见那人再次倾身凑上前来。只是这次对方的动作很慢，慢到能让她清晰看见，她以为会浓妆艳抹的漂亮脸蛋上没有半点妆色，却能轻易在一眸一笑里透出纯粹近乎妩媚的灵动。

女孩声音压得喑哑，陪衬着笑意：“而且我答应你，我一定会努力实现你的……”

靠近的身影被迫戛然而止。

谈梨眼底掠过一点恼意，她低了低头，顺着勒住她身影的贝壳包到包带，然后往后，谈梨扭头，单手插着裤袋的秦隐站在她身后，以高她20 厘米的绝对压力垂眸睨着她。

谈梨心底那个盖子下的情绪像被这个动作烧到沸腾，咕嘟咕嘟地冒着热气，几乎要把盖子顶开了。

她慢慢咬住唇肉，然后展开个灿烂的笑：“有事吗，男朋友？”

秦隐原本将要出口的话停住，他眼神定定地望着谈梨，几秒后，那点轻淡褪去，秦隐微皱起眉：“你怎么了？”

谈梨笑意一滞，眼神里掠过慌乱。但那点惊慌连一秒都不到，她立刻就恢复了惯常的笑：“什么怎么了？”

秦隐还想说什么，最终没有选择此时这个处于教室里众人目光中心的位置。他松开手，转而牵住谈梨的手指。

谈梨一愣，本能地想甩开，却感觉手指被那人缓慢而坚定地握进掌心。从门外带来的凉意从指尖褪去，那点令人贪恋的温度让谈梨神思恍惚了下，没能第一时间抽回手。然后她被秦隐牵着手指走向座位，也没了再挣脱的机会。

直至落座，秦隐松开她的手。在温度剥离的那一秒，谈梨竟然察觉心底有种冲动——她想不顾一切地握回去。

谈梨蓦地攥紧指尖，笑容被唇瓣抿得发涩发紧。

大约过去几秒也可能是十几秒的恍惚后，谈梨听见耳旁传回声音：“你的书呢？”

“书？”谈梨回头。

“第一大课的时候，老师不是发给过你们教本了。你没带？”

谈梨堪堪回神。她低下头去看了看空荡的手，还有垂在身边那个巴掌大的贝壳包，那里面显然是不可能装得下一本书的。

谈梨抬起脸：“啊，看来是被我忘在寝室了。”

秦隐眉皱得更深。

谈梨从他的神情里察觉什么，歪过头笑了下：“干吗？从刚刚在门口你就怪怪的。”

秦隐眼神沉了沉：“周二和你舅舅见面回去以后，你在 XT 平台挂了半个月的请假公告？”

“啊，对，”谈梨眨眨眼，“突然感觉有点累，最近两周不想播了。”

秦隐：“你周五说不想去上课，因为周四晚上直播太久。”

谈梨露出漫不经心的笑：“唔，我那样说的吗？那大概是躺在寝室里懒得起床，所以给自己找了个借口吧。”

秦隐手机一振。他垂眸两秒，没什么表情地抬头，同时把手机屏幕竖在谈梨眼前：“你室友说，你从这周三就没回去过。”

谈梨笑容停住。

秦隐认真地望着她：“谈梨，你到底怎么了？那天我说过，发生任何事情你都可以告诉我，我一定会陪着你，你也忘了？”

在那一秒，谈梨眼底的支撑摇摇欲坠，让她难以承受的那些情绪几乎就要一股脑涌出来。

她张了张口。

“应老师，早上好！”

前排几声齐刷刷的招呼声，压住了谈梨的话。

她眼神一震，扭头看去。

谈梨的视线犹如刻刀一样，一点一点不肯放过地刮过讲台上女人面部的每一处痕迹。去掉妆容修饰，剥离岁月雕琢，直到这张面孔完完全全和她记起的那张老旧照片里的女人的五官重叠。

真的，是她。

在那张被谈文谦珍宝一样收藏起来的褪色的老照片上，那个年轻的、在镜头前的树下笑着回身的、看起来只有十六七岁年纪的少女，就是年轻时候的应雪容。

所以在第一眼，谈梨会觉得这个女人眼熟、见过，但她那时候没有想起来，因为她不知道，自己见到的是几十年前的应雪容。

而几十年前，不止有年轻的应雪容，也有同样年轻的没有背景的谈文谦，还有那时候还活着的谈文谦的顶头上司、谈梨那个爱女如命宠惯无度的外公乔宏为。

乔宏为把他最爱的女儿和公司一起交给了谈文谦，但在他病重弥留的最后半年，谈文谦一次都没去看过他，就像后来对乔意芸一样。谈梨因此懂得在母亲过世一个月后，舅舅暴怒责骂谈文谦的"忘恩负义"。

但她直到今天才模糊懂得母亲去世前最后说的那句话——答应妈妈……永远，永远不要强求……求不来的……

谈梨眼神止不住地轻颤，也抖碎了她脸上撑不住的笑。她放在桌下的手一点点握拳，攥紧，指甲用力地掐进掌心。

她恨自己的记忆力，小时候只看过一眼的照片都无法忘记。她更第一次这样痛恨自己的敏锐，某个藏在细碎的往事里、某个她想一秒都觉得寒栗的过去，在她面前像涂抹着可笑油漆的古旧城墙，一点点剥落漆痕。即便她捂住耳朵盖住眼睛，也没办法阻挡它藏在下面的东西渐渐清晰。

无处可逃，避无可避。

谈梨终于忍不住了。在尖锐拉响的上课铃声里，她蓦地起身，椅子被她带起"砰"的震颤。

全教室惊愕回头，谈梨却什么也顾不得。

那些遗落在记忆角落和时间长河里的碎片，像鬼魅一样追上了她。沉浸在已经分不清是往事还是幻觉里，扭曲的光影和嘈杂的声音充斥着她整个世界。

谈梨头也不回地跑出教室。

风声呼烈地从她耳边刮过，阶梯教室的门廊下有两级或者三级台阶，她踏空了一级，踉跄了下，但没有摔倒，或者是摔倒又爬起来了。她不知道也不想分辨，她只是拼命地往前跑。

她想把那些东西都甩在身后，她不想被追上。

“谈梨！”

身后声音突至。紧随其后，她手腕上一股巨大的拉力传来。

在被迫停下的那一秒，谈梨心底那个盖子终于被冲得粉碎，巨大而汹涌的情绪在这一瞬间撞得她眼角透红。

谈梨猛地转身，狠狠拽回自己的手：“你放开！”

她的声音里透着喑哑崩溃的狰狞。

秦隐已经放开了，他怕弄伤了她。

“谈梨，”秦隐声音低而安抚地喊她的名字，“你想去哪儿？”

谈梨脸色透着苍弱的白，红唇却艳丽得像一抹血：“不用你管。”

“你现在的状态，我不可能放你一个人走。”

谈梨几乎一字一顿：“我说了，不用你管！”

“我是你男朋友。”

像被逼到窒息的前一秒，谈梨僵住，然后她松开自己的呼吸，笑得冰凉：“那恭喜你，这一秒开始，你不是了。”

“……”

“我们分手。”

“……”

谈梨转身要走，手腕却被再次握住。她眼神一颤。不等那人开口，她先问：“你就是不肯放手是不是？”

秦隐沉声：“就算我不是你男朋友了，我也不会让你这样一个人离开。”

谈梨咬牙，瞳孔战栗。

僵持数秒后，低头的她突然发出一声短促而喑哑的笑：“第二回见面那天，你问我，我吃的是糖还是药。”

秦隐眼神一沉。

而谈梨回过头。在他面前，隔着几十厘米，女孩唇瓣咬得血红，眼角也被泪堵得殷艳，她却硬逼着自己笑。

她朝他笑得明艳至极。

“现在我回答你，因为我有病，所以它就是药。”

秦隐沉眸：“谈梨。”

然而女孩的理智早已被深埋在汹涌翻覆的情绪下。她踮起脚，一点点凑近他，呼吸仿佛随时要吻上他的锁骨、下颌，最后慢慢停在他的唇前。

她笑得支离，眼底情绪破碎：“你知道我得了什么病吗？和我那个死掉的母亲一样，双相情感障碍，也就是躁郁症——到最严重那天，我随时会在杀人和自杀的极端里徘徊。而你……”

谈梨在离他的唇只剩一两厘米时停下。她慢慢撩起细长的眼睫毛，几乎失焦的瞳孔里似哭似笑。

“你和他一样，最后只会把我们变成一个疯子。”

在那刺骨的沉默里，谈梨身体失去支撑的力气。她落回脚跟，想要在露出狼狈前转身。但没能来得及——她被那人缓慢、用力地抱进怀里。

“不会。”

她第一次听见他的声音那么沙哑，饱浸情绪。

“我会治好你……梨子。”

谈梨的呼吸被这个有温度的拥抱包裹着，慢慢平息。秦隐颈下的外套因为之前的跑动而敞开了些，露出的衬衫衣角上染着一种干净的淡香。

在无声溜走的时间里，这个怀抱和熟悉的清香慰平了谈梨躁动的心跳，理智意识一点点回到身体。

“谢谢。”

不知道过去多久，被闷在怀里的女孩发出一声低低的呼气。

秦隐却察觉了什么。他微皱起眉，顺着怀里女孩细微的挣扎，松开手臂。

那张变得平静的脸蛋仰了仰头，露在他视线里。她的声音平静而轻："或许你说得对，你和他不一样——但我还是不敢冒险。"

秦隐没说话，唇线抿平，眼底克制的情绪薄而凌厉。

谈梨勾了下唇角："你没见过我母亲，秦隐。我没有她那样的勇气，我更不想像她那样悲惨地死掉。至少在我还活着的时候，我想光鲜亮丽、有自尊地活着。哪怕这样会有点自私。"

谈梨停顿，然后轻眨了下左眼，好像还是那个俏皮的模样："而且，毕竟我还没有对你做出什么需要负责的事情，我们的关系也没到需要负责的程度，所以我想我现在跑掉，还算不上自私。"

谈梨一口气说完，轻微调整了下呼吸。对视那人漆黑的眼，谈梨歪过头笑了下："我觉得我真的是个好人，才会舍得放你走的。那现在，我先转身了哦？"

"这是你冷静考虑过的答案。"

"对。"

"好，"秦隐慢慢垂眸，敛压下眼底情绪，"你要去哪儿？"

"表面上，应该是回家吧，"转过身去的谈梨把手插进口袋，她轻笑起来，"但那个地方，也算不得我的家。"

"那我送你上车。"

"唔，你还是不放心我？"谈梨回身，对上没什么拒绝余地的眼神。

对视数秒，谈梨妥协地点点头："好吧，反正离校门也不远了。这几百米，就当我们的分手纪念旅行吧。"

"……"

F 大门外。

秦隐一动未动地站在原地，早上的太阳在地上拉出一道笔直修长的影。沉默许久后，他轻叹了声，从大衣口袋里拿出手机，拨出电话。

"肖叔叔，我是秦隐。杜老先生的初步判断是正确的，她的家庭里有双相情感障碍遗传病史。如果方便，那我今天上午去拜访两位。

"麻烦您了，谢谢。"

谈梨回到P市郊区那栋独栋别墅里时，是上午10点。

这栋别墅在这十几年里已经翻新过两次，正门的密码却没换，谈梨记得那是母亲取的数字，不过她并不懂里面的意思。

她想，谈文谦对这串数字熟记于心十几年，同样也未必懂。至于为什么没换过，大概他已经忘了这也是那个女人留下来的痕迹了吧。

谈梨推门进去时，家里的帮佣阿姨正疑惑又警惕地走到玄关前。看到门开后露出的谈梨，她的表情却比见了入室抢劫偷盗的都要震惊——

“梨子，你、你怎么突然回来了？”

“石阿姨，”谈梨在玄关找了一双客用的拖鞋，换上以后她挎着贝壳包，淡定走进来，“谈文谦在家吗？我有事想找他。”

石倩芸从震惊里回神，倒不意外谈梨对谈文谦的直呼其名：“谈先生去公司了，还没回来。”

谈梨不在意地点点头：“那麻烦您给他去个电话，请他不忙了的时候拨冗回来一趟，我有事和他谈。”

“今天？”

“对，”谈梨听出迟疑，停身，“怎么了？”

“谈先生公司这几天好像有个挺重要的项目，他在亲自督进……不过是梨子你的事情，谈先生应该会赶回来的。我这就去给他打电话。”

谈梨在原地怔神两秒，嘲弄地弯了弯唇角，转身上楼去了。

谈文谦到家时，已经差一刻12点了。他匆忙走进玄关，见到迎面的石倩芸：“谈梨回来了？还在家吗？”

“梨子在书房等您。”石倩芸说，“谈先生，您要不要先用午餐？梨子刚刚已经吃过了，看起来也不是特别急的样子……”

“不用准备了。”听说谈梨还在，谈文谦那点匆忙的情绪散去，恢复了惯常神态。他把手里公文包递给石倩芸，“我公司里还有事，听她说完事情就回去了。”

“好的，先生。”

谈文谦径直上到三楼的书房。

房门是半掩着的，谈文谦推门进去，刚踩上地板的第一步，就听见房间里侧的回形沙发后响起谈梨的声音——

“你念念不忘的那个初恋情人，我见到了。”

谈文谦脚步一停，皱眉：“你胡说什么？”

“应雪容。”谈梨一字一顿地说完名字，起身转回来，她轻诮一笑，“难道不是吗？”

谈文谦表情一滞：“你怎么会知道她的？”

“我早就知道她，在你珍藏的相片里，只是不知道她叫什么罢了。”

谈文谦拧眉：“你还知道什么了？”

谈梨眼神轻晃了下：“舅舅说，当初你就是和她出轨的。”

谈文谦听见这句话的那一秒，表情里有一种接近嘲讽的复杂：“他一直那样认为，原来到今天才告诉你……”

谈文谦顿了顿，皱眉看向谈梨：“你就是为这件事回来的？”

谈梨没说话。

谈文谦似乎放松了点。他脱下外套，走向书桌：“我早就说过，我没有出轨过，哪怕一次。还是在你眼里，我甚至是个敢做不敢当的小人？”

“但结婚后你遇见过应雪容，就是那场重逢，导致你和乔家和我母亲决裂。”

谈文谦身影骤停。

他在书房的窗前停住，侧过身来，一半脸在阴影里，显得神情都有几分阴沉：“谁跟你说过什么？乔意钧？不，他应该不知道……”

低声的自言后，谈文谦拧眉：“应雪容告诉你的？”

谈梨的眼底掠过一丝恍然。

如她来时所预料的那样，这个男人提起应雪容的语气里听不出半点怀念初恋的情意，只有以为那个女人做了什么违逆他意愿的事情而流露的沉冷不虞。这样满心只有他自己的男人，当初又怎么可能在稳定的婚姻里，只因为一个初恋情人的出现，就有那样的转变？

恍然之后，谈梨心里的那个猜测也愈发逼近真相。

她无声一笑，慢慢低了头，长发滑下肩侧，把她的脸掩进阴影里。

“我今天回来的路上才突然想明白，你那样对乔家、对我母亲，不是因为你不爱她……是因为你恨他们。”

谈文谦眼神一冷。

谈梨轻笑了声，却空洞得听不出情绪：“所以当初重逢，应雪容跟你说了什么？”

谈文谦：“你没必要知道这些。”

谈梨语速加快：“应雪容说自己当初抛弃你其实是被我外公威逼？还是告诉你，你的婚姻本来就是我母亲求而不得、不择手段拆散你们又欺骗隐瞒的一场骗局？”

在沉默里，谈文谦的脸色沉下去，却没有一句反驳。

这沉默叫谈梨窒息。

十几秒的时间逝去，谈文谦已经整理好情绪，他沉声道：“这件事已经过去了很多年，你没必要细究。”

“可这是我活到现在的全部！”谈梨压抑的情绪挣扎出来，“对你的恨、对我母亲的同情和阴影，我一直抱着这些东西活了十八年，到今天我才发现，这些事情原本就建立在一个谎言上？而你明知道实情，却从没打算告诉我！”

谈文谦额头青筋一跳：“我不说是为了你好！”

谈梨眼圈一红，恨声道：“我不要这种你以为的为我好！怎么，你还想我感激你吗？你以为我知道了真相会反过来同情你？”

谈文谦也恼怒：“我没有指望你理解我。这是乔家和我的事情，你外公做错了事，他就得付出代价。”

“可你明明有无数种选择，你却选了最自私的办法。你毁了乔意芸一辈子，又折磨了我这么多年，看见我慢慢变成像她一样的疯子——你舒服了？你报复的快感得到了？这就是你想要的结果，是吗？”

“谈梨！”

在话尾声，谈文谦重重地拍在书桌上。他终于失掉了全部的成熟和冷静理智，脸色铁青地瞪着女孩：“你是我的亲生女儿，也会是我这辈子唯一的骨肉，我不可能伤害你！”

“是吗？”

谈梨微微仰头，她眼底闪着泪，只觉得眼前这个是她父亲的男人，悲哀可笑。

而她作为这场几十年悲剧闹剧的“结果”，也同样。

谈梨转身，僵着步伐迈出第一步，然后第二步，第三、第四……她逃一样地加快速度，走向书房门。

谈文谦回神，急忙转身：“谈梨，你去哪儿？！”

“你别管。”

“我……”

“你也不配。”

女孩的声音空洞而冷漠。最后一个字落下，书房的门砰然关合。

几秒后，谈文谦颓然地坐进身后的椅子里。

秦隐拜访完肖一炀小叔家那位临床心理学专家，是在回家的私家车上接到那通陌生电话的。

他的号码在班级信息表里留过，后来大概是被班长走漏，屡屡收到一些性别不定的陌生人的来电或者信息。奇异程度足以令人感慨“物种”多样性的丰富。所以对于没有记录和备注的陌生来电，秦隐往往不接。

但今天，在他拇指指腹几乎落上红色的挂断圆圈时，秦隐的心跳莫名地抖了一拍。

就好像，某种不要他挂断的预感。

秦隐停顿两秒，手指点到绿色圆圈上。

一接起电话，入耳就是个急得快哭了的陌生女声：“你是秦隐吗？”

“是。”

“我是盛喃，就是梨子、谈梨的朋友！谈梨她现在在你那儿吗？”

秦隐停了两秒，从柔软的真皮座椅前直身，他皱眉沉声：“我不在学校，谈梨怎么了？”

“就是、就是，”盛喃颤不成声，“就是谈梨刚刚给我发了几条消息，她好像出什么事了，情绪很不对，但我打电话给她，她怎么也不接！”

秦隐心里蓦地一沉。他僵了几秒，抬头朝向驾驶座：“尹叔，改去学校。”

“啊？”司机一愣，“不回家了？可先生和太太还在家里等……”

“我之后和他们解释！”

司机吓了一跳。他在秦家开了十几年的车，看惯了秦隐少年老成、冷淡疏离的模样，这还是头一回见这位小少爷这样惊到失色的反应。

司机没敢耽搁，找了最近的掉头路口，卡着限速线一路飞驰向 F 大。

车里，说到一半的盛喃终于忍不住哭起来。

“梨子妈妈就有躁郁症的，我听说这个病遗传率特别大……梨子以前症状很轻，躁狂期抑郁期都不明显……最、最多就是跑去给 Liar 刷过几十万的礼物……我以为这没什么，她抑郁最厉害那时候就是因为 Liar 走出来的，我没想到她会加重……”

秦隐的眼神僵住。一两秒后，他声音低涩：“谈梨当初给 Liar 刷一周礼物要告白，是躁狂期发作？”

——你可以观察她日常里是否有异于平时的行为，比如突然的健谈，无目的的思维散发，不计后果没有节制的疯狂购物行为……

——让她去玩“梦魇”，梦里什么都有。

秦隐左手蓦地握拳，淡蓝色血管在冷白的手背上绽起，伤病激起的疼痛传回大脑，然而他像没有察觉。他的心也被无形的手攥住了，疼得他眼前一阵发暗。

等那恍惚过去，盛喃的哭声重新传进意识里：“我买机票了，我已经在路上了，但我现在回不去……她一定在宿舍，或者网吧？呜……她不会去别的地方，她也没有朋友的……你一定要找到她啊，求求你了，秦隐，你一定要找到她……”

“我会。”秦隐字字如楔。

周日，下午 3 点，正是校园里学生最多的时候。

秦隐在无数震惊的目光里下车，脱掉大衣扔进车里，一路跑进校园。他没去宿舍也没去网吧，他直奔学校西南角的那栋旧楼。

在顶层的最后半层台阶前停下，他紧皱起眉看着那扇破旧的铁门——门是锁着的。

秦隐目光一颤。隐忍的情绪翻滚起来，但被他一点点克制压回。秦隐深吸了口气，平复呼吸，转身准备下楼。但就在他迈下第一节台阶前，他心里蓦地一动。

秦隐停下，回身，目光落向长廊尽头。

那里有间教室，门是半开着的。

谈梨晃着脚尖，坐在窗边。

这栋老楼真的挺好的，安静，无人，门锁好撬，没有防护网，不耽误她欣赏风景。就连尽头的教室侧窗对着的也是高耸的树，枯黄还未落的叶子摇摇欲坠地挂在枝头，把阴沉的天割得七零八碎。

除了脚底下。

谈梨搭在一起的脚尖分开，看了看隔着三四层楼的地面——杂草丛生，隐隐还有些被时间腐化过的垃圾。

味道肯定不太好。

谈梨收回目光，懒洋洋地靠到水泥窗台镶嵌的老式金属窗框上。

脚尖又晃了几下，她侧了侧头，看向被她放在旁边那扇玻璃窗里面的贝壳包。包被她打开了，里面的东西乱七八糟地倒在窗台上。两三个五颜六色的金属盒子，是被她吃光的压片糖盒。

低血糖会眩晕，不知道一下子吃这么多，高血糖会怎样。会有糖中毒什么的吗……

谈梨漫无目的地，任思绪拉着出窍的灵魂在空里乱跑。

直到她看见一个坚硬的盒子，在一堆被她弄得乱七八糟的东西里，难得只有它没有褶皱。

谈梨怔了怔。过去好几秒，她才想起这是一盒香烟，叫什么芙蓉王，从她的……前男友那里，哄骗来的。

他给她的时候，还不是她男朋友呢。

那个人啊……

谈梨舔了舔唇角，嘴巴里有种麻木的甜腻，一下子吃了太多糖片的结果。

她伸手去拿那盒香烟。

“啪。”

谈梨愣住，她的视线里，自己的手腕上多了一只手。搭在上面的是修长有力的手指，一根根透着冰种质地的白，每一根都微微屈起，骨节性感得让人想亲吻。

谈梨呆了好几秒，才近乎缓慢地移动视线，顺着同样性感的手腕、臂膀，望到那张冷淡的脸上。但好像，没那么冷淡了。

应该是因为经过了某种剧烈运动，可能是跑步，或者别的什么，他的喉结微微滚动，气息也有一点不稳。明明在阴沉的深秋里只穿了一件单薄的白衬衫，唇色却红得发艳。最好看的那双眸子，又黑又深，像是被水润过了，透着勾人的深邃。

不知道过去多久，谈梨张了张口，第一句却是：“前男友，你带打火机了吗？”

前男友气得脑仁疼。

谈梨理智慢慢回归，似乎也感觉自己这话不够人道，她想了想，决定委婉些，先改作“关心”：“你是来找我的？”

秦隐眼神危险地看了一眼她耷拉在窗外的腿：“你先进来。”

谈梨怔了下，然后笑：“你不会是怕我跳楼吧？”

不用秦隐多言，谈梨把晃着的长腿踩回外窗台粗糙的水泥面上。她刚想双手撑着起身，就发觉秦隐的手还紧紧地握在她手腕上。

谈梨回眸，晃了晃手，没心没肺地一勾唇角：“我虽然什么都不想要，但我还是超怕死的。”

秦隐和她对视两秒，慢慢松开发僵的手指。

谈梨起身，转过来，跳回房间内。她靠到窗户下的矮墙上，回过头：“所以前男友，你带打火机了吗？”

秦隐还是没开口。

如果不是那双漆黑的眸子饱含情绪，那谈梨看着面前这张冷漠清隽的脸，都该觉得自己梦回初遇了。

谈梨往前凑了凑，停到他眼皮子底下，红唇一勾，眼底半点笑意也无："你再不说话，我要自己搜身了？"

秦隐眼神微动了下。片刻后他抬手，从裤袋里摸出一只卡片形状的打火机，棱角分明，薄得凌厉，银色的外壳透着和它主人一样冰冷得不近人情的味道。

谈梨伸手要拿："噫，果然是物肖其主。"

话没说完，打火机一晃，在那人指间转了半圈，被他握回掌心。

谈梨的手停在半空，眼皮抬了抬，那一秒里她眼底的情绪很凉、很冷："你玩我呢，小哥哥。"

秦隐低头，扫了一眼她窗台上散落的开着盖的空糖盒，然后他冷冰冰地抬眸："你不适合抽烟。"

"干吗，怕我上瘾？"谈梨重展了笑。

秦隐一停："你也不会抽。"

"不会可以学嘛，你教我啊。"

"不教。"

谈梨退回去，表情淡下去："你上次给我这盒香烟的时候，可是答应过的。"

秦隐皱眉。

时间嘀嘀嗒嗒过去十几秒。他终于妥协了似的，慢慢皱眉，转开视线。一声低得难以察觉的吐气，从他薄薄的唇间叹出。

"换一个条件。"

谈梨张口就想拒绝。但在"不"字出口的前一秒，她的视线瞥过男人在恢复气息后略微淡下去的唇色，还有修长的令人觊觎的指节。

谈梨嘴角勾起来："那你来。"

秦隐回眸。

谈梨凑前，笑里吐气如兰。

秦隐皱了下眉。

谈梨退回去，笑得散漫如常，眼底却没什么光。

秦隐沉默地望着谈梨。

许久后，他终于垂了眼。那只深蓝色的香烟盒子被他拿起，指节抬起随意拨了下，盒盖翻开。烟盒在那只漂亮的手间轻轻一晃，一根细长的香烟跳出半截。

秦隐垂下眼，把香烟咬进唇间。左手掌心的翻盖打火机被他勾起，“咔嗒”一声，幽蓝色的细长火苗在他微握的手掌间蹿了起来。

秦隐刚要低头去点烟，就被谈梨叫停。

眼底搅着疯劲儿和坏劲儿的小姑娘歪过上身看他，还朝他晃手机：“忘了说，选这条的话，我要拍下来。”

秦隐眉一抬。咬着烟时，那双黑眸格外凌厉得迫人，谈梨被他望得心跳都加速，却只觉得更兴奋了点。

她跃跃欲试地看着他，眸里跳起他打火机的幽蓝色火焰。

秦隐最后还是垂了眼，细长的香烟被他取下，习惯性地夹在食指与中指间。他得以开口，薄唇微动：“拍了做什么？”

谈梨故意激他：“可能，发去 XT 平台？就说是我前男友给我的最后一帧留念。”

秦隐微弯着腰，半靠在墙前，闻言冷淡懒散地撩了撩眼，黑眸幽深。

谈梨的心跳空了一拍。但她绷住了，不但没松口，还未得寸先进尺地露出个坏笑：“而且背窗拍照光线太差，拍不出效果啊……”

她四处转转头，最后目光定格在秦隐脚下的墙脚。

她抬起头，笑了笑：“你坐到墙脚吧，这样拍起来更帅。”

沉默的对视中，谈梨笑容不变。视线尽头的秦隐望了她许久，竟然不恼不怒，还冷冰冰地勾了下唇。

只是很淡，算不得笑，转眼就不见了。

他垂下眸子，弯腰，折膝，甚至没去看地面的干净程度，便坐靠到墙脚前。

他倚上墙根，头抬起来些，后脑勺贴着凉冰冰的墙，从衬衫领口间若隐若现的锁骨到修长脖颈再到下颌，线条绷得凌厉而勾人，唯独碎发间那双漆黑凌厉的眼冷淡地望着谈梨。

过了几秒，秦隐手指夹着香烟咬回唇间，点上了。

谈梨掏出手机，调整到摄像模式。有手机的遮挡，有那人垂着眼的无视，谈梨看着镜头里对她予取予求的男人，慢慢咬住下唇。

烟雾一点点把那双凌厉的眉眼模糊，缭绕，薄抿的唇被血色抹上一点勾人的艳，漆黑的眸子里添染上冷淡而疏离的意欲。

谈梨眼神一炸，手里的手机跟着晃了下，画面都糊掉了，她定了下手，然后看进重新清晰的拍摄镜头里。

那人垂在膝上的手正落回唇边，而他缓撩起视线，冷淡而幽深地望了她一眼。

这一眼隔着镜头，却又砰地一下狠狠撞进谈梨的心底，也撞断了她最后一丝悬在理智上的细线。

谈梨像着了魔似的，停在他面前，她蹲身，把手机放到地上，然后往前一趴，手掌撑到他身侧的地面上。

她凑上前，在薄薄的烟雾里，吻上他修长的手指。

那人蓦地僵停，却什么都没做。

在缭绕的烟雾里，他垂眸，望着身前的女孩。她眼里明晃晃地写着疯劲儿，也给足了他推开或者拒绝的机会。

但秦隐没动。

只是在过去好几秒后，他极淡地笑了下，喉结在他修长凌厉的颈线上轻轻滚动。他移开一点香烟，声音低哑地说："过来。"

小坏蛋眼里最后一丝弦，"啪"的一声断了。

她低低喑了声，扑上前。

雨落了下来。

起初雨丝细密，只是攀湿了色浅冷淡的桃花瓣，很快风急雨骤，像渴求而不甘，凶狠地把它蹂躏，花瓣色泽从浅至深，直被染成如血的艳……

潮湿阴暗的教室里，清瘦的身影被推靠在墙脚下，女孩攥着白衬衫的领口把人压在墙根前，放肆地亲吻。

支起膝上垂搭着的修长手腕，他指间夹着的透一点猩红的香烟跌落。只余指节上被咬下的细细红印，在干净的冷白上红得颓靡刺眼。

黄昏时，天边郁结的雨云终于散了。夕阳的最后一点余晖拽着傍晚的尾巴，在天边铺开灿烂的金红，像画布上晕染的水粉，深浅勾连。学校西南角旧楼下，雨后的树林被淋得湿漉漉的，像幅刚挥就的水墨画，在深秋里将落败的枝叶也透出抖擞的鲜活了。

谈梨就在树林里，可惜没心思欣赏面前的美景。

她踩着小路上被淋得湿答答的落叶，手机无奈地抵在耳边："我真的只是在课前调了静音，没有消息和来电提醒，所以才没回复你的。"

"呜呜呜呜，我不管！再有下次你就完、嗝，你就完了！"

手机里哭得打嗝的声音叫谈梨感动心疼又好笑："好好好，再有下次我跟你负荆请罪。"

"那、嗝，那倒不用。待会儿我到你们学校，你请我吃、吃饭就行。"

谈梨一愣："到我们学校？你现在在哪儿？"

"我看到你给我发的消息，打电话又联系不上你，我当然立、立刻就买了机票飞来P市了！现在……司机师傅，我们还有多久能到F大？"

电话里隐约传进个陌生声音："10分钟内吧。"

"哦，谢谢司机师傅。"盛喃带着鼻音闷回来，"你听见了吧，我再有10分钟就到你面前了。你想想怎么跪地求饶再请我吃大餐吧！"

谈梨头疼地敲了敲额角。

盛喃憋气："干吗，你不欢迎我？"

"我哪儿敢？"谈梨失笑，"你可别再哭了，P市今天雨够大了，你想划着船来见我啊？"

"哼，我才没哭。"盛喃眼泪一抹，翻脸不认账，"对了，你见到你家小哥哥了吗？"

谈梨笑容蓦地滞住："你突然提他做什么？"

盛喃没察觉："之前我联系不上你，太着急了嘛，我就打电话找到你们学校教务处，又联系到你们辅导员，然后他问了你们班长，最后拿到了秦隐的电话。"

谈梨："所以你就打给他了？"

"对啊。我以为你和他在一起呢，结果他不在学校，不过接到电话他立刻就回去找你了。”盛喃抽了抽鼻子，声音闷闷的，用词却不含糊，“看来对你是真爱，你就别推拒了，收了吧。”

谈梨噎住。

盛喃等了一会儿，疑惑：“你怎么不说话了，他最后找到你了吗？”

“找到了。”

“那你语气听起来怎么这么沉重？”盛喃不安地问，“没发生什么事情吧？”

电话里安静下来，连呼吸声都不闻。在盛喃怀疑谈梨是不是偷偷挂电话了，准备把手机拿下来看一眼时，她听见话筒里传出一声低低的、情绪复杂的笑骂：“靠！”

盛喃：她梨哥以前可从来不骂脏字的！

盛喃急了：“他怎么你了？！你跟我说！他敢对不起你我叫我哥揍他！”

树林里，谈梨慢慢停下来。她眼前好像又展开那幅画面。

窗户下的半面矮墙，阴沉的天空，昏暗潮湿的教室，坐靠在墙脚的男人撑着单膝，指间夹着细长的香烟。烟雾缭绕，黑色碎发下那双冷淡的眼撩起，低低地望着她。然后香烟在他唇边挪开了点，他喉结微动，一抬唇角。

过来。

谈梨眼神一晃，脚下往后退了半步，撞到了一棵树皮湿漉的老树。

谈梨回过神。电话里盛喃还在恼火，要找秦隐算账。

谈梨无声叹气：“他没怎么我，是我怎么他。”

盛喃一呆：“那，你怎么他了？”

谈梨想了想，不正经地歪了歪头：“算是，把人给轻薄了？”

盛喃：“？”

第 20 章

战斗 · 狗粮

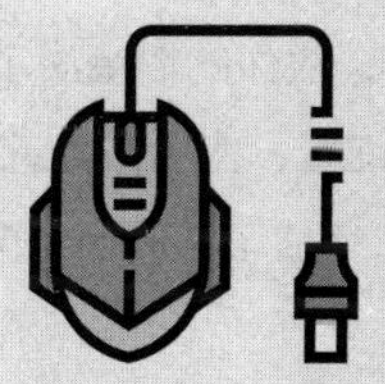

F 大校外咖啡馆。

听谈梨说完今日历险，盛喃笑得肩膀都在抖。

谈梨看不下去，撑着下巴支了支眼皮，没好气道：“别笑了，服务生看你好几次了。你再这么笑下去，他肯定以为你得羊痫风要给你叫 120 了。”

“不……不是，实在是我没想到，梨哥你竟然也有……”盛喃揉着笑疼的肚子，终于慢慢止住，“你竟然也有这么𡲆的一天？”

谈梨木着脸：“我哪里𡲆了？我多勇啊。换 100 个人来也是有贼心没贼胆，我竟然直接就扑上去了。”

话到后半段，谈梨已经被自己气得小声磨牙了。

盛喃不留情地拆穿：“你有本事扑上去，有本事回过神以后别跑啊。”

谈梨：“……”

能逮到嘲笑谈梨的机会不容易，盛喃直打量她：“你看看，包都扔了，就剩手机在身上，水晶鞋有没有跑掉一只啊，谈灰姑娘？”

谈梨撑着脸颊，没表情地斜她：“我就不该告诉你。”

盛喃笑得更开心了。

谈梨看着盛喃乐得开怀，故作的情绪淡了些，眼神也柔软下来。除了之前哭得太厉害的眼圈还红着，盛喃整体情绪显然已经恢复好了。

“那你准备怎么办啊？”等终于笑完了，盛喃趴回谈梨面前，学她撑着脸。

“什么怎么办？”

“还能什么怎么办？不要装傻，”盛喃朝她眨眼睛，“当然是被你先分手再占便宜的‘前男友’啊。我们可不能做渣女啊，梨哥。”

谈梨头疼地往窗外转目光：“我知道。我一定负责。我先自己缓缓……咦？”

“怎么了，怎么了？”

盛喃连忙抬头，顺着谈梨的目光看出去。咖啡馆的落地窗外，傍晚的商业街熙熙攘攘，人头攒动，天边晚云翻涌出艳丽的霞色。

盛喃一无所获地转回来：“你在看什么？”

“看错了。”谈梨见视线里的人侧过身，露出一张陌生的脸。

盛喃：“你看成谁了？”

谈梨落回目光，拿着咖啡勺淡定地搅了搅：“我差一点就准备往桌下躲了，你猜我当成谁了？”

盛喃笑起来：“那看来我们梨哥是真的栽了吧，想人家想得都出幻觉了？”

谈梨手里银色小勺停了下：“少造谣我。”

“行吧，行吧，你慢慢缓，我不干扰你……哦，对，你直播平台请了半个月假，是不是也一直没去看过动态？”

“嗯，没登过，怎么了？”

盛喃露出得逞的笑：“那就让我来做第一个跟你分享这份趣味的人吧。”

谈梨：“什么？”

盛喃一边摸出手机去翻 XT 直播的 App，一边幸灾乐祸地说：“你周一不是在动态里发了你和秦隐的‘高糊’合照吗？你的死忠粉们在评论里吵起来了。”

“嗯？”谈梨意外抬眸。

“虽然照片‘高糊’，但你们两个还是被认出来了——评论区有人拿出你们 F 大贴吧里上传的你们一起上课的照片，估计是别的学生偷拍的，然后你的死忠粉们自然就实锤你们两个的身份了。”

谈梨皱了皱眉：“那为什么会吵起来？”

“这就是我的欢乐源泉了，哈哈哈哈……”

盛喃从自己那边的椅子上起来，抱着手机开心地跑到谈梨这边，然后把打开的页面放到谈梨面前："有人发了几张秦隐的照片，我看也都是偷拍，但是架不住你男人太绝了——迅速积累起大批颜粉，要嗑你俩的 CP（情侣档 / 人物配对）。"

谈梨心底冒出点不好的预感。

盛喃在旁边继续解说："但你知道，你的死忠粉里有一小部分是爱屋及乌的，你坚定不移地粉了 Liar 这么久，他们的最大心愿就是看你和 Liar 成一对，结果梦碎今朝，情绪正在一点就着的时候。"

谈梨："然后？"

盛喃戳开评论区，笑得促狭："然后，两拨 CP 粉就吵起来了。"

谈梨低头扫过去。

那个"电竞渣男"有什么好？除了游戏打得好，脾气差、冷淡、嘴巴毒，长得肯定也一般！

梨哥男朋友可是 F 大高才生，颜值还这么绝，对梨哥肯定也很不错，这样的男人打着灯笼都找不到。

得了吧，Liar 可是世界第一打野，S 赛双冠的最高荣誉不提，大大小小林林总总他拿过多少冠军奖牌？这个秦什么的不过是个大学生，长再帅有用？

不过是个大学生？这也太酸了。人家可是 F 大的本科生，在座某些人几辈子也考不进去的地方。

没错，楼上曝了他在 F 大也是成绩顶尖那一批的，说不定就是未来的院士，到时候能做出的贡献都是造福社会的——真要这么比，在游戏比赛里拿再多荣誉比得了吗？

谈梨越看头越大："你别告诉我，他们就为这在评论区里战斗一天？"

盛喃止不住笑："你低估他们了——不是一天，是一周，到现在还没停呢。"

谈梨："……"

“哦，对，他们还搞了个圈内投票。”

谈梨：“啊？”

盛喃拿起手机翻了翻，眼睛一亮：“找到了，你一个小死忠粉发的。”

谈梨接过手机，定睛一看。

投票：

你支持梨哥 @ 梨子 lizi 和谁在一起呢，留下你的一票吧！

A. 秦隐（无账号）

B. Liar（@Liar）

谈梨对着这项投票沉思数秒，终于惊觉到不对的地方——

“他们还 @ 了 Liar？”

盛喃微笑拍肩：“感动不感动？”

谈梨：“……”

谈梨放下盛喃的手机，就丧着脸把自己的拿起来了：“还好跑的时候没把这个一起落下。”

盛喃问：“你要干吗？”

谈梨朝她晃了晃开启状态的 XT 直播 App 界面：“当然是开个临时直播，安抚一下。”

盛喃：“这有什么好参与的？你就让他们闹着玩呗。”

“小同志，你还是太天真，对网络现状缺乏了解，”谈梨抬手，拍了拍盛喃肩膀，顺手把她按下坐在自己身旁，“幸亏这个投票出得晚，你又及时让我看到了，不然用不了多久节奏就能被带得满天飞。”

盛喃疑惑：“什么节奏？不就是粉丝闹着玩的投票吗？”

谈梨想了想，事实胜于雄辩。她没急着去开直播，而是先跳到后台评论里面，随手翻了翻，没用几秒就找到了一条。

谈梨拿着手机伸到盛喃面前。

真就把蹭热度进行到底了？能不能要点脸，Liar 是你们主播的什么人？Liar 认识你们那主播吗？谈个恋爱都要拉上他投票，登月碰瓷呢？

抱着个第一女粉的名号还真当宝贝以为自己算盘菜了？上赶着倒贴，Liar 都没看你一眼，活该，正经人谁会想要这名号？

盛喃笑容僵在脸上。

几秒后她就炸了，一拍桌站起身："什么玩意你就碰瓷了？明明是你的小粉丝搞出来的玩笑啊！这都算碰瓷，那网上天天在明星里选想让谁当老公那种级别是不是都得去法院起诉才行了？还有后面那个，人生得多自卑多贫瘠才能看见谁喜欢别人就都当同类？你让他们出来，有本事线下对骂！看我不骂死他！"

谈梨放下手机，从桌角抽了两页纸巾，淡定地去擦桌上被盛喃从咖啡杯里拍得溅出来的几滴咖啡湿痕："服务生小哥哥看你好几回了，你收敛一点。"

盛喃回神，脱离暴怒状态，她磨着牙气鼓鼓地坐回去："不行，太气人了！这种人你也能忍？"

谈梨扔掉纸巾，十指搭扣回去，撑着下巴。她不在意地笑笑："他说得挺对的，我又不是什么正经人。"

盛喃丧气又恨铁不成钢："差点忘了，你就是从来不介意外边狗叫得有多凶的。"

谈梨随口道："人生苦短啊，小同志，而这种人不值得你浪费哪怕 1 秒钟。"

盛喃斜她："你知道这话在你说来特别没有可信度吗？"

谈梨停下敲手机键盘的指尖，回过头眨眨眼，无辜问："是吗？"

盛喃："呵。"

等到谈梨把临时直播通知发出去了，盛喃才插缝开口："既然你都不在意那些人乱吠什么，那为什么还要开直播？"

谈梨："因为 Liar 啊。"

这句话说得风轻云淡，情绪都听不出几分，一时更让盛喃纠结斟酌着该怎么接话。

谈梨就在这时慢悠悠地开口了："虽然我没有蹭他热度的想法，但确实把他牵连进来了。这件事上开头的又是我的粉丝，自觉安抚然后躺平任嘲就好了——免得事情闹大，真影响到他那边。"

盛喃撇嘴："就那个金刚石心的'电竞渣男'，能影响他什么？"

"话是这么说没错，"谈梨笑起来，"但 Liar 一向最反感比赛以外的事情和他有牵连，我就给他省点心。"

谈梨把临时开播通知发出去，才发现盛喃一直没再开口。她回过头，正对上身旁人一脸的复杂。

谈梨："你这么深情地看着我干吗？"

盛喃摇头叹气："我再深情能有你深情吗？等什么时候评比十大感动全圈粉丝奖了，我一定投你一票。"

谈梨不以为意："不是深情，是对退休，啊不，退役老干部的粉丝关怀。"

盛喃："切。"

谈梨到底还是开了一个临时直播，条件受限，只能是手持式拍摄。因为没有提前安排，所以直播间的粉丝并不多，不过多是些随时盯着她动态的死忠粉。所以不用热场，一上来弹幕就刷成了片。

呜呜呜呜，我还以为我真的会半个月见不到我老公了，没想到竟然突然开播，好开心。

啊梨哥，你现在是不是在 F 大南门那家 ××× 咖啡厅！我之前去 F 大参观的时候去过！

果然 F 大学生实锤！

之前被"佳期 dream"疯狂带节奏嘲你立人设都不反驳，太低调了啊梨哥！

可别提那位了，梨哥 F 大新生实锤以后，有人提起来，她竟然在直播间装清纯，意指我们梨哥曲解冤枉她。

对对对，她说自己是被人利用误导才说出嘲讽你的话，话里话外地阴阳你，给爷整吐了。

不过这次她翻车翻定了，仗着梨哥你不反驳，她之前带你节奏带得太狠，现在直接反噬。

XT 主播圈里有几个喜欢她的，活该！

被你下套误导才开麦嘲讽这种疯话都说出来了，我看她是狗急跳墙，梨哥你可小心点！

没错，尤其那个带话题都推到我主页了的投票，太容易招路人黑了啊！

我也看见了。

说起来，这个投票出现的时间好像很微妙啊！

我要阴谋论了！

弹幕里如火如荼的讨论让谈梨原本不太在意的眼神也稍稍正经了点，她开口："最近一周比较忙，一直没关注平台里的任何消息，今天才知道一些。我开临时直播也是为这个——直播间里是我的地方，大家在这里开开玩笑没关系，像投票那种影响无关者的就算了。"

谈梨一顿，笑了下："所以就麻烦这位朋友或者认识这位朋友的人删掉，大家也不要再转发扩散了。"

梨哥，那个发起投票的绝对有问题，什么死忠粉，我粉你三年，对他的昵称完全没印象。

对，严重怀疑是黑装粉。

我和几个姐妹去私信过那个人，说这种投票对你不好还是删了吧，结果他把我们骂了一顿就拉黑了。

不会是某人嘲你不成反翻车，现在想靠把你撕黑重新洗白上位吧？

说起来，之前梨哥那条动态下面的评论区里，好像也是先被带节奏然后才吵起来的。

直播版宫斗吗？可怕！

前面那个预言家别走，你说对了，她自己跳了。

发生什么了？

梨哥快看动态，我怀疑那人就蹲着等你开直播呢。

事实上，不用弹幕提醒，谈梨旁边一直在刷手机的盛喃也已经奓了毛，把手机硬推到谈梨眼皮子底下去了。

一条新动态——

佳期 dream：

@梨子 lizi，我已经一忍再忍，但你的粉丝真的欺人太甚了。他们私信、进我直播间骂我我都没关系，毕竟是我技不如人自己踩进坑里，但你纵容他们搞那种投票消费 @Liar 算怎么回事？

我好心劝告你粉丝，他非但不听还反过来嘲讽我，我觉得我为了 Liar 神也不能再忍下去了。

[附图].jpg

谈梨没表情地把图片点开。

是“佳期 dream”和那个发起投票的“粉丝”的聊天截图。

佳期 dream：那个投票还是删掉的好，对 Liar 和梨子都影响不好的。

梨哥最帅：关你屁事？

梨哥最帅：哦，你就是嫉妒我们梨哥是吧？

梨哥最帅：你不就仗着自己长得漂亮吗，我们梨哥可是 Liar 的第一女粉，发起个 CP 投票怎么了？

梨哥最帅：就你那个前男友卓梓期，被 Liar 教训得妈都不认，Liar 就是为我们梨哥出的头，懂不懂啊你？

梨哥最帅：再说，投票的事情我们梨哥都默认了，让我删，你算老几?

谈梨没什么表情地看完，淡定地刷新了下——这条动态下的评论区果然已经爆满了。

Liar为那个蹭热度女主播梨子出头？史上最迷惑发言。

怎么的，Liar退役还不到半年呢，你们就把他那“电竞渣男”的外号怎么来的给忘了？

笑死我了，Liar给她出头？她也配？？

还第一女粉呢，真会玩，不过是被捎带着在动态里@了下，就想上天？那我们佳期小姐姐还收到过Liar亲自送的礼物，还和Liar合影过，是不是都能和他领证了？

原来她和她粉丝都以为那是为她出头啊，啧啧啧，难怪那天Liar动态里@她和卓梓期后，她还跑去回复了一条“谢谢你一直在”。

我也看见了，但Liar压根没理她。

哈哈哈哈，自作多情，好惨哦。

楼上你们都太坏了，让人家多做会儿梦不好吗？还提Liar唯一送给过佳期的礼物，你得让人家嫉妒死哦。

亲亲，这边建议按Liar建议去玩“梦魇”哦，梦里什么都有。

盛喃气得差点给咖啡厅安排上40万的重装修计划，谈梨作为当事人却十分淡定，还反过来安慰她：“盛喃宝宝乖，不气不气。”

盛喃气得手抖：“我能不气吗？她们都把你编排成什么样子了！你怎么可能说过Liar是为你出头的话，我当时那样开玩笑你都让我去做梦的！”

“嗯，你知道真相不就好了。”

“可是他们不知道啊！”

谈梨撑着脸颊，侧过来仰着头笑看她：“可是他们不重要啊。”

盛喃噎住。

半晌，盛喃气得埋桌恼怒："啊呜呜，说不过你！你半点火气没有，我倒是快被气死了！"

谈梨笑眼弯弯："我也不是完全不生气。"

"嗯？"盛喃闻言抬头。

谈梨抬手，不爽地敲了敲手机键盘上的某条评论："唯一一次送礼物和合照，就送给这样一个人……以后别叫他'电竞渣男'了，叫他'电竞瞎子'吧。"

盛喃一愣，气笑："你还真嫉妒人家啊？"

"嗯。"谈梨认真点头。

盛喃拍肩："没事，你会有更好的！那个'电竞渣男'不值得！"

谈梨刚想说什么，手里的手机振动起来。她低头一看，面上没心没肺的笑蓦地僵住。

盛喃看她表情不对，好奇凑过来："谁的电话啊，你怎么跟看见勾魂使者了似的……"

来电显示：性冷淡。

盛喃："噗，活该，哈哈哈。一定是让你负责的人上门了。"

谈梨给自己做了一万毫秒的复杂心理建设，终于带着一种视死如归的眼神接起电话："我……"

"你刚刚开直播了？"

谈梨怔住，下意识反问："你怎么知道？"

"那动态呢，也看到了？"

秦隐的声音比起平时格外沉哑，让谈梨不自觉就想起烟雾缭绕里那人在极近处时眸子里的深浅，缠绵的吻，还有他唇间淡淡的烟草香。

谈梨用三秒的沉默把自己蒸成了"螃蟹色"，然后她努力自然淡定地说出了一个"嗯"字。

手机里，他似乎隐隐地低叹了声："难过了吗？"

"啊？"谈梨慢半拍地反应过来，"没有。"

秦隐轻敲着软度极轻的专业键盘。然后他听见女孩笑了下，不在意地说："而且我都被嘲习惯了。"

秦隐的手指一停。

——梨子以前症状很轻，最多就是跑去给 Liar 刷过几十万的礼物……

——她抑郁最厉害那时候就是因为 Liar 走出来的……

——让她去玩“梦魇”，梦里什么都有。

几秒后，秦隐垂下眼。他左手神经质似的抽疼了下，可能是幻觉也可能是真实，他抬起无名指，轻轻敲下 Enter 键。

然后，秦隐起身：“我去找你。”

与此同时，XT 平台无数人的关注页面刷出了一条新的动态。

Liar：

没送过任何礼物，没在战队基地合影过。

@梨子 lizi，我会一直在。

XT 平台的服务器没能承受住几秒内爆炸式激增的访问量，崩了。

但这并不影响惊掉了瓜的吃瓜路人们展开铺天盖地的讨论——

即便在役期间，Liar 也是八百年不发一条动态的典型。和 ZXN 战队的话痨传统不同，他的主页从来干净，一度被狄达直播的时候玩笑称为“神的圣地”，不容一字污染。

上次约战卓梓期的那条已经算破纪录，还能解释为无奈出面，这次却完全是私人性质的回应，尤其是接近告白似的最后一句话，轻易就点炸了整个 XT 平台。

一直怒刷主页的盛喃也在被“炸”之列。

对着 Liar 和梨子的 ID 以及那句话确认过无数遍，盛喃终于僵着手抬起胳膊，缓慢而颤抖地拉了拉谈梨的衣角。

“梨哥，我这儿有个东西，可能需要你看一下。”

“稍等。”谈梨飞快地做了个口型，然后转回手机通话里，“你、你要过来我这边？”

“嗯，不方便？”

“也不是，”谈梨心虚地飘飘目光，“我现在和盛喃在一起。”

“盛喃？”秦隐说，“也好，我过去向她道谢。”

谈梨怔了下：“道什么谢？”

秦隐淡声答：“谢谢她之前找不到你的时候，能在第一时间联系我。”

想到那场联系的“后果”，谈梨顿时痛苦地揉住了脸。

盛喃还试图把谈梨的注意力拉过来：“梨哥，这个你真的得看看。”

谈梨捂住话筒挪开手机，语速压得快且轻：“等一下。我打完电话再说。”

“可……”

没等盛喃圈出重点，谈梨松开话筒把手机拿回来了。

盛喃没敢声张。

谈梨的手机里则是一阵沉默。在她严肃思考要怎么打破僵局还能婉拒秦隐露面时，电话里传出个低低的浸一点哑的声音：“不想见到我？”

不知道是这声音太犯规，还是某人太心虚，听见后谈梨眼神一抖，立刻就绷直了腰想都不想地反驳：“不，没有，怎么会？”

对面轻笑了声：“那我过去了。”

谈梨垂死挣扎：“但我现在在校外，麻烦你过来的话是不是会不方便……”

“松树里咖啡馆，是吗？”

谈梨一蒙：“你怎么知道？”

“你刚刚的直播我看过了，”秦隐声音低缓，“我在路上，待会儿见。”

谈梨只能含泪答应：“好。”

谈梨刚挂断电话，不等给自己一个哀痛的时间，就见盛喃的手机拍到她面前。

“XT 平台都要爆炸了，你还在优哉游哉地和你男朋友打电话。”

“嗯？”谈梨放下手机，“又出事了？”

盛喃已经处于过度震惊后的麻木状态，闻言没表情地敲桌：“嗯，出大事了，对你是梦想成真，对其他人大概是山无棱天地和，世界末日近在咫尺。”

谈梨接过盛喃手机，笑:“什么事情能有这么夸张的……”

沉默三秒……和盛喃期待的任何反应都不同，谈梨看完以后慢慢皱眉，手指戳开 Liar 那条动态下的评论区，同时问出了和热评第一一模一样的问题:“Liar 被盗号了？”

“电竞渣男”的号也敢盗吗?

没有语言能表达我此时此刻的感受。

是我做噩梦了吗？有没有人能来抽醒我，这个噩梦太可怕了。

这第一句我都能理解，虽然以前的 Liar 神肯定懒得搭理这种跳梁小丑，但被编排太久辟谣一下也算情理之中……但谁能给我解释一下，最后一句 @ 那个梨子是在干吗?

回楼上，像告白。

难道?

难道!

别难道了，明显就是 Liar 看不下去你们这么欺负他家女粉，出来回复梨子那句“谢谢你一直在”的话嘛!

看不下去 +1，作为 Liar 神男粉我都看不下去了。平心而论，梨子的颜值操作人品全都是优秀以上的水平，当初刷火箭那事明明就是战队宣传和 Liar 没商量好最后放了她鸽子，就这样她都任骂任嘲了两年，没追究没作妖没矫情，反而什么时候都把维护 Liar 利益放在第一位上——现在你们逮着屁大点事，被人一煽风点火就摆出要集体网暴人家的架势，我就好奇地问问:到底是她嫉妒那个满嘴谎话的梨子，还是你们嫉妒她?

谈梨慢吞吞把手机扣回桌面。

盛喃小心问:“看完了？”

“嗯。”

“什么感觉？”

“站出来帮我写小论文维护我的那个小哥哥。”

“嗯？”

谈梨回眸，一展笑颜：“好帅，想嫁。”

盛喃气得咬牙，伸手过来探她额头：“你发烧了吗？清醒一点，第一个站出来维护你的可是你男神 Liar，还说了那么容易叫人误会的话，你想嫁也应该想嫁他啊！”

谈梨眼神无辜：“他维护我了吗？”

“当然了，你自己看嘛！”

“我看了啊。”谈梨低下头，指着手机给盛喃做阅读理解，“你看第一句，明显只是消灭谣言。”

“这谣言都传了几年了，‘电竞渣男’什么时候在乎过？他早不消灭晚不消灭，偏偏就在你被带节奏的时候消灭？”

谈梨赞叹点头：“缘分啊。”

盛喃磨牙：“那第二句呢，这句总跟破谣言没关系了吧？”

“唔，Liar 回复粉丝，刚好那个粉丝是我？”

“你这话你自己信吗？”

“信啊，为什么不信？”

谈梨拿起面前的咖啡杯，抿了一口。凉掉的咖啡淡了香气，只剩下满口的苦涩。她有点想念自己的压片糖了，但是包不在身边，就算在，包里的糖盒也早就空了。

谈梨放下杯子，回过头，托着脸颊朝盛喃明艳地笑：“别人都可以不信，我必须信。”

对上那双晶亮又黯淡的眸子，盛喃只觉得喉咙发紧，想说很多话又说不出来，最后她只艰难地挤出一句：“可是你喜欢了他这么些年，好不容易有一个机会他就在你面前了，甚至主动朝你伸出手了，你难道就不想？”

“嘘，别动摇我。”谈梨朝她眨眨眼，故作神秘，像个憋着坏劲儿的小疯子。

盛喃停住。

谈梨坐回身，懒洋洋地玩笑着：“有些想法只适合藏在心底，不能说。

因为开口就会打开那只潘多拉魔盒，放出多可怕的东西，谁都不知道。”

“可是……”

盛喃还想说什么。

“最最重要的一点是，”谈梨温柔打断，“在今天之前，我还可以肆无忌惮地表达喜欢，但现在不可以了。”

盛喃眨了眨眼，想到什么：“你是说秦隐？”

“今天开始，我可是正式有男朋友了，需要负责的那种。”说到这儿，谈梨揉了揉脸，丧下来，“你有时间想那些有的没的，不如先帮我想想，等下我们要怎么面对他。”

盛喃回神，警觉：“嗯？为什么我也要面对他？”

谈梨一顿，抬头，露出无害的微笑：“我刚刚不是告诉你了吗？他说他要过来。”

“你什么时候说过啊？”

秦隐从咖啡厅门外进来时，不意外地吸引了一室目光。

盛喃趴在沙发椅的盲区里看了几秒，回过头来感慨：“啧啧啧，才两个月不见，你男人怎么更帅了？光看这张脸我觉得我迅速校正了认知。你的选择没错，还是他好。”

谈梨轻撇唇角，笑：“你能不能有点立场？”

盛喃一本正经地说：“在这种人间绝品的颜值前，我这辈子都不可能有立场的。”

谈梨：“你以后找男朋友千万找个容忍度高的，不然你就等着泡在他的醋海里花式游泳吧。”

盛喃装没听见：“讲道理，你都把人扑了，准备什么时候给全校女生寄道歉信？”

谈梨猝不及防，呛了口咖啡：“咳咳……”

不偏不倚，那道修长身影就在此时停在两人桌旁。

秦隐把那句话听得清楚，事实上，这也不是他第一回听到这个说法了。秦隐把手里挺立的黑色纸袋随手递给谈梨，他垂眸看向她：“道歉信？”

谈梨刚拿纸巾擦完嘴角，抬头一边装傻一边转移话题：“啊，你来了啊，这是什么？”

“你落下的贝壳包。”

谈梨刚碰到纸袋的手一僵，被迫第无数次回忆起她非常想失忆的那一幕。

秦隐看出她的不自在，唇角淡淡勾了下。盛喃还在，他没为难谈梨，只朝着坐在谈梨里侧的盛喃略一颔首，便在谈梨对面的沙发椅前坐下了。

盛喃却跃跃欲试：“噫，谈梨没跟你说过道歉信的事情吗？那是我们上次见面的时候说起的，说假如你以后有了女朋——唔唔唔？”

谈梨淡定地松开那只被她塞进盛喃嘴里的曲奇饼，拿起纸巾擦掉手指上的饼干碎屑。

在和善地看了盛喃一眼后，谈梨微笑着转回去：“别听她胡咧咧，我们什么都没说过——你喝点什么？”

这转移话题的方式堪称粗暴。

在秦隐落座后，服务台那边走过来一个女服务生。人还没到桌旁，脸上已经泛起红了：“先生，这是饮品单。”

秦隐随便点了杯黑咖，将菜单递还给服务生：“谢谢。”

服务生红着脸说不客气，刚接回餐单，目光就在秦隐垂下的手上停住了。服务生犹豫了下，问：“先生，您的手如果弄伤了，我们服务台那边有药箱可以帮您处理。”

秦隐微怔。

脑袋凑在一起的谈梨和盛喃也意外地抬头，一齐顺着服务生的目光看向秦隐的左手——在那人修长冷白的指节上，拓着一块刺眼的浅红印子。

——过来。

谈梨眼神一炸，想都没想，扔下包一把握在了男人的左手上，挡住那处罪恶的痕迹——

“没关系，他不用。”

服务生愣了下。过来前她还在和同事讨论两个女孩里有没有这个男人的女朋友的问题，现在看来答案明显——被做了这么亲密的行为，男人却从容得一点意外反应都没有。

服务生遗憾远去。

谈梨僵了几秒，在对面和身旁两人的目光下，她慢吞吞地一根根松开手："啊，那个，我……"

秦隐还是第一次见到谈梨这么窘迫的模样，有点想继续看，但到底还是不忍她太为难。

秦隐极淡地笑了下，起身："我去一下洗手间。"

"好。"谈梨气若游丝。

在男人的背影远去后，震惊的盛喃终于慢慢回过神，转头："那是，你咬的？"

"嗯。"谈梨闭着眼，绝望撑额。

盛喃敬佩得直摇头："你真不是人啊，梨哥。"

谈梨："……"

晚餐是秦隐请客，作为对盛喃的答谢，就在街角那家四星级酒店楼上的西餐厅里。

从车里出来，对着金碧辉煌十米吊顶的酒店大堂，谈梨表情略微心虚。

盛喃和谈梨是从小穿一条裤子长大的关系，对于谈梨的情绪表露再熟悉不过。她往谈梨那里歪了歪上身，打趣问："你这什么表情，跟被人拿刀架了脖子似的？"

谈梨张口又闭上，最后一脸复杂，苦口婆心地拍了拍盛喃肩膀："你还小，你不懂。"

盛喃属猫的，好奇心最重，缠着谈梨半天没问到原因，她也发了狠："你家绝品这么款待我，看来我得诚实地跟他聊聊给全校女生寄道歉信是怎么一回事了。"

谈梨一把拉住，叹气："我们姐妹情深十几年，还比不过一个男人。"

盛喃免疫她这一套："少来，说不说。"

"说。"谈梨无奈，"其实就是另一个道歉信的故事。我上次和他一起去老蔡网咖，老蔡说要给我们在包间里加单人床。"

盛喃乐了："这老板很有商业眼光啊。"

谈梨凉飕飕地剜她一眼。

盛喃："咳……所以呢？"

谈梨双手往上衣口袋里一插，满不在乎地说："那我能认输吗？当然不能。所以我当时就跟老蔡说，我在这间酒店办了会员，真想睡秦隐立刻就能开个行政套房。"

盛喃："噗。"

谈梨叹气："结果马失前蹄，被那人听见了半句——我也不确定他到底听到了多少。"

盛喃忍不住笑了："懂了，难怪你一副做贼心虚的样子。"

"我不是心虚，"谈梨狡辩，"我只是怀疑他在'报复'我。"

这样理直气壮地说着的时候，谈梨抬眼看向秦隐的方向——酒店大堂的服务台前，身量修长的男人微倾下身，微屈的手指扶着预订信息单，在纸上唰唰地写着什么。

服务台后的两位前台小姐都站起来，即便隔得太远听不到声音，只从表情也判断得出她们有多芳心荡漾。

而荡漾的对象……

男人最后一字落笔，眉眼冷淡地垂着，似乎说了句什么，然后就冷酷无情地转身离开了。

盛喃嘴角抽了抽，跟着收回目光："我觉得你多虑了，就你男人这神圣不可侵犯的气场，肯定不是这种人。"

谈梨闻言冷笑："他不是这种人？他骚起来简直不是人。"

"嗯？"盛喃嗅到了八卦的味道，立刻坏笑着凑上来。但这次无论她怎么威逼利诱，就算拿道歉信的事情威胁，谈梨也死活不肯开口了。

晚餐过后，三人下到酒店门廊，谈梨要送盛喃去机场。

“时间太晚了，你就不用再陪我们折腾了，”谈梨钻进车里后，探出头对秦隐说，“明天还有早课，你先回学校休息吧。”

秦隐淡定地把女孩搭在车门上的爪子拿下来，放进去：“你也知道太晚了？”他关上后排的车门。

“啊？”降下的车窗里露出女孩迷茫的脸。

秦隐：“已经这么晚了，你自己一个人回来我不放心。”

谈梨怔神的工夫，秦隐坐进前排的副驾驶座。她反应过来，扒着副驾驶座的真皮座椅，从头枕旁边的缝隙里歪了歪脑袋。

秦隐听见动静微侧过身，就见小姑娘趴在他身旁笑：“咦，这就是有男朋友的感觉吗？”

秦隐抬手，点了她探过来的额头一下：“坐回去，系好安全带。”

谈梨一见他这副改了冷淡、低声温和的模样，总忍不住想逗他：“那我要是不想，你要怎么办？”

秦隐问：“你想我怎么办？”

“我想你……”

谈梨故意把尾调拖得有点长，她的眼睛里亮起某种似曾相识的蔫坏的光彩。

“好。”不等她说完，秦隐了然垂眸，勾了下唇角。

谈梨：“我还没说完。”

“我说好，”秦隐重复一遍，他垂着眼，声音压得低哑，似笑非笑，“求你。”

被猜中坏主意，谈梨惊住。

过了几秒，她沮丧地揉了揉脸：“你赢了。”她坐回去，听话地系上安全带。

全程透明的盛喃终于忍无可忍，绝望地转过头：“你再这样，我可就跳车了啊。”

谈梨无辜：“我哪样了？”

盛喃气道：“你就差把‘张嘴，吃狗粮’五个大字写在脑门上了。”

谈梨更加无辜：“我哪有？”

盛喃气卒。

副驾驶座上，秦隐从后视镜里检查到谈梨身上的安全带确实系上了，刚要收回视线，就对上盛喃悲愤的目光。

他停住，唇角淡勾了下："小孩儿第一次谈恋爱，不懂事。你多包涵她。"

盛喃：这虐狗的世界！

而秦隐身后，谈梨微眯起眼，眸子里掠过点不同的情绪。

只是最后还是顾忌盛喃在，谈梨慢吞吞垂下眼，也把心底那点焦躁压了下去。

P 市国际机场。

秦隐没打扰两个小姐妹单独相处的时间，等在航站楼外，顺便处理了一下他那条"澄清动态"带来的遗留问题。

"可以啊，Liar 神，你是事了拂衣去，深藏身与名了，知道平台里被你搅和成什么样了吗？"肖一炀在电话里气哼哼地控诉，"尤其是我，一个两个的见着我就打听你和你那个女粉到底什么时候暗通款曲了！"

秦隐难得没嘲讽回去："辛苦。"

肖一炀："废话，当然苦。小组赛都开始了，我还得受你这波及——怎么样，作为诚意，这周四我们队的比赛，你是不是应该到场慰问一下？"

秦隐："不去。"

肖一炀："你好不容易退役了，不想感受一下坐在观众席观战的感觉？"

秦隐冷淡地笑："你不怕你们那场比赛因为观众席骚乱被迫中止？"

肖一炀："……"

换了别人没可能，但如果是 Liar，一旦被认出来，那恐怕"骚乱"都是最轻度的形容了。

想象了下那个场面，肖一炀已经吓出一身冷汗了。

认真思考几秒，肖一炀说："我给你在后台找个工作人员观战区？"

秦隐："不用了，我也没时间过去。"

肖一炀："你会忙什么？大学，尤其刚上大一那点课业，对你来说应该很简单吧？"

秦隐回答得十分自然随意："陪女朋友。"

肖一炀咬牙切齿："有了女粉就忘了兄弟。"

秦隐再次纠正他："是谈梨，不是女粉。"

肖一炀更气了："你这个见色忘义的狗男人。就你女朋友那上天入地的性格，知道真相以后不吃了你才怪。"

秦隐半垂着眼，闻言冷淡撩人地低笑了声："谢谢夸奖，我乐意。"

肖一炀这边气得失语，秦隐若有感应地回过头。

隔着半米，秦隐一抬眼，就见他那个"上天入地"的小女朋友趴在他身后的玻璃门里面，乌溜溜的黑眼睛一动不动地瞅着他，跟只小壁虎似的。

路人惊疑地看着，秦隐却带点笑意垂了眼，他屈指叩了叩女孩鼻尖位置的玻璃："出来。"

偷听被抓，谈梨也不心虚，若无其事把手插回上衣口袋，溜达溜达地就从旁边的航站楼门里绕出来了。

秦隐三两句挂断电话，把手机插回大衣口袋。

谈梨恰停在他面前。她也不说话，就睁着乌黑的眼，仰脸看着他。

秦隐没跟她斗耐性，伸手给小壁虎顺毛："怎么了？"

谈梨往他身前一迈步，躲开了他的手。眼睛和眼睛、呼吸和呼吸的距离更近。

气氛暧昧，谈梨却一副搞学术研究似的严肃模样，认真地观察着他的眼睛："你有前女友吗？"

这问题难得叫秦隐也一怔。

须臾后，他垂眸淡笑了下，却不直接作答："为什么突然问这个？"

谈梨抿着唇不作声。

秦隐回忆了下，很轻易就想起来路上他说过的那句话——小孩儿第一次谈恋爱，不懂事。你多包涵她。

原来是这个。

秦隐抬手，摸了摸女孩脑袋："这样就吃醋了吗？"

"这样就？"谈梨忍着被顺毛的不爽，微微磨牙，眼神凶狠得随时能咬他一口的模样，"你的意思是我以后还会有更多的醋吃吗？"

"以后不会，但是……"

"但是什么？"

秦隐一看见这个气鼓鼓模样的小姑娘，眼底笑意就忍不住压不下。他手滑下去些，隔着柔软长发扶住女孩后颈，秦隐自己则微微俯身。

他作势吻她，但并没有真的吻上去，而是隔着几厘米停了下来——

"但是，我不知道你会不会翻旧醋吃。"

谈梨眼神一凶，忍了忍却还是没忍住，她踮起脚尖在那人唇上轻咬了口，然后才落回来，凶巴巴问："真的有前女友吗？"

秦隐垂眸，禁不住低哑笑意，他把面前的小姑娘抱进怀里："没有，所以不要怕。我是你一个人的。"

谈梨在他怀里怔了下，僵着的手慢慢从口袋里拿出来，然后她迟疑地攥上他的衣角。

小刺猬竖起的刺慢慢软下来。

过去好一会儿，她才闷声闷气地在他怀里问："我这样会不会很讨厌？"

"不会。"

"那我能再亲你一下吗？刚刚就亲了一下。"

几秒后，一声低哑的笑在她面前的胸膛里荡了圈，那人退后半步，靠到角落的玻璃门上。

他半撩起眼来，似笑非笑地看她："我和你谈恋爱，你对我见色起意？"

"因为真的把你当男朋友了所以才……"谈梨解释到一半，就在那人眼底看见了得逞的情绪。

她噎了下，几秒后，想通什么的谈梨同学恼羞成怒，余下的解释咽回去，她上前一步，攥起那人大衣里面的衬衫衣领。

不知道是故意还是无意，秦隐斜倚在玻璃门墙脚的高度，恰好足够她踮着脚够上来。

谈梨凶着脸，俨然一个漂亮的小恶霸：“嗯，我就是见色起意，你说，让不让亲第二下？”

秦隐失笑，还搭在她后颈的左手一抬，几根手指安抚地轻扣了扣她的颈。

“随你。”

机场的高架旁夜凉如水。风拂得角落里影子窸窣，呼吸在昏暗里纠缠，升温，亲密把这夜色烧得如灼如荼。

在某个间隙里，眼睛湿润乌亮的女孩含混地问：“周四，陪我去看比赛好不好？”

秦隐抱着已经钻进他大衣里的女孩，微皱了下眉。

谈梨不满，踮了踮脚，咬得他闷哼了声：“不好吗？”

秦隐叹声。呼吸又被她掠走，他纵容地扶着女孩的颈，任她予夺。

“好。都听你的。”

第21章

赛前·会面

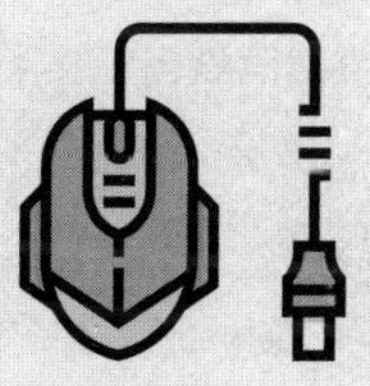

高校电竞联赛就在下个月初，电竞社团里的大家原定是把多数空余时间都拿出来训练比赛，周四也不例外。因为观赛邀约，谈梨和秦隐的计划临时更改，所以在周一晚上的社团例会后，谈梨主动跟社团成员提起。

“没事，没事，”马靖昊很看得开，“梨子你怎么也是职业二队的水平，除了磨合问题外，参加这种高校级的电竞比赛对你来说不在话下嘛。少一次两次训练也没什么。”

谈梨灿烂地笑：“好，我到时候给你们带选手签名啊。”

社员们一听都来劲了：“我要 Sheng 神的！”

“一炀哥、一炀哥！”

“我想管一炀哥要 Liar 神的签名。”

“还能这么操作？这也太犯规了，能的话我也要！”

“别做梦了。Liar 那种从来不在公众场合露脸的，只有几次周年纪念日施舍营业，见字不见人地签了一点作为礼物，一共也没几张流传在外。”

“现在他一退役，更是绝版了啊。”

活动室里安静两秒，突然有人想到什么，好奇地问谈梨：“梨哥，你有 Liar 的签名吗？”

谈梨似乎没想到话题会突然落到自己头上，怔了下才弯眼笑：“本来可以有，但是我没要。”

“咦？”众人一齐惊讶回头。

谈梨没在意：“就是两年前 Liar 的入队周年纪念日那次，ZXN 的工作人员后来联系我说要补偿他的签名照。”

几人恍然，马靖昊大着胆子问：“那你为什么拒绝了啊？”

谈梨弯着眼角："我没有直接拒绝。"

"嗯？"

"我当时好像是说，如果能让Liar把他跟我说的那句话签在上面，那我就要，不能就算了。"

马靖昊明显是噎住的表情。反应过后，活动室里社员们笑起来。马靖昊都忍不住感慨："不愧是你啊，梨哥。"

谈梨翘了翘唇角，眼底笑意跳动。只是很快她就察觉什么，往身旁侧了侧头——每次开例会必然倦懒得魂游天外的某人，此时正撩起眼，眸子深深地盯着她看。

谈梨反思一秒，心虚三秒，然后无辜眨眼："他们先提的，不是我。"

秦隐知道谈梨误会他的意思了，但也没说什么。他顺着自己心意抬起手，习惯成自然地揉了揉小姑娘的脑袋："嗯。"

这动作顺手得让场面静止了零点几秒。作为社长，马靖昊义不容辞地担负起咽下狗粮活跃气氛的重任："隐哥，你周四也去看比赛？"

秦隐视线淡淡一转。

谈梨替他开口了："他和我一起去。怎么了，不方便吗？"

马靖昊："也不是……"

"方便，"秦隐淡淡接话，"高校联赛里我只是替补，不会出场，不参加训练也没关系。"

提起这个，马靖昊就有种泪流满面的冲动："隐哥，你真的不参加正式比赛吗？再考虑考虑吧。"

秦隐冷酷无情："菜，不去。"

马靖昊含泪噎住。

谈梨被迫想起自己自从和某人双排以后，就再也没上过王者的积分——

她认真点头："我做证，他是真的菜。"

"梨哥，周四那天我也去看比赛，你们在几排几号位置啊，离得近的话可以找人换到一起坐。"后勤部有人插话。

谈梨回忆了下："我找人帮我买的，是内场票，第一排。具体位置还没告诉我。”

“啊？”

“内场票？第一排？那得炒到几千甚至上万一张了吧。”

“妈呀，我一直猜到梨哥有钱，没想到这么有钱。”

“富婆，求‘包养’。”

“我也求，我也求！”

不知道谁先带头的一句玩笑，几个人起哄闹她，谈梨托着下巴笑：“那不行，我已经‘包’了最漂亮的小哥哥……了。”

话声在尾音处犹豫了下，然后停住。谈梨迟疑地回眸，看向秦隐。

她性子野惯了，再加上做直播和水友们骚话胡闹，开玩笑是常有的事。但就像秦隐说的，谈恋爱她是第一次。这样正式而认真地和一个人交往，学着克制和小心翼翼，不希望在过程中会触到让他不舒服的区域，也是第一次。

就像现在，她不知道自己在有别人在时，开这样的玩笑会不会让他不满，所以不安地回过头来看他的反应。

秦隐察觉抬眸，和谈梨甫一对视，他就读懂了她那些小刺猬似的别扭又生涩的心思。秦隐挪开视线，接得淡定自若：“嗯，包养关系，终身制合同，你们就不要想了。”

已经日渐习惯校内某知名冰山的双标行为，被塞了一嘴狗粮的社员们集体转开脸。

例会在嘻嘻哈哈里结束。散会后，马靖昊拉着秦隐做最后的挣扎，试图劝说他参加联赛。谈梨不想被当枪使，在马靖昊求助前就朝秦隐眨眨眼：“我到活动室外面等你。”

说完她就很没情义地溜了。

作为校内典型的不受宠学生组织，电竞社团的活动室分配得也比较“偏僻”，位于 F 大某边缘教学楼的地下室层，而且在最边角——除了电竞社团自己的人外，基本不会有人过来。

这会儿其他社员已经离开了，谈梨靠着活动室外的墙壁，单脚脚尖戳着地，有一搭没一搭地轻晃着。直到她面前，一道阴影投下来。

谈梨本以为是秦隐，笑脸一展仰起头，然后就看见了另一张脸："葛静……学长？"

谈梨属实有点意外。

自从那次二面在机房外，谈梨为维护秦隐和这位学长言语交锋过一番后，这位学长已经极少和她搭话了。这样说起来，完全不交流好像是从电竞社团那次迎新聚餐活动后。

所以她那次果然是喝醉了还做出什么丢人的事情了吗……

谈梨正努力回忆，就见葛静犹豫着开了口："梨子学妹，你和秦隐关系，越来越好了哈。"

谈梨回神，她眼神动了动，然后便捧起灿烂的笑："我们已经正式交往了，关系好这个说法听起来奇奇怪怪的。"

葛静的眼神黯了黯，似乎还有点挣扎。

谈梨实在不喜欢这弯弯绕绕吞吞吐吐的气氛，所以耐着性子主动开口："学长，你是有什么话想说？没有我就……"

葛静狠了狠心，说："梨子学妹你性格太直率，也太单纯，我怕你被、被人骗了。"

谈梨："？"

葛静咬牙："你辛辛苦苦做直播赚的钱，却拿几千上万的帮你男朋友买比赛的看票。我知道你肯定不计较，但、但还是想劝你小心一些，不要这么天真，万一他，他真的就是——"

"就是看中我的钱？"谈梨中途就回过神，此时终于忍不住带着笑弯起眼角，插话问道。

葛静表情变了变："我知道是我多管闲事了。"

谈梨摇摇头："学长，我知道你确实是担心我，也非常感谢你的提醒。只是因为我个人的问题，我和秦隐之间……"

谈梨停住，私密关系的问题她并不想向外人分享，所以她最后只认真对葛静说："不管怎么说，谢谢学长的好意。"

葛静看出谈梨对秦隐的情感信任度远不同于往日，他也不想再自讨没趣，告别之后就黯然离开了。

秦隐出来时，走廊上只有谈梨一个人。

小姑娘把玩着垂在身前的长发，唇角半勾半翘的，似乎正垂着眼回忆有趣的事情。

秦隐走过去："在想什么？"

谈梨被这清冷声线拉回意识，不等抬头已经笑靥明艳："你猜。"

秦隐还未开口。

谈梨得寸进尺龇着牙灿烂地笑："猜不到就算你输哦，输了的人可是要付出代价的。"

小坏蛋最擅长耍无赖。

秦隐看出她不急着离开，索性半靠上墙面，成一个锐角把女孩藏在身前："嗯，我认输。"

他声音淡淡，语气一贯纵容。

谈梨得逞地笑："其实是有人提醒我，不要辛辛苦苦赚一点直播钱，还被你骗财骗色了。"

秦隐一停。须臾后，他懒洋洋地撩起眼，缓声重复，声线压得低哑，似笑而非："骗财骗色？"

谈梨无辜脸："不是我说的。"

秦隐："谁说的？"

谈梨："不行，不能说，人家好心提醒我，我不能转头就把人卖了。"

秦隐："那你信了？"

谈梨没急着回答，慢吞吞地眨了眨眼，然后她才往秦隐眼皮子底下靠近一点："你说我……要不要信？"

这话要贴近了说，才有谈梨最想要的效果，但20厘米的身高差距显然不好逾越。

谈梨费劲地踮起脚尖，又落回去，她微眯起眼，抬爪朝秦隐勾勾食指："男朋友你要自觉，你有一个比你矮20厘米的女朋友，她想撩你的时候，你得配合她，俯低一点。"

薄唇微勾起来，他听话地抬起胳膊，半环在女孩肩侧，然后压低上身："这样？"

谈梨看着只剩10厘米距离的秦隐，笑得促狭，她继续勾手指："再低点。"

"够了？"最后5厘米。

"再低点。"

秦隐终于垂眸，藏住眼底压不下去的淡笑："小孩儿，你脑袋里每天都在想什么？"

谈梨了然地顺着他的话接下去："唔，怎么在你身上多占一点便宜？"说完谈梨自己也笑了，"这样说的话，你骗财我骗色，很公平……嗯，站住不许动，这是你刚刚认输要付的代价——让我亲一下。"

话未结束，谈梨已经笑眼弯弯地吻上他的唇角。

送谈梨回寝室的路上，秦隐想起谈梨说的那个骗财骗色的前提："最近直播累吗？"

谈梨没心没肺地说："最近不直播，请假半个月还没结束，不能浪费。"

秦隐："不想直播了就解约吧，违约金我已经准备很久了。"

谈梨怔了下，驻足回眸。

秦隐也停下来："让你骗财骗色，不好吗？"

谈梨认真想了想，摇头："不好。"

"嗯？"

"还是我'包养'你吧，"谈梨恢复明艳灿烂的笑，"这样金主爸爸骗色的时候更安心。"

秦隐垂眸，无声莞尔，没和她计较那些乱七八糟的用词——

"好。"

周四。

P市进了秋末，凉意里多出几分将雪的味道。

比赛在另一座城市，上午谈梨十分三好学生地上完课，才和秦隐去了机场，乘坐提前订好的航班飞到比赛的城市。

谈梨自忖在圈里还是有点知名度的主播，再加上上周Liar突然送出的粉丝关怀——要不是今年全球总决赛开赛，谈梨毫不怀疑自己的大名会在

XT 平台的站内热搜里久居不下。所以保险起见，谈梨和秦隐说好，等场内观众席的灯光暗下去他们再落座——以免被人认出，产生不必要的麻烦。

秦隐自然同意。

从 X 市机场出来，往比赛场馆去的一路上，谈梨看起来都有点跃跃欲试的兴奋劲儿，趴在窗边的模样像只探头探脑的小刺猬。

秦隐垂着眼笑："你怎么像关了十几年，刚放出来似的？"

谈梨回过头："第一次来看比赛，有点激动。"

秦隐意外地停了几秒："你以前，没去看过比赛？"

谈梨："没有啊。"

"Liar 的也没看过。"

"没有。"

秦隐："看来在你这儿，盛笙的比赛比 Liar 还要重要。"

谈梨骚话惯了，张口就来："那是，我们多么兄妹情深啊。"

"……"

车里略微诡异的安静让谈梨反应过来什么，转回头。

对上那双漆黑的眸子，谈梨慢吞吞眨了眨眼："你不会是，吃笙哥的醋了吧？"

秦隐没说话。

谈梨莞尔："我和笙哥是 24K 纯兄妹，他被盛喃家那位童心几十年的阿姨骗着穿小裙子的照片我都见过，自从我发现他穿裙子比我都好看以后，我们就不可能有别的关系了。"

秦隐眼神稍霁。

谈梨补充："而且我以前不去看比赛，就是因为怕见到 Liar。"

秦隐微皱起眉："怕什么？"

"唔。"

谈梨抱起一只胳膊，另一只撑着托起下巴，做出副认真思考的模样。

"可能怕见到 Liar 就忍不住……"

话声停在一个险之又险的位置。

谈梨终于醒神，无辜地转回头："没，没怕什么。一定要说的话，更怕你吃醋。”

秦隐眼神幽深，甚至还极淡地笑了下：“没关系，我不吃醋，你继续说。”

谈梨更不敢说了。

沉思数秒，她竭力让自己看起来乖巧地挪了挪，从计程车后排的一侧坐到秦隐身旁去。

谈梨抱住秦隐的胳膊，下巴垫到他肩线下：“男朋友你真没吃醋吗？”

“装乖巧也没用。”他不为所动。

谈梨认命，蔫着脸分辩：“我对 Liar 的喜欢和对你的不一样。”

“哪里不一样？”

“Liar 是信仰，我景仰他的战绩操作和神之手，与人品性格颜值都无关，只是在精神层面的一种依赖。他在那个战场里就像是神一样，好像只要他站在那儿，某面支撑我的精神旗帜就永远不会倒。”

谈梨一口气说完，对上秦隐幽沉的眼。她脱离情绪，眼神一醒，往前凑了凑。

小坏蛋十分尽力地装出一副可怜模样：“你相信我，电竞圈里很多人一定都是和我一样的想法。”

秦隐：“但他们没有要 Liar 告白。”

谈梨卡壳。

秦隐知道谈梨的生日越来越近，也知道他告诉她真相那天，这之前的问题他都要数十倍数百倍地付出“代价”，但他就是忍不住。

谈梨是唯一一个能不断让他身陷“无法克制”这种状况的人。

沉默里，谈梨终于丧气坦诚：“那时候我确实是在虚荣自大的躁狂状态下，痴心妄想地想要占有他。但是对你……”

秦隐：“嗯？”

谈梨心虚而小声道：“不用躁狂状态我也想睡。”

秦隐停了两秒，冷冷淡淡地一撩眼：“从没想过睡他？”

谈梨：这是个致死题吧！

眼见着小刺猬又一副要缩起刺的模样，秦隐到底没忍心再逼迫她。

他抬手，安抚地摸了摸那颗不安的脑袋：“对不起。”

谈梨还抱着他左手没松开，慢慢叹气：“应该说对不起的是我。我刚刚想了下，如果你是我，我是你，那我一定要气得咬你了。”

秦隐眼尾勾起一点淡淡的笑：“就像之前问我，有没有前女友一样？”

谈梨丧气点头。过了几秒，她似乎下了狠心，抬起只白净的手，伸到他面前。

秦隐垂了垂眼：“？”

谈梨神色严肃：“你咬我吧。”

秦隐无声一笑。

谈梨：“我不还口。”

秦隐瞥她：“你还想还口？”

谈梨沉默了好几秒，还是忍不住不安地问：“能轻点吗？”

秦隐：“不能。”

谈梨委屈。然后她感觉到手腕下面抵上两根温度凉淡的手指，把她细白的爪往上托了托。

微灼的呼吸贴近。谈梨回忆了下自己刚刚换位思考后的恼怒状态，吓得连忙闭上了眼。

须臾后，一声低哑的笑——谈梨的手被轻吻了下。

“好了。”

“？”

“原谅你了。”

“……”

直到进到已经暗下灯的比赛场馆里，谈梨仍觉得自己的脸上是烫的。

明明比吻手亲密得多的事情也做过，但她就是没办法按捺这种从心底钻了芽儿冒出来然后越长越大的情绪。

还好场馆观众席里昏暗，就算脸红也看不出来。

这个场馆没少承接电竞项目上的大小赛事，秦隐也来过不少次了。他轻车熟路地领着谈梨去到内场座的第一排。两人的联排座位靠过道，不需要担心找座位时拦阻后排视线的问题。

场馆大屏已经进入 Ban/Pick（指排位赛开始时的禁止英雄和选择英

雄阶段）环节，多数观众都在聚精会神地看着屏幕讨论英雄的禁选利弊，没几个人注意到这两位迟到的。

但凡事总有例外。

隔着过道最近的那两个位置上，一个女生拉了拉另一个，声音压得细如蚊蚋。

“旁边坐人了。”

“嗯嗯，看比赛。”

“你看一眼，那个男生，帅得要死的那种。”

两人都是绝佳的听力，分辨这点声音不在话下。

秦隐没表情地给谈梨压下座椅，谈梨已经藏不住笑。借着坐下的机会，她在俯身的男人耳旁吹了口气：“要死这种帅法不吉利，我们换一个呗？”

秦隐抬眼，凉淡而无奈地瞥她。他似乎要说什么，但不等开口，秦隐突然皱起了眉。谈梨还未反应，就被他侧过身藏到身后。

与此同时，隔着过道，有相机发出“咔嚓”的一声轻响。

昏暗里，谈梨正扶着秦隐的手臂，她能明显感觉到衣衫下那人肌肉微绷的力度，像是一瞬间变得冰冷而锐利。

谈梨不解地抬头，轻声问：“怎么了？”

秦隐冷冰冰地收回视线。

偷拍的是过道旁边刚刚在议论他的两个女孩，发现自己被察觉后，她们已经立刻把相机收回去，装作认真看比赛的样子了。

“没事。”他低声安抚谈梨，在女孩身旁坐下，下意识地微侧着身，尽力使她的身影不暴露在过道那边的视野里。

谈梨歪过头，几乎靠在他肩上，轻着声戏谑：“你刚刚可不像是没事的反应，难道有人趁黑占你便宜吗？告诉姐姐，姐姐帮你揍他。”

“没大没小。”秦隐淡淡一笑，点开她靠过来的额头，“刚刚有人偷拍。”

“啊？”谈梨意外地眨了眨眼，“我已经这么有名气了吗？”

秦隐垂眸，似笑非笑：“是之前说话的那两个人，拍的也应该是我。”

谈梨不满地鼓了鼓脸：“切。”

安静几秒，秦隐的视线刚落上屏幕，他旁边那颗小脑袋又歪过来：

“但是这么黑，有人偷拍你竟然也看得到？”

秦隐在看两方的英雄禁选情况，对谈梨也未设心防，淡声便答：“这种环境下，我对镜头比较敏感。”

“咦，为什么？”

秦隐唇动了下，理智回归，话也停在出口前。

身为 Liar 的那三四年，圈内各路媒体和粉丝里最不缺的就是想要探知他真面目的人。ZXN 战队后勤部门的工作人员玩笑时都说过：“Liar 的每一次对外公开活动对我们来说都是一场战争。”

而作为“战利品”，Liar 本人也早就被锻炼出这种成为本能的敏锐度。

今天的环境把它带回来了。

秦隐转落回眼。

不等他开口，谈梨已经自己悟到了答案：“难道这就是太帅的烦恼？”

秦隐：“……”

谈梨顺着黑暗里秦隐和她搭在一起的手，十分“体贴”地拍了拍他的胳膊：“别怕，以后姐姐保护你。”

秦隐终于褪去眼底因方才插曲生出的肃然，他莞尔，反手扣住女孩的指尖，没给她逃走的机会：“好，我等你保护。”

这场小组赛 WWW 战队迎战的是欧洲赛区的一支队伍，对方无论在选手水平还是团队运营上距离 WWW 战队都有不小的差距，所以肖一炀等人赢得并不费力。

在对方水晶开始炸裂、场中欢呼慢慢连起时，第一排的谈梨和秦隐已经起身，顺着过道快速离开了。

场外的天已经暗下来。谈梨拉着秦隐走出比赛场馆，穿过马路，很快按照地图索引，到了距离比赛场馆不远位置的一条商业街。

街角有家人迹稀疏的茶馆，谈梨显然早就探好位置，轻车熟路地找前台确定下订位的情况。

秦隐一路随她过来，落座后才问：“你喜欢喝茶？”

谈梨翻着餐单，随口道：“我不喜欢，但是笙哥不喝咖啡或者果茶之类的东西，只喝纯牛奶和无添加的纯茶饮。所以就选了这里。”

秦隐手指停在桌前："盛笙要过来？"

谈梨愣了下，几秒后，她难得有点傻眼地抬头："我难道……忘记跟你说了吗？"

秦隐无奈："嗯。"

谈梨："我就感觉我好像忘记了什么重要的事情，原来是这个……"

秦隐没说话，眼底情绪微动。

单论正式比赛，ZXN 和 WWW 交手过不少回了。其余环节可以省略，赛后的握手却不能避免，所以盛笙见过戴着口罩的Liar，且不止一次。和谈梨这些最多见过他那张模糊的侧身队服照的粉丝不同，被近距离面对面过的人认出来的概率……

"你不想和笙哥碰面吗？"

秦隐回神，抬眸："不是。"

"可你看起来有点不高兴，"谈梨托着下巴，观察着秦隐的神色后认真道，"如果你不想见他，那不见也没关系。你可以去商业街逛一逛，等我和笙哥简单聊几句就出来找你。"

秦隐："你跟他说过我会在吗？"

"说是说了，不过我可以找个理由跟他解释。"谈梨摆出一副包在我身上的表情。

秦隐沉默几秒，淡淡笑了下："没关系，我陪你等他。"

谈梨犹豫："你真的想吗？"不是她婆婆妈妈，只是之前那几秒里，谈梨都难得见秦隐那么严肃过。

而此时，面前那人却淡定得仿佛她刚才看见的都是幻觉："嗯。"

"那，好吧。"

谈梨点点头，给盛笙发了一条确认就位的消息。

商业街街尾，两个二十出头的年轻人转进街内。一个戴着眼镜口罩穿着长款大衣，另一个棒球帽连衣帽套得严严实实，全都看不清模样。尤其后面那个，一边走路一边小心观察身周，显得格外形迹可疑。

走出去几米后，肖一炀的手揣在卫衣外套的兜里，一边冻得瑟瑟一边哀怨地问：“笙哥，你要买什么东西让后勤的买吧，我们这个时间点出来太危险了。”

盛笙没回头，口罩把他的声音压得有点低闷：“怕什么？你在健身房总不能白举那么久的铁。”

肖一炀：“话是这么说，可遇见女粉我总不能动粗。”

盛笙没作声，转回头隔着眼镜瞟了他一眼：“放心吧，你没女粉。”

肖一炀泪流满面地跟上去：“笙哥，你怎么跟 Liar 似的？”

盛笙眼神一闪，刚要说话，大衣口袋里手机一振。他拿出来低头看了眼，步伐稍加快些：“走吧，人到了。”

“人？什么人？”肖一炀茫然问，“难道你想买的东西太远，还要送个跨城外卖之类的？”

盛笙温和地笑：“这趟送来确实很远，不能浪费别人的时间。”

“哦。”肖一炀云里雾里，也没深究，快步跟上去了。

几分钟后，两人停在茶楼前。

肖一炀抬头看看牌匾，又低头看看盛笙：“虽然我很感动笙哥你带我来喝茶，但是不管队里其他人我们吃独食会不会不太好？”

“别想那么多。”

“啊？”

盛笙没再答他的话，拂开门帘进去，和古色古香的木质服务台后的服务员说了句什么，便绕后上楼梯去了。

肖一炀越发茫然。

按照他对盛笙的了解，他隐约察觉到前面有个坑，但是是什么坑、在哪儿、目的为何……他都不知道。

“不上来吗？”盛笙的声音从头顶传来。

肖一炀抬头，戴着眼镜的男人站在木质楼梯中间，镜片后笑意温润。肖一炀沉默两秒，拽下帽子有点烦躁地揉了揉头发，懒得再去想了：“嗯，来了。”

来都来了……总不会是要拐卖他。

盛笙看着明显察觉了点什么但还是跟上楼梯来的肖一炀，笑着叹了口气：“欺负一只二哈太容易有负罪感了。”

“啊？”肖二哈停到他身旁时只听见最后一个语气词，茫然地抬头，“笙哥你刚刚说话了吗？”

“没有，”盛笙微笑，“走吧。”

“哦。”

盛笙走在前面，拐出楼梯，温和地问旁边的服务生小姐姐：“您好，请问 223 号桌在哪边？”

服务生目光在两人的口罩上停了下，然后抬手示意：“这条过道向前，直走第二个拐角右转，然后一直走到头就是。”

“好的，谢谢。”

“不客气。”

走出去几米，肖一炀确定服务生应该听不见自己的声音了，这才问盛笙：“笙哥，你还真约了人？”

盛笙温和微笑：“嗯。”

肖一炀狐疑：“什么人？”

盛笙更加和善地微笑：“你猜。”

肖一炀：“这我哪猜得到？”

话是这么说，但肖一炀思索两秒后还是好奇地问了：“难道，帮我联系的相亲？”

盛笙脚步一顿。大约是被无比神奇的脑回路惊得不轻，盛笙好笑地看了肖一炀两秒，才抽出手拍拍他的肩。

“作为补偿，我改天一定帮你联系。”

“补偿？补偿什……”

“啊，到了。”

盛笙话声落时，重新迈开的脚步也停下来。他站在尽头那桌旁，距离沙发椅上背对着他们来路的那两道身影只一米左右。

“晚上好，梨子。”

“笙哥，你总算来了。我还以为你在路上被哪个女粉打劫了呢？”

肖一炀思索着这个称呼茫然两秒，然后看见视线里，一头乳白色长发的女孩侧颜带笑地站起。

他脚步僵停。

梨子？难道是，那个梨子？

这边戛然而止的脚步声勾走了女孩的注意力。她回过头，漂亮的脸蛋上露出一点意外的情绪："笙哥，这位难道是？"

"忘记介绍了，这是我队友，肖一炀。"

谈梨朝戴着口罩的肖一炀点头："一哥好。"

"你……好。"

盛笙望向谈梨身侧，薄薄灯光在他镜片上水似的划过。

盛笙笑问："梨子，不介绍一下你的朋友？"

到此时，蒙住的肖一炀才察觉谈梨里侧，还有一个身影完全被遮在沙发椅和椅子后镂空木质雕栏阴影里的男人。他下意识往前迈了一步，见那道清瘦修长的身影站起，侧颜清隽冷淡。

"你好。"那人撩眼，眸子漆黑，"我是秦隐。"

肖一炀：你为什么会在这儿？！

茶馆 223 号桌，四人围坐。谈梨和秦隐并肩坐在一侧，对面分别是盛笙和肖一炀。

谈梨和盛笙很久没当面见过了，闲聊甚欢，但他们身旁那半张桌的气氛却有点割裂的诡异——

秦隐一直淡定，从和盛笙、肖一炀打招呼开始他就没什么表情变化，此时也只是望着旁边落地窗外的街景。而他对面的肖一炀身体僵硬，眼神凶恶，按捺着挪开的视线每隔几秒就要戳回秦隐身上。

谈梨起初不察，又和盛笙聊了一会儿近况后，她才终于发觉身旁某两个"陌生人"之间的气场似乎不太对劲。

趁服务员过来续水的间隙，谈梨往后仰了点，然后飞快地往秦隐那边歪了歪身，声音压得很低："你认识肖一炀？"

秦隐眼皮动了动，慢慢掀起。过几秒，他落回视线："嗯。"

谈梨惊讶地转过头。

秦隐淡然接上后半句："他不是 WWW 战队的首发中单吗？"

“啊，哦，我不是说这个认识，”谈梨犹豫了两秒，“我以为你们私底下认识，不然他怎么见了你好像跟见了仇人一样？”

谈梨说到最后一句时，服务生恰好抽身离开。

盛笙镜片后的眼睛笑眯眯的，温和地转过头问：“一炀，你认识梨子的男朋友吗？”

“不认识。”肖一炀磨牙道。

秦隐撇开视线，薄唇间抿出一声极低的轻嗤。

肖一炀：这个“渣男”竟然还敢嘲笑我？！

盛笙意味深长地看向秦隐：“不认识的话就是第一次见面了，我还感觉你们像相处很久了呢。”

秦隐交扣的手指一停，他抬眸看向桌对面。

盛笙朝他温和地笑，点头致意，然后似乎突然想起什么：“啊，我知道了。”

肖一炀：“？”

肖一炀惊慌回头：“笙哥，你、你知道什么了？”

谈梨同样茫然地抬起视线：“笙哥？”

盛笙微笑地对肖一炀说：“你是在嫉妒秦隐吧。”

肖一炀傻眼：“啊？”

盛笙朝肖一炀眨了眨眼：“之前你不是跟我说过，你对梨子一见钟情很久了吗？”

空气凝结。

谈梨：“……”

秦隐：“？”

肖一炀：“？”

对着肖一炀惊恐的眼神，盛笙仍微笑不变：“难道不是吗？那看来是我记错了，还想说带你见见梨子作为惊喜……不过既然不是，那你对秦隐太不见外了，我都要以为你们……”

“是！”肖一炀咬牙打断。

他含泪转头，斜过桌子面向谈梨：“我喜欢你很久了，今天见到你很开心，不过你放心，既然你已经有男朋友了，我绝对不会打扰你们的，祝你幸福！”

生硬地告白完，肖一炀愤而起身。

盛笙问：“你要先走？”

肖一炀忍了忍，丧气道：“没，我去给我的暗恋对象埋最后一单，然后去楼下等你。”

说完，肖一炀把盛笙连人带椅子泄愤地往后一拖，从他面前的空隙出去了。

盛笙遗憾回头，温声笑：“啊呀，生气了。”

全程茫然的谈梨终于回神：“你们是在队里玩什么真心话大冒险活动，然后一哥玩输了？”

盛笙：“算是吧。”

谈梨叹气，扶桌起身：“难怪一哥今天这么奇怪……笙哥，你肯定又欺负人了。”

盛笙扶了扶眼镜：“好像是。你要做什么去？”

谈梨从桌下拿起账单小本，示意了下：“总不能真让第一次见面的人埋单……说起来，圈里传一哥路痴严重，没想到是真的啊，他刚刚跑走的方向似乎是后厨？”

盛笙习以为常：“没关系，待会总会有好心人领他到楼下的。”

谈梨：“……”

知道不能指望这个没什么队友情的，谈梨回头看向秦隐：“我去埋单，你帮忙把一哥领回来？”

“好。”

谈梨放心地下楼埋单去了。

秦隐起身离桌，与坐着喝茶的盛笙各自平视两处，在无言的安静里擦肩而过。

茶盏落桌，叩出一声轻响。

“Liar。”

秦隐停了身。

第22章

照片·玫瑰刺

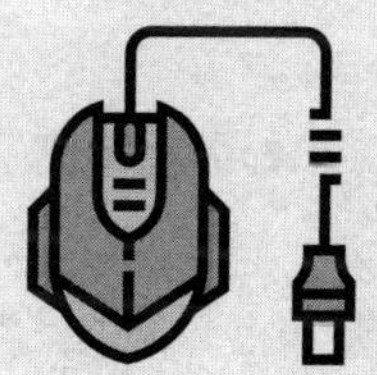

周日，谈梨心安理得地翘掉了应雪容的绘画课，在寝室里赖床到 8 点多。9 点 30 分是社团约好的训练时间，她趴在床上，晃着脚丫考虑接下来的一个小时要怎么消磨。

杜悠悠的电话就是这时候打进来的。

一看到来电显示上“XT 平台”的前缀，谈梨就有点烦躁。她揉了揉头发，耐着性子接起电话：“杜小姐姐，我请的半个月假应该还剩两天，不要提前这么久催促我开播吧？”

“不是不是，梨子你误会了，我不是为开播的事情找你的。”

谈梨慢吞吞仰起脸：“那是为什么？”

杜悠悠问：“你这两天又没进过平台吧？”

“嗯，私信评论太乱，懒得看。”谈梨一顿，懒洋洋地问，“怎么，又出事了？”

“算是……吧。”

“和我有关的？”

“理论上来说，和你其实没什么直接关系……”

谈梨懒声打断：“那你大早上扰我清梦，就是为了一件和我没关系的事情？”

杜悠悠吐出转折：“But，和 Liar 有关。”

谈梨一怔。

电话里安静几秒。谈梨从床上爬起来，声音慵懒散漫，还带着初醒的一点喑哑：“看来我要发个通告，公开声明一下了。”

杜悠悠：“啊？声明什么？”

谈梨不紧不慢地爬下床，手机开了免提扔在桌上："声明从今天起，Liar 的'第一女粉'这个称号我退位让贤，转为幕后事业粉，什么时候他要复出，你们再来通知我就够了。"

杜悠悠似乎噎了几秒，干笑："也不用这么绝情吧，他的私事你就一点都不想知道了？"

"不想。"谈梨答得斩钉截铁。

但是几乎话音刚落的第一秒，她的脑海里已经飞快地掠过一幅图像去：Liar 退役那天刊登在 XT 平台首页的侧身照，也是他们这群卑微的粉丝们唯一拥有的 Liar 的留影。低压的棒球帽下和黑底白字的口罩上方，那双漆黑的眼在她脑海里深深地烙印着。

谈梨垂眸，有点烦躁地轻啧了声："又被你吊起来了。"

杜悠悠："啊？"

"最后一次，你说吧。"谈梨放弃地把自己扔进电竞椅里，"说完这次以后，任何他的事情你都不要再跟我提了。"

杜悠悠汗颜："他到底怎么得罪你了？"

谈梨撇嘴："没有，只是我个人对他正处于上瘾戒断期，隔绝最好。"

大约是被这用词吓着了，杜悠悠的语速都加快了许多："其实也不是很确定的事情……就是这周四，WWW 战队有个粉丝看完比赛后回去发了条个人动态，本来就是小圈子里面的互动，结果因为最后一张路人照闹起来了。"

谈梨："路人照？"

"嗯，拍得很模糊，一个观众席男生的侧身照。"

谈梨脑海里划过去点什么，但没来得及细想："那和 Liar 有什么关系？"

"巧就巧在，这张路人侧身照的角度，和 Liar 神那张唯一的公开照的角度几乎完全一样。"

谈梨预感到什么，呼吸一滞。

杜悠悠轻声道："那张路人照其实拍得也很糊，不知道谁先注意到的，给那张路人照 P 了黑口罩，然后又贴上 Liar 那张侧身照做了一个对比——你猜怎么着？"

谈梨屏息开口："像同一个人？"

"Bingo（答对了，猜中了）！"杜悠悠的声音兴奋起来，"一开始大家都说巧合，然后那张P图后的对比照片越传越广，到今天已经闹上站内热搜第一了，所有人都在讨论这件事——如果真是Liar，那可是惊天大新闻，多少粉丝娱记挖了三四年都没拿到的本人照片，竟然在一次路人随手拍帅哥的举动下曝光了！"

耳边声音时远时近，谈梨心里紧绷的那根弦微微战栗起来。心底像是有个低语，蛊惑着她重新把手伸向那个吸引着她的……

谈梨用力地咬了下唇："不可能是他。"

"啊？"杜悠悠一愣。

"Liar不可能犯那种错误。"

"可……"

谈梨轻吸了口气，笑："Liar把他在电竞圈的身份和他自己的真实世界割裂得很明确，连最后退役都那么绝情，他怎么可能冒着被曝光的风险去看比赛？"

杜悠悠尝试解释："可能是因为肖一炀？毕竟是他在圈里关系最好的朋友吧。"

谈梨："而且他的公开照我知道，如果是同样的拍摄角度，那他被拍之前不可能没注意到偷拍者——那群偷拍专业人士围追堵截了三四年没拍到过一张正经露脸照的，会被一个路人拍了？"

杜悠悠噎住。几秒后，杜悠悠认输叹气："好吧，你说得对。当我没给你打这个电话好了。"

"等等。"

"？"

谈梨沉默两秒，外强内荏地开口："照片发我看看。"

杜悠悠气笑了："不是戒断期吗，姐姐？你不怕复瘾啊？"

谈梨理不直气也壮："我是为了确保我的论断万无一失。"

"行行行，都是你的道理，反正我说不过你。"杜悠悠那边操作几秒，"好了，发给你了。"

“嗯，拜拜。”

谈梨迫不及待地挂断电话。打开和杜悠悠的聊天框前，谈梨盯着那个照片的红点，先双手合十握着手机默念了三遍“就看一眼不许动摇”，然后才慢慢睁开一只眼。

聊天框戳开了。

照片点开，变成大图。

昏暗模糊的光线下，没有棒球帽和口罩的遮挡，黑色碎发下那双眸子冷冰冰地望着镜头的方向。

一模一样的——秦隐。

昏暗的光线、晃动的镜头、匆忙的角度，最后拼成这样一张模糊的侧身照。

黑与灰在照片底色里沉淀，从深浓到浅轻，交错着切割出男人瘦削凌厉的身形。光影间他眉眼沉隽又清冽如锋，和Liar的退役照如出一辙。

别人认不出昏暗里那张面孔，但谈梨能。毕竟她最熟悉那件深色外套的温度，最清楚浅一些的灰色里，那件衬衫领口每一条被她指尖描摹过的褶皱。

她在他夹着香烟的指节上亲吻过，见他低垂着眼望她，隔着丝缕的烟雾，深情而纵容。她在大雨里扑进过他的怀中，如濒临窒息的溺水者紧紧攥住他的衣角，崩溃而绝望地向他求救……

直到画面倒退到原点，谈梨终于想起来了——在最初那条寂寥长街清冷的路灯下，他驻足，是在她喊出那声“Liar”之后。

而在初遇的那间便利店里，她也曾在第一眼的恍惚里就把他认成Liar，只是他左耳上没有那颗耳钉，所以她以为那是错觉。

谈梨又恍惚记起高中时候不知道哪个老师说过的，“如果在一道选择题前你无法确定，那不要否定你最初直觉的那个选择，因为它往往是对的”。

Liar，秦隐。

秦隐，Liar。

难道她曾经就站在真相的门前，然后转身，头也不回地越走越远了？

手机嗡地一声振动，惊醒了神思恍惚的谈梨。

她低头，无意识划开那个绿色圆圈，手机里杜悠悠的声音传出来，带着抱歉和失落："哎，原来真是我们搞错了。WWW 战队的肖一炀专门发动态辟谣了——他确实邀请过 Liar 去看比赛，但是 Liar 不但没去，还送了他一句嘲讽，一看那语气就是 Liar 说的……"

"肖一炀？"谈梨突然出声。

"哎？"杜悠悠被谈梨莫名有些喑哑的声音吓了一跳，"是啊，他不是和 Liar 神关系最好吗，估计看不下去出来解释的吧？"

"我知道了。"

"梨哥，你声音听起来不太对，是不是身体不舒服？"

"没有，"谈梨语气没起伏，"我还有事，先挂了。"

"啊？哦，好。"

谈梨转手拨出一个号码，几秒后，电话接通。

"梨子？"盛笙温和的声音在电话里响起。

"秦隐是不是就是，"谈梨在那个词前卡了壳，好几秒过去才颤着声吐出，"Liar？"

对面沉默。

有时候，沉默本身就已经是答案了。

谈梨慢慢吸回一口气，压下胸腔里涌上来的酸涩感，她听见了自己狼狈的笑。

"谢谢笙哥，我知道了。"

"梨子，你……"

"抱歉，笙哥，我需要自己冷静一会儿。"

"……"

电话挂断。

谈梨把手机合到桌上，不等松开，手指已经紧紧地把它攥住。她没有声音地伏下腰，蜷起来，攥着手机的力度大到止不住地颤。

原来，从最开始他就什么都知道。

他只是站在局外漠然从容，旁观她像只提线木偶，轻易被和 Liar 有关的风声牵系着，越挣扎越深陷其中。

她喊着 Liar 的名字绝望求救的时候他是怎么看她的呢，同情还是怜悯？他在餐厅门廊外一颗一颗给她系上外套纽扣然后依她说出那句求你时又是什么样的心情，补偿还是施舍？

如果把这些全部剥离，在那个阴暗潮湿的旧楼教室里，在墙脚下，隔着朦胧的烟雾她看见的那双眼睛里，还能剩几分她以为的深情和纵容？

或者，是有，还是没有……

无数的画面、无数的念头，没有止境地冲击着她的意识和理智，谈梨觉得疼，又不知道这种疼是从哪里生出的，她只知道那种痛苦里她的身体和灵魂好像被割成两块。前者只剩一具麻木的安静的躯壳，后者在她脑海深处歇斯底里地发着疯。

不知道过去多久，谈梨模糊的视线终于慢慢定格，回落到那张图片上。

左边是 Liar，她奉若神明一样信仰着的，曾支撑着她走过人生里最黑暗、逼仄、漫长的那条甬道。

右边是秦隐，她尝试放下一切心防和刺去信赖甚至依赖、她几乎要把他当作甬道尽头的那束光亮。

可如果光的存在本身就是一个骗局呢？

谈梨死死盯着那张图片。她眼底有某种决意慢慢成形，变得冰冷而坚硬，像是一张带刺的壳，一点点压抑和藏起她每一丝真实的情绪。直到某一刻，她眼神突然轻颤了下。

她抬手，把那张图片放大，拖动，然后停在更加模糊出颗粒感的照片里，男人微微抬起的右手。

没人知道他在做什么，但谈梨知道。

他确实察觉了偷拍，但在那一秒里的下意识反应中，他没有躲开，而是把一个人藏在了身后。

还没成形的带刺的壳，在这一秒像是被戳到了某个死穴——“哗啦”一下，它碎掉了。

地下一层，电竞社团活动室。

马靖昊挂断电话，从门外进来。第一只脚还没踩实，他就感觉自己被一束目光钉在了原地。

马靖昊身影僵了下，抬头："隐哥，梨子说她那边事情还没解决完，得过会儿才能过来。"

"她自己接的电话？"

"对啊，前面那通跟我请假的电话也是她自己打的。"

尽管那双漆黑的眼眸不会说话，它的主人也沉默着，但马靖昊就是莫名地读出了一种面前这个男人好像松了口气的感觉。

这种陌生的、没法想象会在这F大头号冰山身上出现的情绪，就跟一个小时前这人从未有过地匆匆忙忙走进来时一样，叫马靖昊有种强烈的不真实感。

马靖昊在原地迟疑两秒，压低声音："隐哥，你和梨子吵架了？"

"没有。"

"哦哦，那就好那就好，"马靖昊放心了点，跟着想起什么，笑问，"既然没吵架，那这几个电话隐哥你该自己给她拨过去的，还显得关心——女朋友就得这样哄着才行。"

"嗯，"秦隐说，"她把我拉黑了。"

"……"马靖昊僵硬地转回头。

空气静默数秒，马靖昊艰难开口："不是说没、没吵架吗？"

"没有。"

"那梨子……"

"没吵架，直接拉黑的。"

马靖昊在原地石化许久，才终于调动木住的大脑，寻找出了一点可能性最大的原因："嘶……难道是隐哥你，劈腿了？"

秦隐支了支眼，没表情地睨他。

"看来不是哈，"马靖昊干笑，"既然不是这种原则性问题，那梨子怎么连一句话都没有就直接把你拉黑了呢？"

秦隐抬手，看着左手手腕上那只粉色护腕，没说话。

竟然从这人身上看出一点消沉的低落，马靖昊吓了一跳，午睡泡汤的那点困意都没了。他连忙安慰："没事，隐哥，梨子可能就是闹点脾气，等她过会儿来了，你哄哄她就好。"

"……"

"你说这梨子也是，什么事情不能好好谈谈，直接拉黑实在过分了点。"

"她没错。"一直没再开口的秦隐突然皱眉。

"啊？"马靖昊茫然回头。

秦隐："错在我。"

马靖昊：这是被梨子下了什么昏头药了？

马靖昊抹了把脸，头大道："行行行，你们小两口的事，你们开心就好。别的不重要。"

半个小时后，中午 12 点 30 分。

停了训练的电竞社团活动室里，谈梨终于姗姗来迟。

双开门推开了其中一扇，谈梨靠到另一扇上，笑容灿烂地朝着屋里："大家训练结束了吗？"

"哎，梨哥来了啊。"

"结束了，我们正商量着去哪儿吃饭呢。"

"嘿嘿，今天周日啊，下午晚上都没课，是不是应该宰社长一顿？"

"不用麻烦社长，我请客。"谈梨晃了晃手机，"位置定好了，我叫来的几辆车 10 分钟后到校门外，现在就可以出发了。"

"什么？"

"这就是被富婆'包养'的感觉吗？呜呜呜，我好幸福！"

"你要点脸，照照镜子看你配吗？不，你不配。"

"梨哥万岁！"

欢呼声涌动着奔向门外，很快活动室里就不剩几个人了。

马靖昊坐在靠门位置，没急着离开，起身后笑道："梨子，你可终于来了。秦隐都等你一上午，站了两个小时没挪窝了。"

靠在门上，谈梨和走出去的最后一个社员打完招呼，闻言懒洋洋地撩回眼，像笑又不像："秦隐？谁？"

马靖昊的笑容和动作一并僵住。

他扭头看向房间角落，靠在墙边的男人半垂着眼，听见这句话时正抬头，那双眸子里黑得幽沉而深邃。

秦隐似乎没有开口的意思，马靖昊却有点扛不住，他僵笑着说：“梨子，这玩笑可不好笑，隐哥是你男朋友啊，你还能不认识他了吗？”

“男朋友？我什么时候有过男朋友了？”谈梨说着抬手，揉了揉脖颈。

直到此刻，马靖昊才注意到原本应该在谈梨右手手腕上的那个和秦隐一对的粉色护腕——不见了。

马靖昊思绪陷入迟滞。

而此时，女孩已经懒声散漫地开了口：“我今天早上磕了下后脑勺，医生说是什么逆行性遗忘，那可能就是刚好把他给忘了吧。”

马靖昊：逆行性遗忘还有这么神乎的专门拣着一个人忘的功能吗？！

“忘了多少？”

听见声音，马靖昊吓了一跳，回头才发现是秦隐终于从墙边直起身，走到谈梨身边。

听见谈梨说出这样的话后，他竟然是平静而不见一丝意外或恼怒的。

马靖昊自愧不如——看看这定力、这接受能力，不愧是能成为梨哥男朋友的男人啊。

谈梨看着一步一步走到她面前的那人，面上那点懒散嬉笑几乎有些难以维系，但最后她还是撑住了。

不过谈梨没理秦隐，她侧了侧头，问马靖昊：“社长，这是哪位？我们社新招的花瓶？”

被殃及池鱼的马靖昊只能含泪配合出演：“他就是你男朋友，秦隐。之前跟你一起进社的嘛。”

“哦，”谈梨冷漠地落回视线，“不认识，完全没印象。”

秦隐垂眸望着她：“开学之前的那天晚上也忘了？”

谈梨一僵。

马靖昊却立刻竖起了耳朵——开学之前的那天晚上？

但凡加个书名号，听起来不就是晋江不宜的那种故事吗？

可惜谈梨显然没有给他讲故事的打算：“哦，忘了。怎样？”

“没关系，”秦隐抬手，似乎想去摸女孩的脑袋，但是又克制地停住，“我会帮你想起来。”

谈梨一扯嘴角，冷笑：“谢谢，不想记起来。”

“……”

谈梨说完就转过身：“社长，你不去吗？”

“啊？哦哦，我这就走，这就走。”马靖昊连忙快步往外走，只想尽快离开这个一不小心就能擦出火来的是非之地。

在他身影跨出门后，靠在门旁的谈梨慢吞吞地站直身，拍了拍背后在门上蹭到的浮灰。然后她抬腿往外走，只是迈出一步去又蓦地停住——

谈梨回眸，懒洋洋地看着要跟上来的男人：“你也要来吗，新人？”

秦隐：“你今天讨厌我的话，我就不去打扰你。”

谈梨眼神轻颤了下，然后她掩饰地回过头，垂在身旁的手无意识地攥紧了点，声音听起来依旧散漫：“我都不记得你，为什么要讨厌？”

沉默几秒，谈梨突然笑了下。

她再次转回头，这一次甚至刻意往秦隐身前凑了凑：“但我劝你最好别来。”

“为什么？”

谈梨笑起来，眼神里像藏着个危险的小疯子。

“因为来了，你就死定了。”

“好。”

谈梨怀疑自己听错了。她皱眉抬头，正迎上那人朝她俯身，他似乎想要吻她柔软的唇瓣，最后却停在她冷冰冰的目光里。

秦隐僵了两秒，垂眸，猝然自嘲地笑了。

他声音压得低哑：“一言为定。那你就让我死定了吧，谈梨。”

X 市，某五星级酒店。

作为今年全球总决赛选手的大本营，这间酒店已经被举办方包场，进出把控森严，选手们也被自家战队的负责人耳提面命少出酒店大门，免得在赛前出什么事端。

WWW 战队分在 22 层南向，一水儿的海景房间，窗外景色极好，但房间里有些人却无心欣赏。

“啊啊啊，她怎么就知道了！他怎么就暴露了，我明明配合得已经很努力了！”

“太惨了，呜呜，我对不起萧阿姨，我不但把她儿子带进坑里，还把她儿子好不容易化了冰山谈的第一次恋爱给搅了，我今年更没脸见她了！”

“我还对不起秦叔叔，他们秦家三代单传，唯一的独苗第一次动心，不会就毁在我手里吧，那我妈真的会杀了我的！啊啊啊……”

落地窗前，背对着房间坐在柔软沙发椅里的人额角一跳，他终于忍无可忍，慢慢抬手摘掉耳机，回过头去。

“Liar 谈恋爱，你好像比他着急？”

埋在被子里无能狂怒的肖一炀含泪抬头：“毕竟我把他当亲弟弟。”

“哦？ Liar 也把你当哥哥？”

肖一炀沉默：“不，他只可能把我当儿子。”

盛笙露出“还好你有自知之明”的温和微笑。

肖一炀痛苦几秒，突然跳下床噌噌噌窜到盛笙椅子旁：“笙哥，你和梨子从小就认识吧？你有没有什么办法帮秦隐挽回？”

“挽回？”盛笙失笑，“如果梨子真不喜欢了，那不可能挽回。她骨子里就是这样的性格——对唯一那一个人爱得有多热烈，对其他人就能有多冷漠。”

肖一炀不死心：“一点希望都没有吗？”

盛笙没有直接回答，而是合上手里的书：“你知道梨子的性格像谁吗？”

肖一炀没跟上话题转折，但还是下意识问：“谁？”

“她的母亲，已经去世很多年了。”

“啊……”

“乔家那个阿姨我小时候见过，原本是个很漂亮很有气质的女人，她和梨子一样，是把极端刻进骨子里的。”

肖一炀忧心问:“多极端？”

盛笙回忆了几秒，说:“我听说她年轻时交往过一个男朋友，是个世家小少爷，后来两人因为什么事情闹了分手，那个小少爷追到乔家，求她复合。”

肖一炀紧张地咽了口口水:“然、然后呢？”

“她已经厌恶他了，所以不见他。那个男人就在乔家门外，拿刀划开了自己的手掌，血流下去一大摊，满地都是。”

肖一炀震住。几秒后，他缓慢地往后挪了挪，眼神惊恐:“Liar 的手金贵着呢，可经不起这么糟蹋。”

盛笙莞尔:“他用不着——你知道后来怎么样了？”

肖一炀摇头。

盛笙笑意淡了下来:“梨子她母亲确实打开门了，她把一沓纸巾扔在那个男人怀里，跟他说，要死可以，别死在她家门外。说完她就把门关上了，并且再也没往外看一眼。”

肖一炀长吸了口气，惊恐地缩进沙发里。

空气沉寂。数十秒后，肖一炀才慢慢回过神来，他对面沙发里的盛笙讲完故事，已经带回温和笑容，窝回去继续看书了。

肖一炀欲哭无泪:“你的意思是，Liar 彻底没戏了？”

盛笙翻书的手指一停，然后他无奈叹了声，抬头:“你之前跟我说，Liar 在活动室里见到了梨子，还被用失忆这种玩笑似的借口搪塞过去了。”

“对啊。”

盛笙:“故事都给你讲完了，你还没懂吗？”

肖一炀茫然。

盛笙扶额，好气又好笑地摇头:“我讲这个故事就是想告诉你，如果梨子真的不喜欢他、不在意他了，那他连再见梨子一面都没可能。”

“咦？所以……”

“你以为，梨子和谁都有心情开玩笑？”

肖一炀呆滞片刻，恍然大悟:“笙哥，你是说他们不会有问题？”

“嗯。”盛笙视线落回书上。

肖一炀几乎要流下感动的泪水："太好了，呜呜呜，秦家又有不变和尚庙的希望了。"

盛笙无奈地笑了笑。低下头去的那一秒，他脑海里的记忆勾回那天在茶馆，只有他们两个人知道的那场交谈。

"好，那我就把亲口告诉她的机会留给你。但是到那一天你要面对什么，你最好有心理准备。"

"我会的。"

"其实我不懂，你为什么会选择梨子？"

"不需要选择，她很好。"

"你可能误会我的意思了。我是不确定你知不知道，她的好是和其他人都绝不相同的。不是任何人都能和她相配，她们的那种热烈接近极端，对普通人来说不亚于飞蛾扑火，或许会把人烧成灰——你确定你做好了要和她在一起的准备？"

"我不喜欢这个比喻。"

"什么？"

"她与众不同，但不是异类。我从被她吸引到喜欢上她，我确定我会越陷越深，也在越陷越深。但不管过去、现在还是将来，我不会去看别人，更不会拿她和任何人做比对。"

思绪回笼，盛笙翻过一页书，声线轻淡，又莫名地发凉："Voyageur，Si tu veux cueillir la rose，prépare-toiàte faire poignarder par lesépines."

正处于亢奋中的肖一炀一愣，回头："笙哥，你刚刚说了句什么？英语吗？"

"不是，这本书上的一句法语。"盛笙抬了抬手里的原文书。

"嗯？什么意思？"

"翻译过来就是……"

盛笙合上书，坐在阳光下温和地笑："过路的旅者啊，如果你想摘那朵玫瑰，那就要做好被荆棘刺穿手掌的准备。"

沉默后，肖一炀缓缓竖起拇指："咏叹调，很神棍。"

第23章

吵架·你是谁

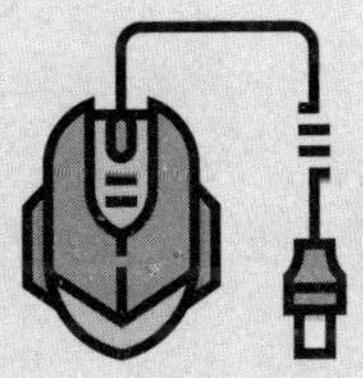

谈梨从来不喜欢在聚会、应酬或者玩闹这类事情上费心，自然也没什么经验。为了省事，她直接找了家私人会所，让对方安排和布置好地点场所，包车也是会所那边配备。所以电竞社团一行人坐进校外来接的车里，被载着一路在P市内七拐八绕，到目的地时已经没几个找得着北的了，包括谈梨在内。

车队最后停下的位置是在一片别墅区，绿化占比大到吓人。从进入安全门后路过的建筑物来看，这里不太像是住宅区，倒像是把几栋别墅扔进了森林里面。

电竞社团众人目瞪口呆地从车里下来。

“终于下车了。”

“是啊，这一路给我绕的，我差点以为我们被梨哥拐卖了。”

“别介，我刚刚定位了下我们的位置，然后上网查了查——就这地方，卖了你还不一定买得起你脚底下的那块大理石方砖。”

“有你这么侮辱人的吗，我白长了二十年还能没一块方砖值钱？！”

“喏，你自己看这块地皮的房价。”

“靠……”

“怎么样，我没骗你吧？”

“万恶的资本主义！”

谈梨、秦隐和马靖昊因为是最后三个离开活动室的，所以也同坐着最后一辆车到来。

谈梨收起玩了一路的手机，推门下车。后排，被沉浸式冷库体验“冻”了一路的马靖昊也哆哆嗦嗦地跟下来，他抬头就见秦隐站在车旁，神情间似乎有一点意外。

谈梨这边刚下车，就有社员忍不住问了："梨哥，这个不会是你家的别墅吧？"

谈梨收起手机，闻言笑了下："买不起，租一天总可以。"

"嚯，就这别墅，单租一天至少也是五位数吧。"

"五、五位数？妈呀，那买下来得多少钱？"

"你还敢想，我想都不敢想了，甚至有点不太敢进门。万一给人磕坏了东西，岂不是卖了我都赔不起？"

"他们今天打一折，钱我已经付过了，你们随便玩就好，别想那么多。"谈梨玩笑着把手机揣回口袋，迈进别墅正门，"而且，这不是大学社团惯例活动吗？"

马靖昊带头蒙了："这是什么惯例活动？"

谈梨回忆了下："唔，农家乐？"

电竞社团成员们看着面前三四层高、自带游泳池的欧式别墅——农家乐？你确定？

拘谨只是一时的。

半个小时的适应时间都没用，电竞社团的成员们已经在别墅里闹成一片。有迫不及待换上新泳衣就狗刨式扑进恒温泳池的，有跑到楼上音乐房里借着专业隔音设备鬼哭狼嚎的，还有在娱乐房里大呼小叫玩桌游的……

作为社长，马靖昊痛心疾首地摇了摇头，感慨了一句"玩物丧志"，然后就迅速投身欢乐的海洋里。

就这样一直闹腾到傍晚。

晚餐安排成能让大家更自在的自助形式，餐厅显得空间小了些，谈梨索性让会所的人布置到一楼室内连通泳池的大露台上。男生们排着队做接力，把别墅里所有能坐的东西都搬了出来。

"隐哥，这个沙发凳有点沉，你帮我搭把手。"马靖昊抱着条长凳，趴在露台门口喘粗气。

秦隐："好。"

“不行！”

一声惊呼突然插进来，正在搬椅子的几个男生被吓了一跳，纷纷回头。

之前还在和学姐们笑作一团的谈梨不知道从哪个角落里钻出来，脸色煞白地拦在秦隐和长凳之间。

马靖昊蒙了两秒。

谈梨回神，知道自己反应过激了。她眨眨眼，回头朝马靖昊笑：“社长，我帮你搬，花瓶新人杵在一旁就好。”

“啊？哈哈哈，隐哥怎么成花瓶新人了？”

“梨哥，别闹啊，秦隐是花瓶，那我们是什么，瓦罐吗？”

马靖昊也以为谈梨是故意奚落秦隐，无奈接话：“这凳子沉着呢，还是让隐哥来吧，哪能让你们女孩子动手。”

秦隐已经挽起衬衫袖口，左手腕上那只粉色护腕刺得谈梨眼睛一涩。

她往秦隐面前一拦：“你……你走开，别出现在我面前，碍、碍眼。”

马靖昊茫然地抱着沙发凳，看着两人。他第一次见放狠话放得这么没气势的。而且被放狠话的人不但没生气，还很释然地安抚：“我手没事。”

谈梨蓦地抬头，红着眼角瞪他。

Liar 在 ZXN 战队时左手伤情最厉害的时候，左手手腕上下过针，密密麻麻许多根。

他们经理那时候偷偷给他拍的手腕照片，发在战队动态里，算上针柄十几厘米的长针，明晃晃地扎在发红的冷白皮上——谈梨做了好几周的噩梦。

到现在，她每想起一次都觉得心尖发颤。

越想谈梨越忍不住情绪，声音被压得喑哑了点：“那你搬，最好全搬了，搬完你就别要左手了！”

这半晌，马靖昊终于听懂了，恍然大悟：“哦，隐哥你手受伤了不能拿重物是吧？你直说不就行了——哎，那谁谁，你过来跟我搭把手。”

不远处有人应声。

秦隐作罢，视线也落回谈梨身上。他眼底晃起点情绪："不是说要让我死定了，怎么一只手都不舍得？"

谈梨心里恼得磨牙，面上没表情："我不认识你，别和我搭话。"

说完这句话后好久，她却一动没动，就把秦隐拦在露台玻璃落地门和自己的身体之间。直等到沙发凳和其他重物都被抬出去了，谈梨头都没回地跑了。

夜色愈重。露台上欢声笑闹，在别墅里回荡着。喝空一片摆在餐桌上的果酒红酒后，一群人在渐合的夜幕下合唱跑调跑到西伯利亚去的《新年好》，还是谈梨起的调。

唱完以后社团里的学姐们带头哄笑："梨子，还没到 12 月呢，咱们这是过的哪个新年啊？"

始作俑者没能回话。她已经趴倒在泳池边一条柔软的沙发凳上，脸朝下，被微醺的落地灯染得昏黄的长发铺散开，活像凶案现场。

"被害人"手里还攥着一个空了的红酒瓶，晃在波纹荡漾的泳池边上。

离着最近的学姐失笑："以后再聚餐要看着点梨子，不能让她碰酒，一碰就倒然后全程睡过去——这也太没参与感了吧？"

"梨子是不是和秦隐吵架才喝醉了？都没怎么见他们说话。"

"哎，好像是哦。"

"没喝醉，我还清醒。"

不知道被这句话戳到了哪根敏感神经，趴在沙发凳上的谈梨突然坐起直身，语气严肃地绷着脸反驳。只是她话声刚落，手边就"扑通"一声——手里的空酒瓶没攥住，掉进了泳池里，溅起一片凉冰冰的水花。

旁边说话的两个学姐正要说话，就见一道身影拦住了她们落向谈梨的视线。

波纹荡漾的水面上，斜落下一道修长的影儿。

谈梨被影子遮了光。沉默几秒，她慢吞吞抬头，半眯着眼，两颊酡红地仰脸看向背光站着的男人。

"秦隐？"

"嗯。"

“你是谁啊？”

秦隐眼神一晃。

女孩眼底洒着碎金似的光，像在水面下晃啊晃的太阳。她还在笑着，笑成让他心疼的样子。

秦隐折膝，在她面前蹲下身。女孩垂在沙发凳旁的左脚，那只小白鞋的鞋带散开了。他托起她露出半截雪白的脚踝，然后垂着眼给她系好鞋带。

清醒时还装不认识他的女孩现在乖极了，一动不动地等着他系好。

等秦隐抬眸，谈梨拍了拍沙发长凳的另一侧，热情地招呼：“来，你坐这里。”

她笑得灿烂极了，太阳好像都要在她的笑里被从西边的山后勾起来，挂回天上去。

秦隐扫了一眼沙发凳。

摆在他面前的几乎是个直钩，钩子后面就是个不知深浅的陷阱。小坏蛋笑得越灿烂，陷阱里越危险。秦隐在这个结论里，没有迟疑地坐到她身旁。

谈梨抬手，慢慢拽住秦隐的袖口：“我还能碰你吗？”

尽管某人是先斩后奏，但秦隐还是应声：“我是你男朋友，你说能吗？”

“噫，那不敢当，”谈梨撇了下唇角，想做鬼脸又忍住了，“太贵了，要不起。”

话这样说，她却比谁都干脆。攥着他袖口的手指松开，毫不客气地攀上他的手臂。

借着支撑的力，谈梨慢慢支起身，跪在沙发凳上挪啊挪。她在膝盖蹭到他腿旁时停住，手也扶到秦隐肩上。

秦隐抬头，那片阴影落在他身前。

对着女孩被酒醺得微红的脸颊，秦隐有所意料地叹声：“会有人看到。”

“看到什么？”喝醉的女孩一边装傻，一边慢慢又偷偷地抬起左膝。

秦隐："我不介意，但醒来你自己会……"

话没说完，谈梨左腿一跨，啪叽一下把自己"扔"进秦隐怀里。

她坐在那人腿上，扶着他的肩颈，带着果酒味道的呼吸无辜地吹拂在他唇前。

秦隐眼底情绪蓦地一晃，然后才说完那几个字，只是比前一秒沉哑了些："会后悔的。"

自觉是"偷偷"得逞的小姑娘心满意足地晃了晃脑袋，一脸灿烂的笑。她面向秦隐身后的泳池，又背对着整个露台，全然不察身后那些逐渐汇集的惊愕目光。

秦隐无声一叹。他垂在身侧的手抬起来，扶上女孩后腰。谈梨已经软着呼吸趴下来，离得太近，满是果酒甜香。她的手很快不安分起来，顺着秦隐的肩慢慢蹭上去，然后轻轻捏到他的喉结上。

秦隐身影一僵。

谈梨似乎是感受到了，她欢快又憋着坏地笑起来，然后压下情绪。她故意低着声俯身，趴在他耳边，威胁的语气："我听说，这个捏碎了会死人的，你怕不怕？"

"我怕。"

秦隐强压着眼底情绪，伸手拦下顺着他腿往边上滑的小姑娘，双手护住了。然后他才撩起眼来看她，眸里深沉起伏。

"怕你掉下去。"

"掉下去？"

谈梨跨过去的左腿悬空垂在沙发凳旁，闻言慢吞吞地晃了晃。她自己扒着秦隐的肩膀，辨别了一会儿方向，才不确定地趴向左边。

视线越过秦隐的肩，谈梨看见自己在离着泳池水面十几厘米晃着的脚丫。再往前，是她坐在他腿上又偎进他怀里，两道身影交叠相拥的影子。

谈梨绷着脸，陷入沉思。

半天没听见女孩的回应，秦隐快要以为她趴在自己肩上睡过去了。他侧了侧头，气息难免拂过女孩细白的颈下皮肤："谈梨？"

谈梨慢吞吞抖了一下，声音倦懒里带着困意："嗯？"

"还没睡吗？"

"没有，"谈梨打了个哈欠，然后装作没发生地绷住脸，"我很清醒。"

秦隐无奈。

谈梨撑了撑眼皮，下颌慢慢抬起来点："我跟你说一个……秘密。"

"什么秘密？"

"嘘，只能让你一个人听见，你过来一点……"她微灼的呼吸几乎要扑进他的耳朵里。

秦隐被这样的温度刺激得眼神都绷紧，却只能纵着她性子，低着声顺意哄她："你已经在我怀里了，我还要怎么过去？"

"嗯，那我过去一点。"谈梨说完就在他怀里又蹭了蹭。

秦隐眼底危险的弦蓦地扯紧。他抬手按住不安分的小姑娘的后背，细长的眼睫毛一颤便垂压下去，那须臾里，他声音低哑得近乎狼狈。

"谈梨。"

"唔？"

在他怀里弯着腰想往他耳边趴的女孩茫然地侧了侧脸，乌黑的瞳孔被醉意醺得蒙眬，左眼写着"你叫我干什么"，右眼写着"和我没关系啊"。

秦隐克制地缓了一遍呼吸，最后只剩轻叹，他抬手安抚地扣住女孩的后脑勺，把人抱得紧了些："没事……你想告诉我什么秘密？"

"啊，对，"谈梨顺势趴回他耳旁，轻着声音，神秘兮兮，"我偷偷跟你说，你女朋友她、她把你绿了！"

秦隐眼神一晃，只是转瞬那点震动就平复下来，他甚至还很轻地笑了下："是吗？"

"是真的！"谈梨语气严肃，声音压得很低，"就在你身后，我刚刚看见她在水底下抱着另一个人。"

秦隐一怔，然后笑叹："那她抱着的是谁，你看清了吗？"

"看清楚了！"

"是谁？"

"是 Liar！"

秦隐回眸，眼神深邃，他低声问：“你怎么知道那是 Liar 不是别人？”

这个问题难为了醉酒状态的谈梨好一会儿，终于，她在醉困得睡过去前找到了答案：“因为，没有别人啊……”

秦隐眼神柔和下来。

将睡的谈梨眼皮打着瞌睡架，就在这时候恰巧地补上迷迷糊糊的一句：“她最喜欢 Liar 了……”

秦隐身影僵停。

几秒后，试图按捺但没能成功的情绪终于还是涌上来，秦隐扶着女孩后脑勺的手往下滑了滑，托到她颈后。隔着顺滑的长发，他轻轻按捏了下她的后颈。结果趴在他肩上半睡半醒的小姑娘不但没醒，还像只被按摩了的猫似的在他耳边舒服地呼噜了声。

秦隐只能醋意又克制地叹了口气：“你到底最喜欢谁，Liar 还是秦隐？”

“Liar，秦隐……”

女孩困声重复着，眼皮终于扛不住地合上了，她在他肩窝找了个最舒服的位置，满意地窝过去，温热的呼吸直往他微敞的衬衫衣领里面扑。

“Liar 是‘电竞渣男’，秦隐是骗子……骗子是，是 Liar……”

尾音越来越轻，终归于无。女孩的呼吸慢慢轻缓下来，最后揉进秦隐身侧温柔的夜风里。

秦隐笑着轻叹，妥协地把人抱紧。

电竞社团里的众人都是第一次来这样的别墅，玩闹起来早就忘了时间，一顿晚餐自助从傍晚吃到了将近晚上 10 点。

随着入夜，泳池边的夜风温度渐渐低了，秦隐怕熟睡的谈梨受凉，8 点多的时候就把人抱上楼。所幸会所的人有准备，楼上的卧室里提前换上了柔软干净的新卧具。秦隐给谈梨脱掉小白鞋，就把人放进陷下去的床里。

没用他给她盖上被子，一沾床的谈梨自己就打了个滚，顺便卷起被子团成一团，窝进大床的最中间去，动作麻利得很。要不是还合着眼，卷进被子里就一动不动地睡了，那秦隐大概要以为她是清醒的了。

毕竟不是在熟悉的地方，秦隐不放心谈梨一个人睡在房间里。他去隔壁的书房找来一本书和一把椅子，椅子被他放到床边。关上卧室的大灯，只留下这一侧的落地灯，秦隐就坐进椅子里，守着床上的女孩看起书来。

晚上 10 点 15 分的时候，秦隐揉了揉眉心，放下手里看完的书。

他抬头看向大床，窝在被子里的女孩只露出张巴掌脸，红润的唇微微张着，也不知道是不是在梦里用嘴巴呼吸。

小坏蛋最乖的时候，大概就是这会儿了。

秦隐无意识地勾起一点笑，从椅子里起身，去隔壁换书。

他没看见的是，在他身后卧室门合上前的那一秒，落地灯拓在床被上微醺的灯光里，埋脸在被窝里的小姑娘突然偷偷地睁开了一只眼睛。

门合上，被子的一角也被掀了起来。

2 分钟后，秦隐走到卧室门前，刚要开门，他的手就停在了半空中。

门是开着的，敞了一条宽五六厘米的缝。而他清楚记得，自己走之前为了防止房间里的女孩被打扰，特意将门掩上过。

他眼底那点冷淡的倦意顷刻一扫而空，秦隐皱眉，推门快步而入，然后身影戛然停在床尾。床铺被揉得满是褶皱的痕迹还在，原本鼓鼓一坨的被子下面却已经支空起来——人没了。

秦隐眼神一跳。

手里的书被他扔在床尾，他立刻转身出了卧室，一边喊着谈梨的名字一边快步检查二楼的每个房间。但是翻遍二楼，秦隐也没找到谈梨的踪影。他紧皱着眉走到楼梯口，正在思索是上楼找还是下楼找的时候，通往一楼的休息平台走上来一道身影。

上来的是电竞社团另一个大一的女生，仰头见到楼梯上的秦隐后，她愣了下："隐哥？啊，你是不是在找梨子？她刚刚突然跑去楼下，说自己睡醒了，现在在和他们玩真心话大冒险呢。"

闻言，秦隐紧绷的心弦一松，那双积郁了云雨似的眸子被焦急染得漆黑深沉，此时也慢慢淡下去。

“原来去了楼下……她没出什么事吧？”站在楼梯上方阴影里，身材修长的青年低垂着头问，声音微哑。

远处的嘈杂和近处的寂静仿佛是两个世界的交汇处，站在中间的女生脸不自觉红了点：“应、应该没事。”

“好，谢谢。”

秦隐抬脚准备下楼，但是他又突然想起自己在卧室大床床尾看到的那件东西。

秦隐扬了下眉，问：“谈梨自己说她清醒了？”

“对的。”女生点头。

秦隐侧过身，轻淡一笑，声音低而模糊地传回来：“这么差的酒品，到底跟谁学的。”

“啊？”

女生再抬头去看，却发现那人已经转身往二楼走廊深处去了。

两分钟后，秦隐独身回到楼梯口，别的没变化，只有右手里多出来两只松着鞋带的小白鞋——一看鞋码就是小姑娘的，还是个酒品差到中间醒过来说溜走就溜走，连鞋都忘了穿的小姑娘。

秦隐拎着小白鞋的薄软后套，顺着楼梯往下走。将到中间的休息平台上时，有人从“Z”形楼梯的下折部分拐上来。

迎面就是酒气，让秦隐本能地皱了下眉。

酒精最刺激神经，影响微操，因为职业原因，秦隐从来不碰酒，对酒精的味道自然也绝不喜欢。

至于谈梨……她总是能成为那个例外，秦隐自己都习以为常了。

秦隐停在休息平台上，侧身让出宽阔的楼梯过道，等昏暗里那道身影走过去。

休息平台上开着两扇矮窗，圆玻璃外月牙挂在树梢上，被夜风吹得慢悠悠地晃。秦隐想起今晚风凉，某个小刺猬只穿了粉卫衣蓝牛仔长裤，也不怕明天起来冻得流鼻涕……

秦隐正想着，蓦地皱眉，他回眸望向身前，同时脚步往后一退——秦隐在毫厘间的差距里避开了差点扑进他怀里的那个人。

秦隐抬眸。

“呜……抱歉，”扶着窗台的女生站在秦隐方才停身的地方，“我喝得有点多了，头晕晕的。”

“嗯。”秦隐冷淡应声，显然没有继续谈话的意思。

那女生犹豫了下，往前伸手：“刚刚我没有撞到你吧？”

“没有。”秦隐再次往后退了一步，明显避过了任何被触碰的可能性。

女生的手停在半空，过了几秒才慢慢握起，垂回去。

秦隐见对方不动，向另一旁侧身就准备绕开她下楼。然而就在他迈开腿的同时，那个低着头的女生似乎察觉什么，和他朝同一个方向迈步。

女生挡在了秦隐身前。

秦隐停住，慢慢冷了眉眼。这一次他确定，方才差点被撞进怀里不是什么巧合了。

“有事？”

“我喝多了，头有点晕……”

女生咬着嘴唇抬头，只在月光下衬着，这张面孔算得进漂亮的范畴。她自己显然也清楚这一点，柔弱分寸拿捏得恰到好处。

“秦隐，你能不能送我上去休息一下？”

可惜面前这是个冰块，所以他眼都没眨，声音冷淡：“不能。让开。”

女生蒙了下。或许怎么也没想到得到这么不留情面的反应，她回神后有点恼羞成怒：“我只是不舒服，希望你能帮一下忙，就算只是出于同一个社团的情分，你也没必要这么冷酷吧？”

秦隐没说话，视线压下。在这样的安静里不言也不笑时，那双眸子黑沉得接近可怕。

女生已经看惯了平常在社团里纵着那个谈梨予取予求的男人，她第一次见到这样的秦隐，几乎有点想往后退。

但是借着酒劲儿壮起来的胆子还是让她撑住了，她咬咬牙笑：“今晚大家都喝多了，谈梨也在楼下呢……她脾气古古怪怪的，感觉平常在社团里也是你惯着她，和她相处起来，应该会有点累吧？”

秦隐的耐心逐渐消磨：“我说最后一遍，让开。”

女生握紧了手："我什么都不需要，也不会像她那么任性——谈梨能给你的我都能给你，你需要钱、车，还是房子？我都、都能给你！"

秦隐濒临某个边缘的情绪蓦地止住。须臾后，他微眯起眼："你说谈梨给我什么？"

"不管谈梨给你什么，我都能给你！"

"谁说……"秦隐克制地合了下眼，情绪慢慢压回冷淡，"谁说谈梨给了我那些东西的？"

女生愣了下，下意识回答："社团里，大家都说是她在养你，所以你才能忍受她的性格，和她在一起。"

秦隐："……"

"而且刚刚在楼下玩真心话大冒险的时候，谈梨、谈梨她也承认了啊！"

秦隐撩起眼："她承认什么？"

女生开口想说话。

"算了，"秦隐却没兴趣地打断，"等她醒了我自己会问她。你让路就够了。"

"但我真的可以……"

秦隐最后一丝耐性告罄。

一声冷冰冰的轻嗤打断女生的话音，她错愕抬头，只对上那双黑得发冷的眸子。

"我什么时候开始给了你们很好说话的错觉？"

"不是……"

"她喜欢这个社团，所以我才忍你在我面前胡说八道没完没了，但差不多就行了。"秦隐垂了眼，嘴角一勾，笑意冰冷嘲弄，"和她比，你觉得自己哪点配了？"

女生傻了眼。

得益于谈梨，他们确实没一个人见过秦隐在社团里冷言冷语的模样。到此时，面前这个言辞锋利不留情面的人简直像换了一个芯似的。

"让开。"秦隐声音冷沉下一个八度。

女生眼神一抖，到底没能扛住，狼狈地转头跑上楼了。

秦隐眉眼犹在阴翳里，他拎着手里的小白鞋，快步走下楼梯。

还是一楼露台，秦隐到的时候，外面还在热闹着——社团成员们在露台上围了个大圈，有凳子的坐凳子，没凳子的干脆坐在地上。

中间不知道从哪儿搬来只大鼓，拍得“扑通扑通”地响，一瓶红酒被玩嗨了的社员们扔烫手山芋似的传递着。

秦隐扫一眼便了然——击鼓传花。鼓声停时接到的人选择真心话大冒险的惩罚项。

不过……

秦隐看着围起来的圈子正中间，那个拍着鼓皮拍得格外投入的小疯子，有点好气又好笑。本来以为她是下来玩游戏的，结果就穿着粉白的小袜子站在中间敲鼓玩。

怎么一喝多了就有往傻子发展的趋势？

秦隐垂眼压住笑意，趁鼓声刚停，其余人催促不知道哪个倒霉孩子接受惩罚时，他朝中间那个小傻子走了过去。而心底原本那点薄怒，早就在见到她的第一秒就没了踪影。

秦隐停到谈梨面前。

谈梨回头看见他，还余酡红的脸颊上绽开明艳的笑：“你来啦？”

秦隐垂眸看她：“酒醒了吗？”

谈梨：“醒啦！”

“醒个鬼。”秦隐被她气得轻嗤，“那你鞋呢？”

谈梨：“它们离家出走啦！”

秦隐：“是你的脑子离家出走了吧。”

谈梨呆了下，然后嫌弃又委屈地软下脸：“噫，你说话怎么像 Liar 一样，好毒啊。”

秦隐一怔，几秒后，他半垂下眼，淡淡地笑：“你就仗着自己喝醉了吧。”

“啊？你说什么？”小姑娘踩着小粉袜往他面前凑。

秦隐抬起左手，揉了一把她脑袋，然后蹲下身去。右手拎着的小白鞋被他放到地上，他抬手去托女孩的脚踝。

“脚伸过来，给你穿鞋。”

“不要。”

女孩嗖地一下跳到旁边，躲开了。

秦隐垂回手，仰头看她：“别闹了，听话。”

尽管还在酒精状态，但谈梨还是被那人温柔望着她的眼神勾得挪不开脚。她在原地磨蹭了几秒，突然亮了眼睛：“我穿袜子，你玩游戏！”

秦隐一顿：“是让你穿鞋。”

谈梨知错就改：“我穿鞋，你玩游戏！”

彼时，旁边那圈的上一轮惩罚已经结束了。社员们正把看热闹的目光落过来，听见这个提议，立刻就有不怕事大地跑过来，把那瓶还健在的红酒递给秦隐。

“梨子都要求了，那就一起玩吧，隐哥！”

“是啊，是啊。”

“隐哥，快来这边坐，我这边风水好，不会被点到。”

秦隐接过红酒：“我只玩一局，然后你要把鞋穿好。”

谈梨点头点得像啄米。

秦隐托起红酒瓶身，刚转过身，准备随便找个位置传走，就听见身后鼓声突然响起——“噼里啪啦。”鼓声停了，拿着红酒瓶的秦隐还没走出去一米。

他微眯起眼，侧回身，就对上女孩朝他扬起来的灿烂笑脸：“秦隐，你输了！”

围成圈的众人回过神，哄笑：“梨哥，不带你这么欺负人的。”

“过分了，过分了。”

“啧啧，梨子，也就你敢这样欺负隐哥了。”

“哈哈，这不是要赖皮吗？”

哄笑声里，秦隐将红酒瓶递给一旁的人，他淡定地转回身，走回女孩身旁去：“好，我愿赌服输。”

谈梨一举鼓槌：“我选真心话！”

“好，真心话。”

电竞社团的众人安静下来。

他们看出来了，谈梨确实是喝醉了，也确实是心里压着什么事，就奔着秦隐来的。他们都好奇谈梨要听什么真心话。

大家在“听告白”和“听情史”之间摇摆时，他们听见站在圆圈中央的女孩仰起头，灿烂地笑着问了。

“秦隐，你是 Liar 吗？”

“！”

热闹了一整晚的露台，在这一秒里陷入死寂。

等回过神来，电竞社团所有人目瞪口呆地四下环顾，试图通过身旁人的反应来确定自己到底是喝多了做梦还是酒精中毒喝出幻听来了。

马靖昊作为社长最快被聚焦，他慌里慌张地从地上爬起来，中间还踉跄了下：“哈，哈哈，梨子你怎么什么醉话都说，隐哥你别生气啊，梨子她……”

“是。”

那人淡声答了。

露台空旷，夜风一扫而过。所有人在冰凉的风里狠狠地哆嗦了下，被迫集体醒了酒。

而在他们僵滞的视线焦点位置，秦隐已经折膝半蹲下去，他平静淡定一如既往，仿佛方才说话的人不是他。

秦隐抬手托住女孩脚踝。

“好了。过来穿鞋。”

如愿以偿之后的小姑娘明显听话多了，让穿鞋就乖乖伸出脚丫。穿完一只系好鞋带，秦隐说“另一只”，她就又慢吞吞缩回右脚，换上左脚。

秦隐给她左脚的小白鞋也打了个蝴蝶结，拎着两条蝶翼慢慢收紧，然后松开。他刚准备直起身去看一直没说话的醉刺猬是什么表情，就感觉头发上沉了沉。

秦隐动作停住。

“想了好久，终于……摸到了。”女孩的声音伏低，呼吸也软下来。

秦隐一怔，微微直身。小姑娘的手还轻搁在他头顶，然后她弯腰蜷下身，揉了下他的头发。

她声音低低的，像是在梦里说梦话一样安抚：“Liar 不要怕……那不是你的错，不要理那些人……我会、会保护你的……”

她声音困倦又坚定，像是在向他立誓一样。

在怔神后，秦隐抬头，趁醉套话：“哪些人？”

“那些，骂你的人……”

秦隐了然，谈梨说的应该是在他退役前那一年失利里，那些在各类平台质疑攻击他的过激粉丝。

秦隐垂眼，忍不住笑了下：“确定我是 Liar 以后，第一句想说的就是这个吗？”

“不要……怕……”她好像没听见他的话，只是喃喃着又重复了一遍。

秦隐轻叹了声，单膝从地面支起：“你……”

他还未起身，原本弯下腰靠近他的女孩突然倒了下来。秦隐本能张开手臂，把摔进他怀里的谈梨抱住。谈梨头一歪，就靠在他肩上安稳地睡过去，留秦隐怔在原地。停了几秒，他粲然一笑，垂了眼。

“好，”秦隐微微偏过头，安抚地吻了下女孩柔软的长发，“我不怕。”

一场热闹无比的社团聚餐，最后在全体梦游一般的气氛里收场。

结束时已经过了晚上 11 点，再赶回学校显然太折腾，社团里几个负责人安排好别墅里男女分睡的房间，就各自带着身心巨创的学生们上楼去了。

重归空旷的一楼露台上，马靖昊伫立在寒风中怀疑人生。

“谢谢。”秦隐从委托的社团学生那里接过薄毯，朝对方道谢后盖到谈梨身上。

他垂眸思索着要怎么“处理”沙发凳上这一坨重新昏睡的小刺猬的时候，马靖昊无声地挪到他身旁。

“隐哥？”马靖昊的声线有一点抖。

秦隐回眸：“嗯？”

马靖昊做了半天心理准备的话，还是噎在喉咙里。而且他实在想不明白——不管之前那个真心话大冒险是真是假，这个男人怎么能在给了那样一个肯定的答案以后，还保持得住这么平静自若的冷淡模样？

马靖昊心头浪奔浪涌，他在潮头和另一个自己大战三百回合后终于拿出了小学第一次跟初恋女孩告白的勇气，张大嘴巴："你——"

"你想问我之前说的是不是真的？"

"啊？"马靖昊蒙住，全凭生物本能作答，"对。"

"是真的。我是 Liar。"

马靖昊自以为做了十万分的心理准备了，但听到秦隐再次承认，他还是惊得往后退了一大步。

"你真的是……"马靖昊目光上上下下把秦隐扫了十几遍，最后徒然落回秦隐脸上。

秦隐耐着最后一丝性子："还有其他问题吗？"

马靖昊此时已经基本丧失人类思考能力，开口不过大脑："我大概还有两千个问题。"

秦隐眼神淡淡瞥走："没问题就好，我送谈梨回去。"

马靖昊：这个熟悉的调调，确实很 Liar 了。

秦隐蹲到沙发凳前，把昏睡的小姑娘扶起："谈梨？"

女孩丧着脸睡得昏沉。

秦隐无奈，伸手捏住她鼻尖："谈梨。"

"唔？"被迫屏息几秒后，小姑娘终于挣扎着睁开眼，眼神蒙眬焦点不定地皱眉看着前方。

秦隐右手握着女孩的右手腕，侧转过身，把肩背朝向她："上来。"

谈梨茫然了几秒，还是顺着手腕上的拉力，慢吞吞又听话地趴到秦隐背上。

秦隐勾住她自然地从他肩前绕下来的左手："抱好了？"

"嗯。"女孩趴到他颈旁，微灼的气息里带着点闷闷的鼻音。

秦隐这才抬眼看向马靖昊："毯子能帮她盖上吗？"

"啊？哦哦，好。"马靖昊连忙上前，手忙脚乱地帮秦隐背上的谈梨披好薄毯。

“谢谢。”秦隐背着谈梨起身。

见秦隐是往外走的意思，马靖昊蒙了两秒，问：“你们不睡在这边吗？”

“人太多，不方便照顾。”秦隐说，“我送她回去休息。”

马靖昊茫然：“一个多小时的车程呢，你们要走、走回去？”

“不回学校。”

“啊？那你们去哪儿？而且这片别墅区就太大了，出去打车也要走很久，还是去楼上找个房间凑合一晚上吧？”

“不用了。”

秦隐背着谈梨走下露台的木质台阶：“我也住这边。”

直到那两道交叠的身影消失在连廊拐角处，马靖昊才慢半拍地回过神。他突然想起白天从车上下来时，其余社员议论一块地砖都买不起，而秦隐那一瞬间也有些意外的神情。

所以和他们的意外不同——当时秦隐是在疑惑社团的豪华别墅游怎么游到自家门口了？

马靖昊回头，看了一眼身后这栋装潢精致复古的别墅，尖顶的哥特式风格长灯将它的影子绰约地拓进夜色里，它安然地蛰伏在月色下，显得华贵而幽静。

现在，马靖昊相信秦隐就是 Liar 了。

“万恶的资本主义啊……”马社长摇头叹气地走进去。

第 24 章

Liar · 许愿

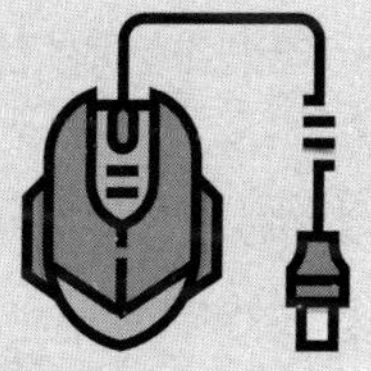

第二天中午，秦隐推开别墅的正门，走进玄关。手里的背包被他搁到旁边，有脚步声朝玄关走来。

“阿隐回来了？”

“嗯，”秦隐走出玄关，“蔡姨，她起来了？”

“起了，9 点多就醒了。我给她端了一碗粥，但她好像没喝多少，是不是胃口不太好？”

“我上楼去看看。”

“好。我给你们做好午餐了，你们收拾好就下来吃饭啊。”

“嗯。”

秦隐上到二楼的主卧门前，伸手敲了敲门：“谈梨？”

门内没动静。

秦隐再次叩门，等了几秒还是没什么声音。他微皱起眉，按下门把手：“谈梨，我进来了。”

厚重的木门被从里面卡住，停在打开几厘米的位置上。

秦隐一顿，垂眸。

这栋别墅是他的私产，和秦家无关，主卧也是他的房间。即便回来住的次数不多，他也很确定自己的卧室房门上没有安全锁链这类设置。那么会被卡住的唯一原因……

秦隐微微叹气：“你把什么东西挪过来了？”

空气安静几秒，响起个被宿醉蹂躏得喑哑柔弱的声音：“不告诉你。”

声音柔弱，中气倒是挺足的。

秦隐放心了，然后才问：“还是生我的气，不想见我？”

里面沉默几秒，微微磨牙："把你宿醉的女朋友一个人扔在这种陌生的阴森森的深林古屋里，而你，你竟然跑回学校去上线性代数课了，我在你心里还没比过线代老师！"

秦隐一怔，垂眸失笑："我要去替你请假。"

"我还需要请假吗？"

"你在理学院的老师那儿存在感有多高，不请假缺勤会有什么后果，你自己不清楚吗？"

"哼。"谈梨心虚地鼓了鼓气。

门缝里再空了几秒，后面露出女孩半张漂亮的脸，眼神里透着理直气壮的㞞："那你请下来了吗？"

"嗯。我说你身体不舒服，老师让你好好休息。"

谈梨受宠若惊："我在老师那里的信誉度这么有保障吗？"

秦隐没说话，淡淡地望着她，然后谈梨就懂老师这么相信这番话，到底是谁的信誉度有保障了。

谈梨扒着门："但我还是不能让你进来。"

秦隐也不着急，他倚到墙上，垂着眼浅声问："为什么？"

"因为我还没有想好怎么和 Liar 相处。"

"昨晚不是相处过了？"

"喝醉的时候怎么能算？"谈梨话溜得飞快，出口后悔也晚了，所幸她擅长耍无赖，一秒装失忆，"而且昨晚怎么相处的，我完全不记得了！"

"全忘了？"

"嗯！"

秦隐唇角勾了下，他换了个姿势，只侧倚着门旁的墙棱，朝门缝微微俯身，凑近了点门后那双心虚得骨碌碌转的黑眼睛："全忘了的话，怎么还知道要打电话给马靖昊，让他帮忙善后？"

谈梨一噎："你怎么知道的？"

"你猜。"

"社长果然是叛徒。"谈梨磨着牙说完，又不甘心地抬了抬眼，问，"后续怎么样了？我手机只剩下最后一点电，给他打完电话就没电了……他们相信你不是 Liar 了吗？”

“差不多。”

谈梨狐疑地又把门拉开一点：“什么叫差不多？”

秦隐答得平静：“比起我是 Liar，他们现在更相信我是你‘包养’的 Liar 的替身。”

谈梨：“……”

几秒后，捋清楚其中因果关系由来始末的小坏蛋再也忍不住，抱着肚子在门后恣肆地笑起来。

秦隐不在意也不生恼，他靠在门旁，半垂着眼看门后笑得快要滚到地上去的小姑娘，细长的眼睫毛上都好像挂着点似笑非笑的纵容。

谈梨笑得没力气了才停下来，揉着笑疼的胃懒洋洋地趴到门旁。她轻眯着眼打量门外的秦隐。几秒后，她动动红唇：“你真的是 Liar 吗？”

秦隐无奈地说：“你昨晚睡前就问过很多遍了。”

谈梨鼓了鼓嘴巴：“那你的左耳耳垂上怎么没有耳洞呢？ Liar 明明一直有戴那颗 L 形黑钻耳钉的。”

秦隐：“那是专门定制的磁吸款，不需要打耳洞。”

“难怪。”

“还有别的问题吗？”

“唔，暂时没有了。”

“那我现在可以进去了？”

“不行。”

门后女孩眼神变得俏皮灵动：“我还是没想好要怎么和变成我男朋友的 Liar 相处。”

秦隐微眯起眼：“那就按你昨晚计划的来？”

“计划？”谈梨一蒙。

然后她似乎突然在脑海里翻到什么，白净的脸皮以肉眼可见的速度迅速红了起来：“什、什么计划？我不知道。”

“昨晚我送你回来以后，你睡前说过什么，全都忘了？”

“我都说我断片了，不记得！”

“是吗？”秦隐垂手，从裤袋里摸出手机，指腹随意划了几下。

谈梨心虚：“你在找什么？”

“证据。”

“啊？”

秦隐没说话，将手机屏幕放在门外距离谈梨几厘米的位置——是录音界面。

在谈梨心中强烈的不祥预感下，秦隐随手点开了播放键。睡意蒙眬的女声从里面传出来——

“你是 Liar？”

“嗯。”

“你真的是 Liar？”

“嗯。”

“你真的真的是——唔唔唔？”

一阵衣料窸窣后，女孩满浸着困倦睡意的声音似乎被什么人忍无可忍地捂住了。

“已经半夜 2 点了还醉着，你喝的是假酒吗，谈梨？”

“呜呜呜呜呜呜呜呜呜！”

“好了，别乱踢了。”

手机收录进一声低低哑哑撩得人耳心轻颤的笑：“放开你可以，先说好，最后给你三句话的机会，说完就要睡觉。”

“唔唔！”

又一阵窸窣后，有人松开了手。终于得了自由，被捂得小脸憋红的女孩眼珠骨碌碌一转，气不过地扭过头，吭哧一口就咬到了那人白净有力的手腕上。

“啧。”

那人哑声里带笑，手腕动了动，拖着叼在他右手上的女孩跟着在被窝里虫状挪动了下。

他低下头去，对着死死咬在他手腕上的某人那双乌黑眼瞳，男人在安静的夜里笑得低低淡淡地勾人。

"这要算一句话了。"

安静持续好几秒，女孩困得揉了揉眼，还不情愿地强撑着眼皮松开了口，她往下趴了趴。

"你真的是 Liar 吗？"

"嗯，第二句了。"

"Liar……"

女孩的声音突然低落下去，像是满藏着难过的情绪。

计数的人似乎怔了下，被料摩擦的声音后，他俯得离手机的收音近了些，像是去哄缩起来的女孩。

"谈梨？"

"你等、等着……"困得终于忍不住趴着睡下去的女孩声音细如蚊蚋，还有点梦里的磨牙，"等我醒了，我一定要……要上了你……"

"咔嗒。"录音播放完毕，自动停下。

隔着窄窄一条门缝，秦隐撩起眼看向门后脸蛋通红的女孩。

他垂手放下手机，勾了个笑。

"说话算话吗，梨哥？"

谈梨对着门缝外的男人沉默几秒，真诚抬头："这不是我，你找错人了。"

"嗯？"

"现在的我是清醒状态的我，手机里的我是酒醉状态的我，所以你要找说话算话的人，应该去找酒醉的我，和清醒的我没关系。"

秦隐垂眸一笑："你还能更无赖点吗？"

谈梨回答得很严谨："应该可以。"

秦隐："这可是你逼我的。"

谈梨："？"

秦隐抬起手，十指抵上房门："我很少回来住，所以房间里家具不多，其中能够挪动用来挡门的，应该只有那把实木椅。"

谈梨笑容一僵："你要干吗？"

秦隐："强行推开？"

谈梨连忙扑到门上，眼睛藏着慌张往门外秦隐的手腕上落：“不行。”

“你不肯开门，我就只有这一个办法了。”秦隐作势用力。

“不行！”谈梨急了。

秦隐好像没听见，身体微微俯低，肩肘用力。

“我开！你别推——我开还不行吗！”谈梨从实木椅上跳下来，慌慌张张的话声混着拖动实木椅的声音从门缝里溜出来。

几秒后，谈梨气得闷红着脸，用力拉开门。

门外，男人半倚在墙边，正好整以暇地垂眸望着她。那副似笑非笑的冷淡模样看得谈梨牙根痒痒。

谈梨：“你故意吓我的？”

秦隐垂下眼笑了声，没说话。

谈梨磨了磨牙：“你就知道拿手伤吓唬我！”

秦隐眼尾轻勾：“那你怕吗？”

谈梨闷了几秒，扭开脸，不甘心又诚实地小声憋出句：“怕啊，怕死了。你没退役的时候，我一做噩梦就是你手腕上全是金针，医生站在旁边跟我说这手没救了，要截肢了。”

秦隐难得被一句话噎住。

回过神来，秦隐失笑，上前一步迈进房间，然后他抬起右手用力地揉了揉小姑娘沮丧的脑袋：“截肢？你就这么看不得我好？”

谈梨气得拿眼神剜他：“我在梦里只差一边哭一边签字了。”

“这样啊，”秦隐点了点头，然后抚着小姑娘的头发俯身，挑起个凉淡的笑，“所以以前我还没认识你的时候，你在梦里就已经是我可以签字的家属了？”

谈梨一顿，眼神微妙躲开。

秦隐更加“温柔”地给她摸了摸头顺了顺毛：“那上周去看比赛，你跟我说只把 Liar 当精神层面的信仰，原来其实是骗我的？”

“做梦我也不能控制不是……”谈梨正心虚着自省的时候，突然想起什么。

下一秒她就轻眯起眼：“不是你跟我说梦里什么都有的吗？干吗，现实里不想给也就算了，梦里现在也要归你管了吗？”

谈梨问完，头顶的人半天都没给回应。

她有点意外，正准备抬头去看看那人神情，就见眼前罩下片阴影。那人压着一声低叹吻在她额前：“对不起。”

谈梨一愣，等秦隐直回身，她下意识抬手摸了摸好像还残存着那人唇瓣温度的地方，脸颊慢慢热起来：“我只是开玩笑，你别突然这么正经。”

秦隐欲言又止。

谈梨没抬头，所以也没看见，那双平素冷冷淡淡的眸子里，此时像山雨欲来前的阴云密布，无数复杂又沉重的情绪在那里面郁积着，随时在等一场倾盆大雨的契机。但最后秦隐只是合了合眼，把它们压回心底，他像随意开口：“我听盛喃提过，说那是你……生病的时候。”

谈梨愣了下，弯眼莞尔：“她怎么这么快就背叛我，什么都和你提了？”

“是真的？”

“可能是吧，我也不好确定，旁观者的观感大概会明显一点。”谈梨用一种不太在乎的轻松语气，像说件和自己无关的事情。

秦隐皱眉：“自己难以确定……发病？”

谈梨：“嗯，轻度躁郁症的躁狂发作期，病人好像会因为病情本身带来的心理影响很有自信觉得自己很正常。就算察觉一点异常，说不定还会告诉自己没关系，这样我比别人都棒。”

秦隐点头。

谈梨：“不过发作期结束后，病人再回顾那段经历，就能自查异常了……”

谈梨有一句没一句地说，同时抬眸盯住秦隐，直到他察觉她停了话声，不解地低下头来找她的注意力。

谈梨眼角弯下来，笑意深刻眼底。光落进她的眼眸里，晶莹潋滟：“你刚刚的模样，认真得就像在听老师上课的小学生一样。”

秦隐一顿，抬眼，淡声重复：“小学生？”

“对，小学二年级，不能再多了。”谈梨笑着猫腰从秦隐胳膊下钻过去，溜到门外的走廊上。

穿着白色的圆头拖鞋，谈梨在走廊里踩出啪嗒啪嗒的声音，朝楼梯口的方向跑远了。

秦隐在原地站了几秒，那些难以克制的情绪被他一一整理、收敛，压回心底。确定不会被察觉异样，他才转回身。

刚掀起眼帘，秦隐迈出去的长腿就停顿了下——几米外楼梯口的走廊拐角，扒着暗色墙纸的墙棱，小刺猬只探出颗脑袋贱兮兮地撩拨他。

“一起下楼吃饭饭吗，男朋友？”

秦隐失笑垂眸，走过去：“好好说话。”

谈梨跟着走过来的秦隐往楼下走，眼里满盛着得意扬扬的坏劲儿：“你不喜欢我这样说话话吗，男朋友？女朋友好伤心，呜呜呜。”

秦隐下到一楼楼梯口，伸手把笑得灿烂还呜呜呜的小姑娘往右边拎了拎：“餐厅在这边，前面是厨房。”

谈梨被隔空拎回来，忍下凶，委屈巴巴转回头：“你拎我衣服领子，你是不是不爱我了？”

秦隐纵着她闹：“爱。”

谈梨伸手拽他袖口：“那待会儿吃饭饭的时候，我们能牵手手吗？”

秦隐忍笑，刚要应声就察觉什么动静，他抬头看向谈梨身后。望见来人，秦隐意外一怔。

“妈？”

“……”

谈梨僵住，回头。

萧筱站在客厅前，正意味深长地看着两人。

谈梨在男朋友秦隐家里正式吃的第一顿饭，其用餐体验，大概类似于古时候犯人们上刑场前吃的断头饭。味同嚼蜡是不用说了，更惨的还是消化不良，谈梨几次都感觉自己快要噎过去了。

等终于熬到午餐快结束，谈梨找了个借口，迫不及待地溜去洗手间。

手机没电，所幸一楼的客用洗手间外面有台无线座机，谈梨抱着救命恩人一样把它抱进了洗手间里。

作为基本没朋友的典型，谈梨的场外求助对象实在少得可怜，再三犹豫之后，她还是把电话拨给了盛喃。

“喂？”

“是我，”谈梨说话，然后迟疑了下，“你在做贼吗，为什么声音这么小？”

盛喃恼火道：“今天周一，你以为我是像你一样自由自在的大学生吗，我可是只能偷偷带手机来学校的复读生！”

谈梨：“那你现在方便接电话吗？”

“应该没事，我们这节课就是语文背诵复习课，声音吵，老师应该听不到。”

“那就好。”谈梨应了。

盛喃：“但是你用谁的电话给我打的？为什么像是座机号码？”

“我现在在秦隐家，刚从餐桌旁逃出来，给你打电话就是要向你求助的。”

盛喃一脸蒙：“求什么助？”

谈梨叹气：“几十分钟前，我由于昨晚社团活动宿醉未归而衣衫不整没化妆地站在楼梯口前，还拉着秦隐贱兮兮地耍无赖的时候，他妈突然出现在我的身后。”

盛喃：“噗。哈哈哈哈，这是什么死亡场面？梨哥你有这运气谈什么恋爱，怎么不去开彩票呢？哈哈哈。”

谈梨不爽地靠到门上，低着眼咕哝：“我哪知道我会这么‘走运’？还有，我打电话是问你对策的，不是给你提供笑料的。”

盛喃：“啊？梨哥你太信任我了，我哪会有什么对策？”

谈梨实话实说：“我不是信任你，我只是不敢在淘汰赛前打扰你哥。”

盛喃：“有道理。”

谈梨：“所以你就大胆地说吧，狗头军师，接下来正常人应该怎么做？”

盛喃怔了下。

“正常人”这个词像根刺一样，轻轻在她心窝里戳了一下。

她突然懂了谈梨为什么给她打电话：谈梨把自己界定在“不正常”的那个范围里，谈梨不知道自己的想法在正常人眼里是对的还是有点疯的，谈梨害怕暴露出自己的“不正常”，害怕被秦隐的母亲讨厌、排斥。

以前，谈梨从来不在意别人怎么看的。

盛喃抽了抽鼻子。

还抱着电话沉思的谈梨吓了一跳：“你怎么突然哭了似的？”

“胡说，”盛喃立刻反驳，“我只是有点感动，我们梨哥终于要嫁出去了。”

谈梨：“你是怎么得出这个结论的呢，狗头军师？”

盛喃：“呸，你才狗头军师。”

谈梨：“那你倒是提出点建设性的提案。”

盛喃想了想：“我家那些老迂腐们不是总念叨少说少错嘛，那你实在不确定就少说点？”

谈梨思索两秒，点头：“你继续说。”

盛喃：“既然都见到他妈妈了，你太早离开显得不尊重长辈，下午应该陪一陪。然后你最多等到吃完晚饭就回去吧？那些思想比较传统的长辈们好像都觉得，女孩子太早在男朋友家里过夜不合适。”

谈梨深以为然：“有道理。”

两个“臭皮匠”又叽叽咕咕讨论好一会儿后，终于绞尽了脑汁完成了她们仅止步于理论知识的“见家长须知”。

盛喃正在聚精会神地给谈梨做最后的嘱咐时，一个恐怖的背景音突然插进电话交谈里。

“盛喃，我注意你好一会儿了。我让你们背诵，你给我课上打电话，你很有勇气啊？”

谈梨：哦豁。

她对盛喃脾性熟悉，看着咋呼又奓毛，真到了家长老师这类长辈面前就㞞得不得了。

电话对面背诵声安静下来，变成死寂，那个老师的声音显得清晰而阴沉。

“还发什么愣？手机给我交上来！”

“我是，是……”盛喃声音里透着点无措。

“老师，”一个干净慵懒的少年音突然响起，那个声调拖得松散，漫不经心，像在午后的阳光里久睡初醒，“电话是我让她打的。”

死寂维系两秒，阴沉的声音再开口时多了几分僵硬：“靳一，你让她打电话干吗？”

质地干净的少年音笑了声，带上两分睡意未散的哑：“腿断了，让她打120，行不行？”

学生们低忍的笑声里，有人从盛喃手里拿走了手机。

“放我这儿，下课还你。”声音懒洋洋的，似乎又趴回了桌上去。

几秒后，谈梨对着挂断的电话……哦豁？

历时大半下午的机械式陪聊后，谈梨终于又艰难地熬完了晚餐时间。

最后一口饭咽下去，谈梨由衷产生了一种“终于要活过来了”的希望。

她郑重地放下碗筷，正思考着要怎样开口正常地表达“告辞”的意思，就听见桌对面萧筱问：“谈梨吃完了？”

谈梨立刻抬头：“我吃完了，阿姨。”

萧筱：“我今天来得不是时候，是不是打扰你们两个相处了？”

想起那句被当场抓包的“吃饭饭牵手手”，谈梨木着脸摇头：“没，没有。”

萧筱点头：“那就好。对了，你今天来家里找秦隐是有事情吧？一下午都没给你们什么私人时间，不然你们……”

萧筱停住，微笑着看两人。

谈梨想了两秒，意会到什么，她站起身：“不用了，阿姨，我这就回……”

谈梨话没说完，垂在身侧的手被一把握住。她愣了下，本能侧过头看向身旁坐着的秦隐。

秦隐放下手里筷子，淡然抬眼："不用，她就住这里。"

萧筱没说话，视线慢慢扫过两人，落到呆住的谈梨身上："你们这是，已经同居了？"

谈梨立刻回头："没……"

秦隐："是。"

谈梨：说好的长辈喜欢矜持的，他为什么不按套路来？！

萧筱意味深长地看向儿子："我随口问问，你不用这么紧张。"

秦隐冷淡回视："我不紧张。"

萧筱视线一压，仿佛穿过餐桌落到两人交握的手上："不紧张还要护这么紧？"

秦隐："我怕她紧张。"

萧筱："你这样只会让她更紧张。"

秦隐："她紧张不是因为我，是因为你。今天我不这样做，以后她还要紧张。"

谈梨：她语文这么差了吗，为什么听不懂他们母子在说什么？

萧筱眯了下眼，抛出最后一问："你这是在向我表明态度了？"

"不，"秦隐垂眸，更紧地握住谈梨的手，然后他抬眼，认真地看向萧筱，"这是表明心意。"

萧筱沉默下来，这场令谈梨全程没跟上节奏的母慈子孝局也终于就此宣告结束。

餐后，谈梨拉着秦隐躲上二楼。

午餐时留下的阴影太深刻，她趴在楼梯口小心翼翼地观察了会儿，确定没人才转回来："你为什么要骗阿姨说我们同居了？"

秦隐："因为她了解我。"

谈梨："啊？"

秦隐却没有再解释了："为了让我的谎不被拆穿，你今晚就睡在这里吧。洗漱之类的用品我已经让蔡姨帮你准备好了。"

谈梨回神，连忙拒绝："不不不不不……"

秦隐:“为什么?”

谈梨支吾两秒，找了个冠冕堂皇的理由:“我明天还要上早课呢，距离这么远，如果要早起过去那也太痛苦了。”

秦隐还想说什么，谈梨已经竖起巴掌，一副严肃又正经的模样:“我去意已决，男朋友，你不用劝了。不管你说什么话做什么事都没用的，放弃吧。”

秦隐停了两秒:“好。”

谈梨意外抬头:“这么轻易就放弃啦?”

秦隐微挑眉:“所以你其实想让我强留你?”

谈梨立刻退后半步，保持笑容:“不是，就是没在你这儿赢得这么顺利过，有点不习惯。”

秦隐眼神动了动，他没说什么，示意主卧方向:“你手机应该充好电了。”

谈梨回头一笑:“谢谢男朋友!”

秦隐没说话。在原地停了两秒，他慢慢直起身，朝卧室走去。

谈梨收拾好东西，去主卧的洗手间里重新扎起长发。洗手间外正对主卧的内玄关，门是磨砂玻璃的材质，隔着模糊的玻璃门，谈梨看见秦隐进了房间，又回到门外。

那人修长的身影被拓在门上，影影绰绰的。

谈梨一边绑头发，一边忍不住笑起来:某人原来也会有不舍得这样的情绪表露出来吗?

谈梨扎好头发，甩了下马尾。她洗完手，拿纸巾擦干净手上的水珠后便扔进纸篓。然后谈梨推开了面前的磨砂玻璃门。

踏出洗手间的那一秒，她笑着仰头，开口:“等下次好不好?下次阿姨不在的话，我一定来陪你。”

话声戛然而止。

洗手间外的内玄关没开大灯，只亮着一圈 LED 灯带。光线的亮度偏低，将视野里的一切磨得朦胧几分。昏暗的灯带下，对面刻着某种花瓣暗纹的深色墙纸被影绰出一种迷离暧昧的颜色。而那墙纸的暗纹前，戴着黑色口罩和 L 形耳钉的男人就插兜靠在墙根前，仿佛等了很久。

到此刻，听见声音，他撩起眼，印着 LIAR 字母的黑色口罩上方，那双熟悉又陌生的眸子微微熠着。

他一动未动地望着她。直到过去许久，隔着口罩的低哑声音终于响起，冷淡又勾人。

“一定要走吗？”

谈梨僵停。

这人犯规！

主卧的内部装潢很全面地传承了 Liar 那老干部的个人风格。

廊灯灯带都是冷光，墙纸选的深蓝色暗纹，床单被罩黑得纯粹完整，就连床头的真皮软包也是深褐色的。所以即便是在只有内玄关灯带余光的昏暗下，那人松散着碎发靠在床头，从眉眼鼻唇到颈线锁骨的轮廓依旧被冷白的肤色勾得凌厉，一览无余。

谈梨把人压在褐色真皮软包的床头上。有了酒醉后的经验，这次她坐进他怀里都轻车熟路的。秦隐的右手护在她腰后，左手手腕被她压在身后褐色软包的装饰扣前。

昏暗的光线下，谈梨坐在秦隐怀里，靠着他屈起支立的长腿，侧着身隔着棉质的黑色口罩吻他的下颌线。

秦隐喉结微微滚动，隐忍地垂了垂眼，被谈梨按着搭在床头的左手克制地握了起来。

“谈梨。”

“嘘。”

谈梨坏心眼地凑到他耳边，温热的呼吸直往他耳心里钻，黑暗让她越发肆无忌惮。

秦隐戴着的那只黑色口罩终于还是被谈梨攀上来的左手手指慢慢勾扯下来，她的下颌贴着自己的指背，戏弄似的覆上去，亲吻摩挲那人微凉的薄唇。而勾下口罩的左手，像是无意的，尾指指尖轻轻从他喉结上刮了过去。

秦隐眼皮蓦地一抬。

他的左手几乎就要落回来了，却被谈梨提前察觉，用力按在真皮软包上。她在黑暗里退开一点，笑得古灵精怪，叫人又恼不起来。

“是你非要留我的，”谈梨勾着他的口罩把玩，声音压得暗暗哑哑的，“那你就得听我的……Liar。”

她把他的名字读得很慢，两节发音像是在唇齿间细慢打磨过，吐字时带着和她的吻一样勾人的甜香。

脱掉了白天那个乖巧拘谨的外壳假象，只有他们两人的卧室，还有昏暗的除了明亮的眸眼不足以看清神色的隐秘，更叫她迫不及待地把心里藏着的小疯子放了出来。

秦隐低垂着头，和她漂亮的眼眸对视几秒，终于克制地靠回身后的褐色软包上。

“好……听你的。”

他声音哑得低低沉沉，然后浸出一声无奈的笑。

“你就折磨我吧，谈梨。”

“好啊。”

女孩按着他手腕的指尖慢慢扣紧，她坏笑着去吻他的喉结。

“一定满足你。”

那天晚上时机不太对，萧筱就在别墅一楼，谈梨再借十个胆也不敢真在楼上把她儿子怎么样了，因此她表现得十分渣女——撩起某人一身火后，她自己意犹未尽依依不舍地，跑了。

这真不能怪她不守信誉。

在F大旧楼顶层的教室里，她就见识过某人拿眼神开得一手好“车”的能力，就算三令五申不准他主动了，谈梨也对自己会不会半夜梦游爬床这件事很不确定。

大概率是会的。

所以谈梨非常不舍又利落地撂下秦隐，任他靠在床头哑着嗓子低低地喊她的名字时，她还是咬了咬牙狠了狠心，头也不回地跑回了学校。

这导致接下来的一周多，她亲爱的男朋友看她的眼神都凉飕飕的，像是下小冰刀子。

谈梨自知理亏，装乖装了一周半。

其间，今年的全球总决赛淘汰赛环节结束，随后的半决赛，代表国内赛区最强队伍的WWW战队和ZXN战队不幸面临“内斗”，最终还是WWW战队多输一局，止步半决赛。而Liar的前东家ZXN战队，带着还在磨合期的新打野Living，艰难进军决赛。

半决赛结束的第二天，肖一炀给秦隐打来了电话，开头就冷笑一声：“恭喜啊。”

彼时是个周五，下午没课，谈梨来老蔡网咖做直播，秦隐在外面买水。他一边付账一边冷淡抬眼，问：“恭喜什么？”

“当然是恭喜你后继有人了。”肖一炀嫌弃道，“你不会是退役了就干脆连比赛都不看了吧？”

秦隐换作左手拿手机，右手接了柜台上的苏打水，单手拉开易拉罐的拉环，然后他抿了一口：“昨晚的？看了。”

肖一炀意外：“哟，昨晚就看了，这么关心我们？”

秦隐沉默了下，还是坦言：“因为梨子给粉丝直播解说，所以我和她一起看的。”

肖一炀：“你不秀恩爱会死吗？”

秦隐又喝了一口，懒洋洋地耷拉着眼放下易拉罐，他轻嗤了声：“是你自己问的。”

肖一炀：“……”

秦隐拿着易拉罐，拎起塑料袋往包厢走：“复盘结束了？”

肖一炀：“嗯，我们教练组对于又输给ZXN这件事非常愤慨，差点让我们爬回基地，连夜复盘。”

秦隐淡淡一笑：“这有什么好愤慨的？都输三四年了，还没输习惯吗？”

肖一炀：听听这说的是人话吗？！

手机里半晌不闻动静，秦隐走到包厢门外，想了想他还是没急着进去，免得打扰到谈梨直播。

在门旁的墙根前，秦隐转了身，有点倦懒地靠到墙前，主动对电话里开口：“复盘把锅分完了？”

肖一炀憋气：“嗯。”

秦隐：“主锅谁的。”

肖一炀沉默两秒，无奈地挠了挠头，仰进椅子里叹气：“别人看不出来，你还能看不出来吗？”

秦隐也懒得多掩饰：“打野。”

对面默认。

肖一炀不知道想到什么，突然翻起身，恼恨道：“要说我们队打野，虽然不是联盟一线打野的水平，但也二线往上了——每次遇见你们队就跟加了致命 debuff（减益）似的，五分水平也就剩两三分了——你说你们‘紫香囊’是不是克我们队？你是不是偷偷给我们队扎小人了？”

秦隐嗤笑：“去你的‘紫香囊’。我退都退了，和我有什么关系？”

肖一炀不服气：“怎么和你没关系？我们打野见你就尿，我看他就是被你打出心理阴影，捎带着连 ZXN 一起阴影上了。”

秦隐：“我无所谓，给战队粉丝的交代你们也准备这样说？”

肖一炀被戳到痛脚，不甘不愿地转移话题：“这周日的决赛，你去不去？”

秦隐皱了下眉，没回答。

肖一炀幸灾乐祸地笑：“自从上回那疑似露脸照片闹出来，我觉得我们队和 ZXN 每场线下，无论观众数量还是狗仔数量都翻了一番啊——决赛有 ZXN，媒体肯定布置了天罗地网，就等你钻了。怎么样啊，Liar 神，钻还是不钻？”

秦隐低叹：“队里给我发邀请了，我还在考虑。”

肖一炀：“我要是猜得不错的话，他们意愿应该挺强烈的吧？”

秦隐不语。

肖一炀敛去笑意，烦躁地揉了揉头发：“虽然是被你们淘汰的，但决赛我还是指望 ZXN 替国内赛区拿回冠军奖杯。不过你们小打野那个情况确实不容乐观，只怕你去了也帮助不大。”

秦隐还是没说话。

肖一炀：“我们当初就说他虽然能力杰出，但到底不适合你们队的风格，你们队以你为核心的模式走了三年，顺风你能带着全队 carry（游戏术语，指代后期核心），逆风你也能一点点蚕食局面积蓄余力备以反击——小 Living 的操作是有了，但意识跟你比起来还得差出好几个 Dida 吧？顺风称王逆风溃败，但哪能有那么多顺风局送嘴边上……”

秦隐淡声打断：“一晚上不但分完你们队的锅，还替 ZXN 也分了，效率挺高。这就是贵队最擅长的化失败为力量？”

肖一炀气得牙根痒痒：“你要是不嘲讽我两句，回去喝水都得多呛几口是吧？”

秦隐冷淡一嗤：“你上赶着找。”

肖一炀气得想挂电话。

秦隐：“还有，别以为我不知道你们队什么居心。”

肖一炀立刻装无辜：“你别血口喷人啊，我们什么居心？”

秦隐冷淡地笑：“Living 不适合 ZXN，但适合你们 WWW 是吗？决赛还没结束就想挖角，你们不如去做……”

“梦”字停在出口前。

秦隐皱眉，下意识地侧过头望了一眼身后的磨砂门内。须臾后他转回来，仍是冷淡的调子，眼底更多几分阴郁。

“你们想都别想。”

肖一炀也来火了：“话别说得太早啊，老秦，Living 自己在什么样的战队能展现多少实力，我不信他自己不知道——到底谁能留得下他，明年转会期再见分晓。”

电话局不欢而散。

秦隐垂着眼，插着兜靠在墙上。眉眼间少有地流露出几分郁积的情绪。

ZXN 和 WWW 针尖对麦芒几年了，他和肖一炀偶尔起点摩擦也不是没有过，两人都不会放在心上。

只是这通电话显然透露出更多信息：WWW 饱受打野位之苦，这次对 Living 这个新起之秀看来有些势在必得了。

诚如他们分析，Living 虽然个人实力强劲且有前途，但确实并不适合 ZXN 战队的一贯风格，除了狄达以外的三人年龄并不大，完全还能再备战两三年，战队恐怕不愿意也不可能为 Living 一个人冒上折掉全队中坚力量的大风险。

只是 Liar 积威三年有余，联盟里新人多不愿选择注定被遮了锋芒的打野位，老人里可选余地不大，能顶上 Liar 空下的指挥位的选手就更是基本没有……

秦隐正沉浸在思绪里，他身旁磨砂门突然被从里面推开了。

一颗小脑袋慢吞吞地探出来。

秦隐侧回眸。

“男朋友？”小姑娘古灵精怪地弯着眼，扎成鱼尾麻花辫的白色长发从肩头跌下来，在空中晃了晃。

秦隐眼神一松，他循着本能抬手，在那颗小脑袋上揉了揉：“怎么出来了？”

“等你半天不见你回来，怕是有人觊觎你美色把你打晕拐跑了，”谈梨说着没边儿的胡话，龇着牙笑，“所以我来看看你。”

秦隐解释：“接了一通电话。”

谈梨从门里钻出来：“唔？肖一炀的？”

秦隐意外地望她。

谈梨得意地笑起来：“怎么样，我是不是已经能荣获‘秦隐解读学一级证书’了？”

秦隐勾唇：“等我画一个给你。”

“你说的啊，不能反悔！”

“嗯，我说的。”秦隐把装着水的塑料袋递给她，“下播了？”

谈梨接过，随口答：“我说我要陪男朋友去了，就下播了。”

秦隐垂眸，淡淡一笑：“你的粉丝没有怪我把你抢走？”

“啊，你不知道吗？”

“知道什么？”

谈梨眉开眼笑：“在我直播间里，他们称呼你已经不是‘梨子男朋友’，而是‘梨子家那只公狐狸精’了。”

秦隐轻叹，纵容地勾过女孩的肩，任她靠在他怀里笑得愉悦灿烂：“既然下播了，那走吧。”

谈梨回头：“嗯？干吗去？”

“公狐狸带你去吃晚饭。”

听秦隐自称，谈梨笑得眼睛都眯起来：“那可不可以不吃晚饭，吃狐狸？”

秦隐淡定得眼神都没落给她：“你那啃一口就跑的胆，还是算了。”

谈梨从秦隐怀里挣脱出来，试图给自己正名：“我那不是胆小，只是还没准备好！”

他垂下眼，凉凉地瞥她。

谈梨心虚又鼓气：“我最近在做理论知识筹备，等我学成归来……你等着！”

“行，”秦隐应了，扶着小姑娘的脑袋低了低身，在她面前懒散又勾人地笑了下，“我等着。”

被施加“挑衅”技能的谈梨成功对焦了自己的仇恨值，轻眯起眼在心底盘算起来。

12 月初的路边，树上叶子已经落得不剩多少。

谈梨踩着咔嚓咔嚓的枯叶，拽着秦隐的右胳膊，动点圆规似的玩得欢。一阵风吹过来，又一片叶子从枝头落下，秦隐抬手，在叶片掉到小姑娘脑袋上之前接住了它。

谈梨仰了仰头，看着那只停在自己额头前的漂亮的手，她眼睛骨碌碌一转。没怎么纠结，被诱惑到的谈梨就循着本能，踮起脚尖在秦隐没来得及收回去的手上亲了一下。亲完以后她立刻落回脚，吮着下唇一脸无辜地背着手，假装乖巧模样地看他。

秦隐从来拿她没办法。

他垂下被亲得麻酥酥的手，在女孩额头轻点了下，作为惯得不像话的教训。然后秦隐问:“你今年的生日，想怎么过？”

还在装乖的谈梨愣了下:“生日？”

小姑娘仿佛满眼写着:“咦？我还有生日这种东西，我不是从石头里蹦出来的吗？”

秦隐无奈:“今天已经6号了。12月8日不是你的生日吗？”

谈梨:“对哦，这周日刚好也是我的生日？”

秦隐微怔了下:“也？”

谈梨转回脸，朝秦隐灿烂地笑:“难怪你一直没答应Dida去决赛，原来是想陪我过生日？”

秦隐沉默了下:“你怎么知道的？”

谈梨装没听见:“那我要许一个生日愿望！”

不等她开口，秦隐叹气:“比赛是在晚上，而我们只能去后台。等结束离开，你的生日也该过去了。”

谈梨往前一迈步，差着几厘米贴到秦隐下颌前。

她仰起脸，歪了歪头笑得明媚:“陪Liar在决赛后台给ZXN战队加油，那已经是我梦里都不敢有的生日愿望了。”

秦隐垂眸:“谢谢你，梨子。”

谈梨一怔，然后笑得没心没肺:“谢谢太见外了吧？以身相许怎么样，Liar神？”

第25章

相遇·属于你

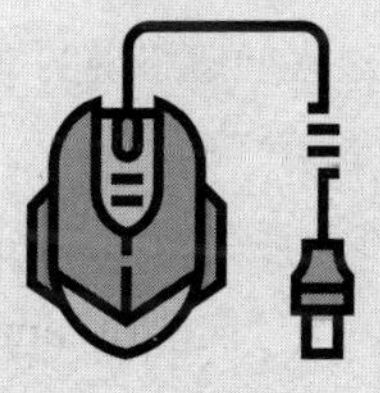

周六中午，谈梨一通电话拨给了她在XT平台的对应负责人，杜悠悠。

不等她开口，杜悠悠先抢白道：“梨哥，你别跟我说你又要请假。”

谈梨：“哇，我们现在已经有这样的默契了吗？”

杜悠悠气结：“是默契的问题吗？明明是你但凡主动给我打电话，每次都是请假！摸一摸你的工作良心，它不会痛吗？”

谈梨笑答：“平台和主播签的是分成期约又不是劳务合同，没有五险一金还想要工作良心，天底下的美事总不能全归资本家们了吧？”

杜悠悠噎了半晌，放弃挣扎：“算了，我说不过你，你这次又要请几天假？”

“三天到一周吧，具体时间不好确定。”

“三天到一周？”杜悠悠愣了下，“你不会是要去T市看明天的全球总决赛吧？”

“你看，我就说是默契。”

“靠！”

谈梨一本正经地板起语气：“小姑娘家家的，怎么能随便说脏话呢。”

对面杜悠悠又气又笑地接了话：“不是，你和佳期也太有孽缘了吧？”

谈梨想了两秒，才反应过来杜悠悠说的是那位XT平台人气第一的女主播“佳期dream”。

由于性格问题，谈梨极少对陌生或者关系不深的人抱有明显的好恶，也并不在意别人对她的态度，但“佳期dream”绝对是最大的例外。

一方面是佳期的ZXN基地拜访之行和所谓Liar职业生涯里唯一送过的私人礼物，另一方面归功于Liar在前年那场决赛后公开采访里说的

“理想型”——经过吃瓜群众不断捕风捉影以及佳期个人团队里适时的节奏加成，她就一跃成了 Liar 职业生涯里唯一的绯闻对象。团队甚至在她还和卓梓期交往的时候就做了她和 Liar 的剪辑，玩起“还君明珠双泪垂，恨不相逢未嫁时”的梗。

后来很长一段时间里，只要在直播里提起 Liar，她就是一副暧昧不清的口吻，俨然以 Liar 绯闻正宫自居的架势。

谈梨对她的恶感由此而生。

当然，谈梨也完全不羞于承认，她就是非常羡慕嫉妒某人从来没送过的礼物和合照都给了佳期。

想起这位，谈梨眼底的笑意立刻就虚了，她懒洋洋地靠进身后椅子软垫里，问:“之前 Liar 直接否认了合照和礼物的事情，她的名声应该很受挫才对，难道还活跃着？”

“哈哈，那次造假风波确实让佳期吃了巨大的亏，我记得一夜之间掉粉过半，路人观感更是败没了，所以她这不就要挽回死忠粉了嘛！”

谈梨嘲弄一笑:“怎么挽回？”

“靠脸啊。平心而论，佳期本人长得确实蛮漂亮，还是那种干干净净很柔和很有欺骗性的。我听说她是接了某个合作方的邀请去决赛现场做一个小项目的嘉宾，估计还会和到场的男粉做一些互动之类的——男人靠不住的，看见那么漂亮一张脸蛋，肯定都忍不住立刻就凑上去了。”

谈梨轻眯起眼。这一秒里就像心有灵犀，她转过头，看向这一排长椅尽头的方向。

在机场候机厅宽敞明亮的落地长窗旁，眉目清隽冷淡的男人缓步走来，一身深色长款大衣利落有型，内衬浅灰高领毛衣和牛仔长裤，短短一段从便利店到候机口的路被他走得像 T 台走秀。

他本人显然没这自觉，正半垂着眼摆弄着手机，似乎在和什么人发消息。

谈梨靠到椅背上，斜撑起胳膊欣赏起来。

杜悠悠在电话那头疑惑:“喂？梨哥？怎么突然没动静了？”

“在呢，”谈梨懒洋洋地应了，“我是在想你说的话，也不要一竿子打翻全船——总有那么几个男人能例外，不受她的迷惑吧？”

“你是指 Liar 那种？”

谈梨心虚得眼皮一跳，过了两秒才想到接话：“怎么突然提起 Liar 了？”

“啊？不就是 Liar 上次发动态直接否认礼物的事情，所以才能让你胜佳期一筹，还成功打了她脸吗？”

谈梨心里一松：“原来你是说这个。”

“不然还能是什么？”杜悠悠狐疑地问，“为什么我有种你好像隐瞒了我什么重要事情的感觉？说起来，上次 Liar 主动 @ 你的那后半条动态，我和平台的另一个同事总觉得他好像是专门解释给你听的。”

“哈，怎么会呢……他明显只是不爽被佳期利用，所以借我的事情打她脸的。”

“也对，Liar 专门解释给他的第一女粉梨子听，哈哈哈哈，这种标题放出去得笑疯大半个电竞圈啊。”

谈梨敷衍地笑了两声，心虚得眼神直飘。

这片刻工夫，秦隐已经踩着光可鉴人的大理石瓷砖，停在她腿前几十厘米的位置。

手机被秦隐放回大衣口袋，他把买来的热饮放在谈梨手边：“谁的电话？”

谈梨仰了仰头：“平台负责人的，我请个假。”

“嗯。”秦隐坐到她身旁。

杜悠悠也在电话里问：“梨哥，你在外面吗，好像听见有人跟你说话？”

“我在机场，待会儿就准备上飞机飞 T 市了。”谈梨低着头，在秦隐拎过来的袋子里翻找着什么。

杜悠悠：“哦哦，那祝你旅途顺利，以及，祝愿你在决赛赛场不会遇到佳期。”

谈梨心不在焉地问：“遇到她怎么了？我和她也不熟。”

杜悠悠笑道：“我怕她现在看见你，会恨不得上来挠花你的脸。”

谈梨撇了撇嘴：“又不是我挑的事。”

“她肯定不敢怪 Liar 啊，可不就只能把仇恨甩给你一个人了？”

“啧，祸害公狐狸。”

“啊？”

“没事。”

谈梨抬了抬头，正迎上听见她那句“公狐狸”而落眼过来的公狐狸精的视线。

谈梨伸手指了指袋子，朝秦隐无声地做口型：“我的压片糖不见了？”

秦隐抿了抿唇，声线冷淡：“没买。”

谈梨木住表情。

秦隐把手里刚拧开的矿泉水递给谈梨：“多喝水。”

谈梨慢慢眯起眼，然后朝秦隐露出一个有点小得意的笑。她揣在口袋里的手伸出来，一只小金属盒在她手里摇晃了下。

“当啷当啷”，盒子里发出压片糖碰撞起来的轻快声响。

谈梨熟练地单手开盖，倒进一粒到嘴巴里，然后舔着那点甜意，她歪过头朝秦隐笑得灿烂：“幸亏我早有准备。略略略。”

这句忘了收声换成口型，电话里杜悠悠听见了，好奇地问：“梨哥，你在和谁说话？”

谈梨一下子回过神来，正经转回头：“啊，我男朋友陪我一起去 T 市看比……”

话声未落，面前一片阴影从侧面俯落下来。

谈梨一蒙。还没等她反应，她鼻息里已经多了一丝那人身上冷淡的清香，唇齿也毫无防备地被撬开，舌尖上错觉如一下火燎轻烫。

然后那人退开，面前，阳光重落。

几秒后，谈梨舔了舔空落落的嘴巴，糖没了。谈梨终于醒神，她不可置信地扭头看向身旁——秦隐已经坐回身，他低垂着情绪凉淡的眼，侧颜平静，正好整以暇地翻着手里 kindle 的阅读页，仿佛什么也没做过。

“梨哥？你怎么突然不说话了，没事吧？”耳旁声音叫回谈梨被炸飞的神志。

她慢吞吞垂回眸子，红着脸颊磨了磨牙：“没事。”又一停顿，“就是糖被公狐狸抢了。”

杜悠悠：“哈？”

梨哥这到底是在机场还是野生动物园？

谈梨手指起伏两下，没忍住歪过头去：“好吃吗？”

公狐狸不吃糖，也不喜欢甜，他微皱着眉忍了两秒，修长指节在kindle上轻点了下，翻页。

“难吃。”尽管这样说，他最后还是把那颗糖吃完了。

谈梨笑着转回头。

机场落地窗外机坪晴朗，长野烂漫。天边卷着边儿的云像扯开的棉花糖。

她舔过唇齿，仿佛尝到了蜜一样的甜香。

今年的总决赛最终选址在T市能容纳四万余人的体育馆里。

谈梨和秦隐在傍晚时走出T市机场航站楼，坐上礼宾车直接来到距离体育馆不到一公里的五星级酒店。

礼宾车将两人送到酒店门廊下，酒店的迎宾侍者帮忙拿下行李箱，习惯性地要交给男士，却被视线瞥过来的谈梨第一时间喊住了。

“我来拿！”

迎宾惊讶地看了看面前186厘米的秦隐，又回过头扫了一眼只有166厘米的谈梨。这片刻里谈梨跑到秦隐身旁，被他挺拔身影一衬，更显得小只了。

谈梨试图推掉秦隐已经搭上行李箱拉杆的手，警告地睖他：“不准。”

秦隐含笑垂低了眼：“我又不是残废。”

“多拎几次行李就是了。”谈梨仍旧眼神凶狠，寸步不让。

秦隐只得松开拉杆。

谈梨想了想，伸手握住他空垂下来的手指，歪过头朝他灿烂地笑：“你虽然不能拉箱子，但可以拉着我。”

秦隐忍俊不禁，回勾住小姑娘的手：“好。”

两人背影进了酒店大门，迎宾的男侍者表情复杂地站在原地——他就帮忙抬了下箱子，怎么也能被喂一嘴狗粮？

酒店前台旁，秦隐在大堂东侧的前台办理入住，谈梨扶着拉杆箱站在不远处，打量着酒店内的装潢。

大堂宽阔敞亮，吊顶漆金辉煌，大片的水晶吊灯荡在上空，闪着晃眼的光。门廊左侧是通往餐厅的旋转楼梯，正对一片两百平方米左右的会谈茶厅。茶厅从阶下开始就铺着纹绣华丽的地毯，延伸到几级之上，散而不乱地摆置着现代风格的圆桌和沙发椅。

大堂里不乏一些在茶厅区的客人办公或者商谈，还有一类更显眼的——拿着自拍杆之类的装备，录着各自的 vlog（微录，视频博客，视频网络日志），看起来恨不得和大堂里的每一块大理石地砖合个影。

谈梨正走着神，耳朵就捕捉到不远处前台传来的声音：“这位先生，实在抱歉，我们酒店今晚的套房已经订完了。”

嗯？谈梨回过头。秦隐背对着她站在前台，背影修长。隔着前台的大理石台面，里面的小姐姐脸颊泛红，眼神温柔近乎深情地望着他。

谈梨轻舔了下唇角：“祸害。”

她拽着小行李箱，溜达溜达地走过去，顺势往秦隐身旁的前台柜面上一趴：“没房了吗？”

秦隐原本以为是其他客人狎近，皱着眉欲让到旁边。直到听见声音，他停住身：“怎么过来了？”

谈梨扭过头：“你不在，无聊。”

秦隐：“一会儿就好。”

谈梨：“嗯。”

秦隐回眸看向前台：“还有什么剩余房间？”

对方笑容明显黯淡了几分：“只有行政大床房了。”

秦隐征询谈梨意见：“没有套房了，住单间房可以吗？”

谈梨满不在乎地点头：“我没关系。”

秦隐拿出钱夹：“那就两间大床房。”

前台小姐眼睛亮了下。

谈梨停顿两秒，托着脸颊慢慢回过头，眯起眼来看秦隐。

秦隐原本垂眸取卡，察觉什么，指节停在钱夹中间。他侧过头：“怎么了？”

谈梨慢吞吞重复：“两间房？”

秦隐：“不然呢？”

谈梨和他对视两秒，往他那儿挪了挪，两人之间原本就非常短的距离更被缩减。

谈梨仰脸：“要一间。”

秦隐冷淡瞥她：“不行。”

谈梨挑衅地一扬下巴：“谁不行？”

秦隐停了两秒，慢慢垂下眼帘。他周身那点冷淡得拒人于千里之外的气场似乎淡了，眼神里也混进去些轻薄凉淡的笑。

秦隐微侧过身，朝谈梨低了低。

他薄唇轻动，声音低得勾人：“那天是谁撩完就跑？”

“我啊。”谈梨答得理不直气也壮。

为了削弱身高劣势，她还特意踮了踮脚，翘起下巴示威似的看秦隐。但那双眼尾微翘的杏眼里却满贮着斑驳的笑意：“那我这不是跑回来了？补偿你，好不好？”

秦隐眼神一晃。

那一秒里他几乎破了克制，真的答应她说“好”，所幸被动摇得彻底时，还有最后一丝理智险险绷住了。

秦隐隐忍地落回视线，抬手不轻不重地点了下谈梨的额头，力度刚好让她没把住重心而落回脚跟。

“不好。”

谈梨揉了揉额头，咕咕哝哝：“你看你都这么大年纪了，怎么还这么记仇呢？”

秦隐递出卡片的手一停，凉声重复：“这么大年纪？”

谈梨眨眨眼，刚要继续说什么，就听秦隐不在意地垂回眸子，轻声嗤笑：“激将法也没用，不好就是不好。”

谈梨:“……”

秦隐合上钱夹，侧回身，似笑非笑地撩起眼:“你总得学会一课叫自作自受，小孩儿。”

谈梨叹气。

电竞老干部成功保住了自己良好的生活作风，开出两间行政大床房。从房间号来看应该是相邻的。

谈梨趴过去从秦隐手里抽走一张房卡，她耷拉着眼把卡片翻过来看了看，然后满含怨念地看向秦隐:“你小心我半夜梦游敲你的墙。”

秦隐不在意地笑了笑，他伸手去拉行李箱，不等碰上就被谈梨握住手指:“说过了，这个你不能碰。”说完，谈梨右手拉着行李箱，左手拖着秦隐，朝大堂侧边的电梯间走去。

秦隐迈着长腿跟在她身后，垂着眼笑问:“连行李箱都不让我碰，你舍得半夜敲墙?”

谈梨轻哼了声，没反驳地把人拖走了。

两人上楼进房，各自放好了行李后，秦隐走到谈梨敞着的房间门外，靠上门问里面的谈梨:“现在去吃晚餐?”

谈梨站在洗手间的盥洗台前，整理着一路弄得有点松散开的长发:“我重新扎一下头发。”

“好。”

谈梨懒得重新扎起长辫，摆弄了几下就甩成长长的马尾。拎起几根过于暴力而拽掉的发丝，谈梨俯身放进纸篓桶里，还没直腰，就听洗手台上手机嗡嗡振动了下。

谈梨直起身，勾过手机，懒洋洋地靠着台子拨开。

是杜悠悠发来的消息。

杜悠悠：梨哥，我突然被启发到了，你也可以录制出行 vlog 代替直播啊！你的粉丝肯定都很想看的！

谈梨耷拉下眼皮，没精打采地回复。

梨子：不要。

杜悠悠：为什么？

梨子：因为我懒。

杜悠悠：……

谈梨回复完就把手机插回口袋，转身出了洗手间。

行政大床房不像套房的空间宽裕，这边一出洗手间门，左手边就是房间外门。

穿着深色长款大衣的男人半靠在门旁，白皙指节在手机上来回跳动。他低垂着眼，睫毛下的眸子清冷淡然。这人随便往哪儿一站就好看得像幅风景画，而且每一笔都随性又无瑕——这才是谈梨不能录 vlog 的根本原因。

秦隐听见谈梨出来，但半晌没听到她开口。他回复完手机里的消息，意外抬眸："怎么不说话了？"

谈梨这才回神，走到他身旁："我不是在等你回消息嘛。不愧是我们 Liar 神啊，就算退役了，到比赛前还是这么忙。"

秦隐迟疑了下："是 Dida 发来的消息。"

谈梨不意外地点头："他是想让你去给 Living 做临阵辅导？"

"嗯。Living 是第一次参加全球总决赛，再加上一些舆论压力，最近情绪和状态都不太好。"

"不是吧，快比赛了还关注舆论？"谈梨无奈，"这会儿遇上扎心的，一条差评 debuff 顶一万条好评啊，你们经理应该看着他的。"

从秦隐眉眼间看出一点不甚明显的郁结情绪，谈梨犹豫着开口："不然，你今晚就去 ZXN 那边探探班？"

"他们今晚有封闭训练，我去了也是打扰，"秦隐说，"不过明天上午我可能不能陪你，要提前……"

谈梨等了会儿，不闻后半句。她疑惑抬头，却撞进一双忧虑、郁结且歉意的眸子里。

谈梨怔了两秒，莞尔失笑："我还是第一次在你身上看到这么明显的不安呢——你就这么担心我不高兴？”

秦隐微皱起眉：“明天是你生日，而且是我陪你过的第一个生日。”

谈梨眨眨眼，诚实道：“其实去年生日，盛喃有给我把以你为原型的那一套七天的手机壳绕着蛋糕摆了一圈——虽然场面有点灵异，但理论上也算是你陪我过了。”

秦隐没被她的插科打诨扰乱，仍垂眼望着她。

谈梨笑起来，抱住秦隐的手臂往外走：“好了，我们的电竞老干部秦隐同志，我可先是你的女粉，然后才是你的女朋友——虽然 ZXN 已经成了你的前任东家，但毕竟还算是家人，我当然希望明天你能帮 Living 调整状态、拿到冠军了。”踩着柔软的纹绣地毯，谈梨把人拖去这一层的电梯间，“而且，明晚 12 点之前你能回来不就好了？”

秦隐叹声：“好。”

两人下榻的这间酒店楼顶就有一家米其林一星餐厅。

考虑到今晚附近闲逛的路人里会有不少电竞圈粉丝，谈梨很担心遇上哪个“显微镜眼”转世的。万一把秦隐认出来，那一定是大规模踩踏事件，所以她索性和秦隐直接去楼上就餐了。

国内的米其林餐厅一贯不缺少网红打卡。不等进到餐厅内，刚出电梯谈梨就已经看见几个举着自拍杆似乎在拍摄 vlog 的客人。她记人记事不上心，分辨不出和楼下大堂时遇见那几个是不是同一批，也不太在意。但架不住其中有人视线“火热”，还一直频频落来。

谈梨对那如芒在背的目光忍过一整个点单的时间，等侍者鞠躬拿着餐单离开后，谈梨终于忍无可忍。

她撑着脸颊，缓缓回过头。谈梨的目光对上了斜侧方那张高台桌旁，一个穿着黑色鱼尾长裙、像是刚从哪个盛装晚会出来的女人。

四目相对。

谈梨以为对方偷窥被发现应该心虚地挪开目光才对，结果并没有——不但没有，那个女人还变本加厉地用更加“火热”、热到灼人的目光死死盯住了谈梨，像是有什么深仇大恨，不共戴天。

等等，深仇大恨？

谈梨慢半拍地眨了眨眼。

这张化了浓妆的脸，好像确实有点眼熟……

——你和佳期也太有孽缘了吧?

——我听说她是接了某个合作方的邀请去决赛现场做一个小项目的嘉宾。

——我怕她现在看见你，会恨不得上来挠花你的脸。

电光石火间，杜悠悠说过的那些话被从记忆里拽了出来。

谈梨慢吞吞地轻吸了口凉气:“哇哦。”

这眼神，确实像是随时要冲上来挠她几爪子的节奏。

秦隐正放下手机，听见声音立刻抬了眼:“怎么了？”

谈梨垂回目光，懒洋洋又不正经地说：“没什么，正在接受你的爱慕者的目光检阅。”

秦隐:“嗯？”

谈梨放在桌上的手指尖一抬，躲在杯子后指了下某束凶恶目光传来的方向。

指完谈梨就后悔了。可惜没来得及阻止，背对着那边的秦隐已经回眸朝佳期望了过去。谈梨心里一慌，但强压住了顺着秦隐视线落到佳期脸上的目光。

穿着鱼尾长裙的女人显然注意到秦隐的动向了，她侧过头接上目光，然后眼里的敌意蓦地一滞。再过几秒，女人的眼神已经变魔术似的温柔似水了。

谈梨:公狐狸精。

谈梨没表情地低下头，百无聊赖地抬手，去捻桌上熏香蜡烛的烛心。

“我不认识……”“她”字还未出口，懒散低沉的声线蓦地一停。

谈梨伸向烛心的手被一把握住。

谈梨怔了下，茫然抬头。顺着那只紧攥着她左手的手臂望上去，她看见秦隐被打碎了平静的眼底，深不见底的暗里翻涌着微恼的怒意。

谈梨反应过来，弯下眼角笑：“这种蜡烛的内焰温度没有特别高的，只要速度够快，烫一下就能掐灭，熟练的话不会出现伤痕。”

“谈梨。”秦隐压低声音，握着她的手都紧了两分。

“我小时候经常这么玩……”谈梨慢吞吞补上最后一句，抿了会儿唇才低低地开口，“对不起。”

秦隐冷声：“你知道我不是要听这一句。”

谈梨沉默。

秦隐也就不说话，眸子冰凉冷沉地盯着她。

谈梨只得妥协：“以后不会了。我保证。”

秦隐：“你不会向我撒谎，对吗？”

谈梨不甘愿地点头。秦隐这才稍稍松下眼神，但他仍没有松开谈梨的手，而是把她的手压到桌面上，半是安抚半是看管地握住了。

秦隐声音也缓和了些：“为什么不高兴？”

谈梨本能反驳：“我没有不高兴啊。”话说到一半，她抬头对上那人漆黑的眸子，剩下的借口心虚得说不出来了。

只要不是刚刚那样，对谈梨自己有伤害的事情，秦隐多数时候对谈梨的耐心多到找不着边际。所以对着还别扭的小刺猬，他只低下声音重复问：“为什么不高兴？”

沉默半晌，谈梨问：“你真不认识她吗？”

秦隐认真回忆三秒，抬眸：“没印象。”

谈梨嘴角偷偷翘了下，又立刻被她自己压平。她耷着眼，用唯一自由的右手有一下没一下地拨弄着花瓣形状骨瓷杯杯柄，像是随口说：“她不就是你最喜欢的文文静静、不玩游戏的那种类型吗？”

秦隐：“？”

——毕竟是大家公认的，长在 Liar 审美上的女人嘛。

——他说喜欢文文静静、不玩游戏的。

记忆里小姑娘那几句酸溜溜的满浸着醋味儿的笑语，被秦隐翻找出来。

轻易捋清关系，秦隐重新抬眸：“她就是那个佳期？”

谈梨没说话，右胳膊支起来，撑着脸真诚看他：“嗯，好看吗？”

这样问的同时，谈梨左手一翻，反握住秦隐的右手手腕，然后把他的手往前一拉，停在面前。小姑娘朝他灿烂一笑，贝齿雪白，威胁的意思不言而喻。

秦隐完全不怀疑，只要答错一个字，下一秒小刺猬的尖喙大概就要啃到他手指或者手腕上了。

秦隐垂眼，哑声失笑。他问："你想听我怎么说，没你好看？"

谈梨撇嘴："哪有跟阅卷老师确认答案的？不过这个回答，勉强可以算你过关——"

秦隐懒声笑着，打断她的话音："这世上好看的人有很多很多，谈梨，但我确定，我只喜欢你一个。"

谈梨僵住。几秒后，她眼神终于藏不住细微的一丝慌乱，谈梨下意识躲开那双深得像海一样的眸子。

熏香蜡烛被过堂撩起的风吹得晃动，烛影下女孩的脸颊偷偷攀上一点嫣色。谈梨很是嫌弃自己被一句话就撩得乱了节奏的心跳，但又克制不住。

过去好几秒，她才在脸颊的余温里，轻眯起眼微恼地开口："男朋友。"

"嗯？"

"你是不是瞒着我，偷偷报什么情话速成班了？"

淡定从容如某人，难得也有被一句话噎住的时候。

而就在两人之间微妙安静的时候，一道身影摇曳着被鱼尾裙勾勒得纤细的腰肢，走到两人桌旁。一阵满溢的花香随着女人的停步而萦绕过来。

谈梨皱眉，看向对方。

"晚上好啊，梨子。"女人温柔一笑，"你和你朋友来吃晚餐吗？真巧啊，没想到我们能在这儿遇上。"

谈梨撑着脸颊，慢吞吞地眯起眼，没说话。

连佳期似乎早料到她的反应，也不尴尬，她见缝插针地转向谈梨对面的男人。近距离看清楚男人清隽凌厉的五官和身材，还有明显价值不菲的衣着装扮，连佳期眼底的光亮高涨几分。

她压下心里对对面坐着的女孩的嫉妒，露出一个对镜练习过无数遍的完美笑容："你好，我是梨子的朋友，连佳期。你叫我佳期就好。"

秦隐没抬眼，冷淡应声："你好。"

连佳期眼神楚楚地低了低身，抹胸鱼尾长裙上方露着一片晃眼的雪白。之前那点敌意早就被她藏了起来，她语气无害地和谈梨搭话："能在这遇上实在是缘分，我之前就一直想和梨子你好好聊一聊呢。"

连佳期这样说着，暗地里的注意力却全在秦隐身上，望向他的眼神也都快掐出水来似的。

一边说完，她一边伸手扶上秦隐身旁的椅子，温声柔笑："梨子，你应该不会介意我在这边坐一下吧？"

谈梨托着下颌，懒洋洋的没什么表情，还是没说话。

她已经开始脑补接下来上餐之前，这张桌上会发生的唇枪舌剑的场面的时候，就听见自己对面的秦隐声音冷淡地开了口："介意。"

连佳期身影戛然而止。

她顿了两秒，有点不确定地看向秦隐。然后她在男人眼底看到了仿佛能刺破她所有伪装的清冷。

一道漠然得没什么起伏的声音响起："抱歉。我香水过敏，所以非常介意。"

连佳期僵笑了下："这位先生真喜欢开玩笑啊，我方才过来，明明闻到梨子身上应该也是有果香……"

"她例外。"

秦隐握着谈梨的手，安抚地落回桌上。他冷淡抬眸，示意向外。

"还有别的问题吗？"

一直到从房间楼层的电梯出来，谈梨还在忍不住地笑。

秦隐回过头，无奈看着身旁这个要不是挂在他臂弯上大概就要笑得蜷成一团的小疯子："有那么开心？"

"当然开心了！"

谈梨揉着笑疼的胃转回来，眼睛弯得月牙儿似的："来之前杜悠悠还跟我说，男人只要看到佳期那样的女人，一定忍不住立刻就凑上去了——但不愧是你，靠谱。”

秦隐随她打趣。

谈梨很快就从他这淡定里品出点什么，她停住笑：“不过你之所以那么熟练，除了性格原因外，还是被搭讪的次数太多了吧？”

秦隐：“还好。”

谈梨：“您还挺谦虚。”

秦隐：“那你想听什么样的答案？比如，每天我都会遇到十次以上……”

没等秦隐把话说完，旁边抱着他胳膊的小姑娘已经开始磨牙了。

秦隐失笑，不再拿话逗她：“所以说，还好。”

谈梨轻哼了声：“这么回忆起来，你确实不只是对她这样——F大开学典礼那会儿，我都那样贴上去撩你了，你一样也没什么反应。”

秦隐一默。

谈梨摇头叹气地转回去：“找一个冰山当男朋友，我撩不动，别人也别想，不知道这算好事还是坏事。”

两人一路走进长廊，停到房前，谈梨正在往外翻房卡的时候，突然听见秦隐方向传来一句有点突然的话。

“有。”

谈梨茫然两秒，回过头问：“有什么？”

秦隐回眸望向她，眼底情绪微微浮动：“有反应。”

“嗯？”

“F大开学那天，我只是骗过你了而已。”

秦隐说完便拿出房卡去刷，电子锁“嘀”的一声轻响，秦隐压下门把手，刚要推门就被旁边伸过来的一只爪子蓦地按下了。

秦隐抬了抬眼，视线落向耍赖似的垫着他的手趴到门把上的小姑娘。

小姑娘眼睛亮晶晶的，满写着兴致勃勃：“我那天撩动你了？你不是完全没反应？”

“嗯。”

“那我这样看着你呢，有心动的感觉吗？”谈梨一边说着，一边无辜地朝秦隐眨了两下眼。

女孩那古灵精怪的模样让秦隐眼底掠起淡淡的笑意，他垂了垂眼：“好了，玩够了就回房间休息吧。明早还要早起。”

谈梨身体没动，就艰难地抬了抬胳膊，把手表给他看：“明明还不到晚上 9 点！”

“回去以后洗漱、淋浴，等入睡就该 10 点多了。”

谈梨撇了撇嘴：“只有你这种电竞老干部才会晚上 10 点半睡觉，我们年轻人的夜生活才刚刚开始——我又不需要早起，我要去楼下找网吧浪！”

谈梨说完就蹦起来往后跑，可惜连一米都没能跑出去，就被身高腿长的某人勾了回来。

“浪什么浪？你也要早起。”

“为什么？！”

“我让酒店准备了生日面，你要早起起来吃。”

“我不吃早餐！”

“不吃不行，明天是生日。”

“生日为什么就要吃面条？”

谈梨丧气地转回来，试图从根本上否决掉这项提议。

秦隐淡定驳回：“P 市的老人们都知道一个俗语，过生日要长尾巴。不吃面，尾巴会长不出来的。”

谈梨噎住。过去两秒，她咕哝了声：“这是迷信。”

“这是传统风俗。”秦隐纠正。

谈梨眼珠子骨碌碌转了两圈，也不知道想到什么鬼点子，几秒后她突然就兴致盎然地仰起脸：“那我要是已经长尾巴了，是不是就不用吃面了？”

秦隐眼尾微抬：“嗯。”

谈梨眨眨眼：“我已经长了。”

秦隐不意外，淡定地垂着眼，视线落下去：“那你翘出尾巴，让我看看。”

谈梨想都没想：“是毛球尾巴，翘不出来的。”

秦隐看着她不说话。

谈梨就那样仰着脸和秦隐对视着，毫不心虚，等对峙几秒，她侧了下身，无辜地看着秦隐：“你要是不相信，那你摸一摸？”

秦隐眼神一停，他总算是知道小坏蛋的把握在哪里了——

秦隐有些气笑了：“你就这么笃定，我不会做这样的事情？”

谈梨垂着手不说话，安静又藏不住赖皮地看着他，眼里像大喇喇地晃着“那你摸呀”的话，看得秦隐想把她提到腿上打屁股。

谈梨逐渐露出得意的笑：“这可是你不摸的，那我明早不用吃面了哦。”

秦隐终于垂下眼：“说吧。”

谈梨装傻：“说什么？”

秦隐撩起眼，漆黑眸子亮得透彻也纵容：“要什么条件，你才肯早起吃生日面。”

谈梨眼睛一亮：“什么都可以吗？那我要今晚和你一起……”

“一起睡除外。”

再次遭到对方的无情拒绝，谈梨耷拉下眼，木着脸：“Liar，你是不是不行？”

秦隐哑然失笑，伸手摸住了那颗丧气的脑袋，然后语气稍稍认真：“明天有正事要做。”

谈梨直腰：“我知道，我不打扰你，就同床睡，我什么都不做！”

秦隐想起什么不太好的回忆，眼神都黑下来了：“那你就更别想了。”

看出自己上次撩完就跑留下了惨痛的后果，谈梨沮丧地妥协：“那好吧。你给我一张备用房卡，我明早就起来吃早餐。”

秦隐闻言没犹豫，抽出钱夹把备用房卡给了谈梨。

谈梨两只手捏过去，笑得像只闻着腥味的小狐狸：“给得这么轻易，你不怕我夜袭吗？”

秦隐淡定：“我会挂安全锁的。”

谈梨："……"

几秒后，小姑娘长长地叹出一口气，也从自己口袋里摸出备用卡，郑重地拉起秦隐的手，拍到他掌心。然后她抬手，拍拍秦隐肩膀："我不挂锁，夜里等你。"

说完，小姑娘扭头就跑进自己房间了。

别房的客人从秦隐身后经过，目光诡异地打量着他。

秦隐没在意那人目光。他只低眼看了看手里的房卡，停了两秒，然后好笑又无奈地插回钱夹里。

电竞圈老干部不负盛名，一整晚过去了都没出现。直到早上 7 点，谈梨房间的门才被轻声叩响。

谈梨昨晚虽然没能成功下楼找网吧浪，但也趴在房间里刷了半夜的手机——ZXN 第一年在缺席 Liar 的情况下征战世界赛，全圈粉丝提心吊胆，一夜难眠。

谈梨也同样。

她在几个相关话题下撑完那些紧张得失去理智骂 Liar 临阵脱逃的脑残粉以后，才在困忧交加的状态下睡了过去。

秦隐敲门时她已经因为生物钟而醒过来了。

只是她很不幸地做了一整晚的噩梦，还都是碎片化的，醒来以后不像休息更像是夜跑了一场马拉松，满心疲惫。

谈梨没表情地窝在柔软的被子中间，看着遮光帘下昏暗的天花板。恍惚里，像是有黑眼睛的小怪物藏在里面。

"笃笃笃。"房门再次被叩响。

谈梨眼神起了一点波澜，但她还是有点懒得起身，甚至一根手指都不想动。

这个状态也不适合被他看见。他还要去 ZXN 给 Living 做战前辅导，昨晚说不定也没睡好，看见她这个模样只会更担心。

谈梨这样想着，就不出声地躺在黑暗里，等他离开。

敲门声果然停下了。谈梨眼底的光黯下去。

一秒后，“嘀”。

房门电子锁解锁，没合上安全锁的门被人从外面轻声推开。

谈梨蓦地醒神。

她怔怔两秒，等那个熟悉的脚步声带着另一种类似餐车的声音走进房间，谈梨才反应过来，她没多想，本能地闭上了眼睛。

脚步声停在她的床边。谈梨感觉得到那人的视线落在她身上，慢慢扫过，最后停在被她光着小腿卷到身下的被子上。安静片刻，那人俯身，轻轻拽出她小腿下的被子，替她掩好被角。

在微凉的空气被压回腿上的那一秒，谈梨无意识地蜷了下细白的脚趾。

拎着被角的手一停。几秒后，秦隐动作没改，但抬眼看向床头：“醒了？”

柔软的被子把小姑娘的脸藏在昏暗里，好几秒过去，才有个压得闷闷哑哑的声音传出来。

“没醒。”

秦隐唇角淡勾起来：“既然没醒，那是谁在和我说话？”

又安静两秒：“是梦游的梨子。”

秦隐无声笑，他掩好被角，坐到床边，低着声耐心地哄被子里躲着的女孩：“那梦游的梨子，你能把清醒的梨子叫来吗？”

“我叫了，她不来。”

“为什么？”

“她说她等了半晚上都没等到某人，伤心了。”

秦隐微怔，然后垂眼笑起来。他撑着床边俯了俯身，就见面前的被子被女孩拉到鼻尖上，昏暗的视野里只剩下一双紧合的、紧张得睫毛轻颤的杏眼。

秦隐眸里笑色深浅浮动，他声音压得低哑：“那你帮我跟她说一句话。”

“说……什么？”

被子上方，女孩终于没忍住，偷偷睁开一只眼。

秦隐俯身，把最后一点距离消弭在一个轻吻里。他低声，不再冷淡，只有满溢的深情和温柔。

“生日快乐，谈梨。”

谈梨的脸颊慢慢热起来。

她把被子往下拉了一块：“你是不是应该去见 Dida 他们了？”

“嗯。”秦隐低叹，“可能要很晚才能回来。”

谈梨歪了歪头：“那你再亲我一下，我就原谅你了。”

秦隐依言，吻了吻她的唇。

谈梨有点意外：“你怎么这么，好说话了？”

秦隐垂眼笑：“今天不是你的生日嘛，今天你说什么，我都答应。”

谈梨眼睛亮了起来：“什么都答应？”

秦隐：“嗯。”

“啊，”谈梨遗憾地一敲手，“那岂不是我昨晚如果能熬到 0 点后，就得逞了！”

秦隐哑然失笑。

这片刻的静默里，他放在大衣口袋的手机振动起来。

秦隐微停了下。

谈梨了然：“是不是 Dida 他们催你了？”

秦隐皱眉：“不急，等你起来我再……”

秦隐话没说完，谈梨嗖地一下坐起来了。她抱着被子：“我起来了！你去吧！等你凯旋！”

秦隐停了两秒，无奈垂眼：“总要给完礼物再走。”

谈梨意外：“咦，还有礼物吗？”

秦隐：“嗯。”

谈梨看了看空着手的秦隐，思索两秒，她突然想到什么，双手按在被子上，闭上眼睛：“我准备好了，给我吧！”

说着话，小姑娘还努力抬了抬下巴。

秦隐怔了下，哑声一笑。他左手伸进大衣口袋，拿出只黑色天鹅绒盒子。

闭上双眼的黑暗里，谈梨感觉得到那人俯身，气息越来越近。就在她严肃思索这会不会是他们第一个法式热吻的时候，她突然感觉自己耳垂上凉了一下。

不是被吻的凉度，而更像……

谈梨蓦地睁开眼，下意识抬手抚上自己的右耳耳垂。

一颗凉冰冰的，L 形磁石耳钉。

谈梨愣住了，眼神空茫地侧头，看向秦隐。这一刻她大脑里一片空白，不知道该做什么反应。

秦隐也难得有点不自在。他轻咳了声，稍支起身："没什么创意，但第一个礼物还是想送这个。"

谈梨继续茫然，继续捏着自己的耳垂像个被惊住的小傻子。

秦隐有点不确定了："不喜欢这个礼物吗？我记得你之前说过，最想要的是这颗耳钉。"

谈梨张了张口，声音有点涩："你送我这个是什么意思？"

秦隐没说话，定眸去看谈梨的眼睛。然后他懂了女孩的那一丝深藏的、想努力不被他发现的晦暗情绪。

秦隐弯下腰。他扶着床边，温柔地拿开女孩捏在耳垂上有点用力而攥得发红的手，然后轻吻在她耳垂前那颗 L 形耳钉上。

秦隐低声轻笑。

"对，Liar 属于你了，谈梨。"

第 26 章

耳钉·永远

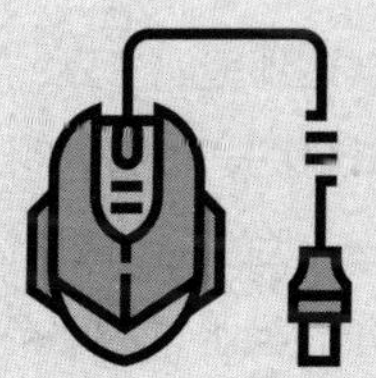

上午，主办方安排的 ZXN 战队备战室里，教练组和数据分析组还在里屋对几套备战方案做最后的研讨。即便有特意加装的隔音设备，里间的临时会议室门缝里仍旧能透出一点细微的争吵杂音。

也或许是因为，作为训练室的外间太过安静了。

ADC 尤上（Youup）和辅助王藏（Treasure）作为下路双人组，游戏外也常形影不离。此时两人一坐一站，正在房间西南角的桌旁接近无声地讨论什么。坐着的尤上时不时拿笔在白纸上勾画。

东南角是临时训练区，包括替补在内每人配备一台电脑，狄达（Dida）和冯启（Fengqi）正在各自的电脑桌前做自定义练习，键盘和鼠标敲击的声音都轻软且频率不高。

至于唯一单独活动的正选……

ZXN 今年新纳入的小打野 Living，正木在西北角的弧形沙发里，蜷着身紧皱着眉，双肘撑在膝盖前，十指紧紧地扣捏在一起。

房间里安静得叫人憋闷。

训练区原本就频率不高的敲击声慢慢停下来一个。冯启偷偷回头看了一眼沙发区，转回来。

他拖着电竞椅，朝旁边狄达那里靠了靠："达哥，Living 今天的状态好像更……"少年声音压得低低的，透着点叫人好笑又心酸的严肃。

狄达拿下嘴里叼着的烟，也回头看了眼。

训练室里不让抽烟，去年新换上来的那个神出鬼没的经理格外严格，平常抓狄达说脏话都没少扣奖金。但到了今天，还是难得允许狄达不点只叼着了。

审视两秒，狄达转回头，露出张胡子拉碴不修边幅的老脸，黑眼圈让他看起来格外沧桑。

出去别说 22 岁，说 32 岁可能都有人信。

冯启被这样一张老脸睁着，心理压力略大，扛了几秒没忍住，摸着额头心虚问："达哥，你看我干吗？"

狄达把烟叼回去，他动了动嘴皮，语气发懒："我在研究你是个什么构造。"

冯启："啊？"

狄达："不然都是第一回正儿八经参加世界赛，咋你就啥事没有，他就紧张成那个德行？"

冯启："……"

狄达来 P 市好些年了，平常不太显，但一急了方言味就按不住地往外冒。

冯启被他那语调逗得想笑，但又觉得这严肃关头笑出来太大逆不道，所以很艰难地忍住了。

"可能，我去年毕竟也作为二队选手，观摩了一下世界赛氛围？"

"啧……"

狄达没再多说话，扭回头去看向沙发角落。窝在那儿的 Living 还是一动没动。

冯启犹豫了下，问："Liar 哥还没来吗？"

"刚刚问，在路上，估摸着快了。"

"哦哦，那就好。"

"好个……"狄达卡住，心虚瞄向里间门，确定那个神出鬼没的新经理没出来，他咬着烟转回来，"Liar 是人又不是神……行吧，就算他是神，他也不是管孩子的。自己临赛崩了心态还调整不过来，Liar 能给他吃神仙药吗？"

冯启没敢吱声。他知道队里看起来狄达是最不正经、老无赖的，但也数狄达对这场比赛最看得要紧。

冯启和 Living 今年 18 岁，场上表现都不俗，就算有瑕疵也同时具备莫大的年龄潜力。尤上和王藏状态稳定，同为 20 岁，也还有余热未尽。

唯独狄达，今年 22 岁，在职业赛场上已经算是老将了。从去年开始就有媒体捕风捉影地探查他什么时候退役，更有部分偏激粉丝，只要看上路发挥不佳就甩锅狄达年龄，恶语相向“劝”他退役。明明状态起伏在选手身上实属正常，但只需一个“年龄大”的原罪由头，什么攻击和黑锅都可以肆无忌惮地糊上来。

“这屋里也太憋人了。”狄达一推键盘，起身。

西南角桌旁，尤上抬头，罕有地主动开口：“去哪儿？”

狄达没回头：“出去抽根烟。”

尤上和弓着腰的王藏对视了眼，无奈摇头，继续把注意力落回去了。

主办方安排的地方，抽烟室就在卫生间外边。空气里弥漫着一种有点刺鼻的廉价香水的味道，不知道是哪个牌子的空气清新剂，熏得狄达一进来就皱紧了眉。他停到吸烟筒前，掏出打火机打了火，狠狠地抽了一口，吐气。

卫生间似乎没人，半根香烟烧没了，也不见有第二道人影出现过。

训练室里看起来数他最放松，软得都快在椅子里瘫成一坨泥巴，但其实他自己和队里其他人都知道，他比谁都紧张。紧张到刚刚打火的时候，手竟然还抖了下。

“嗤，就这点出息。”狄达从鼻子喷出点烟，很冷地嘲了自己一句。

“赛前抽烟，不怕教练抽你。”

狄达被身后冷不丁冒出来的声音吓得原地一跳，手里的烟头差点掉嘴巴里，更恐怖的是他下意识抬头看向前方镜子里面，他的身后站着黑漆漆的一团！

狄达差点昏厥过去，掐着烟抖着手指镜子：“你你你你……”

那道身影从墙脚的荫翳下迈出。黑色棒球帽，黑色口罩，黑色运动夹克，黑色长裤。帽檐掀起来点，露出碎发下一双漆黑的眼，还有被鼻梁颧骨勾勒凌厉的口罩上刻着的白色字母——LIAR。

狄达一口烟呛住，这会儿吓回神后知后觉地剧烈咳嗽起来：“你要是吓死我，谁去上路带兵线？”

秦隐淡淡一嗤，懒散地靠到冷冰冰的瓷砖墙面上："对着垃圾桶思考人生，是你最新的赛前解压手段？"

"滚滚滚。"狄达总算顺过呼吸，没好气地瞪他。

心虚得习惯成自然，狄达下意识偷偷把烟捻灭了的时候，才想起面前这人已经不是他们队长了。

他低了低头，看着残疾的烟蒂："啧……又浪费半支，你说你闲着没事切什么 Liar 的号？吓唬人玩啊？"

秦隐顿了顿，没解释："Living 状态怎么样了？"

"还能怎么样？"狄达说完这一句就沉默下来。

洗手间里安静片刻。

秦隐冷淡地问："比赛还没开始，你就想投降了？"

"谁想投降了？"狄达被戳痛脚，差点跳起来。

"那你满脸写着'我输定了'？"

狄达："我哪……"狄达蹦到一半，僵住，然后颓然地靠回去。

半晌，他撸了一把脸，自嘲笑笑："我当然想赢，我比谁都想赢。但比赛这种事，又不是靠意念。"

听到这句，一直情绪淡漠的秦隐终于慢慢皱了眉。他视线缓落，徐徐打量，直盯得狄达浑身上下的汗毛都立正敬礼过一遍。

狄达忍无可忍："你是对面派来的卧底吧，专门过来搞我心态的？"

秦隐挪起漆黑的眼，轻嗤："我是研究你，是不是不到半年喜为人父，所以心态老这么快？"

狄达气狠了，反而冷静下来，咬牙切齿地撑回去："谁能跟你比啊？F 大那么文明友好积极向上的氛围，熏陶了你半年，你不还是这么不当人？"

秦隐不恼反笑，虽然淡得可以忽略不计："就这样，保持状态。"

狄达和秦隐同队时间最长，哪会不懂他的用意："我保持住了有多大用？咱队什么核心战术模式你最清楚，Living 废了基本就废一半。"

秦隐："你们不也一路走过来了？去年连决赛门都没摸着，说明他至少比那时候的我强。"

“屁，这话忽悠外边行，对队里，都不用别人说，你自己信吗？”

秦隐没说话。

狄达却不肯放过，死拧着眉：“去年你状态不好是事实，但那也就相对你自己而言，真正分锅，你的伤是最小的那份——王藏家里出事，下路成天梦游；中单突发的新老交替，比赛都当磨合训练；我去年那狗屎状态就更别提了！”

秦隐叹了声：“行了。”

狄达没停嘴：“那时候全队状态低迷，要是把你换成 Living，连世界赛的门票我们都未必拿得着，还谈什么四强决赛……”

“狄达。”秦隐沉了声。

狄达声音戛然而止。

半晌，他闭了闭眼：“你就当我放屁吧，不是怪你走，也没人能怪你。谁不得对自己的人生负责呢？要不是你领着 ZXN 扛过最难的一年，今年的 ZXN 还不定在哪儿呢。”

狄达说完，长吁出一口气，提步往外走。

路过秦隐身旁时，戴着口罩帽子的男人问了声：“说出来就舒服了？”

狄达停下：“嗯，贼爽。”

秦隐淡淡一笑：“出息。”

狄达咧嘴笑了，恢复到平常模样：“谁说不是呢。走吧，Liar 神，训练室里还有位失足少年等着你拯救呢。”

“滚。”秦隐轻嗤。

转身的那一瞬间，他沉下眸色，和狄达并肩往训练室走去。

事实证明，秦隐这一身 Liar 的打扮不仅吓着狄达了，队里其他人也震得不轻。

站在推开的门旁，落后两步进来的狄达笑眯眯地靠在门上，看热闹似的欣赏着屋里几人不同程度被雷劈了的表情。然后狄达转回去，对秦隐说：“你看，我就说你这一身既装又吓人。”

秦隐凉凉地瞥他。

冯启最先反应，乐得从椅子上跳起来，直接飞扑上前：“Liar 哥！”

狄达一步挡过去，把人摁下来："小冯，出息点，咱怎么也算是联盟里的一流中单了，别每次见了 Liar 都跟见了爸爸似的，行不？"

冯启委屈地被摁住了。西南角的尤上和王藏，训练区的替补，几人陆续回神，和秦隐打了招呼。

王藏也撑着桌笑："Liar，你这一身太'隆重'了。万一被你粉丝撞见了，主办方安排这小地方可不够他们爆破的。"

尤上点头。

秦隐进来后就摘了棒球帽，声音在口罩后面低低哑哑的，似笑非笑："工作人员领着走了小门，别怕。"秦隐说完，习惯性地要去摘口罩，只是修长指节勾上耳后棉带，他又停住了。

狄达走回来："那我看你就是跟我们生分了，怎么，怕自己长得太帅再刺激着我们？不至于啊，都看多少遍了，我们又不是你那些女粉。"

秦隐闻言一垂眼，懒洋洋地勾下口罩带子："跟你们无关。"

"那跟谁有关？"狄达的话声在他抬头瞥见秦隐唇上的伤时，戛然而止。

单身狗的脸木了。

"嗯，"秦隐冷淡又骚气地一笑，"'女粉'咬的。"

单身狗们：汪汪！

"阿嚏。"

酒店顶楼的秋风里，谈梨捂着纸巾打了个喷嚏。

纸巾被揉成一团，她木着脸望了望没有遮拦的露天，满浸着凉意的秋风在高楼间穿梭，吹得她情不自禁地紧了紧自己身上的外套。

这种天气，就算是中午，上楼顶餐厅吹风吃午餐，她一定是脑壳坏掉了。而且从身边来看……

谈梨扭头，视线转过 360 度，露天餐厅里今天中午除了她以外空荡无人。

谈梨寂寞地转回头，显然脑壳坏掉了的只有她自己。

唉。

尽管在表面上叹着气，谈梨的右手还是没忍住，抬起来在自己右边耳垂上摸了摸，以最轻柔的触感感知着它的轮廓。

是一颗L形的耳钉，是Liar的。

谈梨嘴角弯起来。

她松开手，低下头去尝了口侍者最后送上来的黑咖啡。没加糖奶，但是是甜的。

谈梨发自内心地这么认为。

咖啡喝完，谈梨起身埋单。她准备回楼下的酒店房间里好好睡上一觉，最好一觉醒来，比赛已经结束。无论结果如何都尘埃落定，免增烦恼。

最好再加两粒安眠药。哦，刚刚不该喝咖啡的……

谈梨想到这一点时，正停在顶层的电梯间内。

电梯门被漆成一种淡金色，表面光可鉴人。旁边不显示楼层，但上行停止的光钮恰巧闪烁着亮了起来。谈梨还没来得及按下，显然是有别的“脑壳坏了”的客人也要上来就餐。

抱着看看同类的心情，谈梨目视着电梯门在面前徐徐打开。在梯门门缝拉开到足够一个人通过前，一个略微熟悉的声音已经先一步传出来。

“今天中午吃饭的地方和昨晚不同，虽然不是米其林餐厅，但是听说口碑也不错的哦。所以我就决定趁比赛开始前，先来帮大家试一试啦。”

尾声落下，电梯门完全敞开。梯门内，举着自拍杆的连佳期脸上的营业笑容僵住。

和谈梨对视两秒，她慢慢恢复表情，故作惊讶地抬着手机自拍杆，转了180度，让谈梨也出现在她的直播屏幕里。

“好巧哦，你们看，我竟然在这里遇到了梨子呢！”

谈梨：她果然就脑壳坏掉了才会上楼顶来吃午餐。

连佳期已经笑容满面地回过头，看着谈梨的表情仿佛两个人是从小到大的好姐妹。

“梨子，你要不要和我直播间的粉丝打声招呼，他们中也有人蛮喜欢你的呢。”

谈梨认真端详她两秒，张口就来：“Sorry，I’m from Mauritius，I

don’t understand what you are talking about.”（对不起，我是毛里求斯来的，我听不懂你在说什么。）

说完，谈梨绕过蒙了的连佳期，走进电梯间里。

背对着手机自拍摄像头，谈梨按下关门键，再抬头时她已经恢复正常，朝连佳期露出一个灿烂又嘲讽的笑。

在门缝闭合的最后几秒里，连佳期终于反应过来自己被耍了。她脸上一阵发红又发白，最后只微微咬牙，捏紧了手指笑着看向直播间内。

“奇怪，明明就是梨子啊，昨天晚上我还跟她打过招呼的，怎么今天她就不理我了？”

屏幕里一阵弹幕刷过。

肯定是嫉妒你今天太美了，自惭形秽呗！

她简直像个怪胎哎，疯子似的，反正就跟正常人不一样，难怪 Liar 当初叫她做梦呢。

讲道理，她英语发音还真有点好听……

对，而且我竟然还觉得她刚刚的反应好可爱。

你们醒醒！

就在弹幕里要为这件事吵起来的时候，突然有一条刷了过去。

刚刚，你们有人看清楚她戴的耳钉了吗？

谈梨回到酒店房间，遥控着电子遮光帘闭合，等到房间里陷入将入夜似的昏暗，她换上睡衣，把自己扔进了柔软又空荡的被窝里。

可能是那杯咖啡还没起效，也可能是昨晚没睡好的缘故，谈梨的意识清醒了没多久，就陷入沉沉的睡梦。

一觉昏沉。被床头手机的振动声音从梦境里拽出来，谈梨睁开了眼。她的面前一片漆黑，伸手不见五指，这一丝光都没有的黑暗让谈梨意识空茫，几乎想不起自己是在什么地方，现在又是什么时间。

好在几秒后，理智就回到了她的大脑里。

谈梨伸手在枕头旁边摸了摸，抓到还在坚持不懈地振动着的手机。久沉黑暗的眼受不住屏幕上乍起的光，被刺得发涩，没再强求看清楚来电上的显示，凭着习惯拨开通话。

“喂？”谈梨将手机放回长发纠缠的耳边，皱起的眉心终于松开了点。

电话里似乎有些意外，沉寂几秒才问：“你在睡觉？”

谈梨停住。此时眼睛已经勉强能适应光度，她拿下手机一看，果然不是错觉。

厌烦闷躁的感觉一股脑涌上来，谈梨慢慢运了口气，才重新拿起手机：“谈先生有什么事吗？”

谈文谦在电话里沉默许久，开口：“生日快乐，女儿。”

谈梨眼神一颤。

几秒后，她掀开被子，揉着睡衣前披散凌乱的长发，轻笑着坐起身。那笑里带一点凉薄的讥嘲。

“当不起，谢谢您没记错我生日，我还真有点受宠若惊——您还有别的事吗？没事我就去喝口水压压惊了。”

谈文谦叹气：“你难道要永远这样带刺地和我说话？”

谈梨：“您可以选择不说，不听啊。”

谈文谦沉默。

谈梨看了一眼手机上的时间，瞳孔轻缩了下——她竟然还真昏昏沉沉一觉睡到了晚上，简直叫人怀疑那咖啡里是不是放了安眠药。想到比赛结果已经出了，谈梨的心跳开始加速起来，她拿回手机：“您还有别的事情吗？没有我就先挂了。”

“等等，”谈文谦喊住她，“我现在在你学校。”

“我不在学校里。”谈梨想都没想。

“我知道。你和秦隐在一起，去了 T 市，是吗？”

“你调查我？”谈梨下床的动作蓦地停住，她冷皱起眉。

谈文谦：“是你秦叔叔告诉我的。”

“哪个秦……”

谈梨话音一顿。几秒后，她眼底那点恼意僵住，然后慢慢转为一丝尴尬："秦隐的，爸爸？"

"嗯。"

谈梨："……"

虽然听说长辈们都喜欢矜持的女孩子，但既然在秦隐母亲那里他们都快成事实"同居"了，那一起出来住几晚酒店什么的，应该也不算大事了吧？

谈梨越想越心虚，再开口时都有些底气不足："他家里为什么要联系你啊？"

谈文谦："工作上的事情，顺便提到了你们两个。"

谈梨抿了抿唇。

谈文谦也沉默了会儿才开口："既然出去玩，就好好散散心。秦隐从小是个自制力原则性都很好的孩子，你和他在一起我也算放心了……我送你的生日礼物交给了你室友，等你回来，她们会给你的。"

谈梨一时不知道该说什么。

电话对面等了很久，没等到回应。谈文谦轻叹了声，挂断了电话。

谈梨坐在昏暗里的床边上，久久沉默。直到手机自动休眠，黑暗里唯一的光亮暗了下去。她蓦地醒回神，想起什么。谈梨从床边跳起来，打开了房间里的灯带。

没顾上别的，谈梨第一时间重新唤醒手机，点进 XT 平台的 App 里。

一秒后，首页广告横幅的第一条新闻跳入视线里——ZXN 战队 2-3 惜败。

谈梨的心里重重一沉。还是输了。

尽管理智告诉自己不要看，但谈梨的手指还是情不自禁地戳到那个滚动横幅上，点开了这个话题。

她一目十行地扫过对整个比赛情况的文字叙述部分，表情麻木地拉进评论区里。不意外地，评论区里一片血雨腥风。

被人让二追三，厉害！

8月份看见Liar的退役公告的时候，我就猜到今天了。

累了，不想说什么了，ZXN六年老粉，今天退圈了，爷青结！

ZXN就是一手好牌打得稀烂。

本来看前两盘我还以为稳了，Living真有点Liar附体的意思，结果最后两局他那个状态……那是真的看不下去啊，要不是直播镜头摔着脸拍，我得以为是上了个机器人。

这就是国内赛区全在吹、ZXN力捧的天才打野？可笑死爷了，最后一盘打野最多白银意识，真就强行跳脸开团？说他黄金都辱黄金了。

拉胯，太拉胯，赛前谁吹他小Liar来着？我看Liar神就算绑上一只手都比他打得好。

我求ZXN的决策人们睁开眼吧，看看你们提上来代替Liar的到底是块什么材料啊，不是什么东西都能挑大梁，ok？

谩骂如潮。

谈梨终于到了最后一丝承受极限，她没再往下翻，慢慢退出话题，把手机按在床边。

不是没料到过这个结局，事实上，作为Liar成名前就一直关注着他的“老粉”，谈梨目睹了这三四年里ZXN战队内每一次的人员交替，也见证着他们的战术模式逐渐成形、稳固。

以稳健著称的尤上和王藏的下路双人组，即便是逆风局里也从来不失大格，遗憾是主动性不足；老将狄达，往前推几年也是联盟里一流选手中的佼佼者，只是随着年纪增长，偶尔会出现状态起伏发挥大起大落的情况；中单冯启，风格与前辈类似，去年年初还是ZXN二队的新秀，操作犀利，但明显经验不足。

在这样一支队伍里单是做指挥，整合优势扬长避短已经需要近乎可怕的超神意识和大局观念，而除此之外，Liar更以自己恐怖的找机会能力配合顶尖手速，无数次神出鬼没地打出极限支援操作。就是因为这样，他才会有“世界第一打野”的殊荣，更被粉丝们戏称为“野区修罗”。

连谈梨有时候都不知道，到底是 Liar 成就了 ZXN，还是 ZXN 成就了 Liar。但她知道，眼下这样的局面，一定是他最不想看到的。

尤其……

谈梨翻起手机，担心地看了一眼那个正因为和 Liar 的比较而被群起围攻的名字。

她叹了声，点进通信录里。

在“性冷淡”的备注上方，手指悬空许久，谈梨都没决定好到底是给他打个电话还是发条信息。

比赛已经结束将近一个小时了，ZXN 全队和他应该都还沉浸在比赛失利的情绪里，这时候打过去会是安慰还是打扰呢……

没心没肺惯了的谈小坏蛋第一回认认真真地揣摩考虑起别人的心理，正抽丝剥茧地分析到第二层时，手机的一阵剧烈振动惊得她腰板一挺。

回过神来，谈梨拿起手机看了一眼——是状态栏里的强提醒，来自 XT 平台的推送，还是连续的两条。

谈梨习惯性地拉下状态栏，准备点移除。而就在推送通知被移除的前一秒，谈梨的眼睛捕捉到了那两条新闻的标题——

Liar 退役后首次现身比赛后台？

惊！决赛失利，ZXN 队内疑似争吵内讧，险些动手！

谈梨瞳孔一缩，差点把手机掉地上。

职业电竞选手一旦动手打架，那可是会被联盟直接禁赛半年甚至以上的。如果 ZXN 队内真有人在这个时候被禁赛了，那它恐怕就真的……

谈梨这下再也坐不住了。她脸色苍白地握着手机起身，从衣柜里拽出大衣外套，匆忙换上就跑了出去。

谈梨起初是直奔 ZXN 战队下榻酒店去的。结果计程车刚停下，她就在路边发现了几个隐匿在角落里、身影鬼祟还扛着“长枪短炮”的人。

不知道是圈内哪个网站的记者，但显然也是打听到了 ZXN 的酒店地址提前来蹲点的。只从他们提防观察的模样看，ZXN 战队的人应该都还没回来。

谈梨这时也顾不得多想了，她一边拨通手机里的号码，一边对司机说："麻烦您在这儿稍等，按等待时间计费就好，我下去打个电话。"

"啊，好，不过你在车里打也是一样……"

司机话没说完，谈梨已经谨慎地迈到车外了。

铃声响过大约 10 秒钟，被对面接起。谈梨听见秦隐略微低哑的嗓音，第一次浸着隔着手机都掩不住的疲惫。

"梨子？"

听见这个声音的第一秒，谈梨胸肋间没预兆地疼了下。

她心疼他。

谈梨挪开手机，无声地深吸了口气，然后才把手机放回耳边。

秦隐低声说着话："对不起，今晚可能要耽搁晚了，你……"

"你们别回酒店。"谈梨打断他，声音压得低而轻和，"ZXN 的酒店这边被人围了，你们这时候回来会被缠上的。今晚最好找私人住处，保密性高些——你们那边如果联系不上，我可以问问谈……我爸爸，让他帮你们安排。"

电话里安静下来。

谈梨等了好几秒不闻声音，就在她疑惑是不是不小心挂断了而准备拿下手机来检查时，她听见电话里那人低低一叹："你现在在哪儿？"

谈梨没想到这个回答，愣了下才下意识回过头，她看着身后那个酒店高耸的楼和醒目的 LED 大牌子，也看见了路人们望向她的奇奇怪怪的目光。

谈梨："额，狗仔们……身边？"

秦隐："那你是怎么出来的，穿外套了吗？"

谈梨低下头。就，酒店的拖鞋，赤白裸露的半截小腿，浅藕色的丝质睡袍，深灰色的长款大衣……还有随风凌乱飞舞的长发。

谈梨后知后觉，在初冬的寒风里偷偷抖了一下。

然后她默默拢好一缕耳边吹到眼前的发卷，无视了路人们的目光，谈梨故作淡定地开口："穿了，穿得可美可暖和了。这不是重点，重点是你们。”

谈梨被自己提醒到重点，回过神，她语气严肃地恐吓：“你没看 XT 平台的推送吗？现在所有人都知道你和 ZXN 队内成员在一起，你如果敢出现，信不信媒体当场给你活体解剖了？”

秦隐在电话对面沉默几秒，再开口时声音莫名发凉：“我已经安排好他们的住处了。”

谈梨松了口气：“那就好……”

秦隐：“所以你现在不用担心他们，担心你自己吧。”

谈梨：“啊？”

莫名地，她在电话中的那个声音里，听出一点比这初冬夜风都叫人想打哆嗦的寒意。

电话里的声音克制几秒，低沉开口：“其余等下再说。你先回车里。”

谈梨一蒙，她缓缓回头，看了一眼自己两米外停着的计程车：“你怎么知道我……”

谈梨停下话音，转头在身旁四处打量起来——但是没有任何和秦隐相仿的身影或者可疑车辆。

“别找了。”电话里声音忍耐着，又沉哑几分，“回车里我跟你解释。”

“哦。”

一想到自己刚刚大言不惭地说完“穿得可美可暖和”，她就只能灰溜溜地钻回车里。

车门合上。谈梨忍不住扒着车窗往外看：“你到底在哪里啊？难道是酒店楼上？”

“不是我，是你。”

“啊？”

电话另一端，秦隐合了合眼，推开面前的平板：“酒店外有人开着直播盯梢。而你刚刚以一个绝佳的行为艺术者的形象，出现在 XT 平台首页推送几百万观众的视线里。”

谈梨：“拍得好看吗？他们认出我了吗？”

秦隐太阳穴一跳，声音发哑：“你就想知道这些？”

谈梨听出一种山雨欲来风满楼的征兆。她立刻“乖巧”摇头：“不，突然就不想知道了。”

秦隐叹声：“我发你一个地址，你让司机送你过来吧。”

谈梨继续乖巧：“好的。”

通话结束的半分钟后，一个带着单元门牌号的具体地址发到谈梨手机里。

谈梨报给司机，司机一边发动汽车，一边忧心忡忡地问：“小姑娘，你一个人去能行吗？要不要再叫上两个朋友啊？”

谈梨蒙了下，抬头：“叫朋友干吗？”

司机苦口婆心：“你也不用不好意思提，何必还得下车打电话呢？做我们这一行，这点世面还是见过的。而且你不丢人，你老公才是不要脸的那个，你千万得想明白了，别犯糊涂。”

谈梨更糊涂了：“我老公？”

“啊，”司机从后视镜里瞄了谈梨一眼，“你不是在找地方捉奸吗？”

谈梨：“？”

捉什么？

谈梨坐着车，听了司机叔叔一路上关于“出轨只有零次和无数次”“不要相信浪子会回头”“不要在垃圾桶里找老公”的教诲，终于来到了秦隐发给她地址的那栋独栋住宅楼下。

楼前有专供车辆临时停靠的门廊，廊下晦明的灯火里站着一道修长的身影。

车身停稳，谈梨刚准备扫码付钱，后座的车门就被拉开了。

男人扶着车门俯身，冷淡的眉眼和五官轮廓被车外薄薄的光影打磨出凌厉的美感，声音也像是沾着冰粒似的。

“出来。”

迎面寒风一扑，谈梨先气短三分：“我还没付……”

几张粉红票子被修长有力的手指拿捏着，递给司机：“谢谢。”

司机呆了两秒，接过。

谈梨没了办法，只能慢吞吞地挪了出去。她做好了迎面就是“暴风雪”的准备，但是还没等她站稳身，就被一件无比厚实的超长款的羽绒服从头兜到脚踝。

谈梨蒙了两秒，在黑暗里挣扎着终于探出颗脑袋来。

面前没人——身影修长的男人已经屈膝单跪下去，从她脚踝位置把这件超长款羽绒服的拉链往上拉合。

谈梨有点感动，但是——

“老公等等，我胳膊还没伸进袖口……”

话声在她反应过来自己喊了什么的那一秒，戛然而止。

门廊下一阵寒风呼啸而过。

秦隐在她身前半弯着腰，保持着手里僵住的拉拉链动作。一两秒后他撩起眼：“你喊我什么？”

谈梨：司机误我。

秦隐眼底的幽暗终于淡了两分。

他听见自己沉寂了一天的心跳在复苏，只因为一个大约是口误的称呼，就没出息地、欢快地跳了起来。

他垂回眼，唇角淡淡勾起，手里拉链却很无情地、没给女孩半点反应机会，直接拉到了最上面。

“喊‘老公’也没用。”

小姑娘的下巴被他垫得抬了下。

她脸颊红里透粉，不知道是冷的还是羞恼的，被咬过的唇色稍深，眼神也赧出一种欲言又休的水光。她原本就灵动漂亮，此时在廊下的灯火里更艳丽得勾人。

“上楼。”

“哦。”

小姑娘被羽绒服“绑”着两只胳膊，沮丧地跟上去。

楼层非常高，是一梯一户的设计，按照外观面积，每层似乎都是两三百平方米的大平层。电梯是近乎静音运行的，速度不算太快。谈梨冻得发僵的身体在温暖的羽绒服里慢慢恢复知觉。

她看着秦隐按下 33 的楼层，梯门合上，耳边就安静下来。

沉默几秒，谈梨试图主动搭话：“我看平台新闻说 ZXN 队内吵架了？”

“嗯。”

“真的吵起来了？我记得队里这几年一向很和谐，从来不闹幺蛾子……啊，难道是那两个新人，Fengqi 和 Living？”

“嗯。”

“他们没动手吧？”

“嗯。”

谈梨：“……”

提问：男朋友因为我没穿外套就跑出来所以生气了，巨生气的那种，我该怎么办？

谈梨想破脑袋也没想到什么好办法。

电梯很快停在 33 层，她跟在秦隐身后走出电梯，看着他停在唯一的一户防盗门前，按下密码。“嘀嗒”一声，门自动轻弹开。

秦隐拉开门，直身走进去。

谈梨低着头，慢吞吞地挪进门内，门在她身后自动关合。

谈梨看着秦隐给她拉开拉链，解开“束缚”。长款羽绒服往臂弯里一搭，秦隐什么话都没说就转过身，似乎准备进去了。

谈梨心里一酸。

“秦隐。”

那人停下，但没转回来。

谈梨：“我是因为看见新闻担心你们，太着急了才没顾上换衣服的。”

秦隐背对着她，谈梨看不到他的神情，只能从他声音里听出凉意：“一个队内争吵的新闻你就敢在冬天晚上穿成这样出来，以后哪天有人跟你说我出了车祸，你是不是命都不要了？”

谈梨又急又委屈：“你生气归生气，别咒自己啊！”

秦隐：“……”

谈梨试探着往前迈了一步，小声咕哝：“我知道你是气我拿自己身体不当回事，我就是习惯了……以后会改的，好不好？”

秦隐：“以后？”

谈梨一停脚，摇头：“不，立刻改，立刻就改。”

秦隐不说话了。

谈梨小心地问：“但是你为什么不回头看我？”

秦隐不语。

谈梨装出委屈的语气：“你是不是不爱我了？”

明知道是小坏蛋下套，秦隐还是叹了声。

他转回身，低垂着眼无奈地望着谈梨：“看着你？那还怎么训？”

谈梨立刻不委屈了，扬起灿烂的笑脸：“是因为我太可爱，所以不忍心训吗？”

秦隐气笑：“你哪里和可爱搭过边？”

“哼。”

秦隐被女孩故作的模样逗得垂着眼发笑，声音微哑：“过来。”

谈梨眼睛一亮，她快步走过玄关，原地一蹦就跳到秦隐身上，用力地抱住他的脖颈：“我不可爱吗？”

秦隐妥协于“魔爪”之下，哑然失笑：“可爱。”

谈梨：“噫，这么不真诚。要罚你。”

秦隐：“罚什么？”

“那我得想想。”谈梨认真想了好几秒，然后眼睛一亮，“有了。”

秦隐抬眸看她：“什么？”

谈梨跃跃欲试：“就罚你，今晚侍寝！”

秦隐一顿。

几乎是同时，玄关盲区里的客厅方向，传来一声响亮的——

“阿嚏！”

空气中死寂数秒，几声窸窸窣窣的议论传回来。

“小冯，这正关键时候呢，你打什么喷嚏啊？”

“对不起，达哥，我没、没憋住。”

“那你完了，你 Liar 哥的终生幸福就葬送在你这一个喷嚏上了。”

“啊？”

“你俩别贫了，藏都藏不住了——老狄，你往外挪挪，起来打招呼了。”

“……”

在令人窒息的沉默里，挂在秦隐身上的谈梨茫然地看着他的身后。

ZXN战队除了Living以外的四名队员，一个接一个排着队出现在视野里。最前面那张沧桑的脸朝他们露出一个八颗牙齿的笑——

“对不住啊，Liar神，耽误你今晚侍寝了。”

谈梨：“……”

在知道秦隐就是Liar以后，谈梨设想过几次她和ZXN的队友们见面的场景：在P市某个阳光后的街角偶遇的，在某场比赛里隔着看台和观众席的距离远远点头微笑的，在一场节日里正式登门拜访介绍的……

现实总是比想象“精彩”，还总会在你最猝不及防的时候到来。

谈梨一个人木着脸坐在客厅的大沙发里时，严肃地皱着眉思考，今晚到底是从哪一个环节开始出错的？是不该按秦隐的地址找来，还是不该去ZXN的酒店，或者她今晚就不该拿起手机看新闻？

谈梨想着想着，大平层的东南角，次卧紧合的房门被推开了。

谈梨“嗖”的一下回过头。

走出来的是脱去外套后穿着一身浅灰色宽松家居服的秦隐。他身后的次卧里隐隐还传出那四人的交流声，不过房门被秦隐无情关上，把声音拍在了身后。

然后秦隐朝沙发这边走过来。

谈梨双手放在膝盖前，跟个犯了错的小学生似的，一副乖得不得了的样子，眼巴巴地看着他走近。但是还没等秦隐到她面前，她那拉不住的思绪已经绕着这人转了好几个圈圈了。

不知道是不是家里灯光光线柔软的原因，走过来的高冷冰山看起来也没那么冷了。平常似乎很凌厉的碎发软趴趴的，随意搭在额角，除了肤色还是十足的冷白感外，整个人都透着点让她想揉揉抱抱的温暖。

这要是平常，梨哥敢想敢做，可能也就扑上去了。但刚刚犯过一个社会性死亡的错误，让她现在难得地谨慎，所以谈梨努力忍住了。

秦隐走到沙发旁停住，垂下眼望着她，似笑未笑的：“怎么这么安静了？”

谈梨无辜地仰了仰脸：“我不知道他们也在。”

“出了点意外，临时分开，他们不方便找酒店，就跟我来这儿了。”

谈梨瞄了一眼紧闭的次卧房门，小声问：“我是不是给你丢人了？”

秦隐淡淡一笑，从桌上拿了个刚洗好的杯子，倒上一杯矿泉水递给谈梨：“你不是最不在乎别人怎么看了？”

谈梨接过，咕哝：“他们又不一样。”

“哪不一样？”

“他们是你以前的队友，当然不一样，我可不希望他们觉得你找了一个奇奇怪怪的人做女朋友。”

秦隐微怔住。几秒后，他弯下腰坐到沙发里，认真地揉了揉小姑娘的脑袋：“你不奇怪。那种只能接受一种性格和一类标签，还要对不符合他们狭隘眼界之外的人和事情恶语相向的他们，才‘奇怪’。”

谈梨拿起水杯的手停在半空。

安静里度过几秒，她仰起头，笑容没心没肺：“男朋友，你是第一个这样跟我说的人哎。”

秦隐眼帘一垂，一点淡淡笑意漫上眉眼，他俯身过去，轻吻了下女孩的唇角：“所以我才会是你的男朋友。”

谈梨沉默，然后偷偷舔了下唇角：“有道理。”

在谈梨心底那只藏了一晚上的小坏蛋挥舞着三叉戟想往外跑的时候，次卧房门打开，冒出来的嗓门适时地再次打破两人间的氛围——

“Liar，我们这儿少一套卧具！哎呀？我是不是又打扰你们了？”

谈梨：“……”

这个“哎呀”，听起来就真的非常欠揍。

秦隐起身：“我去给你们找。”

转到谈梨看不见的背面时，秦隐抬眼，视线在狄达身上一瞥而过，眸子里情绪凉淡——无声的警告。

“这么护短呢。”狄达嘀咕着，见秦隐转进通向衣帽间的长廊后，他就快步从次卧里溜出来。

谈梨看着狄达蹑手蹑脚地从次卧走到自己面前。

以前只是Liar粉丝，还没认识秦隐的时候，她就听说ZXN战队里最不正经的就是年纪最大的狄达，现在线下一见……果然名不虚传。

“你就是梨子吧？”狄达露出八颗大牙，笑得非常豪迈，“我老早前就听说过你，对你非常佩服啊。”

谈梨意外：“嗯？”

狄达：“你忘了？就Liar当初那个入队周年纪念日，你不是叫他告白吗？好家伙，那会儿他比现在都高冷，敢那样调戏Liar的全队上下都找不着半个——我们都夸你女中豪杰呢。”

谈梨：我谢谢你！

不管怎么说这都是第一个朝自己递出橄榄枝的，谈梨还是决定友好地对待他：“达哥好。”

“哎，你认识我？”

谈梨保持住营业微笑：“当然，我也听说过达哥好多事迹，你在圈里也早就是名人了嘛。”

狄达顿时来了兴趣，十分热切地坐到沙发上：“我的事迹？比如说呢，你快说个给我听听？”

谈梨：“……”

这个人怎么能这么实诚，别人说什么他都信。

谈梨艰难地在记忆里翻找起来。

除了Liar就是Liar，除了Liar还是Liar……她基本没浪费自己在电竞这部分留出来的脑容量，全部给Liar了。

直到某一秒，谈梨灵光乍现：“啊，想到了。”

狄达：“嗯嗯？”

谈梨：“你的恒温养生杯，泡枸杞的那种。”

狄达：“……”

狄达抹了一把自己胡子拉碴的脸，叹气："行吧，我知道我在你们心目中是个什么形象了。"

谈梨安慰他："没关系，Liar 也是公认的老干部嘛。"

狄达："可是他帅啊。"

谈梨不假思索："这倒也是。"

狄达：不当人是他们这个小家庭的传统美德吗？

谈梨丝毫没感觉自己给了年仅 22 周岁、只是长得着急了点的狄姓花样少男一个多大的暴击，她观察了一下衣帽间的方向还没有脚步声传出，就小心地转回来。

"达哥，我能问你个问题吗？"

狄达意外："问我？"

谈梨："嗯。"

狄达揣摩："难道你想问 Liar 以前的桃花？那你放心，Liar 虽然天生一张祸害女性同胞的脸，但一直对所有女性生物都不太感冒——这导致他刚进队里那段时间，我每天晚上都锁好门才敢睡觉。"

谈梨被带偏了，忍住笑："那后来还锁吗？"

狄达："不锁了。"

"嗯？为什么？"

狄达语重心长："因为后来我们发现，他不搞性别歧视，他是对所有生物都不感冒。"

谈梨回忆了下刚认识的秦隐，笑："毕竟冰山嘛。"

"我们以前私下里也这么说他，不过现在……"狄达意味深长地看向谈梨。

谈梨难得有点不好意思，轻咳了声故作严肃："我不是想问这个，我是想问，今天 XT 新闻里报道的队内争吵那件事……"

狄达一愣。

谈梨观察着他的神色，立刻说："当然，如果不方便提，那就当我没问过。"

"也没什么不方便的。他既然在这个时候带你过来，就算态度很明确了。”狄达还是那副不正经的口吻，但语气里有点难以察觉地发沉，“今天赛前不是找 Liar 来给 Living 做了一点战前辅导吗？ Living 前两盘沿袭 Liar 的路子，表现不错。”

谈梨点头：“我看到了。很多人都说前两盘在他身上看见了 Liar 的影子。”

狄达停了几秒，弯下腰，揉了揉头发无奈笑起来：“以前就没少有这样的话，Living 年轻气盛，又是联盟里的新起之秀——换了你，你能甘心听这样的评价吗？”

谈梨一顿。

思索片刻，她抬头，认真道：“如果是我，我求之不得。但我知道换了其他人，恐怕不会。”

狄达看了她一会儿，重新笑道：“你确实挺有意思的……没错，Living 当然不甘心，我是他我也会不甘心。他近半年的状态一直不对，越到重要比赛越这样，可能就是有这种心病吧。”

谈梨低声：“所以，第三盘开始，他就想证明做自己也能赢？”

狄达：“对，然后输了，他咬牙又挺了一盘，又输了。最后一盘他想找回 Liar 的那种感觉，但摇摆不定的混乱状态只让他的表现更惨烈。”

尽管狄达的声音很平静，这话说起来就像是在讲另一个和他无关的故事，但谈梨还是知道，这里面最心态波澜的就该是他，还有……

谈梨看了一眼衣帽间的方向。

那个人即便没有站在赛场上，但那些言论恐怕会让他将本来与他完全无关的责任揽到自己身上。

谈梨迫使自己转回注意力：“那为什么 Living 会和 Fengqi 吵起来？”

提及这个，狄达拧起眉：“Living 他赛后心态很崩，采访都没露面，回到休息室……他说了一些绝不该说的话，和 Liar 有关的。”

谈梨表情微微僵住。

狄达长叹了口气，仰进沙发里：“我想他本意不是这样的，只是比赛和那些评价让他失去理智了吧。他不想活在 Liar 的阴影下，不想被比较，这些我们谁都懂……但他不该提 Liar 的伤的。”

谈梨眼神一栗，下意识地紧攥起手指。

即便没有在场只靠猜测，即便只是回忆网上那些对 Liar 手伤的恶语相向，谈梨都觉得无法遏制的恼怒情绪在心底挣扎着要迸出来。

谈梨放在膝盖上的手无意识握成拳："他说什么了？"

狄达直起身看了她一眼，无奈笑笑："我还是不重复了。Liar 的手伤也是小冯最碰不得的高压线，Liar 还没什么反应，小冯当场就炸了。幸亏王藏和尤上离得近，把他拉住了，要不然可不只是一场争吵那么简单就能收场的了。"

说到这个，狄达显然也有些后怕，微微咬牙："这小子平常看着无害还咋呼，一犯起毛病跟小野狼似的。Liar 手伤那件事之后，他看 Liar 比亲哥都亲，谁提咬谁——Living 就是脑子抽了才在他面前中伤 Liar 的手。"

谈梨没来得及顾上 Living 的中伤，她的思绪被戛然卡在中间的某个信息点上。

过去好几秒，谈梨才抬头："Liar 手伤那件事……是什么意思？"

狄达一蒙，回头："你不知道？"

谈梨："知道什么？ Liar 的手伤不是训练和比赛导致的？"

狄达："他没跟你说过然后被我说漏嘴了吗？"

谈梨朝狄达的方向直接坐近十厘米，眼神都变得冷冽："他当初手到底是怎么受伤的？"

狄达被面前这个小姑娘的气势给镇住了。

他小心翼翼地试图往后挪："既然他还没跟你说，那你能不能当没听见我刚刚说过的……"

"不能。"谈梨不假思索。

狄达噎住。

和谈梨对视数秒，狄达不得不妥协："卓梓期你知道吧？"

谈梨没表情："连佳期的男朋友，前 ZXN 二队队员。后来被开除出队，一堆傻子在外面说是 Liar 喜欢连佳期而嫉妒他，公报私仇。"

狄达冷笑："信的确实是傻子。卓梓期会被开除的原因很简单，他和小冯那时候都是二队的中单，只不过他是正选，小冯是替补。小冯那年刚满 16 岁，潜力已经非常恐怖，卓梓期怕他顶了自己，就使了些……下作手段。他设了个圈套，把冯启牵连进一场私下赌赛里。冯启中途察觉不对，跑了，被那帮人追；而 Liar 那时候也发觉了一些情况，去找冯启。”

话到尾音，狄达几乎有些恨得咬牙切齿了。

谈梨感觉心口越来越沉下去，暖意融融的房间里，却让她冷得想发抖。但她忍住了，只是更加攥紧手，指甲几乎要抠进掌心的肉里。

“然后呢？”

狄达沉浸在自己的情绪里，没察觉到谈梨的异样：“然后发生了冲突……Liar 的手腕受了击打伤。对于普通人来说，兴许就是养几个月半年就能恢复如初的，但 Liar 不一样——半个月后就备战世界赛，他带伤上阵，导致伤情不断恶化。就是在那样的伤下，他帮我们拿下了第二个冠军。”

狄达说完粲然一笑，声音却嘶哑：“所以当年拿到第二个总决赛冠军，他们都不懂从不接受任何公开采访的 Liar 为什么会有那一次例外，原因其实很简单，那时候 Liar 大概把那当成了自己最后一场世界赛。”

“但第三年，队里不争气啊，王藏家里出事，下路状态天天梦游一样；中路提了小冯，但磨合问题巨大；打野位后继无人，换个不够格的，能叫 ZXN 一年内从云上掉下来，摔个稀巴烂。Liar 就那样又硬扛了 ZXN 一整年，把整个队伍重新整合、调配，为继任者做准备。”

狄达咬着牙笑起来，或许是情绪波动得太厉害，他放在沙发扶手上的手轻抖了下。

“Liar 退役的时候，好些战队粉丝哭、闹、骂，我当时就想，你们有些人是活该啊——这个人手腕伤势复发的时候整个手腕都要红肿起来，动一下手指都会疼，他还要训练，还要比赛，他扛着整个队硬生生熬了一年，队医都问他是不是不想要这只手了——他们那时候在干什么呢？他们在冷嘲热讽，所有错都是 Liar 的，骂 Liar 状态不行，骂 Liar 借伤装屄——装个屁的屄！”

狄达恨声收住。他一直在笑，但眼圈还是没压住情绪红了起来。

客厅里一片死寂。

谈梨不知道什么时候低下头的，松散的长发从她耳朵旁和肩上滑下来，把她的脸半藏半掩在阴影里。唯一能透露她情绪的，只有那双放在膝盖上的手，它们握成拳也克制不住战栗。

狄达终于从自己的情绪里脱离。

他慢慢回过神，清了清有些嘶哑的嗓子："我真不该说这些的，又没忍住。队长……Liar 要是听见了，还不得……"

"听见什么？"一个冷淡声线从走廊里冒出。

狄达悚然一惊，扭头看过去，就见秦隐抱着一床被褥走出长廊。他停下来，眼神微妙地望着沙发上间距不足十厘米的两人。

两秒后，那人眸子里幽暗下去。

"行啊，我才走几分钟，你这是准备撬我墙脚？"

"？"

一惊未平一惊又起，狄达被这句吓得差点原地跳起："我哪敢啊？"

他一个冲刺过来，接住秦隐手里的卧具。在转身跑掉之前，狄达还特别不男人地小声补充了句："都是你女朋友逼我的，真的。"

秦隐："？"

不等秦隐冷飕飕的目光落下，狄达已经脚底抹油溜了，次卧的房门"哐当"一声被关上了。

秦隐站在原地。

沙发上坐着的小姑娘一直没什么反应，即便他开口也没能让她抬头。秦隐倒不会真觉得狄达有胆子撬他墙脚，只是刚出来看见的那一幕让他本能有点吃味罢了。但谈梨现在的状态，显然不太对。

想到狄达落跑之前说的那句话，秦隐微皱起眉，朝谈梨走过去。

他停在谈梨腿前，穿着奇奇怪怪的浅藕色丝质睡裙和长大衣搭配的女孩一动没动，白皙的小腿在光下透着一种瓷一样的美感。

秦隐等了两秒，低声："谈梨。"

小姑娘没反应，也没回答。

秦隐没喊第二遍，他直接蹲下身，从低着头的小姑娘眼皮子底下的角度看她："你……"

秦隐话声戛然而止。他怔得眼角微张，像是惊住，身影都僵在原地。

而谈梨也终于抬眼看他。眼圈通红，眼里窝泪。没流下来，但是在眼眶里打着转，亮晶晶的，看起来随时都要大颗地跳出来。

秦隐难得惊慌。

他见过她各种各样的笑：微笑，坏笑，得寸进尺后装无辜的笑，灿烂的笑……但很少见她哭。

除了初遇外，还有一次是在那个深夜的教学楼外。

乌云、黑夜和雷鸣暴雨把那个晚上变得像个世界末日，狼狈的女孩带着一身湿潮扑进他怀里，抓着他胸前的衣襟哭得哑着声，说："Liar，救救我。"

秦隐向来冷漠，那是他第一次学会共情，这也使得后来无数个梦里，那一幕无数遍在他脑海里回溯——像新手教程，但不同于他最擅长的那种，每一次他都手足无措，狼狈至极。

无数句话和反应涌上来，又被压下去，秦隐最后只能将声音压到最轻："发生什么事了？"

谈梨一动不动地盯着他，眼睛里蓄满了泪。

秦隐苦笑："你这是在给我上刑吗？"

谈梨动容，终于开口，声音喑哑："我想'杀'了卓梓期。"

秦隐一怔，然后他慢慢明白过来。

他眼神幽深地看了一眼次卧的方向，在心里给狄达记上了一大笔，这才转回来。

"已经过去了。"

"过不去！"

谈梨咬着牙，或许是因为情绪迸出来，眼泪也跟着跳出，像秦隐想的那样的，大颗的泪珠。只是不等秦隐去给她拭掉，就被从难过里恢复思考的谈梨自己用手背一把抹去了，她眼神和语气都更凶狠几分。

"我要查到他的信息，要找到当初那件事的证据，他做过多少伤天害理的事情我全都要一件件给他扒出来，我一定要让他一辈子都悔恨，他必须付出足够的代价！”

秦隐叹声：“他已经付过了。”

“那不够！”谈梨想都没想。她眼帘下乌黑的瞳孔里情绪流转，像脑海里不停地计算和谋划。

秦隐望着她，这样定睛看了几秒，他忍不住垂眼笑了。

和别的女孩撒娇或者发脾气不同，谈梨说“我想‘杀’了卓梓期”时半点柔软也无，又凶又狠，是真的开始思考和计划怎么叫这个人彻底身败名裂、一无所有。

就像他以前发觉的那样：多彻头彻尾、没心没肺还肆无忌惮的一个小坏蛋啊。

谈梨被打断思路，看他：“你笑什么？”她的声音和眼神又从那种凶狠里剥离出来了，重新变得柔软、难过。

因为心疼他而难过。

是的。她没心没肺、肆无忌惮，她是天下第一的小坏蛋。但她只对一个人好，像只穿上铠甲的小刺猬，她所有的柔软、跛扈、爱和疼，全都只给了那一个人。

秦隐半蹲在谈梨坐着的沙发前，抬头看着她，仍是淡淡笑意，眸子深熠：“我在庆幸。”

谈梨茫然：“庆幸什么？”

秦隐：“庆幸联盟里那么多厉害的选手，你却只喜欢 Liar。庆幸 Liar 是我，不是别人。不然……我不知道我会有多嫉妒那个人。”

谈梨怔住：“你也会嫉妒吗？”

秦隐：“我又不是神，我当然会。我现在就在嫉妒。”

谈梨：“？”

秦隐起身，抱住沙发上的小姑娘，把她紧紧地藏在自己怀里：“生命短暂又宝贵，把你额外的每一秒都花费在我身上吧，不要浪费时间去找那些人。”

谈梨听懂了，趴在他怀里闷闷不乐：“你就是不想我报复卓梓期。”

“他已经在这个圈子里永远消失了，这是他付出的代价，足够了。”

“这点代价怎么抵得过你的手！”

“我的手已经在停训休养里慢慢恢复了，把他彻底扔出去的那几场solo，你不是看过了？”

“那也……”

“而且我不想你和他接触，那些脏的、危险的东西，最好都离你远远的。”

秦隐松开怀里的女孩，垂下眼来看她：“能答应我吗？”

谈梨沉默许久，终于不甘心地点了点头。

秦隐：“你会骗我吗？”

谈梨轻哼：“是你叫Liar，又不是我叫Liar。”

秦隐笑，却坚持追问：“会吗？”

谈梨低着头，脸颊漫上可疑的红。安静后她抬头，红着脸颊，但认真又坚决：“对你，永远不会。”

秦隐垂眸而笑。

他重新抱她入怀，声音低低的，似喟叹似无奈：“你看，所以我才庆幸。”

谈梨听得似懂非懂。但她感觉到秦隐心底的动情了，再想起今天早上某人说过的，因为是生日所以什么都会答应，谈梨慢吞吞地伸出手，小心地想要攥上他的衣角。

没等握住，“哐当”，次卧门又开了。

这次谈小坏蛋忍无可忍，眼神凶狠得扔刀子似的，嗖一下甩过视线去——

狄达拿着平板走过来，表情难得严肃：“Liar、梨子，这个视频在XT平台已经传疯了，你们必须得看看了。”

谈梨：“？”

几分钟后，ZXN前战队会师客厅，一个比一个表情严肃，手里还都拿着赛后一般严禁队员们看的电子设备。

相关页面的标题关键词也大同小异——梨子，L形耳钉。

“撤是来不及了，”王藏放下手机，屏幕上显示着他和XT平台某位高层负责人的聊天框，“传播面太广，这爆出来的也太是时候，圈里 ZXN 粉丝今晚没有不在线的，全都见着了。”

狄达也皱眉：“Living 怎么说也是 ZXN 的现役队员，就算再出乱子，粉丝也有回护的——这事不一样，出在今晚，正好给了他们一个发泄渠道，全都疯了。”

冯启担忧地问：“梨子没事吧？”

秦隐冷沉着眼，从手机屏幕上抬起视线。

ZXN 几人表情各异。

同队时间长则三四年，短的也有一年多，他们还是第一次在 Liar 身上看到这么吓人的情绪。

秦隐自己也有所察觉，他垂回眸，克制地按了按眉心：“我把她手机收走了。等处理完了再还给她。”

狄达说：“那就好。瞧这生日过的……电竞圈这帮喷子喷起人来真是一点底线都没有，一个小姑娘，就戴个耳钉，他们怎么能骂得这么不堪入耳？”

尤上沉着脸点头表示赞同。

冯启犹豫好久，小心开口：“主要是那颗耳钉，对 Liar 哥的粉丝来说，意义太不同了……而且梨子在 Liar 哥粉丝里的名声，因为周年纪念那件事，一直不太……”

他话没说完，被旁边狄达用力撞了一下。狄达示意他抬头，冯启正看见秦隐更加幽暗下去的眼眸，比窗外初冬的夜色都冷。

冯启不敢说话了。

客厅里沉寂许久，还是狄达开口问：“Liar，这事你准备怎么处理？是承认还是否……不是，是承认还是不管？”

秦隐没回答。

王藏语气有点暴躁地说：“今晚这关头卡得，圈里发大洪水，正愁‘排洪口’——不出事 ZXN 倒霉，出事了不承认梨子倒霉，承认了 Liar 倒霉——怎么转来转去，全是我们自己人？”

秦隐沉眸起身：“她没做错任何事，不该被骂。”

狄达不意外，只叹了口气。

冯启下意识问："Liar 哥，你、你要做什么？"

秦隐："开直播。"

"啥？"有人替冯启喊出了震惊的一嗓子。

秦隐停身，皱眉看向狄达。

狄达已经震惊到说不出话来，他从沙发上蹦起，举着平板就拍到秦隐眼皮子底下。

最新动态，谈梨的。

梨子 lizi：

低配，仿款，物美价廉，欲购从速。（附链接）

其余三人也陆续看到了。

冯启惊讶仰头："Liar 哥，你不是把她手机收走了吗？梨子姐拿什么回的？"

王藏乐了："这回应可真是，不怕事……你还叫什么梨子姐，叫梨哥啊。"

冯启点点头，随即指着手机意外地说："回复好快。看热闹的路人都笑疯了，说她商业鬼才呢。"

"还真是，也不知道她怎么挂上的链接，够速度啊。"

一直沉默的尤上突然抬了抬头："Liar，热评在玩你那个梗了。"

秦隐一僵，几秒后，他眉眼冷若冰霜，低头从狄达手里拿过平板，没表情地点进那条动态的评论区。

除了谩骂，满屏密密麻麻的重复的一整片——让她去玩"梦魇"，梦里什么都有。

那些刷梗或恶意或玩笑，跟着笑脸、倒竖拇指、骷髅头……各种各样的表情。

那时候她在生病啊！

他对她说了这么过分的一句话，然后这句话变成了一把刀子，所有人都可以以他的名义，握着这把刀子，毫无愧疚地扎在她的心上。

小坏蛋是没心没肺的，但 Liar 对她来说不一样。她那天会有多疼，他从不敢想。

握在平板边缘的指节收紧，紧到仿佛要把它捏碎，然后蓦地松开。

秦隐点进后台，退出账号，然后登录自己的。

狄达不安地开口："Liar，既然梨子都开了个玩笑，路人反应也还行，黑子不用理会，你就别管……"

"别说了。"秦隐不过片刻没开口，声线竟已然沉得沙哑。

狄达从他的声音里嗅到一种暴风雨前的冷意，自觉地缩了回去。

主卧的房门正巧在此时打开。松散着长发的小姑娘露出脑袋，脸上满是灿烂的没心没肺似的笑容。

"你们回去通知 ZXN 的公关部门，今年年底记得给我发红包啊，我替你们扛了一半火力……呢。"

谈梨的声音在狄达的疯狂眼神示意里，渐渐停住。她预感不太好地看向没抬头的秦隐："你在干什么？"

秦隐仍未开口，也没抬头。

几秒后，他在平板上飞快跳动的指节停下，点向"发送"。

门边的谈梨骤然变了脸色，她原地起跑，直接快步过来扑向秦隐。"不行！"

秦隐早有预料，在她即将扑上身的前一秒侧身一避，然后伸手一捞，小姑娘被他从背后打横捞进怀里。

秦隐平静抬眼，另一只手把平板递到旁边。

"好了。"

他拎着试图挣扎的谈梨往主卧走去。

狄达接过平板，恨不得从指头缝里看屏幕。

事实也恐怖得如他所料——

Liar 转发 @ 梨子 lizi：

我送的那颗不准卖。

谈梨被秦隐拎回了主卧，只能眼睁睁地看着房门在她面前无情地关合，连带着 ZXN 队里四人的谈论声一并被拍到门后。

虽然没能捕捉具体，但只听冯启被吓得咋呼的那声惊叫也可以预想秦隐一定搞出个大事件——以 Liar 在圈内的影响力，一条动态发出去十秒就“无力回天”了。

谈梨绝望地垂下手。

感觉到怀里的小姑娘似乎安分下来了，秦隐意外地低头看去：“不挣扎了？”

谈梨气若游丝：“你发都发了，我再挣扎还有用吗？”

秦隐眼里含笑，把谈梨搁到了主卧大床前的床尾凳上。他顺势蹲下身，从垂头丧气的小姑娘眼皮子底下望着她：“这次是你先自作主张的。”

谈梨懊恼抬头，愤愤地说：“我是问了盛喃，她说已经有人在你以前发的动态下带你的节奏了，竟然还说你如果这时候谈恋爱就是不顾 ZXN 死活的白眼狼——我得封住这种智障的嘴！”

谈梨说得激动，小腿都跟着不自觉地翘了下，踢到秦隐屈起压平的膝前。

秦隐伸手勾住女孩脚踝，把她那不安分的动作压住了，然后才淡淡抬眸：“她只说有人带我的节奏，就没告诉你，XT 平台现在有多少人在网暴你？”

谈梨一噎。她下意识想装傻来着，但身上就剩件浅藕色睡裙，从小腿开始光裸。此时脚腕被那人握在掌心，就好像被拿捏住了什么弱点似的。她偷偷想把脚缩回来，但还没挪上一厘米，就被秦隐更紧地握住。干燥微热的温度顺着皮肤的感应攀上来。

谈梨不说话，秦隐却没放过她的意思：“而且，你是怎么封他们的嘴的，拿自己堵枪眼？”

谈梨犹豫了下，心虚又怂地挪开视线，低声辩解：“我和你的情况不一样嘛。我也不是什么明星选手，连网红主播都不算，大不了就直播解约……让他们骂几句也没事。”

“那是骂几句的程度？”秦隐的声线沉下去一个八度。

听出秦隐动了真火，谈梨彻底尿了。她眼睛骨碌碌地转了转，不知道又想到什么鬼点子。

坐在床尾凳上的小姑娘对着窗帘的方向，挤眉弄眼地调整了一番表情，然后慢慢扭回头。对上秦隐视线时，她已经是一副委屈又可怜的模样了。

“今天是我生日，你早上还说什么都听我的。”

“……”

“一天还没结束呢，你都凶我两回了。”

“……”

“呵，男人，果然得到就不会珍惜了。”

“得到什么了？”

“啊？”

谈梨入戏太深，慢了半拍才反应过来，意识被最后一句台词拽回。

啊，好像背多了……

谈梨心虚地低眼，正对上还蹲在她腿前的男人落了星子似的深眸。

秦隐不紧不慢地又重复一遍：“我得到什么了……嗯？”

他声音压得极轻，尾调又微微挑上去，勾起一点叫谈梨觉得陌生又悸动的情绪。

谈梨眨了下眼，脑袋里思绪带着求生欲转得飞快：“嗯，得、得到了，我的……爱？”

秦隐哑然失笑。

像是空气里绷紧的那根弦，随着这人好听的微微低哑的笑声蓦地松弛。谈梨吐出一口气，趁他不备，抽回小腿就想往床上退。

秦隐那一秒是下意识的反应。他知道握在掌心里的是谈梨，所以在温度消失的那一秒，他想都没想，起身就将还没来得及逃出多远的小腿握住，然后朝自己的方向拉回。等察觉这一瞬他心里那第一次冒尖的占有欲，秦隐自己都怔住了。

浅藕色的丝质睡裙被床单摩擦起灼人的温度，重心失衡，灯光翻覆，衣料窸窣。

谈梨回神时，已经惊慌到茫然地仰面躺在床尾了。

视野上方是俯身的秦隐。那人的手臂就撑在她的身旁，她仿佛能听见他脉搏鼓噪的跳动。卧室天花板上晃眼的灯被他身影藏住，光从他背后拓下，描出凌厉又模糊的残影。那双背光的眸子里，深沉、幽暗，又好像有什么亟待从那墨一样的黑色里挣扎出来，带着某种……渴求。

谈梨没在他身上见过这样的攻击性——这是和平日里完全不同的秦隐，剥去清冷淡漠的外壳，露出凌厉又危险的性感。

小坏蛋还是小坏蛋，她不但不觉得怕，反而眼神里跳起点雀跃来。于是那些伪装的委屈、可怜、无辜之类的情绪像一面薄薄的玻璃，被轻轻叩击就碎了一地，踩着那些碎片，里面那个笑得坏坏的小姑娘跑了出来。

她歪过头，在离着自己极近的那人的手腕上吹了口气。

"呼。"

秦隐眼神一跳，醒神。他开口想道歉，却在那之前就被打断。

"你压着我头发了，小哥哥。"

谈梨好久没这样称呼他了，乍一听到，恍惚里竟叫人陌生又怀念。秦隐的目光下意识地从女孩脸上移开，随着这话音落到自己撑在她身旁的手掌下。

她的长发在光下釉上一层浅浅的金白，像柔软的纤长的水草那样在深色的床单上舒展。松散披着的大衣外套在方才的动作里被挣掉了，只剩一件薄薄的藕色睡裙。细嫩如花蕊的白在锁骨和纤细的颈下漫延。

不待思绪发散，秦隐就迫使自己回神，他借着跪撑在床尾凳处的膝盖力量支起身："抱歉。"

他嗓音都哑下来了，谈梨怎么肯放他离开？

小姑娘想都没想，白生生的胳膊朝上一抬，攥住男人深灰色家居服的衣领，就把那人往下一拽。

"道歉就完啦？"小姑娘抬起下巴，朝他挑衅地笑，"小哥哥，你行不行啊？"

秦隐神色平静得好像不受她干扰，只眼眸深深，声音也低得有些发哑的沉：“那你想怎么样？”

“我想？”

“嗯。”

“我想什么你都答应吗？”

“……”

“早上你还这样答应的呢。”谈梨戳他胸口，“现在就反悔，小哥哥你的良心不痛吗？”

秦隐叹了声气，握住小姑娘那只不安分的手，压回她耳旁：“因为我知道你想说什么。”

“哦？”谈梨眨眨眼，“你还会读心术呢，小哥哥？”

秦隐微皱起眉。

谈梨那只自由的手攥着秦隐的衣领，轻轻往下拖拽。其实这件家居服柔软宽松，弹性很好，根本没法迫使秦隐低身。但是察觉了她的意图，那人喉结微微滚动了下，还是克制而纵容地放低身靠近她。

谈梨露出得逞的笑，她故意凑上去，几乎要吻到他耳心似的说话：“那你说，我在想什么？”

秦隐隐晦而深沉地望了她一眼，没说话。

谈梨笑：“你其实根本没猜到我的想法吧？”

激将法对他的作用显然也不大。

见弯弯绕绕的不行，谈梨轻眯起眼：“你真不说？好，那我说——秦隐，”她呼吸着他的呼吸，“我要你。”

她努力藏了，但还是没藏住。

艳丽的嫣色攀上她的脸颊，颈项像是开出一朵朵羞赧又傲人的花。她眼神乌黑，红着脸也不避不退地看他。

秦隐终于叹声：“不行，你还小。”

谈梨一挺胸脯：“我不小了！”

两人距离原本就拉到很近，此时谈梨身前的睡裙几乎贴上秦隐的家居服，那似有若无的柔软触感让秦隐眼神一僵。

谈梨刚压下心底没忍住冒头的羞赧，见到他反应立刻就忍不住调戏了："我还小吗——唔。"

没来得及得意的小姑娘被收着力道地一下轻按到额头前，秦隐把她压回床上，低哑着声："别闹了，谈梨。"

然后房间里就没了声音。

秦隐等了许久都没等到女孩再开口，她安分了，安分得都让他不安了。

秦隐挪开手。他看见谈梨就着他方才的动作，一动不动地仰在床上，她嘴角的笑意抹去了，只一双眼瞳乌黑澄澈地望着他，里面满是他的身影。

"我没闹，我是认真的。"

秦隐一怔。

然后谈梨又笑起来，那双眼睛里却一点点写上难过，半真半假，让秦隐也无法辨别是不是她又一次的伪装。

"我这样撩你了你也无动于衷，其实你只是对我愧疚，想补偿我对不对？所以你才对我没感觉也没反应……"

"你就气我吧。"一声低低的喟叹打断女孩有点加快的语速。

猝不及防地，谈梨面前一直支撑着的男人松开力度，俯身落下来，柔软的大床被压出更深的凹陷。

身影交叠，谈梨在薄薄的睡裙根本隔不住的热度和触感传回大脑的那一秒里，僵住了。

又夙又乖，一动不动，但这不妨碍全身的血都涌到她的脸上，几乎停止思考的大脑判断，她脸颊的温度应该足够煎鸡蛋了。

她努力把自己和床板融为一体。

秦隐的呼吸就埋在女孩细密的长发里，那种淡淡的香气让他本就残存不多的理智被消磨成发丝一样，绷得如同快断的弦。

几秒后，他侧了侧头，半合着眼，在吓得一动不动的女孩耳边开口，声音低哑，满浸情欲："我对你没感觉？"

谈梨第一次听见秦隐被自己逼得微微咬牙，她感觉自己真是好样的，就是下场可能会有点残……哦不，惨！

谈梨不敢动，战术装死。

秦隐气得发笑，他在她颈窝旁微撩起眼，沙哑着声音，勾人又杀人：“来。现在说我就答应你。”

大敌当前，谈梨㞞了，㞞得很彻底：“我错了。对不起，立刻就改。”

业务熟练，语速均匀。

半晌无声。就在谈梨考虑要不要冒着生命危险动一动的时候，她听见耳旁极近的距离下，那人轻叹了声。还是那句：“你就气我吧。”

这一次，她终于听出里面饱满得快要溢出来的情绪：爱、纵容、疼惜、小心翼翼……

谈梨莫名其妙地有点鼻头发酸。她低了低眼：“我还没准备好。但我不是想戏弄你，我只是怕——”

“我知道。”秦隐声音低低地打断她。

谈梨睁开眼，茫然地看着天花板上被灯光描摹的壁纸。

“我不会用这种方式给你安全感，谈梨，这也给不了你想要的安全感，你知道。”秦隐轻轻吻过她的长发、耳郭、脸颊，温柔得声音都仿佛呢喃，“我说过会治好你，就一定做到。”

路还很长，但别怕黑。

因为我会一直陪你走下去。

如谈梨和 ZXN 全队所能预料到的那样，Liar 那条动态一发出去，顷刻就成了半个电竞圈的集火对象。

喷子们也想喷梨子来着，但一股脑冲到她动态下，才发现无处下口——

长得漂亮身材好，游戏实力至少不是他们够得着。主动背锅不闹妖，要不是被偷拍人家还在低调。更过分是三次元就读最高学府，招牌往那儿一戳，人均气焰短三分，只敢说是这辈子都得不到的学校。

千辛万苦，思来想去，喷子们终于艰难地找到了一个突破口。

谈梨瞒着秦隐偷偷开了直播，还没说话就见土豪炸了个大烟花，彩字当空：你不是有男朋友吗？为什么要戴 Liar 送的耳钉！

谈梨早就考虑好，一切以藏住 Liar 三次元信息为重，能藏多久算多久。所以她在直播镜头前脸不红气不喘，淡定登录游戏："分了啊。"

弹幕："？？？"

谈梨："他太帅了，我配不上他。"

弹幕："你配不上他就配得上 Liar？"

谈梨没回答他们。她在屏幕上手速极快地开了个聊天框，备注是 Liar。

"在吗？"她戳过去一条。

几秒后，对面就回了："嗯。"

弹幕努力克制了酸，但还是没完全克制住。

我也想有 Liar 的私人联系方式。

我也想被 Liar 秒回……

Liar 回复人的时候竟然还会加标点符号，而不是只有一个标点符号？

心疼一炀哥，说好的好基友一辈子呢？他都只配一个句号。

谈梨舔着糖片，心情极好地敲字："我配得上 Liar 吗？"

聊天框上方的"对方正在输入"持续了两三秒，一条新消息"嗖"地弹出来。

Liar：就只是一个打游戏的，你有什么配不上？

Liar：不准偷吃糖。

谈梨面上的笑僵住，几秒后，她咕咚一下把糖咽了，朝直播镜头吐了下舌头："我没吃，真的。"

弹幕里酸成汪洋大海。

就只是一个打游戏的？

就只是一个打游戏的！

Liar，就只是一个打游戏的……

这话要是换别人说，我得捶爆对方狗头！

踹翻这碗狗粮，走了！

被秀成丝血（游戏术语，指残血）的喷子们艰难找到了最后一个切入点。

照这么说，Liar 都退役了，唯一的优势也没了，你还要跟他在一起，是不是就为了他的钱？

刚有人被启迪得眼前一亮，就见直播间里的谈梨想了想，拽过大号手袋一通翻找，最后才冷淡又嫌弃地掏出一把车钥匙，放在桌上。

“我前两天生日，家里有人送的。”

看清车钥匙，弹幕沉默数秒——× × 家旗舰版，还是刻字限量款。

我现在改怀疑 Liar 图谋不轨了。

Liar 这两年“世界第一打野”名号你以为白给的？他积蓄恐怕更没边呢，而且他如果想要钱，随便接个代言或者直播，多少钱赚不到？

自取其辱，我走了。

一番无果，喷子们冥思苦想他们以前是怎么嘲讽这个女人的。然后他们就发现，他们唯一的武器就是 Liar 对梨子的不以为意。在那种态度转变以后，他们竟然连个开火的理由都找不到了。于是喷子们只能愤怒地跑到 Liar 动态下无能狂怒——ZXN 都输了，你还谈恋爱，你没有心！

谈梨兴致勃勃地在直播间里读评论，读完就抬头看直播镜头：“怎么，ZXN 和 Liar 签的不是三年选手约，而是终身 idol（偶像）经纪约，不准谈恋爱一辈子只能孤独终老那种？”

你怎么能把意义那么重大的耳钉送给梨子？！

谈梨读完摸了摸耳垂，惊讶地问："这是你们众筹买的？"

我们这么喜欢你，你选了梨子不觉得辜负了我们？

"啊，这，"谈梨托住脸颊，"我这么疯疯癫癫的都知道，喜欢不代表就会被回应，你们不知道吗？而且要想每个人的喜欢都不辜负……"

谈梨换了只手托脸，无辜："就算我允许，我国法律恐怕也不允许。"

Liar，你配不上梨子！

最后一条评论让谈梨读到一半就卡壳了，她脸上笑意一淡，然后慢吞吞皱起眉，指着屏幕："这谁说的？胡说八道，Liar 谁都配得上。"

一边说着，谈梨一边手速超快地把那条评论给举报了。

理由：散播谣言。

弹幕：行吧。

谈梨看见"举报成功"的字样，露出满意且灿烂的笑。

不等她再去点下一页的评论，直播间观众们耳朵里突然多了个隐约的声音："又开直播？"

直播镜头前女孩灿烂的笑容一僵，然后抬头，随后丧下脸："我这个月直播时间还没满呢。"

"还偷吃糖了？"

"没……"

"你答应过我什么？"

"对不起，我吃了。"

"说再见。"

"大家再见。"

在直播间暗下去前的最后一秒，他们几秒前还得意扬扬的小主播像个偷玩被家长抓包的小学生似的，蔫头蔫脑地被拎走了。

从网吧出来，谈梨拉着秦隐去了旧楼天台。

天台边上的水泥围栏有点脏，谈梨变魔术似的，从手袋里翻出两张空白的 A4 纸，铺好，然后她趴到上面去，还朝秦隐招了招手："我研究过了，这个角度的风景最美，你来。"

秦隐走上前，却没接谈梨递来的那张白纸，而是从后面环抱住小姑娘，然后下颌抵着她头发。

秦隐低声笑了下："明明是这个角度最美。"

谈梨不安分地晃了晃脑袋："你不会是在说我很矮吧？"

"不是，"秦隐低了低头，似笑未笑，"你就这么介意自己的身高？但 166 本来就不矮。"

谈梨撇嘴："谁让你 186。"

秦隐："186 和 166，不是刚好？"

谈梨："哪里刚好，接吻都像练下腰……"

说着说着，谈梨笑起来："这话我好像说过？"

秦隐淡定："你还对全班说，你是劈一字马壁咚我接吻。"

"哈哈哈哈，这个接吻姿势，我是天才吧……"谈梨窝在秦隐怀里，笑得打跌。

秦隐伸手扶着她，眼角懒散垂着，眸子里笑意清浅纵容。

谈梨笑累了，就懒洋洋地趴在秦隐怀里，靠着他胸膛看天边的太阳一点点往西山下沉。天空昏暗却明媚，像铺开的水粉画，晕染着、交织着，动人心魄。

安静的晚风里，秦隐低了低头，问："今天心情不好吗？"

"很好啊。"

"那怎么想起来这儿了？"

"唔，这不是看你最近为 ZXN 的事情忙得很累嘛。"

谈梨靠在他怀里，俏皮地往后仰头，倒望着他："Living 确定要转去

WWW 了？”

“嗯。”

“好突然啊。”

“不突然。”

“嗯？”谈梨好奇地看秦隐。

“我从 ZXN 退役后，肖一炀就代表 WWW 向 Living 发出过邀请。”秦隐一顿，似乎想起什么，勾起唇角淡淡笑了下，“就是在我第一次见到你的那天晚上。”

谈梨：“啧啧，那还真是早有预谋。”

秦隐无声一叹：“也是 ZXN 给了他们机会。”

“那里确实更适合他，”谈梨停了下，小心地问，“那适合 ZXN 的打野选手，物色到了吗？”

秦隐沉默片刻：“没有。”

天台上重新变得安静。

不知道过去多久，谈梨突然开口：“你的手伤，恢复多少了？”

秦隐眼神一顿，然后他垂眸，似乎答非所问，却正中默契：“我答应过我父母，三年退役，而且会回来完成学业。”

谈梨点头：“我知道。”

“你怎么知道的？”

“事实上，我上个周末偷偷跑去找过萧阿姨。”谈梨声音小了点。

秦隐一怔：“你不是很怕她吗？”

谈梨：“是有一点，也不算怕，就是紧张，我没什么和长辈相处的经验，担心做错什么。”

秦隐眼神一轻，须臾后他抬手，安抚地摸了摸小姑娘脑袋：“你去找她做什么？”

“谈你的事情啊。”

“我的事？”

“嗯，”谈梨掰手指，“从小到大怎么优秀，怎么不爱说话，怎么原则性强说一不二，怎么被女孩子追到家里……一些有的没的。最后就说到你进联盟做职业选手的事情了。”

秦隐轻叹：“那你应该知道，我答应过他们，就不会反悔了。”

谈梨眨眨眼，耍赖皮：“Liar 答应的退役，跟你秦隐有什么关系？”

秦隐哑然失笑，几秒后他才停住，眸子里仍含着笑意问谈梨：“你就这么跟我妈说的？”

谈梨立刻板起脸：“那我倒是没那个狗胆。”

秦隐笑意愈发难抑：“你就只会跟我耍无赖，还喜欢得寸进尺。”

小姑娘龇牙，笑得灿烂：“不可以吗？”

“可以。”秦隐笑着想抱紧她，“永远可以。”

谈梨却灵敏地一蹲身，从他臂弯下躲出去了。她故作严肃地说：“不要搂搂抱抱的，我们在聊正经事呢。”

秦隐侧过身，靠着水泥围栏，似笑非笑地朝她伸手：“在我怀里不能聊？”

“也能……不行！”谈梨拍掉自己受蛊惑的手，眯眼警告，“我真的跟你谈正经事情呢，我警告你你不要总诱惑我啊，公狐狸精。”

秦隐垂眸，莞尔：“好，听你的。”

谈梨清了清嗓：“我想过了，你答应叔叔阿姨的就是三年后退役和完成学业这两件事——第一件你已经完成了啊，谁都知道 Liar 退役半年了，这有什么问题？”

秦隐纵容任她继续：“嗯，第二件呢？”

谈梨拎过自己的大号手袋，打开，从里面拽出一只黑色文件夹。然后她手一翻，把文件夹拍到秦隐面前：“给！”

秦隐接过：“这是什么？”

谈梨：“自修申请需要的所有相关材料和表格。”

秦隐怔了下。

谈梨掰起手指，认真地说：“我想过了，以你的实力，自修完成大学课业没有什么太大的难度，只要按时回来考试就好了。为了提高效率和绩点，我可以帮你备课、整理重点、做笔记、交作业……”

谈梨一顿，有点犹豫：“虽然我从来没好好学习过，更没辅导过别人……但我可以学嘛。我这么聪明，怎么可能有学不会的东西，对吧，男朋友？”

谈梨扬起脸，朝秦隐灿烂地笑。

看着手里文件夹的厚重，秦隐眼底情绪按捺不住地深浅起伏。许久后他抬眸，低声问：“你这样跟我妈说的，她没凶你吗？”

“我又不是吓唬一下就尿了的小学生，”谈梨一顿，诚实道，“虽然阿姨的气场看起来是有点可怕，难怪叔叔那么听她的话。”

秦隐心疼又好笑：“下次不要自己去找她了。”

谈梨严肃地板起脸：“不行。以阿姨性格，只有我在的时候还会好些，如果只有你在，那她肯定更凶。”

“你说动她了？”

“嗯，我是什么人啊，这种事情还不是手到擒来。”

秦隐没说话。

他最清楚母亲萧筱的性格，他说一不二的原则性也是从她那里继承下来的。谈梨说动母亲要费怎样的心思、时间、精力和口舌，克服多少难题，他都觉得无法想象，也实在不愿意去想。

秦隐无声一叹，朝谈梨伸手：“过来。”

这次，说完了正经事，谈梨终于忍不住了，展颜一笑就跳进他怀里，抱住秦隐的腰不松手，狠狠蹭了一会儿才仰起头。

她把下巴垫在他胸膛前，笑得灿烂动人：“感动了吗，男朋友？”

“嗯。”秦隐认真应声。

谈梨嘴角要翘到天上去了：“那我再说一句更让你感动的——无论你做什么选择，只要你需要，我会一直站在你身后。”

秦隐莞尔：“不要站在我身后。”

谈梨：“哎？”

秦隐抬手，捏了捏她脸颊：“永远站在我身旁就好。”

谈梨反应过来，笑：“好啊！”

谈梨刚准备窝回去，又想起什么：“但还有个坏消息要告诉你。”

“嗯？”

谈梨指了指文件夹：“如果你选了你手里这条路，那叔叔阿姨在你在役期间，还是不会负担你的任何花销。”

秦隐不意外：“原本就是。”

“咳咳。”谈梨轻咳了声。

秦隐停住，垂眸看她。对视几秒，他眼帘微垂，不禁莞尔：“好。”

谈梨眼角睁圆了：“我还没说话呢。”

“不是要养我吗？”秦隐低头，轻吻她唇角，笑，“给你养。”

“……”谈梨轻眨眼。

这个世界上不会再有人像他一样，这样了解她、纵容她，互换亦然。

于是她心底那些沁人的甜像酵藏过好多好多年，甜得入骨，而在心口满涨出一种涩痛感。

她在他身后慢慢扣合手指，脸颊贴到他胸膛前。听着两人的心跳声慢慢交织、重叠，谈梨合了合眼，将酸涩压在眼底，然后露出随心的笑——

以前我总觉得，一生那么长，不到最后，怎么能知道自己真正喜欢谁……原来真的可以啊。

可以遇到那样一个人，当你抱住他，就好像找到了你从生下来就缺失的那一块拼图。你的所有棱角抱着我的所有棱角，不少一分也不多丝毫，寸寸相合，好像生来如此。

抱住那个人的那一刻，心底会有个声音告诉你——

这一生，除了你，我再不会爱上别人了。

番外一

前男友=现男友?

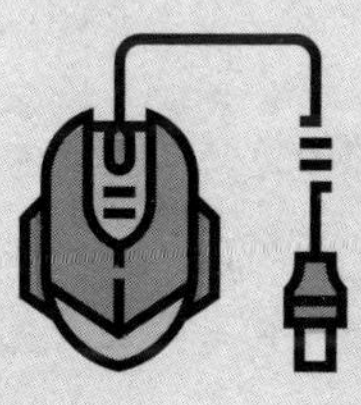

开年不久，赛季末的转会期也随之到来。

在国内赛区的粉丝占比里，ZXN 和 WWW 两支战队各据鳌头，总量过半。近三四年的时间里，因为 Liar 及其队伍的原因，ZXN 一度力压 WWW 战队位居榜首，不过随着 Liar 退役，ZXN 新队伍表现不佳，WWW 作为赛区最老牌战队，又隐隐兴起翻盘之势。

而转会期到来前，一则小道消息在圈内的走热，迅速点燃了大半个电竞圈的粉丝热情，更让两队及其粉丝群体之间的气氛微妙起来。

转会期前一周，梨子直播间。

小姑娘刚从镜头里露脸，就打了一个大大的哈欠："啊，大家好久不见……对，我终于出现了……什么度蜜月，明明是我终于熬过了恐怖的期末预习期，爬上来给你们开直播，怎么样，你们是不是很感动？"

弹幕度过起初的冷清，迅速热闹起来——不管谈梨愿意与否，自从她和 Liar 的关系公布，再加上某人直播间里一年不开一次、野草都快长成精了的盛况，谈梨的直播间粉丝以几何倍数增长——这波 Liar 粉的热度她是"蹭"稳妥了。

感动得快哭了！

谁知道 Liar 在不在你旁边，不敢动不敢动。

梨子都有黑眼圈了，真惨，F 大生活肯定不是人过的吧？

前面的别担心，能考进 F 大，本身就不在人类范畴里了。

等等，期末、预习期？

不愧是梨！

F 大期末预习期那么忙，你肯定没时间宠幸，咳，陪伴 Liar 神了吧，我有个好主意——把他分享给我们吧！让他替你开直播！一箭双雕！

谈梨托着脸颊看着一下子就热闹起来的弹幕，冷淡淡地哼笑了声：“我就知道，你们这群没良心的肯定不是来看我的，早就叛变了，对吧？”

她有一下没一下地敲着键盘，偶尔加入两个哈欠：“但是 Liar 他，他最近没时间，比我都忙呢。”

Liar 神忙什么，难道也准备进入主播大业了？

那梨哥你要失业了。

我我我我我准备好了！

谈梨扫一眼弹幕，笑：“少做梦了，等他开直播？那能等到地老天荒去。他最近在补课呢。”

补课？

正常……学业那种？

这么说起来，Liar 神 16 岁就进联盟了，最多，初中毕业？

很可能初中都没毕业呢，女朋友却是最高学府的……

突然酸了！

有个学神女朋友，Liar 一定过得很惨吧。

如果我初中没毕业，女朋友却是 F 大的，那我也会压力很大，努力考个成人高考什么的。

Liar 神真惨。

谈梨看着弹幕里的走向，又想起最近某人的学习速度——

在她人生的前十九年里，这还是第一次遇到一个同龄人，能让她不得不承认天赋和天赋、智商和智商之间，就是有着不可逾越的鸿沟。要知道，在以前，这种感觉只有她给别人，哪有别人给她的时候？

谈梨微眯起眼，不太爽地磨了磨牙："对，初中毕业，他可真是太惨了呢。"

但毕竟是自家男朋友，总算不是外人，谈梨恼火两秒，也就泄气地转开了注意力。

鼠标光标在游戏图标上停了几秒，又挪开了："今天精力不太行，就不玩这个了，换个别的——我最近预习期，有人看着不让我碰 LOL，说一盘太费时间，然后我就发现了一个挺好玩的小游戏。"

弹幕全员好奇，然后就见谈梨打开浏览器，在输入栏里噼里啪啦地打下一行字。

不愧是梨，你敲字的速度我眼睛都跟不上。

和梨子的手速比起来，我仿佛是个没有手的废人。

谁不是呢？

你这是要玩……

弹幕里多数人还没反应过来，面前已经是一个网页小游戏的开始界面。

那复古的画风，那童年的记忆，那怀旧的页面设计——

"《罗马金币消消看》！"随着蓝色的开始按钮被点下去，谈梨眼睛亮了起来，她朝直播镜头竖起拇指，"安利给你们，超级好玩！"

弹幕：我们可能粉了个小学生，吧。

这款《罗马金币消消看》是结合消消乐和经营游戏为一体的，在消消乐中通过消除获得材料和金币，建造罗马都市雏形。在消除关卡里，它是通过水瓶倒计时的。这种时候，和弹幕的互动就会格外干扰思路、浪费时间。

但是刚说完自己"精力不太行"的谈梨，就非常自如地一边和弹幕互动，一边以弹幕里许多人看都看不清的速度过关，甚至鼠标光标都没有过任何停顿。

玩消消乐都能玩出碾压的感觉，这仿佛和我童年玩的不是一款游戏。

没错，到这关我已经死很多回了。

我之前以为梨子碾压我们靠的是手速，结果是脑速。

兄弟们，快说点什么干扰她！

哈哈哈，你好坏，我好喜欢！

弹幕里绞尽脑汁“为难”谈梨，提出的无非是各类围绕 Liar 和她的八卦问题，直到一条新的弹幕出现。

梨子，最近圈内盛传，ZXN 的新打野 Living 要转会去 WWW 了，这是真的吗？

直播间内安静了下。

在电脑显示屏上，原本没有过停顿的光标突然滞住了下。但此时弹幕却无心为成功干扰到谈梨感到高兴了——能粉上谈梨的，或多或少都和 ZXN 战队有一点情感牵绊。即便从最开始就是谈梨个人粉的，也早因为谈梨对 Liar 的喜欢而额外关注 ZXN 了。

他们纷纷紧张地等着谈梨的回应。

却见直播镜头前，谈梨托着脸，慢吞吞眨了下细长的眼睫毛后，就一脸无辜地问弹幕：“啊？是吗？还有这种消息呢？”

一关结束，谈梨停下来，抬起手腕揉了揉手指，同时懒洋洋地说：“嗨呀，我这最近不是进入期末考试前的预习阶段了吗？连网都碰不了，哪有时间关注电竞圈的事情？”

梨子，你的演技真的惨不忍睹，Liar 神到底怎么忍你到现在的？

Liar 可是 ZXN 的王牌打野，虽然是曾经的，但以他和老队友们的关系，不可能不关注转会事情吧？他要是知道了，你怎么会没听说？

我听人说，去年决赛后台，有人拍到 Liar 现身赛场，就是去替 ZXN 分忧解难的。

ZXN 到底什么打算，他们难道真想放走 Living？

绝了，先送走 Liar，又把新秀拱手让人——ZXN 是做慈善的吧？

难道，Liar 会复出？！

看着满屏突然覆盖得密密麻麻的弹幕，谈梨顿觉头疼。

她敲了敲收声微型麦克：“停一停哦，不可能，我可不想待会儿看见自己上站内热搜，标题是什么《Liar 女友亲口承认他将复出》之类的鬼话——听我的，跟我念，不可能。”

谈梨一顿，露出个有点微妙又憋坏的笑：“想都别想，Liar 已经退役了。Liar 不可能回来了。”

弹幕仅剩的希望破灭，哭成一片，但没人察觉，谈梨最后两句里咬得极重的是“Liar”的称呼，仿佛在刻意强调什么。

呜呜呜呜，Liar 神真的抛弃我们了吗？

那 ZXN 怎么办，Living 虽然是新秀，但也是比较强势的打野了，他如果走了，谁能挑起 ZXN 这个以打野为核心的队伍的担子？

“船到桥头自然直，别急嘛！”

谈梨又通关一局新的消消乐，一边买上村庄，一边没心没肺地弯了下嘴角，她的声音轻淡，几乎没怎么收进直播间的话筒里。

“说不定……等到转会期，就会突然冒出什么惊艳的新人呢？”

转会期眨眼而至。

圈里一众大小媒体都把眼睛死死盯在 ZXN 和 WWW 两支队伍上。两家的基地外都布满了蹲点的记者，人手充沛的媒体甚至搞了轮班制，几乎把两家基地大门当成了自己公司的上班打卡点，一丝风吹草动也不肯放过，生怕错过什么和选手转会有关的重要新闻。

不负他们所望，进入转会期不到一周，WWW 就爆出个大新闻——前 ZXN 打野 Living，确定转入 WWW 战队。

虽然是圈内流传已久的小道消息，但真的被证实的时候，还是在选手和粉丝间掀起了轩然大波。

第二天，两家基地就差点被粉丝爆破，尤其是 ZXN，基地门外几乎拉起横幅要公开示威了。

无奈之下，两支战队的负责人一商量，开了个联合发布会，中心思想就是向圈内粉丝声明，出于 Living 选手本人和 ZXN 战队及 WWW 战队的整体考虑，三方自愿并且十分乐意完成这次选手转会项目。

各路媒体在到达发布会现场之前，本以为会看到情绪状态截然相反的两支队伍负责人，但是没想到，先到的 WWW 战队经理看起来喜笑颜开，后来的 ZXN 负责人却更是一副春光满面喜获新生的模样。

在联盟监督下，两方仪式性地完成转会签字确认书。WWW 战队经理检查完最后一遍文书情况，确定不会给对方恼羞成怒撕毁条约的机会后，他终于忍不住语气讥诮地开口："看来你们战队对 Living 确实观感一般，这么一位强力选手要离开，你们就这么高兴？"

"哎，这是哪里话？"ZXN 负责人笑眯眯地说，"我们对 Living 很重视啊，不然，Living 要走我们也不会管你们要那么多转会费不是？"

WWW 经理：还有脸提？

一个媒体摄像头转过来，几乎撑到脸上，WWW 经理连忙压下怒火，握着 ZXN 负责人的手，一边哥俩好地拍拍肩，一边从牙缝往外挤字："那你们开心成这样？别告诉我，是在强颜欢笑？"

"这个倒也不至于。"

"兄弟队伍这么些年，都这个关头了，连这点信息都要藏着掖着地卖关子？还有没有点战友情了？"WWW 经理扣大帽子。

"你们的战友情就是直接趁火打劫来我们队挖墙脚 Living？"ZXN 负责人笑眯眯地讽刺回去。

"……"

"你要是实在好奇，那我就告诉你吧。"

WWW 经理意外地看对方一眼，没想到对方这么轻巧松口。犹豫片刻，他连忙靠过去。

ZXN 负责人轻声说了几个字，然后在场媒体就亲眼见证了一场变脸——WWW 经理前一秒还笑意盈盈的，听完脸色唰地一下变了。

直到 ZXN 负责人笑眯眯地起身了，对着几个媒体朋友的摄像头举手打了招呼，WWW 经理才回过神来，也顾不得在媒体面前粉饰太平了，他僵着表情扭过头："不可能。"

"有什么不可能的？" ZXN 负责人语气不波不澜的，目不斜视地朝镜头微笑，"要不是为了那位，你觉得这么重要一场发布会，经理能不亲自过来，只让我自己来？"

"那你现在告诉了我，就不怕我给你抖搂出去？"

"我们自己说还怕刻意呢，你说我欢迎啊，刚好帮我们炒作一下，多招几个赞助商呗。"

WWW 经理脸上五颜六色地转了一圈，最后铁青着脸，咬牙转身走了。

各路媒体对这个和他们猜想中截然相反的结果大为惊讶，各自猜测起 ZXN 的负责人到底说了什么话。但不管他们怎么试探，ZXN 派出来的是个打太极的高手，三两句就给他们推到天边去了。

发布会最后，有媒体试探性地找了个切入点："关于新打野的接任人，不知道贵队是否已经有考虑了呢？"

ZXN 的负责人原本准备离席，闻言拿起话筒，微微一笑："希望支持 ZXN 的粉丝朋友们都耐心一些，我们确实已经有自己的考量了——今年 ZXN 一队会直接引进联盟职业选手外的新人加入，敬请期待。"

ZXN 负责人这话一出，不只是各路媒体受惊，其余本战队的、非本战队的粉丝全都被炸了出来。

发布会结束不久，ZXN 官博就沦陷在粉丝们的"讨伐"里。

新人？今年联盟外哪有什么拔尖的新人？

就是啊，今年的路人王都没个水平够看的，负责人高兴成那样，不会是从大师局捡来的“职业选手”吧?

还直接纳入一队，他们以为当初挖掘过一个 Liar，就人人都是 Liar 了?

一周后，ZXN 官方终于在血雨腥风后第一次站了出来，公布今年确定的选手名单：除打野位外，其余人不变。

而唯一变动的打野位上，也确实是一个崭新的 ID。

ZXN-Masker。

姓名：秦隐。

和其余人的半身像不同，新选手的长方形卡牌上只有一个黑色底片加一个灰色大问号。

鼠标光标移上去，显示一行灰色小字：“新选手定妆照请待官宣。”

选手名单一敲定，ZXN 粉丝们立刻行动起来，纷纷搜索起这个从未有过姓名的 Masker 是何许人也，结果一出来，所有人都蒙了——这竟然还真是个大师?

大师段位的路人都敢要? ZXN 疯了?

还不进二队直接一队?

这是金主家的亲儿子吧?

敬请期待了一顿，就期待了个大师出来? ZXN 高层脑子进水了?

秦隐……不是，你们就没一个人觉得，这个名字有点耳熟吗?

没有，一个大师的名字不配被耳熟，谢谢!

等等，那个梨子的前男友叫什么来着? 就和 Liar 投票 PK 过的那个 F 大高才生。

我去查过了，姐妹们，当初和梨子双排的那个前男友的游戏 ID 还真就是 Masker，是他没跑了。

啊，这，梨子的前夫哥?

听起来有点厉害啊!

但如果真是他，我对他的下饭操作有印象，那可是一炀哥和梨子加起来都救不回来的。

ZXN是招了个花瓶进来？

ZXN新打野、大师新人、梨子前夫哥……几个标签加起来，整个圈子的目光都被吸引过来了。当然，嘲讽占了绝大多数。

不久后，ZXN官博放出新选手的定妆照。

黑色队服，碎发，眉眼冷冽，鼻梁高挺，薄唇凌厉。

一切都很陌生，唯独眼神里，带着一种让ZXN老粉们无比熟悉的轻薄冷淡。只看着那双眼，好像下一秒就能听到那人轻嘲低嗤。

这盛世美颜，确定是选手，不是找的队服模特？

这张脸我可以，我真的可以！

太像了！

像什么？

问像什么的假粉滚吧！

应该不是啊，他左耳不是没耳洞吗？虽然这个眼神真的太像了……

重金悬赏一个P图高手，我这儿有Liar侧身队服照、梨子和前男友高糊合照、WWW战队小组赛疑似Liar本人侧身照，再加上官博这张，我现在就想知道我心里那个恐怖猜测是不是真的！

高手在民间，4个小时后，多细节、多对比、64倍放大研究后的照片合集变成了实锤证据，砸在了ZXN官博下面。

XT平台站内热搜有一条迅速攀至榜首——ZXN战队新人秦隐Liar？

ZXN官博果断装死。

在线吃瓜的梨子被殃及池鱼，最新几条动态几乎是几分钟里迅速沦陷，所有评论区前排全部被刷了屏，所有人都在追问质疑，私信里更是直接爆炸。

好在谈梨早有心理准备，暂停吃瓜后她拍了拍手，挪过键盘，轻飘飘敲了一行字，按下 Enter 键。几秒后，动态刷新——

梨子 lizi：

别问了。

问就是前男友秦隐，现男友 Liar，爱信不信。

发完以后，谈梨看都没看爆炸增长的评论数量，直接关掉 XT 平台。抱着手机原地想了想，谈梨笑嘻嘻地拨出一通电话去。没响几秒，电话就被接通了。

对面是个冷冷淡淡但对她总是格外耐心的好听声音：“睡醒了？”

“嗯，”谈梨歪倒进大床里，蹭着带着某人身上淡淡清香的布料，没心没肺地问，“你今天能结束吗？”

“可以。”

“好。”

谈梨开心地滚了半圈，朝向落地窗。阳光扫尽天边最后一丝阴霾的云，它透过树梢，暖洋洋地铺下来。

谈梨弯眼笑，没个正经地开口：“男朋友，等你回来侍寝哦。”

对面沉默几秒，然后淡淡嗤了下，那笑意从容而勾人：“要前男友还是现男友？”

谈梨乐了。

“小孩儿才做选择，大人都要！”

番外二

你就宠她吧

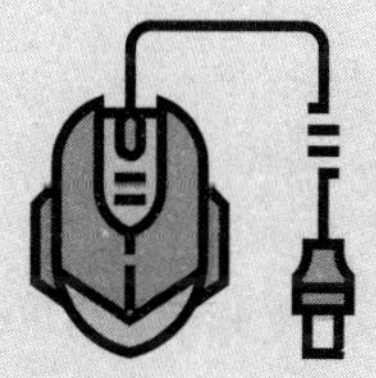

关于 ZXN 新打野 Masker 是否就是退役半年的第一打野 Liar 的讨论，在圈内盛行了很长一段时间。但无论各方如何求证，ZXN 始终没有给出任何直接回应。即便粉丝们手里铁证如山，这件事也到最后都没有得到官方定论。

直到新的赛季开始，ZXN“新人”打野在前几场比赛里就迅速展现出的对团队无与伦比的熟练调配能力和团战掌控能力，无疑是给 ZXN 的所有粉丝交上一份无言的答卷。

第一场正式比赛结束后，“新人”打野 Masker 注册的 XT 平台官方账号下，原本的疑问求解被蜂拥而至的老粉们埋没，前排的评论多数只有一句话——等你王朝重建。

本来是非常热血澎湃的场面，Masker 也秉承了 Liar 的一贯高冷风格，一个都没回。

转折点开始于谈梨在自己的直播间里听说 Liar 老粉组团去 Masker 动态下打卡团建的事情。直播间里有粉丝煽动着谈梨也去打卡，谈梨才不上当。装傻一贯是她的拿手技能。

“重建王朝？干吗要说这种话？人家 Masker 还是新人，多给他压力啊，这样不好。”

你装，你继续装！

Masker 要不是 Liar，我头拧下来给你俩当电灯泡挂着好不好？

前面大哥，不至于不至于。

算了算了，梨子不承认肯定有隐情，说不定是签了什么保密协议之类的，你们就别为难她了。

反正大家都在打卡，就当 Liar 旧粉给做的战队支援了，梨子去吧。

“不行，这不合适，”谈梨一本正经地拒绝，“隔壁 WWW 还踌躇满志，我们搁 ZXN 新人那儿说要王朝重建，多破坏两队的战友情啊！”

ZXN 和 WWW 什么时候有过战友情这种玄乎的东西了？

这也是我一直迷惑的，两家粉丝这些年不是一碰面就打吗？

没错，唯一和谐的时候就是一炀独享联盟内和 Liar 双排殊荣的路人局上分时刻了，除此之外有个毛线战友情啊！

别找借口啊，梨哥！

Liar 老粉可都聚齐了，就差你了，你要是坚持不去，反而显得心虚啊！

心虚！

没错，就是心虚！

眼看着弹幕里“心虚”两个字刷屏刷得谈梨都快不认得了，她只能妥协：“好好好，去去去。”

在整个直播间粉丝们的监督下，谈梨磨磨唧唧地打开了 XT 平台，找到了 Masker 的主页。主页里干净得接近荒芜——唯一一条动态，就是这人进队时，象征性地转发了一下 ZXN 官方通告。

真的是“象征性”，说转发就转发，多一个字多一个表情包都不要想。

谈梨木着脸。

弹幕里也跟着乐了——

哈哈哈哈，Masker 还真是伪装都不伪装一下啊！

这么冷淡风的动态主页，我只在 Liar 那里见到过。

梦回当年，兄弟们把泪目打在公屏上。

泪目！

梨子，别麻了，快回复！

谈梨连忙把目光挪回到电脑显示屏上，同时她手机里偷偷编辑好的那条消息，嗖地一下飞了出去。几秒后，远在P市的另一个角落，正在基地理疗区桌台上的手机振动了下。

在理疗仪上合眼休息的秦隐听见那声特别提示音，支开眼皮，右手拿起手机，轻划解锁。消息框里，一个小秃子泪流满面的表情包，后面跟着一句话——

“我被粉丝们赶鸭子上架了，你别理我就行。”

不等秦隐理解这话里意思，手机又是一下振动。状态栏里跳出新消息，XT平台特别关注的提醒：您特别关注的用户@梨子lizi回复了您。

秦隐有所预料，薄薄的唇角不自觉地勾起来点弧度。

旁边理疗师直身时察觉，皱眉：“哎，Liar，不是不让你碰手机……嗯？你是在对着手机笑吗？”

“抱歉，”秦隐放了放手机，视线和理疗师对接，“女朋友的信息，我回一下。”

理疗师叹气：“行吧，赶紧啊。”

“嗯。”

秦隐顺着那条推送，点进了XT平台后台。最新评论来自梨子——

等你王朝重建。

（本条为复制粘贴，仅表示作为ZXN队粉支持ZXN新打野取得更好成绩，不代表对任何问题的回复或者态度，请勿以此截图为任何论据实锤，概不承认。）

楼中楼里多数是梨子那些看热闹的粉丝们，也夹杂一小撮黑子喷子。

哈哈哈哈哈哈哈，论梨子的求生欲能有多强。

我要是ZXN公关部，我就招梨子进来上班，滴水不漏，太敬业了，感动！

戏太多了吧？如果都发一样的，那这么多回复，谁会注意到你啊，还又强调这个又强调那个的，真能给自己加戏。

呵呵，括号里内容就是给你这种最爱妄加注解的人补充的好吗？

梨子，放弃吧，你就算说一句话就补上八千字小论文注解，听不懂人话的永远听不懂人话，别理他们。

楼中楼里吵架，连累着谈梨作为较晚回复，在动态的评论区内位置也一点点攀升起来。

谈梨叹气："各位哥哥姐姐弟弟妹妹，高抬贵手，放杠精喷子们一把，也放了我——别再顶楼了，我不想站那么高。"

弹幕里笑成一片。

正主都不计较了，粉丝们自然也不会太较真。我方偃旗息鼓，喷子们无处发挥，眼看着楼中楼的热度终于要降下去了。然而再一秒刷新，谈梨惊见自己在评论区位置直升第一。

原因无他——

Masker 回复 @ 梨子 lizi：你们别欺负她。

谈梨："……"

弹幕乐了。

哈哈哈，喜闻乐见！

这可不怪我们了。

这口狗粮，差点给我当场送走。

有生之年还能见 Liar 这样主谓宾俱全地说话，我怎么感觉我只看几个字都能脑补出一副温温柔柔的语气了？

呜呜呜，别欺负她！朝我来！能换 Liar 这么一句话，被欺负死也值了！

别做梦了，你以为他"电竞渣男"的称号怎么来的？换了我们，他绝对眼神都不会给一个的。

过于真实，举报了。

新粉问一句，这不是Masker的回复吗，和“电竞渣男”有什么关系？

“电竞渣男”啊，突然怀旧。

第一个敢喊他“电竞渣男”的人，终于成了他唯一放在心尖上、不会渣的人了。

别喂了，都快被这缸自动填充的皇家狗粮撑死了！

谈梨此时不在镜头里，也没工夫顾上直播间里被虐得狼嚎遍地的单身狗们。

她正拿着手机声讨“罪魁祸首”：“你害我！”

对面声音低哑带笑：“我没有。我只是让他们别欺负你。”

谈梨被那个声线撩得心魂一荡，又连忙镇定回来，她木着脸：“我替你努力掩藏的心血都付诸东流了。”

秦隐没拆穿她的心血没人信过的事实，就纵着她的意思接：“你可以继续挽救？”

谈梨皱着眉：“这还能怎么救？”

秦隐：“等下看。”

谈梨：“？”

电话结束，谈梨回到直播镜头前，就见弹幕里一片笑嘻嘻的——

看梨哥表情，肯定是讨伐Liar去了。

谈梨抿了抿嘴，微笑：“怎么会呢？我是去跟Liar解释，让他别误会——”

话没说完，显示屏上评论区页面刷新，她的评论下多了一条新的回复。

Masker回复@梨子lizi：你们别欺负她。

Masker回复@梨子lizi：来自前男友爱的关怀。

谈梨："……"

弹幕："？"

静止数秒，然后，弹幕里笑疯了，全员刷屏：你就宠她吧！

梨哥：气！

随着双份课业的繁忙，谈梨的直播内容逐渐日常化，不再是每天峡谷见，但她的粉丝数量却与日俱增，到春季赛结束，她俨然成了XT平台的几个大主播之一。

XT平台有时候会给一些粉丝量比较多、影响力比较大的主播布置一些任务，类似参加线下活动、代表平台和平台的合作方搞一搞直播互动之类的。春季赛结束，这样一个任务就落到谈梨身上。

按惯例，谈梨这种没把直播当赚钱而只当消遣的主播是最难搞定的，她之前也已经拒绝过不少类似要求。但这次不太一样。

周五一早，谈梨从P市E区的某个地铁站口出来，走向计程车上车点。上车点此时还没有车辆来，她就坐到椅子上，按照提前给粉丝们发出的通知，用手机打开了XT平台的直播。

粉丝们蹲点已久，刚看见直播间开了，第一时间拥进来。

梨哥，早上好！

早上好啊，梨子！

啊啊啊，我等好久了！

今天到底是什么惊喜啊，我都心痒痒了一早上了。

咦，今天换直播背景了啊，怎么声音有点杂，好像在外面似的？

谈梨困得直打哈欠，睡眼蒙眬地从弹幕里扒拉出来几个问题，瘫在椅子里带着小睡音儿回答："早上好，我现在在计程车等候点，今天的直播没有游戏，是日常直播，不喜欢的水友们可以点退出了。"

不愧是梨。

别的主播都死活想留下我们，就你，每次一开口就想劝退我们。

我不，我叛逆期，我就要看日常。

在等计程车，难道今天是旅游直播吗？

“不是旅游直播……不过非说是也行，我今天确实要带你们去一个你们没去过的地方。”

直播间在线这么多人，你怎么知道我们没人去过，太大话了吧？

梨子这个快瘫在椅子里变成液体的状态，肯定懒得和我们开玩笑，那就是真确定我们没去过了。

好奇什么地方。

谈梨转转手机，让直播镜头朝向身旁环境转了一圈：“喏，我现在在P市E区，待会儿要坐计程车去郊区。你们猜我要去哪儿？”

这，P市E区那么大。

没去过P市，这谁猜得到？

P市，E区，还是郊区？ZXN老粉表示这个地址指向有点耳熟。

ZXN基地吗？

恰巧此时，谈梨面前的等候区上来一辆计程车。

谈梨坐进车里后排，报出一串地址。

车里安静，直播间粉丝们清晰听到了谈梨的发音，弹幕里沸腾了。

真是ZXN基地！

我记得ZXN一直没开放过任何对公的参观直播，这是第一次吧！

就连当年“佳期dream”是XT平台第一女主播那会儿，ZXN都只允许她不带录影设备进入，而且只在外区，朝选手训练区远远拍了一张照片而已！

梨子，是全程直播吗？

“对，是全程直播。”

谈梨还想说什么，却被驾驶座的司机插了话。

“小姑娘，我看你给我的这个地址，你是要去那个什么ZXN基地吧？”

“啊，”谈梨视线挪开，“是的，有什么不方便的吗？”

“没有，我就是问问，我之前也接送过不少想去那边的客人，我回去以后还专门找人了解了，说是个游戏团队，粉丝很多。”

谈梨露出笑意：“嗯，他们很厉害。”

来了来了，狗粮它又来了！

梨子说他们很厉害的时候，看眼神更像说“我老公超棒的”。

慕了，我也想有那么一个盛世美颜、游戏超神的老公。

谁不想呢？

Masker那张露脸队服照，我都已经设置成手机屏保了，每个早上都被他帅到清醒。

看见镜头里这个女人了吗？我们只能被照片帅醒，她却能被照片里那个真人亲到醒。

别说了，我一个大男人也好酸。

弹幕里的走向让谈梨有点忍俊不禁，而司机也在片刻的犹豫之后开口了：“我之前接送过的客人里也有你这样的小姑娘，不过你得做好心理准备——他们那边的安保人员比较冷血，之前有三个小姑娘一起去的，扒着安全门求了人家一上午，人家门缝都没给开一条。”

谈梨回神，笑着解释：“安保人员不是冷血，是比较负责。如果粉丝去就能放进去，那基地里的选手们就没法训练了。”

司机意外地从后视镜里看了她一眼：“听这话，你不是他们粉丝啊？”

谈梨晃了晃自己的手机：“我也是，不过我不太一样，我是接了他们合作平台的任务，专程去做参观直播的。”

司机:“哦哦，原来如此。”

谈梨解释完，视线落回直播间里，这才发现弹幕里已经嗨起来了。

对对对，她不一样。

梨子确实不是粉丝，梨子是家属啊。粉丝不让进，选手家属还能不让进吗?

别叫梨子了，人家都是登堂入室的正宫级别了，以后就叫Liar嫂。

谈梨起初装死，随便他们怎么打趣，但看到那句改称呼的终于忍不住了:“拒绝，太土味了。”

你在嫌弃我们Liar神?

楼上阅读理解满分。

行了，新的热搜标题有了,《Liar女友梨子亲口承认自己嫌弃Liar》。

绝了!

不过Liar这个男朋友当得一点都不称职啊，女朋友要来基地，他自己不亲自来接也就算了，竟然都没派辆车来?

谈梨的老粉们都深谙套路了——别的什么谈梨都可以无所谓，不在乎，唯独抹黑Liar的话，那是一个字都别想在她面前平平顺顺地过去。

这一招对谈梨屡试不爽。

果然，刚看见这番言论刷屏，谈梨前一秒还困得睁不开眼的表情立刻变了，像个竖起刺的刺猬，她警惕地盯着屏幕。

“别出去胡说带节奏啊，今天这趟是瞒着他来的，按基地那边的意思，给选手们一个突然袭击——和他没关系。”

又是一嘴狗粮!

梨子的护短在 Liar 身上真是发挥得淋漓尽致。

这小两口每天都是互宠模式，我已经习惯了。

等等，梨子刚刚这是不是承认了什么？

噫？

谈梨一秒反应过来，立刻软趴回去，一双无辜的黑眼睛滴溜溜地转：“啊？我承认什么了？你们不是说以 Liar 和 ZXN 的关系，应该找车来接我吗？我说他不知道我今天要去 ZXN 基地，我承认什么了？”

填坑能力就服你。

你就补吧，我就不信每一回都能被你圆回去，没有补漏的那一天。

没错，早晚抓到你们苟且的证据！

在谈梨的心虚里，计程车把她送到了 ZXN 基地外。早就准备好的基地工作人员偷偷把她领了进来。

谈梨每个月固定来 E 区给秦隐补课，所以这也不是第一次来 ZXN 基地了，一路穿院进楼都算轻车熟路。

在 ZXN 基地主楼的一楼门内，谈梨见到了 ZXN 的经理，两人打了招呼。

谈梨不放心地看了一眼手表：“这个时间还不到中午呢，不会打扰到他们休息吗？”

“已经起来了，”经理扶了扶眼镜，幽幽地说，“鉴于今年春季赛队内因为流感全军覆没，差点错失冠军，队里吸取教训，要求他们每天晚上不得晚于 2 点入睡，每天上午不得晚于 10 点起床。”

谈梨抽空扫了一眼弹幕，笑。

经理察觉，抬头：“怎么了？”

谈梨：“粉丝们说很遗憾，没办法看到除狄达以外队内全员的睡颜和肉体了。”

哈哈哈哈哈！

Dida：有被冒犯到！

Dida：我谢谢你们！

谈梨没来得及往后看，就听经理突然平静地蹦出来一句：“睡颜确实没办法了，肉体可以。”

谈梨惊恐抬头，差点把手机镜头抱进怀里：“乔经理，我这可是正经直播，你别害我。”

经理抬了抬眼镜，并没有因为这个玩笑动容：“我是阐述事实。”

谈梨：“？”

经理：“除了尽量早睡早起外，队内还要求选手们每天适量定量地运动健身，以增强免疫力——他们现在就在健身室锻炼。”经理说完，还非常严谨地补充了句，“健身室内为了选手关节考虑，中央空调温度较室温偏高，穿得比较单薄，所以都是肉体。”

谈梨犹豫了下，压低声音问：“这个能拍吗？选手们会不会不高兴？”

经理认真思索数秒，还是那副没表情的严谨模样，得出结论：“秦隐会不高兴，但是你来拍所以没问题；尤上会不说话，那是常态，不是不高兴；其余人，尤其狄达，他可能会抢镜头展示他并不存在的肌肉。”

谈梨：“。”

哈哈哈哈哈哈哈，我要笑死了！

经理真的深谙每一个选手的脾性。

Dida风评日常被害。

那就快走吧！我要看！

画重点，重点在第一句啊，兄弟姐妹们，虽然我知道梨子肯定能圆回去。

这个啊，这个叫狗粮代喂。

谈梨装作没看见弹幕里的反应，跟着经理把ZXN基地简单参观了一小圈，然后就被带到了三楼的健身室。健身室占据三楼大半面积，基本都是玻璃墙设计，上楼以后，绕出长廊，没几步就能看见选手们在里面健身。

然后谈梨就发现，经理所谓的“穿得单薄”实在是太谦虚了。

除了秦隐是运动黑T恤、尤上穿着队服内搭T恤外，其余三个已经赤着上身了。尤其狄达，不知道刚做完什么运动，汗流浃背地趴在一架运动器材上，喘得像条大狗子。

或许是习惯了基地内的工作人员在玻璃房外来往，队员们都没注意到谈梨和经理接近。

直到经理镜片一闪，推开玻璃门，队内几人的目光前后落过来。

“衣服衣服，尤子快把衣服扔我！”

“嗨呀，慌什么嘛，年轻人，我们美好的肉体就是要展露给别人看才存在的！梨子，你看达哥帅吗？达哥的腹肌看到了吗？唔唔唔！”

秦隐是队里最后一个抬头的，却是第一个反应过来的。他原本在跑步机上慢跑，回头看到谈梨以后立刻停了下来。运动带把他送到跑步机后，他直接跳下，快步走过来——中途顺手拿毛巾堵了狄达的嘴。

几秒后，秦隐停到梨子面前，挡住了她和直播镜头的视野。

弹幕急了。

别挡着呀！

虽然Liar神的盛世美颜我很想看，但以后总有机会看，Treasure、小冯和达哥的肉体可没那么多机会！

我看错了吗？Treasure是不是一身肌肉？！还是特别强的那种！这不科学，这是打电子竞技的宅男们应该拥有的肌肉吗？！

梨子，快让我再看一眼！

谈梨瞥见弹幕，哭笑不得：“咳，那个，Masker选手，你好啊，我是代表XT平台来做参观直播的。”

谈梨说着，直播镜头已经自觉绕开秦隐，朝被他挡住的地方拍去。

为了确定取景范围，谈梨自然也得欣赏，不是，也得看一下选手们美好的……

一道身影罩下来，完美遮蔽了谈梨的视线。

谈梨无辜仰头，对上那双黑得幽沉的眸子：“Masker 选手？”

秦隐俯身，伸手轻托住女孩后颈，使她没法再绕到他身后去看什么。

他声音带着运动后的一点沙哑，低气压地问：“好看？”

谈梨的求生警铃一秒拉响。她摇头如拨浪鼓，严肃又正经：“没你好看。”

秦隐：“那就看我，别看他们。”

谈梨推锅给直播镜头：“不是我要看的，他们要看。你那些粉丝看到 Treasure 的肉体后都叛变了，说不要看你，要看肉体。”

秦隐没反应，仍旧垂着眼看她：“那你叛变了吗？”

谈梨想躲，可惜颈后那只手“温柔”地勾着她，仿佛掐在猫后脖颈的命运之手。

谈梨于是只得露出自己无辜又诚挚的眼神：“怎么可能？真的是他们，这毕竟是平台任务，我是敬业的……”

秦隐拿过谈梨手里的直播手机，塞给一旁站着看戏的经理：“满足粉丝的心意吧，大乔。”

经理木着脸接过手机。他低头一看，就见到了亢奋的弹幕——

我不要看肉体了！我要吃狗粮！让我吃！

这真是 Liar？那个高冷大神 Liar？？他竟然也会吃醋？？？

第一次在 Liar 神身上看到占有欲这种东西。

妈呀，他们一对上眼神开始就好甜啊！

没人觉得，Liar 勾着梨子低头说话那个动作和眼神，特别欲吗……

我早就发现了，姐妹！

已经截屏了！

谈梨身在局中浑然不觉，只听见了秦隐对 ZXN 经理的那个称呼——大乔？

谈梨忍笑的眼神要落过去，可惜没等她看上戏，他的注意力又转回来了。

再次被命运捏住后颈皮的谈梨被迫收敛笑容，她假装乖巧地转回眼，仿佛一只无辜的小猫咪：“我不叛变，真的。”

秦隐：“真那么想看？”

谈梨眼睛亮了：“说想看就能看了？”

秦隐眸子一深，但还是忍下来：“嗯。”

谈梨灿烂展颜：“那我想看你的！”

秦隐：“？”

趁秦隐被她的套路意外到，直播镜头也被经理带到里面，谈梨往前一抱。

运动黑 T 恤宽松的衣角被一只不安分的小白爪偷偷撩起来，谈梨躲在秦隐身前，借着没人看到的死角，狠狠轻薄了他一把。

秦隐蓦地回神。他垂手一按，把小姑娘的手爪隔着衣衫握住。

“哇哦，”谈梨的手指不安分地勾了两下，无辜仰脸看着那人，“我们 Liar 还有腹肌的吗？”

秦隐压下黑得如墨的眼眸，半晌才无奈哑声：“别闹了。”

谈梨灿烂地笑，要坏地仰头望着他：“那你求我呀。”

秦隐叹气。他慢慢低身，单手抱紧了怀里的女孩。然后他埋进她锁窝里，嗅着女孩长发间淡淡的花果香。

秦隐哑出低低的一声喘息：“求你了，梨子。”

“……”

不到三秒，谈梨原地表演了一个自作自受、脸红透顶。

喂，警察叔叔吗？这里有人拿声音“开车”啦！

番外三

升温日记

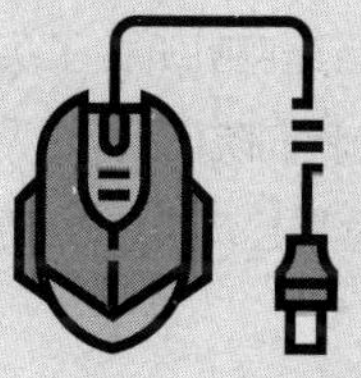

1. 毕业记

F 大 12 级学生毕业典礼那天，是个特别燥热的夏日。

学生们套上宽大的学士服，在烈日炎炎下冲进阳光的暴晒里，黑色的布料把空气里的热量足足吸附在身体表面，仿佛一场活体炭烤大会。

谈梨是那种不太容易出汗的体质，热量全积聚在毛孔里，帽檐下的瓜子脸也被烫得红扑扑的。

信工专业的要求是先以班级为单位，在学院楼下集合。男生们被调去文学院帮忙做体力活了，在集合点出现得稍微晚些。谈梨到了学院楼下，躲在那敷衍人似的有一块没一块的树荫下，被烤得蔫巴巴的。

她讨厌夏天，夏天只适合在召唤师峡谷里度过。

秦隐和其他男生一起回来时，看到的就是树下那个拿脚尖慢吞吞调戏草叶子的小姑娘，和她脚边被暑热压弯了腰的草叶一样，谈梨看起来没精神极了。在一群兴奋地左窜右跳合照录像的女生中间，数她格外扎眼。

秦隐一停，然后无奈地笑着过去："怎么不去拍照？"

谈梨歪靠着树，听见声音磨磨叽叽抬了头："你去哪儿了？"

"文学院那边缺男生，找我们院借人。"

"文学院？"谈梨机警地竖起耳朵，"就是那个女生占比 95%、号称'死而无汉'的女子学院吗？"

秦隐停顿了下，垂眼一笑，伸手点她额头："你每天都在想些什么奇奇怪怪的词？"

秦隐手指凉冰冰的，一点上来就戳得谈梨精神一跃，于是他的手没能顺利落回去，刚垂到半空，就被树前的小姑娘一个灵敏跳跃，抱住了拖回去。

“你刚刚碰冷水了？”谈梨抱着秦隐的手，轻皱了下眉。

秦隐：“室外水龙头，没有温水……”

话没说完，就被小姑娘身上传到他手上的温度“烫”停了。

秦隐身影一顿，意味不明地低下眼，望着面前把他手侧放到颈下的谈梨。

谈梨收到目光信号，无辜回视：“我只是帮你手指手腕升温，你的关节不适合碰凉水。”

说完，她又在他手背上蹭了两下，不打自招地感叹：“好像冰袋啊。”

秦隐一笑，随她摆弄去了。

但把他当人形冰袋的小姑娘并没因此老实下来，一边舒服地蹭着他手背一边不安分地问：“文学院应该有很多漂亮的小学妹吧，你们去帮忙的时候，没有看到特别漂亮的？”

秦隐没说话，似乎在回忆。

他手背上的温度慢慢下降，过去两秒，温度消失了。

秦隐回眸，只见谈梨双手握着他手腕，眼神凶巴巴的，一副威胁模样，像是一旦他说有，下一秒就要叼上去了。

秦隐失笑。他还挺想逗逗她的，但是又怕她真信了难过，所以抬起另一只手，安抚地摸了摸小刺猬脑袋：“没印象。”

“……”

小刺猬放软了刺，把他的手拖回去蹭之前，她小声嘀咕了句：“反正没我漂亮。”

这倒不是自恋。从大二上学期，谈梨把长发染回黑色开始，她就霸占着F大校花的位置没再下去过了。

想到这个，蹭着秦隐手背的谈梨一抬头，眼神逐渐使坏：“你说，为了庆祝毕业，我把头发染成彩虹色好不好？”

“不好。”秦隐不假思索。

谈梨："噫，你果然歧视我们发色不一样的。"

秦隐低头看这个没良心的："难道我认识你的时候，你是正常发色？"

谈梨龇牙："那就让我染！"

秦隐："不行。"

谈梨："为什么？"

秦隐伸手撸了一把"刺猬毛"，眼底掠过点淡淡的笑："什么颜色都好看，但是染发会增加致癌风险。"

"……"谈梨木着脸，转开头，"古板老干部。"

秦隐："嗯？"

谈梨扭回头，灿烂地笑："没什么，我刚刚在夸你德艺双馨呢。"

秦隐自然知道不是，但也没和她计较。他抽回手，给小姑娘把学士帽戴正了，学士服领口代表工科的黄色绶带也被他整理妥帖。

"好了，去和你室友合照吧。"

谈梨摇头："我跟她们说过我不拍照了。"

秦隐意外："为什么？"

谈梨挽住秦隐胳膊，挂在他身上懒洋洋地说："谁让我男朋友大四才回到校园，还自己住一个寝室，连个朋友都没有。听说他因为跳级的缘故，从小的毕业典礼都是孤零零一个人，要是现在连我都扔下他，那他也太惨了吧？"

说完，小姑娘仰脸，笑得比头顶上太阳都灿烂似的："我说得对吗，男朋友？"

秦隐失笑："男朋友习惯了。"

"那也不行。"谈梨一翻身，面对面转到秦隐眼皮底下来了。

她眼神俏皮地盯着他："以后你人生里所有的典礼都被我包了！你就从现在开始重新习惯吧！"

秦隐盯她两秒："好。"

他抬手，把谈梨抱进怀里，隔着被日光灼得烫热的学士服，他压低了声："这可是你说的，小孩儿，不许反悔。"

"绝不。"谈梨笑着回抱住他。

不远处，路人的相机咔嚓一声。

阳光烂漫，树叶疏影，相拥的两人被烙成一幕定格的美景。

2. 同居记

谈梨的情况注定了她没办法融入正常的职场环境。有大学期间的直播经历在，她没怎么纠结就做好了当全职主播的决定。

母亲留给她的不动产和基金存款老老实实躺在她名下，谈文谦在她大学期间多次示好送来的车、房也被扔到一旁吃灰，谈梨大学期间和 XT 平台签约的主播收入，已经足够她在 P 市市中心买下一套价格可观的房子。

正式离校前一天，谈梨让人把两个小行李箱送去新房子，然后就挎着自己的小包来到了男寝楼层。

现在 6 楼里已经换成了低他们一两届的学弟，但学弟们对谈梨的出现也已经见怪不怪了。整个混合寝 6 楼的男生们都知道，走廊尽头 656 寝室住着全校男生公敌——同时占有了他们校花梨子学姐和校草宝座的男人，秦隐。

对方还是联盟里唯一拿过四冠、帮 ZXN 核心战术成功转型后才功成身退的传奇第一打野。

最令学弟们心痛的是，自从秦隐回到校园，他们几乎每天都能看到漂亮的梨子学姐蹦蹦跳跳从走廊上过去，最后跳进那个男人的怀里。长此以往，6 楼铺的已经不是水泥，是满地稀碎的少男心。

今日如往常每一天。

谈梨到 6 楼寝室尽头的时候，656 的寝室门留着一条门缝。她推开门，就看见秦隐站在桌旁，在给桌上物品归拢分类。旁边放着两个边角齐整的纸箱。

谈梨趴在门边，只往里探头："小哥哥，上门服务需要吗？"

秦隐背影一僵。片刻后，他转回身，抬起的眸子里微微黑沉："什么服务？”

“上门服务啊，”谈梨嬉笑着走进来，“比如整理东西啊，搬家啊，车接车送啊……”

话到尾音，谈梨停在秦隐身侧。她攀着他手臂一踮脚，下巴垫到他身上，笑得没心没肺：“不然，你以为是什么服务啊，小哥哥？”

秦隐没说话，揉了她长发一把，侧过身去继续收拾书本了。

谈梨无聊地等了会儿，终于忍不住跳到被秦隐收空的书桌上。她坐在桌边晃着裙子下白生生的小腿，撑着桌面问：“阿姨还是坚持要你去总公司实习？”

“嗯。”

“你答应了？”

“嗯，”秦隐码齐几本书，贴着箱子内壁放进去，“就算以后要交给职业经理人打理，公司的基本业务我还是要亲自上手熟悉一遍。”

谈梨装模作样地叹气：“唉，我们Liar的职业生涯还真是跌宕起伏啊。”

秦隐被她逗得一勾嘴角，没说话。

谈梨垂在桌边慢悠悠晃着的腿停了下来。片刻后，她轻眯起眼，从桌上跳下来，几步就走到秦隐身旁。谈梨往前一趴，抱住男人精瘦的腰身。

秦隐手里动作僵停了下，很快他垂眼，低声问：“怎么了？”

谈梨仰头：“我怎么觉得，你这次回来以后，好像对我越来越冷淡了？”

秦隐：“没有。”

谈梨愈发狐疑：“可是如果像以前，我这样抱住你，你会抱回来，现在你都不碰我了。”

秦隐没说话，眸子里似乎晦暗了点。

谈梨一点点踮起脚尖，凑上去，眼神紧盯着他：“难道这就是传说中的四年之痒，你已经对我没兴趣了？”

秦隐一抬手，把小姑娘压回去，无奈低声：“别胡思乱想。”

“真的不是？”

“不是。”

“那你看着我眼睛说。”

秦隐放好书，直起身，抬起的手停顿了下，还是克制地落到小姑娘头顶，他微微俯身，眼睛漆黑幽深：“看清楚了？”

谈梨紧紧盯着他眸子，一点得逞的笑意慢慢攀上她的嘴角：“那我知道了。”

“知道什么？”秦隐在她的呼吸扑上来前直回身，再开口时，声音有点莫名发哑。

谈梨却没再说话，她从随身的小挎包里摸出了一张黑色卡片，举到秦隐眼皮底下晃了晃：“知道这是什么吗？”

“嗯？”

“我在你们公司附近买了一套房，这是门禁卡——为了你上班方便，以后就住去那边吧。”

秦隐低头，拿着被谈梨放在掌心的卡片翻转了下，他淡淡一笑：“这算是‘包养’礼物？”

谈梨眼睛亮了，认可地拍拍他肩：“你很上道嘛，小哥哥，怎么样，跟我走吧？”

谈小富婆说完就踮了踮脚，试图勾住被自己“包养”的“大美人”的肩颈，可惜 20 厘米的身高差距不是闹着玩的，她没够到。

谈小富婆尝试几次终于放弃，她落回脚跟，不满地朝他招了招手：“你低一点嘛。”

秦隐：“等我收拾好箱子？”

谈梨：“不行，你的金主小富婆说她现在就想要抱抱。”

秦隐不觉莞尔。

手里的书被他放回去，他拉过一旁的电竞椅，坐进去，然后朝谈梨伸手：“过来吧，小富婆？”

小坏蛋眼睛一亮，只差原地起跳蹦进他怀里了。

爬上去后，她得寸进尺地攥着他的衣领把人轻薄了好一会儿，然后才盯着某人被自己蹂躏得发红的薄唇，轻着声说："我让人在楼下等了，待会儿他们就上来帮你把箱子搬过去。我们晚上一起吃晚饭，吃完后我带你去看新房？"

秦隐垂眸看着怀里的小姑娘，眼底情绪压了又压，才哑声道："好。"

晚上，计程车把两人送到市中心的独栋公寓楼楼下，谈梨拉着秦隐下车，指着高楼中间的一层。

"29层，我们就住那儿！"

秦隐刚要抬头的动作在她的话声落下后戛然而止。

谈梨没等到回应，一脸无辜转回来："怎么了？"

秦隐："我们？"

"对啊，我们。"谈梨一眯眼，"干吗，小富婆本人不能住吗？"

秦隐只深看了她一眼，便纵容地抬手摸了摸小姑娘脑袋："当然能。"

说完，秦隐垂回手，似乎就准备陪她进去了。

谈梨终于没忍住："秦隐。"

那道身影停在路灯下。他回眸看她，眼底如星河。

谈梨从前觉得，每一个人的眼睛深处都是冷的，那些情绪凌厉得像刀锋，一不小心就会把人割伤。

后来，她遇见了秦隐。

望着她的时候，他眼底的那片情绪会变得无比轻柔，好像她可以放心地闭眼一跃——因为那片情绪会接住她，会包裹她，不会让她受哪怕一丁点伤害。

这是他给她的安全感。

她也想给他。

谈梨走上前，一直到那人面前才停下。她仰起脸，想了想，认真地看着秦隐说："我喜欢你纵容我，就好像，在你面前，我什么事情都可以做，什么要求都可以提。"

秦隐："我知道。"

谈梨："但我希望，你也是一样的。"

秦隐微怔。

谈梨上前一步，认真地说："如果我让你忍得很辛苦，那我希望你能告诉我——可以吗？"

秦隐沉默许久，轻叹："我不想为难你做不想做的事情。"

"我不为难啊。"谈梨说完就眨了眨眼，她极力压下自己的心虚，目光飘了一圈，突然在某处定住，"唔，那里应该有。"

"？"

谈梨拉着秦隐走进那家便利店里。这家店大约是周围货品最齐全、规模最大的便利店，到了晚上客人也不算很少，零星穿梭在店里。

收银台旁边也排着五六个人的队伍。

秦隐跟着谈梨走进便利店："你要买什么？"

谈梨目光来回转了一圈："我看一下哦——啊，找到了。"

秦隐："什么？"

谈梨回眸，灿烂一笑："你肯定没经验，就在这儿等我吧，我很快回来。"

秦隐回神时，他身旁的小姑娘已经不见了，而不远处的收银台旁边，多了个站在立柜前表情严肃地盯着每个盒子研究的小傻子。

还有疑惑的声音传回来："咦，竟然还有蓝莓味的？和蓝莓味的压片糖是一个味道吗？"

收银台小哥哥面红如血。

旁边排队的五六个客人也震惊得表情各异，拿奇怪的眼神打量着浑然不觉的小姑娘。

秦隐沉默几秒，垂了眸，猝然失笑。他解下背包，从里面拿出一只黑色棒球帽，朝柜台走过去。

柜台边，背对着他的小姑娘已经在五花八门、五颜六色的盒子面前放弃挣扎："噫，比压片糖种类都多，那还是这个、这个、那个，还有那一个……唔，小哥你身后那盒蓝色的，也拿一个给——"

谈梨伸出去的爪子被握住，压回身旁。

她刚回头，眼前就一黑。一只棒球帽凌空扣下来，帽檐被眼前那只修长漂亮的手一压，低低地遮住了她半张脸。

突然出现的大帅哥让路人眼前一亮，紧接着他们就看到大帅哥握着小姑娘的手，压下去后也并没有松开。

众人遗憾又表情复杂地收回视线。

谈梨回神，没去扶帽檐，而是努力把下巴抬高了，拿乌黑的眼瞳盯着秦隐："不用你，我自己可以的。"

秦隐好气又好笑，伸手一弹小姑娘额头："你是不是想上社会新闻？"

谈梨捂住额头："我这不是跟你证明我不为难嘛。"

秦隐："那现在证明完了，可以走了？"

"不行，还没付钱呢。"

谈梨扭回头，这才发现收银台小哥并没拿她想拿的那个蓝色盒子："小哥？"

"啊、啊？"

"蓝色那个？"

"啊，好……"

秦隐最后一根弦即将断裂。

他无声一叹，抬手捂住小姑娘嘴巴，把人拦腰抱起放到身后，藏住了，然后他才冷淡抬眸看向那个脸红的收银小哥。

"可以了。"

谈梨从他肩膀旁探出脑袋，狐疑地问："这就可以了？"

"嗯。"秦隐把那颗小脑袋压回去。

"哦。"谈梨安分两秒，又探出来，"可我想要那盒蓝莓味的。"

头顶安静数秒。

谈梨小心抬头，正对上一双幽暗的眼："你确定？"

谈梨正扒着他，所以胆子贼大，还朝他略了略舌头："我可确定了。"

"好。"秦隐深看她一眼，垂回眸子，声音压低到只有两人听见，"你别后悔。"

谈梨受不得这激，梗着脖子挑衅回去："哼，小狗才后悔。"

"行。"

秦隐最后落来那一眼，让谈梨心里实实在在地虚了一下。

于是，乔迁新房第一晚，坚强的小刺猬哭唧唧了一整晚，眼泪憋在眼眶里来回打转，几次想跑，白生生的小腿刚探出去就被捞回被窝里。

小刺猬跑不出躲不掉，又恼又疼，气得一边软闷着声求饶一边在他颈旁咬了好几口，最深的一次血印都烙上了。

从那天开始，小刺猬再也不管他叫“性冷淡”了。

血泪教训。

3.“包养”记

乔迁新房第一晚过去后，小刺猬嗓子哑了。第二天，她黏黏糊糊地赖在被窝里不肯出来，也不知道是真的累坏了还是反射弧绕地球一圈后终于把害羞找回来了。

秦隐去还没沾过人味的厨房里熬了粥，等到回来，他才发现主卧里被子中间那鼓鼓的一团还支棱着——小姑娘这回连脑袋都不肯露了。

秦隐把粥碗放到床头柜上，坐到床边，抬手想去拎被子角：“梨子？”

他刚坐下来，察觉动静的那团鼓鼓的被子就抖了一下，然后边角被从里面拽着缩回去——她裹得更紧了。

秦隐有点担心。

“梨子，你身体不舒服吗？”秦隐放低身，撑着枕边半俯到鼓起来的那坨被子上，隔着柔软的薄被轻声问。

被子动了动，没回应。

秦隐微皱起眉，此时如他也难得生出点后悔的情绪——

她不知深浅，他却应该克制住的。

他怎么也没想到自己对上某只可怜模样的小刺猬，能被她从骨子里勾出些他自己都没见过的“劣性”来。

秦隐正皱着眉自责，那坨被子悄悄动了动。几秒后，顺着紧压的被子边沿，一只细白的手慢慢摸索着探出来。

床单是深黑色的，独她白得像出水的藕节，在这样经过一夜旖旎后的早上，强烈的色差对比已经要命，偏偏那只小白爪像长了眼睛似的，顺着凹陷的床铺摸着摸着就摸到了秦隐支在枕边的手上。停顿两秒，她慢吞吞把他尾指、无名指和中指一起攥住了，握紧。

被女孩白皙的胳膊撑起一点的被缝里，透出女孩有点喑哑的声音："你别……别想乱七八糟的。"

秦隐低垂下眉眼，半晌才低声说："对不起。"

被子下剧烈地动了动，谈梨好像差点从里面钻出来，但是到一半又忍住了。最后她在被子里拱来拱去，只找到了个被边儿。

小姑娘从里面冒出颗脑袋，脸蛋憋得红通通的，表情却绷得很严肃："都说了不是你的问题。"

秦隐不放心地打量她："真没有很不舒服的感觉？"

"没有！"

"那你怎么不肯出来？"

谈梨噎了下。

空气静默几秒，那张揉得发丝松散下的瓜子脸好像红得更艳丽了点，她又一点点缩回去了。直到只剩乌黑的长发露在外面，秦隐才听见女孩闷哑的声音——

"这不是不好意思出来吗？"

秦隐怔了两秒，眸里压上淡淡笑意。

小姑娘气哼哼的，不再说话。

秦隐脑中一瞬就掠过去好几帧画面，连握着小姑娘白净手掌的指腹都不自觉轻紧了下。几秒后，他微沉下眼，另一只手伸进薄被，又气又无奈地扶住小姑娘的下颌，把那张红透的瓜子脸勾出来。

谈梨一见光就先对上男人漆黑的眼，还有修长的颈旁她留下的一晚"杰作"——牙印。

谈梨脸红得无可复加，这时候就差无赖到底的气势了——

"我要反省，吸取经验教训，这样才能反败为胜！"

秦隐气得哑声笑起来，他隔着薄被一用力，直接拿被子把小刺猬裹了抱进怀里。

小刺猬眼神慌了两秒，等见他只是靠在床头，就松了口气，秉持“识时务者为俊杰”的原则，当场㞞下去。

秦隐被她那说委屈就委屈上了的戏精模样逗得好气又好笑：“是不是因为这招太好用，所以你和我装可怜装得越来越熟练了？”

“也不是每次都管用，”谈梨提起这个就哀怨，“昨晚我都那么眼泪汪汪地求你了……”

话没说完，也没敢说完。因为谈梨说到一半就发现，某人的眼神又有被她勾回危险一面的倾向。谈梨抬起手，乖巧地捂住了嘴巴。

秦隐垂了垂眼，神色里难得划过一丝狼狈。几秒后他轻声叹：“你准备充分的理论知识就没告诉你，平常可以，那种时候装可怜只会起反作用？”

“咦？”谈梨的求知本能上来了，求生本能就下去了，“原来是这样吗？那难怪我很努力憋出眼泪才抬头看你的，结果更惨了——唔？”

谈梨被忍无可忍的秦隐捂住了嘴巴。

谈梨无辜地眨了眨眼：“？”

秦隐眼神幽晦：“你是不是真的想继续？”

察觉到某人的危险程度达到临界值了，谈梨的求生本能一秒回归。她飞速摇头，摇完以后又把下半张脸藏到秦隐捂上来的手掌下面。眼神乖巧又狡黠，让人爱都爱得牙根生痒。

秦隐从骨子里拿她没办法。

他前二十多年加起来都没体会过这么强烈的情感，对一个女孩又爱又“恨”，想紧紧地抱着她，几乎想把她藏进身体里，一丁点都不让外人看见。

他看着她时就是这样想的——如果被别人看到她的这一面，那他们会觊觎，会和他争抢，而她的一根头发丝他都不想让给别人。

这样的想法让秦隐自己都觉得陌生。

秦隐叹气。他放下手，轻轻扣住女孩的后脑勺，另一只手隔着薄被把她拥进怀里。

“果然。”

谈梨茫然，歪了歪头。她看见他颈上的牙印，有点不好意思，但藏住了："果然什么？"

秦隐抱着她沉默很久，才低声说："我不像你。"

谈梨一怔："不像什么？"

"你从最初就是最浓烈的情感，不管是喜欢还是讨厌……我不像你。"秦隐轻轻吻她的长发，低而深情，"但从我们在一起开始，我就知道我会越陷越深。"

这话来得突然，谈梨眨了眨眼才跟上他的反应："那你现在深到什么程度了？"

秦隐轻笑了下，像无奈又像放任自甘："无法自拔够不够？"

谈梨："以后会更深吗？"

秦隐回答得并不快，但也没有丝毫犹豫："会。"

谈梨笑起来，无法掩饰的欣悦在她眸子里熠熠地晃着："啊，那万一以后我要抛弃你了怎么办？"

"怎么办？"秦隐合了合眼，笑，"我会求你吧，求你别离开我。"

谈梨脸上玩笑的笑容愣住。她只消想象一下那个场景，都忍不住心口酸胀得紧皱起眉，像是吃了一颗涩到把人五脏六腑都揪成一团的不熟的青梨子。

谈梨懊恼地伸出手，用力抱住秦隐："我才不会。谁敢让你那么卑微，我打爆他的狗头——我自己也不行！"

秦隐怔神两秒，他哑声失笑："好啊。"他不舍地放开小姑娘，伸手揉了一把她的长发，"先把粥喝了吧，别凉透了。"

"好。"

秦隐拿了换洗的睡裙给她，小刺猬不让他走，在被窝里拱啊拱地把衣服穿好。

等她好不容易准备探头出来了，就听见隔着被子，秦隐说："昨晚的事，以后你不想我们就不——"

"那不行。"谈梨从被窝里钻出来，浅藕色的睡裙荡起漂亮的小波澜。

她一撩长发，盖住细白颈子上某人留下的罪证，一本正经地说："为了‘包养’你，本小富婆大学期间的大半直播收入都砸进去了，不讨回本那不是亏大了！”

穿上衣服了，谈小坏蛋的狗胆又回来了——

她一抬下巴，小腰一掐：“而且，最重要的是……”

“是什么？”秦隐抬眸。

谈梨想了想，坏笑从眼瞳里溜过去。她朝坐在床边的秦隐旁边一抬腿，单膝撑在他身旁。然后谈梨耍流氓似的凑上去，扶着那人肩侧，压下头颈，吐气如兰：“最重要的是，你昨晚皱着眉沉着眼的样子真的太性感了。”

秦隐：“？”

谈梨这次非常聪明，说完话没给秦隐反应的机会，嗖地一下就跑开了。

跑到一半她就停了，扶着被藕色睡裙勾勒纤细的腰，小刺猬皱巴着脸，改跑为走，嘟嘟囔囔地往外溜。

“上年纪了可怎么办……”

4 告白记

故事起源于同居第一年，昔日 XT 平台的第一女主播“佳期 dream”某日突然宣布和平台的合约结束，要退出直播圈了。

虽然这几年“佳期 dream”的知名度和口碑都日渐没落，但怎么说她也是当年的第一女主播，即便已经脱粉的老粉也在平台内占不低的比例。

半是玩梗半是真情实感，大家在平台里自发地刷起“佳期退出直播圈”“爷青结”之类的话题，还上了站内热搜。

她的死忠粉们显然没有忘记谈梨这个一生之敌。很快就有人长篇发文，感念旧事，虽然篇幅里一大半在阴阳怪气地指责某位正当红主播利用宵小手段抢占了原本属于他们佳期的资源和位置。

如果是在当年，那这番言论可能还会获得一部分不太爱动脑子思考的路人的支持，但放在现在——圈内无论新老粉丝，几乎对那对无论颜值、实力还是影响力都足够霸占第一情侣位置的两位大佬的“传奇爱情故事”耳熟能详、倒背如流，所以这种阴阳怪气的煽情言论自然得不到什么共鸣。而且随着话题登上热搜、这篇文章进入视野，反而惹起了如今占比可观的谈梨粉丝们的群起而攻之。

服了，都什么年代了，还有这种人和她粉丝在刷存在感啊？

当初到底是谁针对、谁污蔑、谁搞事结果自食恶果，有眼睛有脑子的都知道，真觉得互联网没记忆呗？非得我们把她那点底子都抖搂出来你们才舒服？

本来好好的告别，最后留个好印象，结果……果然一粉顶十黑。

别的我都懒得计较，就是原文里暗示是梨子从佳期那儿抢走了 Liar 那段，我真的忍不了了——您还能要点脸吗？

没错，从头到尾什么合照什么礼物全是骗人的，全是她一个人的独角戏啊，从她那儿抢 Liar？要是没梨子，Liar 知道你家那位主播是谁吗？

发文章的是“佳期 dream”的死忠粉，起初还在评论区跟人激情争辩，后来大概是被骂得太惨，回复不过来了，对方一怒之下关闭了评论。然后直接发了一条新回复，回复里附了一条视频链接：《说是佳期独角戏的睁眼看看，这难道不是 Liar 自己说的话？》

视频链接不是别的，正是秦隐以 Liar 的身份在联盟时，第二次夺冠那场唯一公开采访的内容，主持人和 Liar 的对话被重点标红的台词戳在屏幕中间。

“请问 Liar，你现在似乎还是单身，之后会找一个什么样的女朋友呢？”

“我是来打电竞的，不是来谈恋爱的。”

“Liar，只给一个未来理想型女孩的简单描述，可以吗？”

“文文静静、不玩游戏的。”

这段陈年老视频一被挖出来，立刻在新粉助力下冲上了XT平台的站内热搜。

多数都是嘲讽“这涵盖地球一半人的范围也能代入吗”的理智粉，但也有个别不太理智或者居心不良的，在评论下面疯狂@Liar和谈梨，要蹲一个解释的。

说来也巧，当时谈梨正在线上直播，没法装聋作哑，几乎第一时间就被突然刷屏的信息逮了个正着。部分粉丝看热闹不怕事大，闹着要“渣男”给他们娘家人一个解释。

谈梨不太在意，兴致寥寥：“他在外面太冷淡了，不给任何吃醋的机会——我每次想闹他就只能扒拉这一两件事，现在这点陈醋泡得都跟白开水似的了，吃起来也没味，你们就别去闹腾他了。”

谁说没滋味，味可足了，一股子皇家狗粮味。

你没味我们有嘛！而且都闹上站内热搜了，Liar不解释一下，人家新粉真要以为你俩是塑料男女朋友了。

对对对，问问问！让他跪搓衣板！为什么当初要强调和我们梨子完全不同的理想型？

谈梨笑笑，懒洋洋的：“他当初也没想到，会栽我手里不是？”

女王范出来了！

梨哥，我可以！

看见梨子这样不计较真好啊，这就是被偏爱的有恃无恐吧，Liar给了梨子多少安全感，才能把我们梨子变成这样呢？

弹幕里一闪而过的那段话，让谈梨情不自禁地怔了下。

不等她垂眼露笑，房间门突然被轻叩响。谈梨猝然回神，手忙脚乱地满桌翻了一圈找到纸巾，把嘴巴里的糖片往纸巾中间一吐，团起来。

可惜没等她扔进纸篓，卧室门开了。

谈梨嗖地一下把手背到身后，朝进门的秦隐笑得灿烂："啊，男朋友你今天回来得好早！"

"你昨晚不是说想喝西街街角那家的酸梅汁？我提前过去买来了。"秦隐把酸梅汁放到桌旁，然后看见电脑屏幕上密密麻麻的弹幕。

他一顿："今天怎么还没下播？"

谈梨背着手，眼睛乌溜溜的："有点事，耽搁了，这就下了。"

秦隐没说话。他半靠到桌上，斜撑着长腿，细微地打量窝在椅子里的小姑娘的每一点神情动作。

谈梨被看得心虚："你、你看我干吗？"

秦隐："手里拿的什么？"

谈梨立刻摇头："没什么。"

秦隐："是吗？"

谈梨不敢说话了，她正绞尽脑汁地想办法，就见桌前的男人突然倾身俯下来，最后堪堪停在她鼻尖前。

谈梨屏住呼吸，强撑住笑："你——"

秦隐在她唇前轻嗅了下，微皱起眉："甜的？"

谈梨："……"

秦隐慢慢撩起眼，眼神冷淡勾人地望着谈梨："你又吃糖了？"

谈梨艰难微笑："没、没有啊。"

"是吗？"某人的声音低下去，染上一点危险。

他微微低下头，作势就要亲吻女孩的唇，只是在吻上去的前一秒，他想起什么，皱眉停住。秦隐扶在她身侧的手一抬，拧开了电脑前朝着两人位置的摄像头。

直播间里，屏息等待的众人只觉眼前天旋地转了一遍，然后对上了岁月静好的落地窗，和窗边一盆更加岁月静好的藤球兰。

画面静止，只有引人遐思的声音被谈梨戴着的微型麦克风收入直播间里——

"你要干吗？"

“不是没吃糖吗？”

“没……没吃啊……”

“那让我尝尝。”

“呜——”

直播间的弹幕疯了。

别转开啊！让我看！我不差这点流量啊！

不带这么“杀狗”的！

Liar 的低音炮这样近听好犯规，我死了我死了我死了！

刚才 Liar 凑上去嗅那一下的画面也太欲了吧，好想看他俩……咳咳咳！

他们两个每天都这样面对面的，我很怀疑梨子除了直播以外的时间是不是都被 Liar 锁在怀里，逃都逃不掉。

危险发言！

梨子这两年越来越美了，换我我也锁，金屋藏娇！

对对对，我每天在想绿了 Liar 和想绿了梨子之间疯狂摇摆。

我好爱他们，呜呜呜！

弹幕疯狂自嗨了半晌，两位主人公终于回来了……一位。

秦隐转正摄像头，望着显示屏的眉眼重归他们熟悉的冷淡：“梨子在墙脚罚站，要过 5 分钟才能回来。你们监督好她，我去做饭。”

果然只有在梨子直播间才看得到我 Liar 神。

哈哈哈哈，Liar 看梨子就柔情似水，看我们就立刻冷若冰霜，这也太双标了吧？

刚亲完你就让人罚站？“渣男”！

“渣男”别走啊，梨子的陈年老醋你还没解释呢！

对对对，差点忘了！

弹幕里"陈醋"刷起屏，原本准备起身离开的秦隐瞥见，不由停下。看了两秒，他皱眉："什么陈醋？"

墙脚的谈梨耳朵一竖，连忙回头扑过来："他们开玩笑的，你别听。"

可惜谈梨没说完，弹幕里你一言我一语，已经神速把事情交代完了。谈梨扑到跟前，正对上秦隐有点阴沉的眉眼。

她尴尬停住。

其实之前谈梨是骗观众的，发现秦隐非常介怀当年两人还不算完全认识时候他说过的那些话以后，谈梨就从不在他面前提起了。

对着这样的她，他也已经给了足够的安全感，谈梨一点都不希望秦隐再为这件事伤神。可惜，显然没盖住。

"'文文静静'那一句，是当时站在我旁边的经理说的，这是他的原话，你们可以找他求证。"

谈梨突然听见秦隐开口了，她抬头，正对上秦隐认真的眼："不玩游戏那句确实是我自己加的，那时候我想断了所有粉丝的念头，对不起，我没想过……"

秦隐的话没能说完，在那之前，谈梨伸手捂住他嘴唇。小姑娘眼神似乎有点懊恼，她拽过耳麦，情绪不高地说了一句："今天到点了，下播了。"

然后谈梨退出了直播间。

她没回身，秦隐拿下她的手，问："生气了？"

"嗯，生气了，生我自己的气。"谈梨转回来，眼神懊恼难过得近乎委屈，"我不喜欢听见你说对不起，也不喜欢你在那么多人面前特别仔细地跟我解释，我、我……我舍不得。"

女孩尾音低下去。

秦隐怔了好几秒才回神。他垂下眼，细长的睫毛耷在眼睑下，拓上一点淡淡的荫翳。

他低声笑了下："你是傻子吗，谈梨？"

谈梨不满地看他。

秦隐抱住女孩，把她压在桌前："只心疼我，怎么不心疼以前的自己？”

谈梨很快就领悟他的意思，解释：“可是那是我喜欢你，又没人逼我，你更没逼我，怎么会是你的错？”

秦隐低下头，靠在她肩上，哑着声止不住地笑：“你真的是傻子啊，梨子。”

谈梨憋了两秒，气哼哼的：“你才傻子。”

房间里安静了会儿。

秦隐笑够了，慢慢抬头，他认真看着谈梨：“不是他们逼我道歉的，不需要任何人或者外因，是我自己先自责的。那可能不算错，但是我不高兴，不高兴有人曾经对你说过那样的话，曾经那样让你难过——可那个人偏偏是我。”

谈梨失神，落进他的眼神里。

秦隐轻抚她的长发：“我对你陷得越深，就越讨厌让你难过的人。所以不需要躲着那些过去，梨子，等将来某一天我习惯了那些话，那我才能真正原谅自己。”

谈梨鼓了鼓脸颊，半晌才低声咕哝：“你才是傻子。”

秦隐纵她玩笑，配合道：“嗯，傻子配傻子，天生一对。”

谈梨也笑起来：“好。”

谈梨本以为，这件事就该这么过去，但她没想到，半个月后，恰逢Liar当初在ZXN的入队纪念日。ZXN感念功臣，官博发了一条庆祝动态，还@了Liar。

评论区不知道哪位神仙又提起了几年前纪念日上“让她去玩‘梦魇’，梦里什么都有”的段子，还前后@了Liar和谈梨，路人跟风起哄。

谈梨收到一群疯狂的@后，纠结几秒，干脆自己亲自下场，发了一条动态。

梨子lizi：

@Liar，谁让你当初叫我去玩“梦魇”的？我打野英雄最菜了，你准备什么时候教？

发完谈梨得意了一小会儿，正称赞自己的危机公关能力，她就收到了新的 @，来自秦隐。

Liar：

@ 梨子 lizi，今晚教。

谈梨怔了下。

这么严肃正经又简短的回复？有点不太符合某人的行事作风啊……

谈梨还没想完，所有关注 Liar 在 XT 平台账号的人收到一条站内短信——

“您所关注的用户 Liar 已更名，新用户名梦魇，感谢关注。”

让她去玩“梦魇”，梦里什么都有。

谈梨：“？”

全网的调戏和哄笑铺天盖地。谈梨在直播镜头前落荒而逃，她推开卧室房门，看见客厅长沙发旁站着的“罪魁祸首”。

男人穿着一身家居服，宽肩窄腰长腿，侧颜清隽，正云淡风轻地按手机。

谈梨红着脸：“Liar。”

秦隐抬眼，迎面就见小姑娘扑了上来。

他本能地扔开手机，伸出手把人托起护住，借着退后两步的惯性卸去冲力。秦隐抱着女孩坐到沙发里，似笑非笑地抬眼。

“怎么了？”

谈梨微微磨牙，把那句“你还好意思问”咽了回去。

“告白！”她装凶龇牙，“不告就地正法。”

秦隐垂眼，懒散笑：“不告。”

谈梨：这么刚的吗？

不等她想个主意，就见被她压在沙发前的男人薄唇一抬，笑得低哑勾人：“求正法。”

谈梨：公狐狸精！

那天晚上，把小姑娘“哄”睡以后，顶着“梦魇”的新昵称，全圈以高冷闻名的 Liar 发了一句话——

“梦里你想要什么，现实我全都给。”

那晚后的评论区里满满当当的回复，也都只有同一句话——

“神仙爱情，百年好合。”

番外四

花式虐狗日常

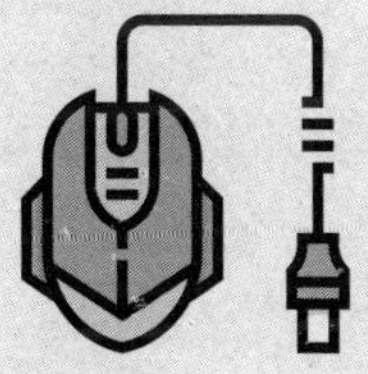

1. 称呼篇

同居后第一年的下半年，秦隐按萧筱要求，正式入职总公司。

不过和谈梨想象中的“太子空降”完全不同，秦隐从进公司面试到实习再到入职的全过程中，萧筱没有半点插手的意思，自然也就完全没了“太子爷待遇”的可能性。

在萧筱的把持下，秦家的家族事业做得规模不小，总公司更是工资奖金福利待遇乃至晋升前途的含金量都远远高于同行企业，竞争激烈程度可想而知。因此，在秦隐正式入职前，每天全职在家“养家糊口”的谈梨总是很心疼自家辛辛苦苦竞争上岗的“小白脸”。

秦隐终于接到正式入职通知那天，谈梨抱着她家男朋友的腰，感慨：“萧阿姨真的太太太铁面无私了，自家亲儿子哎，就算不空降董事会，那至少也安排个什么副总的挂名闲职嘛……干脆你想办法被开除，然后回家来，我养你吧？”

她说完，不等秦隐回答，就先机警地往旁边一歪身子，胳膊倒还是抱着秦隐的腰不肯松开：“我这话说得是不是特别坏儿媳？万一让萧阿姨听见肯定更不喜欢我了。”

“不会。”

“真的？”

“嗯，她没有不喜欢你。”

“唔……”

秦隐把洗菜池里葱翠的蔬菜冲好最后一遍，拿漏网筛起来，腰旁挂着只“树袋熊”完全没耽误他的动作——显然熟练已久，秦隐利落地将蔬菜码到干净的菜板上。然后秦隐抽出纸巾擦干净手上的水，靠着案台侧过身，把抱着他腰不撒手的小姑娘捞进怀里。

“自己一个人在家无聊了？”

“没……”谈梨下意识就要脱口而出，跟着才被求生欲拽住一点尾巴。她眨眨眼，安静两秒才很虚伪地说，“当然了，你不在家，我肯定会无聊的嘛。”

秦隐低笑了声：“有多无聊？”

谈梨：“啊，那肯定是茶不思饭不想，闷闷不乐，郁郁寡欢，每一秒都在想我的男朋友什么时候回来……”

“无聊到每天带不同的小哥哥打游戏？”

“对啊，你说我得多无……”

声音戛然而止。

几秒后，谈梨嗖地一下从秦隐怀里蹦出来，表情严肃眼神正经，三根手指并拢指天花板：“我发誓，每次带水友上分从来不问性别无论年龄不连麦，从根源上杜绝一切可能性！”

秦隐被她那古怪模样逗得忍俊不禁，他抬手：“过来。”

时值10月中下旬，天气转冷。北方还没到供暖的时候，家里空气有点凉。谈梨正蠢蠢欲动地眷念着某人隔着灰色高领毛衣的体温，一见这鱼饵钩子抛来，一秒都没犹豫就扑上去了。然后就被某人收网，兜了起来。

秦隐一抬胳膊，把面前小姑娘抱上后面空着的吧台，但并不让她坐实了，只虚虚托着台边。

这厨房最开始设计构造时考虑的就是秦隐操手，所以所有吧台碗柜的高度都是按照他的身高来的。

谈梨一坐到高台边上，先蒙了下，然后她本能顺着小腿和脚尖往下看了看。

这一看回来，沉默两秒，谈梨非常识趣地抱紧了男人的脖子，腿也勾上去了：“我错了！”

“别装可怜，”秦隐撩起眼，撑着高台边沿望她，“哪儿错了？”

谈梨不答只耍赖皮："我恐高。"

"台子没你高，恐什么。"

谈梨气闷地憋着："它一米五，我上半身还有几十厘米呢，你从一个两米多高的位置往下看，你不害怕吗？"

没等秦隐说话，谈梨想起来，更加气闷："哦，你一米八六，你习惯了，你不怕。"

秦隐差点被她逗得破功，但还是忍住了："装委屈也没用，既然认错，那哪儿错了？"

谈梨可怜巴巴地低头，眼底努力藏住了那些狡猾的光："认错就能下去了吗？"

"嗯。"

"那，"谈梨往前一扑，把脑袋埋到那人颈旁，"哪儿都错了。"

"不行。"

谈梨抱着秦隐陷入冥思苦想，但是想着想着她就走神了，于是……

"呼。"有人往他的毛衣领里吹了口热乎乎的气。

秦隐身形一僵。几秒后，他微眯起眼，抬起只手轻扣住女孩后颈，把人从颈窝里勾起来。

谈梨眼神俏皮又无辜地看着他："我是情不自禁。"

"……"

"不然你别放我下去了，我好像还挺喜欢这个高度的——占便宜从来没这么方便过。"

秦隐从来拿她没办法，这时候也不能例外。他要把她抱回地上，却反而被谈梨拉住手臂阻止了："我哪里错了，你告诉我好不好？"

秦隐眼神微动："没有，逗你玩的。"

谈梨撇嘴："才不是。我明明感觉到你就是有点不高兴了——你就告诉我吧。"

秦隐看着她，没说话。

谈梨往前凑了凑："要不，我求你？"

秦隐无奈，垂回视线，他似乎只是随意地开口："今天上午有人给我发了私信，是你昨天直播的录屏。”

“嗯？”谈梨表面无害眨眼，脑子里已经飞速地开始回忆昨天直播的全过程了。

但是一直到秦隐再次开口前，她都没想起自己有任何能惹他不高兴的言语或者行事。所以谈梨干脆放弃了，乖乖等秦隐告诉她答案。

“你称呼 XT 平台的新主播，叫‘小哥哥’？”某人尽可能以不在意的语气问出，但是眼神声音都格外地沉。

谈梨慢动作地眨了两下眼睛。这次她表里如一，脑子里的转速都被这句话代表的意思给拖慢了。

直到厨房这角安静好几秒，谈梨才终于开口，有点不可置信：“你难道，是在吃这个称呼的醋？”

秦隐抬眸看她，眼神晦暗。

谈小坏蛋终于回过神来，却忍不住乐了起来：“哈哈哈，‘电竞圈老干部’这个称呼都委屈你了，满大街的女孩子跟男孩子聊天都是用这个称呼的——不对啊，以你的受欢迎程度，在路上不可能没被这样叫过吧？”

秦隐皱起眉：“我知道这个称呼。”

谈梨：“那你还？”

秦隐不说话了。沉默好久，秦隐才叹声，好像终于接受了自己的醋意和占有欲，他勾住坐在高台上的女孩的后颈，仰起头轻轻亲吻她的唇。然后力度稍稍加重，浸染上一点不可言明的欲意。

那个吻的间隙里，他无声轻叹：“我当然知道……但是因为你喊过，所以不一样。”

谈梨怔住。几秒后，她回过神来，看着护着她又小心吻她的秦隐，谈梨眼底掠过得逞的坏笑。

她假模假样地叹了口气：“你说你就这么栽进我手里，以后可要怎么办才好？”

秦隐听出她的得意，纵容地勾了下唇角，他更沉溺地吻住她。

“听你由命吧，好不好？”

谈梨被这低哑话声戳到，心尖一颤。几秒后，她故作凶巴巴地抬起脸："小厨师，我想睡你。"

秦隐失笑："饭还没做。"

谈梨继续凶巴巴："不要吃饭，要吃你。"

秦隐一顿，微眯起眼："要什么？"

"吃……你？"谈梨迟疑下来，随着求生欲慢慢回笼，她试图往后缩，"我开开开玩笑的，你做饭，我不打扰你了——啊！"

"晚了。"

撩骚的小坏蛋自食恶果，被某人叼回了窝里。

值得一提的是，从这天开始，谈梨在包括直播间内的任何场合，对其他异性同龄人的称呼里都摒弃了"小哥哥"这个选项。

例如这之后的某天直播：

直播镜头里的小姑娘正带着观众一起看新晋主播的路人赛，只听她一边分析一边称赞："对线互殴都没忘补小兵，你们再看看下路大兄弟这优越的补刀数，堪比职业级啊。"

弹幕里终于忍无可忍。

梨子，最近的主播小哥哥们哪里惹你不爽了吗，你为什么要这么欺负他们？"大兄弟"是多么掉粉的称呼？

谈梨眨眨眼："啊，我没跟你们说过吗？"

说什么？

谈梨："唔，就是Liar不想让我喊别的男人'小哥哥'，他会吃醋。"

这需要吃醋吗？

不，我不信，Liar神那么高冷，怎么可能会是这么醋王的男人呢？

前面的是新粉还是假粉，在梨哥直播间里的Liar哪点和高冷有关过？

梨子，你要勇敢做自己！绝不能被男人几句话说动！

“勇敢做自己？不了不了。”谈梨眼神飘忽，似乎心有余悸，“嗓子会哭哑的。”

弹幕：你说清楚，我们不差这点流量！

2. 职业篇

秦隐正式入职前一周，家里寄来了几套私人定制的西服。送货上门的时间是在下午，按某人朝九晚五的上班时间，家里只有谈梨在。

秦隐傍晚回到家，在客厅里没找到像平常一样等他的小姑娘，就去了主卧。果然还没完全走进房间里面，他就看见谈梨趴在床边，光裸白皙的小腿跪在地板上，她正托腮对着床上几套防尘罩上刻着银色浮雕logo的西服，似乎在发呆。

不知道是秦隐进来的脚步太轻还是谈梨走神走得太入迷，对秦隐的进屋她完全没反应。

秦隐停了下，然后才过去，顺手把脱下的还沾着秋风凉意的大衣外套扔在床尾凳上。身影挺拔的男人俯身，顺着床边垂手一勾。

谈梨被惊醒，还没回神就被捞起来搁到床上。她呆了两秒，抬头，对上男人微沉的眼：“你回来啦？”

秦隐皱眉，表达不满：“还没供暖，地板多凉。”

“我就趴了一会儿，”谈梨心虚，回头指着床上的防尘罩们转移话题，“这是你定好的西服吗？”

“嗯。”

“好像没在你衣柜里见过正装西服，最多是休闲款的，怎么突然定做这种了？”

“正式入职后，会有需要正装出席的场合。”

“哦……”

谈梨对秦隐正式入职这件事一向不太感冒，在她的概念里，职场办公室从来都是尔虞我诈水浅王八多的代名词。尤其是她家“小白脸”这样表面没任何背景偏偏又颜值一绝的，被职场潜规则的概率可太大了。

想到这点谈梨就很忧郁。

谈梨在心里叹了口气，仰头问：“今天上班累不累，还是我来准备晚餐吧？”

“不用，”秦隐揉揉青蛙坐坐在床上的谈梨，难得玩笑，“我怕你做出什么奇奇怪怪的东西。”

谈梨撇嘴：“我这么聪明，肯定一学就会。而且你总不让我下厨，那我就永远学不会了。”

“那就学不会，我已经学会不就够了？”

“……”

见谈梨不说话了，秦隐低身下去，扶着床边问：“是真的想学做菜？”

谈梨思考两秒，还是选择诚实：“不是。”

秦隐笑：“那为什么？”

他问得莫名，谈梨却心领神会，她想都没想就皱着眉说：“你看你每天都上班，还要准备早餐午餐晚餐，我好像什么都没做过，会良心不安的。”

秦隐忍俊不禁，垂下头去，笑过几秒才在谈梨懊恼的推阻里抬眼：“房子是谁的？”

谈梨茫然，还是本能作答：“我们的啊。”

秦隐：“我问是谁买的。”

谈梨：“我？”

秦隐：“嗯。那你的直播收入和我的工资谁高？”

谈梨诚实摇头：“不知道。”

秦隐无奈地戳了下她额头：“我不是把储蓄卡和工资卡都给你了？”

谈梨抱膝，哼唧唧地瞥他：“我自己的都数不过来，干吗要去管你的？”

“……”老干部叹气。

沉默的这几秒里，谈梨已经凭借自己聪明的脑瓜捋出秦隐这番话里的逻辑链，她偷眼看秦隐："我的比你的高很多？"

"嗯。"

谈梨眼神兴奋起来了："所以，还是我在养你？"

女孩高兴得发自肺腑还有藏不住的那点小得意全暴露在眼皮子底下。

秦隐失笑："嗯，是你在养我。那现在还良心不安吗？"

"No，No，No。"谈小坏蛋转型谈小傻子，欢快摇头。

秦隐直起身："那我去做晚餐了？"

"好的！去吧，小白脸！"

"？"

秦隐回眸，似笑非笑地看向某个刚得寸立刻进尺的小姑娘。

谈梨收到目光，无辜眨眼："我刚刚把心里话喊出来了吗？"

"嗯。"

谈梨："那你能装听错了吗？我其实想喊'去吧，小厨师'的，真的。"

"……"

秦隐转回来，报复似的揉乱了小姑娘的长发："小白脸就小白脸吧。"

谈小坏蛋生怕他反悔，一秒脱离无辜："好的！"

吃完晚餐后，谈梨和秦隐坐在客厅的沙发里看电影。

客厅的休闲区这一半以谈梨的意见为主，没有电视机，而是改成了幕布投影式的家庭影院设计。每天客厅里灯一关，投影一开，沙发上一坐，比电影院的视听效果都好。

不过对谈梨来说，最好的还是有"人形抱枕"在，趁着电影播放中两个小时左右的黑暗时间里，她可以对着"人形抱枕"随便亲亲摸摸，既是偷偷又是明目张胆。一般来说秦隐是不会和她计较的。

嗯，一般来说。

每天的电影都是谈梨选的。她最喜欢看些稀奇古怪的脑洞或者悬疑题材，在付费影院资源里翻找后，她选了一部比较经典的《非常嫌疑犯》。

灯光暗下，谈梨坐进沙发，钻去秦隐怀里选了个最舒服的位置，窝了进去。

可惜不等影视公司的惯用片头播完，秦隐的手机在某个角落里“嗡”地振动了下。

谈梨一顿，仰头，躺在男人怀里看着他被暗下的灯光阴影打磨得凌厉的下颌线，她问：“你今晚还有公事吗？”

“没有，”秦隐安抚地给被打扰的小姑娘顺了顺刺猬毛，“不是答应过你，公事不带回家？”

谈梨满意地点点头，侧过身趴回去了。

但过去不到五秒，角落里又是“嗡”的一声振动。

秦隐都微皱起眉：“我去调静音？”

谈梨不满地咕哝了句什么，在秦隐怀里蹭了下，抱住他屈起的长腿：“不要，不理它就好……”

“了”字没出口，“嗡嗡嗡”，手机不甘寂寞地接连振动了三声。

谈小坏蛋沉默数秒，嗖的一下从秦隐身前坐起来。凶巴巴地盯着角落片刻，没得到任何回应后，她气势汹汹地跳下沙发，朝秦隐手机的方向走去。

谈梨拿起手机，划开屏幕准备把它调成静音，然后就见屏幕正中的消息提示框。

Selina：如果方便，那我们周末一起过去？

谈梨手指尖停在手机屏幕上空。安静几秒后，她慢吞吞眯起眼睛。

“Selina”显然是个女生名。

谈梨自觉对秦隐进公司之前的人脉关系非常了解，印象里并没有这样一个女人的存在。

所以应该是，公司里的同事？

果然！她就知道她家“小白脸”这种颜值，在职场潜规则里一定在劫难逃！

谈梨警觉的下一秒，已经本能想点进消息聊天框里去。

不过在手指双击提示条前，她还是停住了。在原地站了片刻，谈梨慢悠悠地挪去了沙发旁。

“怎么了？”秦隐仰头问。

沙发前的女孩侧背对着投影的幕布，幕布上的电影被秦隐按下了暂停，静止的灰白的光笼罩着站在昏暗里的谈梨，显得她身影更单薄了两分，还有点低着头，怪可怜巴巴的模样。

不知道小坏蛋又在肚子里憋什么坏劲，每次想跟他耍赖都用这招，偏偏每次都屡试不爽。

秦隐好笑又无奈，伸手隔着薄薄的睡裙，把谈梨抱进怀里，让她坐好。他自己则微微低头，从女孩耳旁，隔着长发安抚地吻了吻她的鬓角：“谁惹你不高兴了？”

“没有。”谈梨低声咕哝了句。

“真的？”

“你手机上好像有同事来消息了。”谈梨把手里的手机朝旁边递了递。

秦隐伸手去拿，刚捏住，就感觉到上面传来一点小小的反方向的力。

秦隐怔了下，淡淡莞尔。

他松开手：“看吧。”

前一秒还又蔫又可怜又委屈巴巴的谈梨，下一刻就恢复了她小坏蛋的本色。

“真的吗？”

秦隐忍不住低着声笑，纵容地去亲她像是藏着星星的眼睛：“你想看随时都能看，不需要跟我装可怜。”

谈梨心虚但毫不表现，还理不直气也壮地挺了挺腰：“那我不是听说……”

“听说什么？”

谈梨犹豫了下，还是诚实道：“网上都说，没一个女生能活着从男朋友的手机里走出来。”谈梨不知道想起什么，颇有点义愤填膺感同身受，“尤其是和异性的聊天记录里，重则约炮，轻则撩骚。”

秦隐失语。

片刻后，他笑着叹了声气，抬手把谈梨的刺猬毛揉得乱七八糟：“你每天都在家里看什么奇奇怪怪的东西？”

谈梨叹气：“不是我有意要看，是社会关注趋向问题——每天一个恐婚小技巧，太苦了。”

嘴巴上念叨着苦，面上却是笑眼弯弯的，谈梨得了手机主人的允许，立刻就开开心心地点进消息聊天框里。

然后她就笑不出来了。

好长好长好长的聊天记录。

虽然基本是这个叫 Selina 的女人的独角戏——

Selina：你就是 Kathy 说的今年的部门新人秦隐吧？你调来之前我们还在讨论，说哪个小组会这么幸运得到今年面试表现最优的王牌新人，没想到你就分我们团队来了。

Selina：我和 Kathy 软磨硬泡了好一会儿，她才同意让我来带你的实习期呢。

Selina：对啦，忘了自我介绍，我比你早几年进公司，但没有大你很多哦，你叫我 Selina 就好。

Selina：我在公司各部门里的朋友还蛮多的，以后工作上遇到什么问题，你随时可以来找我哦。

Y：嗯。

即便翻记录的谈梨还憋着气，但在看到那一长段的寒暄和表情包下面，秦隐回复的那个极具他冷淡风格的单字，她还是忍不住笑了出来。

谈梨捧着手机往后一倒，躺回秦隐怀里。

过程中她还压着头发了，一边咋呼着喊疼一边聚精会神地看手机，秦隐好气也好笑，帮她勾出长发，慢慢捋好。

宽松的长马尾还没扎起来，躺在他腿上的小姑娘放低了手机，露出乌黑的眼：“这个 Selina 是你同事啊？”

“嗯。”秦隐手指没停，轻柔穿过她的发丝，把她耳边那一缕也慢慢拢好。

谈梨鼓了鼓气："她是不是想泡你？"

秦隐不在意，一心一意地和刺猬毛做斗争："可能吧。"

谈梨："那你都不告诉我。"

秦隐这才露了一点淡淡笑意："家里又不缺醋。"

谈梨想说什么又噎回去，最后不得不承认："也对，肯定是吃不过来的醋，你们公司里不知道藏着多少想勾搭你的小妖精。"

秦隐："没关系。反正有你在，多少也勾不到。"

谈小坏蛋很好哄，闻言眉开眼笑。

她又往下翻了翻。无非都是些满载着司马昭之心的关切问候，包括而不限于三餐和早安晚安上班了吗之类的没营养的问题。

除了对于和工作有关的必要事情秦隐会几个字终结聊天外，其余的他一概没理。

聊天记录翻滑过半，谈梨都忍不住感慨："对前辈这么冷漠的态度还能通过实习期留在公司，萧阿姨真的真的没给你开后门？"

"嗯，"秦隐垂眼，"不相信我？"

谈梨嬉笑："我哪敢啊。Liar 神最棒了好吧，谁敢说个不是，我肯定替你捶他。"

秦隐淡淡勾了下嘴角，没再逗她。

他伸手摸进家居服上衣的口袋里，那里一直备着柔软的单色发圈——归功于谈梨在家总是散着那头优越的长发，吃饭洗脸看电影时都会各种不方便。久而久之，秦隐习惯了在口袋里放上几只发圈，这样随时可以用来给小姑娘扎起头发。

这边发圈刚要绕第二圈，沙发里的小姑娘突然一坐而起："这是什——啊！"

被薅到头发的谈梨扭回头，蓄满了生理性泪水的眼睛自带可怜 buff（增益效果）地望着秦隐。

秦隐在谈梨痛呼时已经本能松手，此时撞见谈梨眼泪汪汪的样子，难得生了些微恼："说过多少次，不要突然蹦蹦跳跳的——万一磕着碰着怎么办？"

谈梨一抹眼泪，戏更足了："你薅我头发，还凶我！"

秦隐最习惯她的不讲道理。那一秒，因为谈小坏蛋的眼泪而勾起来的恼怒也淡下去，他支起身，半跪在沙发上，抬手去摸小姑娘的脑袋。

"拽疼你了？"

谈梨被顺完毛，摇了摇头："不疼了。"

秦隐松了口气。

谈梨举起手机，顺便把脸儿一绷，故作高堂审讯似的严肃："但是这个问题你得跟我解释一下。"

"什么？"

听谈梨说了不疼，秦隐就恢复到平常的淡定模样了。

他顺着谈梨举起的手扫了一眼。屏幕上还是那个聊天框，记录已经滑到今天的了。

Selina：恭喜你正式入职啊！

Selina：这周周末的部门迎新聚餐，你可不能再拒绝了啊！Kathy那天都问我，我是不是哪里得罪你了，所以你才怎么都不肯参加部门里的聚会活动。

Selina：而且这次不只是迎新，还是我们部门总监的生日party（聚会），就算是礼节性，你也得露一面哦。

Selina：对了，这次聚餐可以带家属，你那边有需要报备的名额吗？

Y：没有。

Selina：没有吗？

Selina：就你一个人过来吗？啊，我们都说你每天下班从不唱歌不聚餐不一起玩，肯定是有女朋友了呢，原来竟然没有吗？

Selina：[图片].jpg

Selina：听说这次聚餐是选在一家蛮高端的私人会所呢，我专门买了这条裙子，你觉得合适我吗？

Selina：不说就当你默认了哦。

Selina：时间和地点一起发给你了。

Selina：如果方便，那我们周末一起过去？

秦隐大致扫过，视线落回到手机后面的谈梨脸上。

谈梨绷着脸，表情严肃。

最近被他一日三餐地喂，小姑娘终于长点肉了，这样一绷脸儿，看起来气鼓鼓的，还有点可爱。秦隐忍住伸手捏捏她脸颊的冲动，眸里带笑："想听我解释什么？"

谈梨默然数秒，突然抬起另一只爪子按在秦隐眼睛前。

谈梨："你耍赖皮！"

秦隐："？"

谈梨："你这样盯着我，我看着你的眼睛还怎么气得起来？"

秦隐莞尔失笑。他勾下女孩的手腕，路过下巴前时顺便亲了一口，然后很自然地把人一托，抱进怀里。

谈梨反应过来，已经茫然地靠在他胸口前。头顶磁性的声音带着胸膛微微震动，带一点似笑未笑的懒散："这样就看不见了，问吧。"

谈梨：这样明明更犯规了！

谈梨狠了狠心，问："你为什么说自己没女朋友啊？"

秦隐从容地答："我没说过。"

谈梨："记录里她明明就这样认为了，你也没解释。"

秦隐笑着抱紧她："我不在乎他们怎么以为，你是我的就够了。"

谈小坏蛋怒气值骤降 99%，就剩 1% 了。

谈梨在心底唾弃了一下自己的好哄，然后坚守着最后 1% 的阵地继续发问："那你们公司有部门聚餐，为什么不带我去？"

秦隐抚着女孩长发的手一停，停得谈梨心里咯噔一下。

沉默蔓延数秒，谈梨警觉地慢慢抬头："你难道是嫌我疯疯癫癫的，去了会给你丢人？"

话没说完，小姑娘脑瓜被戳了一下，秦隐的声音真有点凉了："再胡说！"

谈梨在他的警戒底线前嗖地一下缩回自己试探的“爪”。

秦隐有些生气谈梨说她自己的话，但到底没忍心冷她太久。

等小姑娘委委屈屈——虽然肯定是装的——在他怀里蹭了好几下后，他就忍不住抬手把这只不安分的刺猬按住了。

秦隐低下声，安抚地答：“我只是去送个生日礼物，露一面就走。你不需要陪我去那种场合，你会不自在的。”

谈梨想了想：“可我也想去露面——宣示主权：这只小白脸是我家养的，不能觊觎！”

秦隐气笑：“这只？”

谈梨理不直气也壮：“嗯！我们少女都是这么说话的！”

秦隐似笑似叹：“真想去？”

“当然想，”谈梨转了转脑袋，“那你呢，为什么不想我去？”

这一次的沉默尤其久，久到秦隐和心底里的另一个自己做了激烈的斗争，终于推翻了二十多年从容冷淡又正派的模样，从最深埋的角落里挖出那点不可告人的心思。

这是第一次给她看。

“因为我想就这样一直把你藏着，不给别人看。”

像最最最珍贵的东西，每个人都想锁在世界上最安全的保险柜里。因为太喜欢，所以拿出来就怕被抢走。对秦隐来说，谈梨就是不知不觉里成了他最不可失去的那个存在。

谈梨听完秦隐的话，也察觉到这话下的深意，愣了两秒后，她笑得直往他怀里跌：“认为自己女朋友天下第一好、大家都想要，这应该也是一种自恋吧，Liar 神？”

秦隐皱了下眉，没说话。

谈梨又笑了好一会儿才努力绷住：“虽然梨哥确实漂亮又聪明，但是我活了二十多年，被告白过的次数都很少。就连路上遇到搭讪的，一般都会在我朝他们笑的五秒内落荒而逃。”

谈梨一顿，坐在秦隐腿上，含笑看他：“我平常凶起来的杀伤力，你不是最清楚了吗？”

看出谈梨确实很想去，秦隐终于妥协。

答应以后，他犹有些不放心地顺刺猬毛：“去了以后，记得把刺竖起来。”

谈梨：“嗯！”

谈梨：扎跑那些坏女人！

秦隐：谁摸扎谁。

3. 聚餐篇

秦隐的部门聚餐安排在周日下午。

中午1点30分，主卧房间里设好的闹钟响起，柔软厚实的羽绒被边伸出只细白的手，拍掉了闹钟。然后那只爪子在半空中木木地举了好几秒，它的主人才终于心不甘情不愿地扒拉下盖到头顶的被子。

被边露出一张恹恹又艳丽的脸。

秦隐听见卧室里的闹钟声，快步推门进来，此时正对上谈梨哀怨又魂游天外的眼：“你们部门也太勤快了，晚上的聚餐为什么要定那么早……”

大概是午睡被吵醒，困得厉害，小姑娘说话都黏黏糊糊的，咕哝了好几句才慢慢定下眸子的焦点。

秦隐走去床边：“太困就不去了？”

谈梨在这个诱惑前动摇了数秒，然后飞快摇头：“不行！要去！今天就算天上下刀子也不能阻碍我去扫清那些小妖精！”

谈梨严肃地发完言，才注意到秦隐身上裤脚专门加长定制的西装长裤，裤线笔直而贴合，把男人修长有力的腿形勾勒得十分完美。

谈梨抬头：“你今天要穿西装过去？”

“嗯，负责人的要求。”

谈梨冒了坏心眼，她从床上跪起来，伸手去摸秦隐微敞着的衬衫衣领，眼底藏着狡黠：“那我帮你系扣子？”

秦隐不动声色，抬眸看她。

谈梨眨眨眼："怎么样，是不是特别感动自己有这么贤惠的女朋友？"

秦隐可太了解小坏蛋的秉性了。

就她这副恶魔尾巴都快翘到头顶去的小表情，如果没憋着什么坏那才奇怪了。不过他没拒绝，也没躲开女孩伸过来的手，放任那只白净的"魔爪"攥到他的衣领上，然后——

谈梨手上一用力，把床边之前半蹲下身来看她的某人直接拉向自己。

猝不及防，秦隐只来得及堪堪撑住床边，才没把谈梨扑到床上去。

刚醒就"作恶"的谈梨得了逞，松开手滚进被子里面哈哈笑了起来。笑得肚子都疼了，她才从被子里冒出脑袋，杏眼依旧弯弯的，像月牙儿。

"Liar 神，真想我给你系扣子？"

秦隐坐在床边，无声地看着她。那双眸子黑黢黢的，深得好像要把人吞进去。但望着床上的那个小姑娘时，又会多出一种无可奈何的情绪。

谈梨赖皮地躺在那儿，朝他勾勾手指："那你过来啊，过来我就帮你系扣子。"

秦隐撑在床边的指节微微一动。

须臾后，他还是忍下眼底被她勾起来的欲意，从床边起身："再不换衣服，我们就要迟到了。"

"哦。"

谈梨计划落空，遗憾地从被窝里钻出来。

谈梨从衣帽间里挑了件紫罗兰色的抹胸小礼裙，又搭了一条小坎肩，然后她拎上不知道从哪个角落里翻出来的小高跟，光着脚丫跑出了屋。

秦隐站在玄关旁的落地挂衣架旁，背对着她，似乎取了上面挂着的长款大衣。

谈梨跑过去："好像还是第一次见你穿正装西装呢，是不是特别拘束？你要是不喜欢，干脆不要穿。"

秦隐转回身。

谈梨的话声和身影也停在那一秒。

沉寂数秒，一点可疑的红晕攀上女孩细白的颈，然后是脸颊。

秦隐没察觉，他的注意力全被女孩光裸的小腿和脚丫勾走了。秦隐皱起眉:“外面冷，你这样穿容易着凉。”

小姑娘目不转睛地盯着他的衣服:“外面冷吗？”

“嗯，今天室外温度最低不到十度。”

“那正好我们不出去了吧。”

“？”

秦隐听完正意外，他刚抬眼，几米外的小姑娘已经扔了手里的高跟鞋，直接扑向他怀里。

秦隐连忙把人接住。

谈梨抱住了那人衬衫包裹下的精瘦腰身，埋头就一顿蹭:“果然禁欲系就该穿西装打领带，我之前竟然连这个都没想到——我们不出门了吧，去困觉吗，小哥哥？”

秦隐眼神黑了黑。然后他抬起手，按住了小坏蛋还试图乱蹭的脑袋，他低下声:“别胡闹了。”

“我没闹，我说真的呢。”谈梨像顶着如来佛的五指山还抬了头的小泼猴，眼睛黑得乌溜溜的，“你这身西装帅得我腿软，走不动，没法去了。”

秦隐好笑又无奈，连骗带哄半天，都没能把小坏蛋拐出门。最后他只得答应:“回来以后穿给你看，想看多久看多久，这样行吗？”

“真的？”谈梨偷偷抬眼。

“嗯，真的。”

“那好的，”前一秒还腿软的小姑娘立刻就生龙活虎了，“我们现在就出发吧，快去快回！”

谈梨跑回去捡被自己“见色忘义”扔掉的高跟鞋，她刚系上鞋带，就听秦隐问:“你只穿这件裙子？”

“嗯，怎么了？”谈梨直起身，原地转个圈儿，停下后她半扶着腰，捧起艳丽的瓜子脸，朝秦隐侧身笑着回眸，眨了下眼，“好看吗？”

“好看，”秦隐说，“但会着凉。”

“没事，我又不会在外面待多久，你们的部门聚餐总不能是露天的吧？”

秦隐:“那觉得冷了要告诉我。”

“嗯嗯，知道了——快走吧，我的 Liar 老干部，不然真的要迟到了！”

两人到了会所楼下，秦隐去院内停车，谈梨就先上了楼。

部门聚餐预订的是个现代酒吧风格的中型私人包厢，比例差不多一比一复刻了一座小酒吧，吧台高台散桌舞池都有，只是灯光能稍明亮些。

部门里秦隐的同事和带来的家属都来了七七八八，散落在各个角落里。

谈梨站在拉开一扇的双开门前时，正巧听见里面有人问:“哎，除了领导们，是不是就剩秦隐没到了？”

“好像是。”

“长得帅就是好啊，我要是迟到这么久，姐姐们不得捶死我？”

“去去去，你能和小秦比吗？”

“就是。”

“从他实习期进公司，这还是头一回参加聚会吧？哎，小赵，你们几个新人可别学他，要没那张脸，这么脱离群众可是会被 out（淘汰）出局的。”

“嘿哟，这话听起来怎么那么酸啊？”

“我这是前辈的衷心告诫，怎么就酸了？要背景没背景，要人脉没人脉，要眼力见也没眼力见，实力嘛，确实还可以，但也没到不可或缺的程度——要是换个长得一般的，那冷淡脾气谁受得住？”

“哈，也别这么说，看那脾气，可能天生领导命呢？”

“也对，女领导家里的小男友，那也算领导不是？”

“乱说，你看人家平常虽然不开车，但那衣服那手表，一看就不是寻常货——说不定家里早就有领导了呢！”

“哈哈哈哈哈哈。”

“得了吧，你们几个臭男人就是酸我们小秦！”

谈梨半靠在墙根，轻眯着眼懒洋洋地听完，直等到他们话题转向旁处，她才稍稍直身。

伸出去的手落回来，在录音键上点了暂停，保存。打开手包，谈梨把手机放进去。然后她仰起头，对着长廊中悬的灯饰，缓慢而无声地吁出一口气。

如果换作大学时候，那谈梨现在应该已经进去了，先比对录音确认一遍那些男士们的声音，再拎出某个别两位进行一番严父式烈风骤雨的“教育”直到他们认错，然后拉秦隐走人。

有那么一两秒，她几乎克制不住冲动，真打算这么做。

但谈梨还是忍了。

毕竟这里已经不是学校，能力从来和人品无关，而里面的人都是萧阿姨的下属的下属的下属……某种意义上也是秦隐的。她这样冲进去解决了的过程会很简单，但结果可能就是导致某位公司太子爷的“微服私访”任务原地失败。

而且秦隐答应过萧筱，虽然谈梨私心里是很想“小白脸”惨遭辞退只能回去被她“包养”，但以惹恼萧筱为代价还是算了。

谈梨叹气：成年且正常的人的世界可真难。

她思索两秒，拿出手机，咔嗒咔嗒快速敲了几个字，点下发送，一条短信就嗖地一下飞了出去。

楼下，秦隐从车里下来，听见手机的特别提示音，他拿出一看——来自小刺猬：剧本变了！你记得随机应变，好好配合！！

秦隐：“？”

“笃笃笃。”刻着浮雕花纹的双开木门，被敲出一种醇厚质地的余音。

包厢里声音低了些，陆续有人回头。尤其是其中或明或暗翘首以待许久了的几位女同事，都不约而同各自抬头，齐刷刷望向门口。

在她们期盼的目光下，一个穿着小礼裙、肩上搭着条薄款小坎肩的女孩探身进来。最先映进眼帘的，还是那张生得白净却艳丽的脸蛋。

女同事们笑容淡掉，男同事们却来了精神。

“好漂亮的妹子啊。”

“看着还年纪不大，是不是找错门了？”

“难道，现在会所里还有这样的服务了？”

“这里是正经会所，你思想能不能健康一点？再说这女孩一看就是娇娇滴滴干干净净养出来的，你少污蔑人家。”

最后一个人的慷慨陈词结束，就借着离门近的地理优势，起身几步就走到门口的女孩面前。

“小妹妹，你是来找人的？我们这里是公司聚会，你可能找错地方了。”

“我没、没找错地方，”女孩声音也柔柔弱弱的，像是受惊又不安，“我是秦隐的女、女朋友，我和他一起来的。”

包厢一寂。

虽说之前大家都各自说着自己的话，但无论男女同事，全都竖着只耳朵听这边的动静呢。小姑娘声音轻飘，但还是叫他们一字不差地听见了。

死寂数秒后，空气中交汇的视线集体炸毛了。

成年人的社交风度让他们努力绷住了没失态，你忍完我忍，我忍完他忍，忍来忍去，终于等到个忍不住的。

坐在比较热闹的散桌区，有个女人笑起来，只是不太自在：“我怎么没听秦隐说他有女朋友啊？前两天问他，他还说没家属要来呢。”

说着，Selina 笑里带刺的眼神朝门前的小姑娘落过去，瞧见裸在外面那线条姣好的小腿、脚踝，还有细白的颈和脸蛋，她笑容都拧巴了下，然后才和小姑娘的视线对上。

这一秒里，Selina 差点被里面一丝冷且薄的、像刀片似的情绪“划伤”。

只是她心里一晃，再定睛去看的时候，却发现小姑娘还是那副无害又不安的神色，好像吓得不敢说话了似的。

Selina 笑容微僵。

包厢角落，负责组织预订的人抬了抬手：“秦隐跟我说过了，前天晚上说的，说要带女朋友过来，我给他加了名额。”

“嘿，”有人幸灾乐祸地小声笑，“Selina，你一直搞不定人家的原因出来了吧？”

Selina 瞪过去一眼。

真相出炉，大半男同事失去了兴趣，但仍旧有些贼心不死的，在三言两语哄着柔柔弱弱又不安害羞的小姑娘在沙发区落座后，拐弯抹角地想打听情况。

可惜没等他们意图得逞，有人进来了。

“哎，秦隐来了。”

“哦呦，我们小秦可终于进来了。你再不来，你的小女朋友可都要被这群狼给‘吃’掉了。”

“不愧是我们公司镇司之草，这艳福不浅——”

秦隐一言不发地走过，眼神冷若冰霜。

原本还想开玩笑的几人都被这眼神给唬住了，一直到秦隐停在沙发前，他们才纷纷醒神。

坐在谈梨左右的两个男同事受不住这要杀人似的冷度，打着哈哈挪去旁的位置，秦隐僵停了几秒，才坐到沙发上。

他抬手，手臂扶到女孩身后的沙发靠背上，修长的指节垂下来，像是无意，若即若离地护在女孩的肩侧。一直低着头害羞不安的小姑娘好像是察觉到了熟悉的气息，慢慢往秦隐怀里挪了挪。

秦隐眼底冷意一松。他侧过脸，抬起的手摸了摸女孩柔顺的长发，附耳问：“头发怎么拆了？”

——原本头发打理的时间最长，临走前谈梨还特意选了个气场比较足的发饰，这上楼没一会儿却拆得干干净净，只剩一条发绳扎起了顺长的黑马尾，像个乖学生似的。

小姑娘半贴在他怀里，轻轻摇了摇头，没说话。

秦隐想起那条短信，微皱眉。

恰在此时，坐在隔壁散桌区的男同事靠在椅子上，笑着道：“秦隐，你这是从哪儿找来这么乖又听话的小女朋友啊，就是有点害羞，从进来以后都不太敢看人呢。”

乖，听话，害羞？

秦隐沉默地看了一眼怀里的小姑娘，像是要配合这话，女孩往他怀里又缩了一点。

这信手拈来的演技，仿佛今年就要去角逐小金人了。

搞不懂小坏蛋葫芦里卖的什么药，秦隐心底叹了声，面上冷淡："一个大学的。"

"哎，一个大学，看不出来啊？"在谈梨的录音里最贱兮兮的那个男声响起来。

谈梨从秦隐怀里抬头，瞥过去，把这人的五官记住了。

那人见谈梨回应了自己的目光注视，表情有点兴奋地直了直腰："小妹妹，你今年多大了啊？"

秦隐冷漠，正要开口，怀里响起个柔弱无害的小细音："我十八。"

秦隐："？"

不只是他，周围听见这句的全都噎了一下，然后他们纷纷回头，目光聚拢过来。不过不是朝着谈梨，而是齐刷刷看向秦隐，目光里无一不带着"你还是个人吗"的控诉。

秦隐："……"

谈梨这个发型再加上天生漂亮得模糊了年龄的优势，确实让她这话显得真实度高了不少。

最先问问题的那个也蒙了："那、那你和秦隐是最近交往的？"

"不是啊。"女孩声音轻轻的，抬起的眼瞳乌黑，好像写满了"你为什么会这么问"的无辜又茫然的情绪。

"我已经在他家里住了两年啦。"

众同事："？"

住？怎么个住法？这样住还是那样住？！

倒是秦隐已经淡定了，在听见"十八"那句后，他就大约摸索到谈梨的"剧本"方向了。

这会儿承受着那些震惊的目光，他就安然垂着眼，一边给怀里的小刺猬顺着毛，一边考虑今晚回去把这只小刺猬扒了皮下了锅，煎炸炒炖煮了。

许久的震惊后，才有人艰难打破沉默，对方干笑了两声："哈，哈哈，难怪秦隐每天中午下班都要回去一趟，晚上更是一到下班时间就立刻没影了，原来是家养小娇妻啊。”

小姑娘似乎不好意思了，听完就红着脸往秦隐怀里缩了缩，声音压得低低小小的：“哥哥说我还没到年龄，要过两年才能有名有实呢。”

“哥、哥哥？”

“对哇，他说喜欢我这样称呼他。”

众人已经麻木了，表情里只写满了两个字：禽兽。

秦隐侧过身，低了低头，他亲密地贴近女孩的鬓角，像是要吻在她耳尖上。

用只有他们两个能听见的声音，带点低哑：“我喜欢你这样称呼我？”

“你不喜欢吗？”

“好，”秦隐忍得弦快崩断了，故意吓她，“今晚回去让你叫个够？”

谈小坏蛋的宗旨就是哪都能夙嘴不能夙，于是听见后，她还就压着细细软软的声儿，欠兮兮地挑衅秦隐：“你来呀。”

秦隐眼神深了点。

今晚的小刺猬菜谱上，煎炸炒炖煮之外又多了一道。

两人说悄悄话这一幕，在外人看来自然亲昵得很。而落进个别人眼里，那就已经有点刺眼了。

“秦隐，你和你小女朋友关系这么好，怎么进公司这么久，一直都没听你提起过呢？”

听见这声音，谈梨毫不意外。事实上，她就在等这一出呢。

谈梨看向Selina的方向，对上对方已经掩饰不住敌意的眼睛，她往回缩了缩：“哥哥一直、一直不太跟别人提我的。”

Selina：“是这样吗？那可太不合适了哦，秦隐，这样你小女朋友得多委屈啊？”

“不、不怪他。”

“？”

女孩好像鼓足勇气，直起腰红着脸颊：“哥哥说了，他只是不想让别人看见我，所以我每天只要待在他的卧室里，等他回来就好了。”

“！”

无视了那些饱含惊恐还掺杂嫉妒的目光，秦隐摸在小刺猬脑袋上的手停了停，他侧过头，声音压低：“你再编下去，他们可要报警了。”

刚缩回来的谈梨差点破功失笑。

她偷偷抬了头，收获到一堆投向秦隐的“长得这么帅可惜是个变态”的目光作为战利品后，谈梨冒出脑袋，继续红着脸演戏：“而且为了中午也能见到我，哥哥还在公司对面买了房子，方便我们一起住呢。”

所有控诉目光停住。

他们公司所在的路段是 P 市市内也出了名的寸土寸金，对面能住人的似乎只有一栋独栋公寓，那儿都是大面积高楼层，一套房的价格能在 P 市郊区买好几套大别墅了。

为了中午见到家养小娇妻而买下那样一套 8 位数的房……

包厢里的气氛突然变得前所未有地紧绷起来。

变态长得再帅也还是变态。但是变态巨有钱，对这些已经成年且浸淫社会多年的职场人士来说，就完完全全是另一个问题了。

至此，谈 · 柔柔弱弱无害不安 · 家养小娇妻 · 18 岁 · 梨，成功完成了她的最后一个剧本任务，在其他人被镇住而没能注意到的角落里，朝秦隐得意地比了一个“耶”的姿势。

秦隐低垂着眼，不动声色地看她。

全包厢唯一没有被她的戏“带进”情绪里去的就是面前这位了。

这人还真是高冷得可以。

谈梨鼓了鼓气，“恼”从心头起，“恶”向胆边生，和秦隐对视数秒，小姑娘突然捧起个灿烂的笑——

“哥哥，我昨天买了一套新衣服，我们晚上还要玩游戏吗？”

最后一根弦崩断了，他的眼神表情如谈梨所愿，发生了某种不可逆转的变化。下一秒，某人起身，顺手把小姑娘拎进怀里。

谈梨惊觉玩大了。

她本能地一抱沙发扶手，摆出死不撒手的架势：“哥哥，我还想再在外面待一会儿，我们等等再回去吧？”

被这场面勾回神的同事们慢半拍地开始反应：这小姑娘怎么变得，和刚刚不大一样了？

“不等了，现在回。”语气前所未有地不容拒绝。

他很耐心，蹲下来到沙发旁，一根一根扒开女孩细白的手指，带着某种阴沉沉的魔鬼气压。

谈梨叕了，探过头去朝后求助：“哥哥姐姐们，你们要去我家做客吗？我家在 290——唔唔唔？”

谈梨惨遭“灭口”。

捂着她嘴巴的男人低了低眼，“温柔”地捋了捋刺猬毛：“叫谁哥哥？”

谈梨：“！”

秦隐放开她呼吸轻软的唇，微沉着眼，点点她死抱着沙发扶手不放的手：“松开。”

“不松！”谈梨坚如磐石。

“松开。”

“不！！”

秦隐轻嗤了声，笑里冷冷淡淡的，又带点勾人：“松开的话……”

谈梨偷偷抬头：“嗯？”

秦隐：“把那些西装都穿给你看？”

谈梨：“！”

大意失荆州。

就这么一两秒被美色所惑的工夫，谈梨放松警惕，并被秦隐成功“擒获”，直接揣进怀里抱起来带走了。

谈梨挣扎无果，试图装可怜挽回最后一点生存可能：“哥哥，我们这么早回去干吗啊……”

秦隐冷淡垂眼，眸子里欲意微动——

“你不是说了，想玩游戏吗？”

谈梨：“……”

谈梨：“等一下！我又不想了！”

秦隐："晚了。"

4. 生日篇

临近年末，天气彻底凉了下来。太阳也秋乏冬懒地，一天比一天起得晚。

11 月的第一天，早上 5 点 20 分。

谈梨鬼鬼祟祟蹑手蹑脚地从洗手间里出来，她身上两只睡衣袖子挽着，露出白皙的胳膊和微微发红的手。

冰凉的水冲过手指的触感犹在，谈梨情不自禁地轻抖了下。她低了低头，借着床底的夜灯，迟疑地打量了下手指。按原计划，她是准备掀开被子，两只手捂进去直接把某人冰醒，但现在……

谈梨抬手，试探地把双手往颈前一按。

"！"

小姑娘被凉得差点原地蹦起来。原本还因为违背生物钟过早起床而残存在脑袋里的睡意，顷刻就消散一空。在强烈的良心谴责下，谈梨只得放弃原本计划。她只伸出一根食指，小心翼翼地勾向昏暗里侧身朝着她空出的床位的男人。

就在她指尖即将摸上男人的碎发时，一个带着点睡意的低哑男声在房间里响起。

"起这么早，就为了捣乱吗？"

"！"

谈梨还没来得及震惊这人是什么时候醒来的，伸出去的手就被掀起的被子下一只修长的手握住。

温热触上冰凉，秦隐微怔了下，谈梨反应过来："凉凉凉！别碰！"

回应她的是一声低淡的笑，躺在里面的男人不但没松手，还稍一用力，直接把她拖进了被窝里。

谈梨的另一只手也被捉住。隔着薄薄的家居服，秦隐的手把她的手压在胸膛前，温暖近灼热的气息慢慢包裹住她。

黑暗里，那个声音听起来更加低沉磁性，似笑非笑的，好像撩拨着每一个听觉细胞："你是三岁吗，谈梨？"

谈梨心虚气短："我这不是想给你个惊喜。"

"什么惊喜？"秦隐握紧了她的手，慢慢汲取她的冰冷，也把温暖传过去，"三岁小孩这种把人冰醒的惊喜？"

谈梨嘴硬："明明是你的女朋友为了你的生日，硬是把生物钟往前拧了三个钟头，还没用闹铃就起来了的惊喜——难道这不算惊喜吗？"

秦隐哑然失笑。

小姑娘的手温已经被他暖回正常，秦隐就把人抱进怀里了："嗯，很惊喜，谢谢女朋友。"

谈梨想压但压不住翘起的嘴角："你这太容易满足了。我既没说生日快乐，也还没送你礼物呢。"

"礼物？"秦隐一顿，"就是前天晚上送来家里的那个？"

那天晚上两人在家，有人按了门铃，秦隐去接的，结果门刚拉开两厘米，就被从卧室里闻声冲出来的谈梨一巴掌拍上了。

门外送东西的人估计吓得不轻。谈梨则一副做了坏事的表情，守着门支支吾吾地要把秦隐支回卧室去。秦隐看她又急又窘，也就顺了她的意，然后小姑娘一晚上就在卧室外面折腾着藏她的东西。

那时候秦隐已经猜到，只是没拆穿她罢了。

谈梨叹气："果然还是被你发现了，我要给这家国际快递打投诉电话——收件人没收到电话就直接送上门了，投递人怎么能这么不负责？"

秦隐："国际快递？"

"嗯，"谈梨得意抬头，"从奥地利寄来的，你猜是什么？"

秦隐沉吟两秒："耳钉？"

谈梨："！"

谈小坏蛋惊得后仰，坏笑完全僵住，差点从床上直接滚下去："你怎么知道的？是不是有人给你告密？不对啊，除了下订单外，我明明没跟任何人提起过……"

在谈梨陷入怀疑人生时，秦隐笑着把人从摇摇欲坠的床边拎回来：“你上个月给盛笙打电话，问起钻石切割技术比较好的定制公司，是他给你介绍了奥地利那家？”

谈梨恍然，随后更疑惑了：“但我没和笙哥说我要做的东西，他应该也不可能主动找你提起吧？”

“他没跟我说，但他和肖一炀提了，肖一炀又告诉我。”

“然后，你就猜到我要给你送耳钉了？”

“之前还没有，”秦隐莞尔，“但见了你刚刚那个笑和语气，突然就想到了。”

谈梨丧气地从被窝里爬出来，她开了床头的落地灯，顺便把藏在自己枕头下的天鹅绒小盒子取了出来。

托着盒子，谈梨趴在床中间，遗憾感慨：“枉我从半年前就联系我舅舅，让他帮我选一颗天然粉钻，他找了好几位朋友，才在南非那边拿到了一颗。”

在谈梨起来后，也已经起身的秦隐半靠在床头软包前，低垂着眼无奈问：“你买了一颗粉钻？”

“嗯。”

“做耳钉？”

“对啊。”

天然粉钻的成因在主流观点里多归因于晶体结构变形，这使得它在钻石中非常稀少，堪称珍品。同样，价格也异常可观。

对着小姑娘一脸理所当然的表情，秦隐叹了声：“你出的钱？”

谈梨眨眨眼：“我舅舅虽然这些年在国外生意做得不错，但也没到这样一笔大开销也能随便拿出来给我的地步。”

秦隐：“你也知道这是一笔大开销？”

谈梨眨眨眼，终于反应过来。

谈梨轻摇了下盒子，笑得眉眼一弯：“我确实变现了我名下的一部分股票基金才够把它收来——还好我是个物质需求非常低的贤惠女朋友，留着那么多不动产和股票基金也没什么用，少一点不会有任何妨碍，而且我也不是每年都送男朋友这么贵重的礼物。”

秦隐眼神微动，最后还是没说什么，他的目光落到盒子上，若有所思：“你喜欢钻石？”

谈梨停顿两秒，眨了眨眼：“你不会准备也送一个给我吧？”

秦隐抬回眸。

验证猜测，谈梨笑得翻过去：“千万别，送我这个还不如包办我以后的 LOL 新皮肤呢。”

秦隐无奈：“既然你不喜欢，那为什么要买这个送我？”

“我是不喜欢钻石，但喜欢这个礼物。”

“有区别？”

“当然了，这个礼物不一样。”谈梨信誓旦旦地说。

她手里的盒子不知道被按下了哪里，盒身内发出咔嗒一声的轻响，然后盒子自动打开。

衬在柔软的浅粉白色的花瓣里，带着某种淡淡的馨香，一颗粉钻耳钉被徐徐托起——钻石整体轮廓是最常规的矩形切割，但不知道在底托上做了什么，那些晶莹剔透的切面下，竟然衬出一个淡淡的“L”形。

秦隐怔了下，再抬眼时，就见趴在床前的小姑娘托着脸颊，她食指把自己的右耳耳垂微微挑起来——戴着的那颗黑色 L 形耳钉，在落地灯柔和的光线下微微晃动。

谈梨笑得明艳而灿烂，说：“这是 Liar 的 L。”她又指指自己手里托着的耳钉盒，“这是梨子的梨的 L。”

“你已经把‘Liar’送给我了，现在呢，”谈梨合上盒子，灿然笑着又郑重地把盒子放进他手里，认真说，“我把‘梨子’……送给你。”

秦隐一时失语，他只定定望着谈梨乌黑带笑的眼瞳。那里面，如他所期，满盛着他一个人的身影。

谈梨和别人不一样，从一开始他就是知道的。她看起来饱满、鲜活，甚至鲜活得有些过了头，也会在奔逸的状态后突然露出真实的低落。

她竖满了刺，对所有人都怀抱灿烂的笑容和不容亲近的警惕，跨过了某个警戒值她就会察觉，想推远对方或者逃跑，而在最后一点极限前，她会那样像哭又像笑地抱着他，说“你和他一样，最后只会把我们变成一个疯子”，说“我不想像她那样悲惨地死去”。

她明明这样说过。

谈文谦和乔意芸的婚姻给她留下太多噩梦一样的回忆，她害怕在所难免，秦隐早就做好了一辈子只陪她这样玩闹一样地走下去、不要任何承诺也不给她任何束缚的准备。

而今天，她却带着灿烂的笑和战栗的眼睛，像承诺也像豪赌，她说：“我把‘梨子’送给你。”

他人的山盟海誓可以是挂在嘴边的玩笑，谈梨不行。

她的承诺要跨过记忆，跨过噩梦，跨过那些狰狞着要把她拖回那个女人凄惨死去的夜晚化成的深渊里的恶鬼。

所以，她笑也微颤地捧着那颗钻石耳钉，像只刺猬握着刀刃，她收敛了扎人的刺，露出柔软的肚皮，像宣布从此刻起，他拥有了唯一能伤害她的权力。

秦隐狼狈地合下眼去，房间里的空气沉默得叫人难过。

谈梨慢慢从那种不安里脱身，她眨了下眼，似乎意识到这种奇怪的气氛源于自己，又在秦隐那里触发了什么化学反应。

谈梨歪了歪头，彻底趴到床上，从下往上俏皮地去看秦隐的眼：“喂，Liar 神，你不会是感动哭了吧？别搞错哦，这可不是求婚，求婚还是要你来的！”

秦隐终于压下了起伏动荡的心绪。他抬眼时，正看到仰在他眼皮子底下想逗他的小姑娘。

秦隐想都没想就伸手，把小刺猬拎起来，连人带盒子抱进怀里。

“好。”

谈梨正四仰八叉地瘫着呢，突然坐到某人腿上还有点蒙，回过头：“好什么？”

秦隐深望着她，眼里刻着她的影儿：“这个礼物我收下了。”

“……”谈梨挣扎地举了举手，“这个才是礼物，我不……”

“都是，”秦隐难得像谈梨似的耍起无赖，他不容分说就把小姑娘抱紧，圈在怀里，“把梨子送给我，这话是你自己说的。”

谈梨慢吞吞眨了下眼：“那，行吧。都是就都是。”

秦隐问：“耳钉能戴吗？”

谈梨仰头笑：“能戴要我给你戴上吗？可惜不能。”

“不是磁石的？”

“我也想做磁石款底托来着，但是那边不答应，说这种磁石款的设计会严重损害它作为一颗切割完美的粉钻的美感，所以只能做正常款式——不过没关系，这个耳钉送你本来就不是戴的，是一种象征意义。嗯，就像定情信物那样。”

谈梨说定情信物说得毫不脸红，说完还拉过秦隐一只手，把盒子重新放上去。

然后她抬头，贱兮兮地占便宜：“宝贝，阿姨把钱都给你了，今后该怎么做，你懂阿姨的意思了吗？”

秦隐微微挑眉：“钱？”

谈梨理直气壮地：“噫，你不知道规矩吗？现在为了不露马脚，包养都不给钱，都是直接送礼物的。”

秦隐：“你很懂。”

谈梨骄傲仰脸：“那是，阿姨为了不让你受委屈，专门了解过这方面的事情呢。怎么样，这个礼物你还喜欢吗——呜呜呜！”

小刺猬刚贱兮兮地撩到一半就被拖回被窝里，没多久就装可怜卖委屈地求饶了。

可惜没管用。

当天下午，秦隐回了一趟秦家——秦亦生的“妻奴”是老传统了，从秦隐还小的时候他就教育他，孩子的生日就是母亲的受难日，所以每年秦隐生日，回家一趟关怀孝敬一下萧女士是他们秦家最不能忘的“传统节日”。

谈梨跑出去买了些食材囤进冰箱，然后就无聊地开了直播。

粉丝们都很意外。

我没看错吗？梨子今天不是不上播吗？

对啊，昨天平台给我们推送了你的请假条，说你要给你男朋友过生日，所以不上了。

听说 ZXN 基地都被礼物堆满了，官博早上发动态求救，说别给他们送了，Liar 都退役了还祸害他们，哈哈哈哈哈！

咦，难道？我有机会了？

谈梨托着脸颊，无聊地拽着鼠标满屏跑："他回家一趟，我自己无聊，估计你们也挺无聊，所以上来了。"

胡说！我们可"现充（网络流行词，指现实生活充实）"了！

对，"现充"到你一开播我们就立刻来了。

哈哈哈，Liar 不在家，那今天不用吃狗粮了，同志们！

泪目！

那梨子今天要玩游戏吗？

"不太想……"没说完，谈梨自己停住。过了两秒，她眼里亮起点细微的光，"不过，玩两局也行。"

弹幕沉默数秒，开始疯狂刷屏——

我突然有种不祥的预感。

已默默取消了我的宗师局排位。

我去好友群里提醒了我的好友们，今天高段位不宜排位。

啊？新粉有点蒙？什么意思啊？

嘀，科普卡：梨子这两年被某某第一打野惯出了个坏毛病，只要一无聊就开着她的号去排位赛里——玩打野！

嘶，别说了别说了，有阴影了。

梨子那打野，至今还是国服王者局的鬼见愁啊！

谈梨无视了弹幕里大片痛批她黑历史的“假粉”们，若无其事地登入自己的账号，还贱兮兮地跑去查看了自己账号里几个打野英雄的胜率。

“你们看，这战绩，还可以的嘛。”

梨子！你的脸说它要抛弃你离家出走了！

你看看时间！那都是你败完了分还耍赖不直播，Liar 神顶着一张高冷的脸看都不看我们一眼然后给你上的分和胜率！

这数据，真惨，堪称 Liar 打野史上屈辱之最了。

预定热搜：扒一扒世界第一打野都带不动的打野！

所以国服排位遇上 Lizi 打野，有两种结果，一个天堂一个地狱，各占 50% 可能性，想想就刺激。

谈梨被全员群嘲，义愤填膺，摩拳擦掌：“今天一定要让你们见识一下我在打野位的真正实力！”

40 分钟后，弹幕笑疯了。

哈哈哈哈哈，梨子你被队友举报了，那人录屏的举报理由。

之前是哪个带预言家说的？确实站内热搜了，哈哈哈哈！

谈梨托脸，不服气：“明明赢了，他们为什么举报我？”

你那打野就是个灾难！

没错，不管对对方还是对友方都是一场折磨！

你瞧瞧你把人对面打野气得，“赢不赢的不重要，lizi 今天不能出泉水”，哈哈哈！

谈梨还准备为自己的独家战术辩解两句，然后一声电子门锁打开的“嘀嗒”声音传进直播间。

谈梨眼睛一亮，之前蔫巴巴的模样一扫而空：“Liar 回来了！”

没一会儿，书房的门被推开，穿着薄底拖鞋的秦隐走进来，声音浅淡："你又在家里搞事了？"

谈梨腰一挺，本能反驳："我没有啊，怎么这么问？"

秦隐："XT 平台后台的消息剧增，点进去全是和你有关的一条。"

谈梨没来得及去看秦隐，立刻转回电脑前，打开 pc 端的 XT 平台，进入后台。果然消息里已经填满了。

进去以后，谈梨发现始作俑者就是上一局的某位队友。

爷就是最 dio 的：强烈建议联盟出台人脸识别登录系统，严禁夫妻俩共用一个账号！实在有实现难度，只针对 @Liar@ 梨子 lizi 他俩的账号识别也行！我做错了什么要受这种非人折磨！

看着那刷了满屏的触目惊心的感叹号，谈梨无语了：嗯，心理创伤这么大的吗？

更残忍的是，这位受害者的评论区全是在"哈哈哈"的。

谈梨只有偶尔穷极无聊，才会跑去玩打野，平均一个月一两次，并不频繁，所以大家对这件事多是玩梗的态度，也没几个认真的。但玩梗之中，总是会有个别恶语相向的。

谈梨看见都是直接跳过，一边翻评论一边对直播间同样在"哈哈哈"的粉丝们说："啊，这动态看得我良心不安，这位水友如果在的话可以私联一下我，我上 ADC 带你作为补偿，真的。"

哈哈哈，你个没良心的，人家也是 ADC 位，你想和他一局只能在对面了。

这打野队友的体验足够心理阴影了，哈哈哈哈！

还是换个补偿吧，梨子，我怕他也举报你。

谈梨正深思熟虑怎么收拾这烂摊子，就感觉身后一道呼吸俯低，某人的手臂圈过她撑在桌前。

借着谈梨下巴旁的微型麦克风，男人低哑里带点懒散的声音传进直播间里："和她打野同队过的，都可以加我好友，我带你们作为补偿。"

死寂数秒。

妈妈爸爸爷爷奶奶是我听错了吗？？？

Liar要带人？这是什么级别的殊荣？联盟职业选手里我记得当初也只有肖一炀享受过吧？！

一炀哥为此还承受了好久"被神独宠的男人"的污名，哈哈哈！

啊啊啊啊！Liar带我，光想象一下就觉得要原地螺旋升天了！

跪求梨哥现在就玩打野！我这就去排位！

同求！

谈梨嫌弃地敲了敲弹幕窗口："果然，你们这些假粉根本没一个是爱我的，只是把我当作你们接近Liar神的工具人。"

我们不爱你，但Liar神爱你啊！

我们不是不爱，是不敢爱。

没错，Liar在谁敢啊？

咦？是我眼花了吗？Liar左耳怎么好像有点红肿，还插了根耳针似的？

耳洞？

之前不是说假耳钉吗，怎么还真打上耳洞了？

谈梨面上故作的情绪一淡。她立刻转过头，直勾勾地盯到秦隐身上："你不会是……"

秦隐已经直起身。

直播镜头里只看得到男人站在女孩身后，云淡风轻的声音隐约传回收声筒里："既然是你送的耳钉，我总不能一直搁在角落里。"

看着那人还带着一点渗出的殷红血迹的耳垂，谈梨失神。几秒后，谈梨回过神，微微弯眼，轻笑："赔大了啊，Liar 神。"

"是吗？"秦隐低头，吻了吻女孩唇角，低低地笑，"明明是我赚了。"

弹幕里像片柠檬园。

啊，所以是为了梨子送的耳钉打了耳洞？

当初说 Liar 没耳洞我还觉得，没错，冰山怎么会有耳洞这种东西？现在看，啧啧。

踢翻这碗充满了恋爱的酸臭味的狗粮！

呜呜呜呜，妈妈，我也想有这样的男朋友！

只有我一个人想看 Liar 神戴耳钉吗？

不不不，你不是一个人！

没关系，别急，新人们，梨哥每个月总有那么几天没来大姨妈还懒得上直播，你们 Liar 神这时候就会帮她上播，所以你们会看到的！

果不其然，两周后，某人就戴着耳钉出现在直播间里，一颗粉钻着实把弹幕骚得不轻。

不愧是梨哥。

也就 Liar 这张脸撑得住这颗耳钉了，哈哈！

这是真粉钻吗？那好贵的。

把这个作为送男朋友的生日礼物？果然梨子是小富婆的传闻不是空穴来风啊！

你们可能对粉钻市场不了解，这可不是小富婆足够形容的。

Liar 神给个回应呗！

秦隐结束了一盘梨子账号的打野位王者局，中途撩起眼冷淡地扫了一眼弹幕。正经问题以外，还有为数众多的对他个人的"告白弹幕"。

秦隐凝视片刻，薄唇轻勾了下。他拿起搁在一旁的耳麦，微型麦克风递到唇边：“不是生日礼物。”

啊？那是什么？？

秦隐：“‘包养’礼物。”

秦隐骚得很淡定。

“所以别刷告白了，谈小金主看见会不高兴。”

番外五

心病

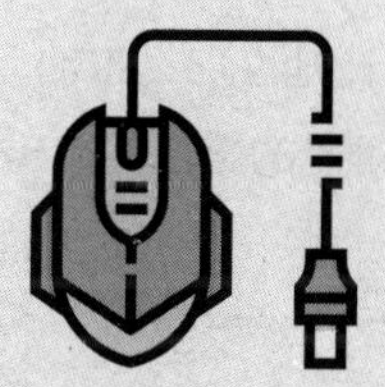

谈梨觉得自己小时候很迷信。她好像特别信鬼神的传说，信那些镀着金光的佛祖，还有那些不知道拿什么不掉色的颜料，在瓷身上釉得五颜六色的菩萨。

菩萨们总是被凡人描上花花绿绿的衣服，慈眉善目地坐着立着，哪儿都好，唯一的坏处就是不会说话。

她小时候住的那个房子，隔壁的房间被改成了病房，那个形容枯槁的女人总是在夜晚歇斯底里地发疯，东西被挥到地上，摔砸成碎片的声音一刻也不消停。

记忆里窗户外的天总是暗的，可能阴雨连绵，或者雷声密布，总之不会放晴。

而谈梨就一个人缩在自己那个房间里。家里的护工和用人被一个疯女人折腾得够难过了，没有力气管一个小孩子怎样，他们在深夜里抱怨着，捶着腰腿从走廊上走过去，敞开的门里漏进一缝冷色的光，用人们的抱怨就在小小的房间里盘旋和回荡。

谈梨不喜欢躺在床上。摸不到边际的空气总让她害怕，所以她会扯着被子躲到那张床靠着墙倚出来的小角里。那样缩起身来的时候，墙面和床底的侧面会环抱着她，让她没那么害怕。再捂上耳朵，慢慢等上一会儿，那些让她心脏缩紧得难受的声音，都会变得遥远起来。

在她房间的大衣柜顶上，有一尊不知道谁放上去的瓷菩萨，那就是她记忆里对神佛的印象。那尊菩萨太高了，而她又矮又小，就算跳起来也够不到。

有一天，谈梨坐在地板上对着那菩萨想了很久，起来后她把椅子放平在床头柜上，然后踩着床再踩上椅子，站在一个险之又险的位置，小谈梨踮着脚尖把那个菩萨拿了下来。

把菩萨放在这儿的人大概早就忘了，它身上落满了浮灰，拿手指一抹，藏在灰白下艳丽的釉色就会露出来，特别漂亮。谈梨把它擦干净了，没人来的时候就把它放在床头，让它陪着她聊天。

也只有它陪着她了。

用人们照顾一个疯子已经很难，他们不想再随时管着一个小孩有没有跑掉，所以小谈梨的房间每天总有一段时间是锁上的，在用人们无暇顾及她又怕她一个人跑丢的时候。

还很小的时候，谈梨不习惯这样，她第一次想打开门却出不去时，惊慌得在门边大哭大叫。门被她拍得砰砰响，涨红充血的手心早就没了知觉，她也不知道自己怕什么，可能甚至还不知道什么是怕，她就一个人扒在门边，一边拍一边撕心裂肺地哭。

那天，家里的用人不在三楼，是一楼花园里的园丁师傅听见了小孩隐约的哭声，吓坏了，撑着修剪树枝的升降臂上来，打开窗户，才哄住了嗓子已经哭哑的女孩。

后来谈梨就习惯了。

还是会害怕，也知道了自己怕什么——对于一个孩子来说，眼前所见即世界，在她对世界还没有概念的时候，她就已经经历过太多次，好像全世界都只剩她一个人的恐惧。

习惯了这种恐惧后，谈梨就开始和那个穿着彩色衣纱的菩萨说话。

说是迷信，但谈梨那时候对这个五彩斑斓的瓷像没有太多的概念，她只知道人们是可以向它许愿的，它可以帮人实现愿望。于是谈梨就学着在电视里看过的大人那样，她有什么愿望的时候，就把它摆在床头，握着双手朝它许愿。

小时候的谈梨既不虔诚也不懂分寸，她贪心得很，她总有好多好多愿望：想爸爸今天能回家，想妈妈今晚不会痛哭喊叫，想他们一起坐下来吃饭，想他们牵着她的手去动物园，想他们像街上每一对会和孩子说笑或者生气的、看得着摸得到的父母一样……

一定是因为她太贪心了，所以菩萨一个愿望都没给她实现，包括最后她哭着求它的那个。

那时候，她和妈妈在那个房子里已经住了好多年，乔意芸的病情时好时坏，时轻时重，但那个应该被她称为父亲的男人，却很少很少能在房子里露面。

直到乔意芸去世。

明明该是最难忘的一段，但谈梨后来仔细去回想的时候，竟然只想得起她走的那天，那个月光清冷的夜晚。

女人死死握着她的手，枯槁而用力，那大概是女人身体里的最后一点力气，攥得她好疼，但谈梨始终没有挣扎过一下。然后那个女人就走了，死在一个冰冷的房间，冰冷的床，还有冰冷的月光下。

后来，那天晚上留在谈梨的记忆里的，只有幢幢的人形和光影。她一个人站在女人门外的走廊上，穿着白大褂的医生、家里的用人，那些看不清的面孔匆匆忙忙地在她面前闪过去。谈梨站得累了，就麻木地蹲下去，蜷到墙脚。她有点冷，就抱紧手臂，缩在一起。

没人注意到角落里这个小小的姑娘，他们送走了乔意芸，整理了房间，护工们惋惜着走出来。

“可怜啊……”

“就是……”

“年纪轻轻的钻了牛角尖，我就说这人啊，要是没了想活着的劲儿，大罗神仙也救不回来……你说摊上这么一个丈夫，再多的钱有什么用……”

“到死都没回来看一眼，也真不是一般的绝情。就可怜剩下的那个孩子，不知道以后会怎么样……”

等到所有人走光了，女孩一个人麻木而呆滞地起来，她走到房门前，轻轻推开。

冷白的月光，平整的床铺。那个房间空荡而安静，就好像没人来过。

女孩呆呆地站在那儿，几秒后，眼泪猝不及防地掉下来。

很多年后，谈梨终于想起来，她对谈文谦所有的恨，都是从那一刻开始的。

“梨子？该下车了，我们到地方了。”

谈梨猝然睁眼，起身。视野里是轿车合上的天窗，残留在神经感知里的，是熟悉的让她安心的声音。

谈梨慢慢放松了疲惫的精神和身体，她张了张口，声音意外地有点哑：“我们……到了？”

“嗯，”秦隐微皱着眉，伸手试过她的额温，“你身体不舒服，是晕机了？”

谈梨摇摇头，她抬手捉住那人没来得及离开的手，上面的温度让她确切地知道自己已经回到了现实。

谈梨很轻地笑了笑：“没有，就只是，做了个噩梦。”

“什么梦？”

“梦见……”

谈梨眨了眨眼，她回过头，望向车窗外，不远处屹立着洁白的高楼，草地前走过穿着病号服的陌生人。

谈梨轻声：“梦见我妈妈了。她去世前，也该来这样一个地方的，哪里都好过在那个房子里……”

谈梨的眼睛被盖住。

仿佛能知道她所想所感似的，躺在阳光里却睡得发冷的身体，慢慢被身后的人抱进了怀里，熟悉的温度一点点包裹住她。

“不要胡思乱想，也不要怕。”

“我才没怕，生病的又不是你和我，”女孩弯着眼转回来，声音轻快得发飘，“我为什么要怕？”

秦隐叹气，把咬牙笑着的小姑娘抱得更紧：“不管发生什么，我都陪着你。”

谈梨靠在那人怀里，笑意终于淡去，很久后，她很轻地眨了下眼：“真的？”

“嗯。”

谈梨是昨天接到谈文谦生病住院的消息的。电话由还在国外的舅舅乔意钧打来，似乎是他哪位消息灵通的朋友告知。在电话中，乔意钧言辞里对谈文谦的恨意未消，但语气却有些急迫。

那时候谈梨就隐隐察觉到了，谈文谦生的不是小病。

之后谈梨把电话拨给了谈文谦的秘书，在她的追问下，对方才为难地告知她谈文谦的检查结果——肺癌，晚期。

三个月前就查出来的病，这期间，谈文谦一直瞒着除了他公司部分高层团队成员和现任妻子魏淑媛以外的所有人。而他化疗的地方，就是谈梨在秦隐的陪同下，连夜坐飞机赶过来的这座私人疗养院。

这片私人疗养院的环境极好。从停车场到住院楼，要经过一片绿草如茵的广场。广场正中是一方喷泉，有些西式风格，但或许是为了凸显本土风情，喷泉的中央并不是什么西式雕塑，而是一尊观音菩萨像。

和谈梨记忆里的模样不大相同，这一尊菩萨剥去了那些五颜六色的浮华釉彩，只循着石块的本色雕刻而成，倒显出两分返璞归真的圣洁。

来领人的助理发现身后没了动静，回头见谈梨停在石像前，仰头凝望着，而和她一起过来的男人就站在她身旁。

助理犹豫了下，折返回去："谈小姐信这个吗？听说这尊菩萨是很灵的，您要不要拜一拜？"

这人说完以后，仰头站在那儿的谈梨都没什么动静，过去好几秒，她才像刚魂游天外回来似的，收回一双乌黑的眼瞳。

精致的瓜子脸上漾着盈盈的笑，那瞳孔里却泛着空："不，我不信这个。"

"哎？"

助理还愣着，谈梨已经绕过他，径直往住院楼走去。

谈文谦的病房在住院楼的最顶层，是间单人套房。谈梨到的时候，魏淑媛恰好拉开外门出来。她似乎有些憔悴，神思也有点恍惚的样子，转回身见到谈梨，她怔了好几秒才苍白地笑了笑。

"梨子，你来了啊。"

"别这样喊我"——这句话在嘴边转了两圈，最后还是被谈梨咽了回去。她目光跳过魏淑媛的肩头，落向病房内。

她语气随意，听起来像随口问的："他怎么样了？"

魏淑媛："痛得太厉害，连着两三天没怎么睡了，刚打了止疼针，才睡过去。"

谈梨的眼睫毛轻颤了颤。

望着明明什么都看不见的病房房门好几秒，谈梨回神，眨了下眼转回来："我能进去看看吗？"

"……"

"当然，不方便就算了。"

"方便、方便的，只要轻些就好了，"魏淑媛小心翼翼去拉门，"你爸爸嘴上不说，但心里一定最盼着你能来了。他总跟我念叨，以前醉了会念叨，现在梦里念叨，痛得昏沉了也念叨，说你是他最对不起的人，他从前不该那样对待你，可惜现在想改……"

"这种忏悔词，我去网上能抄八百份。"谈梨运了口气，抬眼，"后悔是最没用的事了，悔一万次能回到过去吗？"

魏淑媛涩声："是不能，但他……"

"不能就是不能，没有但是。"谈梨打断，不回头地走进套房外间里。

病床和医用设备都在里间，隔着一面墙，墙中间有面长方形的玻璃窗。窗内，靠呼吸机维持血氧的男人躺在病床上。

谈梨的脚步戛然停住。

她望着玻璃窗隔着的那个中年男人，几乎不敢认了。如果不是魏淑媛还站在身旁，那她都该以为自己走错了病房。

她记忆里的谈文谦从来高大，气势迫人，什么时候有过玻璃窗里面那么苍老的、瘦得脱了形的模样？才多久没见？

多久……有多久了……

谈梨呆呆地站在玻璃窗前，脑海里像是被人丢下了颗炸弹，炸得一片空茫，让她几乎忘了来路，更看不到去处。

她在每一个噩梦里憎恨着的那个男人，她从来不肯称呼他一声"父亲"的那个男人，她恨得绝望、以为他落得这般下场自己一定会大笑，笑到喜极而泣——可怎么，一切的一切都和她想的不一样？

谈梨僵着。她不知道自己站了多久，没意识到身边发生过什么，似乎在很长很长的时间以后，她才终于一点点找回自己的意识。

谈梨张了张口，声音涩哑："医生怎么说？"

魏淑媛眼圈早就红了："你爸抽烟的习惯你是知道的，其实年前体检的时候，医生就说过他肺部有块阴影，要他戒烟，但他就是不听，我怎么劝也没用……"魏淑媛一边说一边哭起来，消瘦单薄的肩微微颤着。

谈梨看见这个她从没亲近过更不可能熟悉的女人终于也不再像年轻时那样漂亮了，她烫得微卷的黑发里，已经有了几根细细的白丝，眼角也不知道哪年开始蓄起了淡淡的皱纹。

仔细想，她是有印象的，这个女人在那个夏天来到家里，和母亲乔意芸那样长在高门大户里的小姐完全不一样，漂亮却怯懦、柔弱。

她什么也没带地嫁给了谈文谦，连个像样的婚礼都没有，这么多年过去了也没有自己的孩子，如今连唯一能依靠和相守的丈夫也要失去了。

谈文谦立了遗嘱，要把绝大多数的财产留给自己唯一的女儿——这是秘书在电话的最后一并告诉谈梨的。

谈梨突然侧过身往外走去，她步伐极快，一直走出房门，才在走廊的窗前骤然停下。

谈梨僵了两秒，声息短促地笑起来，仓皇又嘲弄："他是不是有毒啊？"

下意识跟出来的魏淑媛被吓着了："小梨……"

谈梨仍是轻声笑，直笑到眼里泛起水色："所有和他有亲属关系的女的，没一个能落个好下场？"

母亲是。

魏淑媛是。

她同样是。

他就那么、那么轻易地几乎毁了母亲和她的一生，如今却这样轻飘飘地要走。她还没来得及报复什么，还没来得及叫他悔恨、叫他认错，他怎么……

不是说好人不长命祸害遗千年吗，那像他这样的人不是该比她活得都命长？

她一直以为自己到死都会恨他，她从来没想过，有一天她会站在他的病房前，看着他像很多年前那个老房子里，躺在病床上一点点枯槁一点点失去生命的女人一样，任她哭着抱着那个凉冰冰的瓷菩萨求多少遍也回天无力。

她那么恨这个男人，可这个男人他……他是她唯一的血脉牵绊了。

她当初指着他说他不配被称为父亲、不配管她，她说那个冷冰冰的地方不是家。但无数个噩梦里总有那么一次，或者两次，她梦见童年记忆的角落里，母亲还在，他也在，他抱着还只有他小腿高的她，吹灭了两根颤盈盈的蜡烛，他说："我的宝贝女儿，祝你生日快乐，祝你快快长大……"

如今如他所愿，在对他的恨意里，她一天天长大了。

她在每个母亲的忌日里逼着他和自己为她枯守一整天，她把那个女人的死变成了枷锁，锁住了他们两个人。

那把枷锁绑过他多少天，就绑了她自己多少年。而今枷锁松开，一坠落地。

因为她最恨的这个男人，他就要死了。

他要死了，她就真的、真的……再也没有家了。

番外六

心药

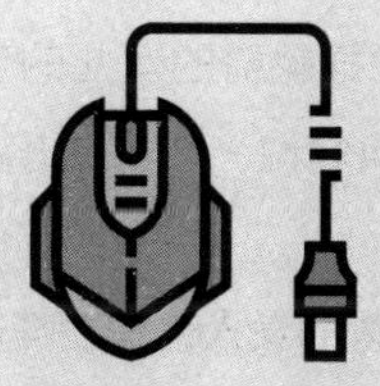

谈文谦是那年冬天走的。

住院楼的楼层里还有位老人家，在边上的四人病房里，大约是一样的毛病，家里轮班来照顾。谈梨来疗养院几次，几乎每回都能见着那个老人被家里儿女推出去晒太阳。

老人很和蔼，上了年纪戴着假牙，但是院里不太让戴，回回出去的时候都摘了，嘴巴就往里瘪着。他每次见了谈梨，就用有点瘪的嘴朝谈梨笑，谈梨也会回一个笑。

老人出院那天，谈梨也在。

她站在门口，听见医生压低声音对家属说，没多少日子了，还是带回去过个好年吧。

家属是个四十岁左右的女人，大概是老人的女儿，忍着泪点头。

谈梨还是站在门口。

她看见老人被轮椅推出来，身上盖着外套，他苍老得不像样的脸上布着深深的沟壑一样的皱纹，眼睛浑浊，扶在轮椅边的手攥得很紧，像悬崖下面枯老的藤蔓纠缠着藤蔓。

他原本是平静到接近呆木的，但轮椅被推出去一两米的时候，老人突然哭了。他颤着手拉住推轮椅的女儿的手，抖着瘪下去的嘴："嫚嫚……你最孝顺了，你跟他们说，我不想出院，嫚嫚、嫚嫚……我不想死……"

那个在医生面前忍了许久的女人，眼泪哗一下就淌了下来。

但老人最后还是走了。

谈梨在空寂的长廊上站了很久很久，久到扶在门上的手都发僵了，她才回到病房。

谈文谦也一天天消瘦下去。他昏睡的时间越来越长，就算醒着，很多时候也是意识不清的，望着天花板的眼神空茫。

谈文谦是孤儿，谈梨是他在世上唯一的血亲，那些生意上的朋友闻讯来看望的，他并不肯见，所以左右也只有零星几个人出现，显得寂寥而单薄。

近年关时，有天早上谈梨来了，依旧是坐在他床边并不说话。明明只有四五十岁的男人，却老得像个六七十的老头子，他躺在苍白的床上，睁眼望着窗外。

那天早上的太阳很好。

谈文谦突然说："我今天很有精神，你推我出去走走，好不好？"

谈梨抬起视线。

在她的记忆里，谈文谦一直很强势，他说一不二，发号施令惯了，一身装着端着的脾气。这好像还是第一次，她听他用这么轻又不安的语气，问她好不好。

谈梨没说话，只站起身。她放下手里的书，浅绿色的硬皮封皮，摸起来手感很好，是史铁生的《病隙碎笔》。她按铃，让人送来了轮椅，在护工的帮忙下把谈文谦扶上去，推他往外走。

年底正深冬，P市的风极冷，冷得往人骨头缝里钻。

疗养院的广场里也没什么人了，喷泉结了冰，菩萨雕像高高在上，冷漠又悲悯地看着底下人们来来往往。

谈梨推着轮椅上的谈文谦，顺着平坦的石板小路，缓慢走着。

石板路旁栽着树，在寒冬里掉光了叶子，只剩下光秃秃的树枝和树干。谈梨认不出它是什么。她在心里想着的时候，听见轮椅里埋在毯子下的谈文谦说了句什么。

谈梨停下轮椅："你说什么？"

"樱树，"那个声音在冬日的风里听起来更加苍老无力，"它的花很美……"

谈梨推动轮椅。

谈文谦合上眼，不知道在对谁说，低低的，像呢喃：“她最喜欢樱花了……我和她结婚的第一年，她在院子里栽了好多好多樱树。樱花开的时候，她就站在树下，朝着我笑……”

谈梨知道，“她”是乔意芸，但谈梨不觉感动，只打心底觉得这个男人可笑，还有一种无力的愤怒。

他这一辈子遇见过那么多女人，他给了应雪容初恋和青春，给了魏淑媛陪伴和包容，他对哪一个都不及对乔意芸的狠心和辜负，结果到最后将死，他却只想起这个女人来。

就好像他有多深情一样。

可明明这个女人，就是被他逼死的。

谈梨终究没忍住，她停下轮椅，问他：“你后悔吗？”

后不后悔逼疯也逼死了最爱他的那个女人，后不后悔毁了他自己的家？在魏淑媛面前，她那么不屑这个男人的悔过，但在那个女人最喜欢的樱树下，她还是想替她听一个回答。

但谈文谦没说话。

到死，他还是当初的那个他。他可以礼节性地像个绅士一样致歉，但他一次都没有，哪怕在那个女人的坟前，他从没认过一次错。

好久以后，他的声音在风里微微颤着：“如果、如果有下辈子，我会好好补偿她……补偿你……”

“不会有，”谈梨听见自己的声音被风冻住，像凉得寒心的冰，“就算有，她也不会再想见到你了。”

寒风中，厚毯里瘦得脱形的男人僵着。很久后，他合上眼，点头，笑得苍老而释然。

“好……也好。”

谈文谦没熬过那个冬天。

漂泊的大雪把满院的樱树盖上白衣的那个夜里，他的体征监护仪上拉平成一条直线。

谈文谦的葬礼那天，谈梨一滴眼泪都没掉。她以前总觉得囿于交际场合的那些所谓这个礼那个礼很无聊，也无趣，主人公们就像小时候她自己摆弄的玩具娃娃，被打扮成奇奇怪怪的模样，扔在奇奇怪怪的地方，和奇奇怪怪的人们敷衍着应和着，像一群小丑。

她也做了那个小丑，但是是最不配合的小丑。

有秦隐那边同来的、她觉得眼熟但又没印象的长辈轻着声跟她说：“你不能这样，你得哭啊，哭出来才像话。”

谈梨点头。她努力憋，她想：自己以前演技那么好，演个哭戏不成问题。

在她尝试不知道第多少回的时候，被萧筱按在客人席里说关系不够上前是逾矩的秦隐忍无可忍地起身，走了过来。

他把穿了一身黑、戴着白花的女孩藏在众人视线的盲区。

谈梨察觉，茫然地抬了抬头：“你怎么过来了？阿姨不是说……”

“闭嘴。”

秦隐难得有点凶，但没凶完，他自己声音都轻下去。他伸手轻捏住女孩的鼻梁：“吸气，呼气，再吸气……”

谈梨像个小木偶，跟着他一个指令一个动作，终于把胸腔里那股憋闷得叫人气管和肺都刺痛的郁悒，慢慢吐了出来。

秦隐松开手，皱着眉问：“我不过来，你能把自己憋死吗？”

谈梨摇头。

秦隐：“哭不出来就不要哭。”

谈梨：“可是他们说要哭出来。”

秦隐：“你什么时候在意过别人怎么说？”

谈梨沉默了。

她想，也对哦，她从来没有在意过，也从来不听任何人的话，谈文谦活着的时候说的，她一个字都不听。只是不知道怎么了，他们都走了，她却好像突然……脚底都空落落的了，想听有人跟她说她要怎样、她应该怎么做。

谈梨眨了眨眼，低声不知道在问谁：“那我以后，还能听谁的？”

秦隐心里一窒。

他伸手用力地抚了抚她的头："听你自己的，听我的。"

谈梨怔了怔。

又有谈文谦在事业上的朋友过来，致礼，慰问，络绎不绝。也有人会好奇地把他们在客人席里的议论抬上桌面，他们示意着秦隐，问两人："这位是？"

"秦隐，"秦隐用力握住女孩冰凉的手，将掌心的温暖一点点渡过去，"谈梨的未婚夫。"

办完葬礼已是年关前，就算掰着手指数，离过年也不剩几天了。

谈梨看起来已经恢复正常，有说有笑，陪着秦隐置办年货时也还是和往年一样闹人。

腊月二十九的傍晚，秦隐陪谈梨归拢好两人小窝里最后一批年货，靠在自己找人搭的吧台前休息时，秦隐问："今年你想怎么过？"

谈梨晃着手里的苏打水水瓶，看着里面的气泡从下面升腾起来，她转回头，灿烂地笑："当然和往年一样啊。"

"不去我家？"

"不要，就算萧阿姨不觉得我不矜持，我还怕太紧张然后吃年夜饭的时候噎着呢。"

"自己一个人没问题？"

"你大年三十早上才走，初一早上就回来了，我能来得及有什么问题？"谈梨玩笑着，"再说了，就算不算上遇见你以前那些年我经常一个人过年，就只说最近这几年，我们不是说好了这样的吗？"

秦隐沉默过，才道："以未婚夫妻的关系，你也可以来我家过年。"

谈梨一怔，几秒后她嬉笑着躲开秦隐伸过来的手："才不要呢，我傻吗？离着婚姻的坟墓都不远了，好不容易剩最后几年自由时间——我才不要自投罗网呢。"

秦隐无奈望她，半晌才问："真不想去？"

"不想。"

"……"

“你就别担心啦，”谈梨跑回来，隔着家居服抱住秦隐的腰，下巴垫在他胸膛前，嬉皮笑脸地对他说，“我就躺在床上，乖乖等你回来，好不？”

秦隐沉着眼，默然几秒，他似乎妥协，抬手轻轻理好女孩跑得凌乱的刘海，低声应允：“好。”

大年三十下午，2点多的时候，谈梨从松软的羽绒被下爬出来，去冰箱里翻出秦隐给她准备好的东西，放进微波炉里加热。微波炉的前盖是透明的，饭盒躺在里面的加热圆盘上，转啊转，谈梨就趴在外面看，一边看还一边打了个哈欠。

她不爱过年。

和别的孩子不一样，关于过年、过节，她的记忆里几乎翻找不出什么和快乐或者阖家团圆这样的词有关系的回忆。唯一有印象的年关，似乎是某个大年三十的傍晚，半发疯状态的乔意芸握着她的手，大步的步伐拉得她几乎踉跄，最后她们在谈文谦那个高高的公司大楼下下了车，她又被拖上楼。乔意芸冲撞进那间办公室的门，对着谈文谦和他正在交代业务的女秘书大发雷霆，闹得整层楼都能听见。

乔意芸那时候说了什么、骂了什么，她已经想不起来了。谈文谦的表情、女秘书的反应，她也一样不记得。唯一留在记忆里的，只有办公室那个高悬的、晃眼的灯，还有那张比她都高、挡得她世界一半昏黑的办公桌。

偶尔做梦，她还会梦见。

“叮！”到时自动停转的微波炉发出刺耳的声响，谈梨眼神一栗，被拽回到现实里。

她不忘戴上隔热手套，一边打开微波炉的前盖，一边想，不知道为什么，最近她总是格外、格外容易想起以前的事情。而那些事情里，除了她以外的人都已经躺进冰冷的棺木，被埋进漆黑的地底了……

吃完这顿不知道算午餐还是下午茶的饭，谈梨懒洋洋地窝进沙发里，躺了一会儿后，她又起来，去拉上了客厅落地窗的窗帘。里一层外一层的遮光帘，把整个房间藏进了让人安心又难过的黑暗里。谈梨在黑暗中摸索着沙发柜的抽屉，取出藏在最里面的糖盒，然后起身去开投影仪。

幕布放下，光影转起。

秦隐推开解了锁的密码门，走进玄关时便皱眉停住——

从玄关到客厅，他身后的光打进一片昏黑里，而且整个房间都很安静，安静得一丝声音也没有。

秦隐的心蓦地一沉。他没顾上关门更没顾上换鞋，快步跑进了客厅里："谈……"

声音蓦地停住。

客厅里不是完全黑暗的。投影的幕布被放下来，投影仪在细微的运转声里，尽职尽责地把光影拓在幕布上。那上面是一场比赛录屏，投影正中的角色顶着 Liar 的 ID，蛰伏在草丛中。角落还有解说激动得唾沫横飞的剪影，但是一个字都听不到——投影被调成了静音，幕布上的视频像是一场无声电影。

而"观众"，只有一个人。

在 L 形沙发那个拐弯的角落下，有个身影坐在地板上，抱着膝盖蜷着身，缩在那个唯一能让她感觉安全的角落里。

直到此刻，谈梨才在声音和光影里慢慢回过神来，她茫然地扭回头，看着背光站着的神色不清的男人。过去好几秒，她才像是从半梦半醒的边缘回来，她看了看秦隐又看了看幕布下方的选手镜头。

半晌，谈梨才声音喑哑而不确定地问："Liar？应该、应该还不到晚上吧，你是忘了什么东西没拿吗？"

秦隐紧紧拧着眉，一言不发地走过去。他在她面前蹲下身，伸手要把她抱起来。但是在抱住她的那一秒，秦隐紧绷的那根弦就断掉了。

他没能把她抱起来，而是俯下去，直接把女孩勒进怀里。他伏在她耳边，声音低得近乎嘶哑："你再这样骗我，不如……"

他想说很重很重的话来吓她，但在说出口前还是停下了。他知道她已经很难过，他不舍得再让她多难过一个字。

"不要在我面前装没事，梨子，"秦隐收紧手臂，声音依旧低哑，"还是说，你打算抛弃我了？”

谈梨下意识地也抱住他：“我没有……我只是，不想你和我一样难过。今天是除夕，你应该跟叔叔阿姨一起，应该快快乐乐的……”

“没有应该。”

秦隐极少在谈梨面前这样强势，谈梨窝在他怀里，眨了眨眼，轻声应：“哦。”

她虚虚抱着他的手稍稍加力，攥紧了他还带着冬雪凉意的外衣。两个人在沙发下面的角落前，傻乎乎地抱了好一会儿，谁也不说话。

到某一刻，谈梨终于动了动，她在秦隐怀里换了个方向：“你这场比赛真帅。”

秦隐低了低头，看向怀里：“好些了？”

谈梨沉默两秒，无声点头。

秦隐松了口气，后怕地哑声道：“别再这样了。”

“嗯。”

“还有什么想跟我坦白从宽的吗？”

“有。”

“那说吧。”

“说之前，能不能先抱我上去？”谈梨小声，“我腿麻了。”

“……”

那个大年三十的晚上，谈梨坐在沙发上，又窝在秦隐的怀里，和他说了很多很多话。

零零碎碎的，东一块西一块的，没有逻辑的，讲起她的童年、她的过去、她的噩梦……她全部的、没和别人提起过的自己。

全部说完以后，她发现自己不知道什么时候掉下了眼泪——从谈文谦去世那天开始算起，她第一次掉了眼泪。

还是很难过，但是那些沉甸甸地压在心上的乌云，好像在一片又一片地散开去。

谈梨的眼泪止不住，扑簌簌地落。她难得有点不好意思，侧了侧身，把脸埋进秦隐怀里，不想让他看见自己狼狈又丢脸的模样。

她说："真奇怪……以前每年除夕我都没和他一起过过，今年也一样，但怎么今年又感觉不一样了呢？"

她又说："我觉得我好像不恨他了，但是也没办法原谅，也放不下。"

"那就放不下。"秦隐轻抚着怀里女孩的长发，"以后你想骂了，我就陪你去骂骂他。只要你还记得，那他们就永远在那儿。"

谈梨抬了抬头："那我的家也在那儿吗？"

"不，它在这儿。"

谈梨的手被抬起来，放在秦隐的左胸前。

"听见了吗？"

谈梨一怔，破涕而笑："你好肉麻啊，Liar 神。"

"我是认真的，"秦隐低下去吻了吻她手指，"我把这里借给你住，住一辈子，好不好？"

谈梨怔住，然后她弯眼笑："好。"

夜深了，年关的钟声响起，空旷黑暗的客厅里却不再清寂。落地窗外，远处的夜空里有烟花无声地、遥远地绽放。

谈梨侧躺在沙发床上，背靠在秦隐怀里。

"你怎么知道……我是装的啊？"

"我失明了吗？"

"唔。"

"就算失明了，只听你说一句话，我也能分辨你的情绪。"

"噫，我不信，你又不是谈梨牌读心机。"

"我是。"

"嗯？"

秦隐想起几年前的某个下午，在 F 大下课后的教室里，他靠在桌前和萧筱打电话，女孩路过门边，又退回来，站在门口笑着朝他挥手，灿烂极了。

他那时只是下意识想，又是谁惹这个小坏蛋了？

秦隐笑着叹了声气，他抱紧身前的女孩："我早就是了。"

"砰！"远处的夜空里又绽开一个绚丽的礼花。

窗外的烟火点亮了谈梨的瞳眸，她抱紧秦隐的手臂，然后轻蹭了下："在你这里，好像比沙发拐角和墙床的拐角舒服多了。"

"嗯，"秦隐接住她没头没尾的话茬，"那就一直待在我怀里。"

"好。"

"……"

"你问我一句话吧。就问，你是我的什么。"

秦隐笑，又纵着她："我是你的什么？不许是奶茶。"

"当然不是。"

谈梨慢慢合上眼。

"你是我的菩萨，是我的 Liar，是我的药，也是我的家。"

"好，"秦隐轻声，"欢迎回家。"

番外七

谈婚论嫁

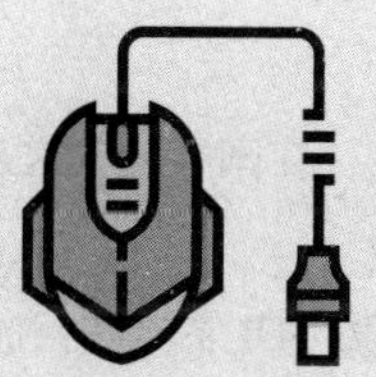

谈梨的外婆晚年腿脚不便，谈梨舅舅乔意钧把老太太接去了国外一起生活，方便照顾。但老太太到了八十大寿的时候却执意要求回国过寿。乔意钧夫妻俩拗不过她，只得同意，就带着儿子乔钰陪老太太回了国。

家里的房子一直有专人照顾打理，依乔意钧意思，从机场回家休息两天散散心再做打算，但老太太不肯——她在国外时常和谈梨通电话，早就套出了她的住址，此时坚持要直接去谈梨家。

乔意钧对这个越老越顽固的老太太不敢违逆，无奈地答应："那我给谈梨打个电话。"

"不行！"老太太很坚决，"要悄悄去，给她一个突袭。"

乔意钧哭笑不得："这又是为什么啊？"

"梨子太机灵，蒙我我也不知道——我们打电话，我问她过得怎么样，她总是跟我说好好好，没问题。我不信她的，她从小歪主意一堆，我得自己去看看才放心。"

乔意钧无奈点头："行，行，去，我们和您一道去'突袭'。"

老太太满意地点头。

副驾驶座冒出个脑袋，耳机线一摘，看起来二十左右的少年人酷着脸："难不成我也要去？"

乔意钧："你当然该去了。在国外待了这么些年，你也没回国和你谈梨表姐见一面，难道不想她？"

副驾驶位坐着的是乔意钧的儿子乔钰，他比谈梨小几岁，小时候很长时间都在奶奶身边生活，所以还和谈梨同处过半年时间，其间没少被折腾，对奶奶家这个表姐"阴影"深刻。

听了乔意钧的话，乔钰嘴角一撇，又酷又嫌弃地说："谁想看她啊？从小就知道欺负我。"

"那不是你去招惹……"

乔意钧还想说什么，被他妻子拉了一下。

女人转过去，笑得温柔："那你别去了，就在前面换个车，直接回家吧。家里我叫人打点好了，你回去做什么都行。"

乔钰一噎，过去好几秒他才轻咳了声，不自在地说："那还要折腾一遍，算……算了，我陪你们一起去吧。"

乔意钧不解地转向妻子，对方朝他笑了下，无声地做口型："你听他嘴硬，他明明想去的。"

乔意钧："你怎么知道？"

"刚刚听老太太说要去谈梨那儿，他立刻就绷起来了，还借着后视镜整理了下头发。"女人无奈地笑，"他小时候就爱黏着梨子跑，当初梨子要从妈那儿回家去的时候，他哭了一下午加一晚上，你忘了？"

乔意钧看了一眼副驾驶座的方向，也无奈地摇头笑了笑。

司机把四人送去了谈梨买的独栋公寓楼的楼下。

下车以后，乔钰戴上顶黑色棒球帽，还刻意把帽檐压得低了点。身上的白色大T恤宽松地撑在少年修长的骨架上，对着车窗犹豫两秒，他假装不在意地把一只袖子往上挽了挽。白皙而流畅的小臂线条露出来，少年把手插进裤袋，满意地打量一遍。

"别臭美了。"老太太扶着拐杖，慢悠悠地从大孙子面前过去。

少年白净的面皮一下子闹了个红脸。他四下看看，确定没其他人注意自己，这才连忙跟上老太太的步伐："奶奶，你不懂，这是自我形象管理。"

老太太不紧不慢地敲着拐杖："哦，你要是不说，那我还以为你是因为要见梨子，紧张的呢。"

乔钰刚褪一点的脸又涨红回去："谁、谁说的？！"

老太太停下，回过头深深望了一眼自己的大孙子，她叹着气摇着头，咕哝着走远了："摊上这么个傻小子，乔家以后可要怎么办哟……"

老太太和乔意钧一家人回来的那天是个工作日，迎着中午明媚灿烂的阳光，他们站到了谈梨家门外。

乔钰被推到最前面，负责敲门问好。

谈梨听见门铃声响有点意外，她从书房里出来，路过客厅时，视线扫过旁边的落地钟——这是秦隐去年出国带回来给她的“伴手礼”，四个成年男人才抬上来的大古董——眼下指针正晃晃悠悠地指在 11 点前。

谈梨趴在猫眼上往外看。

白 T 恤，棒球帽，帽檐把下面黑色的碎发压得低低的，凌厉有型的锁骨露在 T 恤的大领口外面。

秦隐今早出门穿的什么来着……

谈梨努力试图扒拉出今早自己睡意蒙眬里往卧室门边看的那一眼，可惜没成功。

不过外面这件 T 恤的牌子，秦隐好像确实常穿。难道这是，故意逗她玩？

虽然少见，但某人有时候是会突然搞点意外。

谈梨于是了然一笑，大大方方拉开门，展开双手等一个惯例的抱抱：“你今天怎么这么早下……班……”

没了猫眼的变形，再加上少年人惊讶抬起的脸，一秒扭曲了谈梨的话声尾音。

谈梨茫然地看着面前这张陌生又熟悉的面孔，再扭头看了看躲在墙脚盲区、以某位越老越顽固还越顽童的老太太为首的三位长辈。

谈梨沉默了两秒，扑哧一声笑起来：“外婆、舅舅、舅妈，不带你们这样的，怎么说都不说一声，突然就过来了？”

发现藏不住了，老太太也没不好意思，拄着拐杖慢悠悠地晃到谈梨面前：“干吗，外婆来看你，还要提前给你打个申请报告啊？”

谈梨笑着扶她进去：“那我哪儿敢？”

等进到玄关，谈梨终于想起什么被自己遗忘的“东西”。她眨眨眼，惊讶地回头：“那难道，刚刚站我家门外那个就是……”

“乔钰，你怎么见了表姐一点反应都没有？”老太太也想起来了，“不跟你表姐打招呼？”

乔钰呆站在门外，像是这半晌才回过神来，脸再次涨红：“姐……”

谈梨已经笑得跟朵向日葵似的灿烂了，扶进老太太后，她折回去，惊讶又惊喜地拍了拍少年人的肩头：“真是你啊？走在路上我一定不敢认——当初你出国的时候，还没到我胸口高呢，现在……”

谈梨抬手，在自己眼前和少年眼前比了比，然后她夸张地拧过身体，朝老太太笑：“他都比我高一头多了！”

看着孙辈的两个孩子碰一起的画面，老太太乐得合不拢嘴，点头：“就是，在国外也不知道吃了什么，蹿得那么快。”

“别罚站了，快进来吧。”谈梨从柜子里拿出几双新拖鞋。

乔钰点头，走进玄关，顺手关上了身后的门。他弯下腰去换鞋之前，注意到鞋柜下的一角，乔钰停顿了下。

老太太坚决要“侦查”一遍谈梨的生存空间，为了防止被蒙蔽，还不准谈梨陪着，叫她坐在客厅等他们看完。

乔意钧夫妻和老太太一起，乔钰则被扔在客厅监督谈梨。

趁谈梨低头给什么人发信息的时间，乔钰的目光打量过目所能及的所有角落。

桌上的水杯，沙发上的抱枕，角落里的椅子……尤其是刚刚他在鞋柜旁边看见的男士鞋履，无一不昭示着这个房子里另一位主人的痕迹。

“你喝什么呀，大钰儿？”谈梨不知道什么时候发完消息，趴在冰箱门边踮着脚往里打量，“有牛奶、果汁、碳酸饮……噫，我的可乐怎么没了——啊，明明我都藏得那么深了怎么还是被发现了……”

谈梨咕哝完，沮丧地落回脚：“只有牛奶和果汁以及苏打水了，大钰儿，你要喝什么？”

乔钰这会儿在那个听了两遍的称呼里，涨得面皮通红：“你别这么叫我，我都二十多了。”

“二十多也是大钰儿嘛。”谈梨笑着憋坏。

她去外婆家和乔钰相处的那年正是《孝庄秘史》热播的时候，里面孝庄的称呼“大玉儿”给了谈梨灵感，于是也管总黏在她屁股后面的乔钰叫“大钰儿”了。

“大钰儿”只得忍辱负重地说：“苏打水。”

谈梨莞尔。

谈梨走回来，把水杯放在乔钰面前的茶几上，然后她直起身，刚打算去看看外婆他们那边的动静，就听见乔钰问：“姐，这是你的房子吗？”

“对啊。”谈梨没回头，随口应了。

“那你是……还有个室友？”

“啊？”谈梨回头，顺着乔钰的视线看到桌上的两只杯子，也是秦隐买的，一只粉色一只黑色，刚买回来时谈梨感慨了一番“果然全世界的直男都是相同的审美”后，就毅然把粉色那只交给了秦隐。

谈梨望着那对杯子，想起某次肖一炀来做客，看到秦隐拿粉杯子喝水时那一言难尽无语凝噎的表情。

她忍不住弯眼一笑，对乔钰说：“对啊，是‘室友’，一个超级贤惠的老干部风格的冰山——不对，是伪冰山。”

谈梨说话时，老太太恰巧结束“突袭”参观，正满意地拄着拐杖，在乔意钧夫妻的陪同下走出来。

听到谈梨和乔钰的对话，她停下来：“什么室友？那是你姐姐的男朋友、你以后的姐夫！”

乔钰哽住。

谈梨眼睛弯得月牙儿似的转回去：“外婆，你这样多教坏小孩子啊。”

“小孩？什么小孩，他都二十一了，谈恋爱说不定比你都早，哪里算小孩了？”

“是，您不说我都忘了。”谈梨笑着扶老太太坐下，她直起身时，瞥见旁边乔钰表情复杂，盯着黑色杯子的眼神里一副苦大仇深的模样。

似乎是感觉到谈梨的目光，乔钰抬头，一副正经严肃大人模样：“他是做什么工作的？”

谈梨怔了下：“就，普通上班族？斜对面那个街角有座大楼你看见了吗，他就在那里上班。”

乔钰压了压眼：“一个小白领……”

“嗯？”

“没什么。”乔钰打量一圈，突然想起什么，皱着眉问，“那他现在是在你的房子里住？”

谈梨终于品出点情绪，她坐下来，靠着沙发椅背没个正经地笑：“干吗，怕你姐姐养了个小白脸啊？”

乔钰板着脸：“我是怕你遇人不淑，被人骗财骗色。”

“乔钰，怎么说话呢？”乔意钧不满插言。

“哈哈哈，没事的，舅舅，多少年不见，我们大钰儿说话真像小大人似的了，”谈梨笑着转向乔钰，“别怕，他的工资卡储蓄账户什么的早就主动交了。我们两个中真要有人被骗财骗色，那也一定是他。”

乔钰感觉自己好像被什么无形的东西噎了下。

如果被秦隐谈梨培养了多年的“资深鉴狗粮师”肖一炀此时在，那必然会冷笑着告诉他，这是某对狗男女这儿专属供应的皇家狗粮，管饱，一颗顶别人家一盆。

可惜肖一炀不在，而乔钰此时还年轻，不懂“狗”生险恶，所以乔钰此时还试图帮姐姐查漏补缺：“他长得很帅吗？”

谈梨想了想，谦虚道：“还行。”

乔钰松了口气：“长得帅的男人都靠不住。”

谈梨差点笑出来，忍了两秒，她弯弯腰，小声问乔钰：“那你和你爸这种，属于长得不帅的还是靠不住的？”

乔钰：“……”

随后，乔钰又对这位素未谋面的准姐夫的情况进行了一番事无巨细的盘问，那认真严谨的态度逗得谈梨几次想笑又忍住了。至于他问的那些问题，则被她真一句假一句地忽悠了过去。

等调查结束，乔钰在心里捋了一遍他的“问卷”，突然发现了一个盲区：“他的年龄和正常毕业年龄好像有出入？”

谈梨一顿，诚实道：“他大学期间休学过。”

乔钰立刻警觉：“休学？那应该不是一般的问题，他为什么休学？”

老太太终于听不下去了，在旁边不轻不重地给大孙子后脑勺糊上一巴掌："你怎么那么多问题，查人族谱呢？"

乔钰严肃辩驳："这是大事，不能马虎。"

谈梨在旁边憋笑："嗯，你玩游戏吗？"

乔钰被带跑："什么游戏？"

"LOL。"

"前几年玩，上大学后没时间玩了，就偶尔看看比赛。"

"嗯，那你关注国内赛区吗？"

"因为我们那边和国内不是一个赛区，所以国内赛区我关注得不多，不过全球总决赛还是看的。"乔钰想到什么，眼睛亮起来，"尤其是选手Liar，虽然不知道他为什么改名叫Masker了，但他真的很厉害，我还因为他选了打野位练！"

谈梨眼神微妙地盯着乔钰。

乔钰回过神来，被盯得古怪："你这样看我干吗……不对，你问这个干吗？"

谈梨没回答，只是很感慨地拍拍他肩膀："你一定是那种只关心比赛，从来不参与八卦的吧？"

乔钰有点莫名其妙，但还是下意识顺着接话："我对八卦类没兴趣。"

"好，好孩子。"谈梨语重心长。

乔钰："……"

他现在的感受很奇怪，和他还小那会儿每次快要被谈梨坑了的时候的感受一样奇怪。

乔钰打算一探究竟，可惜谈梨没给他机会，跟着就问："你想要Liar的签名吗？"

乔钰的注意力瞬间飞了："你有Liar的签名？我记得他几乎没有签名流到外面？"

谈梨既不承认也不否认，她只笑眯眯的，像小红帽家门口外面那只狼外婆："我发小盛喃，你知道吧？她哥哥以前就是国内赛区的职业选手，所以……你就告诉我，你想要吗？"

乔钰几乎要点头了，又连忙停住："Liar的签名很珍贵的，我不跟你抢，我就看一眼，行吗？”

谈梨一顿，诚恳道：“现在没有。”

乔钰噎了两秒，丧气地说：“姐，你又愚弄我……”

少年长得身影修长模样帅气，但表情一丧，就算长手长脚窝在那儿，也还真有点可怜巴巴的样儿了。

谈梨良心发现：“我真没骗你，就等……”

话没说完，玄关方向传来“嘀嗒”的电子锁解锁声音，显然是家里的另一位主人回来了。

乔钰脸上情绪一褪，眼神也立刻变得警觉，他绷直了腰背，转头盯向玄关出口，模样像只威风凛凛的大狼狗。

可惜旁边他想守住的人不争气，拎起纸笔就跑了：“你等着，我让他给你现签一个。”

乔钰：“？”

谈梨已经跑出去，“大狼狗”下意识起身，跟着想把人拽回来，可惜他低估了谈梨的敏捷度。

跟到玄关出口的时候，乔钰只来得及看见谈梨跑出去，隔了还有一两米距离，她就朝着那个正在脱外套的年轻男人扑了上去。

乔钰心里一惊：“小心！”

他话还没说完，侧身站在那儿的男人似乎已经早有所觉，那人松开拉下一半的外套，伸出手，轻松娴熟地接住了跳上来的小姑娘。不过谈小坏蛋是助跑上来的，冲力太大，他往后退了半步，靠到门上才稳住身。

乔钰看得蒙住。

玄关内，秦隐定下重心，无奈垂眸：“不是说好了不在家里乱跑乱跳？尤其鞋柜这边，全是尖的棱角。”

小坏蛋心虚地扒着他：“太高兴，忘了。”

“放你下来？”

“嗯嗯。”

等谈梨脚沾地站稳，秦隐抬眼，看向方才声音传来的方向。审视两秒，他问谈梨：“他是你信息里说的表弟？”

“对，我外婆和舅舅、舅妈在客厅里面坐着呢，你去和他们打个招呼？”

“嗯。”

“啊，对了，差点忘了，”谈梨连忙把手里的白纸和马克笔递给脱下外套挂到一旁的秦隐，“你先给大钰儿，咳，给乔钰签个名吧！”

秦隐意外地挑了下眉：“签名？”

“对啊，”谈梨朝他眨眨眼，“乔钰他算是 Liar 的粉丝了。不过他在国外长大，是那边赛区的，对国内赛区不熟悉。”

秦隐听完这话，再对上谈小坏蛋带笑的眸子，立刻就懂她憋的坏劲儿了：“你就欺负人吧。”

这样说着，秦隐还是配合地接过纸笔，在白纸上斜着飞了一个“Liar”。

谈梨凑过去，戳戳下面空白：“再给他签个 Masker。自家人，不怕泄密。”

秦隐依言签了。

谈梨用完人就跑，她拿着白纸回到还蒙着的乔钰面前，捧尚方宝剑似的：“给，Liar 的签名，墨水都还没干的那种哦。”

乔钰蒙然接过，看看签名再看看那人，看看那人再看看签名，这样反复几次，直到秦隐换好鞋从玄关里出来，经过他身旁时淡声打招呼：“你好，我是秦隐。”

“你好，我是……”乔钰看清了从玄关荫翳里走出来的男人的脸，彻底惊醒，“Liar？！”

秦隐没什么反应，但谈梨作为亲表姐，很没良心也很不给面子的，她扑哧一声笑出来：“你是 Liar，那秦隐是谁啊？”

乔钰仿佛被雷劈了。秦隐已经走进去问候另外三位长辈了，他还傻站在玄关出口。一直过去好几秒，乔钰僵着脖子扭头看谈梨：“你男朋友……是 Liar？”

“没错，他就是那个一直在被我骗财骗色的小白领。”

“我、我怎么不知道？”

“嗯，国内赛区都知道，你为什么不知道呢？”谈梨笑着拍拍他肩膀，“事实证明，多看点八卦也好，关心民生，顺便了解家人交友情况。”

乔钰：“……”

下午，秦隐专程请了假，陪三位长辈，尤其是老太太，在P市这两年新建成或者变化大的地方转了转。晚上也是由他安排晚餐，作为晚辈给老太太接风。全程分寸得当、面面俱到，老太太被哄得特别开心，吃过晚餐下楼，进到门廊前的大厅里时，笑得眼睛都快找不着了。

秦隐提前出去安排礼宾车送三位长辈和乔钰回乔家，此时不在身边，乔意钧半是好笑半是无奈地打趣老太太：“这下子看过了，您放心了？”

“放心，放心了，本来我还担心……算了算了，那些没什么好说的。”老太太拉着谈梨的手，放在掌心拍了拍，“外婆眼睛花了，但是心不花，秦隐是个好孩子，最重要的是他能对你好——这就是最大、最大的好了。”

谈梨应着声，眼里微潮，面上只灿烂地笑：“您放心吧，外婆，我会过得很好很好，把以前的不好都补回来，每一天每一秒都快快乐乐的！”

“好……好啊。”老太太眼里点着泪，却由衷地笑。

谈梨知道，老太太这么大年纪还非要回来折腾这一趟，就是为了看看她怎么样。

这儿人就是她在世上仅剩的亲人了，她格外珍惜，也格外感动。但这种感动停在了老太太上车后的那一秒……

礼宾车后排，车窗降下，老太太望着车外站着的两个年轻人，笑得很慈祥：“小秦啊，我差点忘了件事。”

秦隐躬身，靠近车窗些：“外婆，您说。”

谈梨也好奇地凑过来。然后她就听见，老太太用一种非常真诚、童叟无欺的口吻，无比自然地问：“梨子刚刚说了，你们今年结婚，具体日子定在哪一天来着？”

谈梨：“……”

她什么时候说的？她自己怎么不知道？？

这一两秒的沉默里，秦隐早已从谈梨震惊而控诉的神情里了然真相。

他无奈地笑——他今天算是知道，谈小坏蛋骨子里的那点无赖，到底是从谁那儿继承来的了。

老太太像是完全没察觉，也完全不心虚：“哎，风有点凉……小秦啊，你快些说，说完我就回去了。”

秦隐开口：“只要梨子愿意，我一直在准备，什么时间都可以。”

谈梨僵笑：“外婆，我和他都不需要那一些手续，我们……”

“啊？明天就办？”老太太惊讶抬眼。

谈梨：“？”

老太太严肃地摆摆手：“那不行，太匆忙了——婚礼是大事，不能这么急。”

谈梨：“……”

“这样，我回去找人给你们算算日子，正好，趁我这把老骨头还能动，乔家的那些老朋友也都还给我几分薄面，今年我一定亲自给你们张罗好啊。”

谈梨还试图挣扎：“秦隐爸妈那边也还没说，我看……”

“没事，秦家和乔家也算世交了，交给外婆。”

谈梨还试图挣扎：“我们还是……”

“哎哟，风太凉了。乔钰，帮我把车窗升上去吧。梨子、小秦，你们也回去吧，太晚了。”

“……”

没再给谈梨阻挠的机会，车窗升上，礼宾车开出了门廊。

对着长灯夜色，谈梨无语凝噎。数秒后，她转回来：“我真没说过。”

秦隐淡淡莞尔：“我知道。”

谈梨叹气：“这老太太，太无赖了，逼婚还有这么硬核的吗？”

秦隐抬手给沮丧的小刺猬顺了顺毛：“和你很像。”

谈梨立刻无辜脸：“我哪有！”

“好，”秦隐轻笑了声，“你没有。”

谈梨还在不安：“你说叔叔阿姨那边会同意吗？我觉得不会。”

秦隐沉默。

谈梨生出不祥预感："你觉得会？"

秦隐："嗯。"

"为什么？我看他们不像很着急的样子啊，一次都没提过……"谈梨在秦隐神色间捕捉到一丝情绪，她话声停住，几秒后才茫然问，"他们，提过？"

秦隐叹声："提过几次。"

谈梨呆住："那你怎么一次都没跟我说过？"

"我知道你不太喜欢那个过程，"秦隐一顿，"而且我没关系。就像你说的，婚姻只是一种契约形式，我们之间不需要固定的形式来……"

秦隐的话还没说完，他面前的小姑娘突然一张胳膊，抱了上来。

秦隐下意识俯身，顺着她的动作也托住她，然后他才回神，不解地问："怎么了？"

谈梨埋在他颈旁，半晌闷声道："原来，我一直在让你等我吗？"

秦隐一怔。

"你等得是不是很辛苦？"

秦隐无声一叹，慢慢抱紧她："我等的人是你啊，怎么会辛苦？"

谈梨僵了几秒，她在他颈窝里轻蹭过，然后抬起头："对不起，我不知道……我有时候会很迟钝，你要告诉我，不要一个人等。"

秦隐答应："好。"

从前有人搭了一个很漂亮很漂亮的屋子，他学着把每一块墙砖垒好，学着把每一个棱角包住，学着把每一件物品绘上颜色，学着把每一方角落打扫干净。然后他打开门，继续陪着院子里的小刺猬，在雨天晴天里玩闹。

他朋友问他，你还在等什么呢？

他说，她小时候在一个很冷很冷的屋子里待过，所以她害怕所有的屋子。他在等她准备好。

他朋友问，那她要是一直没准备好呢？

他说，那就没准备好。

他想和她在一起，在屋子里面或者外面都好，在一起就好。

更好的是，他终于还是等到了。

他的小刺猬，用很小很小的爪子迈着很小很小的步子，小心翼翼地、一点点地和他一起走进了那个屋子里。

从民政局出来那天，阳光灿烂地挥洒在大地上。

谈梨拿着红本本，眼底的笑比阳光烂漫。

她朝秦隐伸手，等他来握："重新认识一下，你好啊，谈梨的老公，我是秦隐的老婆。"

"你好……"

秦隐一点点握住女孩的手指，把她的手完完全全包进掌心。他俯低了身，轻轻吻住女孩手背，声音低低哑哑的。

"老婆。"

谈梨被他弄得手背微痒，她笑着想躲，却是往那人怀里躲："你的声音听起来怎么像要哭了似——"

谈梨怔住。

那是她第一次看秦隐红了眼眶，就在那一瞬间，谈梨的眼圈就跟着红了。然后她扑进他怀里，含着泪狼狈地笑："你知不知道，你完蛋了，彻彻底底栽我手里了。"

秦隐抱紧她，很紧很紧。

他也笑，说："好。"

番外八

我遇见你

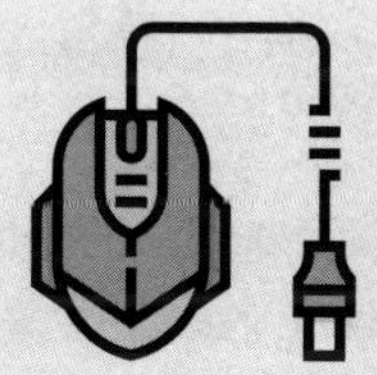

1.“电竞渣男”病弱记

P 市那年秋天特别的冷，10 月才进下旬，天气就凉得好像入了冬。

屋漏偏逢连夜雨，谈梨家楼下施工不小心弄坏了电缆线，整栋独栋公寓被迫停电，空调和电壁炉统统罢了工。

谈梨早上一睁眼，就是卷着没准备好换季的薄被子被冻醒的。

空气冰冷，让人不想离开被窝。

谈梨伸出只胳膊，在床头柜摸到手机就飞快地缩进去，她一边安抚着胳膊上爹起来的鸡皮疙瘩，一边酝酿好可怜巴巴的情绪状态给秦隐发信息。

“家里停电了。”

“我好像感冒了。”

“冷。”

对面公司某楼层内的办公区，秦隐调成静音的手机连响了三声特别提示音。恰逢部门里一个小负责人经过，皱着眉退回来：“秦隐，上班期间就不要……”

秦隐已经把手机拿起来了。

看完那三条短信，秦隐在最后一个挂着大泪珠的搞怪表情前忍不住笑了下，但很快他又皱起眉。

“全哥。”路过的同事和秦隐办公区外表情难看的负责人打招呼。

对方回神，敷衍应了声就扭向秦隐，皮笑肉不笑地问：“怎么，家里有急事？”

“嗯。”秦隐起身，径直往外。

全哥愣了下：“你干吗去？”

“请假。”

等回过神来，全哥面前已经没了人影，他气得嘟囔了一句“自由散漫”，转过身。然后他就看见挂在椅背上的某人的外套，显然是被落下了。

想了想今天的温度，全哥冷笑了声，没去提醒，转身走了。

谈梨买下的这栋独栋公寓楼非常高，她选的又是最上方的楼层，供电设备一出故障，电梯停了，她就只能老老实实地待在家里，哪儿都去不了。

裹着薄被子挪下床，她跑去药箱那里翻了翻，然后才想起家里的感冒药已经用完了。他们还说好这周一起去采购生活用品——可惜意外来得更快。

谈梨叹着气，一个咸鱼瘫把自己扔在了沙发里。刚在人生的绝望里沉浸了没几秒，谈梨就听见了电子门锁解锁的声音。

谈梨机警地朝玄关抬头，几秒后，秦隐气息不匀地走进客厅，然后他就看见沙发上把自己卷成一条的小姑娘，正努力地蜷起上半截想起来。

谈梨见到秦隐，意外地问：“你怎么上来的，楼下的电路修好……了？”

话没问完，那人走到她面前，手里拎着的药袋子放到了桌上。

这样近距离下，谈梨清晰看见男人被汗湿的碎发和色泽较平常深了许多的薄唇。在秦隐的手伸上来摸到她额头时，谈梨终于反应过来：“你不会是，走楼梯上来的吧？”

“嗯。”运动后的嗓音微微沙哑。

谈梨噎了好几秒：“我们住的可是 29 层。”

“嗯。”

女孩的额头并不算很烫，秦隐松了口气，转身去药箱里取了电子测温计。给谈梨测完温，测温计上显示 37.2℃。

秦隐松了口气：“应该只是有点受凉。”

谈小坏蛋难得心虚又自疚：“我就是和你闹着玩呢，你这么着急回来干吗？”

“我不也只是陪你玩？”秦隐去拿热水，给谈梨冲了一包感冒冲剂，然后端回碗来。

对着那褐色的药汤，谈梨漂亮的五官都往一起皱，人也努力卷着往沙发里面缩：“我、我能不喝吗？”

“不能。”

“我没感冒，真的。”

“体温确实有点偏高，不到低烧，但是应该有感冒征兆了。”

“我可以自愈的！”

“不行，你抵抗力那么差，之前从来就没哪次自愈成功过。”

“这次一定行！”

秦隐终于没了和小坏蛋继续扯皮的耐性。他屈膝坐到沙发上，手里碗端得稳稳的，卷成春卷一样的小姑娘也被他迫进沙发角落里，压得稳稳的。

“听话，梨子。”秦隐挠挠小姑娘下巴，“喝药。”

谈梨涨红了脸。

这人每次每次每次，都用这招！

偏偏谈梨总是扛不住来自公狐狸的美色攻击，也让秦隐这一招屡试不爽……

想到自己的屈辱历史，谈梨就憋屈地抬了抬头，鼓足勇气：“不、不喝！”

“真不喝？”

“不——”谈梨没敢说完的话拐了个弯，她眼睛里突然亮起点熠熠的光，“除非你喂我。”

没错，面对公狐狸的美色攻击，逃避是没有用的！要迎难而上！

上他！

最后，自然是没上成的。

喂药环节如计划进行，但喂完药后，秦隐无视谈梨水汪汪的眼神，拎起小刺猬就绝情地把她塞进被窝里。

“好好休息，睡一觉，这样感冒才能好。”

嘴巴里全是苦巴巴的药味，谈梨的脸也皱得苦巴巴的。她攥住秦隐的衣角，把要起身的男人拉住："你干吗去？"

秦隐安抚地给小刺猬顺了顺毛："我已经请假了，今天在家照顾你，不去公司。"

谈梨露出一丝愉悦，但立刻就被她藏下去："那你过来陪我躺会儿吧？"

"不行。"秦隐温声说，"我去给你熬上粥，然后去冲下澡。等出来再陪你。"

"那好吧。"

谈梨只得松开手，眼巴巴看着某人离开。

之后大半天，小刺猬被顺毛顺得很开心。然而，等她晚上从浴室里出来时，却发现秦隐的情况不太对。

卧室光线柔和偏暗的灯光下，男人半靠在床头，卷起袖子的手腕靠在额前，又保持着那个姿势，他微皱着眉，合着眼。平素白得冷淡的肤色里透出一点淡淡的潮红，薄唇微张，像描上一抹病态的艳色。

谈梨还是第一次见秦隐这样病恹恹的模样，她吓了一跳，连忙跑过去："你这是怎么了，也感冒了？"

秦隐听见声音，慢慢睁开眼："只是有点低烧，没关系。"

不同于她白天的状态，秦隐这会声音都沙哑下来，带上点鼻音，听起来倦懒无力。

谈梨急得皱眉，乱了几秒才定下心神，她把人拖进被子里，给他盖上后把边角都掖好："我去给你拿药，你等等。"

谈梨从来没照顾病人的经验，只能学着像秦隐照顾她那样的顺序。还好她思维灵活，学东西不慢，测温喂药这种基本程序过去后，即便是在熬清粥这个对她来说完全陌生的环节，对着网上教程她也没费多少时间。

秦隐比她之前烧得明显多了，体温已经在38.5℃以上，所以他吃完药就昏沉地睡了过去。谈梨端着白粥进卧室时，落地灯的光铺洒在他身上，那张清隽的面孔被描摹出立体的拓影。

谈梨不自觉放轻了脚步。粥碗被搁在床头，谈梨坐到床边，小心翼翼地试了下秦隐的额头。

温度好像低一些了。谈梨松口气，落回手，然后她一眼不眨地看着那人松缓了情绪的睡颜。

耳边的房间里很安静，连她的心也在他匀称的呼吸声里慢慢变得静谧、舒适。

谈梨以前从来、从来没想过，舒适、宁静、细水长流一般的生活里的幸福感……这些词语会和她有关。

自从他来到她的世界，她曾经漠不关心的一切，好像都慢慢近了，活了过来。她也“活”了过来。

谈梨忍不住弯下眼，无声地笑了下。她扶着枕边，低下头想去偷偷亲吻“睡美人”的睡颜。可惜还没得逞，“睡美人”那把小扇子似的眼睫毛轻动了下，漆黑但蒙眬的眸子露出一线。

他侧了侧脸，声音低哑：“别……”

谈梨心虚地停下来，做坏事做到一半被发现，她原本都打算缩回去了，听见他前所未有的脆弱的“别”字，小坏蛋心底那点恶劣因子嗖地一下蹿上来。

谈梨往床边多挪近些，故意撑在他枕边，坏笑着问：“别干吗呀，小美人？”

活脱脱一个恶霸当街耍流氓。

秦隐意识清醒了点，声音低而无力地问：“你想做什么？”

谈梨凑近，继续坏笑：“让大爷亲一口，亲一口就给你喂粥，好不好？”

“……”

谈梨越调戏越近：“好不好呀，小美人？”

秦隐无奈，只得哑着嗓音开口：“不好。”

“为什么？是大爷不够帅吗？”

秦隐叹气：“不能再传染给你了。”

谈梨一怔，然后莞尔一笑：“我看你这个就是我传染给你的，我现在有抗体了，不怕。”

“那也不行。”秦隐很坚贞，誓死不屈。

谈小坏蛋的意图不轨没能得逞，只能遗憾地盯着“大美人”一口一口把粥喝了。

“味道怎么样，好喝吗？”谈梨凑上前去邀功。

“好喝。你做的？”

“嗯。”

“有没有烫着？”

“我在你眼里有这么废物吗？”

秦隐无声一叹，病弱使他少有地情绪眼神里都露出几分脆弱感。他好像有点失落。

谈梨察觉，好奇地问：“怎么了？”

“我原本想，永远不会让你碰厨房……但没做到。”

谈梨怔过后失笑：“你是真想把我养成个没人要的小废物吗？”

“没人要最好，我要，”秦隐伸手抱她，想去吻吻小姑娘，又被理智制止，他叹着气，语气里难能露出一点孩子气的不满，“我要一辈子。”

谈梨轻笑：“好啊。”

谈梨端走给秦隐的漱口水，又有点手忙脚乱地收拾了下狼藉的厨房，等她回来后，却见“大美人”还没睡，躺在床边撑着睡意等她。

谈梨走过去，疑惑地问：“你怎么还不睡？发烧要早点休息才行。”

“在等你。”秦隐拉开被角，拍了拍身前的被窝。

“那我来啦！”

谈梨习惯性钻进去，已经躺下一半了，又突然停住。

“怎么了？”秦隐垂眼看她，声音低哑。

谈梨滚去自己那边，皱着眉严肃道：“我刚刚查了，发烧不能再受凉了，被子一定要盖好。我睡觉那么不安分，万一再给你踢掉被子怎么办？”

秦隐意外怔住。

谈梨已经过来，快速给他压下被角，然后趁他不注意凑过来，飞快亲了一下他唇角：“好梦啊，大美人，明早起来快快好。”

秦隐反应过来再想躲已经晚了，他无奈道：“你小心又被传染。”

“那就传。晚安！”

谈梨从贵妃榻上抱来另一床被子，滚到自己那边乖乖睡觉去了。

第二天谈梨再起来，第一件事就是去试秦隐的体温。

用测温枪测过之后，看着上面恢复正常的 36.7℃，谈梨彻底放下心。昨晚她已经给秦隐向公司那边请过假了，所以并不用担心上班的事情，谈梨刻意放轻了手脚，免得吵醒他。

大约是感冒和退烧药物带来的昏睡作用，秦隐将近上午 9 点才醒来。

“好点了吗？”他刚一睁眼，趴在床边的小姑娘就凑上前。

秦隐动了动眸子：“你一直在？”

“嗯，我不是怕你突然醒了，再找不到我嘛。”谈梨晃了晃测温计，“我刚刚试了，你已经不发烧了，现在感觉怎么样？”

秦隐慢慢直起身，皱了下眉：“还好，除了有点脱力。”

“那是肯定了。你从昨天中午为了照顾我就没怎么吃东西，昨晚病倒后就只喝了一碗粥。”说完，谈梨把放在床头柜的另一碗粥端上来，她笑得灿烂，“尝尝，看我的手艺有没有进步。”

秦隐依言接过碗，但手上没力，差点洒了，还好谈梨帮他托住。她收手撑着下巴感慨：“就这么没力气啊？啧啧，还好是落在我手里，不然万一被坏人带走了，那就惨了。”

秦隐咽下白粥，放平碗，垂着眸子淡淡望她，眼里似笑未笑的：“怎么个惨法？”

谈梨故意拿话臊他：“唔，比如趁你没力气，把你绑在床上，然后……”

他却淡定得很：“然后什么？”

谈小坏蛋自己先红了脸，还努力装若无其事：“然后当然是为所欲为。”

秦隐笑了下，没搭她的茬，把粥喝完。

谈梨自以为胜出一筹，还没等高兴呢，就被放下粥碗的秦隐握住了手腕。

谈梨茫然抬头：“？”

“不是要为所欲为吗？”他拿病后未愈的低低哑哑的声音撩拨她，“不用绑，我让你来。”

“！”谈梨眼神都炸了。

那人就靠在床头，睡得凌乱的黑发散碎地搭在额前，发下的眸子漆黑，唇被粥蘸湿，透出一点勾人的淡红。偏偏睡衣的领口扣子松开了好几颗，凌厉的锁骨和冷白的胸膛若隐若现。

惊雷之后，谈梨颤着声躲了：“不不，不行！”

“嗯？”

“我还是有一丝没有泯灭的人性的！”

“……”

谈梨生怕自己再多待一秒，这点人性可能就没了，所以她说完立刻转身，落荒而逃。

在书房的桌前反复深呼吸后，谈梨终于平静下来，默念三遍“色即是空，空即是色”，然后打开电脑，将罪恶的魔爪伸向了召唤师峡谷。

秦隐起床后就去洗漱了，从卫生间出来后，他听见家里门铃作响。

秦隐走出卧室，朝玄关去。只是还没等他踏入玄关，书房的门突然被推开，谈梨几乎是冲刺出来——

“我的我的我的，是我的快递到了。”

秦隐停下：“买了什么东西？”

“几、几件定制的衣服，”谈梨含糊道，然后她想起什么，“我那边开了局排位，你能不能帮我打一会儿？”

秦隐点头：“好。”

谈梨只跟秦隐说开了排位，却忘记告诉他也开了直播，所以等秦隐一身睡衣入镜并且发现这件事时，整个直播间的粉丝已经沸腾了。

还没到中午就来这么盛世美颜的暴击吗？

Liar！啊啊啊啊，我可以！！！

妈妈呀！梨子上辈子是拯救了银河系吗？为什么这样的男人轮不到我？？

对沸腾的直播间，秦隐没说话，他切屏看过敌我装备和状态，然后抽空抬手，冷酷无情地把摄像头掰向了天花板。

别别别！我不要看天花板！

朋友，癌症，想看！

我不配看吗？我花钱！我花钱看还不行吗？！

“梨子的，不给看。”

冷淡又带点懒散的嗓音，在直播间里微微震动。

呜呜呜呜，这个声音我也可以！

这一口狗粮给我噎得！

果然打野还是得 Liar 上，梨子今早这一手打野就是来给我上眼药的。

L 神，梨子专属上分工具人。

嗯？只有我一个人注意到，Liar 刚刚穿的好像还是睡衣吗？这可都接近中午了。

Liar 在 ZXN 时就是圈内闻名的老干部作风，作息时间规律到令网瘾少年们发指。

到中午才起来的问题，自然迅速惹起直播间粉丝们的好奇和热情。

我想到了什么不该想的东西。

咳咳，白居易那诗是怎么写的来着？春宵苦短日高起，从此君王不早朝啊！

谈梨的快递确实是定制服装，定制模板不是别的，就是她一直用着的一周七款的 Q 版 Liar 手机壳上的服装形象设计。

这次是按照真人比例做了几套——作为今年某人的生日礼物。

想想秦隐会有的表情，谈梨都觉得好玩。

放好衣服后，谈梨回到书房，推开门时，她恰巧听见里面传来某人懒洋洋带点病后低哑的声音——

“起不来。”

谈梨茫然了一下。

好像是在和直播间粉丝聊天？什么起不来？

还没想完，她又听他随意道：“嗯，被榨干了。”

谈梨：？？

“‘包养’，她说的？”某人又低低地笑了声，似纵容似玩笑，“嗯，是真的，我不是早就承认过了？”

谈梨心里一惊，这下她顾不得再等了，连忙推门进去。

电脑桌后，秦隐坐在电竞椅里，一边随意从容地敲键盘，一边敷衍着镜头朝天花板的直播间：“嗯，做小白脸挺好的。”

谈梨跑过去时，正瞧见弹幕最上方出现一位暴躁的水友。

你可是“世界第一打野”，为了一个女人这么自甘堕落，还专程带被她坑了的上分？

秦隐原本已经转开注意力，瞥见那句时眉皱了起来。

一两秒后，直播间话筒里收进一声轻嗤：“我早就不是了。退役都几年了，怎么还有人恍如昨日？”

不等弹幕反应，秦隐又冷淡道：“而且，就算我没退役，我和梨子如何也不关你事。”

谈梨终于反应过来，伸手拽了拽秦隐的袖口，她做口型：“我没关系。”

秦隐握住她的手，顺势拉她坐进怀里。靠在女孩颈窝柔软的长发间，秦隐嗅着那熟悉又叫他心安的气息，他淡淡一笑：“你没关系，但我有关系。”

游戏结束。

秦隐鼠标未停，跳去 XT 平台登录页面，切入 Liar 的账号。

直播镜头还朝着天花板，直播间里只听得见一段快速的键盘敲击声，然后是谈梨的惊呼："别——"

水友们：别什么？

两秒后，他们懂了。所有关注 Liar 的人再次收到一条似曾相识的站内短信——

"您所关注的用户梦魇已更名，新用户名梨哥家养小白脸，感谢关注。"

水友们：算你狠！

2. 婚礼记

在谈梨家"耍无赖"的老太太的监督下，谈梨和秦隐雷厉风行地扯了证后，摇身一变就成了已婚人士。

按谈梨的想法，婚礼自然要属于主角被扮成小丑的这个礼那个礼之一。她亲人寥寥，朋友无几，没什么需要办那样一场折腾自己的活动。

但盛喃显然不同意她的说法。

"你是不是憨啊，梨哥？长辈们在别家晚辈婚礼时送出去那么多礼金，你这婚礼如果不办，那可是相当于赔了一笔大生意！"

"赔就赔吧，吃亏是福。"谈梨应得没心没肺，满不在乎。

"这么视金钱如粪土的吗？"

谈梨回过头，龇牙一笑："这叫高风亮节，感人不？"

盛喃给她跷起拇指，木着脸："感人肺腑。"

谈梨爽快地接受了这份"夸赞"，转过头去继续遨游在峡谷里，键盘被她敲得噼里啪啦地直响。

盛喃想来想去犹不死心，往那边凑了凑："不过，就算你不想，你家是你说了算——那你确定，秦家你那新爸妈也不想？"

"……"

敲键盘的声音慢了下来。

盛喃眼底掠过丝得胜的笑意，又连忙克制地压下去。

她更往前凑了凑："还有最重要的一点，男女朋友这种关系到底还是比较浅的嘛。就算秦隐那些女同事知道他有女朋友，保不齐还是会惦记——我要是你，我就亲自去给她们撒婚礼请柬，让她们趁早死了那条心。这样就算以后还有新同事，那已婚标签就是第一道保护符啊。"

"……"

谈梨敲键盘的声音彻底停住。

盛喃有点感动："我的说服能力现在这么高了吗？不过梨哥别停，游戏第一。"

谈梨一推键盘："已经死了。"

"啊？"盛喃回头一看，谈梨方的水晶在灰白色的屏幕里炸开。

对着结算页面，盛喃沉默数秒："你又玩打野坑队友？"

谈梨："没事，这回坑的多数是亲队友，我拉的队。"

"嗯？"盛喃回头，"谁这么大度，知道你那打野水平还敢上？"

"你哥和肖一炀。"

盛喃："……"

盛喃："带着两个前职业选手都能输，梨哥你不愧是打野里的秤砣，王者局里的鬼见愁。"

谈梨没搭茬，托着下巴若有所思。数秒后她一拍桌面："你说得对。"

盛喃眼睛一亮："你决定了？"

谈梨点头："嗯，婚礼请柬必须要送。等老秦回来，我和他商量一下。"

起身到一半的盛喃僵住："老秦？这是什么 20 世纪七八十年代的夫妻称谓？"

"多好，不正好符合他的老干部风格吗？"提起这称谓，谈梨回神笑得灿烂，"叫 Liar 太生疏，叫小哥哥太装嫩，叫老公太肉麻——前几天我灵机一动，就想到了这个。"

盛喃被这品味噎了好几秒："秦隐还同意了？"

"当然了。"

"他就宠你吧。"盛喃起身，嫌弃道，"叫'性冷淡'都比这强。"

“那不行。”谈梨一秒严肃。

盛喃：“为什么？”

谈梨：“会被……”

盛喃：“？”

半小时后，盛喃结束说服任务，从谈梨家离开，下楼以后她确定前后无人，立刻拿出手机，给谈梨外婆拨去一个电话。

电话很快接起，老太太慈祥和蔼带点着急的声音传出来：“小喃喃，结果怎么样了，梨子答应了？”

“小喃喃”被噎了下，哭笑不得：“奶奶，您放心吧，完美完成任务。”

“那就好，那就好。等你和你男朋友结婚，奶奶一定给你包一个大大的红包。”

盛喃本想拒绝，但最后还是顺应着笑道：“好啊，我一定等您。”

谈梨完全不知道被盛喃和外婆联手带进了坑里，这天晚上吃完晚餐，她就挂在她家老秦腰上，严肃认真地提起了这个问题。

“婚礼？”秦隐把碗碟一一放进洗碗机，“你真想办？”

谈梨猛点头。

秦隐擦净手，转回身，他半倚着吧台，垂下眼来望着她淡淡地笑：“又被谁忽悠了？”

谈梨冷笑一声：“哼，怎么可能有人忽悠得到我？”

“盛喃？”

“……”谈梨憋了两秒，到底没忍住不打自招，“盛喃也去找你了？”

“她怎么会来找我？”秦隐好气又好笑，揉了揉女孩脑袋，“是外婆这周给我打过电话，催问过婚礼的事情，我猜她不是亲自来就是委托盛喃了。”

谈梨木住脸：“好啊，有人分分钟就成了敌营安插进来的二五仔了。”

“所以，她们开了什么条件，让你也动心了？”

“没有。”

“梨子。”

“……”

在公狐狸的美色攻击下，谈梨同学没能撑过两拨，迅速就败下阵来。她攀在秦隐身前，低垂着脑袋咕咕哝哝地说了句话：“她说……”

秦隐没听清，微微俯身下去：“什么？”

谈梨早有准备，眼珠乌溜溜一转，趁机就往那人颈后一勾，再一踮脚就跳进他怀里。

秦隐现在接谈梨的技能练得出神入化，都能参加花滑表演的接抛训练了。他不意外地把人抱住，抬眸看着面前借着他蹿高了海拔的小姑娘。

秦隐眉眼松懒地笑了下：“他们怎么忽悠你的？”

谈梨气哼哼地挂在他身上：“盛喃说，要办婚礼，还要我亲自去发请柬，这样才能给你戳上已婚标签，减少外部不必要的觊觎。”

秦隐笑意一哑：“然后你就信了？”

“我觉得她说得很有道理。”谈梨笃定。

“好。”

谈梨没反应过来：“好什么？”

“你不是想办婚礼、发请柬吗？”秦隐微抬下颌，慢慢吮吻过小姑娘细嫩的唇瓣，“那我们就办……我也想让他们知道，你是我的了。”

“唔？”

最后一句话声压得极低，谈梨没听清，还想去问。但她还没来得及找到开口的机会，已经被某人抱上餐厨区用途存疑的私定吧台吻得七荤八素了。

婚礼的事情由秦家父母安排筹备，谈梨和秦隐重点负责“试婚纱”环节。

过程之复杂痛苦，一度让秦隐觉得谈梨肯定会扛不住叫停。令他意外的是，谈梨虽然被折磨得蔫得很，但一直咬牙坚持下来，直到由萧筱专程请来的婚纱设计师确定下最后的定制方案，他们才终于结束了这场“酷刑”。

一周后，婚礼请柬定制出炉。谈梨迎来自己最期待的一环——趁着秦隐公司傍晚下班前的时间，谈梨抱着装有请柬和小礼盒的袋子，上到秦隐部门所在的楼层。

萧筱名下的公司从楼盘地段选择到装潢再到楼层内设计，无一不贴满了“舒适”“自由”“人性化”“不差钱”之类的标签，谈梨一边欣赏参观，一边轻着脚步走进间隔距离宽阔的办公区。

然后她绕进一片磨砂玻璃割出的半开放办公区域，慢悠悠往桌边一靠，对着电脑前认真工作的男人撩拨道：“小哥哥，待会儿下班，有时间陪人家出去喝一杯吗？”

秦隐原本欲皱眉，但听到第一个字他就听出来了。敲着键盘的手指停下，屏幕前男人淡淡勾了下唇，配合她压低了声音：“没时间。”

“为什么啊？”小刺猬半坐在桌边，往他面前蹭了蹭，“难道是，有女朋友或者老婆在家里等你？”

“嗯，”他淡定敲键盘，目不斜视，“我已婚。”

“哇，那好可惜啊。”

谈小坏蛋语气惋惜，眼睛却亮得熠熠，她不但不退，反而还更往前凑了一些，差不多地挡住秦隐面前小一半的屏幕。

“可惜什么？”那人声音似乎冷淡。

“可惜……”谈梨弯下腰，微绷的脚尖好像没意识地擦过男人被西装裤线勾勒笔挺的腿，她在他耳旁笑起来，“可惜，我就喜欢勾引已婚的——唔？”

没等小坏蛋骚话说完，她腰上一紧，被人直接从桌上勾下来，半压在电脑桌前。

男人的身影能完全藏住她的，捂在她口唇前的手也固定住她，让她不能动弹，不过谈梨也没准备动弹。被压着的她更笑意盈盈，一双乌黑的眼睛亮得像会说话似的，一眨不眨地望着秦隐。

秦隐眸子微深：“就喜欢怎样已婚的？”

谈梨无辜地眨眨眼。僵持两秒，小坏蛋的笑意微微停滞在眼底。

现在，她在这对视里感受到的某人有点黑化趋势的情绪，是错觉吗？

谈梨犹豫了下，小声试探：“唔唔，唔唔唔唔唔唔，唔？（我们，不是在玩游戏，吗？）”

“游戏？”秦隐低了低眼，呼吸贴近些，那双眸子里背下光，于是里面藏着的情绪更深更沉，像是在贪餍她的气息。

压着眸里那丝哑光似的欲意，他冷淡一笑：“谁在陪你玩游戏？”

察觉到大事不妙，谈小坏蛋一秒𡝗了，眼神立刻从方才的古灵精怪变得乖巧听话：“唔唔唔唔唔唔唔唔唔，唔唔唔，唔唔唔唔。（我真的只是在玩游戏，我跟你，开玩笑呢。）”

“那抱歉，我不是在和你开玩笑。”秦隐慢慢松开手，在谈梨即将萌生一点庆幸的眼神里，他的手顺着她细白的颈落向后，轻托住：“不许出声。”

谈梨：“？”

秦隐俯身，微微张口，作势吻咬。眼前薄唇色泽淡而清冷，偏那双漆黑眸子里满浸着极端反差的欲望情绪。谈梨心里骤然一跳，连忙闭了眼。

等过了数秒，空气里震响一声低哑的笑：“你就这点胆子，还敢和我玩？”

谈梨哪还能不知道自己被某人耍了，她睁开眼，果然正对上某人恢复如常的、低低淡淡的眸子和笑意。

谈小坏蛋恼羞成怒，顺手牵住就在指尖无意识压住的胸膛旁的领带，把人拎得往前一俯，她毫不客气地咬到男人唇上。

几分钟后，楼层钟表的指针指向5点。

那些被磨砂玻璃间隔出来、零散分布在整个楼层内的办公区里，部门内的同事间或有人起身。

一个男同事走到秦隐办公区斜对面的一页磨砂玻璃前，疑惑地看着靠在玻璃墙上的女同事：“怎么了，你看什么？”

女同事狐疑地盯着秦隐办公区的方向：“我总感觉，几分钟前有个眼生的女人进去了，而且好像一直没出来。”

“进哪儿？秦隐的办公区？”男同事笑了，“怎么可能？都说了那是个进公司开始眼里就没区分过性别的，对谁都冷淡，你们趁早死心就行了。”

“难道真是我错觉？可是……”

两人交谈声戛然而止，一同目瞪口呆地看着那办公区里走来的高低两道身影。

高的那道自然是他们方才还在议论的秦隐，依旧一身清冷疏离的西装，只是还戴了只黑色口罩。他旁边则多了个小姑娘，比他矮上 20 厘米左右，笑得眼睛弯弯，模样俏丽。

不止这两位同事，其他人也很快注意到了。

“婚礼？”

部门内的同事拿着人手一份的婚礼请柬和小礼盒，表情又震惊又复杂。

“嗯，婚宴的时间地点都在请柬上了，欢迎大家拨冗参加，实在不方便也没关系。”谈梨挽着秦隐手臂，和大家打着招呼离开时的笑容灿烂极了。

等人走后，同事们神色各异。

毕竟是要掏一份份子钱的，关系不近的自然不想参加。

“平常对人冷冰冰的，现在结婚了怎么想起我们了呢？”

“我去不了。”

“听说明年副部位置，他秦隐也有点想法，这么一点小礼物就想收买人心是不是太——咦，这个礼盒上的金丝花，怎么那么像真金？”

“Oh my gosh（我的天），好像是真的。”

“不止，你们看到他们请柬上的酒店了吗？”

“哇哦。”

“前两年就听说这新人有钱，看来还不是一般的有钱。”

“得了吧，说不定是打肿脸充胖子呢——真那么有钱，干吗还在我们部门当个普通职员？”

“对，上回全哥分配那工作，多欺负新人啊，要是我有钱早就走了，有钱人谁会受这气？”

“也是。”

“那你们去吗？”

“肯定去啊。那酒店星级，平常一份份子钱恐怕连大堂都进不去。”

“一起一起。”

一个月后，同事们兴高采烈地来了婚宴。

然后，他们在宴厅最前面的舞台下，发现了一道无比“熟悉”的身影。

“宝、宝贝，你们看那边那位，是不是有点像、像咱公司萧总？”

“不是像，那就是！”

“快快快，快过去打招呼。”

“秦隐牛啊，连董事长都来参加他的婚礼？”

“等等，萧总身前那胸花下，写的什么字？”

“母、母亲？！”

一秒后……

“全哥晕过去了！快，快掐人中！”

某个小坏蛋憋着坏、委屈自己也要办成的婚礼，从最开始，就注定不会是个正常婚礼了。

后来，婚礼圆满结束，大幅的婚纱照也挂进两人卧室的墙上。

还是餐厨区，还是树袋熊似的挂在秦隐身上的小坏蛋，讲起那个在婚礼上被吓晕过去的、在工作分配上“欺负”过秦隐的全哥，谈梨笑得咯咯的，差点掉地上去，还好秦隐把人托住了。

等手里事情结束，他洗净擦手，似乎不经意地问：“所以你为什么要办婚礼？”

“那当然是……”谈梨闭上嘴巴，警觉又装无辜地回头，“你这之前不是问过了？因为要给你同事发请柬，免得她们再觊觎你啊。”

秦隐扔掉擦手的纸，淡淡撩眼，似笑非笑：“你又要开始对我撒谎了？”

谈梨噎住。

秦隐：“当初我们说好过什么？”

谈梨：“不说谎。”

秦隐："嗯，所以？"

谈小坏蛋垂头丧气地低下脑袋去："好吧，其实是盛喃不知道从哪里得来的消息——现在看肯定是我外婆舅舅帮忙的——她说你在公司里工作时可被当新人欺负了，萧阿姨又不允许你私下泄露家庭背景，所以……"

"所以，你就选了这个她绝对不会拒绝的方式？"

"嗯。"

"没别的原因了。"

"还有一个。"

"是什么？"

沉默几秒，谈梨才偷偷抬起头："盛喃说，正常人都会期待拍一张自己和爱人的婚纱照，你也绝对不会例外。但是我不想办婚礼的话，你就不会主动提起。"

秦隐一默，须臾后他才醒神："所以那时候试婚纱，你才一直忍着？"

"也没有到忍，看你穿西服的视觉效果还是很享受的……"

秦隐无声一叹，摸了摸小姑娘脑袋。

谈梨小心翼翼地攀着他的腰身，趴到他身前仰头看他："那你喜欢我们的婚纱照吗？"

"当然，"秦隐声音低得轻柔，他无意识地重复一遍，"当然喜欢。"

谈梨翘起唇角："那就好。"

在光暗下去的房间里，有人抱着他的小姑娘。他看着卧室里那个高高的相框，想起女孩说的那句话。

秦隐轻叹了口气，贴着谈梨的额头："你没有不正常。"

快要睡过去的小姑娘打了个哈欠，没怎么调动困倦的大脑就懂得了他的意思，她合着眼，夹着睡意喃喃："我本来就很奇怪，你不用安慰我……"

"那不是不正常，"秦隐低声，"你只是不一样。"

"唔？"谈梨自他怀里抬头，露出睡意蒙眬的眼，但还惯性地带上调戏的笑，"对你来说，也不一样吗？"

“对我来说？”秦隐嫣然一笑，他吻了吻她的额头，声音低而认真，“对我来说，你是独一无二。”

谈梨怔了下，随后默然。

秦隐垂眼问她：“在想什么？”

谈梨：“我在想，你对我来说是怎样的。”

“答案呢？”

“还没想到。遇见你之前，我一直坚定地认为，我会一个人活到四五十岁，也可能是五六十岁，然后一个人安静地死掉——对我来说，这应该是最好的结局。”

秦隐皱眉，但他最终也没说什么。

他知道那是他唯一无法参与的，叫作过去。

“所以，长大后我从不和任何人亲近，也做不到。”

女孩的话声再次响起，这一次带上温柔的笑意。

“因为我不喜欢这个世界，所以没办法喜欢上这个世界上任何一个人。就像网上不知道谁说的那句话，它说，我见众生皆无意——我就是那样。”

谈梨停住，她弯下眼，不由地笑：“然后，你知道的，直到我遇见你。”

秦隐拥住她：“我知道。”

谈梨：“谢谢你。”

“谢我什么？”

谈梨轻声说着：“谢谢你说我不一样，也谢谢你的不一样——因为是你，所以我成了现在的我。”

“那我也要谢你。”

“唔？”

秦隐轻轻吻她：“也因为是你，所以是我。”

谈梨一怔，然后了然。她依偎进秦隐的怀里，紧紧地拥住他。

两道身影在夜色里契合，像这世上的一半拼图，终于找到了它的另一半。

我见众生皆无意，而你，你胜人间。

番外九

戒糖记

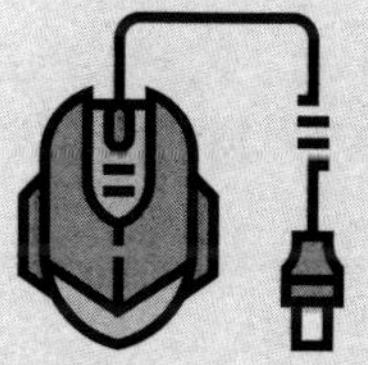

1.

某日。

谈梨的压片糖又被秦隐没收了。

家里储物室角落的小柜子拉开，金属糖盒被扔进去，伴着铛啷啷的声响落入色彩斑斓的同伴们的怀抱。

然后柜门无情关合，把它们锁进无边的漆黑里。

秦隐拔下钥匙转回来时，一低头就正对上谈梨泪汪汪的眼睛："里面又黑又冷，不见天日，它们一定过得很惨，放它们出来见见太阳好不好？"

秦隐不为所动，抬手点住女孩额心："放它们出来，惨的就是你了。"

谈梨一顿，憋了好几秒才憋出来的眼泪泡一秒收回去，小姑娘额角还竖着昨晚睡前冲澡压得翘起来的呆毛，绷着脸扭回头："哼，渣男。一盒糖都不给我。"

话没说完，后脖小帽衫的衣领被拎住了。

压得低懒的声音从后面俯下来，慢条斯理："渣男？"

"嗯！"

"一周前是谁答应我，再被我抓到一次偷偷吃糖，她就一个月不准摸鼠标？"

"……谁？谁说过这种话？"

"我记得，因为某人在这件事上出尔反尔得成了惯犯，所以当时我还录了音。"

“……”

谈梨夙住，像只被命运捏住了后颈皮的猫。

空气安静几秒。

谈梨慢吞吞转身，捧起无害的笑：“我们 Liar 最人美心善宽宏大量慈悲为怀了，一定能再给我一次机会的，对吧？”

迎着小姑娘期盼的眼神，秦隐点了点头：“可以。”

谈梨没想到谈判这么顺利，准备好的“美人计”都没来得及施展，她刚转过身准备欢腾地奔向家里的计算机房，就听见脑袋后面，电竞渣男冷冰冰凉飕飕的声音传回来——

“给你机会，现在上去跟你直播间粉丝说一声。”

“啥？”

“接下来一个月，他们都见不到你了。”

“……？？？”

2.

全 LOL 圈都知道，电竞渣男铁石心肠——说断谈梨网一个月就断了一个月，直播间梨子的粉丝们苦守一个月，连一根梨子头上呆毛都没等着。

重新开播的第一天，梨子趴在电脑桌边含泪控诉：“我都快忘记键盘上的 104 个键在什么位置了！”

直播间粉丝幸灾乐祸：“通过这一课梨哥学到什么了吗？”

“学到了，”谈梨忏悔，“我以后再也不在那个狗渣男面前发毒誓了。”

“是吗？”

背后灵似的冷淡淡的声音像在直播间的背景音里，直播镜头中，谈梨一下子就坐直了腰，漂亮脸蛋板起来，目不斜视地望着屏幕。

“当然是开玩笑的，”谈梨义正词严，“今天请广大粉丝为我做个见证，我以后绝对再也不吃压片糖了，我发誓！”

背后灵幽幽地问："又做不到怎么办，三个月不碰电脑？"

谈梨一哆嗦。

直播间粉丝跟着哀号。

沉默许久，小姑娘眼底一点坏光儿偷偷爬出来，趴在眼睛里晃啊晃："要是再做不到，就罚我三个月亲不到我家 Liar。"

背后灵："……"

直播间沉默。

是个狠灭！

这招啊，这招叫伤敌一千，自损八百。

哈哈哈哈！

3.

江山易改，本性难移。

谈梨她又双叒叕偷吃糖被抓住了。

而且是人赃并获。

无从狡辩。

谈梨绝望地看着被某人拿在手里的还没来得及开盒的压片糖，眼巴巴地仰脸："你不是接电话去了吗？"

"嗯，"秦隐没表情地晃了晃手里的糖盒，"这什么。"

谈梨："……玩具？"

秦隐："呵。"

谈梨可怜巴巴的美人计在铁石心肠的电竞渣男面前碰了一鼻子灰。

秦隐盯了她两秒，眼帘一垂，半遮了黑漆漆的眼。他走回沙发旁，把手里的压片糖盒往茶几上轻轻一放。

"以后这个就放这儿。"

跟过来的谈梨眼睛亮起来，在灯光下雪白的爪子慢吞吞伸过去："那我是不是可以——"

"糖和我，二选一。"

"……"

谈梨僵了爪。

回过神后，她试图做最后的挣扎："我可以都要吗？"

"不行。"

梨子严肃绷脸："男人不能说不行。"

"能不能说的问题我们留到晚上探讨，"秦隐四两拨千斤，淡淡给她压回去，"现在选吧。"

"……"

对着压片糖盒磨牙数秒，谈梨气不过，嗷呜一声朝沙发上恃美行凶的男人扑过去："狗渣男！"

秦隐抬手一接，眼底压着的笑意漫染开，他抬头在跪趴在他怀里的女孩嘴角亲了下，哑声问："叫什么？"

"狗、狗渣男。"

"嗯？"

深吻之后。

被亲得脸蛋通红的小姑娘终于轻悄悄地哼哼了声："老公。"

"乖梨子。"

"哼。"

4.

——糖有我甜吗？

——没。

——嗯？

——Liar 神天下第一甜。

5.

认识你以后，我才知道，良药苦口是骗人的。
你就是我的药，比蜜糖甜。

（全文完）

图书在版编目（CIP）数据

你胜人间：全2册 / 曲小蛐著. — 成都：四川文艺出版社, 2021.11
ISBN 978-7-5411-6148-3

Ⅰ.①你… Ⅱ.①曲… Ⅲ.①长篇小说－中国－当代 Ⅳ.①I247.5

中国版本图书馆CIP数据核字(2021)第193443号

NI SHENG REN JIAN

你胜人间

曲小蛐 著

出品人　张庆宁
出版统筹　刘运东
特约监制　王兰颖
责任编辑　邓　敏
特约策划　王兰颖
特约编辑　马春雪　夏君仪
封面设计　卷帙设计·菩提果
责任校对　汪　平

出版发行　四川文艺出版社（成都市槐树街2号）
网　　址　www.scwys.com
电　　话　010-85526620

印　　刷　天津鑫旭阳印刷有限公司
成品尺寸　145mm×210mm　开　本　32开
印　　张　23　字　数　670千字
版　　次　2021年11月第一版　印　次　2021年11月第一次印刷
书　　号　ISBN 978-7-5411-6148-3
定　　价　69.80元（全2册）

路还很长，但别怕黑。
因为我会一直陪你走下去。